ro
ro
ro

Amy Brill hat als Autorin und Produzentin schon für viele Medienunternehmen gearbeitet, unter anderem für PBS, MTV, die Stadt New York und Time Out New York. Sie hat Kurzgeschichten und Essays veröffentlicht, wurde für den Pushcart Prize nominiert und hat mehrere namhafte Stipendien erhalten. Amy Brill lebt mit ihrem Mann und ihrer Tochter in Brooklyn. «Die Frau, die Sterne fing» ist ihr erster Roman.

«Amy Brill hat einen wunderbaren Debütroman geschrieben.» (Grazia)

Amy Brill

Die Frau, die Sterne fing

ROMAN

AUS DEM ENGLISCHEN
VON MARGARETE LÄNGSFELD

ROWOHLT TASCHENBUCH VERLAG

Die Originalausgabe erschien im April 2013 unter dem Titel
«The Movement of Stars» bei Riverhead, New York.

Veröffentlicht im Rowohlt Taschenbuch Verlag,
Reinbek bei Hamburg, August 2015

Redaktion Judith Schwaab
Umschlaggestaltung any.way, Barbara Hanke/Cordula Schmidt,
nach dem Original von Penguin, Gestaltung: Alison Forner
Umschlagabbildungen Susan Fox/Trevillion Images;
Comstock Images/Getty Images
Satz Foundry Wilson PostScript, PageOne,
bei Dörlemann Satz, Lemförde
Druck und Bindung CPI books GmbH, Leck, Germany
ISBN 978 3 499 25941 8

Meiner Familie gewidmet

Ich vermuthe, dass dieser geistige Bestandtheil, welcher der kleinste in unserer Luft, aber zugleich der feinste und vorzüglichste ist, um allen Dingen Leben zu geben, hauptsächlich von den Kometen herrührt.

Isaac Newton

Eine große Seele ist im Leben wie im Denken stark.

Ralph Waldo Emerson

Erster Teil

APRIL 1845

Nantucket

I

Fadenkreuz

Im Halbdunkel der Dachkammer über ihr Notizbuch gebeugt, zwängte Hannah den Schluss ihrer Aufzeichnung in die allerletzten Zeilen der Seite.

3 Uhr 04, 12. Tag, 4. Monat, schrieb sie. *Außerstande, die Nebelhülle um Antares zu durchdringen. Bei 22 Grad Nord gesichtetes Objekt ist nicht wieder erschienen. Weitere Beobachtungen durch Wolken behindert.*

Wie um Hannahs Machtlosigkeit zu unterstreichen, erlosch die Kerze neben ihr mit einem Zischen. Einen Moment lang saß sie im Dunkeln, schloss die Augen und bekämpfte den Drang, die Kerze durch die Kammer zu schleudern. Das Beherrschen ihrer Gefühlsregungen war ebenso Teil ihrer Erziehung gewesen wie die ungekürzten Divisionen und das Multiplizieren. Sie hatte seit mehr als zwanzig Jahren mit nichts geworfen, nicht mit den Füßen gestampft und nicht in Gegenwart anderer geweint. Doch nunmehr, mit vierundzwanzig, unverheiratet, fragte sie sich bisweilen, ob sie überhaupt zu tiefen Empfindungen für etwas anderes fähig war als für das, was sie am Nachthimmel sah – oder eben nicht sah.

Nur auf dem kleinen Dachsteg ließ Hannah sich nach Sonnenuntergang von einem Blick auf etwas Neues begeistern, das zwischen den Himmelskörpern flimmerte, oder bestaunte überwältigt deren majestätische Ordnung. Sogar das bedrückende Gefühl der Niederlage, das sie in Nächten wie dieser befiel, wenn die Elemente die schönen Mysterien dort droben verfinsterten oder die Instrumente sie nicht sichtbar werden ließen, bewegte sie mehr als alles, was bei Tageslicht vorging. Zumindest sah es oftmals danach aus.

Hannah hatte gehofft, den Nebelfleck noch einmal zu sichten, den sie in der vergangenen Nacht unweit des Katzenaugennebels im Schwanz des Skorpions erspäht hatte. Ein matt leuchtender Bereich, einer schwebenden Wolke gleich, mit zwei deutlichen Streifen, der eine dunkler als der andere, die sich wie Samtbänder von Norden nach Süden durch die Nebelhülle fädelten. Am südlichsten Rand eines der Streifen hatte sie einen hellen Dunstschleier beobachtet, der auf einer Seite offenbar weniger ausgeprägt war. Als sie ihn ins Auge fasste, fühlte sie sich wie ein aufgeregter Erforscher der Neuen Welt; mit einem Male war der Schleier aus Möglichkeiten und Verheißungen dünn genug, um vom leichtesten Atemhauch durchlöchert zu werden.

Es war unwahrscheinlich, dass es ein Komet war, aber ohne das Objekt noch einmal zu sehen, würde sie es nicht wissen. Sobald es dunkel war, hatte sie sich eine frische Kerze geholt und war die Stiege zum Dachsteg hinaufgesprungen. Doch der Himmel war wolkenverhangen, und mit einem langen enttäuschten Atemzug lehnte Hannah sich ans Geländer und betrachtete die dahinjagenden Wolken.

Seit ihr Vater eine Stellung bei einer Bank angenommen hatte, eine Arbeit, die ihn oft für längere Zeit von zu Hause fernhielt, führte Hannah die nächtlichen Beobachtungen, mittels derer ihre Familie die Chronometer der Walfangschiffe zur Zeitbestimmung auf See regulierte, alleine durch.

Sie nahm auch die notwendigen Einstellungen an allen derartigen Uhren in der Flotte vor, wenn die Schiffe im Hafen lagen. Überdies kümmerte sie sich um das Haus, hielt die Hauptbücher in Ordnung und entlohnte die Jungen, die den kleinen Bauernhof versorgten, den sie eine Meile außerhalb der Stadt betrieben, obwohl er ein ständiges Verlustgeschäft war. Hinzu kam ihre Arbeit als Hilfsbibliothekarin im Atheneum von Nantucket, von wo sie allabendlich mit schmerzenden Augen in ein leeres Haus zurückkehrte, um auf dem kleinen Dachsteg ein paar Stunden mit Beobachtungen des Nachthimmels zu verbringen.

Nicht-Inselbewohner gaben einem solchen Steg den makabren Namen «Witwensteg», weil sich die Frauen auf der Insel Nantucket und in ähnlichen Landstrichen bei Tage einem frühen Grab entgegenschufteten und bei Nacht auf dem Dach sehnsüchtig nach ihren von fernen Walgründen zurückkehrenden Ehemännern Ausschau hielten. In Wirklichkeit hatten jedoch die meisten Frauen aus Hannahs Bekanntschaft, deren Männer auf Walfangschiffen fuhren, wenig Zeit oder Lust, auf dem Dach herumzustehen und auf irgendetwas zu warten. Wäre Hannahs Zwillingsbruder Edward zugegen gewesen, so hätte er auf die Ironie hingewiesen, dass sie, ohne selbst verheiratet zu sein, schon genauso geworden war wie diese Walfänger«witwen», die sie zugleich bemitleidete und verachtete.

Was ihre eigene Lage anging, so gestattete sich Hannah nur gelegentlich ein Quäntchen Mitleid. Das Warten auf die Rückkehr eines Bruders war doch gewiss nicht dasselbe wie das Warten auf einen Ehemann, fand sie. Trotzdem hatte sie in den zwei Jahren und sieben Monaten, seit Edward mit dem Walfangschiff *Regiment* unterwegs war, nachdem er sich im Morgengrauen fortgestohlen und nur einen Brief hinterlassen hatte, jeden Tag an ihren Bruder gedacht.

Hege keinen Groll gegen Mary Coffey, hatte er geschrieben. *Sie ist Deinem Bruder wie ein günstiger Wind, doch kein solch heftiger Sturm wie Du.* Aber Hannah konnte an ihrem Urteil so wenig ändern, wie sie das Wetter beeinflussen konnte: Ihr Bruder hatte sich davongemacht, um sich als geeigneter Ehemann für ein Mädchen zu beweisen, das seine Zuneigung ebenso wenig verdiente wie die gigantischen Tiere, die er über den Erdball jagte, ihr grausames Schicksal verdienten. In seinem Brief hatte er darauf bestanden, dass Hannah ihre Beobachtungen fortsetzte und sich nicht durch eine Eheschließung, durch Unterrichten oder anderes verzehrendes weibliches Bestreben ablenken ließ. Doch er hatte ihr keinen Rat erteilt, wie sie denn weiterleben solle ohne ihr einziges Geschwister, ihren einzigen Freund und Vertrauten.

Nach zehn Minuten hatte Hannah sich dem Wetter gefügt und war wieder nach unten gegangen. Sie wünschte, ihr Vater wäre da. Sie hatte gehofft, ihm das Fadenkreuz zu zeigen, das sie letzte Woche mit einem klebrigen Gespinstfaden geflickt hatte, denn sie wusste, er würde ihre Erfindungsgabe sowie ihre Sparsamkeit loben. Die Eigenreparatur des wichtigen schmalen Drahtes hatte ihnen die Kosten für die Verpackung des Instrumentes in Stroh und seine Verschickung nach Cambridge erspart, wo die Bonds, Freunde der Familie, die Aufsicht über die neue Harvard-Sternwarte führten. Außerdem musste Hannah auf diese Weise keine Nacht mit Beobachtungen versäumen.

Doch die Dachkammer war verlassen. Als Hannah noch ein Kind war, war ihr Vater, Nathaniel Price, hier in der Kammer und droben auf dem Steg ständig zugegen gewesen, zu allen Stunden der Nacht, bei jeglichem Wetter. Hannahs erste Aufgabe als seine «Gehilfin» hatte darin bestanden, die Sekunden für ihn zu zählen, wenn ein Stern an seinem Objektiv vorüberzog. Als Zwölfjährige nahm sie ihren Auftrag ungemein ernst, und Nathaniel hatte ihr eine kleine Stoppuhr geschenkt, die er aus alten Teilen für sie zusammengebaut hatte, in einem polierten Messinggehäuse mit ihrem eingravierten Monogramm. Hannah hatte die kleine Uhr abgöttisch geliebt, und als diese das Ticken endgültig einstellte und sich nicht mehr instand setzen ließ, hatte sie sie in ein Musselintuch gewickelt und zuunterst in die Truhe am Fuß ihres Bettes gelegt, zu einem der wenigen Schätze, die sie vor den Augen und Händen ihres Zwillingsbruders zu schützen trachtete.

Seit Edwards Fortgang hatte ihr Vater die Dachkammer gemieden, als drohte dort die Ansteckung mit einer gefährlichen Krankheit. Mutterseelenallein hatte Hannah sich in die Beobachtungen gestürzt wie ein fanatischer Eiferer bei einer Erweckungszeremonie, doch ihr akribisches Absuchen des Nachthimmels hatte weder das Interesse ihres Vaters wieder aufflammen lassen noch eine einzige Neuheit am Himmelszelt offenbart.

Vielmehr schrumpften ihre Erfolge anscheinend umgekehrt proportional zum Weltall, das sich mit schwindelerregender Schnelligkeit ausweitete. Allein in den vergangenen zwei Jahren waren der Faye'sche Komet, der Komet De Vico und weitere Nebel entdeckt worden. Die Parallaxen von einem halben Dutzend Fixsternen waren berechnet worden; in Cleveland, Cambridge und Washington waren in Windeseile neue Sternwarten entstanden. All dies geschah – nur hatte sie keinen Anteil daran.

Hannah schob das Fernrohr auf seinem Dreifuß näher an ihren Schreibtisch heran und richtete das Instrument auf das flackernde Kerzenlicht, um das neue Fadenkreuz noch einmal in der Hoffnung zu betrachten, es würde ihre

Stimmung heben. Doch da es hier nichts anderes zu erspähen gab als Spinnweben und Muschelschalen, war ihre kunstvolle Feinarbeit arg im Wert gesunken.

* * *

Hätte sie das Okular um wenige Grade geneigt, so wäre es ihr möglich gewesen, die Welt vor dem kleinen rautenförmigen Fenster durch den Brennpunkt des Objektivs zu sehen. Die Stadt Nantucket stand auf dem Kopf: Schiefer, Trauertauben, Granit, Disteln. Grautöne, hart wie Felsen und weich wie Schatten, Kopfsteinpflaster und Schindeln, Sand und Asche, so weit entfernt wie die schwärzlich schlickigen Piers und dahinter das bleierne wellige Meer. Jenseits der gewaltigen Sandbank, die den Hafen schützte, bohrten sich die Masten von einem Dutzend Walfangschiffen in den Horizont; westlich davon lagen gut vierzig Meilen offenes Meer bis zur Küste Neuenglands und knapp dreitausend in der anderen Richtung. Dazwischen bewohnten siebentausend Seelen ihre windgepeitschte Insel, von denen nur wenige sie jemals verließen. Wurde die Fahrt zum Festland durch Schneestürme oder andere Hindernisse unmöglich, kam das Leben auf der Insel zum Stillstand: Es gab keinen Handel und kein Gewerbe, kein Holz und keinen Geldumlauf, keine Nachrichten und kein Walöl und damit kein Licht.

Hätte sie auf das Fenster selbst geblickt, so würde sie ihr gewelltes Spiegelbild in der Scheibe gesehen haben. Gut eins achtzig groß und überaus knochig von der Kieferpartie bis zu Ellenbogen und Knien; dichtes kohlschwarzes Haar, das bis zur Mitte ihres Rückens fiel und allen Bemühungen widerstand, es unter der Haube zu halten, welche Hannah immer trug, wenn sie das Haus verließ. Um die großen dunklen Augen lagen feine Fältchen, die daher rührten, dass sie seit fast zwölf Jahren allabendlich blinzelnd in den Nachthimmel spähte. In ihrer ganzen Erscheinung war Hannah das Gegenteil der meisten Inselbewohner, deren sommersprossige Haut und blassblaue Augen sich so gewiss von Generation zu Generation vererbten wie ihre Ansichten und Gebräuche. Nach der Lektüre von Lamarcks Evolutionstheorie hatte Hannah sich gefragt, ob die Bewohner von Nantucket wohl eine von dessen sogenannten Sackgassen seien, derart auf das Leben auf der Insel geeicht, dass eine Weiterentwicklung nicht mehr möglich war.

Niemand von ihnen erwartete etwas anderes von ihr, als ihrem Vater und am Ende – bald schon – einem Ehemann zu dienen. Niemand von ihnen glaubte, dass ihr Interesse für den Nachthimmel irgendwann in einer bedeutenden Leistung, schon gar nicht in der Entdeckung eines neuen Kometen – eines Wanderers – unter den Millionen Fixsternen gipfeln würde. Beobachteten doch so viele Menschen in aller Welt das Firmament mit ausgeklügelten Instrumenten und hofften, das einzigartige Himmelsereignis zu erspähen.

Genau dies jedoch war Hannahs Ziel: einen Kometen aufzuspüren, den noch kein Mensch auf Erden gesichtet hatte. Das war mehr, als sie sich bei nüchterner Betrachtung erhoffen durfte, ohne eine richtige Sternwarte, ohne Aussicht auf höhere Bildung und ohne Instrumente bis auf das liebgewonnene Dollond-Fernrohr und ihre eigenen zwei Augen. Doch der Teil von ihr, der jedes Mal ins Schweben geriet, wenn sie einen glühenden Wanderer an ihrem Objektiv vorbeiziehen sah, hoffte dennoch unvermindert weiter, und sie gab dieser unvernünftigen Empfindung Nahrung, indem sie den Himmel so oft beobachtete, wie es ihr möglich war, ohne den Schlaf vollends zu vernachlässigen.

Ginge ihr Wunsch in Erfüllung, so würde man dem Kometen ihren Namen geben und damit ihre Leistung für immer festhalten. Außerdem brächte der «Price'sche Komet» ihr die Auszeichnung des Königs von Dänemark ein – es gab eine Goldmedaille und einen ansehnlichen Geldbetrag für jeden auf der Welt, der einen neuen Kometen entdeckte. Jedes Mal, wenn wieder eine derartige Preisverleihung anstand, war ein Teil von ihr verzagt, indes ein anderer Teil sie in ihrem Entschluss festigte: Das nächste Mal, flüsterte er, das nächste Mal bist du es. Hätte sie erst eine solide Grundlage, von der aus sie ihrer Arbeit nachgehen könnte, dann könnte sie gewiss auch mehr beisteuern als das Ticktack der Uhren, die jede freie Fläche ihres Arbeitsraums belegten und die Walfänger auf ihrer weltweiten Jagd begleiteten.

Das Wichtigste aber war – sie wagte nicht, zu lange oder zu gründlich darüber nachzudenken –, dass es damit einen Grund für ihren Vater gäbe, ihrer Arbeit Beachtung zu zollen, so wie er es getan hatte, bevor Edward die schöne Geometrie ihrer kleinen Familie zerstörte.

Als sie das erste Mal die Sterne außerhalb des Dachsteges betrachtet hatte, konnten sie und Edward nicht älter als vier oder fünf gewesen sein. Ihr Vater hatte sie zu ihrem ersten Übernachtungsausflug im Zelt mitgenommen. Bepackt mit einem ramponierten Leinwandzelt samt Stangen, mit Kartoffeln und Schlafsäcken, waren sie zwei Meilen auf der Madaket Road nach Westen zum Maxcy-See gewandert. Der Vater hatte den Topf auf Hannahs kleinen Rucksack geschnallt und gelacht, weil das Kochgeschirr bei jedem ihrer Schritte klapperte, während sie zunächst auf ihrer eigenen schmalen Lehmstraße unterwegs waren, vorbei an den Anwesen der Nachbarn zu beiden Seiten. Die verwitterten grauen Schindeln klebten wie Fischschuppen an den gedrungenen zweistöckigen Giebelhäusern, und die soeben angezündeten Laternen warfen einen warmen gelben Schein in den späten Nachmittag. Als sie die Stadt hinter sich ließen, standen die Häuser weiter auseinander und waren von Feldern umgeben, auf denen der hohe Mais im Zwielicht wogte; auch die anderthalb Morgen der Prices gehörten dazu. Dann verschwanden die Häuser vollends, und die drei hörten nur noch das Zirpen der Grillen und ihre eigenen Schritte in der seefeuchten Luft.

Es war August. Im schwindenden Zwielicht bauten sie das Zelt auf; Glühwürmchen schimmerten im Dunkeln. Die drei schlugen sich die Bäuche mit gekochten Kartoffeln und den Heidelbeeren voll, die sie unterwegs gepflückt hatten, und als die Dunkelheit hereinbrach, führte Nathaniel die Kinder auf einem Pfad, schmal wie ein Weidenbaum, zu einer kleinen Lichtung. Er breitete eine kratzige alte Decke aus, und sie legten sich so hin, dass ihre Köpfe sich in der Mitte berührten wie die Speichen eines Rades. Am Himmel glitzerten die Sterne. Als die Nacht schwärzer wurde, versuchte Hannah, sich die Sterne einen nach dem anderen einzuprägen, bis sie miteinander verschwammen und sie unter ihnen einschlief.

In der Morgendämmerung war Hannah mit Nathaniel losgezogen, um bei Niedrigwasser Austern zu sammeln. Sie klammerte sich fest an seine Hand, als sie durch die Untiefen wateten, und er benannte für sie alles, was sich zu ihren Füßen regte: Moose und Krebstiere, Wasserpflanzen und silbrig schimmernde Fischchen, die zwischen ihren Zehen durchflitzten, was so sehr kitzelte, dass Hannah lachend in die Arme des Vaters hüpfte.

Die Erinnerung, wie seine knochige Schulter sich an ihre Wange drückte, hellte nun ihre Stimmung in der Kammer auf. Nathaniel war ihre Stütze gewesen, ein Quell der Kuriositäten in ihrer Kinderwelt, die doch sonst hauptsächlich von harten Bänken bei der Andacht und linierten Schreibheften in der Schule geprägt war. Damals besaß ihr Vater eine Munterkeit, die nie zu vergehen schien; nun aber fragte Hannah sich oft, ob Edwards Fortgang nur der letzte in einer Reihe von Rückschlägen gewesen war, die sie selbst miterlebt hatte und die bei ihrem Vater sowohl körperlichen als auch finanziellen Charakter hatten.

Sie atmete tief ein, als könnte sie die feuchte, salzdurchtränkte Morgendämmerung ihrer Kindheitserinnerung riechen. Es genügte, um sie für die Arbeit anzuspornen, die vor ihr lag, obgleich die leere Kammer ihr nur allzu deutlich vor Augen führte, dass eine standhafte Tochter kein Ausgleich für einen unfolgsamen, seefahrenden Sohn sein konnte.

2

Zeiterfassung

Es war fast sechs Uhr früh, als Hannah ihr Ersttagskleid anzog und das Feuer schürte. Sie war an die anhaltende Müdigkeit gewöhnt, doch der Gedanke an den bevorstehenden Morgen bot keine Aufmunterung. Einst hatte sie das wöchentliche Ritual stiller Andacht beruhigt, wenn das Rauschen der Röcke leiser wurde und man auf den Bänken des Versammlungshauses in Schweigen versank. Es war schön gewesen, nicht aufgrund einer göttlichen Offenbarung – jedenfalls nicht für Hannah –, sondern weil sich die Stunden in der harten Bank zogen wie Karamell. Es war die ideale Stätte gewesen, um nachzudenken, zu sinnen, zu träumen.

Dann hatten ihre Mitschülerinnen geheiratet oder verließen die Insel, und die Andacht war Hannah zur Pflicht geworden, weshalb sie nun trödelte, während sie Mehl und Salz für ein Grahambrot verrührte. Käme sie zeitig, würde mit Sicherheit jemand sie in Klatsch und Tratsch verwickeln wollen oder sie einladen, diesen Vortrag oder jene Veranstaltung zu besuchen. Verspätete sie sich jedoch, wären auf dem Weg zu ihrem Platz hundert Augenpaare auf sie gerichtet, man würde ihr Kleid oder ihre Haltung begutachten und sich Gedanken um ihre Zukunft machen.

Just als sie den Teig in die Form gießen wollte, hörte sie ein rhythmisches Pochen, das beim Zischen des feuchten

Feuerholzes nur schwach zu vernehmen war. Jemand klopfte an die Haustüre.

Hannah öffnete schwungvoll und musste zweimal blinzeln. Da stand im trüben grauen Morgen ein dunkelhäutiger Mann, der ein in Tuch gehülltes Päckchen in der Armbeuge hielt. Ein Seemann von niederem Rang, erkannte sie mit einem langen Blick. Seine Stiefel waren rissig und weißlich vom Salz; Hose und Pullover waren sauber, aber ungeeignet für das kalte Wetter. Angesichts seiner Hände fragte sie sich, ob er Äthiopier sei. Er war nicht so dunkel wie die meisten Afrikaner, die sie gesehen hatte – seine Haut hatte eher die Farbe von Honig oder junger Melasse. Vielleicht war er auch eine Rothaut vom Stamme der Wampanoag oder Südamerikaner. Er war so groß wie Hannah, die fast alle Leute überragte, was es für sie schier unmöglich machte, seinem Blick auszuweichen. Wieder wanderten ihre Augen zu seinen Händen. Der Kontrast zwischen den rosa Fingernägeln und der braunen Haut war eigentümlich, ebenso das Weiß seiner Handflächen, die das Päckchen umschlossen hielten. Hannah wünschte, sie hätte ihre Haube aufgesetzt.

Sie räusperte sich und zog die Augenbrauen hoch, hoffte, dass er Englisch sprach.

«Ist das ein Chronometer?» Sie wies mit dem Kopf auf das Päckchen in seinen Händen. Es war kurz vor halb sieben; wenn sie das Brot nicht fertig bekam, bevor sie zur Andacht aufbrach, müsste sie bis zum Mittag hungrig bleiben.

«Ich klopfe an diese Türe», sagte er schließlich und nickte zu der breiten hölzernen Eingangstür, als wäre sie schadhaft, was sie in der Tat war. Ebenso wie das ganze Haus bedurfte sie dringend eines neuen Anstrichs, und dem alten Türklopfer aus Messing in Gestalt eines Kolibris fehlte der Schnabel, was ihn unbrauchbar machte.

«Und ich habe Sie gehört», sagte Hannah in der Hoffnung, die förmliche Anrede und der knappe Ton würden jede weitere Bemerkung eines Fremden von unbestimmter Rasse über den Zustand ihrer Türe unterbinden. Für sie war die formelle Sprache, wie sie außerhalb der Gesellschaft der Freunde benutzt wurde, ein nützliches Mittel, um Distanz zu wahren.

Sie streckte beide Arme nach dem Päckchen aus; er zögerte einen Augenblick, übergab es ihr dann.

«Sie sind vermählt mit Mr. Price?»

«Gewiss nicht», erwiderte sie schnippisch. Die ungewöhnliche Farbe seiner Augen verblüffte sie: Weder dunkelbraun noch hellbraun, erinnerten sie Hannah stark an den Bernsteinbrocken auf dem Kaminsims der Bonds in Cambridge. Sie sah ihn deutlich vor sich, obwohl es fast zwanzig Jahre her war, seit sie ihn aus der Nähe betrachtet hatte, als George Bond ihn fest in der bleichen verschwitzten Hand hielt. Von der Erinnerung gebannt, vernahm Hannah wieder seine dünne Stimme: *Du darfst ihn anschauen, aber nicht anfassen. Der ist nichts für Mädchen.*

Sie zog vorsichtig das Tuch von der Uhr, und das leise Rascheln, das dabei entstand, holte sie in die Gegenwart zurück. Sie besah das Instrument. Es hatte ein poliertes Mahagonigehäuse, auf dessen Oberseite ein glänzendes, blankpoliertes Messingschild befestigt war: *Pearl*, las Hannah. Lächelnd hob sie den Deckel, prüfte mit einem raschen Blick das Zifferblatt mit den römischen Zahlen. Die Zeiger waren auf halb drei stehen geblieben.

«Hübsch», murmelte sie. Chronometer waren schöne Geräte. Sie liebte die fabelhaften Federn, die spezielle Konstruktion, die es möglich machte, trotz Stampfens, Schlingerns und Feuchtigkeit auf See die Zeit zu erfassen. Dieser hier war ein englisches Gerät, von Arnold hergestellt; er ging vermutlich bis auf fünf Sekunden genau.

«Wie meinen?»

«Was ist ihm auf der *Pearl* widerfahren?», fragte Hannah und betrachtete das Gehäuse, um dem Drang zu widerstehen, dem Mann erneut ins Gesicht zu starren.

«Das weiß ich nicht», antwortete er. «Ich war bei ihrer letzten Fahrt nicht an Bord.»

«Wie ist er dann in Ihren Besitz gelangt?» Hannah zog den Chronometer dichter zu sich heran. Sie fasste den Mann noch einmal ins Auge und fragte sich, ob sie auf der Hut sein musste. Hunderte von Kapitänen sowie erste und zweite Maate hatten über die Jahre ihre Chronometer zu den Prices gebracht, um sie regulieren zu lassen, aber sie konnte sich an keinen Mann erinnern, der unter seiner sonnen- und windgegerbten Haut nicht weiß gewesen war.

«Mr. Leary, erster Maat, gibt sie mir heute Morgen, für Mr. Price zum Nachsehen.»

«John Leary? Sind Sie Harpunier?»

«Gewesen. Jetzt zweiter Maat.»

Als der Mann das sagte, sah Hannah ihn vor Stolz geradezu um einen ganzen Zoll wachsen. Er schien nicht zu lügen; eine derartige Täuschung wäre zu leicht aufzudecken gewesen, denn Hannah kannte Mr. Leary, wie sie alle kannte, die auf der Insel aufgewachsen waren. Und es gab keinen Grund, dem Mann zu misstrauen, abgesehen von seiner Hautfarbe. Ein Anflug von Scham ob ihres Argwohns stieg in ihr auf, als sie den Deckel zuschnappen ließ.

«Ein feines Instrument, diese Uhr.» Sie zog das Tuch wieder darüber. Für gewöhnlich hielt sie sämtliche erforderlichen Angaben sogleich schriftlich fest, aber würde sie es nun tun, käme sie zu spät zur Andacht. Sie war ohnehin schon sehr knapp dran. Und es war niemand im Haus.

«Können Sie den Chronometer morgen abholen? Wir dürften ihn am Nachmittag fertig haben.»

Sie duckte sich nach drinnen, legte den Chronometer auf das Tischchen unter der Hutablage und wollte die Türe schließen, doch der Mann blickte derart bestürzt drein, dass sie mitten in der Bewegung innehielt.

«Man sagte mir ... Mr. Price ist nicht zu Hause?»

Jetzt war Hannah verwirrt.

«Ist es denn nötig, dass Sie mit meinem Vater reden? Er ist nicht da. Wenn Sie ihn sprechen müssen, können Sie mit mir kommen: Es ist Ersttag, er wird bei der Andacht sein. Aber Sie müssen warten. Ich muss noch das Feuer löschen.»

Er blinzelte sie verständnislos an.

«Ersttag. Was Sie Sonntag nennen. Wir nummerieren die Tage und Monate.»

Der Mann wirkte nicht überzeugt, nickte jedoch, und sie ging wieder hinein. Es erübrigte sich zu erklären, dass der Zahlenkalender entwickelt worden war, weil es den frühen Angehörigen der Gesellschaft der Freunde nicht behagt hatte, Tagen und Monaten Namen zu geben, die von heidnischen Göttern abgeleitet waren. Es hätte den Mann vielleicht gekränkt – wer weiß, zu welchem Gott er betete? Nach kurzem Zögern schloss Hannah leise die Türe. Die Geste mutete sie selbst eigenartig an – sie würde ja in einem Augenblick zurück sein –, aber sie wollte den Mann nicht an der offenen Türe stehen lassen. Ihn hereinzubitten zog sie nicht in Betracht.

Derweil Hannah die Asche zusammenkratzte, kam ihr in den Sinn, dass das Gebaren des Seemannes gar nicht auf Unsicherheit zurückzuführen war. Er hatte Bedenken, ihr den Chronometer anzuvertrauen. Sie richtete sich wieder auf, wischte sich die Hände an der Schürze ab, band sie auf und warf sie auf den Tisch. Sodann knöpfte sie ihren Mantel zu. Sie nahm die Haube von der Ablage, verknotete die Bänder flink und stramm, öffnete dann wieder schwungvoll die Türe.

«Sie müssen sich um das Schicksal des Chronometers der *Pearl* keine Sorgen machen», versicherte sie dem Mann, als sie auf die Veranda trat und die Türe zuzog. «Mein Vater wird die Regulierung mit der gebotenen Sorgfalt beaufsichtigen.»

Er erwiderte nichts. Sie schritt den gepflasterten Pfad zum Gartentor, entriegelte es, blieb auf der Lehmstraße stehen und wartete, dass er ihr folgte. Mit einem tiefen Atemzug hoffte sie die Würdelosigkeit der Tatsache zu mildern, dass sie diesen Seemann aus Wer-weiß-woher nur deshalb zu ihrem Vater begleiten musste, weil er eine Frau für unfähig hielt, sich des Chronometers seines Schiffes anzunehmen.

Er war langsam wie eine Schnecke. Hannah ging voran und ließ ihn mit Freuden hinter sich herzockeln. Die Vorstellung, dass eine Frau einen so empfindlichen und wichtigen Gegenstand handhabte, würde wahrscheinlich alle zwölftausend Walfänger auf Erden nervös machen – nur ihren Zwillingsbruder nicht, aber Edward war ja die Ausnahme beinahe jeder Regel. An der Ecke Main Street blieb sie stehen und wartete für den Fall, dass der Seemann den Weg zum Versammlungshaus nicht wusste.

Wie üblich schaute sie die Straße hinauf zu dem knapp drei Fuß hohen Obelisken vor der Pacific National Bank. Die Inschrift auf der Vorderseite hatte sich ihr ins Gedächtnis geprägt: *Nördliche Begrenzung der Meridianlinie der Stadt.*

Vor fünf Jahren hatten sie und Edward den schweren Karren gezogen, auf dem der Stein zu seinem Bestimmungsort transportiert wurde. Die Räder hatten so heftig gerattert, dass die Zähne der Zwillinge beim Lachen klapperten. Nathaniel war vorangegangen, die Spaten geschultert wie ein Wachposten auf Patrouille. Hannah erinnerte sich an das Klacken der Kieselsteine, als sie ein Loch gruben, und an das nicht unangenehme Brennen in Armen und Schultern.

«Du hast Schlagseite, Hannah», hatte Edward gesagt, der unter dem Gewicht des Marksteines schwankte, als sie ihn zu dritt an seinen Platz manövrierten. «Hoffentlich kracht uns das Ding nicht gleich auf die Zehen, nur weil du dem schwächeren Geschlecht angehörst.»

Hannah verdrehte die Augen und stemmte sich mit den Händen so gegen den Stein, dass sie dem Gewicht Widerstand leisten konnte.

«Wäre dein Geist stärker als dein Witz, könnten wir darüber disputieren, welches Geschlecht fürwahr das schwächere ist.»

«Als dein älterer Bruder ist es meine Pflicht, dir mit meinem außerordentlichen Witz als Vorbild zu dienen und zu hoffen, dass du danach trachtest, ihm nachzueifern.»

«Um vier Minuten älter», ächzte Hannah, während sie den Stein langsam herabsenkten.

«Die besten vier Minuten meines Lebens», sagte Edward augenzwinkernd und wäre um ein Haar in das Loch gefallen.

«Sachte, Kinder», murmelte Nathaniel. Eine kleine Menschenmenge hatte sich eingefunden, während die drei über den Markstein gebeugt waren, und als sie sich dann aufrichteten, erklang Beifall. Hannah errötete vor Stolz auf die steingewordene Erklärung, die sie gerade errichtet hatten: Von nun an wurde jedem Passanten die genaue Lage ihrer Insel offenbart. *Wir sind hier*!, verkündete der Stein, jetzt und in alle Ewigkeit.

* * *

Als der Seemann Hannah einholte, bogen sie in die Main Street ein, wo die bescheidenen, mit identischen grauen Schindeln verkleideten Häuschen, in denen die meisten Bekannten von Hannah wohnten, einer Reihe von neu erbauten Herrenhäusern wichen, die vom Kopfsteinpflaster der Straße zurückgesetzt standen, abseits des Geklappers von Karren und Fußgängern. Diese bombastischen Wohnsitze ließen Hannah erschauern. Die «Three Bricks» – drei gleiche, für die drei Söhne des Walfang-Patriarchen Joseph Starbuck errichtete Gebäude –, trugen ihre Säulenportale wie mit Federn besetzte Halskrausen. Das weiß verschindelte Barrett-Haus brüstete sich mit einer Kuppel und so vielen Schornsteinen, dass sie ausgereicht hätten, um alle übrigen Häuser auf der Insel in Asche zu verwandeln. Ein paar Straßen weiter wichen die protzigen Residenzen einer Zeile mit Läden von Kartographen und Putzmacherinnen, Bäckern und Fischhändlern, die an der Hauptverkehrsader ihre Waren und Dienste feilboten. Lutheraner, Unitarier und Quäker zogen in einem steten Strom zu ihren jeweiligen Andachtshäusern. Auch die Bewohner des Neuguinea genannten Schwarzenviertels hatten sich zum Gemeindehaus der afrikanischen Baptisten auf den Weg gemacht, das in Five Corners, im Osten der Stadt, Ecke Pleasant und York Street, lag.

«Gehen Sie zur Kirche?» Hannah sah den Mann von der Seite an und fragte sich, ob es in seiner Heimat überhaupt Kirchen gab oder er aus einer unzivilisierten, gottlosen Gegend kam. Dies dünkte sie unwahrscheinlich, da er gewählt, wiewohl eigentümlich sprach – seine Rede war irgendwo zwischen geistlicher Herr und Seemann anzusiedeln. Es gab allerdings auch zahlreiche Regionen auf Erden, wo die Menschen nichts von ihrem Schöpfer wussten oder sich viele Götter zugleich vorstellten.

«Ich bin nicht fromm», erwiderte er. Beim Gehen hielt er die Hände an den Seiten und die Augen geradeaus. Sein Gang war so gleichmäßig, dass es beinahe aussah, als würde er schweben.

«Sind Ihre Angehörigen fromm?»

«Sie waren es einmal. Als ich ein junger Mann war. Heute jedoch ...» Er hielt inne. Hannah meinte ihn seufzen zu hören. «Ich weiß es nicht.»

Die Straße wurde immer belebter, je näher sie dem Versammlungshaus kamen, und von den wenige Straßenzüge entfernten Docks wehte ein leichter Wind den Geruch von Fisch und ranzigem Öl, Teer und Sägemehl heran. Margaret Granger, eine gestrenge Frau von über dreißig, die den Laden ihrer Mutter betrieb, eilte geschäftig auf der anderen Straßenseite vorbei; ihr Ehemann war mit Edward an Bord der *Regiment.* Margaret warf einen kurzen, verwunderten Blick auf Hannahs Begleiter, hastete dann weiter. Dergleichen widerfuhr Hannah noch zwei Mal auf dem kurzen Weg zur Ecke Fair Street, und ihr Gesicht brannte vor Verlegenheit, als sie ankamen.

Beim Überqueren der Main Street blieb sie ein wenig zurück und trat zögernd auf das unebene Kopfsteinpflaster. Es gab für sie keine Möglichkeit, sich zwischen den zweistöckigen hölzernen Ladenfronten mit geschlossenen Fensterläden zu verstecken, und es war zu spät, so zu tun, als wäre sie nicht gerade neben dem Mann hergegangen, so gerne sie es auch vorgegeben hätte. Aber das brauchte sie eigentlich auch gar nicht: Er war mit einem Chronometer gekommen und wollte mit ihrem Vater sprechen. Mehr war nicht vorgefallen. Doch sie war ebenso über sich selbst verärgert – weil sie nicht vorhergesehen hatte, dass es forschende Blicke auf sich ziehen würde, wenn sie neben einem Fremden, zumal diesem, zum Versammlungshaus schlenderte – wie über ihre Nachbarn, die jeden, den sie nicht kannten, wie einen lästigen Eindringling behandelten.

Während sie den Blick über die nahezu identischen, aneinandergeschmiegten Holzhäuser schweifen ließ, strebte sie der schattenspendenden Markise von John Darlings Firma «Land- und Seekarten & Co», Ecke Fair Street, zu. Die breite, schlichte Flügeltüre des Versammlungshauses weiter vorne in der Straße war verdeckt durch einen Schwarm von Frauen mit grauen Hauben und Männern mit schwarzen Hüten, von denen allerdings dreimal mehr in den Saal gepasst hätten. Die Gemeinde schrumpfte von Woche zu Woche; die Abtrünnigen teilten sich gleichmäßig in jene auf, die sich nicht mehr nach dem zunehmend strengeren Disziplinkodex richten mochten, und in solche, die ausgeschlossen worden waren, weil sie sich nicht an den Kodex gehalten hatten.

Edward gehörte zu der ersten Gruppe, war aber, als er fortging, auf gutem Wege gewesen, sich letzterer zuzugesellen. Die Möglichkeit eines Ausschlusses, der für Hannah dasselbe bedeutet hätte, wie aus der eigenen Familie ausgestoßen zu werden, kümmerte ihn herzlich wenig. Allerdings gehörten Leute in Hannahs Alter in der Gemeinde zur Minderheit. Da Geringfügigkeiten wie das Tragen einer bunten Schleife oder Singen in der Öffentlichkeit täglich mit Ausschlüssen geahndet wurden, waren die Köpfe ihrer Mitgläubigen mittlerweile so einheitlich grau wie das Gebäude selbst, und die wenigen jungen Leute, die in der Gemeinde verblieben, taten es hauptsächlich aus Ergebenheit gegenüber ihren Eltern oder Großeltern.

«Wenn ich mich zu Tode langweilen will», hatte Edward zwei Wochen, bevor die *Regiment* in See stach, zu Hannah gesagt, «kann ich das genauso gut zu Hause tun.»

«Du sollst dich bei der Andacht aber nicht langweilen»,

hatte Hannah entgegnet. «Du sollst auf Einsicht warten. Auf Offenbarung.»

«Tu ich ja. Kein Grund, es nicht hier zu tun, wo es Kaffee gibt. Und die Zeitung.» Er drückte Hannahs Hand. «Keine Sorge. Gott wird mich ganz sicher finden, wenn er ein Wörtchen mit mir zu reden hat.»

Indes Hannah darauf wartete, dass der Strom der Gläubigen abebbte, überlegte sie, was sie zu ihrem Begleiter sagen könnte, der nun neben ihr stand. Müßiges Geschwätz war ihr zuwider. Sollte sie ihn nach der *Pearl* fragen? Nach seiner Herkunft? Seine Nähe machte sie nervös, obwohl er selber doch so reglos war wie ein Stein.

«Auf welchem Schiff waren Sie vor der *Pearl?*», fragte sie schließlich.

«Ich war Harpunier auf der *Independence* aus New Bedford.»

«Der *Independence*? Ich habe von dem Schiff gehört. Mehr als dreitausend Tonnen, und in der ganzen Zeit kein einziger Unfall oder Besatzungswechsel. Mein Bruder hat mir einen Artikel darüber vorgelesen.» Damit hatte Edward versucht, seinen Entschluss, auf einem Walfänger anzuheuern, zu bekräftigen, doch Hannah hatte ihn daran erinnert, dass weitaus mehr Walfänger verkrüppelt, tot oder auf See vermisst endeten, als für ein Interview durch den *Nantucket Inquirer* zur Verfügung gestanden hätten.

«Wir haben Glück auf der Fahrt.» Der Seemann neigte den Kopf ein wenig. Er ist bescheiden, befand Hannah. Das war ungewöhnlich für einen Walfänger. Alle, die sie kannte, prahlten nur zu gerne mit ihrem überragenden Geschick bei der Handhabung der Seilwinde oder der Harpune.

«Haben Sie zufällig auf der Heimreise an der *Regiment* festgemacht?» Dies war bestenfalls ein Schuss ins Blaue, doch Hannah konnte sich die Frage nicht verkneifen.

«Das glaube ich nicht. Aber ich trinke keine scharfen Sachen, darum ich bin nicht immer dabei, wenn unser Schiff sich mit anderem trifft und gefeiert wird.»

«Ach so», sagte sie, insgeheim seine Grammatik korrigierend, und spähte dabei um den Rand ihrer Haube. Wenn sie sich nur noch eine Minute länger aufhielt, würde die Menge vor dem Versammlungshaus immer spärlicher. Sie warf noch einen verstohlenen Blick auf das Gesicht ihres Begleiters. Sein Profil erinnerte sie an einen Kupferstich im Atheneum. Aber an welchen? Sie wagte noch einen Blick, und jetzt fiel es ihr ein. Es war ein Stich, den ein begeisterter Verfasser von Pamphleten an den Nachdruck eines der Aufsätze von Emerson aus dem vergangenen Jahr geheftet hatte. Hannah hatte ihn nicht ganz gelesen, aber unter den Benutzern der Bibliothek hatte er einiges an Gerede und Disputen ausgelöst. Er war mit «Charakter» betitelt und begann mit einem Hinweis auf Lord Chatham, der auf dem Stich abgebildet war. Die Verbindung zwischen einem großen englischen Staatsmann und einem womöglich unbelesenen schwarzen Seemann war dermaßen bizarr, dass Hannah sich zwingen musste, wegzuschauen.

«Das da ist unser Versammlungshaus.» Sie deutete hin. Die Leute strömten zum Eingang. Dies war der richtige Zeitpunkt für sie. Sie wollte sich einfädeln und unbemerkt hineingehen. Aber wenn sie den Mann mitnähme, würde das nicht unbeobachtet bleiben.

«Möchten Sie immer noch mit Mr. Price sprechen? Wenn ja, müssen Sie mitkommen.»

Der Blick des Seemannes wanderte über die Menschenmenge hinweg. Ein kleiner Muskel in seiner Wange zuckte, als er die Szenerie betrachtete. Sie standen dicht beieinander. Die Menge der Fußgänger teilte sich vor ihnen wie ein Fluss vor einem Felsblock.

Er will da so wenig hineingehen wie ich, dachte Hannah. Sie sah es an seinem Gesicht, und es war eine eigenartig beruhigende Erkenntnis.

Er hatte sich entschieden.

«Ich vertraue Ihnen», erklärte er mit einer leichten Verbeugung. Hannah erwiderte sie mit einem unbeholfenen Nicken, und noch bevor sie den Kopf wieder hob, war er zwischen den Gläubigen verschwunden, die über die Main Street strömten.

3

Stille

Mit gesenktem Kopf näherte Hannah sich dem Versammlungshaus. Sie hoffte, ihre Haube würde sie vor dem Geplauder in der Menge bewahren, als ein schrilles Kichern und Glucksen sie aufblicken ließ. Vor ihr stand Mary Coffey.

Mary sah ihre erheiterten Freundinnen stirnrunzelnd an, um sie zum Schweigen zu bringen, und die anderen Mädchen entfernten sich wie die Hofdamen einer Königin. Was hatte Mary an sich, das in allen Menschen – Edward eingeschlossen – das Bedürfnis weckte, ihr zu gefallen? Hannah musterte Marys gutsitzendes Kleid: Es war aus feiner Seide, allerdings in schlichtem Grau, wie es die Disziplin ihrer Glaubensgemeinschaft verlangte. Der Spitzenkragen war ein erlesenes Gespinst aus Blättern und Blumen, zart wie ein Libellenflügel. Vermutlich kam das Kleid aus Frankreich, und zweifellos hatte es sich Mary aus einem Katalog bestellt. Selbst Edward hätte darüber gelästert, wäre er nicht so vernarrt in das Mädchen gewesen. Eine Familie wie die Coffeys würde sich niemals so sehr von seinen Fähigkeiten beeindrucken lassen, dass sie über seine Mittellosigkeit hinwegsah und ihn ihre verbliebene Tochter ehelichen ließ. Das wusste Hannah so sicher, wie sie die Namen der Fixsterne kannte. Aber Edward wollte nichts davon hören.

«Wir haben den Hof», hatte er Hannah entgegengehalten. «Und wenn man uns die Küstenbeobachtung überträgt, haben wir diese Einkünfte obendrein.»

Die Naivität ihres Bruders hatte Hannah entsetzt, wenngleich George Bond schon seit Monaten Andeutungen machte, dass ein derartiger Kontrakt in Washington tatsächlich zustande kommen könnte. Doktor Alexander Bache, der kürzlich ernannte Oberaufseher der Küstenwache, teilte derzeit die jüngst expandierten Vereinigten Staaten in neun Regionen auf, die jeweils eine eigene Operationslinie erhielten, von der aus es jeden Fleck in ihrem Bereich zu triangulieren galt. Massachusetts lag in Region I; laut George sollte die Operationslinie irgendwo um New Bedford liegen, was Nantucket zur idealen «Station» machen würde. Sollte die Linie tatsächlich so festgelegt werden, könnten Hannah und ihr Vater mit einer Kistenladung neuer Instrumente sowie mit einem erheblichen Anstieg ihres Einkommens rechnen.

Die Wirksamkeit der Wache war umstritten, aber Hannah erwärmte sich für Doktor Baches Vision, die unterschiedlichen Küsten und Völker der Nation durch geodätische Sicherheit miteinander zu verbinden. Eine weitläufige, zwanzig Breiten- und dreißig Längengrade umfassende nationale Küstenlinie war kaum vorstellbar, geschweige denn ihre Kartographierung, und Hannah bewunderte ebenso die Methodik, mit der Doktor Bache zu Werke ging, wie seine mathematische Striktheit. Zudem war ihr zu Ohren gekommen, er sei bereit, beim *Nautical Almanac* Frauen zum Berechnen einzustellen.

«Selbst wenn wir den Küstenwachenauftrag bekämen, würde das kaum unsere Ausgaben decken», hatte Hannah gesagt. «Und ich glaube, der Hof hat in zwanzig Jahren keinen Gewinn abgeworfen – ich weiß gar nicht, warum Vater ihn überhaupt behält. Wie willst du eine Frau ernähren, die jetzt in einem Herrenhaus wohnt und Dienstboten hat?»

«Das Haus der Coffeys ist kein Herrenhaus, Hannah. Es ist ein schlichter Backsteinbau. Ich bin drinnen gewesen. Außerdem ...» Er machte ein paar geckenhafte Tanzschritte durch die Küche. «... darfst du gerne die Polizei rufen, wenn ich mich wirklich in einen Stutzer verwandle!»

«Hör auf!» Hannah schlug mit der Fliegenklatsche nach ihm. «Du weißt, was ich meine.»

«Ja.» Er ließ sich auf den Schemel plumpsen. «Aber du irrst. Mary ist genau wie du. Hm, nein. Sie ist nicht wie du. Keine ist wie du. Aber sie ist reizend und nicht so verwöhnt, wie du denkst. Ich verstehe sowieso nicht, warum du so vernichtend über sie urteilst. Es sieht dir gar nicht ähnlich, so lieblos zu sein.»

«Ich finde, sie ist falsch», sagte Hannah lakonisch. «Und ich denke, du siehst nicht alles, was es zu sehen gibt.»

«Aber du, wie? Du siehst doch nur die gesättigten Enden des Spektrums, meine Gute. Dunkel oder hell. Richtig oder falsch. Wir aber leben in den vielleicht grauesten Gefilden der Welt.»

* * *

Sogar unter dem bewölkten Ersttagshimmel war es Hannah peinlich, Mary direkt anzusehen. Ihre blasse Haut war beinahe durchscheinend, doch die Augen leuchteten in einem eindringlichen Blau. Bei jedem Wetter schimmerte ihr goldblondes Haar, als spiegelte sich die Sommersonne darin. Der Anblick von etwas so zweifellos Reizvollem war unwiderstehlich. Immer wenn Hannah Mary sah, wollte sie nicht mehr aufhören, sie anzuschauen, und war dann selbst im schlichtesten Gespräch gehemmt, verwirrt und unbeholfen.

Als Kind hatte Hannah versucht, Teil des geheimnisvollen Netzes zu werden, das die Inselmädchen ihres Alters so eng miteinander verknüpfte wie das feine Gewebe auf ihren Klöppelkissen. Das letzte Mal hatte sie an einer Klöppelgruppe teilgenommen, als sie zwölf oder dreizehn gewesen war. Hannah saß steif wie eine Fahnenstange auf dem Stuhl, den man ihr angeboten hatte, und betrachtete die Handarbeit auf ihrem Schoß. Das zwanglose Plappern der Mädchen ringsum war ihr so unvertraut und einschüchternd wie eine fremde Sprache, und Hannah hatte bereut, dass sie gekommen war.

Tallulah Barnes war dort gewesen, erinnerte Hannah sich, und Lilian Archer, und natürlich Mary. Hannah hatte an ihrem Strang aus dünnem Garn herumgezupft, bis sich Tallie bestürzt über sie beugte. Die anderen Mädchen hörten zu schwatzen auf und scharten sich um sie.

«Hannah, so wird das nichts!»

Lilian war munter zu ihrer Rettung geeilt, hatte die eigene Arbeit beiseitegelegt und sich Hannahs angenommen.

«Das können wir bestimmt wieder beheben», sagte sie. «Hannah kann Klöppeln nicht ausstehen, nicht wahr?», fragte Mary.

«Freilich, es erfordert Übung», erklärte Lilian, indes sie an den Fäden zupfte.

«Meine Mutter sagt, es ist für die Erziehung einer Dame unabdingbar. Das Klöppeln, meine ich.» Tallie verdrehte die Augen, doch schien sie diesen Gedanken nicht wahrhaftig abwegig zu finden. «Falls wir uns eines Tages zu vermählen hoffen.»

Alle Mädchen kicherten, doch Hannah verstand den Witz nicht. Sie kannte «klöppeln» nicht als obszönes Wort für Geschlechtsverkehr. Tallie sagte etwas von einem Jungen, dann war es still, und Hannah wurde klar, dass man ihr eine Frage gestellt hatte.

«Wie bitte?»

Neuerliches Kichern. Tallie und Lilian wechselten einen Blick, den Hannah nicht zu deuten vermochte. Sie war rot geworden. Was wollten sie von ihr?

«Tallie wollte bloß wissen, wie du Peter Macey findest», sagte Mary, nicht unfreundlich.

Hannah hielt den Blick fest auf das Kuddelmuddel aus seidenen Fäden in Lilians Händen gerichtet. Welche Antwort wurde von ihr erwartet? Sie entschied sich für die Wahrheit.

«Ich hege keinerlei Gedanken an ihn», stammelte sie.

«Und wie steht es mit Nathaniel Starbuck?», fragte Tallie.

«Oder Zachary Phillips?»

«Zachary? Das ist doch absurd. Weshalb sollte Hannah an Zachary denken?»

«Nun ja, er ist ein Bücherwurm», sagte Mary ganz ruhig. «Und Hannah liebt Bücher. So ist es doch, Hannah?»

«Hannah macht sich vielleicht nichts aus Jungen», sagte Lilian und schlug Hannah aufs Knie. «Sie ist ohnedies klüger als die drei zusammen.»

«Meine Mutter sagt, Frauen, die zu viel lesen ...», hob Tallie an, doch Mary unterbrach sie.

«Psst, Tallie.» Sie nahm Lilian Hannahs Klöppelkissen ab und gab es ihr zurück. «Das war doch gar nicht so schlecht. Mach nur weiter so mit den Maschen – mit der Zeit wirst du es beherrschen.»

Doch Hannah hatte den Kopf geschüttelt und war so abrupt aufgestanden, dass die Mädchen auseinanderstoben wie aufgescheuchte Vögel. Sie hatten sie zurückgerufen, aber sie war nicht wiedergekommen, nicht an diesem Abend und auch später nicht.

Es stimmte, dass sie nie an Jungen dachte; sie hatte einfach keine Ahnung, was sie zu einem sagen sollte, der nicht ihr Bruder war. Die anderen Mädchen waren offenbar ganz besessen vom anderen Geschlecht; Hannah hatte oft beobachtet, wie sie einander kichernd nachliefen, und sie selber hatte sogar ein-, zweimal ein Gespräch mit Peter Macey geprobt, indem sie ihr zitterndes Spiegelbild in der Fensterscheibe ihres Schlafzimmers anredete. Aber dabei war sie sich so töricht und trügerisch vorgekommen, dass es ihr im Traum nicht einfiel, es in Wirklichkeit zu versuchen. Mit den Jahren hatte sich ihr Gefühl von Unbeholfenheit, vereint mit ihrem verletzten Stolz, noch gesteigert, und sie wies die meisten Versuche der Frauen, sie in ihre Betätigungen einzubeziehen, zurück. Am Ende hatten sie es aufgegeben, alle bis auf Mary.

Aber wenn Hannah Mary neuerdings anschaute, sah sie immer Edwards leeren Stuhl in der Kammer, seine leere Truhe, seinen leeren Platz am Tisch.

Sie suchte die Menge vor dem Versammlungshaus nach ihrem Vater ab, aber mit ihren breitkrempigen Hüten sahen die Männer alle gleich aus.

«Hast du Post bekommen?», fragte Mary und neigte leicht den Kopf, um Hannahs schweifendem Blick zu begegnen. Hannah sah sie wieder an. Mary hob die Hand, um eine verirrte Locke zurechtzurücken. Ihre Finger waren weiß wie Würmer.

«Wir haben seit mindestens einem Monat keinen Brief mehr bekommen», antwortete Hannah. Das war die bittere Wahrheit. Jeden Tag sah sie auf dem Weg zur Arbeit im Atheneum nach ihrem kleinen Holzkasten in Riddells Laden, einem alten, heruntergekommenen Bau mitten in der Stadt, dessen sonnengebleichte Schindeln, durchhängende Veranda und quietschende Türe seine Bedeutung als Sammelstätte für die gesamte Korrespondenz der Insel Lügen straften. Wie dicke Männer am Galgen hingen die mit Briefen vollgestopften großen Segeltuchsäcke an den Dachbalken, ein jeglicher Sack beschriftet mit seinem Bestimmungsort – *Pacific Grounds, Kap der guten Hoffnung, Nordatlantik.* Frauen und Mädchen strömten ein und aus wie ein Schwarm Fische, hofften auf Nachrichten oder gaben Briefe auf. Die Ware in den Säcken waren Wörter, die von Todesfällen und Geburten, Klagen und Begnadigungen berichteten. Vor allem aber, wusste Hannah, enthielten sie Schwüre ewiger Liebe. Für sie waren sie kein schöner Anblick, diese prallen Behältnisse voller Hoffnungen und Träume, denn darauf zu starren gab ihr das Gefühl, eine Enttäuschung erst recht herauszufordern.

«Ich hatte seit zwei Wochen keinen.» Mary seufzte. «Länger. Lass mich überlegen. Der letzte kam an dem Tag, als wir Debattiersitzung hatten. Du warst nicht da, oder?»

Hannah schüttelte den Kopf. Sie ging nie zur Debattiergesellschaft, wiewohl Edward behauptete, sie würde bei jedem Thema hundertmal überzeugender sein als die meisten anderen.

«‹Die Notwendigkeit einer umfassenden Bildung für beide Geschlechter› zum Beispiel», hatte er eines Abends in der Küche gesagt. «Oder ‹Die Bedeutung der richtigen lotrechten Anordnung der Möblierung›.»

«Soweit es die Bildung betrifft, bezweifle ich, dass irgendetwas, das ich sage, eine Vermehrung der Lehranstalten für Frauen beschleunigen würde», hatte Hannah geantwortet und fegte drauflos, als wäre der Besen schuld an dem kümmerlichen Angebot von Institutionen, die es Angehörigen ihres Geschlechts ermöglichten, einen Schulabschluss zu machen.

«Natürlich nehme ich nur zum Vergnügen teil», fügte Edward an und hinterließ mit seinem Marmeladentoast eine Krümelspur quer durch die frischgekehrte Küche, als er zu seinem Platz am Tisch ging.

«Gibt es überhaupt einen anderen Grund für dich, etwas zu tun?», fragte Hannah. «Nimm die Füße hoch.»

Er gehorchte, dabei stießen seine Knie an die Unterseite des Tisches.

«Du würdest das Schauspiel genießen, wie unsere Maulhelden gegenseitig an ihren ohnehin löchrigen Argumenten herumnörgeln. Mit Ausnahme von Mary Coffey habe ich niemanden reden gehört, der sich für sein Thema wirklich begeisterte oder imstande war, seine Ansichten auf eine Art vorzutragen, die nicht augenblickliches Einschlafen garantierte. Besser als jedes Schlafmittel. War das eben ein empörtes Schnauben?»

Hannah rückte den Bodendielen derart heftig zu Leibe, dass um ihren Besen herum eine kleine Wolke aus Staub und Asche emporstieg.

«Mary Coffey? Wenn du das so gesehen hast, waren wohl deine Augen größer als deine Ohren.»

«Ich weiß nicht.» Er wischte die Krümel sorgsam in seine schmale Hand. «Du würdest möglicherweise überrascht sein.»

Hannah war nicht zum Debattieren gegangen, und sie lehnte auch die wiederholten Einladungen der Damen der Enthaltsamkeitsbewegung und der Büchergemeinschaft ab, die offenbar darauf erpicht waren, eine Angestellte des Atheneums als Vorzeigemitglied in ihren Reihen zu haben. Allein schon die Vorstellung, vor ihnen zu sprechen, genügte, um Hannahs Puls rasen und Schweiß auf ihrer Lippe perlen zu lassen. Aller Augen auf sie gerichtet – das wäre die letzte Form von Geselligkeit, für die sie sich entscheiden würde.

Während ringsum die Leute zum Versammlungshaus strebten, plapperte Mary immer weiter über die letzte Zusammenkunft der Debattiergesellschaft.

«Die Frage der Woche lautete: ‹Ist die Welt gegenwärtig an einem Grad der Zivilisation angelangt, wie sie ihn nie zuvor erreicht hat?› Ich erinnere mich daran, weil Fritz – Fritz Gardiner, du kennst ihn – etwas überaus Erstaunliches gesagt hat, das dennoch vollkommen plausibel war. Ich freue mich immer, wenn derlei geschieht, du nicht?»

Hannah blinzelte Mary an.

«Ich denke schon», murmelte sie und fragte sich dabei, wann sie sich wohl davonstehlen könnte, ohne ganz und gar unhöflich zu sein; Mary missverstand ihre zögerliche Antwort jedoch als Zeichen, weiterzusprechen. Sie nahm Hannahs Arm, als wären sie nunmehr die besten Freundinnen, und zog sie zu der weißen Flügeltüre. Ein Prickeln durchlief Hannah bei dem eigenartigen Gefühl, einem anderen Körper so nahe zu kommen, dass sie ihn berührte. Im Hause Price neigte man nicht zu Umarmungen. Mary hob ihr Kinn an Hannahs Ohr, und ihr warmer Atem kitzelte sie am Hals.

«Also, Fritz sagte, man müsse Vorsicht walten lassen, wenn man sein eigenes Verständnis von Zivilisation allen anderen Menschen auf der Welt aufdrängen will, denn jedes Volk habe seine eigenen Lebensregeln, die wir womöglich weder begreifen noch billigen, die aber für sie genau die richtigen seien.» Sie blieben an der Türe stehen. Hannah entzog Mary ihren Arm, um an ihren Haubenbändern zu nesteln, und sah sich, immer noch vergebens, nach ihrem Vater um.

Die Gläubigen drängten sich durch den Eingang. Fast alle nickten zuerst Mary, dann Hannah zu. Sie fühlte sich wie in der Falle, und ihr war unwohl unter den vielen neugierigen Blicken.

«Wer dieser Ansicht ist, könnte einen Mord als vollkommen gerechtfertigt ansehen, nur weil er im Sinne des Mörders ist», entgegnete Hannah; sie hob das Kinn, fragte sich, ob sie jetzt erst recht an Marys Angel hing. «Eine solche Einstellung ist gewiss nicht christlich.»

Anstatt zurückzuschrecken, schwebte Mary anscheinend in heller Aufregung.

«Genau das hat Doktor Hall auch gesagt! Es versprach ein ungemein interessanter Austausch zu werden. Doch leider brachte Mr. Rubens zur Sprache, wie unchristlich unsere eigenen Bürger sich 1842 auf der Kundgebung gegen die Sklaverei benommen haben, und dass es nicht im mindesten zivilisiert gewesen sei, mit Steinen zu werfen. Damit kam der Disput erst recht in Fahrt.»

Mary seufzte und bedachte ein junges Mädchen mit einem sonnigen Lächeln, das mit zartem, scheuem Winken erwidert wurde. Strahlend lief das Mädchen weiter, um seine Mutter einzuholen. Ehe Hannah sich mit einer Entschuldigung entfernen konnte, fuhr Mary fort.

«Hannah, du solltest wirklich zur nächsten Zusammenkunft kommen. Edward hat immer gesagt, du würdest uns mit deinem Verstand alle übertreffen. Und ich bin überzeugt, er hat recht. Ah, da ist meine Mutter. Hat gutgetan, mit dir zu sprechen! Sehr gut.» Sie blinzelte rasch, trat einen Schritt zurück, drehte sich dann um und ging zu Charlotte Coffey, die das Gesicht verzog, als hätte sie etwas Unschmackhaftes geschluckt. Etwas, das sie noch öfter würde schlucken müssen.

Hannah spürte eine Hand an ihrem Arm, dann stand ihr Vater neben ihr. Sie atmete erleichtert auf und neigte den Kopf, um ihn zu betrachten. Nach der langen Reise von Philadelphia wirkte er kaum erschöpft, sondern vielmehr erholt.

Seine braunen Augen, die Hannahs so ähnlich waren, hatten keine dunklen Ringe wie ihre. Bart und Haare waren gestutzt, und die graue Strähne, die ihm so tief in die Stirn gefallen war, dass sie seine Sicht beeinträchtigte, war verschwunden. Jemand hatte den Riss an der Schulter seines Rocks mit ordentlichen Stichen zusammengenäht; Hannah besah blinzelnd die Flickarbeit und wunderte sich, wer das wohl getan haben könnte; die einzige Nadel, die sie selbst seit Monaten in die Hand genommen hatte, war zur Reparatur des Fadenkreuzes benutzt worden.

«Ich habe nach dir Ausschau gehalten», sagte er. «Doktor Hall hätte dich gerne begrüßt.»

«Ich bedaure, dass ich ihn verpasst habe.» Hannah drehte sich in der Erwartung um, ihren alten Ratgeber und Lehrer noch zu sehen.

«Du wirst eine weitere Gelegenheit bekommen – ich habe ihn für morgen Abend zum Essen eingeladen.»

«Oh. Sehr gut. Ich hoffe, es ist noch genug von dem Braten übrig. Ich könnte eine Suppe mit Meeresfrüchten kochen, wenn es irgendwo Muscheln gibt.» In mühelosem Gleichschritt gingen sie durch die Menge.

«Gute Idee», sagte er. «Wir machen reichlich davon. Doktor Hall hat einen einfachen Geschmack. Ich bin überzeugt, ein von dir gekochtes Mahl wird ihn ausreichend erwärmen, und wäre es eine Steinsuppe.»

«Sie könnte durchaus so schmecken», meinte seine Tochter, nur halb im Scherz. Zu den Dingen, von denen Hannah wünschte, ihre Mutter hätte lange genug gelebt, um sie ihr beizubringen, gehörte ihre berühmte Kochkunst. Ann Gardner Price war gestorben, als Hannah und Edward erst drei Jahre alt waren, und seither war es für Hannah schwierig gewesen, viel mehr über sie zu erfahren, als dass sie eine gute Köchin gewesen war. Allerdings hatte Miss Norris, die leitende Bibliothekarin und eine ehemalige Mitschülerin von Ann, einmal etwas Verblüffendes gesagt: «Deine Mutter war schon ein besonderes Kaliber», und dabei die Stimme gesenkt, als würde sie Verrat begehen. «Nie hat sie sich beflissen an die Disziplin gehalten. Euer Vater sei zu nachsichtig mit ihr, hieß es damals, aber meiner Meinung nach vermag ein Mann gegen eine Frau mit eigenen Vorstellungen ohnehin nichts auszurichten.»

«Was für Vorstellungen?», hatte Hannah gefragt, wie gebannt von der Furcht, Miss Norris könnte zu erzählen aufhören.

«Nun ja. Sie hat nicht so gerne das Haus besorgt, abgesehen von Garten und Küche. Es fiel ihr schwer, alles schlicht zu halten, obschon sie mit der Disziplin groß geworden war. Und sie war keine vom ruhigen Schlag. Fragen, Fragen, Fragen – das war deine Mutter. In dieser Hinsicht war sie wie ein Kind. Wie dem auch sei, das alles gehört der Vergangenheit an, und du kannst froh sein, dass du nach deinem Vater geraten bist. Keine Spur Dreistigkeit in dir, das sehe ich mit Freuden. Ließe sich doch nur dasselbe von deinem Bruder sagen. Aber so ist das mit Knaben – die besitzen nur so viel Vernunft, wie wir Frauen ihnen eintrichtern.»

Hannah und Nathaniel gelangten zu ihrer Bankreihe. Nach und nach ließen sich die Versammelten nieder, und für die Prices trennten sich die Wege. Nathaniel wandte sich nach links, Hannah setzte sich auf die rechte Seite zu den Frauen.

Man brauchte sich nicht umzuschauen, um zu wissen, wer anwesend war. Vorne, mit dem Gesicht zum Saal, nahm Doktor Hall mit den anderen Ältesten Platz. Zu ihren Füßen saßen die Sippen der Starbucks und Folgers sowie die übrigen Nachkommen der ersten Quäker, die vor zweihundert Jahren vor Nantucket angelegt und es nie mehr verlassen hatten.

Hinter ihnen besetzten die Coffeys und ihre Verwandten

zwei Bänke, zusammen mit anderen Walfängerfamilien, deren Vermögen sich mit jedem Abend vermehrte, denn die ganze Ostküste auf und ab, von Penobscot bis Atlanta, sangen und beteten die Menschen beim Schein von Lampen, die mit echtem Walöl befüllt waren.

Weiter hinten saßen die Familien, deren Wohlergehen von den vorne Sitzenden abhing: die Kartographen und Putzmacherinnen, Einfuhrhändler und Ausrüster. Ohne die Kapitäne und Schiffseigner mit ihren Familien wären sie arbeitslos, ebenso Hannah und ihr Vater. Nathaniels Aufgabe bei der Bank bestand darin, sicherzustellen, dass die Banknoten von New York, Rhode Island und Connecticut gegen hiesige Geldscheine eingewechselt wurden, um sodann von den Eigentümern auf ihr Konto bei der Federal Street Bank eingezahlt zu werden. Solange ihre Konten sich vermehrten, füllte sich auch Nathaniels Konto – aber er bekleidete diese Stellung erst seit neun Monaten, und Hannah hatte noch nichts von einer Steigerung ihrer Einkünfte bemerkt.

Sie fragte sich, ob das überhaupt jemals der Fall sein würde. Zum ersten Mal in der Geschichte liefen mehr Walfangschiffe von New Bedford aus als von Nantucket. Noch behaupteten sich die Walfänger von ihrer Insel – und zwar stolz –, doch der Wind des wirtschaftlichen Aufschwungs wehte von Westen. Überall an der Meeresküste schossen große Manufakturen aus dem Boden und versprachen Arbeit, die einen Mann zehn Stunden am Stück von zu Hause forthielt statt vier Jahre. Auf dem Terrain von Louisiana sollten Fabriken entstehen, Bahngleise verlegt, Boden enteignet werden.

Nathaniel Price schaute auf Fabrikarbeiter nahezu ebenso missbilligend herab wie auf Walfänger, denn er hielt sie für zu faul, sich eine Beschäftigung zu suchen, die den

Geist forderte. Er glaubte durchaus an die Expansion, aber nicht, wenn man dafür geistige Bestrebungen opfern oder seiner Moral entsagen musste.

Hannah spähte zu ihrem Vater hinüber. Er saß still, den Kopf gesenkt wie immer, aber just in dem Moment, als sie zu ihm hinsah, öffnete er die Augen einen Spalt. Er zwinkerte ihr nicht zu, bevor er sie wieder schloss, so wie er es getan hatte, als sie ein kleines Mädchen war. Hannah seufzte. Vielleicht lastete seine Arbeit auf ihm. Der Vertrag mit der Bank führte ihn alle Monate nach Providence und Boston, New Bedford und Philadelphia. Auch heute, wie so oft, wenn sie inmitten der Ehefrauen ihrer Nachbarn saß, fragte sich Hannah, ob er ihre Mutter noch immer vermisste.

* * *

Als tiefe Stille herrschte, besann sich Hannah auf die überfällige Beantwortung des Briefes, den George Bond ihr vor mehr als einer Woche geschickt hatte. Sie hatte es vor sich hergeschoben, weil sie fast krank vor Neid war, obwohl doch George für die Umstände, in denen er lebte, gar nichts konnte. Er hatte es sich nicht ausgesucht, der Sohn des Mannes zu sein, dem die Aufsicht über die größte Sternwarte der Vereinigten Staaten oblag, und auch die Aufgabe als seines Vaters Gehilfe war ihm aufgedrängt worden; George würde lieber einen Molch zeichnen als einen Nebelfleck beobachten. Doch er tat seine Pflicht, genau wie Hannah. Das war eines der Dinge, die sie in Freundschaft verband, ein anderes war der Verlust der Mutter im frühen Kindesalter. Ihr Briefwechsel war gespickt mit spielerischen Sticheleien über ihre jeweiligen Fehler und Schwächen. In seinem letzten Brief hatte George ihr berichtet, dass es seinem Vater gelungen sei, den Nebel im Orion teilweise aufzulösen:

Ich habe es auch gesehen – es ist wahrlich aufsehenerregend. An der Spitze sind mehrere Sternhaufen, und um das Trapez ist eine Masse. Du musst bald nach Cambridge kommen und es selbst sehen. Es ist mir peinlich, es zu sagen, aber Deine Anwesenheit wäre gewiss dazu angetan, die Stimmung in unserem unentwegt emsigen, unterbesetzten Haufen aufzuhellen – doch da ich Dich kenne, weiß ich, dass ich Dich eher mit der Verheißung von mehr Arbeit und weniger Ablenkung locken könnte.

Vor ihrem inneren Auge sah Hannah die Wolke aus diffusem, milchigem Licht, die sich in einzelne Formen auflöste wie in einem Traum: hier ein rosiger Stern der fünften Größe, da ein Haufen, dort noch einer.

Mit dem Dollond-Fernrohr würde sie so etwas niemals zu Gesicht bekommen. Die Sternwarte in Cambridge war per Dampfschiff und Kutsche nur eine halbe Tagesreise entfernt, doch ebenso gut hätte ein Ozean Hannah und George trennen können. Er ließ ihr allmonatlich eine Fülle an astronomischen Neuigkeiten und Publikationen zukommen, und in jedem Brief berichtete er von eigenen Betätigungen und Fortschritten, verbunden mit der regelmäßigen Aufforderung zu einem Besuch. Ab und zu fragte Hannah sich, woher er die Zeit nahm, so häufig zu schreiben; er schickte zweimal mehr Briefe, als sie zu beantworten vermochte, und die, die sie in aller Eile hinkritzelte, waren nicht annähernd so lang wie seine. Er meinte es gut, doch die Neuigkeiten aus zweiter Hand erinnerten sie nur daran, wie klein ihre Dachsternwarte im Vergleich war. Einerlei, wie lange und intensiv sie den Himmel beobachtete – George war es möglich, in einer Nacht mehr zu sichten als Hannah in einem ganzen Leben.

Um sich abzulenken und Ruhe in ihre Gedanken zu

bringen, versuchte sie sich noch einmal auf das Objekt zu konzentrieren, das sie wenige Tage zuvor am Nachthimmel gesehen hatte. Doch als sie sich den milchigen Nebel – sofern es einer war – und die Bänder, die ihn durchzogen, in Erinnerung rief, löste sich das Bild urplötzlich in pechschwarzes Dunkel auf.

Nantucket, 13. Tag, 4. Monat, 1845
via Liberty

Lieber Edward!
Wie ich hoffe, bist Du heute Nacht – oder heute Morgen, vermute ich, dort wo Du Dich gerade befindest – bei günstigem Wind wohlauf. Wir sind in ständiger Hoffnung auf Post von Dir, denn seit dem zweiten Monat sind keine Briefe von Dir gekommen. Der Winter hat uns nachts noch in den Klauen. Ich freue mich auf die kommenden milderen Tage, denn die kalte Jahreszeit hat meinen Kräften arg zugesetzt. Ich wünschte, Du wärest hier gewesen. Aber ein solcher Wunsch ist ohne Sinn.
Wie weit sind Deine Kenntnisse in Navigation gediehen? Weißt Du mittlerweile, wie Du die Position bestimmen musst, um einen Stern zu schießen? Ich will es hoffen. Wenn nicht, werde ich es Dir in anderer Form erklären, obwohl Du es gewiss längst beherrschst, ehe meine «Belehrung», wie Du meine Erläuterungen vermutlich nennen wirst, Dich erreicht.
Hier ist alles unverändert. Phoebe Fuller war vor ein paar Tagen bei mir im Atheneum, um sich über die Lesegewohnheiten der armen Witwe Ramsay zu erkundigen; es sind wieder ein halbes Dutzend Ausschlüsse erfolgt. Lizzie wurde ausgeschlossen, weil sie beim Wäschewaschen ein Lied gesungen hat. Bei Phoebe ist halbwegs damit zu

rechnen, dass sie sich demnächst versehentlich selbst ausschließen wird, wenn sie sich abermals erkühnt, mit einer Nicht-Inselbewohnerin zu sprechen. Ich erwog, ihr zu raten, die arme Witwe in Ruhe zu lassen, habe aber nichts gesagt.

Vater ist die meiste Zeit in Bankgeschäften auswärts gewesen. Ich weiß, Du denkst, er wird Dir Deinen Entschluss nie verzeihen, doch ich bin überzeugt, wenn Du ihm persönlich schreibst, wird er sich freuen, von Dir zu hören. Ich wünschte, Du würdest es tun – es könnte ihn womöglich dazu bewegen, wieder mehr Interesse an unserer astronomischen Arbeit zu zeigen. Vermutlich hegt er die Hoffnung, dass alles so wird wie früher, wenn Du zurückkommst, und dass wir drei die Küstenbeobachtung übernehmen können, sollte es den Bonds gelingen, den Kontrakt zuwege zu bringen. George sucht mich unentwegt zu einem Besuch zu überreden, doch ich sehe nicht, wie ich dafür Zeit erübrigen könnte.

Unlängst ist mir in den Sinn gekommen, dass auch ich einmal daran dachte fortzugehen, als wir Kinder waren und spielten, wir würden den dunklen Atlantik überqueren. Dieser Tage kam ich auf einem meiner Streifzüge an unserem Spielplatz in Madaket vorüber, wo dieser alte Baumstamm am Strand lag. Da sah ich alles vor mir – ich war der Kapitän, und Du warst Koch und Bootsmann und erster Maat in einem –, und jetzt überquerst Du wirklich den Ozean, und ich bin wie immer an Land.

Bitte lerne und lies, wann Du kannst, und schreibe

Deiner Dich liebenden Schwester

HGP

4

Dezimalarithmetik

Am Nachmittag des folgenden Tages vernahm Hannah unten an der Türe ein leises Klopfen. Verärgert über die Störung, legte sie die Gleichungen beiseite, mit denen sie sich seit Wochen plagte. George hatte dutzendweise Berichte und Kommentare über die Arbeit des englischen Mathematikers John C. Adams geschickt, der die mutmaßliche Position eines nie gesichteten Planeten berechnete, welcher möglicherweise die unerklärliche Abweichung der Umlaufbahn des Uranus verursachte. Hannah hatte sich Adams Messwerte notiert und die Gleichungen von oben bis unten durchgearbeitet, jedoch ohne auf seine Ergebnisse zu kommen. Es war verdrießlich: Adams war nur ein Jahr älter als Hannah, und was hatte *sie* entdeckt? Wenn sie seine Gleichungen nicht einmal mit Hilfe seiner Angaben zu lösen vermochte, wie konnte sie erwarten, die Umlaufbahn eines Kometen zu berechnen, den es gar erst noch aufzuspüren galt?

Ihre schweren Schnürstiefel polterten, als sie die Treppe hinunterlief und so heftig die Türe aufriss, als wäre diese schuld an Hannahs Unvermögen. Auf der Veranda wartete der zweite Maat der *Pearl*, die Hände hinter dem Rücken verschränkt. Er trug denselben Pullover wie tags zuvor, hatte sich aber zusätzlich noch einen fadenscheinigen grünen Schal um den Hals gebunden, als könnte der ihn vor der Kälte schützen.

Er neigte den Kopf zur Begrüßung, machte aber keine Anstalten einzutreten. Auch Hannah zögerte. Normalerweise hätte sie schon alle notwendigen Informationen über den Chronometer und sein Schiff schriftlich erfasst, sodass sie ihn einfach aushändigen und das Geld kassieren könnte. In diesem Fall aber hatte sie es aufgeschoben, und der Chronometer der *Pearl* lag noch immer oben in der Dachkammer. Plötzlich setzte ein kalter Windstoß ein, worauf sie und der Mann gleichzeitig die Arme um sich schlugen.

«Ich benötige noch ein paar Angaben von Ihnen», sagte sie schaudernd. «Treten Sie ein.»

Er vollführte abermals seine eigenartige Verneigung, schlüpfte dann an ihr vorbei in die Diele und blieb kurz stehen, bevor er seine Mütze abnahm und neben ihre Haube an einen Haken hängte. Hannah führte den Mann durch die Diele und war schon die halbe Treppe hinauf, als sie merkte, dass er ihr nicht folgte.

Er war an der Türe zum Wohnzimmer stehen geblieben und betrachtete die halb mit Wasser gefüllte Kugel, die mitten im Raum an der Decke hing, ein Überbleibsel von den früheren Experimenten ihres Vaters. Ein spätnachmittäglicher Lichtstrahl durchzog das Zimmer; der Mann zuckte zusammen und starrte auf das bunte Spiel der Farben, die der Strahl an die gegenüberliegende Wand warf.

«Das ist eine Brechung», sagte Hannah in der Türe. «Mein Vater hat mit Prismen experimentiert. So nennt man das – ein Prisma.»

«Ich habe so einen Trick einmal bei einem Zauberkünstler gesehen», sagte er, ohne den Blick von dem Schauspiel zu wenden. «In Fidschi. Er hat aus einem Stein Farben wie diese hervorgezaubert.»

Hannah hob die Augenbrauen. «Das ist kein Trick», sagte sie leicht gekränkt. Aber wie hätte er das wissen sollen? Sie schlug ihren Lehrerinnenton an. «Lichtstrahlen brechen sich zu einem Spektrum, wenn sie durch Wasser fallen. Das sind die Farben, die Sie an der Wand sehen.»

Während sie sprach, erlosch der Sonnenstrahl, und die Farben verschwanden. Der Seemann blickte sich um, als könnten sie sich in einem Winkel versteckt haben, und da sah Hannah das Zimmer, wie er es sehen mochte: die harten Stühle mit den geraden Lehnen, den Tisch, das Kaminsims ohne schmückenden Zierrat, das zerschlissene Kanapee. Nur die Ranken auf der Tapete und der Webteppich hatten etwas Heiteres zu bieten. Hannah liebte die spärliche Einrichtung des Zimmers, die Ecken und Winkel, doch wo sie Ordnung sah, sah ihr Gast wohl eher eine öde Fläche. Sie hob den Blick zu seinem Haarschopf und fragte sich plötzlich, ob er sich wohl so weich anfühlte, wie er aussah, oder doch borstig war wie eine Drahtbürste. Verlegen ob ihrer Neugierde drehte sie sich um und setzte ihren Weg die Treppe hinauf fort.

«Hier entlang bitte», sagte sie und duckte sich durch die Türe hinter dem Treppenabsatz, von wo es zur Kammer ging. «Geben Sie auf die Dachbalken acht.»

Oben zog Hannah das Hauptbuch für die Flotte hervor und suchte nach dem *Pearl*-Verzeichnis. Da sie für das Schiff keinen Eintrag fand, schlug sie eine neue Seite auf. PEARL, schrieb sie oben hin, gerade als der Mann sich in die Kammer schob und unmittelbar hinter der Türschwelle verharrte.

«Wie lautet der Name Ihres Kapitäns?», fragte sie, ohne aufzublicken.

«Kapitän Coffey.»

Aus dem Augenwinkel sah Hannah, wie er einen ganz kleinen Schritt ins Zimmer tat, dann noch einen, und das Sammelsurium von Gegenständen betrachtete, als wären es die Schätze von hundert Meeresforschern: Muschelschalen und Schneckengehäuse, Musterexemplare und Mineralien wetteiferten in dem winzigen Gemach mit Möbeln und Büchern um Platz. Von der Decke hingen traurige Bündel Sassafras und Engelwurz. Selbst an den allerhellsten Tagen war es hier düster, doch Hannah mochte keine Kerze verschwenden.

JAMES COFFEY, SCHIFFSFÜHRER, schrieb sie. Das war Marys Onkel. Hannah blickte stirnrunzelnd ins Hauptbuch, wiewohl die Neuigkeit sie nicht überraschte, denn die Coffeys besaßen einen großen Teil der Flotte.

«Erster Maat? Navigator? Erstes Betriebsjahr des Schiffes? Gegenwärtiger Bestimmungsort?»

Einige Antworten musste ihr Gast schuldig bleiben, und bei denen, die er wusste, verhaspelte er sich.

«Liegezeit im Hafen?», fragte sie, um einen weniger strengen Ton bemüht.

Der letzten Frage begegnete er mit Schweigen. Hannah blickte auf. Der Mann wog einen Mineralbrocken in der Hand. Sie wusste, der Stein war schwerer, als er aussah, und dichter; er verbarg seine wahre Natur unter der unscheinbaren äußeren Schicht. Es war eines ihrer Lieblingsstücke.

«Das ist ein blauer Labradorit», sagte Hannah, verwundert über sein Interesse. Vielleicht fragte er sich, ob der Stein wertvoll war. «Es ist nur ein Mineral», setzte sie hinzu, beunruhigt von der Vorstellung, er könnte ein Dieb sein. Schließlich wusste sie nichts über ihn.

«Blau?», wiederholte er. Sie nickte, schob ihren Stuhl zurück, streckte die Hand aus, und er ließ den grauen Brocken in ihre Hand fallen. Von einem Haken an der Wand nahm sie eine metallene Feile, zog sie scharf über den Stein, einmal, zweimal, blies dann darauf, um den Staub zu entfernen.

Sie rieb mit dem Daumen über das tiefe Blau, das sie zum

Vorschein gebracht hatte, die Farbe einer mondlosen Mitternacht, dann reichte sie ihm den Stein zurück.

«Blau.»

Er fuhr mit seinem schwieligen Daumen über die warme Stelle, legte den Stein dann vorsichtig auf das Bord zurück und vollführte mit dem Arm eine weitschweifige Geste, wie um alles zu umfassen, was die Kammer enthielt.

«Gehören diese Sachen Ihnen?»

«Meinem Vater und mir, ja.»

«Auch die hier?» Er streckte die Hand nach dem Fernrohr und dem Sextanten auf dem Tisch daneben aus, ließ seine Finger darüber schweben, lange und ehrfürchtig.

«Die auch.» Sie verstummte. Waren seine Fragen Ausdruck schlichter Neugierde, oder konnte er nur nicht glauben, dass eine Frau Zugang zu derartigen Instrumenten hatte? Keiner der Seefahrer, die in den Jahren, die Hannah in dieser Kammer verbrachte, hier hereingekommen waren, hatte jemals ein solches Interesse an den Dingen darin bekundet. Ihnen war nur daran gelegen, dass ihre Chronometer wieder funktionierten und der Preis für diese Dienstleistung angemessen war.

Als er nichts weiter sagte, fuhr sie mit den Fragen fort, denn sie wollte die Unterredung schnell hinter sich bringen.

«Wie lange wird die *Pearl* im Hafen liegen?», wiederholte sie.

Er zuckte die Achseln. «Wir sollten nächste Woche auslaufen», sagte er. «Aber heute erfahre ich, es gibt eine Verzögerung.»

«Was für eine Verzögerung?»

«Geld. Instandsetzungsarbeiten. Das Übliche. Ich weiß es nicht genau. Ich spreche heute Morgen mit Mr. Leary, und er sagt, vielleicht zwei Wochen. Oder zweimal zwei. Oder viermal zwei.»

Hannah fragte sich, wo er seine Tage und Nächte verbrachte – ob er irgendwo ein Zimmer gemietet oder hier auf Nantucket Verwandte hatte. Sie glaubte es eher nicht. Walfänger aus fernen Ländern schwappten zum Hafen hinein und hinaus wie die Gezeiten, und meistens schien es sie wenig zu bekümmern. Dieser Mann hingegen wirkte besorgt, sogar bedrückt, als er über die unbestimmte Zeitspanne nachdachte, die er auf der Insel vor sich hatte.

«Was werden Sie tun?», fragte sie. Auf einmal tat er ihr leid, und sie schlug einen sanfteren Ton an.

«Ich arbeite beim Schmied. Mr. Vera war großherzig.»

Hannah nickte. Heißes Metall klirrte und zischte von morgens bis abends in Veras Werkstatt, in der mit erstaunlicher Schnelligkeit Hufeisen und Harpunen geschmiedet wurden.

Sie notierte *2 Wochen – 2 Monate?* neben die Sparte *Liegezeit im Hafen.* «Dann sind Sie wohl Portugiese?», fragte sie, bezweifelte es aber. Joseph Vera und die anderen Portugiesen, die sie kannte, waren allesamt Weiße.

«Nein, nein, nein, nicht Portugal», sagte er und schnalzte mit der Zunge. Er bückte sich und betrachtete einen ausgestopften Fasan unter dem Mineralienbord, berührte ihn aber nicht. «Azoren.»

«Ah ...?»

«Azoren.»

Sie war sich nicht sicher, ob ihre Zunge das Wort wiederholen konnte, und wollte sich nicht blamieren, wenn sie es versuchte.

«Sie sagen Westinseln dazu», erklärte er.

«Oh!» Sie neigte den Kopf zu ihm hin, ohne ihr Erstaunen zu verbergen. «Von dort kommen Sie?» Sie wusste, dass man die Inseln als Haltepunkt nutzte, um auf der langen Fahrt zu den Walgründen im Pazifik die Vorräte aufzustocken. Schiffe auf der Heimreise brachten von dort Nachrichten und Briefe von denen mit, die dorthin aufgebrochen waren.

Er nickte und wiederholte leise: «Azoren. So lautet der Name.»

Hannah gab ihm mit einem Neigen des Kopfes zu verstehen, dass sie begriffen hatte. Sie wälzte das Wort im Mund herum und teilte es in Silben auf. «Ah-Zo-Ren.»

«Und wie ist Ihr Name?», fragte sie, den Blick auf die Seite des Hauptbuchs gerichtet.

«Isaac Martin.»

Sie trug den Namen in die dafür vorgesehene Zeile ein.

«Und Ihre Stellung?», fragte sie, als würde sie sich nicht vom gestrigen Tag her daran erinnern.

«Ich bin zweiter Maat.»

Hannah nickte und wartete ab, ob er noch etwas zu sagen hatte. Als er schwieg, schrieb sie mit ihrer engen Schrift seinen Rang unter den Namen und griff dann nach dem Chronometer und dem weichen Tuch, das daneben lag.

«Er ging fünfeinhalb Sekunden nach», sagte sie und wickelte ihn ein. «Sie können Mr. Leary ausrichten, dass die Hemmung ein wenig abgenutzt ist, nichts Beunruhigendes, zumindest nicht für die nächste Fahrt. Aber wenn er wieder im Hafen ist, sollte er sie womöglich auswechseln lassen. Vielleicht schickt er Sie.»

Sie reichte Isaac das Päckchen, er nahm es entgegen, rührte sich aber nicht vom Fleck, sondern legte den Chronometer bedächtig vor sie hin und deutete darauf.

«Sie setzen ihn instand?»

«Ja. Er geht wieder ganz genau.»

«Können Sie es mir zeigen?»

«Was zeigen?»

«Wie er funktioniert.»

«Sie möchten wissen, wie der Chronometer funktioniert?», wiederholte Hannah.

Er presste die Kiefer zusammen, verschränkte die Arme und starrte die Uhr an, als würden ihr jeden Moment Flügel wachsen.

«Hm, ich denke, das lässt sich machen.» Perplex über das seltsame Ansinnen, blickte sich Hannah um. Mit einer solchen Bitte hatte sie zuallerletzt gerechnet. «Warten Sie hier.»

Sie holte einen verstaubten, aber stabilen Schemel aus der Ecke und bebte innerlich vor Aufregung. Sie wischte den Schemel mit der Hand ab, zog ihn an den Schreibtisch und winkte Isaac heran.

Es war Jahre her, seit sie zuletzt Schulkinder unterrichtet hatte; die Anstellung als Hilfsbibliothekarin im Atheneum brachte ihr weit mehr ein als die fünfundzwanzig Dollar jährlich, die sie als Gehilfin von Doktor Hall verdient hatte, ganz zu schweigen von der Möglichkeit, alles zu lesen, was sie wollte. Aber sie vermisste den Wissensdurst ihrer Schülerinnen, vermisste es, ihnen Verwunderung über das Wahre einzuflößen. In ihren liebsten Lektionen erklärte sie, wie der Schöpfer die Welt zusammengefügt hatte, und erläuterte die unsichtbaren, unlösbaren Verbindungen zwischen allen Lebewesen.

Sie räusperte sich, nahm einen alten, verrosteten Chronometer von einem Bord und blies vorsichtig darauf, bevor sie ihn an ihrem Rock abwischte. Dann stellte sie ihn neben das Instrument der *Pearl* auf den Tisch.

«Der Chronometer», sagte sie und klopfte mit ihrem Federhalter darauf, «ist ein Präzisionsinstrument für die Zeitmessung, gefertigt für die Seeschifffahrt. Er dient dazu, die geographische Länge zu bestimmen.» Sie drehte die Uhr um, schraubte den kleinen Stift heraus, der sie zusammenhielt, und entfernte die Platte auf der Rückseite. Isaac erschrak, doch Hannah gab vor, es nicht zu bemerken. Mit sicherer Hand baute sie Aufziehstift, Welle, Hemmung und Unruh aus und hielt kurz inne, um die daran befestigte schöne Spiralfeder zu bewundern, die leicht war wie eine Vogelfeder, bevor sie diese neben die anderen aufgereihten Teile legte.

«Um die Zeit zu erfassen, muss eine Uhr präzise Einheiten ohne Abweichung messen. Sie bedarf einer Kraftquelle ...» Sie hielt inne und klopfte mit dem Federhalter gegen den Aufziehstift. «... und sie muss diese Kraft speichern und in kleinen Stufen verbrauchen, sodass sie auf See über einen langen Zeitraum geht. Dazu dienen diese Zahnräder.»

Er schwieg, und sie fuhr langsam fort, damit ihm nichts entging.

«Wenn die Räder sich drehen, pendelt dieser kleine Anker, Hemmung genannt, hin und her. So wird die Unruh in Gang gehalten, und deren Bewegung bewirkt, dass die Räder sich drehen. Das kleinere dreht sich schneller, um die Sekunden zu messen, und das größere langsamer, um die Stunden zu messen. Die kleinen Zeiger der Uhr, welche die Zeit anzeigen, sind an diesen Rädern befestigt. Bei einer gewöhnlichen Uhr ändert sich der Zyklus der Unruh, weil Metall sich je nach Temperatur ausdehnt und zusammenzieht. Bei einem Chronometer wird die kleine Spiralfeder in der Mitte der Unruh aus mehreren verschiedenen Metallen gefertigt, die sich in unterschiedlichem Maße ausdehnen und zusammenziehen, sodass die Unruh auf See einen konstanten Zyklus einhält und damit die genaue Zeit angibt. Sogar dann, wenn das Schiff stampft und schlingert, und bei jedem Wetter.» Abschließend klopfte sie mit dem Federhalter auf den Tisch wie ein Dirigent mit seinem Taktstock auf sein Pult.

«Die Zeit», äußerte der Seemann und deutete mit zusammengekniffenen Augen auf den Chronometer, als verdächtigte er ihn des Trickbetruges.

«Ja?»

«Wozu?»

«Wozu man die *Zeit* braucht?»

Er nickte, den Blick starr auf das Instrument gerichtet.

«Nun, um die geographische Länge zu bestimmen, natürlich.» Hannah machte eine Pause, bevor sie fortfuhr. «Weil die Erde sich in einer Stunde um fünfzehn Grad dreht, muss man sowohl die Zeit im Heimathafen als auch die Ortszeit wissen, um die Position eines Schiffes zu berechnen.» Als er nichts entgegnete, ließ sie sich tiefer in ihren Stuhl sinken. Seine Frage hatte mithin nicht der Funktion des Chronometers gegolten, sondern dessen Zweck. Hannah befestigte die Platte wieder und stellte den Chronometer auf den Tisch. Hatte der Mann sie auf die Probe gestellt? Ihre Wangen glühten, und sie versuchte, sie mit Willenskraft abzukühlen.

«Ich möchte lernen», sagte Isaac. «Können Sie? Ist es möglich?» Er wies auf den Sextanten, das Fernrohr, die Bücher, dann sah er Hannah in die Augen. «Ich kann bezahlen.»

«Sie möchten Unterricht in Navigation? Bei mir?» Hannah sprach jedes Wort deutlich aus, damit es kein Missverständnis gab, und wartete seine Antwort ab, bevor sie über die Sache nachdachte.

Als er nickte, fragte sie sich als Erstes, was diesen Ehrgeiz in ihm geweckt haben mochte. Navigation gehörte vermutlich zu den Obliegenheiten eines Offiziers, und er war ja jetzt einer von ihnen. Was daraus wurde, sollte nicht von Belang sein. Aber sie hatte nie von jemandem seiner Hautfarbe gehört, der es weiter gebracht hatte als bis zum Harpunier, von Absalom Boston abgesehen, dem ersten schwarzen Kapitän auf einem amerikanischen Walfangschiff – und das war mehr als zwanzig Jahre her. Als sie ein kleines Mädchen war, hatte es unter den Besatzungen der Walfänger, die ihren Hafen anliefen, viel mehr Schwarze gegeben, doch deren Anzahl war geschwunden, seit Einwanderer aus England, Irland und Deutschland sich um dieselbe Arbeit bewarben. Die zunehmende Spaltung des Landes wegen der Sklaverei tat ein Übriges, und so kam es, dass selbst auf Nantucket, wo freie Männer aller Hautfarben jahrzehntelang in nächster Nähe zu ihren weißen Nachbarn gelebt und Geschäfte betrieben hatten, die Beziehungen zwischen den Rassen nicht mehr so gut waren wie früher.

Die Ablehnung der Sklaverei war auf der Insel so stark ausgeprägt wie überall im Nordosten der Vereinigten Staaten, doch Hannah hatte mit eigenen Augen die Prellungen und Striemen bei denjenigen gesehen, die erst vor wenigen Jahren bei der Kundgebung gegen die Sklaverei vor dem Atheneum mit Gesteinsbrocken und Pflastersteinen und wer weiß was noch beworfen worden waren. William Lloyd Garrison, der führende Aktivist für die Abschaffung der Sklaverei, hatte sich gegen die Weigerung der Kirchen, die Sklaverei zu brandmarken, aufgelehnt. Und obgleich die Mehrheit der Bewohner von Nantucket durchaus gegen die Versklavung von Menschen war – es war schwierig, auf der Insel einen Strang Baumwolle oder ein Bündel Tabak zu finden, die von Sklavenhand produziert wurden –, waren sie dem Mann aufgrund seiner stürmischen Anklage gegen die Geistlichkeit wenig gewogen.

Dann war da noch die Sache mit den Schulen auf Nantucket, von denen die Kinder afrikanischer Herkunft unlängst ausgeschlossen worden waren; man hatte ihnen eine «eigene» Schule zugewiesen, als wären sie dort, wo sie vorher waren, nicht bestens aufgehoben gewesen. Die afrikanische Gemeinde hatte an das Parlament von Massachusetts appelliert, die Anordnung aufzuheben. Hannah wünschte, das Schulkomitee wäre nicht von dem Vorurteil jener Inselbewohner beeinflusst gewesen, die sich Hannahs Überzeugung nach in der Minderheit befanden, aber die Gerichte würden diese gewiss eines Besseren belehren.

Warum sollte Isaac Martin nicht in Navigation unterrichtet werden, wenn er dies wünschte? Hannah musste an ihren eigenen vereitelten Wunsch denken, gemeinsam mit den jungen Männern in Cambridge zu studieren, sie erinnerte sich an ihren glühenden Neid auf deren zwangloses Geplauder, ihre überquellenden Bibliotheken und auf die Sternwarte, zu der sie ungeachtet ihrer Befähigung allabendlich Zutritt hatten. Jetzt reihten sich in ihrem Kopf Lehrstoffe auf wie Arbeiter, die sich zum Dienst meldeten. Sie setzte sich aufrecht.

«Können Sie denn lesen und schreiben?» Sie machte sich auf eine Enttäuschung gefasst.

«Ja.»

«Oh. Gut. Und kennen Sie die Kompasspunkte?»

Er nickte.

«Wie steht es mit der Mathematik? Kennen Sie sich mit Kombinationen aus? Können Sie einen Bruch kürzen?»

Hannah griff nach einem Buch, das seit ungefähr drei Jahren auf ihrem Schreibtisch lag, unangerührt, abgesehen von dem Wedel, mit dem sie es manchmal abstaubte, und schob es vorsichtig über den Tisch zu dem Mann hin. Zuvor hatte sie den Chronometer der *Pearl* beiseitegelegt, um Platz zu schaffen.

Bowditch's American Practical Navigator lautete der Titel.

Hannah schlug den grünen Buchdeckel auf. Innen waren zwei Namen eingetragen:

Isaac tippte mit seinem langen Finger sanft auf Hannahs Namen.

«Das bin ich. Und das ist mein Bruder.» Mit dem eigenartigen Gefühl, ihre Namen schützen zu müssen, schlug sie das Vorsatzblatt um und blätterte dann eine dünne Seite nach der anderen weiter bis zu den ersten Übungsaufgaben. Dann brachte sie ein abgegriffenes Schreibheft zum Vorschein, in dem noch ein paar Seiten frei waren, legte es vor Isaac hin, öffnete es auf einer leeren Seite, entnahm dann einem zerbeulten Kupferbecher einen Bleistiftstummel und reichte ihn ihm.

«Sie können einmal in der Woche kommen, und wenn Sie es einrichten können, fangen wir morgen an. Abends dürfte es am besten sein. Aber einstweilen wollen wir sehen, wie Sie hiermit zurechtkommen.»

Verwandle 1/5 in eine Dezimalzahl, stand da.

Er blinzelte die Seite an, ließ sich ewig Zeit, bevor er die Bleistiftspitze aufs Papier setzte.

Isaac schrieb eine schöne runde 2 und setzte vorsichtig ein Komma und eine Null davor.

Hannah hatte die Luft angehalten, und als er das Komma setzte, atmete sie aus, löste die Hände vom Stuhl und verschränkte sie im Schoß.

«Das ist richtig», sagte sie mit fester Stimme. Sie wollte ihn auf keinen Fall spüren lassen, dass sie aufgeregt war. «Fahren Sie mit der nächsten Aufgabe fort.»

Wollte er dem Navigator seines Schiffes von Nutzen sein, dachte Hannah, indes sie ihn bei der Arbeit beobachtete, würde Isaac Bücher benötigen. Die konnten sie ausleihen; aber sie würde außerdem einen Quadranten brauchen und einen Azimut-Zirkel, sofern er sich überhaupt beschaffen ließe. Sie seufzte. Es war so lange her, seit sie in den *Bowditch* geschaut hatte. Edward hatte nie großes Interesse an Navigation gezeigt, obwohl er gerne Himmelsbeobachtungen anstellte, vor allem, wenn Hannah ihm sagte, wohin er den Blick richten musste.

Ich kann diesen Mann unterweisen, dachte sie, während sie beobachtete, wie Isaac sich durch die Seiten mit einfachen Arithmetikaufgaben arbeitete. *Ein jeder, der es möchte, sollte die Möglichkeit haben, sich zu verbessern.*

Sie verdrängte die Ahnung, die bei diesem Gedanken aufflackerte: So fähig er sich als Navigator erweisen mochte, konnte sie sich dennoch keinen einzigen Kapitän vorstellen, der ihn als Offizier würde haben wollen.

* * *

Doktor Halls Rücken kam Hannah etwas gebeugter vor als in ihrer Erinnerung, und seine grauen Schäfchenlocken schienen sich bleicher um seine Schläfen zu kringeln. Vermutlich war es das schlechte Gewissen, das ihrem Gedächtnis einen Streich spielte und ihn gealtert aussehen ließ; sie hatte ihn seit Monaten nicht mehr in seinem Haus in der Pineapple Street aufgesucht.

«Guten Abend», sagte Hannah, sobald er eingetreten war und seinen Hut an den Ständer gehängt hatte. «Es tut wohl, dich zu sehen.»

«Gleichfalls, Hannah Price. In jüngster Zeit mangelte es mir am Vergnügen deiner Gesellschaft.» Er rückte seine Brille zurecht und räusperte sich. «Ich hoffe, es sind die Gleichungen, welche ich dir aufgab, die deine Zeit in Anspruch nahmen. Allerdings habe ich sie als Herausforderung ausgewählt», fügte er hinzu, «und erwarte nicht, dass du sie bereits gemeistert hast.»

Hannah zögerte. Waren seine Erwartungen an sie so gering? Gewiss hatte er sie mit der Bemerkung nicht kränken wollen, dennoch spürte sie, wie Ärger in ihr aufflackerte. *Ich habe sie schon vor Monaten gelöst*, hätte sie gerne erwidert, *und nur eine Woche dazu gebraucht. Wie lange hat es bei dir gedauert*?

Sie wählte ihre Worte sorgsam. «Ich habe die meisten gelöst», sagte sie.

Er nickte, erwiderte aber nichts, und Hannah war sich nicht sicher, ob er es gehört hatte.

«Aber wie denkst du über die Umlaufbahn des Uranus?», fuhr sie mit fester Stimme fort. «Hat Adams recht in der Annahme, dass ein unentdeckter Planet die Ursache für die Abweichung ist? Oder könnte die Umlaufbahn mit den Gesetzen der Schwerkraft in Einklang geraten sein?»

Sie begaben sich in die Küche, wo Hannah ein halbes Brathuhn und einen Topf Suppe mit Meeresfrüchten aufgetischt hatte. Die Muscheln hatte sie am Morgen selbst gesammelt und dafür zwei Stunden ihrer Arbeitszeit geopfert. Doktor Hall nahm gemächlich Platz, dann sah er Hannah an.

«Es gibt noch zu viele unbekannte Faktoren», sagte er. «Es ist unmöglich, bereits jetzt einen Schluss zu ziehen. Auch Adams und seine Zeitgenossen sollten dies tunlichst unterlassen. Mutmaßungen sind oft Ursache von irrigen Hypothesen, von denen sich unsere Sternwarten dann zu leichtfertigem und eigennützigem Handeln verleiten lassen, nur um recht zu behalten. Dabei würden derlei Kosten und Mühen oft besser für die Erschließung echter astronomischer Neuheiten aufgewendet.»

Hannah zuckte zusammen, als habe man sie geschlagen. Die Arbeit der amerikanischen Sternwarten – Nebelflecke auflösen, den Himmel in seiner Gänze darstellen, sogar der

Versuch, Sterne zu photographieren! – war bahnbrechend. Die Ehrfurcht vor der reinen Mathematik verband sie mit Doktor Hall, aber ihrer Meinung nach war das Streben nach astronomischen Erkenntnissen, das sich im ganzen Land ausbreitete, alles andere als leichtfertig. Was würde sie nicht darum geben, daran beteiligt zu sein!

Obwohl ihr Herz hämmerte, hielt sie ihre Zunge im Zaum; sie wusste aus ihrer Schulzeit nur zu gut, wie es sich anfühlte, sich unter dem grimmigen Blick aus Doktor Halls Augen zu winden, die von einem klaren Blau waren wie der Septemberhimmel. Als Lehrer verlangte er vollen Einsatz im Namen der Wahrheit. Die Fähigkeit, die eigene Arbeit zu verteidigen, war in seinen Augen ein Maßstab für moralische Charakterstärke, und so setzte Doktor Hall seine Schülerinnen mit ihrer Arbeit gleich: Schlechte Ergebnisse bedeuteten einen schlechten Charakter. Eine falsche Antwort bedeutete einen trägen Geist.

Hannah war selten vor seinem prüfenden Blick zurückgeschreckt, aber das kam daher, dass sie nie eine schlechte Arbeit ablieferte. Sie hatte sich an seiner Anerkennung geweidet und sie verdient, aber sie war auch vom Glück begünstigt gewesen. Ihr Vater hatte ihr beigebracht, exakt zu rechnen und ihre Ergebnisse gewissenhaft zu überprüfen. So war sie mit Doktor Halls Aufmerksamkeit belohnt worden. Als ihre Schulzeit vorüber war, hatte er sie mit Aufgaben der höheren Mathematik versorgt; ohne das wäre sie nicht imstande gewesen, mit den Fortschritten der Astronomie mitzuhalten, einerlei, wie viele Zeitschriften und neueste Erkenntnisse George Bond ihr zukommen ließ.

Beim Abendessen sprangen ihre Gedanken unentwegt zu den Ereignissen des Nachmittags und zu ihrem neuen Schüler zurück; bald schon erhob Doktor Hall sich zum

Gehen, und ihr Vater erbot sich, ihn ein Stück des Weges zu begleiten, um einige Angelegenheiten mit ihm zu besprechen. Hannah brachte die beiden zur Türe, und als Doktor Hall auf die Verandastufen zuging, lief sie rasch zu ihm und räumte ein paar Metallsplitter aus dem Weg, beugte sich dann zu ihm, um ihm ihren Arm zu reichen.

«Ich bin noch rüstig, Hannah Price», herrschte er sie an, und sie wich zurück, als hätte sie sich verbrannt.

«Natürlich», murmelte sie. «Ich hatte nicht ...»

Ihr Vater warf ihr kopfschüttelnd einen warnenden Blick zu, und sie presste die Kiefer zusammen.

Nach einer halben Stunde kam Nathaniel zurück, als Hannah gerade das letzte Geschirr abtrocknete. Sie brachte den Vorfall zur Sprache.

«Denkst du, dass Doktor Hall hinfällig ist? Körperlich, meine ich», fragte sie, derweil sie die Teller in den Schrank räumte.

Nathaniel starrte sie an, als hätte sie zu verstehen gegeben, dass der Mond vom Himmel fiel.

«Hinfällig? Der Mann ist jünger als ich.»

«Nicht viel! Und ungeachtet seines Alters sollten wir achtsam sein: Er lebt ganz allein, und wenn er bei schlechter Gesundheit ist ...»

«Er hat sehr deutlich zu verstehen gegeben, dass er noch rüstig ist, Hannah. Wenn du mehr Zeit in seiner Gesellschaft verbrächtest, könntest du erkennen, dass er so kräftig ist wie nur irgendeiner.»

Seufzend stellte Hannah die letzte Tasse und Untertasse an ihren Platz.

«Ja, ich muss mir wirklich die Zeit nehmen», sagte sie. «Obwohl ich eigentlich keine einzige Stunde zu erübrigen habe.»

Ihr Vater schaute so ernst drein wie bei einer Predigt.

«Tu das», sagte er. Es klang weniger nach einem Rat als einem Befehl.

* * *

18. Tag, 4. Monat, 1845

11 Uhr 40 abends. Ich bin wieder zum Steg hinaufgestiegen, doch die Wolken verdecken alles. Ich hatte gehofft, den Doppelstern Zeta Ursi zu erspähen – ich habe gelesen, dass er in diesem Monat ungewöhnlich hell strahlt und bei einer dem Dollond angemessenen Größe aufgelöst werden könnte –, und fürchte, ihn zu verpassen. Dieser Gedanke entmutigt mich. Trotz meines Fleißes scheint die Natur mir in Nächten wie dieser ins Gesicht zu lachen, als wollte sie sagen, du kannst doch nicht erwarten zu SEHEN! Und dann bin ich verzagt. Denn wenn ich nicht beobachten kann, ist es, als würden die große Schönheit und Ordnung und Wahrheit des Himmels vergehen, und ich spüre nichts als meinen eigenen, jämmerlich kleinen Platz hier auf Erden.

5

Lineare Skala

Isaac verspätete sich zur ersten Unterrichtsstunde, und Hannah vermutete, dass er direkt von der Schmiede kam. Seine Hände und Unterarme waren voller Schmierflecken, und er war verschwitzt und außer Atem, als wäre er den ganzen Weg gerannt. Statt ihn nach oben zu führen, brachte Hannah ihn in die Küche, gab ihm einen Waschlappen und zeigte auf die Schüssel.

«Ich bin oben», sagte sie. «Sie kennen den Weg.»

Er nickte, trat aber erst an die Schüssel, als Hannah sich umgedreht hatte. Als er wenige Minuten später in der Türe der Dachkammer erschien, wirkte er erfrischt, zögerte jedoch einzutreten.

«Das ist vorerst Ihr Arbeitstisch», sagte sie, winkte ihn herein und deutete mit dem Kopf auf den Schemel, der nun an einem kleinen Tisch stand. Diesen hatte sie im rechten Winkel zu ihrem Schreibtisch aufgestellt, sodass Isaac mit dem Gesicht zu ihr saß; als sie aber zusah, wie er sich umständlich an seinen Platz zwängte, wünschte Hannah, sie hätte eine andere Anordnung getroffen.

«Es ist nur für heute», sagte sie. Dass ihr Schüler es so unbequem hatte, bereitete ihr Unbehagen.

«Es macht mir nichts aus», sagte Isaac. «Ich bin engen Raum gewöhnt.» Mit einer ausladenden Geste wies er auf die Kammer. «Ist wie Vorderdeck.»

Die Blätter mit den Aufgaben in der Hand betrachtete Hannah die schweren Holzbalken und die vollgestopften Regale und stellte sich die Kammer vor, wie sie auf den großen Weltmeeren trieb: eine schwimmende Sternwarte, die Hannah und ihre Instrumente um das Kap der Guten Hoffnung, nach Van Diemen's Land oder zu den hohen Klippen von Madagaskar trug. Sie würde Sterne beobachten, die auf nördlichen Längengraden nie zu sehen waren, eine Sonnenfinsternis, die Eta-Aquariden mit ihrem Lichtstrom. Bei diesem Gedanken lief ihr ein Kribbeln über den Rücken, als wäre in der Nähe ein Blitz eingeschlagen.

Sie setzte sich auf ihrem Stuhl zurecht, versuchte den Bilderbogen in ihrem Kopf zu verbannen und griff nach ihrem Schreibgerät.

«Die Mathematik ist die Grundlage für die Arbeit eines Navigators», sagte sie und klopfte zur Unterstreichung mit dem Federhalter auf den Schreibtisch. «Der richtige Gebrauch der Instrumente und sorgsame, gewissenhafte Beobachtungen sind ebenso unerlässlich. Doch ohne Mathematik werden Sie unvermeidlich scheitern. Denken Sie sich diesen Unterricht als Fundament eines Hauses: Wir fangen ganz unten an und bauen je nach Ihrer Befähigung und Ihren Fortschritten darauf auf. Verstehen Sie?» Er nickte, und sie schob ein Schreibheft und einen Bleistift über den Tisch. «Wir beginnen mit der linearen Skala.»

Die nächsten Stunden zeichnete Isaac wie angewiesen sorgfältig eine Reihe Linien, die wie hingeworfene Zündhölzer aussahen. Zuerst Parallelen, dann «rechte» Winkel in Dreiecken, dann weitere Linien innerhalb und außerhalb dieser Figuren. Als er ihr seine Arbeit zeigte, stahl sich ein Lächeln in ihre Züge, das sie nur schwerlich in Schach halten konnte.

«Passabel», sagte sie. Er zog ganz leicht die Stirn in Falten, und ihr wurde klar, dass er das Wort womöglich nicht verstanden hatte. «Es ist gut», ergänzte sie.

Sie blickte zu dem kleinen Fenster über dem Schreibtisch hoch und sah mit Schrecken den Strahlenkranz des aufgehenden zunehmenden Dreiviertelmondes. Wenn sie den Himmel beobachten wollte, musste sie es jetzt tun, bevor das Mondlicht alles andere am Firmament verdunkelte. Doch Isaac blieb sitzen, als warteten noch weitere Aufgaben auf ihn.

Sie stand auf, nahm Beobachtungsheft, Chronometer und Federhalter an sich. Isaac blieb sitzen und beobachtete sie unverwandt, bis sie am Fuß der wackeligen schmalen Holzstiege stand, die zum Steg hinaufführte.

«Wollen Sie mitkommen?», fragte sie, etwas ratlos. «Geben Sie Acht, die obere Stufe ist locker.» Sie nahm ein zweites Paar Fäustlinge von dem Haken neben der Türe, stieß diese dann mit der Schulter auf, und ein eisiger Luftstoß wehte ihr entgegen. Als Isaac Hannah folgte und sie sich noch einmal nach innen duckte, stießen sie beinahe mit den Köpfen zusammen.

«Ziehen Sie die Jacke an», sagte sie und deutete mit dem Kopf auf Edwards alte Kapuzenjacke aus Wolle. «Ich habe auch Fäustlinge für Sie.»

Isaac folgte ihr hinaus; die Jacke trug er auf den Armen. Er blieb stehen, als die Türe quietschend ins Schloss fiel.

«Waren Sie schon mal auf einem Dachsteg?», fragte sie. In der klaren, kalten Luft war ihre Stimme deutlich zu hören.

«Nein», sagte er. «Es ist so ähnlich wie Nachtwache.»

Er schob die Arme in die Ärmel der Jacke. Sie passte genau. Hannah holte tief Luft, als könnte sie das Kleidungsstück riechen. Salz und Wolle und Staub; ein Hauch Eisensulfat und Gummiarabikum von einem lange zurückliegenden Unfall mit dem Tintenfass; und immer noch Edwards ureigene Geruchsmischung aus Ruß, Holzrauch und Schlamm. Ab und zu zog sie die Jacke selbst an, nur um sich dem Bruder nahe zu fühlen.

«Aber die Luft – so kalt», sagte Isaac und knöpfte kopfschüttelnd die Jacke zu. «Mit sechzehn Jahren ich fühle zum ersten Mal einen Nordwinter. Ich denke, ich sterbe.»

«Und wie finden Sie sie jetzt? Unsere Winter, meine ich.»

«Ich bin jetzt wie ein altes Schiff», sagte er. «Knarze und knarre.» Lächelnd folgte sie seinem Blick über die im Dunkel liegende Stadt Nantucket hinaus zum Hafen, wo ein paar flackernde Lichter von Seeleuten kündeten, die an Bord ihrer Schiffe Karten spielten, sangen oder rauften. «Aber es schert mich nicht mehr. Es leert den Kopf. Reinigt den Leib. Schmerzt, aber ist gut. Ist notwendig.»

Er schlug die Arme um sich. Hannah wusste, was er meinte. Wenn sie morgens aufstand, spürte sie alles in den Gliedern – ihr Alter, das Wetter, die harte Arbeit. Ihre Körpermitte kam ihr zunehmend schwerer vor, Arme und Beine weniger geschmeidig. Aber sie versagte es sich, zu lange bei solchen Gedanken zu verweilen. Zum einen waren sie unkeusch und eitel. Aber, schlimmer noch, das Denken an ihren Körper führte zu dem Verlangen, ihn zu berühren, und die wenigen Male, die Hannah dies gewagt hatte, im Dunkeln unter ihrer Steppdecke, hatte sie sich zu sehr geschämt, um das Gefühl wirklich genießen können. Eine kränkelnde ältere Cousine hatte ihr auf dem Sterbebett gestanden, sie sei froh, dass ihr Mann sie nie nackt gesehen habe, und Hannah mit ihren vierzehn Jahren hatte ihre Gefühle vollkommen nachvollziehen können.

Im Osten stand der Arkturus schon hoch am Firmament. Hannah inspizierte den Himmel, als könnte sie ungehindert durch den in der Ferne sichtbaren Horizont bis hin zu den Planeten schauen, die Doktor John Herschel, der große Katalogisierer des Himmels, durch das Objektiv seines Zwanzig-Zoll-Fernrohres sah, bis hin zu Ceres und Pallas und noch weiter. Sie stellte ihren Schemel zurecht und hob zu sprechen an. Leicht schwebte ihre Stimme über dem Dach.

«Stellen Sie sich vor, Sie stehen auf der Erdoberfläche», sagte sie. «Stellen Sie sich vor, es gibt weder Bäume noch Häuser noch Berge – nur Sie allein, auf einer Kugel balancierend, die am Himmel schwebt. Sie drehen sich natürlich mit der Kugel und zudem in einem großen Bogen um die Sonne und vollenden alle dreihundertfünfundsechzig Tage einen Kreis. Stellen Sie sich nunmehr vor, Sie halten einen riesengroßen Schirm in der Hand, dessen Spitze am Polaris endet – hier.» Hannah zeigte auf den Polarstern. «Die Zirkumpolarsterne – die Sterne, die dem Polaris am nächsten sind – können Sie sich auf der Innenseite des Schirmes fixiert denken. Diese drehen sich um den Polarstern, behalten aber stets den gleichen Abstand voneinander. Wir können sie immer sehen. Die übrigen Himmelskörper gehen auf und unter, da die Erde sich dreht, und sind nur zu gewissen Zeiten oder in bestimmten Jahreszeiten zu sehen. Wenn Sie nun im Geiste parallel zum Äquator eine Reihe Linien ziehen, die auf der Innenseite Ihres Schirmes im gleichen Abstand zum Himmelsnordpol und zueinander kreisen und so eine Reihe konzentrischer Ringe bilden, dann können Sie sich ein Bild von den Linien machen, die wir benutzen, um den Abstand der Sterne zum Himmelsäquator zu messen.»

«Das sind die Breitengrade?», fragte Isaac, den Blick auf den Polaris gerichtet.

«Ja, wie sie auf die Himmelskugel projiziert sind. Wir nennen sie Neigungsparallelen. Eine andere Reihe mit solchen Linien – den Stundenlinien – entspricht den Längengraden. Sie umkreisen unsere Erde in umgekehrter Richtung, durchziehen den Nord- und den Südpol. Mit Hilfe dieser Linien berechnen wir den Winkel eines bestimmten Sternes zu einer bestimmten Zeit in Relation zum Horizont, sodass wir mittels Triangulation unseren Standort auf der Erdkugel herleiten können.»

Hannah sah zu Isaac hinüber; er runzelte die Stirn, als wäre er nun vollends verwirrt.

«Sie müssen sich das so denken: Die Sonne ist unser nächster Stern. Sie geht täglich auf, zieht über den Himmel, braucht vierundzwanzig Stunden, um einen Kreis von dreihundertsechzig Grad oder fünfzehn Längengraden zu vollziehen. Wenn wir die genaue Position der Sonne um zwölf Uhr mittags messen und die Uhrzeit sowohl in Ihrem Heimathafen als auch die Zeit Ihres Standortes auf See kennen, bestimmt ein Vergleich der beiden Zeiten Ihre geographische Länge. Und dazu benötigen Sie natürlich den ...»

Sie brach ab, weil sie hoffte, Isaac würde den Satz beenden, doch er sagte nichts mehr. Er hatte die Augen geschlossen.

Ihr Ärger wich rasch schmerzlicher Enttäuschung. Entweder hörte er nicht zu, oder sie langweilte ihn so sehr, dass er eingeschlafen war. Hannah neigte den Kopf, um sein Gesicht besser zu sehen. Der zarte Lichtschein des Halbmondes lag wie ein silbriger Schleier über Wangen und Stirn und verlieh seinem Mund eine scharfe Kontur. Seine Lippen waren voll wie die einer Frau – nicht irgendeiner Frau, die sie kannte, sondern jener Frauen, die häufig die Spelunken bei den Docks aufsuchten. Überladen mit Puder und Parfüm. Sie überlegte, ob seine Lippen weich waren, und dann, unerhört, wie sie wohl schmeckten. Sie bekam eine Gänsehaut und schüttelte über sich selbst den Kopf, froh, dass seine Augen geschlossen waren. Jetzt hatte sie den Faden verloren. Wo war sie mit der Unterweisung stehengeblieben?

«Den Chronometer», vollendete sie ungehalten ihren Satz. «Verstehen Sie?»

Isaac seufzte. Kurz ging ein Ruck durch ihn, dann schlug er die Augen auf und richtete den Blick auf den Himmel. Als er sprach, schien es ihm schwerzufallen, die richtigen Worte zu finden.

«Das alles merken – ich glaube, es ist nicht möglich.» Er blickte zur Türe, hob die Schultern, eine Geste der Kapitulation. «Ich sollte nicht die Zeit verschwenden.»

«Wessen Zeit?», fragte sie, bemüht, den panischen Schrecken, der sie durchfuhr, zu unterdrücken. «Es ist kompliziert, ja. Und Sie haben nicht den Vorzug einer höheren Bildung, um unsere Arbeit zu unterstützen. Aber den habe ich auch nicht.» Sie verschränkte die Arme. «Ich erwarte nicht von Ihnen, dass Sie sich alles sofort einprägen. Es gibt keinen Grund, warum Sie nicht in ein paar Monaten große Fortschritte machen könnten. Wenn Sie aber nach einem so kurzen Versuch schon aufgeben wollen ... dann kann ich Ihnen nicht helfen.»

Hannah presste die Kiefer zusammen; sie hatte das Gefühl, schon bei der allerersten Unterrichtsstunde versagt zu haben. Dabei lag es auf der Hand, dass ihr Schüler lernfähig war, und sie war sich sicher, dass sie durchaus dazu in der Lage war, ihm etwas beizubringen. Seine Bescheidenheit war reizend, aber nicht zweckdienlich. Wenn es eine Hoffnung für ihn geben sollte, irgendwann einen höheren Rang zu bekleiden, durfte er jetzt nicht aufgeben.

Isaac zögerte, und Hannah traf die Entscheidung für ihn.

«Ich habe Sie noch nicht entlassen», sagte sie und winkte ihn zu dem Schemel neben dem Fernrohr. «Bitte setzen Sie sich.»

Er gehorchte, und Hannah war darüber so erleichtert, dass sie sich mit dem Rücken zum Geländer auf den Boden setzte und die Knie unter den Rock zog. Dann wies sie auf das Okular des Fernrohres.

«Schauen Sie.»

Isaac zögerte kurz, beugte sich dann behutsam vor, als wäre das Fernrohr ein Tier, das ihm den Augapfel aus der Höhle reißen und ihn verschlingen könnte. Als er sich zurechtgesetzt hatte, war er eine ganze Minute still.

«Können Sie beschreiben, was Sie sehen?», fragte Hannah.

«Eine andere Welt», sagte er, ohne das Auge vom Objektiv zu nehmen.

«Fahren Sie fort.»

«Ich sehe Sterne – viele Sterne. Tausende. Wie Muschelschalen. Oder wie *flores*. Manche sind ganz hell, manche sind blass. Manche kommen, gehen. Sind da und nicht da ...»

Er hob den Kopf. «Entschuldigung», sagte er. «Ist schwer – die Sprache.»

«Ich verstehe Sie.» Hannah fasste den Horizont ins Auge. «Ihre Beobachtungen sind korrekt. Wir sagen, die allerhellsten Sterne solcher Art sind Sterne erster Größe. Und die Bereiche, wo man nicht genau erkennen kann, was man sieht – das sind Nebel. Die sind die interessantesten. Niemand weiß sicher, was sie sind. Wir studieren sie.»

Er nickte. «*Nebuloso*. Ich verstehe.»

«Gut.» Hannah blickte wieder auf den Himmel. «Ich begebe mich jetzt ans Beobachten.» Sie stand auf, anmutig wie eine Katze. «Wir können nächste Woche fortfahren.»

«Danke schön», sagte er und neigte den Kopf ein wenig.

Der Schemel war noch warm, sie spürte es sogar durch Mantel, Kleid, Unterrock und Strümpfe. Ein seltsamer Schauder durchfuhr sie. Sie legte das Auge ans Fernrohr und stellte es scharf, ohne noch weiter die Hitze zu beachten, die in dem Moment, als sie sich setzte, ihren Hals und die Wangen überzogen hatte. In einer bedachtsamen Bewegung beschrieb sie mit dem Fernrohr einen kleinen Bogen, so langsam und gleichmäßig, dass der Positionswechsel kaum wahrnehmbar war.

In dem Bereich zwischen Pollux und Prokyon gab es so viele Sterne, dass neue Objekte nur in ganz klaren Nächten sichtbar wurden. Die Sterne, welche die Zwillinge, den Krebs und das Einhorn bildeten, zogen am Objektiv vorüber. Hannah schwenkte von Ost nach West und zurück, verlor alles aus dem Blickfeld bis auf die bekannten Sterne und den dunklen Himmel, an dem sie schwebten.

Als sie schließlich aufblickte, war eine knappe Stunde verstrichen, und sie blinzelte zu Isaac hinüber, der sich wieder gesetzt hatte und sie wie gebannt beobachtete. Sie räusperte sich, doch ihr fiel nichts ein, was sie sagen könnte, und so war sie froh, als er nickte und eine Hand hob. Ob die Geste als Gruß gemeint war oder als Aufforderung an sie, ihre Arbeit fortzusetzen, vermochte sie nicht zu erkennen. Aber sie war dankbar, als er durch die Türe verschwand, ohne noch etwas zu sagen oder zu fragen.

* * *

22. Tag, 4. Monat, 1845

3 Uhr 52 morgens. Mondtransit 7 Uhr 26 abends. Eine klare Nacht. Alle Aufgaben erfüllt. Sichtete mit erneutem Schwenk SSO von Pollux den Nebelfleck um ein Objekt, das ein Doppelstern sein könnte, habe ihn aber im Verzeichnis nicht gefunden. Gestern habe ich ihn nicht gesehen. Es wird weitere Beobachtungen erfordern, um ihn zu bestimmen.

Keine Wanderer gesichtet. Mein Schüler Isaac Martin bekam heute Abend einen ersten Vorgeschmack auf das Firmament und war gebührend geblendet. Er ist bescheiden, aber aufmerksam. Ob er den Eifer hat, der für den Erfolg seiner Arbeit geboten ist, muss sich noch zeigen.

6

Nathaniels Pläne

«Wenn Sie bitte einen Moment Platz nehmen würden», sagte Hannah eine Woche später, ohne aufzublicken, als sie die Türe zum Dachsteg quietschen hörte. Der Nebel, den sie beobachtet hatte, wollte sich nicht auflösen; er schob sich in ihr Blickfeld und wieder hinaus, ein seidiger Dunstschleier, mit fernen Sternen gesprenkelt wie ein himmlisches Ei. «Ich versuche immer noch, eine klare Sicht auf den Nebel zu bekommen. Bevor er aber etwas höher steigt, werde ich wohl nicht *sehen* können, was ich betrachte.»

Als Isaac nicht antwortete, hob sie die Stimme, aber nicht den Kopf.

«Die Lektion liegt unten auf dem Schreibtisch; Sie dürfen schon anfangen, wenn Sie wollen.»

«Darf ich?», erwiderte ihr Vater.

«Oh!» Beim Klang seiner Stimme schnellte Hannah hoch wie eine Boje und wandte sich geschwind um. «Guten Abend. Ich habe nicht – ich habe nicht mit dir gerechnet.» Auf einmal war sie von Furcht erfüllt. Sie hatte ihrem Vater noch nichts von Isaac erzählt, aber er war ja auch wochenlang kaum zu Hause gewesen.

«Das habe ich mir gedacht. Wer ist der Nutznießer deiner Lektionen?»

«Ein neuer Schüler. In Navigation.» Instinktiv ließ Hannah nähere Einzelheiten aus. Sie glaubte nicht, dass Isaacs

Hautfarbe ihren Vater stören würde, aber sie wusste wenig über ihren Schüler. Er wirkte beherrscht, hatte dies jedoch noch nicht unter Beweis gestellt. Weder wusste sie, wo er wohnte, noch kannte sie seine Vergangenheit.

Isaac könnte durchaus gefährlich sein, mutmaßte sie, doch er hatte solche Ehrfurcht gezeigt, als er durch das Fernrohr blickte. Religiös war er vielleicht nicht; die Schönheit der göttlichen Schöpfung hatte ihn dennoch sichtlich bewegt. Das sprach durchaus zugunsten seines Charakters. Außerdem hatte sie ihn davon überzeugt, dass er imstande war zu lernen, folglich musste sie dabei bleiben und ihn weiterhin unterrichten.

Sie blickte abermals auf das Fernrohr und rieb sich die bloßen Hände, um sie zu wärmen.

«Ich bin aber froh, dass du es bist. Vielleicht kannst du mehr von diesem Nebel auflösen als ich. Falls es wirklich ein Nebel *ist*. Ich meine nach ein paar Tagen eine leichte Veränderung bemerkt zu haben.»

Er trat näher, seine vertraute hohe Stirn tauchte aus dem Dunkel auf, und Hannah stieg vom Schemel, um den Vater schauen zu lassen.

«Ich bin gekommen, um nach den Hauptbüchern zu fragen», sagte er, bequemte sich dann aber doch auf die bescheidene Sitzgelegenheit. «Nun spann deinen Vater nicht länger auf die Folter. Was betrachte ich? Beabsichtigst du etwa, Adams' Schlussfolgerungen in Frage zu stellen?»

«Siehst du den Körper nur wenige Grad nördlich des Antares, nahe dem Stern zweiter Größe? Er ist beinahe im Fadenkreuz, und da ist ziemlich viel Nebel. Ich bin mir nicht sicher, ob es derselbe Körper ist, den ich unlängst sah.» Sie schwieg, solange er durch das Fernrohr blickte. «Übrigens, was Adams anbelangt: George hat mir die neueste Zusammenfassung seiner Entdeckungen geschickt.»

Hannah setzte sich auf den kalten Boden des Dachsteges, zog die Knie bis an die Brust und schlang die Arme darum. Als ihr Vater nicht antwortete, legte sie sich auf den Rücken und betrachtete die Sterne. Während sie den ganzen Körper auf die harten Holzbohlen drückte, fühlte sie sich auf einmal wieder wie ein Kind. Ihre Augen tränten von der Kälte, ihre Hände waren steif wie altes Leder. Aber sie war glücklich. So hatte sie es sich gewünscht. Gemeinsam arbeiten, wie sie es früher immer getan hatten. Sprechen über das, was von Belang war.

Nur Edward fehlte. Immerhin ging es mit dem Frost zu Ende; Hannah hatte in den letzten Tagen den Frühling in der Luft gerochen, sogar dann, wenn sie morgens die Eisschicht auf der Schüssel aufklopfte, um sich das Gesicht zu waschen. Die *Regiment* würde zur Zeit der Schafschur, im Juni, zu Hause sein, hatte Edward geschrieben; bis dahin waren es nur noch zwei Monate.

Ihre Nase lief. Ein salziger Tränenstrom floss von ihren Augen zu den Ohren.

«Ich glaube, was du hier siehst, *ist* Teil eines Nebels», sagte ihr Vater.

«Wahrhaftig?» Sie setzte sich auf und blinzelte zum Fernrohr hinüber. «Ich habe ihn vor drei Tagen gesehen und bin mir ziemlich sicher, dass er sich bewegt hat.»

«Vielleicht war es ein anderer Bereich desselben Nebels, der teils von einem atmosphärischen Ereignis verdunkelt war.»

«Das wäre möglich. Aber zu dieser Jahreszeit?»

«Ich habe ihn schon einmal gesehen, dessen bin ich mir ziemlich sicher. Hast du eine Lichtkondensation in der Mitte beobachtet? Oder einen Hinweis auf einen Schweif?»

«Ich meinte ja, unlängst, aber dann ging der Mond auf, und ich habe den Nebel aus den Augen verloren. Dann war es bewölkt, und schließlich hat es geregnet. Seitdem sehe ich den Nebel heute erstmals wieder. Du hast vermutlich recht.» Enttäuschung durchfuhr sie wie ein Nadelstich.

«Und im Bedford-Verzeichnis?»

«Nichts. Ich sollte wohl noch einmal nachsehen.»

«Ich nehme an, du wirst die Sache so lange verfolgen, bis du Gewissheit hast.» Nathaniel legte die Hände auf die Knie, stand vom Schemel auf und streckte den Rücken.

«Du kennst mich gut genug.» Sie war sich nicht sicher, ob er meinte, dass sie die Berechnungen einstellen sollte. Aber warum hätte sie das tun sollen? Wenn es nur um Unwahrscheinlichkeit ginge, hätte sie die Beobachtungen längst vollends aufgegeben. Der finstere Gedanke, dass ihr Vater sie für unfähig halten könnte, etwas Bemerkenswertes am Nachthimmel aufzuspüren, kroch auf sie zu, doch sie scheuchte ihn fort. Es konnte nicht sein; wenn jemand ihre Fähigkeiten kannte, dann war es ihr Vater. Sie hatte ihn in Mathematik längst übertroffen. Und ihr Augenlicht war viel besser.

«Ich werde ihn weiter beobachten», sagte sie. «Aber ich schaue noch einmal im Verzeichnis nach, für den Fall, dass ich etwas übersehen habe.»

Sie ließ das Fernrohr auf dem Ständer stehen, folgte ihrem Vater zur Türe und hielt sie ihm auf.

«Ich habe mich mit George über meine meteorologischen Untersuchungen ausgetauscht.» Sie folgte dem Vater hinein, blieb aber auf der obersten Stufe stehen und hielt die Türe mit dem Rücken offen. «Er beharrte darauf, dass ich ihm die Arbeit schicke; er nennt sie mein Hauptwerk über die durchschnittliche Bewölkung.»

Ihr Vater stieg eine knarzende Stufe nach der anderen hinab.

«Und was hielt George davon?»

«Er schreibt, Professor Henry könnte sie vielleicht für seine meteorologische Arbeit verwenden ... aber ich glaube, er übertreibt. Ich kann mir nicht vorstellen, wie meine bescheidenen Beobachtungen dem National Institute nützen könnten. Was meinst du?»

Er blieb auf der vorletzten Stufe stehen, drehte sich um und sah sie an.

«Ich finde, die Arbeit ist wertvoll, ungeachtet der gegenwärtigen Bedürfnisse des Instituts. Immerhin ist es dessen Aufgabe, die Wissenschaft zu fördern. Wenn George meint, es lohnt sich, die Arbeit hinzuschicken, dann wird es wohl so sein. Er will gewiss nur das Beste für dich. Ich würde sagen, er ist fürwahr einer deiner größten Bewunderer.»

Hannah schnaubte, ließ dann aber doch die Türe hinter sich zufallen und setzte sich zwei Stufen tiefer auf ihre Hände, um sie zu wärmen. «Ich habe daran gedacht, die Arbeit *Silliman's Journal* anzubieten. Obwohl sie dort sicherlich ebenfalls keine Verwendung dafür haben.» Hannah verschlang jede Ausgabe des Wissenschaftsjournals, sobald es im Atheneum eintraf, obwohl weniger über Astronomie darin stand, als ihr lieb gewesen wäre.

«Hat George das auch empfohlen?»

«Nein. Aber sie veröffentlichen regelmäßig solcherlei lokale Entdeckungen, kleinere geographische Funde, meteorologische Studien und dergleichen.» Sie wiegte sich vor und zurück und wartete darauf, dass das Gefühl in ihre Fingerspitzen zurückkehrte.

«Hm, Hannah», sagte er, hielt dann inne. «Hoffentlich bist du nicht enttäuscht, wenn sie ablehnen. Ich wüsste nicht, dass *Silliman's* weibliche Autoren veröffentlicht, von den Botanik-Seiten einmal abgesehen. Vielleicht könnten sich ja George oder William in einem Brief für dich verwenden. Frage sie. Es kann nicht schaden.»

Er drehte sich um, blieb auf halbem Weg zum Schreibtisch stehen und drehte sich abermals um.

«Fast hätte ich es vergessen. Wo ist das Hauptbuch für die Chronometer? Ich muss noch die Konten der Coffeys ausgleichen.»

Die Erwähnung von Marys Familiennamen verdarb Hannah wieder einmal die Laune.

«Es liegt auf dem Schreibtisch, unter dem *Bowditch*», grummelte sie.

Was würde ihr Vater tun, sollte sie *tatsächlich* einen Kometen entdecken? Würde er es im ganzen Land verkünden? Oder würde er darauf bestehen, ihre Entdeckung von einem männlichen Auge – einem beliebigen männlichen Auge – in der Nachbarschaft bestätigen zu lassen? Sie stellte sich vor, wie der alte Shambaugh – der älteste noch lebende Walfängerkapitän auf der Insel, der den Unabhängigkeitskrieg, die Blockade von 1812 und die Kälteperiode von 1822 überlebt hatte – sich über ihr Fernrohr beugte und ihre Entdeckung überprüfte. Bei diesem Gedanken musste sie ein Kichern unterdrücken.

«Da ist es ja», sagte ihr Vater, zog das Buch hervor und klemmte es sich unter den Arm. Aber er ging nicht, sondern setzte sich mit dem ledergebundenen Band auf den Schreibtischstuhl.

«Ich möchte noch etwas mit dir besprechen.»

«Oh?» Hannah saß noch auf der Stufe. Er sah zu ihr empor und winkte sie hinunter. Sie raffte ihren Rock, ging um die Truhe herum und ließ sich auf dem Holzstuhl nieder, den sie aus dem Wohnzimmer nach oben geschleppt hatte, um das lächerliche Arrangement zu ersetzen, das sie Isaac in ihrer ersten Unterrichtsstunde zugemutet hatte.

Es konnte einen Menschen in der Tat in Verlegenheit bringen, wenn er einem anderen in so geringem Abstand aufrecht auf einem Stuhl gegenübersaß, das spürte sie jetzt am eigenen Leibe. Dennoch war es auch tröstlich, so nah bei ihrem Vater zu sein. Er hatte die Lampe angezündet, bevor er zum Dachsteg gekommen war; Hannah schloss daraus, dass er mitnichten die Absicht gehabt hatte, den Himmel zu beobachten.

Er räusperte sich.

«Wie du weißt, bin ich in diesem Jahr wiederholt in Bankgeschäften in Philadelphia gewesen. Vor einigen Monaten wurde mir dort jemand vorgestellt. Eine Dame – eine gutsituierte Witwe, allerdings noch recht jung. Das mit ihrem Gatten war ein Unfall – ist schon einige Jahr her. Wie dem auch sei.» Er verlagerte das Gewicht und nahm das Hauptbuch in beide Hände, als wollte er es aufschlagen, um eine fesselnde Geschichte zu lesen. Dann blickte er, urplötzlich verstummt, auf den Einband, als hätte es ihm die Sprache verschlagen.

«Sprich weiter. Eine Dame, sagtest du.» Hannahs Gedanken hasteten voraus. Er wollte sich also vermählen. Eine Frau, eine Fremde, würde bei ihnen einziehen. Der Gedanke war so abwegig und unerwartet, dass sie die Empfindung hatte, ihn nur aus gewissem Abstand betrachten zu können, wie eine seltene Spezies. Es konnte durchaus sein Gutes haben, aber es konnte auch ganz schlimm werden. Sie stellte sich eine Matrone aus Philadelphia in ihrer bescheidenen Küche vor. Womöglich würde sie ein Dienstmädchen einstellen. Oder würde sie erwarten, dass *Hannah* ihr Dienstmädchen war?

Die Lampe flackerte. Hannah richtete den Blick auf die Schatten über den Stapeln von Papieren und Zeitschriften, die sich in Dutzenden von Jahren gemeinsamer Arbeit angesammelt hatten. Sie roch das Walöl in der Lampe, diesen beißend säuerlichen Geruch, der tief ins Gemäuer zog, aber nur in bestimmten Momenten wahrnehmbar war. Wie der Duft einer Frau an einem Kleid, das sie zurücklässt. Von Ann Gardner Price war keine solche Spur geblieben; Hannah wusste nicht, wie ihre Mutter einst gerochen hatte, ob sie beim Geschirrspülen gesummt oder ob sie Bohnenkraut lieber gemocht hatte als süßen Thymian.

Das, was Hannah wusste, beschränkte sich auf die wenigen verbliebenen Spuren, die für sie doch kaum mehr waren als magere Hinweise auf ein unlösbares Rätsel. Aus diesen paar Dingen – einem gerahmten Katechismusspruch, den ihre Mutter aus kunterbunt leuchtendem Seidengarn gestickt hatte und der, obwohl längst verblasst, nach wie vor den fröhlichsten Winkel des Zimmers bildete, in dem ihre Eltern geschlafen hatten; einem Schattenriss von Ann, den Hannah gerne mit dem Finger nachzog, als könnte sie auf diese Weise etwas über das Wesen der Frau erfahren; und ihrer Brautausstattung, der Aussteuer, die oben in der Truhe verstaut war und hauptsächlich aus umhäkelter und mit bunten Bändern eingefasster Bettwäsche in verschlungenen Blumenmustern bestand – hatte Hannah gefolgert, dass ihre Mutter farbenfrohe Dinge geliebt hatte, und sie hatte dieses wenige Wissen wie eine kleine Nuss in ihrem Herzen bewahrt, damit es sie durch ihre Mädchenzeit geleitete.

Sie und Edward waren drei Jahre alt gewesen, als ihre Mutter an einem Fieber starb, das so unvermittelt und heftig ausgebrochen war, dass es nicht einmal eine Woche gebraucht hatte, um ihr Leben auszulöschen – als wäre sie nicht widerstandsfähiger gewesen als eine Ameise, auf die ein grausamer Knabe an einem sonnigen Tag ein Brennglas hielt. Hannah erinnerte sich nur schwach an die vielen fremden Röcke, die zu ihrer Küche, zum Garten, zum Wohnzimmer hinein und hinaus rauschten, doch die ewig gleichen Litaneien der Trauergäste waren ihr all die Jahre im Gedächtnis geblieben.

Es ist der Wille des Herrn, hatte man den Zwillingen wieder und wieder gesagt. *Eure Mutter ist im Himmel.* Hannah erinnerte sich an ein lange zurückliegendes Gespräch mit Edward. Sie waren damals sechs gewesen, vielleicht sieben, und saßen in einem ausgehöhlten Baumstamm am Strand von Madaket und spielten Schiff.

«Aber wo ist der Himmel?», hatte Hannah ihren Zwillingsbruder gefragt. «Kommen auch die Muscheln dorthin?», und dann hatte sie einige Namen der großen Winde aufgesagt. *Tramontana, Greco, Schirokko, Ostro,* flüsterte sie. *Maestro* war ihr der Liebste. Der lehrende Wind. Er blähte die Segel ihres imaginären Schiffes. Unter dem Sand hielten unsichtbare Organismen die Muscheln am Leben, bis jemand sie in den Kochtopf warf.

«Ich glaube schon», antwortete Edward. «Ich glaube, ihr Himmel ist sandig.»

«Dann ist der für die Spatzen voll mit Distelwolle?»

«Und der für die Füchse ist ein warmer Bau.»

«Aber wie wollen sie dann wissen, dass sie tot sind?», fragte Hannah ängstlich.

«Vielleicht wissen sie es gar nicht.» Edward malte mit dem Zeh einen tiefen Strich in den Sand. «Vielleicht macht das ja gerade den Himmel aus.»

* * *

Hannah zupfte einen Splitter aus dem Holzsitz ihres Stuhls, und als er in die Haut unter ihrem Fingernagel stach, genoss sie den scharfen Schmerz. Der gedrechselte Holzknauf an der Schreibtischschublade verschwamm hinter einem plötzlichen Tränenschleier und der quälenden Sehnsucht nach jener Nähe zu ihrem Vater, die sie in den ersten Jahren, die auf den Tod ihrer Mutter folgten, gespürt hatte. Als sechsjähriges Kind hatte sie sich auf einem Berghang im Norden der Insel unter einer mottenzerfressenen Decke an ihn geschmiegt und mit Augen, die wund waren vor Müdigkeit, aber weit offen vor Staunen, auf das Eintreten der Mondfinsternis gewartet. Seine Finger lagen fest um ihre Schulter, und während sich die vertraute Mondkugel über ihnen feuerrot färbte, einte der Begeisterungsschauer des Entdeckens Vater und Tochter gegen die übrige Welt.

Hannah schluckte ihre Tränen hinunter, und auch das hohle Gefühl des Verlusts in ihrem Bauch ließ nach. Ihr Vater sprach von den günstigen Verbindungen der Dame – sie hatten irgendetwas mit der Staatlichen Münzprägeanstalt zu tun. Hannah war es nie in den Sinn gekommen, dass er sich noch einmal eine Frau nehmen würde, obwohl ein solcher Schritt einleuchtend war und sich durchaus vorteilhaft anhörte.

«Hannah, du machst ein Gesicht, als hätte ich dir eröffnet, dass ich sterbenskrank bin», sagte Nathaniel.

Rasch kehrte sie in die Gegenwart zurück und versuchte, sich ihre Erschütterung nicht anmerken zu lassen. Natürlich fand ihr Vater die Zurschaustellung von Gefühlen schlechterdings selbstsüchtig und unreif.

«Vergib mir. Ich bin nur überrascht. Und wann kommt sie her?», fragte Hannah. «Wirst du warten, bis Edward zurück ist, um die Hochzeit zu planen? Der Sommer dürfte die beste Zeit dafür sein. Falls du eine Hochzeit planst, meine ich. Hattest du mir das sagen wollen?» Die Wörter rutschten von ihren Lippen wie Körner von einer Getreiderutsche.

«Hannah», sagte er, «hör mir zu.»

Um sich nicht noch weitere Splitter in den Fingern zuzuziehen, setzte sie sich auf die Hände. Hatte er es Edward überhaupt schon geschrieben? Sie hoffte es. Eine winzige Hoffnung regte sich in Hannahs Brust. Vielleicht war dies die bestmögliche Art, um den Spalt in ihrer Familie zu kitten: Eine Frau im Haus würde die Härte des Vaters mildern und ihm helfen, Edwards Entschluss hinzunehmen und nach vorne zu blicken.

«Sie kommt nicht hierher», sagte Nathaniel. «Ich – *wir* – ziehen nach der Eheschließung nach Philadelphia.»

Hannah legte die Stirn in Falten. «Wir? Du und sie, meinst du? Wohnt sie denn nicht schon dort?»

«Ich meine dich, Hannah. Du kannst nicht allein hierbleiben. Ich habe lange darüber nachgedacht, und obwohl ich weiß, dass du lieber auf der Insel bleiben würdest, kann ich nicht guten Gewissens fortgehen, ohne dass du mich begleitest. Und die Stadt hat so vieles zu bieten. Lucinda hat einen großen Bekanntenkreis, und die Gemeinde in Philadelphia entfaltet sich gut. Es gibt dort jede Menge Persönlichkeiten, die für dich von Interesse sein könnten.»

Hannah schloss kurz die Augen, als könnte sie dadurch die Zeit zurückdrehen. Aber die Zeit bewegte sich nun einmal nur in eine Richtung. *Philadelphia. Wenn du mich begleitest. Die Stadt.* Die hoffnungsvollen Gedanken, die sie vor einem Moment überflutet hatten, waren allzu schnell wieder zunichte.

«Du meinst, als Kandidaten für eine Ehe», sagte sie, auf seinen letzten Satz bezogen. «Dein Wunsch für mich ist es, in Philadelphia jemanden zum Heiraten zu finden.»

«Ich wünsche mir wie immer Glück für dich, Hannah. Eines anderen Wunsches kannst du mich nicht bezichtigen.»

«Dann muss dir doch klar sein, dass es mich vollkommen glücklich macht, hier zu bleiben und meine Arbeit fortzuführen. Ich habe meine Stellung im Atheneum. Und unser Haus und den Hof. Edward kommt in zwei Monaten nach Hause. Ich sehe keinen Grund für mich, die Insel zu verlassen.» Sie kämpfte mit sich, um ihre Stimme zu mäßigen, die aufsteigende panische Angst zurückzudrängen. Ihr Vater schätzte die Vernunft, für Gefühle hatte er nicht viel übrig.

Seine Miene verhärtete sich.

«Dein Bruder hat bewiesen, dass sein Kommen und Gehen sich nach nichts richtet als nach seinem eigenen Gutdünken. Wenn du bleiben möchtest, empfehle ich dir, dies mit der Aussicht zu tun, Hälfte eines Haushalts zu sein.»

«Als Ehefrau.» Sie verschränkte die Arme fest vor der Brust, als könnte das verhindern, dass sie jeden Moment in Stücke zersprang.

«Ja.»

«Und angenommen, es gäbe einen Mann, den ich ehelichen möchte – und einen, der mich ehelichen möchte, was nicht der Fall ist, das kann ich dir versichern –, und wenn mein Ehemann dann Jahr um Jahr zur See führe wie die Hälfte der ‹Hälften eines Haushalts› auf dieser Insel, wo läge dann der Unterschied?» Sie wusste, den Kampf um das Verbergen ihrer Gefühle hatte sie verloren; Verzweiflung und Wirrnis bedrängten sie und ließen sie keinen klaren Gedanken mehr fassen. Wie war es nur gekommen, dass sie noch Minuten zuvor ein Gespräch über ein kometenhaft anmutendes Himmelsobjekt führte und jetzt gleichsam um ihr Leben bettelte?

«Hannah», sagte ihr Vater mit strenger Stimme. «Ich habe kein Interesse an einer theoretischen Debatte über den Unterschied zwischen der Frau eines Walfängers und einer unverheirateten Tochter. In der Tat hast du durchaus erwägenswerte Aussichten, das lässt sich nicht bestreiten.»

«Was für Aussichten?» Sie hob den Kopf, fragte sich, ob ihr etwas entgangen war.

«Nun ja ...» Nathaniel sah sich um, als wäre da jemand, der mithören könnte. «... Doktor Hall zum Beispiel hat von seiner großen Achtung und Zuneigung für dich gesprochen.»

«Doktor Hall?» Hannah schrie es beinahe vor Schreck.

«Es ist ein vernünftiger Gedanke.»

Hannah senkte die Stimme, zitterte aber am ganzen Leibe wie ein Tier in Gefahr.

«Vernünftig? Mich mit einem Mann zu verbinden, für den ich nichts empfinde als wissenschaftlichen Respekt, nur damit ich das glückliche Leben weiterführen kann, das ich mir – und in der Hauptsache ich ganz allein – aufgebaut habe?»

Doch ganz gleich, was ihr Vater antworten würde: Die Wahrheit war so klar wie der Herbstmond. Für sie kam nur ein Leben in Frage, das ihr Vater für sie wünschte, und an dieses Leben war sie gebunden. Die Vorstellung, ihre Zukunft selbst bestimmen zu können – ihren Kometen aufzuspüren, Berühmtheit zu erlangen –, war ein Hirngespinst gewesen, das sie sich selbst zuzuschreiben hatte. Wie töricht von ihr zu glauben, dass es ihr gestattet sein könnte, munter zwischen dem Atheneum, dem Versammlungshaus und ihrer kleinen Dachsternwarte hin und her zu pendeln, solange es ihr gefiel, und dass der Kelch der Einschränkungen und Erwartungen, die das Leben anderer Frauen prägten, einfach an ihr vorübergehen würde.

«Noch ist nichts beschlossen», sagte ihr Vater. «Ich warte auf meine Austrittsbescheinigung der Gemeinde. Es kann noch Monate dauern, sogar ein Jahr. Bis dahin können sich weitere Aussichten auftun. Doktor Hall ist nur eine, doch zu seiner Verteidigung muss ich sagen, er ist dir so gleichgesinnt, wie du es dir nur von einem Menschen wünschen kannst. Zudem ist er wohlsituiert und unterstützt dich in deiner Arbeit so eifrig wie ich selbst. Er hat mir mehrmals gesagt, er rechne damit, dass du ihn einst sogar übertriffst, und dass er dies begrüßen würde. Es gibt nicht viele Männer, die so empfinden.»

Der Vater sah sie an, und der Anblick seiner dunkelblauen Augen unter den besorgt zusammengezogenen Brauen ließ ihren Zorn verrauchen. Abermals schossen ihr Tränen in die Augen, ohne dass sie es wollte, doch diesmal strömten sie ungehemmt.

«Hab Vertrauen, Hannah. Niemand kann die Zukunft erahnen. Der richtige Weg – oder Mensch – wird sich finden, dessen bin ich sicher. Bis dahin ... lasse ich dich deine Arbeit fortführen.»

Nathaniel erhob sich und schlüpfte hinaus, und Hannah blieb neben ihrem Schreibtisch sitzen, an dem sie mehr als ihr halbes Leben lang gemeinsam gearbeitet hatten. Es war ihr nie in den Sinn gekommen, Nantucket zu verlassen. Der Sand und die Untiefen, das Salz und das Binsengras der Insel waren so sehr ein Teil von ihr wie die exotischen Tätowierungen auf der Haut der Walfänger, die von den weit entfernten Südpazifischen Inseln stammten. Wann immer sie die Insel verließ, kam Hannah sich klein vor, unsichtbar wie ein Stern, der vom Glanz der Stadt überstrahlt wird. Für immer fortzugehen, das hieße, Edward zu verlassen. Es hieße, das Atheneum mit all seinen Schätzen und ihr vertrautes Heim mit all seinen Erinnerungen zu verlassen. Es wäre das Ende von allem, das sie kannte. Das Ärgste jedoch war, es wäre auch das Ende ihrer Beobachtungen. Es war undenkbar.

7

Die bekannten Planeten

Nachdem ihr Vater die Dachkammer verlassen hatte, blieb Hannah wie mit Riemen gebunden auf ihrem Stuhl sitzen, versuchte Klarheit in ihre Gedanken zu bringen und sich einen vernünftigen Plan zurechtzulegen. Edward erschien ihr als die einzige Rettung. Wenn er zu Hause wäre und als ihr Begleiter und Aufpasser auftrat, würde sie bleiben dürfen – allerdings mit vertauschten Rollen, wie er gewiss als Erstes erklären würde. Gemeinsam könnten sie den Hof und die Chronometer beaufsichtigen und sogar einen Kontrakt mit der Küstenwache abschließen, sollte er ihnen denn angeboten werden.

Das Schlagen der Uhr im Erdgeschoss rief Hannah in die Gegenwart zurück, und die Wunschvorstellung von einem derartigen Kontrakt sowie den neuen Instrumenten, die ihnen dadurch zwangsläufig zur Verfügung gestellt werden würden, schwand dahin wie eine Wolke Himmelsstaub. Beklommen öffnete Hannah die Dachkammertüre und lauschte. Es war totenstill. Ihr Vater war entweder schlafen gegangen, oder er hatte das Haus verlassen.

Sie kramte nach Federhalter und Tintenfass und kritzelte hastig eine Notiz auf die Rückseite einer vergilbten Kaufurkunde: *Mr. Martin: Kommen Sie hinauf zum Steg.* Sie steckte die Nachricht unten an die Türe, stieg dann wieder nach oben, drei Stufen auf einmal nehmend, als würde sie verfolgt, und versuchte, ihre Beobachtung dort fortzusetzen, wo sie sie abgebrochen hatte. Aber die leichte Bewölkung hatte sich unterdessen zu Nebel verdichtet. Der Nebelfleck – sollte es tatsächlich einer sein – war verschwunden.

Hannah blieb über eine Stunde am Fernrohr, schaute regelmäßig hinein, so wie eine Mutter nach ihrem fiebernden Kind sieht, doch die Sterne ließen sich nicht blicken, ebenso wenig alles Übrige am Firmament. Es ging kaum ein Wind, nichts deutete auf eine bevorstehende Wetteränderung hin. Während Hannah noch einmal über den Entschluss ihres Vaters nachsann, machte sich ein Hauch von Verzagtheit in ihr breit, ganz leicht, wie eine eben beginnende Krankheit, denn sie konnte nichts daran ändern, es sei denn, sie band sich für immer an einen Mann – irgendeinen Mann –, der bereit wäre, die Ehe mit ihr einzugehen.

Es war ein unerträglicher Gedanke, dass sie im Hinblick auf die eigene Zukunft immer machtlos gewesen war, ohne sich dessen bewusst zu sein. Ihr Leben lang hatte man von ihr Beherrschung verlangt – die Beherrschung ihrer Gefühle, ihrer Gleichungen, der größten und winzigsten Abschnitte des Universums. Doktor Hall hatte auf Exaktheit gepocht; seine Lehrmethode erforderte die totale Beherrschung einer Stufe, ehe man zur nächsten fortschritt. Bruchrechnen kam vor Geometrie, einfache Mathematik vor Logarithmen und algebraischen Gleichungen. Bis zu diesem Abend hatte Hannah geglaubt, die Gesetze verstanden zu haben, die ihr Leben regelten: Es galt hart zu arbeiten, den Himmel zu beobachten, nach einem bedeutenden Beitrag zur Wissenschaft zu suchen – dann winkte Belohnung. Wie konnte sie sich so verrechnet haben?

Zähneknirschend blickte sie wieder durchs Fernrohr, in dem verzweifelten Wunsch nach etwas, worauf sie sich konzentrieren konnte. Dieses Mal hörte sie die Türe zum Steg nicht auf- oder zugehen. Als sie ganz in der Nähe Isaacs tiefe Stimme vernahm, schrie sie leise auf, schlug sich mit der Hand vor die Brust und rang nach Luft.

«Es tut mir leid, wenn ich Sie erschrocken habe.»

«Ist schon gut», murmelte sie, weil ihre heftige Reaktion ihr peinlich war. «Was haben Sie gesagt?»

«Ich habe gefragt, nach was schauen Sie? Sie scheinen etwas zu erwarten.»

«Ich schaue nach Veränderungen. Neuheiten am Nachthimmel.» Hannah fing sich wieder und sah ihn an. Er trug eine weite Hose, ein Hemd unter einem Wollpullover, eine Mütze und denselben Schal um den Hals. Hannah schüttelte den Kopf.

«Sie sind nicht warm genug angezogen», sagte sie. «Nehmen Sie die Jacke vom Haken gleich hinter der Türe.»

Er gehorchte wortlos und ging mit der ihm eigenen Langsamkeit über den Steg. Ein Harpunier sollte sich flinker bewegen, dachte sie. Die schnelle Jagd, die kleinen Boote, die über das graue Meer sausten, das Schwirren der Seilwinde: Ohne eine flinke Hand hätte er versagt oder wäre längst zum Krüppel geworden und nicht zu seinem gegenwärtigen Rang aufgestiegen. Dennoch dauerte bei ihm alles dreimal länger, als es sollte.

Er kam zurück, die Jacke bis ans Kinn zugeknöpft. «Warum?»

«Warum was?»

«Warum danach schauen?»

«Es geht um Wissen», antwortete Hannah. War es denn nicht offensichtlich? Als er nichts entgegnete, fügte sie hinzu: «Das Streben nach Wissen ist die höchste Berufung.»

«Wissen?», wiederholte er so zweifelnd, als hätte sie gesagt, dass kleine Männchen um den Mond fliegen. Seine

Zweifel – zusätzlich zu denen ihres Vaters und zu denen aller anderen – erzürnten sie.

«Ja. Was denn sonst?», meinte sie ungehalten. Wie er da stand, einer Riesenmarionette gleich, fragte sie sich, ob das ganze Unterfangen nicht Zeitverschwendung war. Vielleicht waren die Behauptungen ja begründet, seine Rasse sei von Natur aus träge, unfähig zu Arbeitseifer oder geistigen Leistungen. Sie selbst hatte solche Gedanken nie gehegt, aber sie hatte ja auch nie einen von ihnen wirklich gekannt.

Er zuckte die Achseln.

«Das ändert nicht ...» Er hielt inne, suchte nach dem nächsten Wort. «Bestimmte Dinge.»

«Ich verstehe nicht, was Sie meinen.» In der Hoffnung, dass er nicht Gedanken lesen konnte, starrte sie finster auf das Fernrohr.

«Wie Menschen sind.»

Sie versuchte, aus der dünnen Aussage seine Meinung zu ergründen.

«Meinen Sie den Charakter?»

«Charakter.» Er rollte das R am Schluss des Wortes. «So viel Wissen, aber Menschen sind ... wie Tiere.»

Hannah setzte sich gekränkt aufrecht.

«Menschen sind gewiss keine Tiere, Mr. Martin. Wir sind den Tieren überlegen. Wir besitzen Intelligenz, Logik und Vernunft. Wieso glauben Sie so etwas?»

Seine Miene spannte sich an, so wenig, dass es kaum wahrnehmbar war.

«Ich habe auf einem Schiff – und anderswo – solches Benehmen gesehen. Kann man nicht anders beschreiben», sagte er. «Nach meinem Erleben ist es schwer zu glauben, dass Wissen allein das ändern kann.»

«Meinen Sie Gewalt?», fragte Hannah. Die Vorstellung, wie Menschen einander verletzten, war schrecklich für sie.

«Manche Menschen verstehen nur die Sprache von Gewalt», sagte er und verstummte dann. Hannah fragte sich, was er wohl hatte erdulden – oder auch anderen zufügen – müssen, um seine gegenwärtige Anstellung zu erlangen. Ihr kam der Gedanke, dass seine Beförderung kein Zufall war; auf jeden Mann, der Isaac Martin beizustehen wünschte, kam wahrscheinlich ein Dutzend Männer, die ihm einzig aufgrund seiner Hautfarbe Böses wünschten.

Sie seufzte. «Das mag wohl sein, aber ich glaube, dass Wissen uns dem Verständnis unseres Schöpfers und seines Planes näherbringt, und damit, auf einer höheren Ebene, des Zusammenspiels des gesamten Universums.»

Es trat ein langes Schweigen ein, und während sie sich fragte, ob er sie verstanden hatte, suchte sie wiederum den Nachthimmel ab. In der Wolkendecke tat sich gerade eine Lücke auf, und Hannah schaute einen Moment hin. Der Nebelfleck kam in Sicht, war aber kurz darauf wieder verdunkelt. Enttäuscht richtete Hannah sich auf und sah ihren Schüler an.

«Das alles sehen Sie?» Seine Wange zuckte. *Er veralbert mich*, dachte Hannah und ließ es zu, dass sich ein kleines Lächeln in ihr Gesicht stahl. Es löste die Spannung, er lächelte zurück, breit und herzlich, und auch ihr Lächeln wurde breiter. Isaac Martin war nicht dumm. Sie spürte, dass zwischen ihnen etwas im Fluss war, wie eine Strömung, und wandte verunsichert den Blick ab, widmete sich wieder dem Fernrohr.

Windstöße hatten am Himmel einen breiteren Streifen freigelegt und den Bereich aufgedeckt, den sie erforschen wollte. Vielleicht konnte sie Isaac ja einfach zeigen, wonach sie Ausschau hielt, statt zu versuchen, ihn von der Wichtigkeit ihres Tuns zu überzeugen.

«Setzen Sie sich hierher.» Sie winkte ihn auf ihren Schemel. «Schnell! Ich möchte, dass Sie das sehen.»

Ohne einen Laut nahm er den Platz ein.

«Sehen Sie den ganz hellen Stern ungefähr in der Mitte des Feldes?»

Derweil er schaute, stellte Hannah sich vor, wie die Sterne innerhalb des dichten Himmelsflecks aussahen, wenn man sie durch das Fernrohr betrachtete.

«Sehen Sie ganz genau hin. Auch Ihre Augen sind ein Instrument. Beobachten Sie die Stelle links von dem Punkt, wo sich die Linien in der Mitte des Objektivs überschneiden, und heben Sie dann den Blick um wenige Grad nach Norden.»

«Ich sehe es», sagte er kurz darauf mit heller, aufgeregter Stimme.

«Das ist der Antares», erklärte Hannah. «Der Antares ist ein sogenannter Fixstern. Wir denken ihn uns wie unsere Sonne, die ihre Position nicht verändert. Die anderen Fixsterne und die Planeten haben wir schon erörtert.»

Isaac nickte, ohne den Blick vom Objektiv zu nehmen.

«Stehen Sie kurz auf.» Er sprang auf und stellte sich dicht neben sie, indes sie eine ganz kleine Regulierung vornahm. «Schauen Sie hin und beschreiben Sie, was Sie sehen.»

Sie tauschten wiederum die Plätze, und diesmal sah er eine ganze Minute durch das Okular, bevor er ihr das Gesicht wieder zuwandte.

«Es ist wolkig.» Er klang enttäuscht. «Ich kann nichts sehen.»

«Aha», sagte sie. «Aber dieser Himmelsbereich ist ganz klar, und das Objektiv ist scharf eingestellt. Schauen Sie noch einmal hin.»

Er schaute, schüttelte aber den Kopf.

«Ich sehe nur eine Wolke», sagte er. «Eine Wolke voll Licht.»

«Das nennt man Nebelfleck.» Sie hob das Kinn zu dem fernen Fleck am tiefschwarzen Himmel. «Nebelflecke sehen tatsächlich wie Wolken aus. Es sind aber keine Wolken. Sie bestehen aus Sternen und Nebelobjekten. Was ist ein Nebelobjekt?»

Sie ging auf dem Steg auf und ab und fuhr fort, als wäre er es, der gefragt hatte. Ihre Stimme trug mühelos; der Wind hatte sich gelegt, die Luft war still und kalt wie Marmor.

«Aus was besteht es? Wird es reflektiert wie Licht? Ist es Staub oder etwas anderes? Was sind das darin für Bänder aus Licht und Dunkel? Warum bewegen sich manche Sterne anders als andere? Alle Planeten und eine Anzahl Sterne verändern ihre Position. Die anderen dagegen nicht – wieso? Warum sind sie überhaupt da?»

Sie blieb hinter ihm stehen. Beide Gesichter hoben sich zum Himmel.

«Wir sehen so wenig von dem, was vorhanden sein mag», flüsterte Hannah, von Ehrfurcht ergriffen. Ihr dringender Wunsch, er möge ebenso empfinden – sich bei jeder Betrachtung des Nachthimmels nach einer Entdeckung sehnen –, war verstörend, und sie räusperte sich, ehe sie fortfuhr. «Verstehen Sie? Es übersteigt unser Vorstellungsvermögen. Das Licht des allernächsten Sternes braucht neun Jahre, bis es bei uns ankommt. Neun Jahre! Und doch sehen wir mehr und mehr mit jedem Tag. Einige von uns jedenfalls. Mit den richtigen Instrumenten.»

Sie spürte, dass Isaacs Blick auf ihr ruhte, und sie sah aus dem Augenwinkel sein Profil, keine zwölf Zoll entfernt. Ihre Wangen brannten, und dann ihr Hals.

«Aber was hoffen Sie zu sehen?»

Hannah hob das Kinn zu ihm hin, sah ihn aber nicht

direkt an. Sie blickte vielmehr auf das Fernrohr, dessen Messingteile im Dunkeln schimmerten. Seine Frage hatte sie an das Gespräch mit ihrem Vater erinnert, und eine Mischung aus Empörung und Zorn wallte in ihr auf. Sie wollte Isaac ihren Gemütszustand nicht zeigen, dennoch schnellte ihre Gegenfrage hervor wie eine Herausforderung.

«Auf was hoffen Sie denn, Mr. Martin?»

«Vorwärtskommen in meinem Rang», antwortete er, jedes Wort sorgsam abwägend.

«Vorwärtskommen, das erhoffe ich mir auch.»

Allein diese Worte auszusprechen, nahm ihr jegliches Verlangen, aufrecht zu stehen, und sie sank neben ihm auf die Erde, schlang die Arme um die Knie und seufzte vor Erleichterung, den vertrauten, festen Boden unter sich zu haben. Isaac war halbwegs vom Schemel gesprungen und hatte ihn ihr mit einer Handbewegung angeboten, aber Hannah winkte ab, ohne ihn anzusehen.

«Bitte. Bleiben Sie sitzen. Mir ist es hier lieber.» Sie rutschte ein kleines Stück bis zu dem Holzgeländer und lehnte sich dagegen. Mit einer schwungvollen Bewegung schob Isaac den Schemel beiseite und ließ sich ihr gegenüber nieder, mit dem Rücken am gegenüberliegenden Geländer, die Beine untergeschlagen. Dann neigte er den Kopf nach hinten und blickte zum Himmel.

«Wie sind Sie hier hinangelangt?», fragte er.

Hinangelangt. Hannah verstand, was er meinte, wenngleich sie bei seiner geschraubten Ausdrucksweise den Steg plötzlich wie eine schwimmende Insel im weiten Meer empfand, auf der sie ausgesetzt worden war. Sie lächelte im Dunkeln.

«Mein Vater hat es mir beigebracht», sagte sie und lehnte den Kopf an den Holzpfosten hinter ihr, der ihr so vertraut war wie eine Wiege. «Als Kind habe ich während der

Durchgänge für ihn die Sekunden gezählt. Und wir waren ziemlich oft in Cambridge. Freunde der Familie – Vater und Sohn – leiten die dortige Sternwarte. Sie haben mir gezeigt, wie die Instrumente funktionieren. Wir haben sie stundenlang auseinandergenommen und wieder zusammengesetzt. Die Mathematik kam später. In der Schule.»

«Das ist ein Geschenk.»

Sie zog die Knie näher zur Brust. Meinte er das Wissen an sich oder dessen Weitergabe an sie durch andere? So oder so, er hatte recht.

«Das muss es wohl sein.»

Hannah verkniff es sich, mehr zu sagen, obwohl es sie danach drängte; sie war erstaunt, dass sie schon so viel gesagt hatte. Einem Fremden ihren Gemütszustand zu offenbaren war so gefährlich und unvorstellbar, als würde sie ihren Körper entblößen – zumindest gemäß der Lehre. Ihr Leben lang war sie Menschen aus allen Erdteilen begegnet – das Meer trug sie so zuverlässig auf die Insel und wieder fort, wie die Sonne auf- und unterging –, doch dies war das allererste Mal, dass sie mit einem von ihnen ein privates Gespräch über sich selbst führte. Sich mit weltgewandten Leuten einzulassen, war heutzutage ein Grund für den Ausschluss aus der Gemeinde. Wie waren sie nur so weit vom Kurs abgekommen?

Sie löste die Hände von den Knien, hielt sich am Geländer fest und stand auf.

«Es hat sich aufgeklart», sagte sie steif. «Kommen wir nunmehr zu der eigentlichen Höhe.»

Isaac erhob sich und stellte sich auf die andere Seite des Fernrohres. Falls er vom Wechsel ihres Tonfalls überrascht war, ließ er es sich nicht anmerken, und sie war froh, den Unterricht fortsetzen zu können.

«Sie ist ähnlich wie die Brechung», sagte sie. «Das Licht

von einem Himmelskörper wird gebeugt, wenn es unsere Atmosphäre durchläuft, und die Verzerrung verändert unsere Wahrnehmung seines Standortes. Nur wenn er direkt über uns ist, können wir seine eigentliche Höhe bestimmen, verstehen Sie?»

«Dass ein Stern nicht immer ist, was er zu sein scheint? Ja. Ich verstehe.»

«*Wo* er zu sein scheint.»

Er nickte und betrachtete den Himmel. Ein kleines Lächeln huschte wie eine Elritze über seine Wange und verschwand.

«Wo er zu sein scheint», plapperte er ihr nach.

Die Wolkendecke verdichtete sich und verdunkelte fast alles Licht am Himmel, und ein jäher Windstoß ließ Hannah erschauern.

«Es wird regnen. Gehen wir hinunter.»

Die Kammer wirkte behaglich im Vergleich zum Dach. Der Schein der kleinen Lampe war anheimelnd. Hannah trat an den Schreibtisch und überlegte, ob sie Isaac entlassen sollte. Doch der Gedanke an das leere Haus, an den Stoß schmutziger Leintücher und Schürzen neben dem Waschbrett war ihr zuwider. Sie wollte, dass er blieb, das wurde ihr klar.

Das Verlangen nach der Gesellschaft eines anderen Menschen – und gar der von Isaac Martin – war so neu für sie, dass sie sich fragte, ob sie vielleicht krank war. Ihr Kopf surrte von Fragen. Kam Isaac wahrhaftig aus einer gottlosen Gegend? Wer hatte ihm seine Sprechweise beigebracht? Wohin ging er nach dem Unterricht? Und schlussendlich – wollte auch er bleiben?

Es sah ganz danach aus, denn er hatte sich nicht vom Fleck gerührt. Sie ließ ihren Blick über das Regal neben dem Schreibtisch schweifen, hoffte halbwegs, ihr Exemplar von

Huttons *Mathematik* möge nicht da sein. Und wirklich, es war nicht da.

«Möchten Sie das Atheneum sehen?», fragte Hannah.

«Das ...?»

«Das Atheneum. Unsere Bibliothek. Sie ist sehr schön.» Sie hielt den Blick auf den Schreibtisch gerichtet.

«Ist sie um diese Zeit offen?»

«Nein», sagte sie. «Aber ich habe den Schlüssel.»

8

Lehrstoff

Aus Rücksicht auf die Nachtruhe gingen sie schweigend, denn es war kurz vor ein Uhr. Hannah fühlte sich ungewöhnlich munter, während sich rings um sie die leisen Geräusche der Nacht entfalteten. Sie meinte Feldmäuse durch das Moorgebiet huschen, Binsen im feuchten Wind rascheln, Hunde im Schlaf seufzen zu hören, ja sogar die Strömung zu vernehmen, die gegen die nahen Docks platschte. Die Luft war feucht und nebelschwer.

Hannah ging diesen Weg wohl tausendmal im Jahr. Als sie sich der Stadt näherten, wurde sie dennoch nervös. Die Inselbewohner schätzten das Atheneum als eine dem Fortschritt und der Bildung geweihte Stätte des Lernens. Es war allerdings eine private Einrichtung; die Lektüre der Bücher war Mitgliedern vorbehalten, die für dieses Vorrecht eine Jahresgebühr entrichteten. Seit Hannah alt genug war, um die Themen zu verstehen, hatte sie so gut wie alle Vortragsveranstaltungen im Atheneum besucht. Sie hatte leidenschaftliche Appelle gegen die Todesstrafe, für eine Einheitswährung und zu allen Gesichtspunkten der Expansion der Vereinigten Staaten gehört. Phrenologen, Adventisten und Grahamiten war hier ein Podium für ihre Ansichten gewährt worden; Emerson hatte alle mit seiner Redegewandtheit, wenngleich nicht mit seiner Frömmigkeit beeindruckt.

Und doch war es genau das Wissen, was Hannah für ihren Schüler anstrebte. Es gab keinen Grund, ihm die Bücher der Bibliothek nicht zugänglich zu machen, obwohl er kein Mitglied war. Sie war überzeugt davon, dass er respektvoll mit ihnen umgehen würde. Und es war unwahrscheinlich, dass jemand sie zu dieser späten Stunde sah.

In der Main Street brannten einige Laternen, und Hannah und Isaac warfen blassgraue Schatten auf die Pflastersteine. Außer ihren Schritten war hier nur noch der ferne Lärm aus den Spelunken bei den Docks zu hören. Da Hannah nie dort gewesen war, konnte sie sich nur vorstellen, wie Frauen und Männer von üblem Ruf durch das Trinken von Alkohol zügellos wurden und Unzucht miteinander trieben.

Hannah wurde langsamer und blieb schließlich vor Riddells Laden stehen, dessen Türe nie abgeschlossen war. Bei ihren Abendspaziergängen hatte sie des Öfteren Frauen gesehen, die es vorzogen, sich im Schutze der Dunkelheit hineinzuschleichen und in ihrem Kasten nach einem Brief zu tasten. Hannah betrachtete diese Frauen mit einer Mischung aus Achtung und Mitleid; sie selbst würde sich eine derartige Verzweiflung niemals gestatten, und die Frauen schienen ihr eher Gefangene ihrer Gefühle zu sein, als diese zu beherrschen.

«Ich muss den Schlüssel holen», flüsterte sie Isaac zu. Es gab nur einen einzigen Ersatzschlüssel für das Atheneum, und der wurde in Hannahs Briefkasten aufbewahrt, damit er den Kuratoren, den Vorsitzenden der verschiedenen Vereine, die sich dort trafen, und den Organisatoren der Vortragsreihen zur Verfügung stand.

Isaac nickte und trat in den Schatten des Vorbaus, als wäre auch ihm unbehaglich zumute.

An der Türe schwand Hannahs Forschheit dahin. Was

fiel ihr eigentlich ein, mitten in der Nacht mit einem Fremden herumzuschleichen? Mit zitternder Hand öffnete sie die Türe und erstarrte, als das Glöckchen sein vertrautes Willkommen bimmelte. In dem trüben Licht wirkten die Postsäcke bedrohlich, wie sie da in dem kleinen Raum hingen. Hannah schlich zu ihrem Kasten und dachte fest daran, dass sie jetzt und hier nur das eine Ziel hatte, Huttons *Mathematik* für den Unterricht zu entleihen.

Dieser nüchterne Gedanke beruhigte sie, und sie schob die Hand in den Kasten. Ihre Finger schlossen sich um ein versiegeltes Viereck aus hartem Pergament. Sie nahm es heraus und sah es blinzelnd an, um sicherzugehen, dass es war, was sie dachte:

An Hannah Gardner Price
Die außergewöhnliche Dame, welche sich
der Astronomie verschrieben hat
Bibliothekarin von inselweitem Ansehen
Schlechteste aller Näherinnen
Little India Street, Nantucket, Massachusetts

Hannah verdrehte die Augen, spürte jedoch, wie ein Lächeln ihre Züge entspannte, als sie den Brief in die Manteltasche schob. Edward ließ es sich nie nehmen, sie mit seinen Zeilen zu amüsieren oder in Verlegenheit zu bringen, aber es war ihr im Grunde ziemlich einerlei, was er auf die Außenseite schrieb. Seine Stimme, welche die Meere überspannte, war ihr kostbar.

Ohne zu zögern, schob sie die Hand abermals in den Kasten, ihre Finger fanden den verzierten Schlüssel zum Atheneum, und ihre Angst löste sich auf. Mit nunmehr wieder leichtem Schritt öffnete sie die Türe und trat zu Isaac hinaus.

«Hier entlang», sagte sie. «Es ist gleich die Straße hinunter.»

Als sie sich dem breiten, schmucklosen Bau an der Ecke Pearl Street näherten, ging Hannah schneller, weil sie sich nach der vertrauten Intimität des Interieurs sehnte. Doch auch ihre Nervosität war wieder da, und sie ärgerte sich über ihre mangelnde Entschlusskraft. Sie musste sich sogar die schweißnasse Hand am Kleid abwischen, damit ihr der Schlüssel nicht entglitt, wenn sie ihn ins Schloss steckte.

«Ist das eine Kirche?» Isaac hatte sich dicht zu ihr gebeugt. Seine Stimme an ihrem Hals ließ ihr einen wohligen Schauder über den Rücken rieseln.

«Es war einmal eine.» Sie sperrte die schwere Kette um die Türknäufe auf, vorsichtig, damit sie nicht auf den Boden rasselte. «Es ist schön, nicht wahr?»

Isaac trat so weit zurück, dass er nicht mehr unter dem Säulenvorbau stand, und betrachtete lange Zeit die Fassade des Gebäudes. Hannah blickte nach links und nach rechts, aber die Straße war leer.

«Es ist schlicht», sagte Isaac. «Bescheiden. Aber mächtig.»

Hannah lächelte im Dunkeln. Ebenso gut hätte er mit seinen Worten die Leute von Nantucket beschreiben können, doch so mancher hätte dafür auch weniger liebenswürdige Ausdrücke benutzt – *absonderlich* zum Beispiel. Auch sie selbst war gelegentlich von Besuchern von außerhalb der Insel angestarrt worden, die offenbar dachten, sie schauten einem Bühnenstück zu und nicht Menschen, die ihrem Tagwerk auf die Weise nachgingen, die ihrer Überzeugung nach dem Willen des Herrn entsprach. Ohne Zierrat oder Putz, ohne Pomp oder falsche Willfährigkeit.

«Treten Sie ein», flüsterte Hannah.

Im Eingangsbereich blieben sie einen Augenblick still stehen, bis sich ihre Augen an das Dunkel im Innenraum gewöhnt hatten. Bei Tageslicht ließen die hohen Fenster, die oben spitz zuliefen – der einzige Zierrat des Bauwerks –, genügend Licht zum Lesen und Träumen herein. Hannah wollte keine Lampe anzünden, aber sie wusste nicht, ob Isaacs Sehkraft so gut war wie ihre. Sie atmete tief ein, genoss den Geruch nach gewachstem Holz und altem Pergament, der die hehre Stätte erfüllte.

«Gibt es hier eine Kerze?», fragte Isaac.

«Nein. Nur die Lampen. Um einen Brand zu verhindern.»

Schaudernd erinnerte sie sich daran, wie sie einmal in tiefer Nacht vom Läuten der Feuerglocke aufgewacht war, an das Geschrei der Bewohner, die herbeiliefen, um eine Eimerkette zu bilden. Damals war sie ein Kind gewesen; das Feuer war am Stadtrand unweit der Docks ausgebrochen und zum Glück eingedämmt worden, bevor es zum Zentrum vordringen konnte. Aber sie erinnerte sich deutlich an die Rauch- und Aschewolken, die Hitzewand, die Angst im Blick ihres Vaters, als er Hannah und Edward, die ihm mit aufgerissenen, tränenden Augen bis an den Rand der Menschenmenge gefolgt waren, vom Schauplatz drängte und nach Hause schickte.

Nantuckets Geschichte war wie eine Haut, die von Bränden zernarbt war; die frühen Siedler hatten sich hier ein wahres Pulverfass von Stadt erbaut, und tatsächlich war Nantucket mehrmals bis auf die Grundmauern niedergebrannt. Einmal hatte Edward sich auf einem Erkundungsausflug – es war die Zeit um ihren sechzehnten Geburtstag – auf dem Südhang vom Saul's Hill, wo einst die Stadt Sherburne stand, ins hohe Gras fallen lassen. Es war ein strahlender Herbsttag, der sie hinausgetrieben hatte.

«Es ist doch sonderbar, dass hier einmal eine Stadt stand, nicht?», hatte Hannah gemeint.

«Sonderbar, inwiefern?»

«Schau doch nur.» An der Stelle, die sie meinte, traf der Himmel auf nackte Erde. Nichts als ein gelber Streifen vertrocknetes Gras rings um einen großen Gesteinsbrocken unterbrach die Fläche. Eine Wolke, die vor der Sonne vorbeizog, tauchte alles in Schatten. «Wenn unsere Stadt niederbrennen würde wie Sherburne ...»

«Das wird sie nicht, sofern die Brandwache es verhindert», hatte Edward gesagt und spöttisch salutiert. «Mein Freund, hast du heute Morgen deinen Ascheneimer geleert? Ist dein Besen zwanzig Schritte vom Herd entfernt?»

«Ich meine es ernst. Was bliebe von uns übrig?»

Edward hatte die Arme verschränkt und sich im schwachen Sonnenschein zurückgelehnt.

«Oh, ich nehme an, eine Menge Fischbein.»

«Und?»

«Ich weiß es nicht. Was sonst würde nicht verbrennen?», fragte Edward.

«Instrumente», führte Hannah an. «Metalle, Quadranten. Sextanten.»

«Johns Kompasse.»

«Die Griffe von Lilians Nudelhölzern.»

«Sind die nicht aus Holz?»

«Nein, aus Kupfer.»

«Was noch, Hannah?»

«Knochen.»

Darauf hatten sie geschwiegen, bis Edward noch eins anführte: «Gold.»

«Knochen und Gold. Wird man uns so in Erinnerung behalten?»

Edward setzte sich auf und streute ihr eine Handvoll trockene Blätter über den Kopf.

«Ich denke, du wirst für mehr als das in Erinnerung bleiben», sagte er, als sie sich von ihm fortrollte. Die Sonne sank allmählich unter den Horizont. «Für deine Kochkünste zum Beispiel. Deine Verträglichkeit. Deine Zartheit!»

Lachend war Hannah aufgestanden und hatte ihren Zwillingsbruder hochgezogen. Die Blätter wirbelten im frischen Wind.

* * *

Im dunklen, hallenden Atheneum ging Hannah zu den Lehrbüchern und ließ dabei die Finger über die Kanten der Holztische und der harten Bänke gleiten, die man aus dem ursprünglichen Gebäude übernommen hatte. Sie waren unbequem, halfen aber den Lernbeflissenen, sich wach zu halten. Hannah schätzte diese emsigen Leser, nicht aber die zufälligen Besucher ihrer Bibliothek, die oft seichte Romane unter einem Leitfaden oder Katechismus verbargen.

Sie kam an den Vitrinen mit Druckschriften und den Monatsheften von allerlei Vereinigungen vorbei, die sich mit Themen von Antisklaverei bis Zoologie beschäftigten und von Hannah erst heute Morgen neu alphabetisch geordnet worden waren. Erst in diesem Moment fiel ihr wieder ihr Begleiter ein. Sie blinzelte in den Raum, sah Isaac aber nicht.

«Mr. Martin?», flüsterte sie.

«Miss Price.» Er stand keine Armlänge von ihr entfernt. Seine tiefe, summende Stimme war in dem stillen Raum kaum zu hören; er musste nicht einmal flüstern.

«Sehen Sie genug?», fragte sie, besann sich jedoch sogleich eines Besseren. Der Mann verbrachte sein Leben auf einem Walfangschiff, und natürlich reichte seine Sehkraft für den Weg durch einen schwach erleuchteten Raum.

«Ich sehe», sagte er nur.

Hannah wünschte, er könnte bei Tageslicht herkommen, und fragte sich, ob das wohl möglich wäre, dass er Mitglied werden könnte. Sie fand, eine Bibliothek sollte allen Menschen offen stehen, ungeachtet ihrer Rasse, und das Neuguinea-Viertel hatte keine eigene Bibliothek, wiewohl es seit kurzem eine eigene Schule hatte. Und selbst wenn es dort eine Bibliothek gäbe, wäre die Sammlung wohl von minderer Qualität gewesen, was ebenso betrüblich war wie die Tatsache, dass an der neuen «afrikanischen» Schule Schüler aller Altersgruppen gemeinsam unterrichtet wurden, anstatt wie an den anderen Schulen in Klassen aufgeteilt zu sein, um ein ordentliches Lernen zu gewährleisten.

Die zahlreichen Besucher, die vor ein paar Jahren ins Atheneum gekommen waren, um Frederick Douglas reden zu hören, waren gemischt gewesen, erinnerte sich Hannah, Schwarze ebenso wie Weiße. Sie wandte sich wieder den Reihen mit schimmernden Buchrücken zu, welche die Wände bedeckten, und fühlte sich seltsam getröstet, weil sie ihr wie so oft als das verheißende Sinnbild unendlicher Möglichkeiten erschienen. War es denn überhaupt von Belang, ob Isaac Bücher entleihen durfte? Jetzt war er hier, und das benötigte Unterrichtsmaterial konnte sie ihm beschaffen. Angesichts dieses Gedankens war die beklemmende Vorstellung, dass die Menschen, an deren Seite sie jede Woche in stiller Andacht betete, diesem Mann Lehrbücher verweigerten, so wie sie den farbigen Kindern den Zugang zu der Schule verweigerten, die sie zuvor jahrelang mit Freuden besucht hatten, für den Moment vergessen.

«Hutton, Hutton ...» Sie blieb an einem niedrigen Bord unweit ihres Schreibtisches stehen und fuhr mit dem Finger über die vertrauten Bände, deren lederne Buchdeckel sie regelmäßig abstaubte, wachste und anderweitig davor bewahrte, von den Entleihern zu Tode geliebt zu werden.

Sie kannte die Sammlung so gut wie die Umrisse ihrer Küche: Homers *Ilias*, Humboldts *Kosmos*, *Die poetischen Werke* von Walter Scott, Choffins Fabeln auf Französisch und Platon auf Griechisch. Hier, in der südwestlichen Ecke der Bibliothek, drängten sich Bücher über die englische Meeresküste; Goethe und die Philosophen waren an der Ostwand untergebracht. Schließlich hielt Hannahs Finger an einem dunkelgrünen Buchrücken mit verblassten Goldlettern inne: *A Course of Mathematics*.

Sie zog den Band aus dem Regal, ging zu ihrem Schreibtisch und nahm das Kärtchen aus der Einstecktasche auf dem hinteren Buchdeckel. Ihr Arbeitsplatz im Atheneum sei der böse Zwillingsbruder ihres Tisches in der Dachkammer, hatte Edward oft gescherzt, denn er war nie überhäuft und stets aufgeräumt, wenn sie kam und ging. In all den Jahren, seit sie im Atheneum arbeitete, hatte sie kein einziges Mal eine Aufgabe nicht in der dafür vorgesehenen Zeit bewältigt, und es war kein Archiv unsortiert, keine verspätete Rückgabe unbemerkt geblieben.

Hannah Price schrieb sie auf das Kärtchen und dazu das Datum.

«Mr. Martin», flüsterte sie abermals.

Dieses Mal gab Isaac keine Antwort, und sie spähte suchend in den Raum.

«Mr. Martin?» Hannah konnte ihn nirgends entdecken, aber hinausgegangen war er auch nicht – sie hätte die Türe gehört.

«Hier.» Seine Stimme kam von einer Bank, aber Hannah sah ihn immer noch nicht.

Sie ging suchend an den Bankreihen entlang, bis sie direkt vor ihm stand. Er lag genau unter dem höchsten Punkt des Raumes auf der Bank und hatte die Arme unter dem Kopf verschränkt.

«Was tun Sie da?», flüsterte Hannah. «Ist Ihnen nicht wohl?»

«Dieser Raum», sagte er und machte keine Anstalten, aufzustehen. «Seine Luft hat Größe.»

Isaacs Füße standen mitsamt den Stiefeln auf der Bank. Hannah wollte ihn gerade bitten, sie herunterzunehmen, als ihr bewusst wurde, was er da gerade gesagt hatte. *Seine Luft hat Größe*. Sie setzte sich ein Stückchen entfernt von seinen Füßen auf die Bank und neigte den Kopf zurück, um sehen zu können, was er da betrachtete.

Die Decke lief direkt über ihren Köpfen spitz zu. Obwohl es draußen dunkel war, konnte Hannah die Umrisse des weiten Raumes genau erkennen. An der Decke selbst gab es weder Verzierungen noch weltliche Abbildungen geistlicher Themen oder Buntglasfenster, welche mit ihrem farbigen Widerschein die Erleuchtung eines Andächtigen in himmlische Bahnen gelenkt hätten. Hier fühlte sie sich zu Hause wie ehedem in der Gemeinde. Sie hatte immer gedacht, das liege an den Büchern. Nun jedoch, da sie nichts anderes tat als die Stille in sich aufzunehmen, rührte sich etwas in ihr, so wie es stets geschah, wenn sie auf ihrem Dach oder unter einem Baum lag und zur Schöpfung emporblickte.

«Dies war vor vielen Jahren eine Kirche der Universalisten. Sie haben sie dem Volk von Nantucket zur Nutzung als Bibliothek und Bildungsstätte überlassen.» Nach einer Pause fügte sie hinzu: «Die Universalisten sind in mancher Hinsicht uns Quäkern ähnlich – unserem Glauben, meine ich. Auch sie sind für die Abschaffung.»

«Die Abschaffung der Sklaverei?»

«Ja, natürlich.»

«Ihr Volk will sie abschaffen?»

«Ja. Wir sind immer gegen Versklavung gewesen. Sie

liegt wie ein Fluch auf der Menschheit. Dennoch nennen die Sklavenbesitzer sich Christen.» Sie schüttelte kurz den Kopf, lehnte ihn dann wieder an die harte Rückenlehne der Bank und gedachte des elenden Lebens der vielen tausend geknechteten Seelen. «Es ist eine Schande.»

Isaac sagte nichts darauf, und sie fragte sich, ob es ihn irgendwie gekränkt haben könnte, dass sie das Thema Sklaverei zur Sprache brachte.

«Wir müssen gehen», sagte sie. «Ich habe das Buch gefunden, das wir brauchen.» Sie hielt es hoch. Der Goldschnitt schimmerte.

Isaac richtete sich ganz langsam auf, stellte die Beine auf den Boden und saß nun in geringem Abstand von ihr aufrecht auf der Bank. Hannah konnte sein Gesicht nicht sehen.

«Ich danke Ihnen für den Eintritt in diese Stätte», sagte er. «Ich habe selten eine solche Ruhe. Ich denke, es ist nicht zu ...» Er hielt inne, rang um das richtige Wort. «... zu Ihrem Vorsatz.»

Hannah runzelte die Stirn, wusste nicht recht, was er meinte.

«Zu meinem Vorsatz?»

«Ich denke, es ist eine Gefahr. Für Sie, mich mitzunehmen.»

«Oh. Zu meinem Vorteil, meinen Sie.» Er sprach die Wahrheit. Warum hatte sie es dann getan? Sie nahm an, das war es, was er wissen wollte.

«Es ist Ihr gutes Recht zu forschen und zu lernen», sagte sie. «So wie meins. Wie es jedermanns Recht sein sollte.» Sie stand auf, weil sie das Thema nicht weiter vertiefen wollte. Sie hatte auf Isaacs Wahrheit mit ihrer eigenen geantwortet. «Wir müssen jetzt wirklich gehen.»

Als sie sich anschickten, die Bibliothek zu verlassen, war Hannah schwer und leicht zugleich ums Herz. Es machte sie traurig, dass sie ihre eigene Lage mit der seinen verglichen hatte und daran erinnert worden war, doch warum fühlte sie sich zugleich so beflügelt und leicht wie ein Vogel? Rasch unterdrückte sie ein Kichern, schloss die Türe ab und steckte den Schlüssel in die Tasche, darum bemüht, sich ihre verwerflichen Gefühle nicht anmerken zu lassen.

Sie gingen nebeneinander die Treppe hinunter, und als sie auf die Pearl Street traten, nahten Schritte und Stimmen: zwei Männer, Seite an Seite in ein Gespräch vertieft. Hannah erstarrte; die eine Stimme gehörte unverkennbar ihrem Vater. Es war die zweite Woche, der zweite Tag, fiel ihr ein: Die monatliche Versammlung des Geschäftsausschusses musste viel länger gedauert haben als üblich.

Ausweichen war unmöglich. Hannah stand mucksmäuschenstill da, Isaac hingegen rückte ein paar Schritte außer Sicht, als hätte er ihre Gedanken gelesen.

«Hannah?» Ihr Vater und sein Begleiter blieben stehen, zwei schwarze Hüte wurden gleichzeitig gelüpft.

«Vater.» Sie hielt das Buch noch an die Brust gedrückt. Der andere Mann ging in die Nacht davon.

«Was leihst du dir denn aus?» Während er auf sie zutrat, legte sie sich rasch zurecht, was sie sagen sollte.

«Ein Buch. Für einen Schüler. Ich hatte doch erwähnt, dass ich neuerdings Unterricht in Navigation gebe. Du erinnerst dich? Einem Privatschüler.» Hannah nickte Isaac fast unmerklich zu, worauf er herantrat und höflich eine leichte Verbeugung machte.

Ihr Vater sah Isaac Martin kurz an – Hannah zählte vier lange Sekunden – und richtete dann den Blick wieder auf Hannah, obwohl seine Frage unmissverständlich Isaac galt.

«Du arbeitest auf einem Walfangschiff, nehme ich an?»

«Ja», sagten Hannah und Isaac gleichzeitig. Dann kniff sie den Mund zu.

«Ich bin zweiter Maat auf der *Pearl*», fuhr Isaac fort.

«Liegt sie nicht hier für Reparaturarbeiten vor Anker?»

«Ja, Sir, zurzeit. Sobald sie seetüchtig ist, laufen wir aus.» Isaac kratzte sich am Hals und hielt den Blick gesenkt.

«Was ist das für ein Buch?» Nathaniel beugte sich vor, um sich das Buch anzusehen, das Hannah in Händen hielt. «Hm, das ist ziemlich anspruchsvoll, Hannah.»

«Aber nein.» Das Buch war ein Standardwerk für Anfänger. Ihr Vater wusste das.

«Nun ja, du kannst alle Bücher verwenden, die du für geeignet hältst.»

«Ich werde mich darum bemühen.»

«Und ist dein Unterricht für heute Abend beendet?»

Hannah klemmte sich das Buch unter den Arm. «Ich denke, ja», sagte sie. «Ich wollte Mr. Martin in der Bestimmung der eigentlichen Höhe unterweisen, aber die Wolken haben die Beobachtung unmöglich gemacht.»

«Nun gut.» Ihr Vater nahm ihren Arm. «Ich kann dich nach Hause begleiten.»

«Schön», zwang Hannah sich zu sagen. Sie wandte sich an Isaac: «Wollen wir nächste Woche zur selben Zeit fortfahren?»

Er nickte. Hannah erhaschte einen Blick auf sein Gesicht, ehe er sich umdrehte, und las darin seine Besorgnis, vermochte aber nicht zu sagen, ob sie ihm selbst galt oder ihr.

Hannah und ihr Vater wechselten kein Wort, bis sie in die Federal Street eingebogen waren.

«Ich muss mich über dich wundern, Hannah», sagte er. Es klang mehr enttäuscht als verärgert. «Ich denke, du solltest es besser wissen, als mitten in der Nacht mit einem Fremden in der Stadt unterwegs zu sein.»

«Ich bin nur von daheim zum Atheneum gegangen, um ein Buch zu holen.» Sie tätschelte den Arm ihres Vaters, merkte dann jedoch, dass sie seinen Ton missverstanden hatte, denn er blieb mitten auf der Straße stehen und verschränkte die Arme. Hannah verhaspelte sich beim Sprechen, so eilig hatte sie es, eine Rechtfertigung vorzubringen.

«Ich bin mir gewiss, dass mir in seiner Gegenwart kein Leid geschehen wird.»

«Und aus welchem Grunde bist du dir dessen sicher, Hannah? Was weißt du über diesen Menschen? Woher kommt er?»

«Er kommt von den Westinseln.» Insgeheim entschuldigte sie sich bei Isaac dafür, dass sie nicht einmal versuchte, den richtigen Namen der Inselgruppe zu sagen. «Aber spielt das eine Rolle? Er ist ein Schüler. Und ein guter noch dazu. Er ist sehr gewissenhaft und lernt sehr schnell. Er kam vor ein paar Wochen mit dem Chronometer der *Pearl* ...»

«Ein paar Wochen?»

«... und bat mich, ihn in Navigation zu unterweisen, damit er im Rang aufsteigen kann», fuhr Hannah fort. «Er zahlt einen guten Preis.»

Sie schluckte, erschrocken darüber, dass sie ein schlechtes Gewissen hatte, nur weil sie einem Mann beim Lernen half. Die Erinnerung an das prickelnde Gefühl der Verbundenheit, das sie auf dem Dach durchströmt hatte, flammte auf und erlosch.

«Im Rang aufsteigen.» Ihr Vater legte den Kopf schief, als wäre ihm das suspekt.

«Ja.»

«Hannah.»

«Was?»

«Was meinst du denn, wohin so einer aufsteigen kann?»

«So einer?»

«Ja. Es ist eine erhabene Idee, aber ...»

«Es ist nicht meine Idee. Es ist seine eigene.» Trotz schlug Funken in ihrer Brust.

«Einerlei. Hoffentlich wirst du nicht enttäuscht sein, wenn dieser Harpunist ...»

«Zweiter Maat.»

«... wenn sein Streben unbefriedigt bleibt. Aufstieg ist rar bei seiner Rasse, insbesondere in diesen Zeiten. Du weißt, dass dies wahr ist. Oder bist du so naiv, anders zu denken? Oder schlimmer noch, eine leichtfertige Hoffnung zu bestärken?»

Ihr Geflüster wurde heftiger, ein Wort gab das andere.

«Ich kann nicht glauben, dass du so eine Haltung vertrittst!», zischte sie. «Sogar in der afrikanischen Schule in Boston gibt es einen Kursus in Navigation. Warum soll Mr. Martin das nicht als Erwachsener lernen?» Es verwunderte Hannah keineswegs, dass der Vater ihr nächtliches Umherstreifen mit Isaac nicht guthieß. Aber es hatte den Anschein, dass er den Unterricht selbst verurteilte. Dabei hatte sie ihn stets für tolerant, ja fortschrittlich in derlei Angelegenheiten gehalten. Genau wie sie war er gegen die Rassentrennung bei den Schulkindern gewesen. Nun fragte sie sich jedoch, ob das nur deswegen so war, weil er keine Schulkinder mehr hatte.

«Das ist nicht meine Haltung, Hannah, und ich sage auch nicht, er soll nicht lernen, hier oder andernorts. Ob allerdings du ihm die Unterweisung erteilen solltest, das steht auf einem anderen Blatt.»

«Und was ist mit Kapitän Boston?» Der Mann war das einzige Beispiel für einen schwarzen Kapitän auf einem Walfangschiff, das Hannah einfiel.

«Boston hat seinen Dienst vor mehr als zwanzig Jahren versehen, Hannah. Dieser Mann hier hingegen wird es schwer haben, bei den heutigen Gegebenheiten aufzusteigen. Und woher weißt du, dass wahr ist, was er behauptet?»

«Wir kennen John Leary, seit er in kurzen Hosen herumlief, und er ist der erste Maat auf der *Pearl.* Wenn er diesen Mann angeheuert hat, hatte er wohl guten Grund dazu. Du aber hörst dich an, als sollte er sich erst gar nicht darum bemühen, aufzusteigen. Oder gehst du davon aus, dass er nicht imstande ist zu lernen?»

Das schien ihren Vater etwas zu besänftigen. «Nein, das glaube ich nicht, Hannah.»

«Dann verstehe ich deinen Standpunkt nicht! Was versuchst du zu sagen?» Mittlerweile hatte Hannah ihren Kampf um eine ruhige Stimme aufgegeben. Die ihres Vaters hingegen blieb ebenmäßig wie eine neue Kupferplatte.

«Sei achtsam, das ist alles», sagte er und trat einen Schritt zurück. «Er ist ein Fremder. Wenn du den Unterricht erteilen möchtest, will ich es dir nicht verbieten. Aber ich dulde nicht, dass du in der Nacht unterwegs bist. Das erweckt den Verdacht von Anstößigkeit, ohne dass es einen Grund dafür gibt. Ich erwarte von dir, dass du nicht noch einmal etwas tust, das deinen Ruf gefährden könnte – oder unser Ansehen in der Gemeinde.»

Er fürchtet um seine Austrittsbescheinigung, erkannte Hannah, als ihr Vater sich umdrehte und seinen Nachhauseweg fortsetzte. *Um meine Sicherheit ist es ihm gar nicht zu tun.*

Sie fühlte sich schwach und ein wenig benommen. Ebenso gut hätte Nathaniel ihr eröffnen können, er werde zum katholischen Glauben übertreten, oder er habe eine Methode ersonnen, um eine ältere Witwe um ihre Ersparnisse zu betrügen. Der Gedanke, dass der Mann, der ihr die Regeln beigebracht hatte, nach denen sie ihre Tage und Nächte ausrichtete – etwas war entweder wahr oder nicht wahr; Tatsachen und Vernunft waren Mutmaßungen und Gefühlen in jeder Hinsicht überlegen –, dass ausgerechnet dieser Mann sich um Äußerlichkeiten sorgte, war unerträglich.

Sie wäre gerne so lange weitergegangen, bis sie seine Haltung verstanden hätte, so wie sie oft an einer Gleichung arbeitete, bis sie zur richtigen Lösung gelangte. Ihr Vater aber blieb stehen, drehte sich kurz nach ihr um. Hannah zwang ihre Füße vorwärts, und als er sich vergewissert hatte, dass sie ihm folgte, setzte er den Heimweg fort.

9

Breitengrad

Eine Woche später überquerte Hannah in der gleißenden Spätvormittagssonne die Nordweide. Isaac begleitete sie. Seit sie in Mr. Veras Schmiede eine Nachricht für ihn hinterlassen hatte, er möge früh am Tag kommen, anstatt nach dem Dunkelwerden, hatte sie sich Fragen zu seiner Herkunft und seinen Erlebnissen zurechtgelegt und sie wieder verworfen. Schließlich beschloss sie, einfach dort anzufangen, wo sie sich gerade befanden.

«Sieht es bei Ihnen zu Hause so ähnlich aus wie hier?», fragte sie.

Die Sonne hing in einem Winkel von fünfundvierzig Grad über dem Horizont, am Himmel herrschte ein Farbenspiel aus dunkelnden Blautönen und einem Hauch Silber. Hannahs Stiefelspitzen waren feuchtschwarz vom nassen Gras. Schafe blökten leise, ihr dickes, wuscheliges Winterfell hatte die Farbe von schmutzigem Schnee. In wenigen Wochen würden sie rosig geschoren sein. Hannah wandte den Blick ab. Sie verabscheute das jährliche Ritual der Schafschur, denn die panische Angst der Tiere traf sie jedes Mal ins Mark. In diesem Jahr dagegen konnte ihr der Tag nicht schnell genug kommen.

Halte Ausschau nach meinen knochigen Fingern, die den Mast umklammern, wenn es Zeit für die Schafschur ist, hatte Edward geschrieben.
Es kann sein, dass Du Deinen Bruder nach den paar Jahren nicht wiedererkennst, aber ich werde Dein Gesicht unter einer Million erkennen, bis ans Ende meiner Tage – obgleich Du doch gerade mit rasender Geschwindigkeit auf die Erfüllung all deiner Wünsche hinzustreben scheinst. Deinem letzten Brief zufolge schaut es so aus, als müsse jeder Komet am Himmel zittern vor Angst, sollte er versuchen, dem allgegenwärtigen Auge von Hannah Price zu entgehen. Ich bin überzeugt, dass Du unterdessen schon Anspruch auf Priorität erhoben hast und Dein Freund George B. Dir neben dem großen Fernrohr in Cambridge einen Thron errichtet hat. Allerdings bin ich ebenso überzeugt, dass Du Dich weigern wirst, auf so einem Prachtstück Platz zu nehmen, und Dich lieber mit einem bescheidenen Fußschemel bescheidest.

Ein Windstoß zauste die hohen Gräser zu Hannahs Füßen.
«Ich verstehe nicht.» Isaac hielt sich die gewölbte Hand ans Ohr.
Hannah hob die Stimme. «Die Insel, von der Sie kommen?»
«Flores.»
«Ah. Gleicht sie dieser hier?»
Isaac betrachtete die Landschaft. Sie waren auf einem Fußpfad hierhergelangt, der allmählich von Lehm in Sand und Binsengras überging; momentan wurde er breiter und stieg kaum merklich bergan. Isaac blieb stehen und zeigte auf eine Möwe, die über ihnen kreiste.
«Der Name *Azoren* – das ist der Name von einem Vogel.»

«Die Westinseln sind nach einem Vogel benannt?» Hannah sog das Stückchen Mitteilung in sich hinein wie eine Offenbarung.

«Ja. Aber sie nennen den falschen Vogel. Der Vogel mit diesem Namen, Azore, der fliegt nicht in meiner Heimat. Es ist ein Irrtum.» Isaac ging weiter, passte seinen Schritt dem ihren an. Es hatte den Anschein, als könnte auch er stundenlang wandern, ohne zu ermüden.

«Sie scherzen», sagte sie verblüfft. «Ein Irrtum? Warum hat niemand versucht, ihn zu berichtigen?»

Isaac schüttelte den Kopf. «Das weiß ich nicht. Aber es ist nicht wie hier. Die Inseln gehören nicht den Findern.»

«Den Findern?»

«Den Menschen, die zuerst da gelebt haben.»

«Den Siedlern.»

«Ja.» Darauf verfiel er wieder in Schweigen. Im Weitergehen dachte Hannah über seine Äußerung nach. Sie war im Grunde korrekt. Obwohl Nantucket Teil des Commonwealth war und sein Grund allen gemeinsam gehörte, befand sich der meiste Landbesitz der Insel noch immer in den Händen der neun ursprünglichen Familien, die sich im siebzehnten Jahrhundert unweit des Gebietes der Wampanoag-Indianer angesiedelt hatten. Jeremiah Price, Hannahs Ururgroßvater, der zwar nicht unter diesen ersten Siedlern gewesen, sondern kurze Zeit später eingetroffen war, hatte dafür gesorgt, dass alle, die nach ihm kamen, einen Platz sowohl vorne im Versammlungshaus als auch im Hinterzimmer der Bank sowie in den diversen Ausschüssen bekamen, die von Schulen über Armenhäuser bis zu Friedhofsparzellen alles beaufsichtigten.

Indessen wurde der Pfad steiler. Als Hannah aufgebrochen war, hatte sie den Beutel, der den Sextanten, das Beobachtungsbuch und den *Bowditch* sowie die aufgerollte

Pergamentkarte enthielt, die sie und Edward vor einer Zeit, die sie wie eine Ewigkeit dünkte, gezeichnet hatten, noch selbst getragen, und in ihren Schürzentaschen lagen zwei feste Äpfel aus dem Vorratskeller, die bei jedem Schritt gegen ihre Beine schlugen. Als sie zuvor das Moorgebiet durchquerten, hatte Isaac ihr den Lederbeutel von der Schulter geklaubt, als wäre er nicht schwerer als ein Maiskolben. Hannah wollte zunächst protestieren, doch jetzt war sie froh, dass sie ihm den Beutel überlassen hatte. Ihr Kleid war zu warm für diesen Tag, und sie beneidete Isaac um seine Hemdsärmel und die hochgekrempelten Hosenbeine.

Fünfzig Fuß oberhalb des Meeresspiegels erreichten sie den Kamm einer Düne. Die Sonne stand hoch über dem Horizont. Hannah lächelte, als Isaac hinter sie trat und einen langen Atemzug tat. Unter ihnen flimmerte der Atlantik, der sich in tiefstem Blau unendlich weit erstreckte, eine halbe Meile entfernt blinkten die grauen Dächer der zusammengewürfelten Häuschen von Siasconset, doch der Uhrturm und die hohen Spitzdächer der Stadt waren nicht zu sehen. Hannah und Isaac hätten ebenso gut von der Welt abgeschnitten sein können wie Defoes berühmte Figur. In ihrer Kindheit hatte Edward unzählige Male versucht, Hannah dazu zu bewegen, mit ihm Freitag und Robinson zu spielen. Die Abenteuer, von denen er damals berichtete, Geschichten über Meuterer, Spanier und Kannibalen, waren ihr bis heute deutlich im Gedächtnis geblieben.

«Wir halten hier an?», fragte Isaac, und auf ihr Nicken stellte er den Beutel ab und ließ sich eine Armeslänge von Hannah entfernt im Sand nieder. Beeindruckt beobachtete sie die Leichtigkeit, mit der er die langen Beine und Arme entfaltete. Er stützte sich auf einen Ellenbogen und streifte seine Stiefel von den Füßen, wobei ihm weder Röcke noch der Gedanke an die Schicklichkeit seines Tuns hinderlich waren. Hannah konnte sich gut vorstellen, wie es auf seinem Schiff zuging, wo ihm seine körperliche Geschmeidigkeit und Kraft inmitten des Wirrwarrs und Geschreis bei der Jagd gewiss nützlich waren; wie seine Hände imstande waren, ein Seil zu zähmen, das einem Mann den Arm bis auf den Knochen durchtrennen könnte, wenn es von der Winde sauste und außer Kontrolle geriet; wie sein bedachtes und ruhiges Verhalten anderen Männern dabei half, einen kühlen Kopf zu bewahren, wenn sie über die Meeresfläche glitten wie im Flug und sich an jeden Teil des Bootes klammern mussten, um nicht über Bord geworfen zu werden und zu ertrinken, während das Walweibchen durch seine dunkle Welt wogte, ohne zu wissen, dass es durch die Verwundung an seine Angreifer gebunden war, weil eine Harpune in ihm steckte, und sein nächstes Auftauchen auch sein letztes sein würde.

Hannah ließ sich neben Isaac nieder, zog die Knie unter ihren Rock und beugte sich nach vorne, um sich vom Wind den Hals kühlen zu lassen, bevor sie die Sachen aus dem Beutel nahm und auf ein viereckiges Tuch legte.

«Für mich sieht Nantucket aus wie eine schlafende Frau», sagte sie, immer noch in der Hoffnung, mehr über Isaacs Herkunft zu erfahren. «Ich bin jedes Mal froh, wenn ich wieder hier bin. Dabei bin ich eigentlich nur selten fort von meiner Heimat.»

Noch während sie dies sagte, spürte sie die Vorfreude, die in ihr vibrierte wie ein Flügelschlag. Nach Monaten des Hinhaltens hatte ihr Vater endlich Vorkehrungen für einen Besuch bei den Bonds in Cambridge getroffen. Das Riesenfernrohr, das sie gerade installierten, war noch nicht in Betrieb, aber es gab unzählige andere Instrumente, die sie dort benutzen konnte. Etwa den Kometensucher. Beim Gedanken an das Spezialfernrohr mit kurzer Brennweite und weiter Blende für einen beispiellos großen Lichteinfall wäre Hannah am liebsten aufgesprungen, um das nächste Postschiff zum Festland zu nehmen und in einen Zug nach Boston zu steigen.

«Ich sehe meine Heimat nicht seit ... neun Jahren», sagte Isaac. «Ich war erst vierzehn Jahre, da bin ich fort.»

Hannah hob die Augenbrauen. In dem Alter hatte sie während der Andacht Tagträume von Sterndurchgängen gehabt und durch das Fernrohr eine Schneegansfamilie am Maxcy-See beobachtet. Tatsächlich hatte sie die Insel selten verlassen, abgesehen von der gelegentlichen Reise nach Cambridge, wo sie und George über die richtige Methode, Seemuscheln zu katalogisieren, und darüber, wer wo bei Tisch saß, disputiert hatten. Sie kannte einige Jungen, die ein falsches Alter angegeben hatten, um ohne elterliche Erlaubnis auf einem Schiff anheuern zu können. Wenn sie überhaupt zurückkehrten, waren aus ihnen unversehens harte Männer geworden, stolz, das ließ sich nicht leugnen, aber in gewisser Weise auch zurückgeblieben, fand Hannah. Wie eine Ernte, die zu frühen Frost erlitten hat. Das harte Leben und die Gewalt auf einem Walfangschiff waren ein Fluch für die Entwicklung eines jungen Menschen. Immer wenn sie an Edward in einer solchen Umgebung dachte, musste sie diese Gedanken verdrängen und hatte ihm gegenüber ein schlechtes Gewissen, weil sie wünschte, er hätte einen weniger gefährlichen Weg gewählt, einen, dem ihr Vater seinen Segen erteilt haben würde. Eine Stellung bei einer hydrographischen Expedition zum Beispiel hätte William Bond ihm leicht vermitteln können. Aber das war Edward zuwider. Die Vorstellung, in eine Position geschoben zu werden wie eine Schachfigur, versetzte ihn in Unruhe.

«War es ... wollten Sie denn fort?», fragte Hannah.

Isaac blickte über das weite Wasser.

«Ja. Ich erinnere mich, wie wir hinausrudern zum Schiff. Zur *Valiant.* Im Dunkeln. Ich gehe in der Nacht, damit die Soldaten mich nicht festnehmen. Ich muss fort, weil ich nicht dienen will in der portugiesischen Armee.»

«Ich verstehe.» Hannah entrollte die Pergamentkarte und beschwerte jede Seite mit einem Stein, strich sie dann mit der Hand glatt. «Waren Sie damals allein?» Sie hoffte sehr, dass dies nicht der Fall gewesen war.

«Mein Vater bringt mich. Ich sehe meine Mutter und meine Schwestern am Ufer. Der Mond scheint – *lua cheia ...*» Er bildete mit den Händen eine Art Kugel und sah Hannah an.

«Der Vollmond?»

Er nickte.

«Und ich muss mich verstecken, drinnen im Boot.» Er kauerte sich hin, machte es vor. «Ich schaue durch ein ganz kleines Loch im Holz von dem Boot. Ich sehe meine Familie am Ufer, sie wird klein und kleiner. Vor mir ist ein Schiff. Größer als jedes Schiff, das ich kenne. Meine Insel wird kleiner, ist dann verschwunden. Ich kann sie nicht mehr sehen. Jetzt ist nur noch das Schiff da.»

Niemand, den Hannah kannte, hatte ihr je eine so persönliche Geschichte erzählt. Wie durch einen Zauber gebannt, lauschte sie seinen Worten. Isaac ließ eine Handvoll Sand durch seine Finger rieseln, dann legte er sich hin, das Gesicht zum Himmel, einen Arm hinter dem Kopf.

«Als Antwort auf Ihre Frage», fuhr er in einem Ton fort, der an Hannahs Lehrerinnenstimme erinnerte, «Flores ist ganz anders als hier. Erstens, es ist grün, von oben bis unten. Nicht braun oder grau, wie hier. Und es hat eine andere Form. Nantucket ist ... *como um gato* ... wie eine ... Katze. Eine Katze, die sich streckt. Lang.»

Er drehte sich zu Hannah hin, und sie nickte zum Zeichen, dass sie verstanden hatte.

«Flores ist mehr wie ein Bär, der schläft.» Er rollte sich auf die Seite, wie um es zu zeigen.

«Flores ähnelt einem schlafenden grünen Bären?» Isaac war so komisch. Kindlich in seiner Art, doch mit dem Selbstvertrauen eines Mannes. Der Gegensatz war eigentümlich, aber reizvoll.

«Ja.»

Er drehte sich wieder auf den Rücken. «Es gibt viele Berge und klares Wasser zum Schwimmen und überall Bauernhöfe. Die Schiffe fahren nach Horta, aber die Männer kommen von San Miguel, Fayal, Corvo und besonders von Flores. Aus allen Orten auf den Azoren kommen die Besatzungen.»

«Warum besonders von Flores?»

«Wir sind die Tapfersten», antwortete er in tiefem Ernst.

«Ah.» Hannah fing an, den Sextanten zusammenzubauen. Alhidade, Skala, Gradbogen, Spiegel. Sie konnte sagen, was sie wollte – es würde nur zeigen, wie peinlich ihre vormalige Vermutung war, er sei nicht zu mehr als ein paar bruchstückhaften Wendungen imstande. Isaac wusste sich nicht nur auszudrücken, er war zudem weitaus poetischer als sie – oder sonst jemand, den sie kannte. Weil sie fürchtete, ein falsches Wort von ihr könne ihn verstummen und nichts mehr von sich preisgeben lassen, setzte sie eine unbeteiligte Miene auf, denn sie hoffte inständig, noch viel mehr von ihm zu erfahren.

Ihre Sorge war unbegründet. Hatte er erst einmal zu sprechen begonnen, konnte er offenbar kein Ende finden.

«Auf ganz Flores gibt es Wald und Feld und Blumen, Blumen. Das bedeutet *flores*. Es gibt tausend verschiedene Blumen und ebenso viele Sorten Grün.»

Hannah stellte sie sich vor: das helle Gelbgrün von Farnen, Brandungsgrün, Jadegrün, Smaragd, Moos.

«Flores ist viele Orte in einem. Es ist Berg und Meer. Felsen und Wind. Das ganze Jahr Wind.»

«Wie Nantucket», murmelte Hannah.

«Alles wächst nach oben – zur Sonne. Es klettert. Und Blumen, wie ich sage. Wir bauen auch viel an. Zuckerrüben. Ananas. Apfelsinen auf San Miguel. Und ... *uva*?»

Sie schüttelte den Kopf.

«*Uva*. Für *vinho*.»

«Trauben.» Hannah konnte ganz gut Latein. *Vielleicht könnte ich mehr von seiner Sprache lernen*, dachte sie, begeistert von einer solchen Herausforderung. Auch wenn sie die Wörter selbst nicht aussprechen konnte.

«Und wie weit ist es vom Festland entfernt?»

«Neunhundert Meilen.»

«Neunhundert?» Sie sah Isaac mit großen Augen an.

«Sehr weit», sagte er und seufzte.

«Wir haben auch Blumen», sagte Hannah etwas wehmütig mit einem Blick auf Siasconset. «Im Sommer sind die Häuschen dort mit Rosen bewachsen. Es ist wie im Märchen, abgesehen von den Horden der Badeurlauber vom Festland. Heidekraut gibt es auch, aber das haben Sie ja gesehen, als wir durch die Weide gekommen sind. Was noch? Wir haben Wildrosen und Ölweiden, Stechpalmen und Rittersporn. Stockmalven, so groß wie Sie oder ich, aber die gedeihen nicht immer. Weißdorn, Tupelobäume, Leberbalsam. Stiefmütterchen ... Phlox ... Thymian ... Auf unserem Bauernhof – man kann ihn fast von hier sehen – bauen wir Mais und Kartoffeln an. Was noch? Rosmarin. Und die Rosen. Sagte ich ja schon. Die sind wunderschön. Sie werden es sehen. Falls Sie lange genug bleiben.»

Sie schwiegen ein paar Minuten und lauschten dem

Brausen der Brandung unter ihnen. Hannah musste an das erbarmungslos graue Häusermeer denken, das sie in Philadelphia erwartete, und in ihr schlug ein hohler Schmerz wie eine Trauertrommel.

«Und wie lange bleiben Sie hier?», erkundigte Isaac sich, und Hannah fragte sich, wie er hatte erahnen können, dass sie in Gedanken nicht mehr bei seiner Abreise, sondern ihrer eigenen war.

«Ich weiß es nicht. Vielleicht ... vielleicht muss ich fort.» Hannah ärgerte sich über die Kälte in ihrer Stimme. Sie fürchtete, zu viel zu verraten, war aber zugleich bestürzt darüber, dass sie das Verlangen hatte, mehr zu sagen.

«Und wohin wird Miss Price gehen?»

«Nach Philadelphia vielleicht.»

Er blickte finster drein, als wäre dies eine schreckliche Vorstellung.

«Warum?»

«Weil es meinem Vater so beliebt.»

«Und warum beliebt es ihm?»

«Das ist vertrackt.»

Isaac neigte den Kopf ein wenig und wartete.

«Ich kann nicht ... es ist schwierig», stammelte sie. Die Stille war so qualvoll, dass sie aufsprang – nicht so anmutig, wie es ihr lieb gewesen wäre, aber immerhin, ohne zu stolpern. «Wir sollten den Sextanten aufstellen. Es ist bald neun.»

Froh, auf den Beinen zu sein und etwas zu tun zu haben, kramte Hannah die restlichen Instrumente sowie die alte Karte aus dem Beutel.

«Hier auf der Karte sehen Sie, dass mein Bruder und ich eine ziemlich genaue Vermessung unserer Nord- und Westküste vorgenommen haben – hier.» Sie hob einen Stock auf und wies damit auf die Stelle. «Dazu haben wir ein kleines

Boot benutzt, doch das taugt nicht für das offene Wasser auf der Südseite, wenn man nicht aufs Meer hinausgetrieben werden oder an der Küste zerschellen will. Von hier aus können wir aber mit Hilfe des Sextanten unseren Breitengrad ermitteln.»

Während sie sprach, war Isaac in die Hocke gegangen, um die Karte sehen zu können, und wie er Hannah so über die Schulter schaute, spürte sie seine Nähe.

Sie nahm seinen Geruch wahr: Holzrauch, Schuhwichse und eigentümlicherweise ein kleines bisschen Honig oder Orangenmarmelade, irgendetwas Süßes. Aß er wohl Honig zum Frühstück?, fragte sie sich, leicht zerstreut. Was aß Isaac Martin überhaupt? Sie hatte ihn nie zu einer Mahlzeit eingeladen, war überhaupt nie auf den Gedanken gekommen, dass er hungrig sein könnte. Auf einmal spürte sie deutlich in sich die Anziehung, die von ihm ausging, als wäre er der Mond und sie das Meer bei Ebbe oder Flut. Ihr Magen verkrampfte sich.

Sie nahm sich die Südseite der Karte vor und tippte mit dem Stock auf verschiedene Stellen. Dabei zitterte ihre Hand ein wenig, und sie wollte sie zwingen, still zu halten, aber es gelang nicht. Auch ihren Pulsschlag vermochte sie nicht zu verlangsamen. Was war los mit ihr? Leicht schwankend stand sie auf und stieß dabei einen der Steine zur Seite, mit denen sie die Karte beschwert hatte. Der Wind erfasste die freie Ecke des Pergaments und ließ sie flattern wie eine Fahne. Hannah nutzte die Gelegenheit, um auf Abstand zu gehen, indes Isaac die Karte wieder mit dem Stein beschwerte.

«Ist Ihnen nicht wohl?», fragte er. Hannahs Wangen fühlten sich warm an wie frisch gemolkene Milch, doch sie schüttelte energisch den Kopf.

«Es geht mir gut.»

Isaac stand auf und ließ den Blick über das Gebiet schweifen, von dem sie soeben gesprochen hatte. Als er ihr den Rücken zukehrte, entnahm sie ihrer Tasche einen Apfel und legte ihn für Isaac ins Gras, doch dann besann sie sich anders und steckte ihn wieder ein.

Konzentration, ermahnte sie sich. Kaum legte sie die Hände an den Sextanten, verlief auch ihr Denken wieder in geordneten Bahnen.

«Erinnern Sie sich an die Lektion von neulich? Über die Teile dieses Instrumentes?»

Isaac nickte.

«Können Sie mir erklären, warum der Horizont und der Himmelskörper unverändert bleiben, einerlei, ob Sie auf einem fahrenden Schiff oder an Land sind?» Hannah verschränkte die Arme. Isaac seufzte und schüttelte den Kopf.

«Ist es nicht möglich ... ich meine, können Sie mir zeigen, wie man es anwendet?»

Enttäuscht wich Hannah einen Schritt zurück und blinzelte, als wäre sie geschlagen worden. Auf der Suche nach einer passenden Erwiderung fädelte sie Wort um Wort auf wie Perlen auf eine Schnur.

«Das ist durchaus meine Absicht. Aber wie ich in unserer ersten Stunde erklärte, müssen Sie verstehen, *warum* die Instrumente arbeiten, nicht nur, wie man ihre Teile in diese oder jene Stellung bringt. Genauso, wie Sie die Mathematik verstehen müssen, die den Gleichungen zugrunde liegt. Das Gesetz, nicht nur die Ausführung.»

Er kniff die Lippen zusammen und schüttelte den Kopf, als spräche sie krauses Zeug.

«Es ist eine Frage der Zeit», sagte er. «Und ich habe nicht genug Zeit für ... das hier.» Er beschrieb mit dem Arm einen Bogen über dem Sextanten und der Karte. Hannah spürte, wie sie langsam die Geduld verlor.

«Angehörige Ihres Geschlechtes haben es immer eilig», herrschte sie ihn an. «Es gibt einen richtigen und einen falschen Weg, um Wissen zu mehren.»

«Das mag sein, aber Sie wählen die längste Route für die kürzeste Reise.»

Auf einmal hörte sich Hannah selbst reden. Ihre Stimme surrte in ihrem Kopf wie eine unablässig summende Mücke: *Um zu ermitteln, welche Strecke ein Schiff in zwei Stunden zurücklegt, wenn es in neun Stunden 67 Meilen fährt, nimmt man die 67 im Zirkel als Entfernung zwischen Aufbruchs- und Zielhafen, und stellt ihn von 2 bis 9 ...*

Im Nu war sie auf den Knien, rollte die Karte ein, stopfte sie und die Bleistifte in den Beutel.

Isaak kniete sich neben sie. «Ich wollte nicht ...» Ein Apfel fiel ihr aus der Tasche, und sie ließ ihn in den Sand rollen, ohne sich weiter um ihn zu kümmern, als wäre er der Übeltäter.

«Sie dürfen sich gerne auf der Insel oder sonst irgendwo einen anderen Lehrer suchen, wenn Ihnen mein Unterricht nicht passt», sagte sie. Es klang, als kämen die Worte von anderswo.

Er beugte sich zu ihr, wollte seine Hand auf ihren Arm legen, doch sie schubste ihn weg, und Isaac hockte sich taumelnd wieder auf die Fersen.

«Ich glaube, das ist nicht möglich», sagte er. Plötzlich griff er nach dem Apfel und wischte ihn mit unvermuteter Zärtlichkeit an seinem Hemd ab, bevor er ihn ihr zurückgab. Sie nahm ihn in der Absicht entgegen, ihn zu den anderen Sachen in den Beutel zu stecken und Isaac auf der windigen Düne allein zu lassen.

Soll er sich doch jemand anderen suchen!

Ob es nun das Gewicht der süßen Frucht in ihrer Hand war oder der Anblick von Isaacs trauriger Miene – auf einmal wich ihr Zorn einer Art Mitgefühl. Es mochte durchaus eine andere Seele geben, die ihn in Navigation unterweisen könnte, doch ihr fiel niemand ein, bei dem es sich zu lernen wirklich lohnte. Isaac war sich offenbar darüber im Klaren, dass er mit seinem Bestreben nach einem höheren Rang kaum Aussicht auf Erfolg hatte, ganz gleich, wie gut er lernte oder wie verbissen er sich anstrengte. Hannah wusste genau, wie ihm zumute war, denn sie selbst verzehrte sich ebenso wie er danach, weiterzukommen, neue Möglichkeiten beim Schopf zu ergreifen. Fast war ihr Unmut verflogen. Sie hockte sich auf die Fersen.

«Es tut mir leid, wenn ich Sie verdrieße», sagte Isaac, und was von ihrer Gekränktheit noch geblieben war, löste sich ganz auf. Sie sah ihm ins Gesicht. Seine Miene war ernst, unverstellt, und sie sah darin nur Kummer und Bedauern.

«Ich treffe Mr. Leary am Tag vor heute, und er sagt, die *Pearl* ist fast fertig. Darum ... ich habe nicht viel Zeit», fuhr er fort.

«Gestern», murmelte Hannah. Sie hielt den Apfel noch in der Hand, reichte ihn Isaac wortlos und zog die Karte wieder aus dem Beutel.

Er biss eine Hälfte des Apfels auf einmal ab, hielt ihr dann die andere Hälfte hin. Der Duft war verlockend, und die Geste erregte sie und stieß sie zugleich ab. Hannah schüttelte den Kopf. Sie stellte den Sextanten nach und zog ihre Uhr hervor, wartete dann, bis Isaac aufgegessen hatte. Es war ihr nahezu unmöglich, nicht auf seinen Mund zu schauen. Sie sah seinen Adamsapfel beim Schlucken zittern. Nachdem er sich den Mund am Ärmel abgewischt hatte, räusperte er sich.

«Antwort auf Ihre Frage: Weil das Instrument die Bewegung von der Reflektion des Körpers durch die Spiegel subtrahiert.»

«Ja.» Er hatte es so bedachtsam aufgesagt wie ein Schuljunge, und Hannah musste unwillkürlich lächeln. Sie sah auf die Uhr.

«Es ist kurz vor zwölf. Sie werden die Sonne ins Visier nehmen, und dann berechnen wir unseren Breitengrad. Zuvor suchen Sie sich einen guten Platz – oh, aber knien Sie nicht auf dem heißen Sand.» Sie entnahm der Tasche ein Stück Wachstuch und legte es vor den Sextanten. «Sobald Sie einen festen Stand haben, fassen Sie das Instrument so, wie ich es Ihnen gezeigt habe.»

Isaac wog den schweren Holzgriff des Sextanten in der Hand. Er neigte den Kopf, um Hannah ansehen zu können.

«Schauen Sie durch das Okular und stellen es so ein, bis Sie ein klares Bild von der Sonne haben. Der Filter schützt Ihre Augen, aber behalten Sie die Finger an der Alhidade, damit Sie, wenn Sie das Objekt im Visier haben, den Spiegel bewegen können, ohne nach dem Hebel tasten zu müssen. Sind Sie bereit?»

Isaac nickte und legte das Auge ans Fernrohr. Als Hannah ihm zusah, wie er das Okular himmelwärts drehte, kam ihr Kapitän Lewis am Zusammenfluss von Missouri und Yellowstone in den Sinn. Der Vater hatte ihnen Auszüge aus den Tagebüchern des Mannes über seine große Expedition vorgelesen.

Sie erinnerte sich, wie sie und Edward als Sieben- oder Achtjährige auf dem Tamburteppich vor dem Kamin lagen und gebannt dem Abschnitt lauschten, wo Lewis bis an die kontinentale Wasserscheide vorgestoßen war, dort mit den Eingeborenen um Pferde verhandelt und obendrein seinen einunddreißigsten Geburtstag gefeiert hatte.

«‹Ich hatte erst wenig getan, wahrlich sehr wenig›», las der Vater vor.

«Aber das ist nicht wahr! Du hast so viel getan!», rief

Hannah, was von den Erwachsenen im Zimmer mit Lachen quittiert wurde. Wie gut sie Lewis jetzt verstand. Er war mit so vielem betraut gewesen. Hannah beneidete ihn, wiewohl die Vorstellung, sich durch unkartierte Wälder und Sümpfe zu kämpfen, erschreckend war. Es war die Großtat, nach der sie sich sehnte; die Gelegenheit, etwas zu leisten, auf das es ankam.

Gemäß Hannahs Anweisungen nahm Isaac den Horizont ins Visier, peilte das graue Meer und den unwahrscheinlich blauen Himmel in der einen Hälfte des Objektivs an und die Sonne in der anderen. Dann verstellte er den Indexspiegel, sodass die Sonne mit dem unteren Rand die Horizontlinie berührte.

«Warum möchte Ihr Vater von hier fortgehen?», fragte er, ohne seine Position zu verändern.

«Er möchte sich vermählen», antwortete sie.

«Aha. Er ist verliebt?»

Abermals stieg ihr die Röte in die Wangen, doch er konnte ihr Gesicht nicht sehen.

«Ich weiß es nicht genau. Es ist möglich. Obwohl ich nicht sehe, wie er das sein könnte.»

«Warum?»

«Er spricht nie von ihr. Jedenfalls nicht mit mir.»

«Ist er denn einer, der über solche Dinge spricht?»

Hannah schüttelte den Kopf, dann fiel ihr ein, dass Isaac zum Horizont blickte, nicht zu ihr.

«Nein», flüsterte sie, «ich glaube nicht.»

«Und ist es Ihr Wunsch fortzugehen? Sind Sie nicht glücklich hier?»

Hannah wälzte die Frage im Kopf herum und befand sie konfus. War sie glücklich? Das hatte sie sich noch nie gefragt, denn sie pflegte ihr Glück – und ihre Gefühle – nicht zu erforschen. Sie war glücklich, wenn sie etwas zu tun hatte. Und alles, was sie tat, war unauflöslich mit der Insel verknüpft, sei es bei Dunkelheit oder bei Tageslicht.

«Hier ist meine Heimat», antwortete sie. «Ich möchte nicht fortgehen. Aber wenn er es verlangt, muss es sein. Ich kann das Haus nicht ganz allein besorgen.»

Sie wandte sich vom fernen Horizont ab und sah Isaac mit verschränkten Armen bei der Arbeit zu.

«Haben Sie den Winkelbogen?», fragte sie.

Isaac nickte.

«Auf ein sechzigstel Grad genau», führte er an, sah hoch und fing ihren Blick auf. «Eine Bogenminute.»

«Das ist korrekt.» *Wegschauen,* befahl sie sich, tat es aber nicht. Der Rauchgeruch von einem fernen Feuer kitzelte sie in der Nase. Auf einmal nahm sie auch ihren eigenen Geruch wahr: nach feuchter Wolle und nach Tinte, nach der Milch, die sie vor dem Hellwerden verbuttert hatte, nach dem Bücherstaub, der in ihren Poren nistete.

Isaac hielt ihrem Blick stand.

«Ihre Lektion – dass Zeit und Entfernung auf See dasselbe sind ...»

«Was ist damit?»

«Das verstehe ich», sagte er. «Nicht nur in meinem Kopf. Sondern in mir drinnen. Je länger ich von zu Hause fort bin, desto ferner fühle ich mich.»

Seine Einsamkeit stand ihr auf einmal so klar vor Augen wie der Mittagshimmel. Zum ersten Mal in ihrem Leben fühlte Hannah sich vom Körper eines Mannes angezogen. Sie stellte sich vor, wie sie neben ihm kniete und ihn in ihre Arme schloss, um ihn zu trösten. Ihre Körper würden ideal harmonieren – Schultern, Ellenbogen, Rippen, Hüften –, und alle Sehnsucht wäre gestillt. Hannah erschauderte, drehte sich dann fort und machte sich an den Gegenständen auf der Erde zu schaffen.

Sie konnte Isaac Martin ebenso wenig umarmen, wie sie ihre Kandidatur für die Präsidentschaft der Vereinigten Staaten bekannt geben könnte. Warum stellte sie sich so etwas vor?

«Ich muss bald im Atheneum sein», sagte sie, machte sich an ihren Utensilien zu schaffen. Beobachtungsheft, Bleistift, Zirkel. «Finden Sie allein zurück? Haben Sie sich den Weg gemerkt?» Sie wagte einen letzten Blick auf ihn.

Er nickte und sah ihr beim Aufräumen zu, so wie man einen Schmetterling oder einen Vogel in der Wildnis beobachten mochte. Schweigend, aber neugierig. Als wollte er sie nicht stören.

Bei diesem Gedanken – dass er nämlich wusste, was in ihr vorging, wie es schon zuvor der Fall gewesen war, und dass er mit seinen eigenartigen Augen mehr sah als das, was sichtbar war – geriet Hannah in Panik. Mit brennendem Gesicht, außerstande, ein Wort hervorzubringen, hob sie ihren Beutel auf und floh von dem Hügel. Den Apfelbutzen und den Sextanten ließ sie zurück.

10

Cambridge

Drei Tage später rumpelte Hannah neben ihrem Vater auf der Bostoner Postroute dahin; das Rütteln und der Staub zerrten an ihren Nerven. Die Vielfalt von Ahornbäumen und Ulmen, Kiefern und Tannen – der ganze schöne, stattliche Wald, den sie so selten sah und durch den sie jetzt fuhren – ließ Nantucket dagegen kahl erscheinen. Sie stellte sich den Siedler vor, der vor zweihundert Jahren den letzten einheimischen Baum auf der Insel gefällt hatte. Wie schutzlos musste er sich gefühlt haben, und voll banger Erwartung der Zukunft. Hannahs Gedanken schweiften zu Isaac. Verglichen mit der herrlichen smaragdgrünen Welt, die er zurückgelassen hatte, musste er seine zeitweilige Heimat doch gewiss unerträglich finden. Seit sie ihn auf jenem Hügel verlassen hatte, war die Erinnerung an seine Einsamkeit und an ihre eigene Berührtheit davon – einer trüben Spiegelung gleich – nicht mehr von ihr gewichen. Selbst als sie dann ihren Koffer packte und die Beobachtungshefte hineinlegte, war ihre Vorfreude durch den unschönen Zwist mit dem Seemann getrübt, wie ein Frösteln, das sich nicht abschütteln ließ.

Vier Jahre waren vergangen, seit sie zuletzt die große Harvard-Sternwarte besucht hatte. In dieser Zeit hatten sich ihre Kenntnisse in Mathematik und Himmelskunde merklich verbessert, und sie hoffte, William Bond würde sich über ihre Fortschritte freuen. Williams Lob bedeutete ihr so viel wie das von Doktor Hall; dort in Williams kleiner Uhrenreparaturwerkstatt in Boston war die Freundschaft zwischen ihm und ihrem Vater geschmiedet worden, wenn Nathaniel ihm defekte Chronometer vorbeibrachte und sich Williams fachlichen Rat einholte. Hannah hatte sich immer gefragt, ob sich die beiden Männer manchmal auch über die Bürde austauschten, die sie beide zu tragen hatten: Kinder ohne den Beistand einer Ehefrau großzuziehen.

Als Mädchen hatte Hannah in der kleinen Werkstatt gelernt, den Instrumenten Stück für Stück ihr Geheimnis zu entlocken. Der ältere Bond war ihr wie ein Zauberer vorgekommen, wenn er noch die altersschwächste Uhr wieder zum Ticken brachte. Dass er sich für die Instandsetzung der geheimnisvollen Instrumente so viel Zeit nahm, bedeutete für Hannah und George, dass sie nach Herzenslust all die Geräte und Räder studieren konnten, indes Edward aus Kisten Türme und Festungen baute, oder alle drei dachten sich Piratengeschichten aus und machten die Werkstatt und die benachbarten Geschäfte zu ihrem Spielplatz. In dieser Umgebung war Hannah nie bange davor gewesen, einen Fehler zu machen: *Wenn sie nicht tickt, nehmt sie auseinander*!, hatte William ihnen eingeschärft, während sie und George eine ausrangierte Uhr nach der anderen zerlegten. *Jeder Irrtum kann auf den richtigen Weg führen, Kinder.*

Als William den Auftrag erhielt, die Aufsicht über die neue Harvard-Sternwarte zu übernehmen, war Hannah aufgeregter gewesen als George, denn ihr Kindheits- und Spielgefährte hatte sich stets mehr für das Tageslicht interessiert als für die Dunkelheit. Unterdessen war er siebenundzwanzig Jahre alt, aber sie sah immer noch den Jungen in ihm, der stets sein ledergebundenes Skizzenbuch und Bleistifte parat hatte, wenn er sich mit schmuddeligen und doch federleichten Fingern an seinen Objekten zu schaffen machte: Wolfsmilchkapseln und Libellenflügel, Regenwürmer und Reisstärlinge. Hannah lächelte vor sich hin, als sie daran dachte, mit welcher Behutsamkeit er die Schätze behandelte, die er am Ufer des Charles und im Bostoner Park aufklaubte.

Dann seufzte sie. George war ebenso ein Gefangener der Umstände wie sie, wiewohl sie nie das Mitgefühl hatte aufbringen können, das ihm gebührt hätte, als er noch jünger war. William brauchte George in der Sternwarte, und als einziger Sohn hatte George sich pflichtbewusst gefügt. Allerdings hätte er sich mit einer naturwissenschaftlichen Laufbahn vermutlich auch seine Gesundheit ruiniert. Er war immer kränklich gewesen, litt oft unter Hustenanfällen, die ihn schwächten, und Hannah hatte ihn als Kind in Erinnerung, das immer rote Augen hatte und dem das Schnaufen Probleme bereitete. Georges Skizzen von Nebelflecken und Doppelsternen, Kometenschweifen und Mondkratern waren freilich die besten, die sie je gesehen hatte, und er ließ sie ihr nach wie vor bei jeder Gelegenheit zukommen, so wie sie ihm ihre Theorien über Fortschritte in der Astronomie und ihre eigenen Fortschritte – oder deren Ausbleiben – mitteilte. Der junge Bond war ihr wie ein zweiter Bruder, nur dass sie ihm weder seine Kleider flicken noch sein Essen kochen musste.

Die Kutsche holperte über tiefe Furchen. Hannah konnte es kaum erwarten, das neue Gebäude und die Instrumente zu sehen, aber ihr Besuch hatte noch einen anderen Beweggrund: *Lieutenant Phillips, der Direktor des Marineobservatoriums der Vereinigten Staaten, wird genau in der Woche Eures Besuches eintreffen*, hatte George geschrieben.

Wir werden gemeinsam speisen, und Vater ist überzeugt, Ihr Prices werdet so ausreichende Gründe für Eure «Nantucket-Station» vorbringen, dass ihm keine Wahl bleibt, als Euch einen Kontrakt zu unterbreiten. Hannah, ich bin mir gewiss, der gute Lieutenant wird von Deinem Verstand und Charakter so beeindruckt sein, wie wir Bonds es sind und immerdar sein werden.

Begierig nach frischer Luft zog Hannah den Musselinvorhang zur Seite und schob das Fenster ein wenig hoch. Ihr Vater hatte sich in keiner Weise mit ihr beraten, wie sie den ehrenwerten Lieutenant von ihrem Nutzen für die Küstenwache überzeugen sollten. Und George hatte erwähnt, der Mann sei unerträglich anmaßend. Vielleicht hatte Hannah ja das Glück, beim Essen weit genug von ihm entfernt zu sitzen.

Der einfache Fahrweg wich einer gepflasterten Straße, und Hannah betrachtete den Wirrwarr aus Schindelhäusern, vor dem zahllose Fußgänger eilfertig ihrem Tagwerk nachgingen. Sie waren noch nicht einmal richtig in Boston, erst im Außenbezirk Roxbury, doch schon schien ihr das Dröhnen und Pfeifen der Stadt wie ein Angriff auf ihre Sinne.

«Die Stadt wird von Tag zu Tag größer. Woher kommen die vielen Menschen?», fragte sie ihren Vater.

«Augenscheinlich von überall her», antwortete er. «Allein im vergangenen Jahrzehnt ist die Bevölkerung Bostons und seiner Umgebung um gut vierzigtausend Einwohner gewachsen. Man baut, so schnell man kann. Wohnhäuser schießen aus dem Boden, obwohl der Preis für Nutzholz auf dem Höchststand ist.»

Der Anblick der wirr verlaufenden Straßen und der wuselnden Menschenmengen machte Hannah benommen, und sie lehnte sich zurück; als sie jedoch auf die Kanalbrücke abbogen, die über dem Wasser schwebte, kühlte der Wind vom Charles River ihr das Gesicht, und sie richtete sich wieder auf. Jetzt kamen der Harvard Hill und seine grünen Anhöhen in Sicht, und ein Schauder der Begeisterung durchrieselte sie.

Auf der Cambridge Avenue standen an allen Ecken junge Männer. Sie waren in Gespräche vertieft oder schritten mit ihren Bücherbündeln durch die Straßen, und Hannah stellte sich vor, wie jeder von ihnen, wann immer es ihm beliebte, am Abend in der großen Sternwarte vor dem Kometensucher hockte, während sie allein auf ihrem Dach durch das Dollond spähte.

Die Kutsche kam in dem Gedränge oft ruckartig zum Stehen, und Hannah wurde so gründlich durchgerüttelt, dass ihre Ehrfurcht allmählich zu Missgunst gerann.

Warum lief eigentlich sie nicht geschäftig mit einem Armvoll Bücher umher? Hannah war überzeugt davon, dass die Mehrheit dieser jungen Männer nicht im Geringsten ein Interesse an der Beobachtung des Himmels oder eine Befähigung dazu besaß. Gleichwohl hatten sie das Recht hier zu sein, und ihr war es verwehrt. Sie streckte den Kopf aus dem Kutschenfenster und beobachtete stirnrunzelnd einen Jüngling in einer Samtjacke, der auf der Straße schlenderte und seinen Begleitern etwas zurief. Zuerst bemerkte er Hannahs finsteren Blick nicht, dann aber zwinkerte er ihr zu und machte eine leichte Verbeugung. Sie duckte sich in die Kutsche zurück und zog mit einem Ruck den Vorhang zu.

Vielleicht war sie engherzig. Gewiss hatten doch einige von ihnen eine Vorliebe für Astronomie. Als sie dann den Studentenstrom beim Park sah, dachte sie wieder an Isaac Martin, der sich über das Schreibheft beugte, dachte an die

Wärme seiner Wange neben ihrem Hals, als sie ins Objektiv geschaut hatte.

Sie schauderte. So verschieden sind wir gar nicht, dachte sie, als sie zum Summer House Hill kamen. Keiner von uns ist hier erwünscht.

* * *

Die Sternwarte, die auf einem Hügel lag und nach allen Seiten freie Sicht hatte, ragte vor der Kutsche auf: ein gedrungener, eckiger Bau, von einer majestätischen Kupferkuppel gekrönt. Hannah nahm den Anblick in sich auf und stellte sich vor, wie es wohl drinnen aussah. Und da war William Bond; er stand auf der oberen Treppenstufe und geleitete eine Gruppe junger Männer, augenscheinlich Studenten, aus dem Gebäude. Er war knappe eins siebzig groß und hatte einen weißen Haarschopf, der sich auf seinem Kopf türmte wie Eischnee. Sein abgeschabter, ausgeblichener schwarzer Mantel flatterte, als er die Arme ausbreitete, um Hannah und ihren Vater zu begrüßen.

«Die Prices!», rief er. «Die Prices sind da. Nathaniel, mein Freund.»

Der Vater stieg aus, die Männer klopften einander auf die Schultern. Hannah wartete neben der Kutsche.

«Und die liebe Hannah. Wie geht es dir, kluges Mädchen? Komm, komm, George wird begeistert sein, seine alte Freundin zu sehen. Meine Güte, bist du groß. Hier entlang. Dein Vater meint, du hast in jüngster Zeit beachtliche Fortschritte gemacht.»

Erfreut über seine herzliche Begrüßung reichte Hannah ihm ihren Arm und ließ sich zu der großen Holztüre geleiten, wobei sich sogleich ihr schlechtes Gewissen meldete, weil sie seinen Studenten den Zugang zu den mächtigen

Instrumenten geneidet hatte. William Bond war der lebende Beweis dafür, dass das Auge das wichtigste aller Werkzeuge war, die einem Astronomen zur Verfügung standen. Sollte jemand mit schlechteren Voraussetzungen mehr geleistet haben, so wusste sie nichts davon; dieser Mann hatte den Kometen von 1811 schon Monate beobachtet, bevor irgendjemand in den übrigen sechzehn Staaten seine Existenz überhaupt bemerkte. Und das mit einem selbstgebauten Fernrohr.

«Er übertreibt. Ich habe nichts entdeckt, was dir und George nicht bekannt ist», sagte sie. «Sosehr ich mich auch angestrengt habe.»

«Nun kommt herein, kommt herein.» William wies den Kutscher an, ihr Gepäck in die Gästezimmer zu tragen, und führte sie unter den schattigen Säulenvorbau, ohne auf das Kommen und Gehen von Arbeitern und Studenten zu achten.

Sie traten in den großen Raum. Hannah blieb stehen und blickte zu der Kuppel empor. Als sie die Nähte sah, malte sie sich aus, wie sich die Kuppel später öffnete – und sie war sicher, dass dies geschehen würde –, um die Mysterien des Universums hereinzulassen. Eine große Ruhe bemächtigte sich ihrer, als sie sich in dem Raum umschaute. Er hatte einen Durchmesser von dreißig Fuß, eine kreisrunde Fläche, die bis auf das riesengroße Fernrohr in der Mitte leer war.

«Überwältigend», hauchte Hannah.

«Das kann man wohl sagen.» George war neben ihr erschienen, einen Kopf kleiner als sie und schlank wie ein Schilfrohr. Er hatte ähnlich dickes Haar wie sein Vater, das jedoch sandbraun war und zu seinen Augen passte, welche die Farbe von Ahornsirup hatten. Die Sommersprossen, die wie ein Sternennebel seine Nase schmückten, verliehen ihm etwas Kindliches. Hannah fasste ihren alten Freund zur Begrüßung an der Schulter.

«Und was ist das hier?», fragte sie. Das gewaltige Fernrohr war auf einem Granitsockel montiert, der fast zweimal Hannahs Größe hatte, und eine eigenartige Konstruktion – wie eine Treppe auf Rädern – lief auf einer Schiene um das Instrument.

«Das ist der Beobachtungsstuhl, den Vater sich gebaut hat. Man kann sich auf ihm in der Vertikalen bewegen und unten herum fahren. Aber er wird erst in Betrieb genommen, wenn das Fernrohr installiert ist.»

«Phantastisch.» Hannah sah zu William hinüber, der sich mit Nathaniel unterhielt und in Richtung Kuppel gestikulierte, als würde er ein Orchester dirigieren. Der ältere Bond lächelte Hannah zu, dann klatschte er in die Hände.

«Das Abendessen wird bei uns zu Hause serviert; Lieutenant Phillips ist schon da, und wir haben noch andere Gäste, deshalb sollten wir jetzt gehen», rief William. «Der Kometensucher ist noch da unten.» Sein weißer Haarschopf wippte in Richtung Hannah. «Irgendwann wird man es schaffen, ihn hier herauf zu transportieren. Aber einstweilen wartet er die Zeit ab, bis sich ein strebsames Auge seiner annimmt.»

Hannah bezog diese Bemerkung auf sich, doch als sie sah, wie George sich empört aufrichtete, erkannte sie, dass die Bemerkung gegen seinen Sohn gerichtet gewesen war. Aus alter Verbundenheit trat sie an ihren Freund heran, der die Schultern straffte und sich bei ihr unterhakte.

«Wollen wir?»

Hannah nickte, rührte sich aber nicht vom Fleck.

«Warte einen Augenblick», murmelte sie. Sie hielt George so lange zurück, bis ihre Väter aus der Türe waren, dann ließ sie seinen Arm los und ging zweimal um das Gestell herum, den Blick nach oben auf das Fernrohr gerichtet, das mehr als zwanzig Fuß in die Höhe ragte und zum Objektiv hin breiter wurde.

Um es sich genauer ansehen zu können, raffte Hannah ihren Rock und stieg die sechs niedrigen Holzstufen hinauf, die an dem ausgeklügelten Stuhl angebracht waren. Das Fernrohr war an der schmalsten Stelle einen Fuß breit, von da aus verjüngte es sich zum Okular hin. Sie konnte sich nur vage vorstellen, wie viel Licht das Fünfzehn-Zoll-Objektiv einfangen würde, wenn es endlich, endlich fest installiert war.

«Ich verspreche dir, wir kommen gleich nach Sonnenuntergang wieder her», rief George, und Hannah hielt den langen Rock von sich weg und stieg behände wieder hinunter.

* * *

«Verehrte Gäste und Kollegen – ein Trinkspruch!», verkündete Lieutenant Phillips, und sogleich verstummten die Gespräche an dem großen ovalen Tisch. George verdrehte die Augen und warf Hannah, die man neben ihn gesetzt hatte, einen kurzen Blick zu, als wollte er sagen: *Ich habe dich gewarnt.* Sie kniff ihn in den Arm und hoffte, dass Phillips Georges Gesichtsausdruck nicht gesehen hatte. Das hatte ihnen gerade noch gefehlt, den Beamten aus Washington zu kränken, den man mit der Aufsicht über die Küstenwache betraut hatte. Zwar war William Bond beim Marinedepot für Karten und Instrumente gut beleumundet, doch es war dieser Mann, der für die Vergabe der Aufträge an die Stationen zuständig war. Falls es für Hannah überhaupt eine Hoffnung gab, den anstehenden Umzug nach Philadelphia zu verzögern, dann war es ein Jahreskontrakt als Phillips' Mitarbeiter.

Mit seiner fleischigen Hand wies Phillips auf die am Tisch Versammelten. Mr. Hapwell, ein Schriftsteller von gewissem Ansehen, saß neben seiner Frau Lucia. Sie trug ein leuchtend blaues Seidenkleid mit Flatterärmeln, gekräuseltem Kragen und spitzem Ausschnitt, der mit einer zarten Seidenrose geschmückt war. Hannah rutschte unruhig auf ihrem Stuhl herum, denn sie fühlte sich in ihrem hochgeschlossenen braunen Kleid und dem schlichten Wollschal von der Farbe alter Asche unbehaglich. Nach der langen Reise hatte sie nicht einmal ihre Haare gekämmt oder neu geflochten. Während Phillips in leierndem Ton seine Rede abspulte und die Errungenschaften der amerikanischen Astronomen würdigte, erfasste Hannahs Blick die Einzelheiten des Zimmers, das ihr fremd war, denn für gewöhnlich verbrachte sie bei einem Aufenthalt in Cambridge so viel Zeit an den Instrumenten, dass Mahlzeiten kaum eine Rolle spielten.

Die Wände waren gelb tapeziert, nur eine Schattierung heller als das Äußere des im Kolonialstil errichteten Hauses, welches nur wenige Gehminuten von der Sternwarte entfernt inmitten einer Reihe ähnlicher Bauten stand. Die Tapete zeigte ein Muster aus blassen Blumengirlanden, die sich in sanften Wellen über die Wände ergossen.

«Diesen zwei Bond-Generationen sind wir unendlich dankbar, denn ohne ihre Ausdauer und ihren Fleiß wären wir nicht hier. Trinken wir auf die jüngste Ausdehnung der Sichtweite dieser großen Nation!»

«Auf die Ausdehnung des Universums!» Leicht errötend wollte George sein Glas erheben, doch Lieutenant Phillips achtete nicht auf die zu den Gläserstielen greifenden Hände, sondern räusperte sich und nickte.

«Recht so! Wir applaudieren der Arbeit dieser großen Männer, welche des Nachts in die Seele des Himmels spähen!»

Hannah sah George von der Seite an, dessen Miene irgendwo zwischen Verlegenheit und Ungläubigkeit erstarrt war, und presste die Lippen zusammen, um nicht zu lachen. Der Werdegang dieses Mannes war beeindruckend: Er hatte umfassende Werke über Ozeanographie veröffentlicht, einen großen Beitrag zum Verständnis der Marinemeteorologie und -navigation geleistet und war mit noch nicht einmal vierzig Jahren zum Direktor des U.S.-Marineobservatoriums berufen worden. In den fünfzehn Minuten, seit sie neben ihm saß, hatte Hannah zudem erfahren, dass er weder auf die Temperenzlerbewegung, auf Frauenrechtlerinnen, Schlangenölverkäufer, Adventisten, Grahamisten, Katholiken noch auf Juden gut zu sprechen war.

Hannah ihrerseits war es lediglich gelungen, genau drei Wörter zu äußern – «das Salz, bitte» –, und ging fest davon aus, dass sie auf den Lieutenant nicht mehr Eindruck machte als die Häkelarbeit um den Rand des Tischtuchs.

«Ohne die Anstrengungen dieser großartigen Männer würden unsere astronomischen Leistungen im Vergleich zu denen unserer europäischen Kollegen zurückbleiben. Daher erhebe ich *mein* Glas ...» Er hob sein Portweinglas und behielt es oben, bis alle Gäste seinem Beispiel folgte. «... auf William Cranch Bond und George Bond, die unserer offenkundigen Bestimmung folgen, die Grenzen der Nation nach oben zu erweitern. Auf die Bonds!»

«Auf die Bonds!», wiederholten alle am Tisch.

Sobald der Trinkspruch ausgebracht war, fand Hannah sich zu ihrem Leidwesen im Brennpunkt eines Vortrags über die Vorzüge einer Ausdehnung der Grenzen des Staates Texas mitsamt seinen Gesetzen.

«Stimmen Sie mir nicht zu?» Lieutenant Phillips schaute Hannah nur flüchtig an, obwohl die Frage eindeutig an sie gerichtet war, denn er sah sich derweil nach einem Bediensteten um, um sich nachschenken zu lassen. Die Ärmelaufschläge seines Fracks waren mit Orden bestückt, die bei jeder Bewegung klimperten. Hannah wusste, er erwartete, dass sie ihm zustimmte. Sollte sie? Phillips wollte gerade dazu ansetzen, seine nächste Gedankenfolge abzufeuern, als Hannah ihm Antwort gab.

«Die Verfassung von Mexiko verbietet deutlich und unmissverständlich die Sklaverei, glaube ich», sagte sie zu den Erbsen auf ihrem Teller. «Und die Gesetze des Landes sollten für alle Einwohner gleichermaßen Anwendung finden.» Zu ihrem Schrecken fiel ihre Stellungnahme in eine Pause der Tischgespräche und erklang so klar wie die Essensglocke.

«Du hast recht, Hannah: Mexiko hat die Sklaverei im ganzen Land abgeschafft», sagte George.

«Liebes Mädchen, warum sollten Amerikaner sich den Gesetzen einer anderen Staatsmacht unterwerfen? Dieser Einschränkung haben wir uns vor gut sechzig Jahren entledigt. Als Nächstes raten Sie gar noch dazu, Steuern an die mexikanische Regierung zu zahlen.» Laut lachend blickte der Lieutenant in die Tischrunde.

«Nun, weil es Gesetz ist», erwiderte Hannah. Sie wäre am liebsten im Seidenpolster des Stuhls versunken. Ihr Fleischstück lag in einer Pfütze rasch gerinnender Bratensoße. Beklommen presste sie ihre Serviette an den Mund und brachte ihren abschließenden Gedanken hervor. «Und weil die Aufnahme eines weiteren Sklavenstaates in die Union gewissenlos ist.»

«Ich bin ganz Ihrer Meinung», pflichtete Lucia Hapwell leise bei, nachdem ein langer Augenblick in Schweigen verstrichen war. Ihr Ehemann betrachtete sein Brötchen.

«Sie wissen ja, Lieutenant, die Gesellschaft der Freunde war immer für die Freilassung der Sklaven», rief William Bond vom anderen Ende des Tisches.

«Natürlich, natürlich.» Lieutenant Phillips schwenkte das Restchen Wein in seinem Glas, als wollte er damit einen Geist herbeibefehlen, der ihm nachschenkte. «Wie so viele gute, fromme Menschen. Dennoch ...»

Er richtete sich auf, räusperte sich und machte eine Kunstpause, als müsste er sich seine Worte erst noch zurechtlegen.

«Diejenigen, die von der Sache nicht persönlich betroffen sind, müssen erst einmal eine realisierbare wirtschaftliche Alternative beibringen, ganz zu schweigen von den gesellschaftlichen Unbilden, die dadurch entstehen, wenn Menschen, die von Natur aus für just diesen Zustand geschaffen sind, aus jahrhundertelanger Knechtschaft entlassen werden.»

Ein winziger roter Tropfen haftete an seinem Schnurrbart. Er gestikulierte mit seiner freien Hand in der Luft, als wollte er den üblen Dunst fortwedeln, den Hannahs Bemerkung hinterlassen hatte. Hannah dachte an Isaac. Leibeigenschaft war das Letzte, wofür er geschaffen war, im Gegenteil: Er dünkte sie im Denken und Handeln unabhängiger als irgendjemand, der ihr in den Sinn kam. Am liebsten hätte sie dem Lieutenant den Rest seines Getränks ins Gesicht gekippt; sie nestelte an der Serviette auf ihrem Schoß und hoffte, dass ihr Abscheu ihr nicht anzusehen war.

«In jedem Fall», fuhr der Lieutenant fort, «hat das eine nichts mit dem anderen zu tun. Wir sprechen hier von Expansion, und niemand kann behaupten, dass die Menschen dieses Kontinents nicht die Fähigkeit – oder Lust – dazu haben.»

Er blickte in die Tischrunde, nickte William Bond und George hoheitsvoll zu, als würden nur sie seine Ansichten richtig verstehen.

«Nun, in *diesem* Raum sind aller Augen auf den Himmel gerichtet», erklärte George, und alle lachten.

Hannah ließ sich erleichtert zurücksinken, bis Lieutenant Phillips sich abermals an sie wandte.

«Wie ich höre, sind Sie selbst eine leidenschaftliche Himmelsbeobachterin. Haben Sie jüngst etwas erspäht, das ich nach Washington berichten sollte?» Mit einem vergnügten Glucksen schnitt er einen Brocken Fleisch ab, schob ihn sich in den Mund und zerkaute ihn.

An dem Fenster hinter ihm flatterte eine zarte Spitzengardine. Es war fast dunkel.

Hannah hatte eigentlich ihre Antwort parat, obwohl es ihr zuwider war, mit dem Mann zu reden: *Ja, ich habe einen Nebel beobachtet.* Doch ehe sie einen Schluck Wasser trinken und sich räuspern konnte, hatte sich Phillips bereits William zugewandt.

«Und was halten wir von Franklins vorgesehener Route?», fragte er. «Wie ich höre, sind er und seine Mannschaft bestens ausgerüstet. Haben Sie darüber gelesen?»

Hannah atmete auf. Die Herren redeten weiter. Sie schob die Erbsen auf ihrem Teller herum und flehte insgeheim die Sonne an, schneller zu sinken.

* * *

Zwei Stunden später konnte Hannah kaum noch still sitzen, so erpicht war sie darauf, zur Sternwarte zu kommen. Die Herren saßen an einem kleinen Kartentisch aus Mahagoni und spielten Whist; Hannah hatte sich für die Sitzbank ganz nah beim Fenster entschieden und vermochte dem Gespräch nicht länger als eine Minute zu folgen, bevor ihr Blick wieder von dem dunkelnden violetten Himmel angezogen wurde. Lieutenant Phillips hatte sich gemeinsam mit den Hapwells nach dem Dessert verabschiedet, und Hannah bedauerte die freundlichen Eheleute, die es in ihrer Kutsche rund eine Stunde lang mit dem Mann aushalten mussten.

«Soll das Depot für Karten und Instrumente vergrößert werden, benötigt man doch sicher mehr Rechenmaschinen, um die Tabellen für die Planeten zu erstellen. Und man bräuchte natürlich bessere Instrumente», sagte William. Er schwenkte seinen Weinbrand, ohne seinen Karten Beachtung zu schenken. «Zumindest einen Kometensucher und ein Zenitfernrohr, vermutlich auch ein Äquatorialfernrohr.»

«Und wir bräuchten Raum dafür», ergänzte Hannah von ihrem Platz am Fenster, aufgerüttelt durch die Erwähnung besserer Instrumente. «Wir müssten anbauen. Wie wäre es mit Spenden?» Sie sah ihren Vater an, dann William. «Die Bewohner Bostons haben nahezu die gesamten Kosten für euren Bau getragen. Wenn Washington die Instrumente zur Verfügung stellt, meint ihr nicht, auch wir auf Nantucket könnten Mittel aufbringen ...»

«Aber gewiss», unterbrach George sie aufgeregt. «Ich bin überzeugt davon, die Menschen auf Nantucket würden das Projekt unterstützen. Ich ... wir würden euch mit Freuden in jeder Hinsicht beistehen. Aber wenn du fortziehen musst, Nathaniel, wen würdest du mit den täglichen Obliegenheiten betrauen? Sicher kannst du es von Philadelphia aus nicht bewältigen, und ich kann mir nicht vorstellen, dass Lieutenant Phillips damit einverstanden wäre, die Verantwortung in Hannahs Hand zu legen – obwohl diese Runde hier natürlich weiß, dass sie dazu mehr als geeignet wäre.»

«In der Sache ist noch nichts entschieden», sagte Nathaniel und sah dabei William an, als wollte er bei ihm um Beistand heischen.

«Wenn Edward zurück ist, kann er das Projekt beaufsichtigen, zumindest dem Namen nach», schlug Hannah vor und wünschte, sie würde nicht so flehentlich klingen. Seit ihrer Ankunft in Cambridge war es ihr gelungen, die eigene Zukunft aus ihrem Denken zu verbannen. Tatsächlich aber war ihre missliche Situation ebenso klar umrissen wie die gerahmten Scherenschnitte an der Wand des Zimmers.

«Dann ist es also beschlossen?» William blickte vom Vater zur Tochter. «Das ist ja eine wunderbare Neuigkeit.»

«Es gibt keinen Beschluss», erwiderte Nathaniel. «Hannah klammert sich an den Gedanken, Edward werde zurückkommen und bleiben, doch ich vertraue nicht darauf. Er hat sich als unempfänglich für die Interessen und Wünsche seiner Familie erwiesen. Ich erwarte von ihm keine Verpflichtung zu irgendetwas außer seinen eigenen Neigungen – sofern er überhaupt nach Nantucket zurückkehrt.»

«Natürlich kommt er zurück», sagte Hannah bestimmt, obwohl plötzlich kalte Furcht ihr die Brust durchschnitt wie mit einem Messer. «Er schreibt, er ist zur Schafschur zu Hause.»

«Ich dachte, er habe sich einer Forschungsexpedition anschließen wollen», erklärte George.

«Und ist er nicht mit der kleinen Coffey verlobt?», fragte William.

Hannah und Nathaniel schüttelten gleichzeitig den Kopf.

«Ich werde keine Mutmaßungen über die Zukunft meines Sohnes anstellen», sagte Nathaniel. «Auch nicht über diejenige der Station auf Nantucket. Erst wenn man uns einen Kontrakt anbieten sollte, werde ich entscheiden, wie er am besten zu erfüllen ist, und nicht früher.»

Die Bonds wechselten einen besorgten Blick. Hannah verkniff sich ihren Protest, doch das Schweigen verstärkte nur ihr Gefühl, ausgeliefert zu sein. Nathaniel würde über ihre Zukunft entscheiden, weil es sein gutes Recht war; ebenso gut hätte sie eine Bedienstete sein können. Auf einmal fühlte sich das Zimmer beengt an, ihre Brust war wie zugeschnürt, und Hannah tat das einzig Vernünftige.

«Ich gehe Luft schnappen», murmelte sie. Mit raschelnden Röcken verließ sie das Zimmer.

* * *

Als George sie fand, saß sie im Dunkeln auf der Treppe vor dem Eingang der Sternwarte.

«Ah, hier bist du.» Sie rückte ein Stückchen zur Seite, eine stumme Aufforderung an ihn, sich zu ihr zu setzen; nach Reden war ihr nicht zumute. George ließ sich neben ihr auf der Treppenstufe nieder und holte tief Luft.

«Geht es dir nicht gut?», fragte sie unsicher.

«Doch, doch. Ich muss nur kurz verschnaufen.»

Hier waren nur das ferne Läuten einer Kuhglocke zu hören, und Kutschenräder, die irgendwo durch Kies fuhren. George hob einen Stein vom Boden auf und warf ihn in die Nacht.

«Möchtest du hineingehen?»

«Nein.»

«Warum nicht?»

«Ach, George», seufzte Hannah. «Ich habe im Moment keine Lust zum Schauen.» Tatsächlich hatte sie in diesem Moment das Gefühl, als ob die Lust an der Beobachtung des Himmels nie wiederkehren würde. Was hatte es für einen Sinn? Angesichts der gegenwärtigen Umstände nahmen sich ihre Bemühungen aus wie reine Narretei. Ihre Laufbahn in der Astronomie – wenn man sie überhaupt als solche bezeichnen konnte – würde immer von den Launen der Männer bestimmt werden. Den Launen ihres Vaters, Edwards, sogar Georges, der ihr all die Zeitschriften und Aufsätze schickte und sie damit auf dem Laufenden hielt.

«Ich verstehe ja, dass du in einer schwierigen Lage bist. Aber wann hätte Hannah Price nicht den Willen aufgebracht, ihre Arbeit fortzuführen?» Er warf einen Kieselstein nach dem anderen. «Ich an deiner Stelle würde jedenfalls darauf bestehen, dass ich meine Beobachtungen unverzüglich wieder aufnehmen kann und persönliche Belange nicht als Entschuldigung für ein Aussetzen deiner wissenschaftlichen Arbeit gelten lassen.» Mit seinem gereckten Kinn und den gerunzelten Augenbrauen verlieh er seiner Meinung deutlich Ausdruck, doch sein Bemühen, sie aufzumuntern, bewirkte nur, dass sie sich noch miserabler fühlte.

«Aber du würdest doch gar nicht in meine Lage geraten», erklärte Hannah, ohne auch nur den Versuch zu machen, mit ihrem Kummer hinter dem Berg zu halten. «Das könntest du gar nicht.»

George blinzelte ganz schnell. «Hm.»

«Du würdest deshalb nicht in meine Lage geraten, weil du ein Mann bist, und wegen dieses kleinen Zufalls, der uns in dem einen oder anderen Geschlecht zur Welt kommen lässt, bleibt er dir auch erspart, dieser Zustand der ...» Sie hielt inne, suchte nach dem richtigen Ausdruck, und als sie ihn fand, spie sie ihn aus wie einen Bissen unreifes Obst. «Leibeigenschaft.»

Sie hatte dergleichen noch nie laut ausgesprochen, hatte der Unzufriedenheit, die sie umtrieb, nie einen Namen gegeben, jenem Sehnen, das doch immer durch das Leben auf einer Insel gedämpft worden war, wo Frauen und Männer als Ebenbürtige erzogen wurden, wo die Frauen mehr als die Hälfte der Geschäfte und die Gesamtheit der Haushalte führten, wenn nicht in der Theorie, dann auf alle Fälle in der Praxis. Hier aber, angesichts der Möglichkeiten, die die Studenten hier hatten, wurde ihre eigene Position ihr deutlich vor Augen geführt.

«Hannah, du bist keine Leibeigene.»

«Das dachte ich bis vor kurzem auch.» Selbst im trüben Licht der Laterne neben der Treppe sah sie deutlich die Besorgnis ihres Freundes. Doch es hatte keinen Sinn. Er konnte nichts tun. Unbeholfen tätschelte sie seine Hand. Sowohl ihre Offenheit als auch ihr Selbstmitleid bereiteten ihr ein schlechtes Gewissen, denn ihre Denkweise dünkte sie zügellos und damit sündhaft.

«Du kannst nicht von Nantucket fortgehen. Was würde dann aus deiner Arbeit? Wir müssen uns etwas einfallen lassen, damit du bleiben kannst, gleichgültig, wie Nathaniels Pläne aussehen. Oder die von Edward.»

Der Halbmond, der zeitig aufgegangen war, wanderte langsam Richtung Horizont.

Hannah nahm eine Handvoll Kieselsteine und warf einen nach dem anderen auf den unsichtbaren Zaun, als böte ihr das rhythmische *Pling*, das sie beim Auftreffen verursachten, einen Trost. Zwei Minuten später sagte George: «Wir müssen dafür sorgen, dass Lieutenant Phillips Nantucket als Station für die Küstenwache benennt. Damit gewinnst du mindestens ein Jahr. Dein Vater würde nicht auf einen so wichtigen Kontrakt verzichten, nur weil er sich verehelichen will.»

«Heute Abend habe ich nichts dafür getan, unsere Sache zu fördern. Ich habe ihr eher geschadet.»

«Das glaube ich nicht. Trotzdem brauchst du einen Ausweichplan.»

«Und der wäre?»

George rutschte herum und sah sie an, wandte dann

ruckartig den Blick ab und sprang auf wie von einer Tarantel gestochen. Der Mond sank um einen weiteren Bogengrad.

«Nun ja», stammelte er, blickte in die Ferne und dann zu Hannah hinunter. «Du könntest heiraten», sprach er in die Stille.

Hannah warf ihm einen Blick zu, der, wie sie hoffte, vernichtend ausfiel.

«Und mit wem würdest du mich vermählen wollen?»

«Tja, das ist hier die Frage.» Er räusperte sich. «Aber wenn das den Ausschlag dafür gäbe, ob du entweder gezwungen bist, in Philadelphia zu leben, oder auf Nantucket bleiben kannst, dann könnten wir ... ich meine, könnte ich ... könntest du mich heiraten.» Er ließ sich wieder neben sie auf die Treppenstufe plumpsen und starrte auf seine Hände, als wären ihnen zusätzliche Finger gewachsen. «Ich habe nicht vor, eine andere zu ehelichen. Und du wärst verheiratet und könntest deine Arbeit fortführen. Weitermachen. Sozusagen.»

Er hob die Hand und sah Hannah in die Augen. Es verging ein langer Moment. Hannah war derart erfüllt von einer Mischung aus Zärtlichkeit für seine Bemühung und Hochachtung dafür, dass er ihr ein so selbstloses Angebot machte – sofern es denn wirklich selbstlos war –, dass es ihr die Sprache verschlagen hatte.

Auf einmal sah sie seine zahlreichen Einladungen, sein fortwährendes Interesse an ihren Berechnungen, ihren Vorstellungen und Wetterberichten in einem ganz anderen Lichte, und Hannah errötete. Als sie einander fest ansahen, war sein Gesichtsausdruck – ernst, verlegen und verletzlich – Antwort genug auf ihre stumme Frage.

Einen Augenblick lang meinte sie lachen zu müssen und räusperte sich, um es sich zu verkneifen. Dieses Geräusch brach den Bann. George sah auf seine Hände, holte Atem, wie um noch etwas zu sagen, blieb jedoch stumm. Hannah wusste, dass eine Antwort von ihr erwartet wurde, fühlte sich aber wie erstarrt. Immerhin gelang es ihr, den Blick abzuwenden, um George nicht noch weiter in Verlegenheit zu bringen. Die Vorstellung, sich von George umwerben zu lassen, war lächerlich, nicht obwohl, sondern *weil* sie ihn sehr gern hatte. Aber wenn nun hinter seiner Unterstützung, seinem Interesse, seinem Beistand in all den Jahren ein ganz anderer, tieferer Beweggrund gesteckt hatte? Und wie war das möglich, wenn sie selbst nicht das geringste romantische Gefühl für ihn hegte?

«George, das ist das freundlichste, großzügigste Angebot, das mir jemals gemacht wurde», sagte sie schließlich. Sie wollte seinen Antrag als das behandeln, was er wohl sein musste: das Angebot, einer Freundin beizustehen, nicht mehr und nicht weniger. «Aber wenn ich denn eine Vernunftehe eingehen wollte, würde mein Vater es gewiss vorziehen, eine Verbindung zu jemandem anzubahnen, der in der Nähe wohnt. Die Wahrheit ist jedoch, ich habe nicht den Wunsch mich zu vermählen, mit wem auch immer. Und ich möchte dich keinesfalls der Möglichkeit berauben, eine passende Verbindung einzugehen.»

Fast hätte sie ihm die Hand auf die Schulter gelegt, aber eine solche Geste wäre bestenfalls als mitleidig gedeutet oder schlimmstenfalls missverstanden worden; er bewahrte sie davor, indem er ihr einen weiteren Kieselstein in die Hand drückte. Seine Hand war feucht. Er ließ sie kurz verweilen, und als er sprach, vermeinte Hannah in seiner Stimme ein Zittern zu hören.

«Hm. Ich werde mir andere Möglichkeiten überlegen, aber gleichwohl solltest du darüber nachdenken», sagte er. «Vielleicht findest du dann, dass es nicht die allerschlechteste Idee ist. Ich meine, vielleicht wird es nicht so schlimm, wie du es dir vorstellst.» Es entstand eine unbehagliche Pause, und er räusperte sich, ehe er fortfuhr. «Bis dahin wirst du dich wohl um die Medaille des Königs von Dänemark bemühen müssen. Die ist wenigstens mit einem nicht geringen Geldbetrag verbunden.»

Hannah lachte so laut, dass es in der Stille widerhallte wie ein Schuss. In der Nähe bellte ein Hund. Ihr war mehr denn je bewusst, wie unwahrscheinlich es war, dass ihr eine solche Auszeichnung zuteil wurde. «Darauf würde ich eins zu eine Million wetten», sagte sie leise. Mit dem Daumen rieb sie an dem glatten Kieselstein, den George ihr in die Hand gedrückt hatte.

«Nun, träumen kann nicht schaden», meinte er. «Und du wirst wahrscheinlich eher einen Kometen aufspüren als irgendjemand, den ich kenne, mich selbst eingeschlossen.»

Sie lächelte, erfreut ob des Lobes, kam sich dann aber so eitel und töricht vor, dass sie froh war, als er aufsprang.

«Da dir das Träumen nicht liegt, formuliere ich es in der Sprache, die du gewiss verstehst: Wollen wir an die Arbeit?» Er bot ihr seinen mageren Arm, und sie gestattete ihm, sie auf die Füße zu ziehen. Kaum stand sie, ließ er sie jedoch los.

Sie folgte ihm die Stufen hinauf zum Eingang, verwundert und verärgert darüber, wie wenig er nach so vielen Jahren der Freundschaft von dem wusste, was ihr wirklich im Kopf herumging.

* * *

Natürlich träumte Hannah. In ihren Träumen sah sie sich inmitten einer Gruppe von Frauen, wie sie sich an einer Hand abzählen ließen, darunter Mary Somerville, die brillante schottische Mathematikerin, Schriftstellerin und Übersetzerin von Laplaces *Traité de mécanique céleste*, oder Margaret Fuller, die erste anerkannte Buchrezensentin in den Vereinigten Staaten, die jetzt für die *New York Tribune* aus Europa berichtete. Obwohl Hannah ihren Wälzer *Women in the Nineteenth Century* nicht gelesen hatte – das Buch hatte in allen Häusern in Nantucket, in denen man sich mit derlei Themen beschäftigte, lebhafte Debatten ausgelöst –, bewunderte sie diese Frauen, die große Hindernisse hatten überwinden müssen, um es so weit zu bringen.

Am meisten bewunderte Hannah, dass der Erfolg dieser Frauen nicht einer Abwendung von «normalem» weiblichem Trachten geschuldet war, sondern der Tatsache, dass sie dem Diktat ihres Verstandes und ihrer Begabungen gefolgt waren und – ohne Zweifel – sehr hart arbeiteten. Sie hatten sich die Freiheit verdient, ihrer Arbeit nachzugehen, und bekamen sogar Geld dafür.

Beim lauten Rasseln der Kette am Eingang der Sternwarte zuckte Hannah zusammen.

«Na, und hast du jetzt das Gefühl, den Schlüssel zum gesamten Universum in der Hand zu halten?», scherzte sie.

«Na ja.» George stieß die große, mit Schnitzereien verzierte Türe auf und trat in den düsteren Innenraum. «Ich bin nur der Pförtner für Leute wie dich.»

«Unsinn.»

Hannah folgte ihm hinein, blieb dann im Dunkeln stehen. George zündete mit seinen schmalen Händen die Lampen an, und wässrige Strahlen umringten die Kuppel, bis der Raum aussah wie eine geheimnisvolle Höhle.

«Bist du bereit?» George fuhr mit den Händen durch seinen dicken Schopf, sodass die Haare noch mehr abstanden, und deutete mit dem Kopf auf die schmiedeeiserne Kurbel neben ihm.

«Wozu?»

«Zum Öffnen der Kuppel natürlich. Dreh an der Kurbel.»

«Das kann nicht dein Ernst sein. Das sind vierzehn Tonnen.»

George tätschelte die kleine Kurbel wie einen Schoßhund.

«Immer im Zweifel. Vertrau deinem Freund und komm her.»

Hannah durchquerte den Raum. Bevor sie die Kurbel anfasste, betrachtete sie erst einmal Georges Miene, um festzustellen, ob er sich einen Scherz mit ihr erlaubte, doch da war nur ein aufgeregtes Blitzen in den Winkeln seiner blaugrauen Augen und der Anflug eines Grübchens, während er versuchte, ein Grinsen zurückzuhalten.

Sie ergriff die schwarze Kurbel und fing an zu drehen. Eigentlich rechnete sie damit, ihre ganze Kraft einsetzen zu müssen, um sie auch nur ein bisschen von der Stelle zu bewegen, doch sie ließ sich fast ohne Anstrengung drehen. Die mit Kupfer verkleidete Kuppel hoch über Hannah knirschte und quietschte. Zwischen den Kupferplatten taten sich hauchdünne dunkle Schlitze auf, dann wurde der Spalt, der den Blick auf den Nachthimmel freigab, mit jeder Sekunde breiter, wie ein Vorhang, der vor einer dunklen Bühne aufgeht.

«Wie ist das möglich?», rief Hannah George zu. Er beugte sich dicht an ihr Ohr, dabei reckten beide den Hals schräg in die Höhe, um ja keine Sekunde des Schauspiels zu verpassen. Sein heißer Atem an ihrem Ohr ließ sie zusammenzucken.

«Entlang der Schiene sind Dutzende Eisenkugeln befestigt», erklärte er. Fünfzehn, zwanzig Sekunden vergingen. Hannah drehte immerzu an der Kurbel und staunte über die kluge Konstruktion. Mit jeder Drehung war mehr von dem samtenen Himmel zu erkennen, der mit Sternen wie bestickt war. Nach weiteren zehn Sekunden ließ sich die Kurbel nicht mehr bewegen. Die Kuppel war offen, die Nacht lag frei. Hannah ließ die Kurbel los. Kühle Luft strömte in den Turm.

«Gut gemacht. Wollen wir hinaufgehen?» George führte sie zu einer schmalen Treppe an der Südseite des Turms. Hannah staunte, als er oben stehen blieb und eine kleine Türe aufstieß, die Hannah von unten nicht aufgefallen war.

«Der Balkon», erklärte er und verschwand durch die Türöffnung.

Hannah folgte ihm auf eine kleine Plattform, die an der Seite der Kuppel haftete wie eine Seepocke am Bauch eines Schiffes. George stand neben genau dem Kometensucher, von dem sie tagsüber geträumt hatte.

«Aber dein Vater hat doch gesagt, er ist noch nicht hier.»

«Ich habe ihn während des Abendessens hinaufbringen lassen», sagte George. «Ich wusste, dass du ihn ausprobieren willst.» Hannah konnte nichts tun als das Instrument anstarren, bis George sie an der Schulter stupste. «Nur zu.»

«Ich habe mein Notizbuch nicht bei mir», murmelte Hannah. Sie beäugte das Fünfeinhalb-Fuß-Fernrohr auf seinem Ständer. George legte in gespielter Verzweiflung den Kopf in die Hände und schob den kleinen Schemel mit dem Fuß nach vorne. Hannah setzte sich darauf und hörte keinen Moment lang damit auf, das Instrument zu bewundern, freilich ohne es zu berühren, indem sie sich weit vorbeugte und Uhrwerk und Sockel aus sicherem Abstand betrachtete.

«Das Okular ist ein Huygens», sagte George. «Das Objektiv misst siebeneinhalb Zoll. Kaum zu glauben, dass wir es von Spendengeldern gekauft haben. Ihr guten Menschen von Boston, wir danken euch.» Er salutierte forsch in Richtung Stadt. «Nun bist du an der Reihe, Miss Price.»

Hannah legte endlich ihr Auge an das Objektiv. Sie kannte die Zahlen, wusste, wie viel Licht die Öffnung einlassen würde; dennoch war sie auf die Breite des Blickfelds nicht gefasst. Sogleich wurde sie in dunkle Löcher und zerplatzende Lichtblasen geschwemmt, die ihr in diesem Himmelssektor nie offenbart worden waren, obgleich sie zu Hause genau diesen Bereich über Wochen beobachtet hatte.

Meine Sicht war beschränkt, dachte sie. Das war ihr nicht bewusst gewesen. Und hier war nun das verlöschende Licht. Es war, als hätte sie in zehn verschiedenen Zimmern je ein Viereck für eine Steppdecke genäht und bekäme erst jetzt die ganze herrliche Decke zu Gesicht.

Hannah sprach gute zehn Minuten kein Wort; als George sie an der Schulter berührte, wäre sie vor Schreck beinahe vom Schemel gefallen, so versunken war sie.

«George», sagte sie und rückte wieder zum Objektiv, weil sie nicht aufhören konnte zu schauen. «Ich brauche ein Notizbuch. Kannst du mir bitte eins besorgen?»

* * *

Perlgraues Morgenlicht erfüllte den runden Raum, als Hannah die Treppe hinunterschlich. George schnarchte mit nach hinten geneigtem Kopf und offenem Mund auf dem eigentümlichen Beobachtungsstuhl. Sie tippte ihn aufs Knie, doch er rührte sich nicht. Ein paar Sekunden lang betrachtete sie sein vertrautes Gesicht und wunderte sich wieder über seinen Heiratsantrag.

Sie blinzelte, als könnte ihr das Verwischen des Bildes dabei helfen, ihn auf neue Weise zu sehen, als einen Partner in Leben und Arbeit. Dieses Bild heraufzubeschwören war nicht so schwer, doch sobald sie den Gedanken weiterspann und sich der anderen Seite einer Ehe zuwandte – der körperlich vertrauten Seite –, fiel der Vorhang. Obwohl sie keine unmittelbare Kenntnis dessen hatte, was zwischen Mann und Frau vorging, erschauderte sie allein bei der Vorstellung.

Sie warf sich ihr Schultertuch über, schlich hinaus ins Dunkel, das Notizbuch unter dem Arm, und versuchte, ihr Unbehagen abzuschütteln, indem sie sich wieder auf die hellen Funken am Nachthimmel konzentrierte, die sie beobachtet hatte. Gerade in diesem Moment erschienen sie ihr wie die Verkörperung all dessen, was möglich war, und wie ein Gegenmittel zu der Unsicherheit, die sie erfüllte, wenn sie an ihre Zukunft dachte.

George hatte recht: Eher als die meisten Menschen und trotz der Beschränkungen, die ihr durch das Objektiv zu Hause auferlegt waren, würde sie dereinst einen Kometen entdecken. Hannah fühlte es nahezu: ein Wandelstern, von reflektiertem Sternenlicht verhüllt, der sich unter den Millionen von Sternen verbarg, die sie soeben gesichtet hatte. Sie wusste, wenn sie lange genug schaute, würde sie ihn aufspüren. Es war nur eine Frage der Zeit.

11

Um Cometa

Hannah war fast drei Wochen aus Cambridge zurück und hatte seither nichts von Isaac Martin gesehen oder gehört. Noch am Tag ihrer Rückkehr hatte sie in der Schmiede eine Nachricht für ihn hinterlassen, er möge am Abend kommen, um mit dem Unterricht fortzufahren, doch er meldete sich nicht. Tage ohne ein Wort dehnten sich zu Wochen, und die vernünftigen Erklärungen für sein Fortbleiben wurden weniger. Hannah pendelte zwischen Dachsteg, Atheneum und Versammlungshaus hin und her; die Hoffnungen, die sie in Cambridge gehegt hatte, schwanden dahin.

Der Mutmaßungen gab es viele. Isaac könnte seinen Posten auf der *Pearl* aufgegeben und auf einem anderen Schiff ausgelaufen sein; er könnte aus einem Grund, den er nicht mitteilen wollte, die Insel verlassen haben; oder er war durch einen Unfall verletzt oder verkrüppelt worden. Diese letzte Möglichkeit beschäftigte Hannah sehr, und sie wurde von der Vorstellung gequält, ein heißes Stück Eisenspat habe ihn durchbohrt oder zerstückelt; ein verirrter Funke sei ihm ins Auge geflogen und habe ihm das Augenlicht geraubt; er sei von einem Wagen überfahren oder bei einer Rauferei, mit der er nichts zu tun hatte, bewusstlos geschlagen worden.

Diese Schreckensbilder – und die Gefühle, die damit verbunden waren – machten sie krank vor Angst und bestürzten sie, insbesondere, wenn sie sie mit ihrer kalten Reaktion auf Georges Heiratsantrag verglich. Dutzende von Erinnerungen gingen ihr durch den Kopf, aber selbst der Gedanke daran, was George alles getan hatte, um ihr beizustehen und sie an seinem Wissen teilhaben zu lassen, oder wie er ihr auch sonst in all den Jahren ihrer Freundschaft ihre Abgeschiedenheit erträglich gemacht hatte, trug nichts dazu bei, etwas wie Leidenschaft in ihr zu entfachen.

Die Gedanken an Isaac dagegen marterten sie, wann immer sie sich einstellten, verstohlen wie Träume. Nachdem sie sie zwei Wochen lang verdrängt und begonnen hatte, in der Öffentlichkeit vor sich hin zu murmeln, beauftragte sie einen Jungen gegen ein kleines Taschengeld damit, sich in Pensionen im Neuguinea-Viertel und auf der Prison Lane umzuhören, aber ein Bewohner namens Isaac Martin war dort nirgends bekannt. Wohl ein halbes Dutzend Mal ging sie an Mr. Veras Schmiede vorbei, ohne ihren Schüler zu sehen, und hastete jedes Mal fort, wenn jemand herauskam oder auf der Straße an ihr vorüberging.

Allmählich fragte sie sich, ob Isaac einfach aufgegeben hatte, weil ihm ihre eintönige Stimme und all die Gleichungen, die auf ihn einstürmten, zu viel geworden waren. Als sie ihn schließlich in der zweiten Maiwoche eines Abends um sechs Uhr auf ihrer Treppe sitzen sah, brachte sie der warme Schwall der Erleichterung, die sie durchflutete, vereint mit dem jähen Hämmern in ihrer Brust, dermaßen durcheinander, dass sie beinahe grob wurde.

«Hatten wir für heute Abend Unterricht angesetzt?» Sie drückte das Fässchen Butter, das sie soeben geborgt hatte, an sich wie eine unschätzbare Kostbarkeit.

Er hielt ein abgenutztes Notizbuch in einer Hand; die andere steckte in der Tasche seines weiten weißen Hemdes. Seine Haare waren kürzer, die Löckchen kräuselten sich dicht am Schädel. Hannahs Blick wanderte von seinem kantigen Kiefer zum Kinn, dann zu seinem Mund.

«Es tut mir leid, dass ich nicht Bescheid sage», sagte er. Seine Stimme war sanft wie ein Wiegenlied.

«Aha.» Hannah ging um ihn herum und öffnete die Türe. Der Hut ihres Vaters hing nicht am Haken.

Warum haben Sie nichts von sich hören lassen?, hätte sie gerne gefragt, unterließ es aber, weil sie ihn nicht bedrängen wollte. Außerdem brauchte er nicht zu wissen, dass sie an ihn gedacht hatte. Jetzt, da ihm offensichtlich nichts fehlte, dünkte ihre Besorgnis sie auf einmal demütigend, und sie hoffte, er hatte nicht erfahren, dass sie sich nach ihm erkundigt hatte. Vielleicht sollte sie ihn fortschicken.

Er folgte ihr hinein und stand da wie ein zerknirschter Schuljunge, der in der Tat erwartet, des Klassenzimmers verwiesen zu werden. Aber schließlich war sie es gewesen, die darauf bestanden hatte, den Unterricht fortzusetzen. Isaac zu entlassen wäre niemandem dienlich.

«Hoffentlich erinnern Sie sich noch, wo wir aufgehört haben», sagte sie, als sie in ihrer Kammer waren, bemüht, ihrer Stimme einen sachlichen Klang zu geben. Vor Wochen hatte sie Lektionen vorbereitet, aber wo waren sie bloß? Als sie Isaac ansah, griff er in seine Tasche, holte einen Stein von der Größe eines Wachteleis hervor und legte ihn neben Hannahs Arm auf die Schreibtischkante.

Der Stein schillerte dunkelgrün und war von leuchtend weißen, parallel verlaufenden Schichten durchzogen. Hannah nahm ihn in die Hand.

«Ein Malachit. Wie hübsch. Woher haben Sie ihn? Von hier ist er nicht.»

«Von einem Freund.»

Hannah hob eine Augenbraue.

«Er sagt, es ist Jade, aber ich weiß nicht. Trotzdem, Sie sollen ... ich will ... besitzen.»

Isaac hatte, wie ihr schien, mehr als sonst mit Wörtern zu kämpfen, während er ihr dabei zusah, wie sie den Stein in der Hand umdrehte und dann wieder auf den Schreibtisch legte.

«Er ist sehr hübsch. Sie können damit Ihre Sammlung beginnen.»

«Nein», sagte er gedehnt. «Der ist für Sie.»

«Für mich?» Hannah sah wieder zu dem Stein, dann zu Isaac. Er nickte.

«Ist ein Geschenk.»

«Das kann ich nicht ...» Es schickte sich nicht für sie, den Stein als Geschenk anzunehmen. Bislang hatte Isaac ihr noch nichts für die Unterrichtsstunden bezahlt, und sie hatte nicht danach gefragt. Vielleicht sollte der Malachit als Ersatz für den geschuldeten Betrag dienen. So wertvoll war der Stein nicht, doch allein bei dem Gedanken, dass Isaac in seiner Abwesenheit an sie gedacht hatte, lief ihr ein Freudenschauer über den Rücken. Sie schüttelte den Kopf.

«Sie können. Es ist Ihrer.» Die Dringlichkeit in seiner Stimme kam unerwartet, und Hannah sah ihn überrascht an. Dann war dies wohl seine Art, sich zu entschuldigen. Sie nahm den Stein wieder an sich, wog ihn in der Hand, seufzte dann.

«Nun, dann danke ich Ihnen.» Hannah trug den Malachit zum Bord mit den Musterexemplaren und schob einen Pyritbrocken und eine ausgeblichene Pfauenfeder zur Seite, um dazwischen Platz für ihn zu schaffen. Sie blies einen Staubschleier von dem Bestandsverzeichnis, das danebenhing, und fügte hinzu: *Malachit. Herkunft unbekannt. Ein Geschenk von Isaac Martin, 1845.*

Sie trat wieder an den Schreibtisch und kramte herum,

bis sich die gewünschte Lektion gefunden hatte. Hannah überflog die Randbemerkungen, dann fiel ihr Blick auf eine von ihr: *Wandelsterne*, hatte sie geschrieben.

«Haben Sie seit letztem Mal etwas gesehen?», fragte er mit einem Blick auf das kleine Fenster.

Sein Interesse war beglückend. Seit der Rückkehr aus Cambridge hatte sie nicht ein einziges Gespräch über ihre Beobachtungen geführt. Es war, als hätte sie sich ein Festmahl einverleibt und danach wochenlang gehungert. Die Worte purzelten nur so heraus.

«Nein. Obwohl sie in Cambridge ein Instrument haben, das eigens für die Kometensuche gemacht ist. Ein riesengroßes Fernrohr mit weitem Gesichtsfeld. Vor ein paar Wochen meinte ich von hier aus einen Kometen gesehen zu haben – das Objekt verhielt sich wie ein Komet –, aber dann stellte sich heraus, es war nichts. Nein, nicht ganz nichts – Teil eines Nebels vermutlich, aber kein Komet.»

«Um cometa», murmelte Isaac kopfschüttelnd. «Danach suchen Sie?»

«Ja. Wissen Sie nichts über Kometen?»

«Nur dass wir sie nicht sehen wollen. Er ist schlimm – für die Menschen. Ein böses Zeichen.»

Hannah seufzte, erstaunt, dass derlei Vorstellungen in der modernen Zeit überdauerten.

«Aberglaube und Mythos. So etwas wie ein böses Omen gibt es nicht. Es ist allerdings nicht außergewöhnlich, daran zu glauben», setzte sie für den Fall hinzu, dass er sich gekränkt fühlte. «Ich will es Ihnen erklären.» Sie sah sich nach ihrem Zeigestock um, der abhandengekommen war, und musste sich mit einem Bleistiftstummel begnügen.

«Ein Komet ist ein Himmelskörper mit einer exzentrischen Bahn», begann sie. «Er erscheint, mitunter in regelmäßigen Abständen, besitzt immer einen hellen Kern, der zur Mitte hin am hellsten ist, und oft einen langen Schweif, der wie Feuer hinter ihm herzieht, wenn er den Himmel überquert. Bisweilen spricht man auch von Wandelsternen. Man kann ihn ohne Fernrohr sehen, wenn seine Bahn der unseren nahe genug kommt. Sie haben ganz gewiss schon einmal einen gesehen. Ein Lichtfleck, der mit gleichmäßiger Geschwindigkeit über den Himmel zieht, viel langsamer als andere magmatische Meteore – Sternschnuppen zum Beispiel.›

Hannah schaute verstohlen auf Isaac, um zu sehen, ob er verstanden hatte, traf aber nur auf einen unergründlichen Blick, irgendwo zwischen nachdenklich und verwirrt.

«Fast jeder Komet hat einen Schweif», ergänzte sie, und weil sie dachte, er kenne möglicherweise das Wort nicht, sah sie sich nach etwas um, womit es sich demonstrieren ließ. Da sich kein entsprechender Gegenstand fand, zupfte sie eine Strähne aus ihrem Haar und hielt sie seitlich von sich weg.

«Ein Schweif aus Licht, so», sagte sie.

Isaac nickte, sein Blick wanderte von ihren Haaren zum Hals, der bis zum Schlüsselbein frei lag, weil sie den Kragen aufgeknöpft hatte. Hannah meinte zu spüren, wie die Schnüre ihres Korsetts stramm gezogen wurden, dabei trug sie einen solchen «Panzer» gar nicht. Sie hoffte, dass Isaac, als sie die Strähne in den Knoten zurücksteckte, nicht sah, wie ihre Hände vor Angst zitterten. Nicht aus Angst vor ihm, sondern vor dem Blut, das in ihren Bauch und noch weiter hinunterschoss, als Isaac sie anschaute.

Er richtete seinen Blick wieder auf das kleine Fenster über dem Schreibtisch.

«Warum suchen Sie danach?»

Hannah überlegte. Wie konnte sie die beispiellose Schönheit des glimmenden Pfeils beschreiben, der durch das Universum zieht, unerklärbar und doch vorhersagbar? Könnte sie ihn doch nur aufspüren, kartieren – seine Geometrie, das Spiel seiner Schwerkraft und die Zusammensetzung der Elemente, die auf ihn einwirken, verstehen –, dann läge es in seiner Macht, eine Unzahl von Türen zu entriegeln und Ideen zu entfesseln.

«Seit Anbeginn der Zeit versuchen wir, Kometen zu verstehen», sagte Hannah. «Die frühen Christen hielten sie für Feuerkugeln, die der erzürnte Gott auf die Erde schleuderte. Thomas von Aquin sah in ihnen die Vorboten von Aufruhr, Krieg oder Unwetter. Die Chaldäer wiederum hielten sie für eine Art Planeten.»

Sie schüttelte den Kopf, versuchte, ihre Gedanken zu sammeln. Isaac hatte einen sonderbaren Ausdruck im Gesicht: ob erstaunt, ob amüsiert, vermochte sie nicht zu sagen. Er hielt sie vermutlich für närrisch, und vielleicht war sie das auch.

«Aber wir wissen noch so wenig über sie. Was hält sie auf ihrer Bahn? Hören sie nie auf, durch die Elliptik zu ziehen? Wo fangen sie an? Wie enden sie?»

Die Verzweiflung in ihrer Stimme war so deutlich zu hören, dass sie am liebsten geweint hätte. Ob um den Kometen oder um Isaacs Verstehen, war ihr nicht klar. Aber die Gefühle, die in ihr aufwallten, waren belebend, läuternd. Ihr fiel ein, dass sie nicht auf Isaacs Frage geantwortet hatte. Sie holte tief Luft.

«Es ist nämlich so. Jeder vermag einen Kometen zu sehen, Mr. Martin. Jeder, der Nacht für Nacht emsig und genau beobachtet, könnte etwas sichten, das noch niemand je erblickt hat.»

Sie sah ihm in die Augen.

«Sogar eine Frau ohne entsprechende Bildung. Sogar hier, auf dieser Insel. Mit einem einfachen Fernrohr, ohne Gehilfen, ohne Unterstützung. Verstehen Sie es jetzt?»

Isaac nickte. Als er sprach, war seine Stimme sanft, aber ernst.

«Schließen Sie die Augen», sagte er. «Wir wollen schauen.»

«Ich weiß nicht, was Sie meinen», sagte sie.

«Wir stellen ihn uns vor. Den *cometa*.»

«Oh.» Der Gedanke war verwirrend, sie musste innehalten, um sich zu vergewissern, dass sie ihn richtig verstanden hatte. Dann schüttelte sie den Kopf. «Warum?»

«Warum nicht?»

«Weil es sinnlos ist. Was soll das nützen?»

«Es ist wie vorbereiten. Wie man sich das Walweibchen vorstellt, gleich unter der Oberfläche. Sein Leben, seine Gewohnheiten, sein Dunkel, sein Licht. Bis man seine Bewegung spüren kann. Es kommt hoch an die Oberfläche. Es kommt an die Luft. Es ist wie ein ... Rufen.»

Ich glaube nicht daran, dachte Hannah. Was er da vorschlug, dünkte sie schlimmer als Humbug. Es grenzte an Ketzerei. Auf einmal war sie so nervös, als hätte Isaac sie zum Tanzen aufgefordert.

«Meine Großmutter sagt, die Gegenwart ist ein Schatten auf unserer Seele», erklärte er, da er ihr Zaudern spürte. «Die Zukunft leuchtet, sie verlangt unsere Beachtung. Deshalb müssen wir hereinlassen, was wir uns wünschen. Im Geiste.»

Er streckte seine Hand aus, und sie nahm sie, noch ehe sie Zeit hatte zu überlegen. Bei der Berührung durchfuhr ein Zittern ihren ganzen Körper. Seine Hand war warm und trocken. Er verschränkte seine Finger mit ihren, und sie betrachtete das Muster, das sie bildeten, dunkel und hell. *Klavier*, dachte sie. *Zebra*. Es waren diese Wörter, die ihr wieder Ruhe schenkten und ihr die Angst nahmen. Ihr schien, als könnte sie gleich davonschweben.

«Nun denn», flüsterte sie. Es würde nichts anderes sein

als eine stille Andacht. Sich auf eine unsichtbare Offenbarung einzulassen. Vielleicht ergab sich ja mit seiner Methode etwas, das mit ihrer nie geglückt war. «Zeigen Sie es mir.»

«Schließen Sie die Augen.»

Hannah gehorchte, vergewisserte sich, dass auch er die Augen geschlossen hatte. Ja, das hatte er. Sein Gesicht, ruhevoll wie im Schlaf, war friedlich und schön. Sie schauderte ein wenig, ihr Puls ging schnell.

«Sind wir auf einem Schiff?», fragte sie.

«Ja. Wir sind im Pazifischen Ozean. Es ist warm. Und ganz dunkel. Kein Mond. Viele Sterne.»

Zunächst war nichts zu spüren als die Mittagsstille. Als sie sich dann ganz darauf einließ, war es, als strömte warme Luft durch ihren Körper. Ein Wind, dessen Namen sie nicht kannte, strich über ihre Wange, es duftete nach Jasmin und nach Zitronen, wie von unvorstellbar weit entfernten grünen Inseln.

«Wir blicken auf die Sterne», sagte Isaac.

Hannah schaute. Das Schiff schaukelte. Sie spürte das Knarren bis in die Rippen. Aus Büchern wusste sie, was der Himmel über dem Südpazifik offenbarte, und sie sah alles so deutlich vor sich, als wäre sie schon tausendmal dort gewesen. Da war das Kreuz des Südens; da waren Eridanus und Hydra.

Isaac sagte etwas in seiner Sprache. Hannah hörte das Getrappel von Stiefeln auf dem Deck, das Quietschen der Takelage, das Rufen der Schiffsjungen, die sie behände erklommen.

Einige Männer schrien vor Angst, andere lachten. Hannah sah den Kometen so deutlich, dass er auf der Innenseite ihrer Lider glühte. Von plötzlicher Furcht gepackt, öffnete sie die Augen. Wie auf ein Stichwort machte Isaac die seinen ebenfalls auf, dann nahm er sanft ihre andere Hand.

«Bevor Papst Urban IV. 1264 starb, erschien ein Komet», flüsterte Hannah.

Hitze wanderte von ihren Fingern durch ihren ganzen Körper. Hannah schluckte, nahm die Wärme ganz in sich auf.

«Der Komet verschwand, als der Papst starb, und die Menschen glaubten, die beiden Ereignisse seien miteinander verknüpft. So steht es geschrieben. Der Schweif war mehr als hundert Bogengrad lang.»

Ihre Hände waren unter seiner Berührung heiß geworden. Spürte auch er dieses Brennen, oder bildete sie es sich nur ein?

«Tu acharás», sagte er. *Du wirst finden.*

Hannah schüttelte den Kopf. Ihr Mund war trocken, ihre Stirn jedoch feucht. Sie wollte sich die Lippen lecken. Sie wollte, dass er ihre Lippen leckte. Ihr Gesicht verzerrte sich, so groß war ihr Entsetzen über den unkeuschen Gedanken.

Sie lösten sich voneinander. Isaac legte seine Hände auf sein Bein, schob sie dann in die Taschen seines Hemdes und sah zu dem kleinen Fenster hinauf.

«Nebuloso», flüsterte er.

Von Angst gelähmt, ließ Hannah ihre Hände, wo sie waren. *Das hätte nicht geschehen dürfen*, dachte sie. *Ich hätte es nicht zulassen sollen.*

«Schauen wir uns die Logarithmen an», murmelte sie.

Er nickte, doch keiner von beiden rührte sich.

Sie blickte auf ihren Schreibtisch und räusperte sich.

«Vielleicht ist es auch genug für heute.»

Hannah versuchte sich auf ihre Arbeit zu konzentrieren, doch ihr heißes Verlangen und die Scham darüber wollten nicht weichen. Was hatte sie bloß getan, bevor er kam? Hatte sie etwas gelesen? *Gerader Aufstieg*, dachte sie. *Meridianhöhe. Finsternis.*

Isaac nickte, stand auf. Sein Stuhl knarzte auf dem Holzboden. Er ging ein paar Schritte auf die Türe zu, blieb dann stehen.

«Wegen Bezahlung.»

Hannah legte die Hände auf den Schreibtisch und sah zu, wie das Kerzenlicht auf ihnen spielte. Dunkel, hell. *Klavier. Zebra. Cometa.*

«Ja?»

«Ich habe ... es ist schwierig. Ich arbeite auf dem Festland. Darum komme ich nicht. Früher.»

Hannah presste die Lippen aufeinander, so groß war die Erleichterung, die sie durchflutete. Er hatte also nicht aufgegeben. Er war fort gewesen. Es fiel ihr schwer, sich zu offenbaren, doch sie musste es tun. «Sie hätten es mir mitteilen können», sagte sie, ohne den Blick zu heben.

Sie wackelte mit den Fingern. Das Licht spielte auf der Schreibtischplatte, wie die Sonne auf Wellen.

«Ich weiß.»

Ehe er noch etwas sagen konnte, ergriff sie wieder das Wort, und dieses Mal sorgte sie dafür, dass ihre Aussage keinen Raum für eine Entgegnung ließ.

«Bezahlen Sie, was Sie aufbringen können.»

Sie blickte nicht auf, und als die Dachkammertüre hinter ihm ins Schloss fiel, ließ sie sich auf ihren Stuhl sinken. Ihre ganze Kraft war dahin.

Zweiter Teil

JUNI 1845

Nantucket

12

Wiedersehen

Der Tag der Schafschur versprach hell und glühend heiß zu werden. Er fiel auf den fünfzehnten Tag des sechsten Monats und teilte das Jahr somit in zwei Hälften. Hannah fieberte diesem Tag entgegen wie andere Frauen ihrem Hochzeitstag. Als der dichte, feuchte Nebel, der Moor und Weiden einhüllte, dem warmen, strahlenden Junitag wich, verscheuchte sie auch den letzten Hauch eines Zweifels, der sie umgeben hatte wie ein stetes Murmeln, und griff, wie so oft in den vergangenen fünf Monaten, noch einmal nach Edwards Brief, an den sie sich in all der Zeit geklammert hatte wie an eine Boje.

Ich werde zur Schafschur zu Hause sein, hatte er geschrieben. Und obwohl sie seither nichts mehr von ihm gehört hatte, weigerte sie sich, die Möglichkeit in Betracht zu ziehen, dass die *Regiment* nicht rechtzeitig in den Hafen einlaufen könnte, denn nur so konnte sie das Gespenst Philadelphia in Schach halten. Edward *musste* einfach kommen.

Dunst waberte über der kleinen Zeltstadt auf der Weide nördlich des Miacomet-Sees, wo die Tiere tags zuvor gewaschen worden waren. Im Lager wimmelte es nur so von Frauen in Sommerröcken aus Musselin und Hauben mit Lochstickerei, die Ärmel bis zu den Ellenbogen hochgekrempelt. Die Männer beaufsichtigten die Aufteilung der Tiere oder waren mit Scheren beschäftigt, während ihre

Mütter, Ehefrauen und Töchter die Tische in den Zelten mit allerlei Feldfrüchten und Speisen beluden.

Hannah war es zuwider, dabei zuzusehen, wie die Tiere hilflos in den Pferchen zusammengedrängt waren, und der Anblick ihrer nackten Körper nach dem Scheren tat ihr weh. Am liebsten wäre sie dem ganzen Ereignis ferngeblieben. Trotz der hochgekrempelten Ärmel und des aufgeknöpften Kragens schwitzte sie stark in ihrem Sommerkleid aus marineblauem Leinen. Sie riss sich die Haube herunter, beschirmte die Augen vor der gleißenden Helligkeit und suchte die Menschenmenge nach dem Jungen ab, den sie zu den Docks geschickt hatte, um am Horizont nach einer Flagge Ausschau zu halten. Die Luft war geschwängert vom Duft der Teigkringel, die Lydia Black in Schmalz ausbuk, und vom säuerlichen Aroma der Äpfel, die Fayth Shambaugh – die junge Frau des alten Walfängerkapitäns, die das beste eingelegte Gemüse der Insel verkaufte –, in ihrem Zelt zu Most presste. Die Gerüche vermengten sich mit dem Zischen des Lamms am Spieß, das am offenen Feuer briet, der klebrigen Süße von Sirupbrötchen, dem köstlich einlullenden Duft von frischgebackenem Brot.

Hannah hielt die Zöpfe von ihrem Hals weg und wedelte sich mit einem Fächer aus Pfauenfedern Kühlung zu.

Miss Norris schlurfte auf ihren Stock gestützt herbei.

«Hannah Price! Wie schön, dich zu sehen.»

«Miss Norris. Es freut mich, dass du gesund bist.»

«Es war nur eine Verstauchung. Es überrascht mich allerdings, dass du hier bist.»

Hannah verzog das Gesicht und trank ihre Limonade. Mindestens ein Dutzend Leute, die im Verlauf der letzten drei Stunden an ihrem Zelt vorbeigekommen waren, hatten das Gleiche zu ihr gesagt. Im Vergleich zu dem, was andere Familien in ihren Zelten auftischten, nahm sich

Hannahs Beitrag bescheiden aus – gebratenes Fleisch und zwei Pasteten –, doch mit ihren mageren Kochkünsten hatte auch das sie große Mühen gekostet, vom Tauschen eines halben Scheffels Sommerkürbisse und zwei Legehennen gegen eine Lammkeule bis zum verstohlenen, ganzwöchigen Studium der sparsamen Rezepte in dem zerlesenen Exemplar von *The American Frugal Housewife* im Atheneum.

Eine Schweißperle rann ihr am Hals hinab und zum Schulterblatt. Nach Plaudereien stand ihr nicht der Sinn, doch ausweichen konnte sie ihnen auch nicht. Überall um sie herum wurde geschwatzt, und die Lider wurden ihr schwer.

In der Nacht war sie rastlos durchs Haus gestreift; als sie dann bei Tagesanbruch das Gemurmel der Ratsherren und Ältesten vernahm, die die Schafe von der Weide in die Pferche trieben, war sie zittrig und zerstreut. Sie suchte noch einmal die Menge ab, als die Männer nach der Schur von den Pferchen in das Lager strömten. Ein Fiedler spielte auf, Hannah rückte ihren Schemel in den Schatten vor ihrem Zelt und ließ sich darauf sinken.

Es war so heiß. Und sie war so müde, hielt nur mit größter Mühe die Augen offen. Einschlafen war jetzt nicht angebracht. Doch die Luft flirrte vor Hitze, schließlich nickte sie doch ein und war schon bald in einem Traum versunken. Sie befand sich auf einem Schiff oder einem Berg. Vor ihr war eine unendliche Fläche aus dunkelstem Blau, und all die vertrauten Lichtpunkte vom Himmel spiegelten sich im Meer wider. Hannah sollte aus dem Bild, das sie auf den wogenden Wellen sah, eine Karte vom Firmament erstellen.

«Ich kann nicht richtig erkennen, welche davon Fixsterne sind», rief sie jemandem zu, den sie nicht sah. «Sie bewegen sich allesamt!»

Ihre Mutlosigkeit wuchs, das Schiff stampfte. Jeder Lichtstreif, der ihr Gesichtsfeld querte, wurde sogleich von einer Welle verdunkelt.

«Aber ich habe es gesehen», rief sie. Dann war Isaac Martin neben ihr auf dem Dachsteg. Doch es war nicht ihr Haus. Die Plattform war mit breiten Bohlen belegt, aber wackelig.

«Vorsicht», flüsterte Isaac. Als sie seine Stimme vernahm, stellten sich ihr die winzigen Nackenhärchen auf. «Nicht nach unten schauen.»

Sie tat es trotzdem, und auf einmal stand die Welt auf dem Kopf; Hannah schwebte durch den Himmel, flog zu den Sternen, den Blick hinab auf die Erde gerichtet. Sie griff nach Isaac, aber er war nicht bei ihr. Sosehr sie auch kämpfte, kam sie nicht gegen die unbekannte Kraft an, die sie trug, und bewegte sich immer weiter fort.

Hannah wachte auf und setzte sich mit einem Ruck aufrecht, wischte sich die Stirn ab.

«Ach, was ist das langweilig, auf das Eintreffen des Bruders zu warten», sagte Edward. «Jeder, der seine fünf Sinne beisammenhat, würde das Naheliegende tun und die Wartezeit durchschlafen.»

Die beiden fielen sich um den Hals, und die nächste Minute verging in der stummen, aber heftigen Umarmung der Zwillinge. Hannah war von Erleichterung übermannt. Als die knochigen Arme des Bruders sie umschlangen, wurde ihr mit einem Mal klar, dass die Frauen der Insel die Jahre der Sorgen und Sehnsucht nur überlebten, indem sie sie, leicht wie Kinderdrachen, einfach aus ihrem Gedächtnis davonfliegen ließen, wenn ihre Liebsten endlich zurückkehrten. Genau so musste es auch sein, dachte Hannah, wenn Mütter ihre Kinder mit unerträglichen Schmerzen zur Welt brachten und ihr blutiges Ringen dennoch schon im selben Moment wieder vergessen hatten.

Hannah und Edward lösten sich voneinander und musterten sich gegenseitig.

«Wo ist der Rest von dir geblieben?», fragte Hannah mit einem Kloß im Hals, denn sie hatte Edwards Rippen durch die Kleidung gespürt. Wie immer standen seine Haare in wilden Büscheln zu Berge, doch zwischen all dem goldenen Blond schimmerten neuerdings auch graue Strähnen. Die braunen Augen, die den ihren so ähnlich waren, schauten aus einem wettergegerbten Gesicht, das zehn Jahre älter und tief gebräunt war, doch sie funkelten noch immer schalkhaft.

«Habe ich in meinen Briefen nichts von den Kochkünsten unseres Smutjes erzählt? Ich meine, ich hätte dir beschrieben, welch königliches Festmahl wir allabendlich genossen.»

«Hättest du es erwähnt, würde ich mich bestimmt erinnern, weil deine Briefe so selten und in so großen Abständen kamen, dass ich jedes Wort auswendig weiß.» Sie nahm Edwards Hand und drückte sie ergriffen an ihre Wange.

«Eine Träne? Kann das sein? Herzlose Hannah, dass du mir ja nicht deinen Ruf ruinierst!», flüsterte Edward grinsend und legte seine Stirn an ihre. «Ich bin zu Hause, und alles ist gut. Ach übrigens, du hast deine neue Schwester noch nicht begrüßt!»

«Meine was?» Sie blickte um sich, als würde jeden Moment ein kleines Mädchen aus einer Rauchwolke erscheinen.

Edward drehte sich um, nickte, und Hannah vermutete, dass sich Mary Coffey schon die ganze Zeit in der Nähe ihres Zeltes aufgehalten hatte. Sie trat hinzu, lächelte Edward an, und er nahm ihre schmale, weiße Hand, die in seiner braunen Pranke aussah wie eine Lilie in einer Tigertatze.

«Schau mal.» Edward schob die kleine Hand zu Hannah hin. «Sieh, worauf dieses mutige Mädchen sich eingelassen hat.»

Am Ringfinger trug Mary einen schlichten Goldreif. Er glitzerte in der Sonne, und Hannah starrte darauf, während die Gedanken in ihr lossurrten wie in Gang gesetzte Zahnräder: die Anzahl Stunden, die Edward womöglich schon auf der Insel war; das Unvermögen des Jungen, den sie zu den Docks geschickt hatte, um nach der Flagge der *Regiment* Ausschau zu halten. Und die Unwiderruflichkeit dessen, was Edward getan hatte. Mary und Edward sahen sie erwartungsvoll an. Sie musste etwas sagen.

«Wie?», flüsterte sie, das Gesicht Edward zugewandt. «Wann?»

«Heute am frühen Morgen», antwortete er leise und ließ Marys Hand sinken, ohne sich von ihr zu lösen. «Ich bin von der Sandbank herübergerudert. Pastor Jenkins, ein Freund von mir aus New Bedford, hat uns im Morgengrauen getraut. Er ist gestern Abend mit dem Postschiff gekommen.»

Edward lächelte Mary an. Hannah war wie betäubt. Ihr war zumute wie damals, als sie in der Vorsaison schwimmen gewesen und von einer heftigen Strömung, gegen die sie nicht ankämpfen konnte, aufs Meer hinausgezogen worden war. Sie war so lange parallel zum Ufer geschwommen, bis sie fast die Kräfte verließen, und hatte dabei mit ihrer eigenen Dummheit und ihrer schlechten Einschätzung von Strömung und anderen Gegebenheiten gehadert. Im Wasser auf der Stelle tretend, hatte sie sich ausgemalt, was passieren könnte: Dass sie wahrscheinlich erfrieren würde, bevor sie wieder zu Kräften kam oder auf eine günstige Gegenströmung traf.

In einem Ton so kalt wie das eisige Wasser, das sie damals um ein Haar in ein nasses Grab gerissen hätte, wandte Hannah sich an Mary: «Und deine Eltern? Sie haben zugestimmt?»

«Sie wussten, dass ich Edward niemals aufgeben würde, einerlei, was sie sagen.» Mary strahlte Edward an. «Und ich bin im heiratsfähigen Alter, darum ...» Sie hob die Schultern, als hätte die Nichtbeachtung der Wünsche ihrer Eltern keine schlimmeren Folgen als eine verirrte Maus in einem Lagerhaus. «Freilich wäre es ihnen lieber gewesen, wir hätten uns im Versammlungshaus das Eheversprechen gegeben», fuhr sie fort. «Und das holen wir sicher irgendwann nach. Auf alle Fälle verwehren sie uns nicht unser Glück.»

«Das würde auch sonst niemand tun, dem etwas an uns liegt», fügte Edward hinzu und warf Hannah einen betonten Blick zu, als wollte er sie ermahnen, freundlich zu sein.

Sie wandte sich von ihnen ab und dem Zelt zu, außerstande, die beiden anzusehen.

«Ihr seid gewiss hungrig», brachte sie hervor. «Ich mache euch etwas zurecht.»

* * *

Die nächsten Stunden vergingen wie im Fluge, während sich ein Gratulant nach dem anderen in dem glühend heißen Zelt einfand. Hannah saß aufrecht auf ihrem Schemel daneben und fühlte sich seltsam unbeteiligt, als wäre sie eher eine entfernte ältere Cousine als eine frischgebackene Schwägerin. Sie hatte nicht einen einzigen Moment mit Edward allein gehabt, obwohl er ihr ab und zu liebevoll die Hand drückte oder einen Becher Limonade reichte. Ihr war wie bei einem Begräbnis zumute und ganz und gar nicht wie bei der fröhlichen Feier, die aus diesem Anlass angebracht gewesen wäre.

«Ich mache einen Spaziergang», verkündete sie um vier Uhr. Niemand schien es zu hören. Edward und Mary lagen ein paar Schritte entfernt im Gras. Sie hatte den Kopf in seinen Schoß gebettet, und er strich ihr übers Haar, während er mit John und Libby Abbott und den Johnsons plauderte, zwei jungen Ehepaaren, die schon als Kinder unzertrennlich gewesen und mit Hannah und Edward aufgewachsen waren.

Hannah war in den Schatten des Zeltes getreten, damit niemand sah, dass sie die anderen beobachtete. Als Kinder hatten sie Frösche gesammelt und sich während der Andacht über die Bänke hinweg gegenseitig geknufft. Nun jedoch, als Erwachsene, waren ihre alten Freunde in einem geheimnisvollen Bund vereint, aus dem Hannah sich ausgeschlossen fühlte.

Neid durchfuhr sie wie ein Messer. Woran gebrach es ihr nur, dass sie nie eine derartige Zuneigung empfunden hatte? Stimmte etwas nicht mit ihrem Körper? Ihrem Geist? Gewiss, sie war nicht besonders anziehend, aber das war Libby auch nicht. Deren Wangen waren rund wie Eichhörnchenbacken, sie hatte ein Doppelkinn und wenig Verstand, plapperte die ganze Zeit belangloses Zeug.

Hannah kehrte dem verleideten Schauspiel den Rücken zu, trat hinter das Zelt und marschierte, ohne anzuhalten, bis sie den Hügel überquert hatte und auf die andere Seite gelangte, wo sie ganz allein war. Endlich unbeobachtet, fiel sie auf die Knie und begann heftig zu schluchzen. Sie schlug die Hände vors Gesicht, damit niemand ihren Kummer sah, und versuchte Ordnung in ihre Gedanken zu bringen. Was sollte sie bloß tun? Zum Zelt zurückkehren? Nach Hause gehen?

Auf einmal fiel ihr etwas ein, und ihr Kopf schnellte nach oben. Hatte Edward ihrem Vater überhaupt die Botschaft überbracht? Sie trocknete sich mit dem Ärmel die Wangen, stand auf, wischte ihr Kleid ab, setzte eine einigermaßen unbeteiligte Miene auf – obwohl sie sich beileibe nicht danach fühlte – und stieg den Hügel ganz hinab. Der Lärm der Zeltstadt verklang hinter ihr.

Weil alle draußen bei der Schafschur weilten, war es still in der Stadt, und das Quietschen der Türe beim Öffnen und Hannahs Schritte auf den Bodendielen schienen ihr so laut, als hallten sie durch die ganze verlassene Straße.

Ihr Vater saß mit einer halb geleerten Tasse Tee am Küchentisch und hatte die Post und die Zeitung vor sich ausgebreitet. Er blickte nicht auf, als sie eintrat.

«Bist du bei den Zelten gewesen?», fragte sie, um nicht gleich mit der Tür ins Haus zu fallen. Sie befühlte den Wasserkessel. Er war kalt.

«Marys Vater war heute Morgen bei mir», erklärte er und sah Hannah ernst an, als wollte er sie für ihre übergroße Behutsamkeit tadeln. «Ich habe ihm mitgeteilt, dass ich von dem Ereignis nichts gewusst habe und ihn, wäre ich im Bilde gewesen, rechtzeitig gewarnt hätte, um es zu verhindern.»

«Das hättest du getan?» Hannah war erstaunt, obwohl sie doch auch selber Überlegungen angestellt hatte, wie man die Eheschließung hätte abwenden können.

«Selbstverständlich», sagte er barsch. «Dein Bruder ist nicht in der Lage, eine Ehe zu führen. Obwohl ich davon überzeugt bin, dass er dieses lächerliche, unkluge Vorhaben schon länger im Sinn hatte.»

Hannah neigte demütig den Kopf und seufzte, in der Hoffnung, ihren Vater zu besänftigen.

«Heute erhielt ich einen Brief von William Bond. Darin kündigt er uns ein weiteres Schreiben an, mit dem wir, wie er meint, in dieser Woche rechnen sollen», fuhr er fort. «Offensichtlich wird uns das Depot für Karten und Instrumente einen Kontrakt zur Leitung einer Küstenwachenstation auf Nantucket anbieten.»

Wie zur Bekräftigung nahm er die Zeitung zur Hand und wedelte damit so heftig, dass das Papier knisterte.

«Wirklich?» Hannah hob den Kopf. «Die Küstenwache?»

«In der Tat.» Er reichte Hannah Williams Brief. Sie überflog die wenigen Zeilen, und Hoffnung erblühte in ihrer Brust. Ihren Vater hingegen schien die Nachricht nicht sonderlich zu erfreuen, denn er blickte missmutig drein.

«Ist das nicht wunderbar?», fragte sie vorsichtig.

«Eigentlich ja.» Er sah sie über die Zeitung hinweg an. «Doch leider muss ich sagen, dass ich nicht weiß, ob wir annehmen können.»

«Aber warum denn nicht? Es ist eine einzigartige Gelegenheit! Und denk nur an die Instrumente.» Sie drückte die Hände auf den Tisch und schöpfte Trost aus dessen Härte. Was auch immer für Gründe ihr Vater für sein Zögern haben mochte – sie hoffte inständig, ihn davon abbringen zu können. Bemüht darum, die Fassung zu wahren, versuchte sie mit aller Kraft, sich die Furcht nicht anmerken zu lassen, die wie eine drückende Wolke auf ihr lastete.

«Ich kann mir nicht vorstellen, dass Lucinda damit einverstanden sein wird, noch ein weiteres Jahr auf meine Anwesenheit in Philadelphia zu verzichten», sagte er. «Und wie bereits erörtert, ist es unwahrscheinlich, dass der Kontrakt zustande kommt, wenn ich nicht vor Ort bin, um die Station zu beaufsichtigen.»

Hannahs Herz hämmerte gegen ihre Rippen, doch es gelang ihr, ihre Angst so weit zu unterdrücken, dass ihre Stimme ruhig blieb.

«Könnten Edward und ich die Station nicht zusammen betreiben? Unter deiner Aufsicht natürlich.»

In dem Maulbeerbaum vor dem Fenster zankte sich ein Vogelpärchen und brachte mit seinem Geflatter Unruhe in das Blätterkleid des Baumes. Weil sonst keine Geräusche zu hören waren, wirkte das Gezeter unnatürlich laut.

Unvermutet schlug ihr Vater einen sanfteren Ton an.

«Tochter», sagte er, «ich rate dir, schlag es dir aus dem Kopf, dass Edward hier bleibt.» War das Mitleid in seinem Gesicht? Hannah war darauf gefasst gewesen, ihren Bruder zu verteidigen, doch die jetzige Entwicklung der Dinge brachte sie vollends aus dem Konzept.

«Aber wieso denn?», fragte sie mit einem Zittern in der Stimme, das sie verabscheute. In ihrer Verletzlichkeit fühlte sie sich auf einmal mehr wie ein Kind als wie eine erwachsene Frau, die in der Lage war, eine Station der staatlichen Küstenwache zu betreiben. «Hat er dergleichen geäußert?»

«Ich erwarte, dass er seine Pläne heute Abend verkünden wird. Die Coffeys geben ein Essen. In ihrem Haus.» Er ließ die Zeitung auf den Tisch sinken und sah Hannah über seine Brille hinweg an. «Es ist erst in ein paar Stunden.»

«Aber du wirst hingehen?» Sie strich ihren Rock glatt, der mit Mehl bestäubt war und dunkle Stellen von Apfelmost und Butter aufwies. Ihre Tränen hatten einen runden feuchten Fleck hinterlassen, der die Größe einer Münze hatte. Sie hätte noch mehr Fragen gehabt, ließ sie jedoch ungestellt. Es hatte keinen Sinn, den Vater noch weiter nach Edward zu fragen oder zur Versöhnung mit ihm zu drängen, denn ebenso wie Hannah fühlte auch er sich offenbar von Edward hintergangen. Aber sie hatte ihren Schmerz in andere Bahnen gelenkt, wie eine Art Puffer gegen die Verzweiflung, während Nathaniel den seinen zu einem harten Wall werden ließ. Vielleicht war seine Methode die bessere. Ihm blieb es wenigstens erspart, alle Hoffnungen zerschlagen zu sehen.

«Ja, ich werde teilnehmen», sagte ihr Vater und kam auf seine Arbeit zu sprechen. «Wenn wir Glück haben, wird die neue Sachlage unsere Geschäftsverbindungen mit den Coffeys nicht trüben. Das Letzte, was die Bank und damit unser Haushalt gebrauchen können, ist der Abzug ihrer Konten und der Verlust der Chronometer der gesamten Flotte.»

«Ist das unter den gegenwärtigen Umständen nicht unerheblich?», murmelte Hannah aufmüpfig, weil sie nicht mehr gewillt war, ihrem Vater sachlich gegenüberzutreten. «Wenn wir doch ohnehin fortziehen müssen?» Sollte ihr Vater beschließen, nach Philadelphia zu gehen, ohne dass er sich zuvor mit Edward ausgesöhnt hatte, würde ihr keine Möglichkeit bleiben, die Station zu betreiben.

«Denjenigen von uns, deren Unterhalt von den Einkünften dieses Haushaltes abhängt, steht es nicht zu, über seine Belange zu befinden, will ich meinen», erwiderte er ruhig und wandte sich wieder seiner Lektüre zu.

Beschämt stand Hannah auf und verließ ohne ein weiteres Wort die Küche. Sie fühlte sich gebrandmarkt wie eines der eingepferchten Schafe oben am Weiher, mit einem großen *F* für Fehlschlag.

Also war sie für den Haushalt nur eine Belastung, ungeachtet ihres mageren Verdienstes beim Atheneum. Das hatte ihr Vater sagen wollen. Sie hatte darin gefehlt, einen Kometen oder sonst etwas von Bedeutung am Himmel aufzuspüren; sie hatte darin gefehlt, für sich einen Ehemann zu finden oder auch nur nach einem zu suchen. Und offensichtlich hatte sie auch darin gefehlt, den Ausgang von Edwards Reise und ihre eigene Zukunft vorauszusehen.

* * *

Die Tafel der Coffeys war halb so lang wie ein Schoner und erstreckte sich von einem Ende des Raumes bis zum anderen. Von den Wänden schauten Konterfeis früherer Coffey-

Generationen finster auf die Speisenden herab, als wären sie entsetzt darüber, dass eine der ihren sich mit einem minderbemittelten Price vermählt hatte. In ihrem hochgeschlossenen braunen Ersttagskleid, das sie schon seit der höheren Schule trug, fühlte Hannah sich steif wie ein übermäßig gestärktes Geschirrtuch. Das Kleid war für kühlere Tage gedacht, aber sie hatte das blaue nicht rechtzeitig sauber bekommen. Früher hätten sie und Edward über die Vorstellung gespottet, in ihrem besten Staat an der Tafel der Coffeys zu speisen. Nun jedoch saß er ihr gegenüber, kaum zu sehen hinter dem Kerzenleuchter aus gedrehtem Messing, der den Tafelaufsatz krönte.

Selbst inmitten von Marys ehrfurchtgebietender Familie – den Eltern John und Charlotte, der Schwester Eleanor und den zwei Brüdern Elias und Elijah nebst deren Ehefrauen –, sowie zwei Ratsherren, Doktor Hall und dem eigenen, missbilligenden Vater machte Edward einen heiteren Eindruck. Hannah hätte gerne gewusst, ob der Vater Edward schon über seine Heirats- und Umzugspläne unterrichtet hatte.

Sie selbst war noch keinen Moment mit ihrem Bruder allein gewesen, und seine unmittelbare Nähe war quälend. Wie gerne hätte sie sich mit ihm fortgestohlen, um umherzuschlendern und zu reden, ganz simple Dinge. Aber sie waren in diesem prachtvollen Raum gefangen, wo alles von den Fenstern über den Tisch bis zum Goldrand des Porzellans blank poliert war. Wohin sie auch blickte, sah Hannah sich selbst, wellig verschwommen, verzerrt. Ihr Platz war mit Besteck überladen. Drei Löffel, zwei Gabeln und etwas Silbernes, das wie ein Zahnstocher mit zwei Zinken aussah.

Es war eine lächerliche Ansammlung von Silber für eine einzige Person, doch sie war froh, dass ihre Hände etwas zu tun hatten, während um sie herum die Unterhaltung im

Gange war. Als die Suppe serviert und abgetragen war und Platten mit tranchiertem Braten und Kartoffeln herumgereicht wurden, fühlte Hannah das Geplauder mehr, als sie es hörte, bis sie auf etwas aufmerksam wurde, das Marys Bruder Elias sagte.

«Ich persönlich kann an Philadelphia nichts finden», sagte er in die Tischrunde. «Ausgenommen die Münzanstalt natürlich.» Hannah sah ihren Vater an, der zu ihrer Linken saß, aber er schien sich an der abfälligen Bemerkung nicht zu stören.

«Und der Verfassungssaal?», warf Mary auf ihrem Platz neben Edward ein. «Das war seinerzeit ein grandioses Gebäude.»

«Ja, bis der Pöbel es niederbrannte», sagte Elijah.

«Immerhin haben sie die Unabhängigkeitsglocke», räumte Elias ein. «Ich nehme an, das will schon etwas heißen.»

«Eine siebzig Jahre alte Glocke?» Sein Bruder rümpfte die Nase. «Boston ist mir allemal lieber.»

«Hätte der Pöbel die Inschrift auf der Glocke genau gelesen, würde er es sich wohl zweimal überlegt haben, Garrisons Antisklaverei-Truppen in die Flucht zu schlagen. Weißt du, warum, Edward?», fragte Doktor Hall rechts neben Hannah. Sie war überrascht gewesen, ihn hier anzutreffen, war aber froh, jemanden zu haben, mit dem sie sich unterhalten konnte. Doch heute war ihr alter Lehrer ungewohnt reserviert und hatte bislang mehr mit ihrem Vater und den Ratsherren gesprochen als mit ihr.

«Hannah?», fragte Edward. Sie schüttelte den Kopf.

«Drittes Buch Moses, fünfundzwanzig, zehn.» Doktor Hall legte einen Finger ans Kinn, gespannt, ob jemand die Passage kannte. «‹Ihr sollt ein Freijahr ausrufen im Lande allen, die darin wohnen›», zitierte Nathaniel.

«Alle, die die Sklaverei befürworten, sind unkultiviert,

drum kümmert es sie nicht», sagte Sally, Elias' Frau. «Sie würden die Glocke mit Freuden zu Ketten umschmelzen.» Sie hob das Kinn, ihre Augen funkelten, doch auch ihr koketter Trotz wirkte auf Hannah nur wie eine Scharade. Wie alle anderen Frauen im Raum sah Sally in ihrem silbergrauen Seidenkleid, dessen gedämpfte Farbe an eine Wolke erinnerte, frisch aus. Obwohl auch die anderen Frauen in puncto Kleidung allesamt der Disziplin genügten – keine trug helle Farben oder einen tiefen Ausschnitt, und es war nicht eine einzige Schleife oder Rüsche zu sehen –, kam Hannah sich in ihrer Mitte so unscheinbar vor wie eine Löwenzahnblüte in einem Feld voller Klatschmohn. Sie fasste sich mit zitternder Hand ans Haar; sie hatte es nachlässig zu einem Knoten geschlungen, der sich bei jeder Bewegung zu lösen drohte, und sie fragte sich, wie es diesen Frauen gelang, ihre Haare so ordentlich zu halten und zu komplizierten Rollen zu drehen.

Jemand half ihnen dabei, es konnte gar nicht anders sein. Sogleich zuckte eine Erinnerung in ihr auf: die Hände ihrer Mutter an ihrem Hals, das sanfte, einlullende Zupfen beim Flechten der Zöpfe, und wie sie anschließend ein blaues Band um die Enden gewunden und weggesteckt hatte, gleich einem verborgenen Edelstein, der nur zur Schlafenszeit zum Vorschein kam.

Die Suppe wurde von schwarzen Frauen in identischen langen Röcken und schneeweißen Schürzen abgetragen. Die Erinnerung an die Hände ihrer Mutter verblasste. Hannahs Blick wurde von den Haaren der Frauen unter den hübschen Hauben angezogen, und sie fragte sich, ob sie ähnlich waren wie die von Isaac. Beim Gedanken an ihn durchfuhr sie etwas, das sich anfühlte wie Sehnsucht; seit ihrer seltsamen gemeinsamen Gedankenreise in der Dachkammer vor einem Monat hatte sie ihn nicht mehr gesehen. Sie spielte mit ihrem Besteck, verlegen über ihr Unwissen, was sie damit anfangen sollte.

«Ich habe die Glocke einmal gehört, als ich zu einer Trauerfeier dort war», sagte Elias.

«Wirklich?», fragte Edward. «Und wie hat sie geklungen?»

«Ziemlich laut», antwortete Elias. «So als würden Tausende befreite Sklaven das Land überfluten. Freiheitsglocke, fürwahr.»

«Aber Elias, ich bitte dich!» Sally schnalzte tadelnd mit der Zunge. Auch Hannah war bei Elias' ungehobelter Bemerkung zusammengefahren.

«Was denn? Ich bin kein Freund der Sklavenhalter, aber soll man die Schwarzen gleich alle auf einmal in die Freiheit entlassen? Die müssen verrückt sein. Es wäre eine Katastrophe.»

«Eine schlimmere Katastrophe als die fortwährende Unterjochung einer ganzen Rasse, von Männern, Frauen und Kindern? Ich sehe nicht, wieso», sagte Mary unwirsch. Hannah blickte auf, erstaunt über Marys Ereiferung.

«Weil du nie weiter geblickt hast als über den Rand deiner Insel hinaus, wo die Nigger frei und fröhlich herumtollen», entgegnete Elias. Mary und Edward wechselten einen Blick, und Hannah sah, wie ihr Bruder den Kopf schüttelte und seiner frisch Angetrauten etwas zuflüsterte. Mary lächelte.

Hannah war es zu heiß, ihr war übel von dem fast blutigen Fleisch auf der Servierplatte und den zerkochten grünen Bohnen. In der Hoffnung auf Ablenkung wandte sie sich Doktor Hall zu.

«Hast du schon einen Blick in die neueste Ausgabe von *Silliman's Journal* geworfen?»

Er nickte. «Es mangelt ihm an wissenschaftlicher Tiefe.

Ich hatte mir mehr Wesentliches von unserem großen Wissenschaftsjournal erwartet.»

«Das empfand ich genauso», sagte Hannah. «Es steht nichts über Astronomie darin, abgesehen von einer kurzen Beschreibung der Sternwarte in Cambridge. Und nichts über Charles Babbages jüngsten Entwurf einer Rechenmaschine. Ich vermute allerdings, dass sie genau genommen eine englische Erfindung ist.»

Mary hatte den Kopf gesenkt und lachte über etwas, das Edward sagte. Hannah fragte sich, worüber er sich wohl lustig machte. Er hatte sich bislang nicht bemüht, Hannah in ihr Gespräch einzubeziehen – was mit einem Kerzenleuchter von der Größe eines kleinen Baumes zwischen ihnen allerdings auch schwierig gewesen wäre. Dennoch fühlte sie sich brüskiert, und die Zurückweisung machte sie in dieser Umgebung noch unglücklicher. Sie versuchte sich auf das zu konzentrieren, was Doktor Hall sagte, etwas über Horace Mann. Sie habe den Artikel doch sicher gelesen, oder? Hannah kramte in ihrem Gedächtnis nach dem Inhalt des Artikels und war erleichtert, als es ihr einfiel.

«Ich fand den Aufsatz über Mr. Manns Schule ermutigend», sagte sie. «Nicht den Abschnitt über die Ausbildungsmethoden für Lehrerinnen; du hast mich auf diesem Gebiet schließlich auch ohne formale ‹Methode› großartig unterwiesen. Aber ich finde ihn insofern ermutigend, als er die Idee gleicher Bildung für alle befürwortet.»

«Wie ich höre, hast du neuerdings einen Schüler?»

Hannah bemühte sich um eine gleichmütige Miene, obwohl ihr das Blut in die Wangen schoss.

«Das stimmt. In Navigation», erwiderte sie freundlich und überlegte, wer ihm wohl von Isaac erzählt und was man ihm berichtet hatte. «Freilich nur die Grundlagen; er ist Seemann und wäre gewiss bereits wieder auf halbem Wege um das Kap, bevor wir auch nur ein wenig in die Tiefe gehen könnten. Doch er macht Fortschritte.»

Sie hielt inne und hoffte, hiermit sei das Gespräch beendet. Als Doktor Hall nichts erwiderte, sah sie ihn an und stellte wieder einmal fest, wie stark er gealtert war, seit sie ihn als Lehrer gehabt hatte. Vielleicht war ja sein Interesse nur gespielt gewesen.

«Vermisst du deine Schülerinnen?», fragte sie, um das Thema zu wechseln.

«Die einen mehr, die anderen weniger», antwortete er und blickte ihr ins Gesicht. Seine Augen wirkten heute blasser, eisblau wie ein Gletscher. So dicht neben ihm zu sitzen war eine Herausforderung: Statt der Mischung aus Aufregung und Furcht, die sie als Schulmädchen gespürt hatte, wenn er sich ihr zuwandte, war sie sich jetzt, als erwachsene Frau, seiner körperlichen Nähe deutlich bewusst. Sie sah die eisengrauen Stoppeln auf seiner Wange, den schütteren Haarwirbel am Hinterkopf. Ihre Wangen wurden warm, als sein Blick auf ihr ruhte, und die Worte ihres Vaters in der Dachkammer im April kamen ihr mit brennender Klarheit wieder in den Sinn: *Doktor Hall hat von seiner großen Achtung und Zuneigung für dich gesprochen.*

Hannah schaute auf ihren Teller, ergrimmt von der Vorstellung, ihr Lehrer könnte sie anziehend finden; das war äußerst widernatürlich. Als John Coffey sich räusperte, wandte Doktor Hall sich ihm zu, das Geschirrgeklapper und die Tischgespräche erstarben. Hannah atmete auf.

«Wir möchten die Familie Price an unserem Tisch willkommen heißen», sagte Coffey. Ein kleiner Krümel verunzierte seinen schimmernden dunkelblauen Rock, und Hannah heftete ihren Blick darauf. Die Stimme des Mannes verriet keinerlei Gefühlsregung. Er hätte ebenso gut zu einer Arbeiterversammlung in einem seiner Lagerhäuser oder bei der Konferenz der Gemeindeverwaltung über eine Satzung sprechen können.

«Und auch unsere lieben Freunde. Wir freuen uns über eure Gesellschaft; wie ihr wisst, kam dieses Ereignis ganz unerwartet.»

Gedämpftes Lachen ging um den Tisch, doch nicht alle lächelten. Hannah fing kurz Edwards Blick auf; sie spürte sein Unbehagen mehr, als dass sie es sah, und war sich sicher, dass es außer ihr niemand bemerkte. Auf einmal wurde sie von dem Bedürfnis ergriffen, ihn vor diesem Theater zu beschützen. Aber wie? Sollte sie sich erheben und allen verkünden, dass Mary nicht ein einziges Haar vom Haupt ihres Bruders verdiente, geschweige denn sein Herz? Dass ihre hinterlistige Besitzergreifung von seinem Körper und seinem Geist nicht etwa für die Coffeys Anlass zur Verzweiflung sein sollte, sondern für die Prices?

Edward sah Mary an und legte seine Hand auf ihre. Hannah spürte, wie ihr Herz schrumpfte, gleich einem Schwamm, der ausgewrungen wird.

«Edward und Mary haben sich im Ehegelöbnis vereint. Wir sind hier beisammen, um das Versprechen zu begrüßen, das sie einander gaben, und in der Hoffnung, dass ihr Bund gesegnet sein möge», schloss John.

Die Anwesenden senkten in Anerkennung seiner Worte kurz die Köpfe. Hannah meinte Elias die Augen verdrehen zu sehen, doch sie wandte den Blick ab, ehe er merkte, dass sie ihn beobachtete.

«Was habt ihr denn für Pläne?», rief Sally am anderen Ende der Tafel. «Wollt ihr euch bei den Prices häuslich einrichten?» Jemand am Tisch kicherte; wer, konnte Hannah nicht sagen.

Edward und Mary wechselten einen Blick, und Edward nickte. Hannah betrachtete ihn zwischen den Armen des Leuchters hindurch. Sie kniff ein Auge zu, dann das andere, um ihn besser zu erkennen, und sah im wabernden Kerzenlicht tatsächlich etwas Neues in seinem Gesicht. Das Leichte war noch da, aber da war auch ein neuer, ernster Zug. Ihr Bruder war kein Knabe mehr.

«Vor einer Weile schrieb Edward einen Brief an Kapitän Zachary Thomson, der eine kartographische Expedition nach Jerusalem leitet, und drückte seinen – unseren – Wunsch aus, daran teilzunehmen», sagte Mary.

Hannah war sich nicht sicher, ob sie richtig gehört hatte, doch sie war nicht allein mit diesem Gefühl. Der ganzen Tischrunde hatte es offenbar den Atem verschlagen.

«Wirklich?», fragte Elias. «*Der* Kapitän Thomson?»

Edward nickte.

«Jerusalem?», wiederholte Charlotte Coffey sichtlich erschrocken.

«Und», fuhr Mary fort, «er erhielt Antwort. Wir sind angenommen.»

Sie strahlte ihren Ehemann an. Edward blickte über den Tisch zu Hannah hinüber.

«Wir wollten heute den ganzen Tag einzeln mit euch sprechen», sagte er. «Aber bei all dem Trubel an den Zelten war das schier unmöglich.»

Hannah wollte ihn nicht ansehen. Jerusalem war eine halbe Weltreise entfernt. Doktor Hall zu ihrer Rechten sagte etwas vom Toten Meer, von Salzkunde, davon, dass Salz alles trug, jedoch kein Leben erhalten konnte. Auch der Jordan fand Erwähnung; jemandes Vater war in Nazareth gewesen und hatte den See gesehen, auf dem Jesus angeblich gewandelt war.

Doktor Hall meinte, die Geschichte habe ihren Ursprung

in dem zuvor erwähnten Meer; Charlotte Coffey hingegen glaubte, ihr Erlöser sei auf Süßwasser gewandelt.

Hannah saß wie erstarrt auf ihrem Stuhl, doch ihr Blick wanderte unwillkürlich zu Mary, die so glücklich und hoffnungsvoll aussah wie jede junge Braut. Hannah stellte sich vor, sie selbst habe die Reise vor sich, sie malte sich die Stätten aus, die sie sehen würde. Den Mond über Jerusalem, der die weißen Steine mit seinem Licht übergoss, und am Firmament die Sterne, wie Runen, uralt und bedeutungsvoll.

«Mir ist nicht wohl», flüsterte Hannah Doktor Hall zu und schob ihren Stuhl zurück. Sie richtete den Blick auf die blassrosa Rosen auf dem Teppich zu ihren Füßen. Ein Stuhlbein verfing sich in dem dichten Flor und erschwerte ihr das Aufstehen.

Sie hörte Edward ihren Namen sagen, doch Hannah ging einfach weiter, durch die prachtvolle Eingangshalle mit dem gewienerten Boden und zur Türe mit dem protzigen Messingklopfer in Gestalt eines veritablen Wales hinaus. Dann war sie auf der Straße und machte sich unter dem einzigen Nachthimmel, den sie jemals beobachten würde, auf den Weg nach Hause, zu dem Heim, das sie bald verlieren würde. Sie konnte kaum klar denken, nachdem ihr Bruder, der ihre einzige Hoffnung auf eine selbstbestimmte Zukunft war, soeben seinen Plan verkündet hatte, ans andere Ende der Welt zu reisen. Es war ihr schlimmster Albtraum, es war das, wovor alle sie gewarnt hatten. Edward ging fort, und Hannah konnte nichts tun, um es zu verhindern.

Und da kam Mary ihr nachgelaufen, rief mit ihrer hohen Stimme ihren Namen, doch Hannah verlangsamte ihre Schritte nicht, bis Mary sie am Arm fasste und dazu zwang, stehen zu bleiben.

«Bitte! Lass mich mit dir reden.»

Sie standen einander gegenüber wie zwei Streithähne kurz vor dem Duell.

«Du musst wissen, dass Edward dir unsere Pläne persönlich mitteilen wollte, aber du bist einfach aus dem Zelt verschwunden», sagte Mary außer Atem. Sie ließ Hannahs Arm los, strich mit der Hand darüber, um den Ärmel zu glätten. Hannah zog ihren Arm fort.

«Eure Pläne», wiederholte sie.

«Ja.»

Mary straffte die Schultern und sah sie fest an. Der Anblick ihrer glatten Stirn und der klaren Augen machte Hannah wütend.

«Unglaublich.»

«Warum denn, Hannah?» Auf einmal war eine gewisse Härte in Marys Stimme getreten.

«Wo soll ich nur anfangen? Erstens ist dies Edwards Heimat, hier lebt seine Familie. Er gehört hierher. Und zweitens wäre da deine ... Tauglichkeit.» Hannah spie das Wort hervor, als hätte es einen üblen Geschmack.

«Tauglichkeit wofür?»

Mary klang aufrichtig ratlos, aber Hannah hielt nur einen Sekundenbruchteil inne. Dann sprudelte sie drauflos, ohne nachzudenken.

«Für alles, soweit ich es sehe. Für die Arbeit an Bord zum Beispiel. Willst du den ganzen Tag mit den Fischen und Vögeln zwitschern? Wirst du auf der Überfahrt deine feinsten Seidenkleider, deine französischen Spitzen tragen? Wirst du ihm bei der Navigation zur Hand gehen? Proben sammeln? Eine Mondkarte erstellen? Eine Karte lesen? Wozu taugst du denn überhaupt?»

Mary wich zurück, als hätte Hannah sie geschlagen.

«Wie kannst du es wagen?», flüsterte sie. «Du weißt nichts von mir. Und offensichtlich auch nichts von deinem Bruder. Ich habe dir nur Anteilnahme und Freundlichkeit entgegengebracht, und du zahlst es mir zurück, indem du mich verurteilst. Nicht nur mich: Du verurteilst jedermann, ob nun von deinem sicheren Platz auf dem Dachsteg oder hinter dem Schutzwall deines Schreibtisches hervor. Du verdammst uns als unwürdig, ohne das Geringste über uns zu wissen. Wirklich bemerkenswert. Dabei begreifst du trotz deines Fleißes doch so wenig. Du dauerst mich», schloss sie mit einem Schluchzer in der Kehle. «Wenn Edward fort ist, hast du niemanden mehr.»

Mary machte auf dem Absatz kehrt und lief nach Hause. Hannah blieb mitten auf der dunklen Straße stehen und fühlte sich dem Schicksal ausgeliefert wie ein Schiff ohne Mast. Irgendwann legte sich ihr Zorn, doch was blieb, war das Gefühl, Opfer eines grausamen Komplotts zu sein, das ihr alles nehmen würde, woran sie hing.

Das Haus an der Little India Street würde sie nur an das erinnern, was sie verloren hatte, und auch zu dem Essen konnte sie nicht zurückkehren. Wie angewurzelt stand sie da und meinte einen kurzen Moment lang spüren zu können, wie die Erde sich um die eigene Achse drehte, während sie selbst von der nie gesehenen, nie gespürten Schwerkraft an ihrem Platz auf der Erdoberfläche festgehalten wurde.

13

Schwerkraft

Drei Stunden später, um kurz vor zehn Uhr, verließ Hannah in östlicher Richtung die Stadt. Ihre Füße fanden ihren Rhythmus erst, nachdem sie sich eine Viertelstunde dahingeschleppt hatten, als wateten sie durch einen Sumpf. Der Boden war weicher, als er tagsüber gewesen war. Mit der Abenddämmerung war leichter Nebel aufgekommen, und Hannah sah nur ein paar Schritte weit, als sie das Newtown Gate passierte und der Südweide zustrebte. Sie kam langsam vorwärts, da sie das schwere Dollond-Fernrohr mitsamt Ständer mitschleppte, das sie ganz behutsam in eine Wolldecke gewickelt und in eine Tragetasche aus Segeltuch gepackt hatte, die nun über ihrer Schulter hing.

Der Nebel wird sich lichten, machte sie sich Mut. Grauer Dunst waberte vor ihr her wie eine dicke Schicht aus Schleiern.

Doch ihre Hoffnung erfüllte sich nicht, und der Nebel blieb. Verzagt musste sie nach zehn Minuten umkehren, nachdem sie zwei Mal den falschen Weg eingeschlagen hatte.

Hätte sie zu magischem Denken geneigt oder an Geister geglaubt, wäre der Gedanke naheliegend gewesen, dass sämtliche Elemente des Universums sich gegen sie verschworen hatten.

Sie beschloss nach Hause zu gehen und sich stattdessen die Adams-Gleichungen vorzunehmen, denn das Grübeln über deren verwirrende Vielfalt an Zeichen und Symbolen dünkte sie ein gutes Mittel gegen die unschöne Erinnerung an Marys verletztes Gesicht, das vor ihr zurückwich. Doch Hannahs Augen brannten noch immer von jener schmerzlichen Begegnung.

Als sie die schwere Tasche von einer Schulter auf die andere wechselte, fiel ihr Blick auf eine verschwommene Gestalt von ungefähr ihrer Größe, die ihr mit gesenktem Kopf auf der Polpis Road entgegenkam und deren Gesicht sie noch nicht erkennen konnte. Erst als sich ihr die Gestalt mit dem wohlbekannten langen, leichten, sicheren Schritt näherte, wusste sie, es war Isaac Martin.

Schmetterlinge flatterten wie wild in ihrem Bauch. Hannah blieb auf der Stelle stehen, bis Isaac nahe genug war, um sie hören zu können, ohne dass sie rufen musste.

«Mr. Martin», sagte sie, und er hob den Kopf.

«Miss Price», erwiderte er. Ein Lächeln breitete sich auf seinem Gesicht aus und wurde zum Grinsen. «Warum finde ich Sie hier?»

«Ich hatte Lust auf einen Spaziergang», sagte sie. «Ich dachte, ich beobachte ...» Sie hob eine Schulter, um auf die Tasche hinzuweisen, und er nahm sie ihr sogleich ab. Dankbar rieb Hannah sich die Schulter, wo der Riemen eingeschnitten hatte. «Danke schön. Leider sind die Elemente uns nicht gewogen.»

Er schulterte die Tasche, schlug dann die Richtung ein, in die Hannah zuvor gegangen war, und bot ihr seinen Arm. Sie zögerte eine Sekunde, dann hakte sie sich bei ihm ein.

«Also. Wir gehen», sagte er.

Hannah schluckte und passte sich seinen langen Schritten an. Anfangs war die Wärme seiner Berührung verwirrend, doch während sie, umwabert von Nebelfetzen, die feuchte Straße entlanggingen, vergaß Hannah irgendwann, an die

Stelle zu denken, wo ihre Körper miteinander verbunden waren. Sie passten gut zusammen, als gingen sie schon seit Jahren miteinander spazieren. Eine Weile schwiegen sie; ihre Füße bewegten sich auf dem lehmigen Boden im gleichen Takt.

«Haben Sie von Mr. Leary gehört?», fragte Hannah schließlich, selbst überrascht von ihrer Offenheit.

Isaac schüttelte den Kopf.

«Er ist verschwunden. Wie ein Zauberkünstler, dieser Mann.» Er trat mit der Stiefelspitze nach einem Kieselstein. «Ich musste in das Kontor eines Vermittlers gehen, um nachzufragen.»

Isaacs Miene war angespannt. Hannah hatte von Schiffsvermittlern gehört. Die würden einen Hund als Matrosen anheuern, wenn sie für seine vier Beine die doppelte Gebühr kassieren könnten. Doch die Schiffseigner waren immer mehr auf solche Vermittler angewiesen, um eine Besatzung zusammenzustellen, weil die einheimischen jungen Männer nicht mehr um eine Stelle für eine Fahrt buhlten, die sie vier Jahre von daheim fernhalten würde, nur weil sich die Reviere der gigantischen Geschöpfe, die sie jagten, schon längst nicht mehr in Gewässern nahe der Heimat befanden. Als Hannah ein Kind war, hatte eine Walfangfahrt allenfalls zwei Jahre gedauert. Zu ihrer Zeit als Gehilfin von Doktor Hall waren es bereits drei geworden, und inzwischen waren es annähernd vier.

«Was hat der Vermittler gesagt?», fragte Hannah.

«Er sagt – sagte –, die *Pearl* läuft nicht aus.»

«Was?»

«Er sagte, man hat beschlossen, den Kupferbauch des Schiffes zu erneuern. Das dauert wiederum einen Monat.»

Hannah schüttelte den Kopf und schnalzte mitfühlend mit der Zunge, doch bei dem Gedanken, dass Isaac noch nicht fortgehen würde, durchströmte sie auch Erleichterung.

«Warum hat Mr. Leary Ihnen nicht Bescheid gesagt?»

Isaac zuckte die Achseln. «Ich bin wohl nicht wichtig.»

«Aber Sie sind zweiter Maat!», entgegnete Hannah empört. Sie blieb auf der Stelle stehen. Erst jetzt ging ihr auf, dass ihn gar nicht zu bekümmern schien, was an dem Verhalten richtig oder falsch war. Er brauchte Arbeit. Wovon lebte er überhaupt?

«Was werden Sie tun?», flüsterte sie.

Er zuckte mit den Schultern, als wäre er gar nicht weiter besorgt, doch sie fragte sich, ob er ihr nur ersparen wollte, dass sie sich Gedanken machte.

Sie gingen weiter, der Nebel wurde dichter, lichtete sich dann wieder. Hannah stellte fest, dass sie sich unweit von Five Corners im Neuguinea-Viertel befanden. Sie war schon öfter durch diese Gegend der Insel gekommen, wo sich farbige Familien – einige lebten schon seit mindestens drei Generationen auf Nantucket, andere waren, ihre Papiere ängstlich an sich drückend, erst jüngst eingetroffen – Häuser gebaut hatten und eigene Schenken, Pensionen und Geschäfte betrieben. Es gab eine vorzügliche Schneiderin in Neuguinea; Hannah hatte jemanden sagen hören, diese sei ungewöhnlich verlässlich für eine Angehörige ihrer Rasse.

«Haben Sie in letzter Zeit etwas beobachtet?», fragte Isaac.

Sie kamen am Newtown-Friedhof vorüber und bogen in die Miacomet Road ein. Ihre Stiefel schabten über den Kies. Hannah konnte Isaac neben sich nur schemenhaft erkennen, bloß seine Atemwolke vor ihm war deutlich zu sehen. Einige Male hörte sie Schritte nahen und sich entfernen, doch sie begegneten niemandem. Isaacs Wärme war ihr wie ein tröstlicher Balsam, und sie genoss seine Nähe.

«Ich bin kaum dazu gekommen. Es war schwierig. Zu Hause.»

Die letzten Worte waren ihr schwergefallen. Isaac entgegnete nichts, und Hannah überlegte, wie sie fortfahren konnte, ohne allzu viel von ihrem Kummer preiszugeben. Einmal hatte ihr ein junges Mädchen, eine Nachbarin in ihrem Alter, die der katholischen Kirche angehörte, die Beichte erklärt. Die Vorstellung, in einem dunklen Kasten zu hocken und einem Mann, der als Gottes Vertreter auf Erden angesehen wurde, flüsternd ihre Eitelkeiten und Begierden zu gestehen, hatte Hannah damals abgestoßen. Doch in diesem Moment, mit Isaac, konnte sie durchaus nachvollziehen, was wohl die Frommen empfinden mochten, wenn sie im Beichtstuhl saßen und sich vor einem mitfühlenden – und sehr wohl menschlichen – Zuhörer ihrer Sünden entledigten.

«Die *Regiment* liegt hier vor Anker», sagte Isaac mit nebelsanfter Stimme. «Ihr Bruder kommt also zurück?»

Hannah räusperte sich. «Ja. Aber er wird nicht auf der Insel bleiben. Das bedeutet – mit großer Wahrscheinlichkeit –, dass ich auch nicht bleiben kann.»

Nachdem sie den halben Miacomet-See entlanggegangen waren, blieb Hannah jäh stehen, löste ihren Arm von Isaac, trat an den Rand des Weges, der hier abrupt endete, und spähte ins Gebüsch.

«Mir nach. Hier führt ein Pfad nach Süden.»

Er gehorchte und folgte ihr in ein kleines Dickicht. Sie schlüpfte hindurch und gelangte auf einen Fußpfad, der sich am See entlangschlängelte und noch etwa eine Viertelmeile nach Süden führte, von wo er parallel zum Horizont und zu den Dünen verlief, die ihnen den Weg zum Strand wiesen.

Hannah atmete tief durch. Dort, wo der Nebel sich gelichtet hatte, zeigte sich am Himmel eine Handvoll Sterne. Kleine Wellen brachen sich und verliehen der Luft eine salzige Note. Am Ende des Pfades lag ein kleiner runder Strand, der durch Büsche und Dünen vor dem Wind geschützt war.

Hannah blieb stehen, und Isaac setzte sich ohne Umschweife auf die Erde und betrachtete den Himmel. Hannah ließ sich neben ihm nieder. Mit der Aufstellung des Fernrohrs war Eile geboten, denn die Wolkenbank im Nordwesten würde binnen einer halben Stunde über ihnen sein. Aber es fehlten ihr einfach die Kraft und der Wille, sich zu rühren. In dem Moment, als sie stehen geblieben war, lag erneut das ganze Gewicht der Enttäuschung auf ihr und lähmte ihre Tatkraft.

«Sie sind verstimmt», sagte Isaac nach einer Minute. «Über Ihren Bruder.»

«Ja.»

«Und Sie wollen nicht fortgehen.»

«Nein, das will ich nicht», flüsterte sie. «Aber ich kann nicht bleiben, es sei denn, ich finde innerhalb der nächsten Monate jemanden, der mich heiratet. Oder mir gelingt eine sensationelle Entdeckung, die mir einen großen Geldbetrag und eine besser bezahlte Stellung einbringt.»

Es war sinnlos, darüber nachzugrübeln, wie unwahrscheinlich beide Möglichkeiten waren. Hannah erhob sich und spähte über die Böschung, als wäre sie ein Landvermesser an der Grenze der Neuen Welt. Während sie auf die wogende Brandung hinausblickte, fragte sie sich, wie wohl Isaac sie sah. Grimmig und stark? Steif und streng? Begriff er überhaupt den Ernst ihrer Lage und erkannte, wie machtlos sie gegen die Kräfte war, die sie beherrschten? Das würde sie wohl kaum herausfinden, aber es sollte sie auch nicht kümmern. Sie war schließlich seine Lehrerin. *Also dann, Lehrerin.*

«Haben Sie den Stoff zum Thema Schwerkraft durchgelesen?», fragte sie, schlang die Arme um sich und wandte sich ihm zu.

«Ich habe keine Zeit», sagte er. «Entschuldigung. Ich arbeite die ganze Woche außerhalb von der Insel, und dann die Schafe.»

«Sie haben heute bei der Schafschur mitgearbeitet?»

Er nickte. Kein Wunder, dass er müde klang, dachte Hannah. Er musste lange vor Tagesanbruch aufgestanden sein. Sie fragte sich, wohin er unterwegs gewesen war, als sie sich begegneten. Sie beäugte seinen vollgestopften Lederbeutel, den er neben ihrer Tasche abgestellt hatte.

«Sie brauchen sich nicht zu entschuldigen. Eigentlich ...» Sie holte einen schmalen Band von Isaac Newtons *Prinzipien* aus ihrer Tasche, merkte dann, dass es zu dunkel zum Lesen war. «Wir können sogleich eine Lektion darüber abhalten, und Sie müssen nichts tun als zuzuhören.»

Isaac sah sie gespannt an.

«Newton spricht von dem Planetensystem», begann sie und machte es sich neben ihm auf dem Boden bequem, wobei sie gerade so viel Abstand wahrte, dass zwischen ihnen Platz für einen Laib Brot oder einen Ascheneimer gewesen wäre. Sie legte das Buch behutsam neben sich auf die Erde, schloss die Augen und sagte aus dem Gedächtnis auf.

«Die Primärplaneten drehen sich in konzentrischen Kreisen um die Sonne, mit Bewegungen hin zu denselben Bereichen und nahezu auf derselben Ebene», begann sie. Sie stützte sich auf einen Ellenbogen und öffnete kurz die Augen, um zu sehen, ob Isaac eingeschlafen war.

«Ich höre», sagte er, ohne sich zu rühren.

«Schön. Newton erklärt weiter, dass die gleichmäßigen Bewegungen der Planeten oder die ungleichmäßigen Bewegungen von Kometen nicht auf mechanische Ursachen zurückzuführen sind. Vielmehr, sagt er, könne dieses herrliche System aus Sonne, Planeten und Kometen einzig von dem Ratschluss und der Herrschaft eines intelligenten, mächtigen höheren Wesens geschaffen sein.»

Hannah hielt inne und stützte sich auf den anderen Ellenbogen, froh über den Vorwand, ein Stückchen näher zu Isaac zu rücken. Sein Körper strahlte Wärme aus. Noch während sie sprach, fühlte Hannah sich wie in einem Sog zu ihm hingezogen.

«Und wenn die Fixsterne die Zentren anderer derartiger Systeme sind, müssen sie alle derselben Herrschaft des Einen unterstellt sein, zumal ihr Licht wie das Licht der Sonne und das Licht aller Systeme gleicher Natur ist. Um zu verhindern, dass sie infolge der Schwerkraft aufeinanderstürzen, hat unser Schöpfer diese Systeme in ungeheuer großen Entfernungen voneinander postiert.»

Isaac streckte seufzend einen Arm aus und streifte damit Hannahs Ellenbogen.

Abstand, befahl sie sich. Doch ihr Körper mochte nicht gehorchen. Ihr Ellenbogen gab nach, Schultern, Brust und Hals sanken zur Erde, und ihr Kopf kam auf Isaacs Arm zur Ruhe. Auch als sie sich nicht mehr bewegte, blieb das Gefühl des Sinkens bestehen, als läge sie auf einem unendlich weichen Federbett. Jetzt verdeckten die Wolken fast alle Sterne. Die Dunkelheit war schwer wie eine Decke.

«Wir sind wie diese Systeme», sagte Isaac kurz darauf. Seine dunkle Stimme vibrierte bis in den Arm hinein, auf dem Hannahs Kopf ruhte, ein Gefühl wie leises Donnergrollen. Wie gerne hätte sie ihre Hand auf seinen Hals gelegt und dort das Summen seiner Stimme gespürt.

«Inwiefern?»

«Wir sind von demselben Schöpfer auf die Erde gesetzt, wenn es einen solchen gibt.»

«Ja.» Hannah fühlte sich nicht bemüßigt, auf Gottes Existenz zu beharren.

«Wir wurden in ungeheuer großen Entfernungen voneinander postiert.»

«Das ist wahr», sagte sie.

«Und doch wirken dieselben Kräfte auf uns ein.»

Hannah schloss die Augen. Eine Mischung aus Einsamkeit und Sehnsucht machte sich in ihr breit. Sie rutschte noch ein Stückchen näher zu Isaac hin, bis sich seine Hand um ihre Schulter legte und sie seinen Atem auf ihrer Stirn spürte. Ihr Verstand warnte sie, wie eine kalte Strömung, doch er war nicht stark genug, um Hannah zum Wegrücken zu bewegen. Sie kämpfte dagegen an und genoss Isaacs Wärme, den Druck seines Körpers an ihrer Seite.

«Ja», flüsterte sie. In diesem Moment war ihr, als stünde die Zeit still und gewährte ihr Aufschub von einem Kummer, den sie nicht verdient hatte.

14

Borgen und Verleihen

Hannah schlug die Augen auf und sah einen grauen Himmel mit blassblauen und silbernen Streifen. Ihr Kleid und ihre Haare waren schwer von Tau. Neben ihr lag Isaac, sein Brustkorb hob und senkte sich, gleichmäßig wie die Gezeiten. Sein Gesicht war friedlich.

Atmen, sagte sie sich und unterdrückte die Panik, die in ihrer Kehle hochstieg, indem sie sich einzig auf diesen Vorgang konzentrierte. Als sie sich so weit beruhigt hatte, dass sie imstande war, sich zu bewegen, setzte sie sich auf, sorgsam darauf bedacht, kein Geräusch zu machen. Wie hatte sie hier einschlafen können? Der Gedanke, Isaac ins Gesicht zu schauen, wenn er aufwachte, war schier unerträglich. Sie hatte keine Ahnung, was Männer und Frauen in einer solchen Situation zueinander sagten. Obwohl nichts zwischen ihnen geschehen war und sie nur Seite an Seite geschlafen hatten, fühlte sich Hannah so entblößt, als hätten sie tatsächlich der Liebe gefrönt. Sie musste fort, und zwar schleunigst, bevor es zu spät war. Ungesehen nach Hause gelangen, das war ihre einzige Hoffnung, um einen Skandal zu vermeiden.

Ihre Arme und Beine waren steif, doch es gelang ihr aufzustehen, ohne Isaac zu wecken oder zu lange zu betrachten, denn das hätte sie nur wieder auf unrechte Gedanken gebracht.

Bei Tageslicht war es leicht, der Wahrheit ins Gesicht zu sehen. Das Begehren hatte seine tückischen Fühler nach ihr ausgestreckt, hatte sich ihre Schwäche und ihre Nöte zunutze gemacht. Schier überwältigt von Gewissensbissen, schlich sie sich von Isaac fort. Keinem ihrer Sinne war zu trauen, selbst ihr eigener scharfer Körpergeruch kam ihr verändert vor. Sie musste wachsam sein. Isaacs Wärme, seine Stimme – sein Gesicht –, das alles galt es zu meiden.

Mit der Tragetasche über der halbtauben Schulter entfernte sie sich auf Zehenspitzen. Als sie auf den Sandweg zurückfand, der um den See herum und auf die Miacomet Road führte, erforderte es ihre ganze Kraft, nicht einfach loszulaufen.

Aber sie ging schnell. Die Straße war leer, bis sie zum Rand des Neuguinea-Viertels kam. Von da an begegnete sie mit jeder Minute mehr Menschen. Hannah schloss sich dem steten Strom der Bäcker, Verkäuferinnen und Dienstmädchen an, die der Stadt zustrebten.

Unerkannt unter vielen zu sein war ein absonderlicher Trost, und bis Hannah zur Federal Street kam, hatte sie sich gefasst. Sie schlich auf Zehenspitzen in ihr Haus, das still war, und gab Acht, dass die Treppenstufen nicht knarzten. Ehe sie in ihr Zimmer huschte, blieb sie vor Edwards Zimmer stehen und stellte sich ihn und Mary zusammen schlafend vor. Waren ihre Gliedmaßen miteinander verschlungen? Lag ihr Kopf auf seinem Arm, so wie Hannahs Kopf auf Isaacs Arm gelegen hatte? War Mary friedvoll in ihrem Glück, oder waren Hannahs Worte so grob gewesen, dass sie ihr die Ruhe raubten?

Bitter wie Galle regte sich Bedauern in ihr. Aber sie konnte das Geschehene nicht ungeschehen machen. Und wenn sie nicht rasch das Fernrohr in die Dachkammer brachte, sich das Gesicht wusch, sich umzog und schnurstracks ins Atheneum ging, würde sie obendrein auch noch ihre Stellung verlieren.

* * *

Die kühle Stille in der Bibliothek war wie Balsam für Hannahs angegriffene Nerven. Für die nächsten acht Stunden war ihr Tun einfach und klar. Sie legte ein Archiv an, katalogisierte einen Stapel Zeitschriften und machte eine kurze Führung für Urlauber aus Virginia, die sie mit ihren lauten Stimmen nervös machten.

Weil sie um zwei Uhr mit allem fertig war und dringend Beschäftigung brauchte, rückte sie mit Staubwedel und Poliertuch der Vitrine mit Kuriositäten zu Leibe. Im Laufe ihrer Jahre im Atheneum hatte Hannah jedes einzelne Stück der Sammlung selbst erbettelt, entliehen oder anderweitig erworben, einschließlich der Vitrine selbst. Diese war fast so lang wie ein Sarg und aus englischem Rosenholz gefertigt, mit mehreren Doppelglastüren, von denen eine jede mit einem eigenen kleinen Messingschloss versehen war.

Im Inneren standen Schachfiguren aus Elfenbein neben schottischen Schnitzereien, es gab einen mit Federn verzierten, bestickten Kopfputz von den Fidschi-Inseln und ein kunstvolles Goldfiligran-Armband aus Ägypten. Auf dem obersten Bord saß ein winziges, aus Holz geschnitztes Mädchen, das Kinn in die Hand gestützt, auf einem ebenso winzigen Stühlchen. Der Kapitän, der es dem Atheneum gestiftet hatte, sagte, es sei aus Japan, und in der Tat schien es den klassisch schlichten Kunststil jenes Landes zu verkörpern. Das Mädchen saß wie ein Komma, eine Geste in Holz. Hannah hatte sich nie etwas aus Puppen gemacht, aber von dieser kleinen Figur war sie von dem Moment an entzückt gewesen, als sie in den Besitz des Atheneums gelangte. Jedes Mal, wenn sie die Vitrine öffnete, gab sie dem Mädchen einen neuen Platz, als sollte es ihm zugute kommen, die anderen Kunstgegenstände aus einem neuen Blickwinkel zu sehen.

Sie hatte das hölzerne Mädchen abgestaubt und soeben in die Mitte des Kopfputzes gesetzt, als Isaac Martin das Atheneum betrat. Er nahm seine Mütze ab, als er bemerkte, dass zwei junge Damen, die in Schnittmusterheften blätterten, ihn beäugten. Einen Moment lang ruhten ihre Blicke auf ihm, dann stupste die eine die andere an, und diese nickte verstohlen. Schließlich duckten sich ihre Köpfe wieder über die Hefte wie Kiebitze, die gierig nach Futter suchen.

Hannah war bei Isaacs Anblick erschrocken, ließ sich ihre Angst jedoch nicht anmerken. Was tat ihr Schüler hier? Sie hoffte, dass niemandem auffiel, wie sehr ihre Hände zitterten, und vorsichtshalber verschränkte sie die Arme, als würde sie frösteln.

Isaac durchquerte den Raum, ein Buch unter den Arm geklemmt. In dem kurzen Moment, als Hannahs Blick auf sein Gesicht fiel, sah sie, dass er Mühe hatte, in seiner Miene nichts anderes auszudrücken als die höfliche Zurückhaltung eines Schülers.

Hannah schob ihre Hände in die Taschen und tastete nach dem kleinen Schlüsselring mit dem Schlüssel für die Vitrinentüre, froh, mit Abschließen beschäftigt zu sein.

«Mr. Martin», sagte sie. «Sie haben ein Buch mitgebracht.»

«Ja.» Er legte es auf die Vitrine. Es war Hannahs Buch vom vergangenen Abend.

«Ich danke Ihnen», sagte sie. «Ich hoffe, Sie fanden es lehrreich.» Sie sah ihn offen an, mahnte ihn mit ihrem

Blick zur Vorsicht, doch er wirkte nicht im Geringsten unsicher.

«Ich habe viele Fragen», sagte er. «Ich finde es schwer zu verstehen.»

«Es ist nicht so kompliziert.» Hannah blickte sich um, wer in der Nähe war. Die beiden jungen Frauen waren mittlerweile anscheinend in einen Katalog vertieft, und Miss Norris schrieb für einen älteren Besucher eine Passage ab. Hannah wendete sich wieder Isaac zu.

«Die Gesetze, die das Universum lenken, sind ganz klar», sagte sie. «Ich hatte gedacht, unser Unterricht würde Ihnen helfen, dies zu begreifen.»

Er nickte, die Hand noch auf dem Buch.

«Aber Sie haben auch gesagt, diese Gesetze können nicht alles erklären, was am Himmel vorgeht», erwiderte er. Die Unterredung schien ihn zu amüsieren, was man von Hannah nicht behaupten konnte. «Gibt es denn keine Elemente, die diesen Gesetzen nicht gehorchen?»

«Was ist eigentlich Ihre Frage?», sagte Hannah so unwirsch, dass Miss Norris aufblickte, ihr Besucher ebenso.

Isaac beugte sich über die Vitrine, sodass nur Hannah ihn hören konnte. Als sie seine Wärme und den Geruch seiner Haut wahrnahm, wurde wieder die Erinnerung an seinen Körper neben ihr wach. Sie wankte ein wenig.

«Kann ich heute Abend kommen?», fragte er. «Zum Unterricht? Die Zeit ist kurz.»

Sag nein. Doch die Versuchung war zu groß. Wieder streckte das Begehren seine Fühler nach ihr aus und löschte die Worte, die sie hatte sagen wollen. Sie nickte.

«Kommen Sie, wenn es dämmert», flüsterte sie. Er richtete sich auf, löste seine Hand von dem Buch und ging hinaus, ohne jemanden anzusehen, während alle Anwesenden sich umdrehten und ihm nachblickten. Hannah legte ihre Hand dahin, wo seine gewesen war. Die Stelle war warm.

* * *

Um vier Uhr sah sie den letzten Besucher dieses Tages – einen Jungen von etwa zwölf Jahren, dessen Haare genauso feuerrot waren wie die seines Vaters und seiner drei Brüder: ein Musterbeispiel dafür, wie sich Aussehen vererbte – die Treppe hinunterpoltern und nach Hause stürmen. Gerade als sie die Türe hinter ihm schließen und damit die letzte Aufgabe des Tages erfüllen wollte, erschien eine bekannte Gestalt auf der Treppe und rief nach ihr.

«Doktor Hall.» Hannah öffnete die Türe wieder und kam ihm einen Schritt entgegen, um seinen Arm zu nehmen. Röte überzog ihren Hals, als sie sich erinnerte, wie sie am Abend zuvor fluchtartig die Speisetafel verlassen hatte. «Bitte komm herein.»

Doktor Hall blickte auf den Schlüssel im Schloss, blieb aber nicht stehen.

«Gerne», sagte er und trat durch den Säulenvorbau. Hannah zog die Türe hinter ihm zu, drehte das Schild auf die Seite, auf der *Geschlossen* stand, und folgte dem Klacken seines Stocks in den halbdunklen Raum.

An ihrem Schreibtisch blieb er stehen, nahm auf dem Stuhl davor Platz und legte den Stock quer über seine Knie. Hannah ließ sich auf ihrem Stuhl nieder und faltete die Hände auf dem Schreibtisch, ganz das aufmerksame, emsige Schulmädchen, das sie einst gewesen war. Da er nicht sogleich zu sprechen anhob, räusperte sie sich.

«Ich bedaure, dass ich gestern Abend so plötzlich fortgegangen bin», sagte sie. «Ich war nicht ganz bei mir.»

Er schüttelte den Kopf. «Bedauern ist eine vergeudete Gefühlsregung, Hannah. Es bietet der Seele keine Linderung, denn Geschehenes lässt sich nicht ungeschehen machen. Hier hingegen ...» Er deutete mit seinem Stock in einem Bogen auf die Bücherregale ringsum. «Shakespeare. Milton. Plato. Euklid. Hierin liegt Trost. In Wissen. Insbesondere, wenn man es miteinander teilt.»

Sie errötete in Erinnerung an seine spitze Bemerkung am Tisch abends zuvor und sah ihn an, weil sie aus seiner Miene schließen wollte, was er im Schilde führte. Vielleicht irrte sie ja in ihrer Annahme, hinter seiner Fürsorglichkeit verberge sich mehr als das aufrichtige Interesse eines alternden Lehrers, der sich nach Gesellschaft sehnte.

Doktor Halls aus der hohen Stirn gekämmtes, schütteres graues Haar und die silberne Brille auf seiner Nase verliehen ihm das Aussehen einer zerzausten Schneeeule.

«Mir scheint, wir haben die Positionen gewechselt», sagte er.

«Es liegt mir fern, auch nur ansatzweise deinem Leiten einer ganzen Schulklasse nachzueifern.»

Seine Miene hellte sich auf. Er rückte eine Zeitschrift auf Hannahs Schreibtisch zurecht und schaute dann wieder zu ihr empor. Ein Ausdruck der Neugier stand in seinem Gesicht.

«Was das Thema Schüler anbelangt: Ich würde gerne mehr über deinen erfahren. Wir haben unser Gespräch darüber gestern Abend nicht zu Ende geführt.»

Hannah hoffte, dass ihr Gesicht nichts verriet.

«Ach nein?»

«Dein Privatschüler. Ein schwarzer Matrose von der *Pearl*, nicht wahr?»

«Zweiter Maat. Er kommt von den ... den Westinseln, glaube ich», antwortete sie. Woher wusste Doktor Hall eigentlich diese Einzelheit? Und würde er ihr nun eine Belehrung über die Aufstiegschancen dieses Mannes erteilen? Oder sie gar tadeln?

Schweigend schob sie die Lektion, die sie gerade für Isaac vorbereitete, unter einen Stapel Papiere auf ihrem Schreibtisch.

«Ich wusste gar nicht, dass du eine Passion für den Aufstieg der niederen Klassen hegst», fügte er hinzu. «Davon habe ich früher nichts bemerkt.»

«Ich hege keine derartige Passion.» Hannah spulte jedes Wort mit Umsicht ab. «Es ist eine Leistung, für die ich bezahlt werde. Nicht mehr und nicht weniger.»

«Ich hoffe nicht, dass es deine eigene Arbeit beeinträchtigt.»

«Ich wüsste nicht, inwiefern.»

«Nun ja, ich dachte, du seist mit deiner Stellung hier voll ausgefüllt. Außerdem höre ich, dass der Kontrakt mit der Küstenwache zustande gekommen ist.»

«Ja», sagte Hannah, dankbar für die Gelegenheit, das Thema zu wechseln. «Wir hoffen auf neue Instrumente aus Washington.»

Sie konnte sich gerade noch zurückhalten, mehr zu sagen, denn ein Gespräch über die Küstenwache würde unweigerlich zu einer Debatte über Hannahs Zukunft führen.

Doktor Hall nickte. «Ja», sagte er, «das ist mir bekannt. Aber es gibt da etwas, das ich versäumt habe, unmittelbar mit dir zu erörtern. Ich werde es dir nunmehr sagen, wenn du mir Gehör schenken willst.»

Hannah erschrak. Trotz ihrer Bemühungen, ihren Fehltritt in Sachen Disziplin – ganz zu schweigen von ihrer mangelnden Vernunft – zu verbergen, war dieser am Ende nicht unbemerkt geblieben.

«Ich glaube, dein Vater hat mit dir über mein ... ich möchte nicht sagen, Angebot gesprochen. Auch von Gefühlen kann nicht die Rede sein, denn obwohl ich dich ungemein achte, kann ich gewiss nicht mit einer romantischen Empfindung von der Art aufwarten, wie sie von deinesgleichen – oder jüngst von deinem Bruder – heutzutage jubelnd kundgetan wird.»

Er wedelte mit der Hand vor seinem Gesicht, als könnte er allein damit jedwede Gefühlsregung aus der Welt schaffen.

Hannah legte ihre Hände an die Stuhlkante und hielt sich krampfhaft dort fest, um nicht vor Erleichterung und Ungläubigkeit laut aufzulachen. Hatte irgendeine Frau irgendwo irgendwann einen Heiratsantrag bekommen, der so begann?

Doktor Hall durchbohrte sie so sehr mit seinem Blick, dass sie wie gebannt war. «Jedenfalls», sagte er, «ist deine Position unhaltbar. Wenn dein Vater fortzieht, bedarfst du einer neuen Lebenslage, sei es jetzt, sei es in einem Jahr. Wie ich schon sagte, ich will diese Situation mit keinerlei romantischem Überschwang verbrämen. Wir sind ja zwei gleichgesinnte erwachsene Menschen, und sollten wir beschließen, uns als Mann und Frau zu vereinen, dann wird dies zweifelsohne zu unserem beiderseitigen Nutzen sein. Du könntest hier bleiben und deine astronomische Arbeit und Forschung fortführen – ja, ich würde sogar darauf dringen.»

«Und was könntest du bei dieser ... Übereinkunft gewinnen?», fragte Hannah. Ihr war nun nicht mehr zum Lachen zumute. Sie war vielmehr verwirrt. Sein Interesse hatte nichts mit Romantik zu tun, das hatte er klipp und klar gesagt.

«Ich bin kein junger Mann mehr, Hannah. Ich gehe

nicht mehr wie einst auf Reisen, und ohne die Schule ... allein schon die Möglichkeit, tagaus, tagein deinen Verstand zum Gefährten zu haben, lässt erkennen, wie plausibel der Vorschlag aus meiner Sicht sein könnte. Und du wirst sehen, ich werde jedwede Arbeit gutheißen, der du nachzugehen wünschst.»

Ein flehender Ton hatte sich in seine Stimme geschlichen, aus seinen Augen jedoch sprach nur Härte und Selbstgewissheit.

«Du willst meinen Verstand ehelichen?», fragte Hannah.

Die Verletzlichkeit, die er noch vor einem Moment hatte durchblicken lassen, war wie weggeblasen.

«Ich wollte dich nicht kränken», sagte Hannah rasch, um ihn zu beschwichtigen. «Ich bin nur überrascht. Du hast den besten Verstand, den ich kenne. Und was du vorschlägst, ist durchaus vernünftig.»

Hannah meinte durchaus das, was sie sagte, denn sein Vorschlag war in der Tat vernünftig. Doktor Hall bot ihr Rückhalt, er bot ihr die Möglichkeit, auf der Insel zu bleiben und ihre Arbeit fortzuführen. Wenigstens waren keine Gefühle mit dem Angebot verbunden, was ihr die Verlegenheit ersparte, die sie bei Georges Antrag befallen hatte. Gewiss mangelte es Doktor Halls Antrag an Wärme, doch das machte er mehr als deutlich durch Zweckmäßigkeit wett. Und blieb ihr überhaupt eine andere Wahl?

Hannah spürte wieder Isaacs Hand auf ihrer Schulter, erinnerte sich daran, wie ihr Körper sich im Schlaf an seinen geschmiegt hatte. Sie errötete.

«Ich werde deinen Vorschlag bedenken», sagte sie. «Doch im Augenblick kann ich dir keine Antwort geben.»

Doktor Hall nickte kurz, stand auf und hängte sich, mit einem Male beschwingt, den Stock über den Arm. Mit gesenktem Kopf folgte Hannah ihm zur Türe, trat an ihm vorbei, um sie ihm aufzuhalten. Doch statt hinauszugehen, blieb er stehen und fasste sie am Arm.

«Lass dir Zeit. Doch nimm bis dahin gerne deine Besuche wieder auf», sagte er. «Deine Gesellschaft hat mir gefehlt.»

Einen Augenblick lang verweilte er noch und stieg dann, als sie nichts mehr sagte, im letzten Schein der Spätnachmittagssonne die Treppe hinab. Hannah blieb beklommen zurück und spürte noch eine ganze Weile den Druck seiner Hand auf ihrem Arm.

15

Eine Ermahnung

Noch ganz aufgewühlt trat Hannah an diesem feuchten Spätnachmittag ins Freie, und während sie zu Hause auf Isaac wartete, misslang ihr alles, was sie anfasste. Zuerst brannte ihr die übrig gebliebene Pastete an, die sie sich aufwärmte, dann klemmte sie sich den Daumen im Küchenschrank ein und stieß schließlich auch noch den kleinen Keramikvogel um, der auf der Fensterbank saß, so lange sie denken konnte. Er schlug auf dem Fußboden auf und brach entzwei.

Überall in der Küche war zu spüren, dass hier neuerdings eine geborene Hausfrau am Werke war: Zwei frische Schürzen hingen an einem Haken, der Suppentopf war auf Hochglanz geschrubbt, der Fußboden gefegt und die beiden langen Bänke, gleich braven Schulkindern, waren ordentlich zu beiden Seiten des Tisches aufgestellt. Offenbar hatte Mary es sich als Mrs. Price zur ersten Aufgabe gemacht, die Unordnung zu beseitigen, die Hannah wegen der Vorbereitungen zum Tag der Schafschur hinterlassen hatte.

Hannah hätte sich eher mit dem Gedanken anfreunden können, dass Mary eine Dienstbotin damit beauftragt hatte, die Arbeit zu verrichten, doch an der Ordnung war deutlich die Handschrift einer Ehefrau zu erkennen, und der Raum strahlte eine nie dagewesene Wärme aus. Hannah dachte erschrocken daran zurück, wie gemein sie zu Mary gewesen war und wie barsch sie mit ihr gesprochen hatte. Sie ließ sich auf eine Bank fallen, betrachtete das glänzende Kochgeschirr und wartete darauf, dass die redlichen Bemühungen ihrer frischgebackenen Schwägerin sie besänftigten. Doch sie konnte nicht anders: Nach wie vor war Mary für sie der güldene Vogel, nicht die fleißige Biene. Mary hatte also den Fußboden gefegt und einen Topf geschrubbt? Na und? Das machte sie noch lange nicht zu einer guten Gefährtin für Edward.

Hannahs Gedanken wanderten zu Doktor Hall, den sie immer als einen klaren Denker bewundert hatte, einen Mann, dessen Moralvorstellungen so geradlinig waren wie ein Rechenstab. Hannah musste lächeln, als sie an seinen Antrag dachte. Mit welchem Ausdruck hatte er jedwede Gefühlsregung in Verbindung mit der Ehe in Abrede gestellt? *Romantischer Überschwang*. Und wie zutreffend: Mary und Edward waren dafür das beste Beispiel. Offenbar ging Doktor Hall davon aus, dass Hannah zu diesem Thema ähnlich dachte wie er und keinen Funken Empfindsamkeit besaß. Und dass sie sein Angebot als einzig gangbare Wahl für eine Frau in ihrer Lage betrachtete, als vernünftigen Ausweg für zwei Menschen, die ebenso durch ihren Intellekt als auch durch die Zugehörigkeit zu derselben Gemeinde miteinander verbunden waren.

Dies alles traf durchaus zu, doch je länger sie über seinen Antrag nachdachte, desto mehr beunruhigte er sie. Doktor Halls Alter war nicht das Problem, denn aus seinem eindringlichen Blick beim Festmahl wie auch seinem festen Griff an ihrem Arm vor dem Atheneum sprach deutlich seine ungebrochene Lebenskraft; ebenso gut hätte er aufstehen und sich selbstbewusst an die Brust klopfen können. Wenn sie jedoch die praktische Seite einer Verbindung außer Acht ließ und sich dem Gedanken zuwandte, wie es wäre, mit ihm das Bett zu teilen und jede Nacht neben sich seinen schmächtigen Körper im Nachtgewand und seine Hand zu spüren, die unter der Bettdecke nach ihr tastete, durchlief sie ein Schauder, und sie musste den Kopf schütteln, um die groteske Vorstellung zu verscheuchen.

Hannah massierte sich die Schläfen. Nach der Nacht auf dem Erdboden neben Isaac fühlte sie sich wie zerschlagen, und die Müdigkeit war wie Blei in ihren Knochen. Wie hatte sie nur in einen solchen Zustand geraten können? Und warum hatte sie vorhin Isaac zu sich nach Hause gebeten? Sie hätte sagen müssen, er möge sich fernhalten. Aber dafür war es zu spät.

Die Zeit ist kurz, hatte er gesagt. Hannah musste entscheiden, welche Lektionen sie erteilen und welche sie verwerfen sollte, zusammen mit ihren Gefühlen für diesen Mann, wie auch immer sie geartet waren. Denn diese Gefühle waren nutzlos, womöglich gefährlich, und vor allem waren sie verwirrend. Sie erhob sich, ging durch das Wohnzimmer und die Treppe hinauf. In dem Augenblick, als sie in die Dachkammer trat, fühlte sie sich besser. Hierher gehörte sie; die schiere Erleichterung, die sie inmitten ihrer Bücher und Instrumente empfand, war wie das Eintauchen in einen kühlen See an einem sengend heißen Tag.

Kaum hatte sie sich an ihrem Schreibtisch niedergelassen, vernahm sie Schritte. Sie sprang auf, setzte eine entschlossene Miene auf und raffte ein Bündel Papiere an sich.

«Entschuldige die Störung.» Edward trat in die Kammer. Er blieb stehen, sah sich um; sein Blick verweilte auf dem kleinen Fenster, dann auf dem Schaukelpferd und schließlich auf Hannah.

«Ich habe so oft an diese Kammer gedacht, als ich fort war.» Er trat an das Bord mit den Mineralien, nahm einen halbierten Geoden von der Größe eines Seeigels in die

Hand, betrachtete die schimmernde Druse und legte ihn dann an eine andere Stelle. «Ich habe mir dich bei der Arbeit vorgestellt, über deine Gleichungen gebeugt, immerzu fleißig. Und ich war überzeugt davon, dass du dir bis zu meiner Rückkehr Priorität auf einen ganzen Schwarm neuer Objekte am Nachthimmel gesichert hättest.»

Hannah schluckte. «Da muss ich dich leider enttäuschen.» Sie kratzte sich am Hals. «Aber ich kann dir versichern, es liegt nicht an mangelndem Bemühen.»

«Hannah.» Ihr Zwillingsbruder trat einen Schritt näher, blieb dann stehen. «Ich muss dir dringend etwas sagen. Einiges sogar. Aber ich weiß nicht recht, wie ich es ausdrücken soll. Eigentlich müsste ich dir dafür böse sein, wie du mit Mary gesprochen hast. Sie wollte mir nicht erzählen, was du gesagt hast, aber ich nehme nicht an, dass du sie für ihre Handarbeit gelobt hast.»

«Nein», flüsterte Hannah.

«Nun, ich empfinde keinen Zorn auf dich. Ich fühle mich vielmehr verantwortlich für dein ungehöriges Benehmen.» Edward knackte mit den Knöcheln, und Hannah zuckte bei dem unangenehmen Geräusch zusammen. «Damit will ich sagen, ich kenne dich besser als irgendjemand auf der Welt. Ich hätte dich in meine Pläne einweihen sollen. Doch ich wusste, du würdest versuchen, mich davon abzubringen. Womöglich wäre ich ins Wanken geraten.»

Wieder und wieder drehte er in der Kammer seine Runden, vorbei am Schreibtisch, dem Regal mit der Sammlung, der Truhe, der Stiege, den ramponierten Möbelstücken und dann wieder an der Türe.

Hannah schüttelte den Kopf. «Ich denke nicht, dass es in meiner Macht steht, dich ins Wanken zu bringen. Wäre es so, dann hätte ich vor vier Jahren Gebrauch davon gemacht und dich daran gehindert fortzugehen ...» Sie unterbrach sich. Von *mir* fortzugehen, hätte sie beinahe gesagt. Die Wunde von damals fühlte sich so frisch an, als hätte sie erst an diesem Morgen die leere Truhe und die hastig geschriebene Mitteilung vorgefunden, nicht vor vier Jahren. Edward war der einzige Mensch, bei dem sie sich sicher gefühlt, vor dem sie ihre Gefühle nicht verborgen hatte. Sein Fortgang war immer noch wie ein stechender Schmerz in ihrem Herzen. Und nun würde er es abermals tun. Sie hatte ihm nicht gesagt, was sie empfand. Am liebsten hätte sie sich ihren Kummer von der Seele geschrien, und es tat ihr körperlich weh, es nicht zu tun. Doch war es nicht das Beste, nichts zu sagen? Hatte man es ihnen nicht so beigebracht?

Edward ließ sich auf dem alten Schemel nieder. Er wartete darauf, dass sie sprach, wie er es immer zu tun pflegte. Sie schuldete ihm die Wahrheit. Jetzt oder nie.

«Warum hast du es getan?», flüsterte sie. Tränen schossen ihr in die Augen, und sie ließ sie fließen. «Ach, Hannah.» Edwards Stimme überschlug sich. «Ich musste es tun. Andernfalls hätte ich nie selbst über mein Leben bestimmen können. Unsere Wege sind nun mal verschieden. Ich habe keinen Sinn für Zahlen, keine Begabung für Astronomie oder Mathematik. Wenn ich den Himmel betrachte, schlafe ich ein.»

Hannah lächelte unter Tränen. In der Tat hatte sie ihn Dutzende Male schlafend auf dem Dachsteg angetroffen.

«Vater hatte sich meinen Werdegang zurechtgelegt wie einen Anzug. Entweder ich werde Buchhalter in der Bank, oder ich studiere an der Universität; dabei kennst du meine Noten. William Bond hätte sich überall für meine Zulassung verwenden müssen, dabei hatte ich sowieso keine Lust, in einem Hörsaal zu sitzen. Ich wäre ein kläglicher Versager gewesen. Und eine Blamage für den Namen Price.» Den letzten Satz hatte er in Nathaniels Tonfall gesagt, doch die

Nachahmung gelang ihm nicht recht; Hannah erkannte, wie sehr die Missbilligung ihres Vaters Edward wurmte.

Er streckte Hannah beide Hände entgegen, und sie ergriff sie. Auch wenn er kein weiteres Wort sagen würde, hätte sie ihm längst vergeben. Wie denn auch nicht? Er war ihr Zwillingsbruder. Ihm sein Glück zu versagen würde ihr eigenes Unglück nur verschlimmern.

«Und nun zur Sache.» Edward hielt ihre Hände fest umschlossen und sah ihr in die Augen. «Du bist die zuverlässigste und untadeligste Schwester, die je auf dieser Insel oder andernorts wandelte. Mir ist klar, dass du zu wissen glaubst, welches der richtige Weg für mich ist, und der Meinung bist, Mary sei dabei fehl am Platz. Aber du kennst sie nicht. Du hast dein ganzes Handeln nur auf Vermutungen gegründet anstatt auf Tatsachen. Würdest du auf diese Weise deine Arbeit tun, würden alle Schiffe der Flotte im Nu untergehen. Mary hat dich stets bewundert. Sie hat mir ein Dutzend Mal gesagt, sie wünschte, sie hätte eine Beschäftigung, der sie sich mit ihrem Verstand widmen kann, eine, der sie sich verschreiben kann, so wie du dich dem Himmel verschrieben hast.»

Er ließ Hannahs Hände los, stand auf, fuhr sich mit den Fingern durch die Haare und sah sich nach einer anderen Sitzgelegenheit um. Schließlich ließ er sich auf dem Schreibtisch nieder. Hannah runzelte die Stirn, doch er ließ die Beine baumeln wie ein Kind.

«Natürlich hat sich ihre Situation jetzt grundlegend geändert. Aber was wichtiger ist, du warst nicht nur gemein zu Mary, was sie dir selbstverständlich verzeihen wird, sondern mir ist etwas von einem Benehmen deinerseits zu Ohren gekommen, das mich bezweifeln lässt, ob du tatsächlich meine Schwester bist oder nur eine Schwindlerin mit frappierender Ähnlichkeit.»

Er gab ihr sanft eine Kopfnuss.

«Wo treibst du dich herum, Hannah? Was fällt dir ein, mit deinem Schüler die ganze Nacht auf der Insel umherzustromern, dein Fernrohr geschultert wie eine Flinte? Denkst du, derart bewaffnet kannst du verhindern, dass du ins Gerede kommst?»

Er verschränkte die Arme und legte in Erwartung einer Antwort den Kopf schief.

Verzweifelt suchte Hannah nach einer Erwiderung, doch selbst wenn die passenden Worte ihr eingefallen wären, hätte sie sie kaum hervorgebracht, so übel war ihr bei der Vorstellung, dass ihre Nachbarn sie beobachteten und dann über sie flüsterten, sie verleumdeten.

«Mach nicht so ein betroffenes Gesicht!» Er zauste ihre Haare, als sprächen sie nur von einem Verdruss auf dem Schulhof. «Ich bin's, Edward. Deine Freundschaften scheren mich keinen Deut – ich nehme an, du hast diesen nichtsnutzigen Seemann unter deine Fittiche genommen, um sein unterentwickeltes Navigationstalent nach bestem Vermögen zu fördern.» Er hielt inne, als überlegte er, welche Richtung er einschlagen sollte.

«Jedenfalls vertraue ich darauf, dass du einen guten Grund dafür hast, dich mit diesem Menschen, welche Hautfarbe auch immer er hat, anzufreunden, sollte dies tatsächlich der Fall sein. Aber es gibt hier bei uns viele Leute, die sich darüber Gedanken machen. So sehr, dass es mir in den achtundvierzig Stunden, seit ich hier bin, gleich zwei, nein drei Mal zu Ohren gekommen ist.»

Er schüttelte den Kopf und seufzte.

«Es ist meine brüderliche Pflicht, dich vor der einen oder anderen Folge zu warnen: Ausschluss aus der Gemeinde, verminderte Aussichten.» Kurz zeigte seine Miene gespielte Bestürzung, dann wurde sie wieder ernst. «Alles, was mich wirklich kümmert, ist dein Glück. Und Arbeit ist das, was dich glücklich macht, Hannah. Es betrübt mich, mehr als du ahnst, dass es mir nicht möglich ist, hier zu bleiben und eine Grundlage für dich zu schaffen, auf der du deine Beobachtungen fortsetzen kannst. Ich habe Monate darüber gegrübelt, seit ich von Vaters Eheversprechen weiß. Und falls du es unbedingt wissen willst: Mary meinte, wir sollten bleiben. Die Bewerbung für die Expedition war meine Entscheidung.»

Hannah ließ sich in ihren Stuhl sinken, froh darüber, sich anlehnen zu können. Sie sah den Bruder an, mit dem sie vor seiner Abreise jeden Augenblick ihres Lebens geteilt hatte. Es gab keine vertrauteren Gesichtszüge, keine beruhigendere Gestalt als seine. Dass er sich von ihr trennen wollte – dass die Geschwister gespalten würden wie ein Baum mit einem Stamm und zwei auseinanderstrebenden Ästen –, hatte sie nie für möglich gehalten. Doch er würde gehen, und sie durfte nicht mit. Doch auch bleiben konnte sie nicht. Sie brachte es nicht fertig, ihm in die Augen zu sehen.

«Du musst tun, was dir dein Glück gebietet», sagte sie mit heiserer Stimme und räusperte sich.

«Ich erwarte nicht, dass du mir vergibst, Hannah, doch ich hoffe, du wirst mich verstehen. Wenn nicht sogleich, dann später. Hier zu bleiben hieße, sich an die Vergangenheit zu klammern, statt sich der Zukunft zuzuwenden – das gilt für dich ebenso wie für mich. Selbst wenn du nach Philadelphia zögest, wäre das nicht das Ende deiner Arbeit – auch wenn du das jetzt denkst. Du hättest dort mehr Möglichkeiten, es ist eine Stadt und keine kleine Insel, die in ihrer eigenen Geschichte steckengeblieben ist.»

Er ging zur Türe. «Ich treffe mich mit Mary bei John und Libby, falls du uns Gesellschaft leisten möchtest.» Edward blieb auf der oberen Stufe stehen. Hannah wusste, er wünschte, sie möge aufblicken und ihm ein Zeichen geben, dass sie verstanden hatte.

Kopfschüttelnd drehte sie das Gesicht zum Schreibtisch. «Ich gehe an die Arbeit», log sie. «Aber ich danke dir.»

Er polterte mit einer Lautstärke die Stufen hinab, die ihr nur allzu vertraut war. Doch höchstwahrscheinlich würde sie dieses rhythmische Stampfen nur noch selten hören: Edward würde vor Ende des Sommers fort sein. Als seine Schritte verklangen, fragte sie sich, ob sie jemals wieder würde an ihn denken können, ohne das Gefühl zu haben, jemand drücke ihr ein heißes Eisen aufs Herz. Doch noch schlimmer als das dünkte sie das Gefühl der Einsamkeit, das mit diesem Gedanken einherging. Es war fast mehr, als sie zu ertragen vermochte.

16

Monddistanz

Hannah wartete auf der oberen Verandastufe und tippte dabei mit dem Fuß im Takt zu einem unsichtbaren Chor. Als sie Isaac kommen sah, sprang sie auf, schlang sich ihre Tasche über die Schulter und lief ihm auf dem Pfad entgegen.

«Wir gehen.» Sie ignorierte seine fragend gerunzelte Stirn, und als er nach ihrer Tasche griff, hielt sie sie fest, denn auch heute hatte er seinen zum Bersten vollen Beutel dabei.

«Lassen Sie nur», sagte sie. «Sie haben genug zu schleppen.»

Achselzuckend fasste er neben ihr Tritt. Das Frühabendlicht verlieh allen Dingen auf ihrem Weg weiche Konturen. Hannah achtete darauf, einen angemessenen Abstand zwischen sich und Isaac zu wahren, sie hielt den Kopf gesenkt und schritt rasch aus. Bis sie weit außerhalb der Stadt waren, gingen sie auf Armeslänge voneinander entfernt und sprachen auch kein Wort, ehe sie wieder zu der kleinen halbmondförmigen Strandbucht nördlich des Hafens gelangt waren. Der Strand war verlassen. In den Spelunken bei den Docks waren soeben flackernd die Lichter angegangen; Hannah hörte das Gelächter von Zechern und das Klirren und Klappern von Trinkbechern.

Sie legte seufzend ihr Gepäck ab, knotete die Schnur auf, holte die eingewickelten Teile des Dollond hervor und fügte sie mit flinker Hand zusammen: Dreifuß, Röhre, Okular. Binnen zwei Minuten war das Fernrohr auf einem flachen Gesteinsbrocken montiert, der für diesen Zweck so perfekt erschien, als hätte ihn ein Riese eigens dort abgeladen.

Sodann wandte sie sich Isaac zu. «Nun, Mr. Martin», sagte sie, alles Gefühl aus ihrer Stimme tilgend, «von diesem Augenblick an sind wir nicht mehr an Land.»

Er hob die Augenbrauen und verschränkte die Arme. «Wo sind wir denn?»

«Auf See natürlich. Da die Zeit kurz ist, müssen wir Ihre Ausbildung beschleunigen. In dieser Übung bin ich erster Maat.»

«Sie?»

«Ganz recht. Und Sie sind der zweite Maat. Wie auf Ihrem Schiff. Sie sind mein Gehilfe bei einer Mondbeobachtung.»

Hannah richtete den Blick auf seine Schulter und das Landschaftsbild dahinter: die Dächer und Kirchtürme der Stadt, die flache Hafeneinfassung. Am Himmel funkelten die Sterne.

«Aye, aye, Sir», sagte er und drehte sich zum Meer hin. Die Mondscheibe, die sich just über den Horizont erhob und einen silbernen Hauch auf die schaumigen Brecher und den feuchten Sand warf, färbte mit ihrem Licht alles perlgrau.

Hannah deutete mit dem Kopf auf das Fernrohr.

«Treffen Sie die notwendigen Vorbereitungen und lassen Sie mich wissen, wann Sie so weit sind. Ich messe mit dem Sextanten den Winkelabstand des Mondes und – welchen Sternes bedienen wir uns zu dieser Jahreszeit, Mr. Martin?»

Er hob das Kinn zum Himmel. «Capella. Sind Sie denn ...»

Hannah unterbrach ihn, bevor er etwas fragen konnte, auf das sie nicht antworten wollte. *Nur die Arbeit*, dachte sie.

«Richtig», sagte sie. «Ich messe den Winkel, und Sie bestimmen mittels des Fernrohres die Höhe, sobald Sie alle Vorbereitungen getroffen haben.»

Er sah sie mehrere quälende Sekunden lang an, und fast vermeinte sie das Metronom ticken zu hören, das sie als Kind zu Hilfe genommen hatte, wenn sie während Gestirnspassagen für ihren Vater die Sekunden zählte.

Sie holte *Bowditch*'s *Navigator* hervor und reichte ihm das Buch. «Seite 166.»

Er nahm es ihr ab und beugte sich mit dem Rücken zu ihr darüber.

«Sind wir auf dem westlichen oder östlichen Längengrad?», fragte er, beflissen wie ein Ladenbesitzer. Doch dabei sah er sie nicht an, und die unterschwellige Spannung, die ihr Gespräch im Atheneum bestimmt hatte, war verschwunden. Er war wieder ein Fremder geworden, und Hannah wusste nicht recht, warum sie das traurig stimmte, obwohl sie doch genau dies beabsichtigt hatte.

«Ich weiß es nicht», sagte sie nach einer Pause. «Wo wären Sie denn gerne?»

«Zu Hause.»

Hannah malte sich aus, wie er zu seiner Heimatinsel ruderte, diesem Wunder aus Grün über Grün. Wie seine Familie ihn begrüßte, ein Mädchen vielleicht. Sie stellte sich eine Frau von derselben Hautfarbe vor wie seine, dunkle, vom Wind durchwehte Haare, frei von den Zwängen einer kürbisgroßen Haube. Helle Augen, die aufleuchteten, wenn sie ihn sah. Auf einmal wurde ihr vor Neid die Kehle eng. Sie sah, wie die beiden sich umschlangen, fühlte, wie er die Arme um die andere Frau legte. Wie er das Kinn zu ihr neigte, sie an sich drückte.

«Schön», sagte sie barsch. «Dann nach Westen. Stellen Sie sich vor, Sie sind bei günstigem Wind eine Tagesreise von Ihrem Heimathafen entfernt.» Der Nachgeschmack ihrer Eifersucht war unangenehm, als hätte sie den Mund voll Sand.

Mit einem kurzen Nicken bekundete Isaac, dass er die Anweisung verstanden hatte, dann beugte er sich über das Buch und sein Schreibheft. Sein Gesicht konnte Hannah nicht erkennen, doch seine gefurchte Stirn, wenn er auf die Seite spähte, sah sie genau vor sich. Schließlich holte sie eine Taschenuhr hervor und wartete auf sein Zeichen, dass er bereit war.

«Die Zeit», sagte sie, brachte jedoch nur ein Flüstern hervor. Ihr Magen ballte sich zusammen wie eine Faust.

Er trug die Zeit sowie die mittels Fernrohr bestimmte Mondhöhe ein. Im selben Augenblick maß Hannah mit dem Sextanten den Mondwinkel und notierte ihn in ihrem Beobachtungsheft.

Sie ging zu Isaac und zeigte ihm den Eintrag, kehrte dann an ihren Platz zurück. Isaac wirkte ungerührt.

Nachdem er sich zehn Minuten im Halblicht in Tabellen und Minuskelziffern vertieft hatte, kam er mit seinen Berechnungen zu ihr. In dem Moment, als sie das Schreibheft entgegennahm, setzte er sich nieder, schnürte seine Stiefel auf, krempelte die Hosenbeine hoch und watete ins flache Wasser. Während sie in den nächsten zehn Minuten seine Arbeit prüfte, sich dafür den *Bowditch* und das Fernrohr noch einmal vornahm und jeden seiner Schritte nachvollzog, stand er wie verwurzelt im Wasser und blickte zum Horizont.

«Nun», sagte Hannah, als sie fertig war, Buch und Heft zugeklappt und neben das Dollond gelegt hatte, «Sie haben Ihre Aufgaben ausgezeichnet gelöst.»

Isaac verharrte, wo er war, mit dem Rücken zu ihr. Hannah trat ein paar Schritte näher, blieb aber kurz vor dem Wasserrand stehen.

«Freuen Sie sich nicht? Sie haben eine komplizierte Berechnung bewältigt.» Er verschränkte die Arme, wie sie es ihn immer tun sah, wenn er sich unbehaglich fühlte. Alles – seine Schultern, sein Rücken, die Wasserfläche, die kleinen schaumigen Wellen, die ans Ufer plätscherten – wurde von dem fast vollen Mond versilbert, der unterdessen hoch über dem Horizont stand. Doch im Osten hatten sich schon Gewitterwolken zusammengeballt. Eine lange Minute verging, ehe Isaac sich zu ihr umdrehte.

«Was ist mit Ihnen?», fragte er.

«Wie meinen Sie das?» Hannah betrachtete die kleinen Wellen auf dem Wasser; in jeder von ihnen spiegelte sich der Himmel darüber.

Seine Stimme wurde sanft. «Was bekümmert Sie?»

Sie schüttelte den Kopf und presste die Lippen zusammen, kam sich dabei vor wie ein dickköpfiges Kind. Aber er konnte unmöglich ihre Gefühle verstehen. Sie wusste ja nicht einmal, ob sie sie selbst verstand. Ihr Leben war aus dem Gleichgewicht geraten wie ein Schiff, das sich auf einer Woge zur Seite neigt. Beim bloßen Gedanken an das, was Edward gesagt hatte, war ihre Ruhe dahin. Es war sinnlos, mit Isaac darüber zu sprechen.

Doch er ließ sich nicht beirren. «Etwas ist mit Ihnen. Ich fühle es.» Er sog die Luft durch die Zähne ein. Als er weitersprach, hatten seine Worte einen harschen Klang. «Ich habe Augen und Verstand. Denken Sie, ich bin blind? Denken Sie, ich bin ein Kind?»

Hannah hob den Kopf und verschränkte ihrerseits die Arme. «So kann ich nicht mit Ihnen sprechen.» Als er nicht näher kam, bückte sie sich, schnürte ihre Stiefel auf, zog sie mitsamt den Strümpfen aus und schürzte ihren Rock, obwohl sie sich mit bloßen Knien und Knöcheln nackt vorkam. Dann watete sie zu ihm hinaus.

«Was wollen Sie von mir hören?» Sie war selbst entsetzt über den schroffen Klang ihrer Worte.

«Was wahr ist. Was heute mit Ihnen ist. Warum Sie wütend sind.»

«Ich bin nicht wütend. Nicht auf Sie.»

Isaac wartete. Er kniff die Augen zusammen, als könnte er durch Hannah hindurchsehen.

«Bitte. Schauen Sie mich nicht so an.» Was, wenn er in sie hineinblicken könnte? Was würde er sehen? Hannah biss sich auf die Lippe, wünschte, sie wäre unsichtbar, wünschte aber sogleich das Gegenteil. Sie wollte, dass er alles sah und nichts. Es ergab überhaupt keinen Sinn. Jedenfalls stand es ihm nicht zu, sie nach ihren Gedanken zu fragen, als hätte er Anspruch darauf, wie auf einen verlorengegangenen Koffer.

«Dies ist eine kleine Insel, Mr. Martin. Die Leute reden über Dinge, sie sagen sie weiter, und dann wissen es die anderen auch. Sie stellen Vermutungen an. Sie ziehen falsche Schlüsse aus dem, was sie gehört oder gesehen haben, ohne etwas darüber zu wissen.»

Sie blickte sich um, als rechnete sie damit, dass gleich eine Gruppe Menschen an dem verlassenen Strand auftauchen und mutmaßen würde, sie seien Zeugen ... wovon? Einem Geplänkel zwischen Liebenden?

«Sie fürchten, dass man uns heute Abend sieht? Zusammen?»

«Nicht nur heute Abend.» Sie ließ ihren Rock los, und es kümmerte sie nicht, dass er sogleich durchweicht war. Dann knotete sie die Bänder ihrer Haube auf, die ihr in den Hals schnitten, behielt die Haube aber auf.

Sie standen einander gegenüber, einen Fußbreit entfernt. Der Mond verschwand hinter einer Wolke, und Hannah konnte Isaacs Gesicht nicht mehr deutlich sehen.

Als er wieder sprach, klang seine Stimme förmlich, als gehörte sie jemand anderem. «Ich verstehe. Sie wünschen, dass wir mit dem Unterricht aufhören.»

Der Wind drehte sich. Die kleinen Wellen wechselten die Richtung, und noch mehr Wolken als zuvor jagten über den Himmel. Hannah und Isaac standen still da. Mit jeder vergehenden Sekunde schien eine Türe zuzuschlagen.

«Nein», sagte Hannah. Wieso merkte er nicht, dass sie genau das Gegenteil empfand und ihm immerzu nahe sein wollte? Warum begriff er nicht, wie sehr er ihr Gemüt aufwühlte und verwirrte und sie mit Gefühlen lockte, denen sie sich nicht hingeben durfte? «Nein, das wünsche ich nicht.»

Konnte er sie überhaupt sehen? Ihr Gesicht war verhüllt. Entschlossen nahm sie ihre Haube ab, hielt sie an den Bändern, bis sie sich mit Luft füllte wie ein Ballon. Ohne nachzudenken, ließ Hannah sie los. Sie flog fort, schwebte zum Strand. Der Wind löste Hannahs Haare, blies sie ihr ins Gesicht. Sie hob den Kopf, gab ihn den Elementen preis, als könnte sie sich auf diese Weise von ihrer Scham befreien.

«Was wünschen Sie?», fragte Isaac. «Was wollen Sie?»

«Ich möchte Ihnen nahe sein», sagte Hannah, «und wünschte zugleich, es wäre nicht der Fall.»

Fast hoffte sie, er hätte es nicht gehört, doch sein Gesichtsausdruck sagte ihr, dass er sehr wohl vernommen hatte, was sie gerade gesagt hatte.

Ich habe ihn verletzt, dachte sie. Das hatte sie nicht gewollt. Alles hatte sie falsch gemacht, und ganz gewiss hätte sie nicht versuchen dürfen, sich zu offenbaren. Statt auf ihn zuzugehen, drehte sie sich um und watete zum Ufer. Die ersten Regentropfen prasselten ihr auf Kopf und Hals.

Isaac blieb, wo er war, auch als sie ihre Stiefel zuschnürte, das Fernrohr in die Tücher hüllte und es zusammen mit

Buch, Heft, dem Sextanten und allem anderem in die Tasche stopfte.

«Kommen Sie nicht mit in die Stadt?», rief sie, die Schultern zum Schutz gegen den Regen hochgezogen. Das Wasser lief ihr an Stirn und Hals hinab; ihre Haare waren triefnass.

Es donnerte, Hannahs Herz flatterte. Aber sie blieb.

«Isaac!»

Ein Blitzstrahl erhellte Bucht, Sumpfland und Isaacs Gesicht. Er schüttelte den Kopf.

«Wollen Sie etwa hierbleiben? Das ist gefährlich. Kommen Sie wenigstens aus dem Wasser.»

Mit sechs großen Schritten durchquerte er die Entfernung zwischen ihnen. Dann waren seine Hände auf ihren Schultern. Der Regen rauschte wie Fledermausflügel. Isaac hielt Hannah gepackt, sein Blick war zornig und zärtlich zugleich. Wollte er sie schlagen? Küssen? Hannah hielt den Atem an.

Doch dann ließ er sie los und trat zurück, wie aus einem Traum gerissen. Sie atmete schaudernd aus.

«Es ist unmöglich», sagte er.

«Was? Sie müssen nur fort vom Strand ...»

«Nein. Das nicht. Sie. Sie sind – ich verstehe Sie nicht. Was Sie ... warum Sie wollen ...» Er legte die gefalteten Hände auf sein Gesicht wie im Gebet. Als er sie sinken ließ, war die Bestimmtheit in seiner Miene verflogen, als hätte er beschlossen, das, was er hatte sagen wollen, ungesagt zu lassen. Er trat noch einen Schritt von ihr fort. Statt Erleichterung empfand Hannah nur Enttäuschung, die auf ihr lastete wie ein schweres Gewicht.

«Ich kann nirgendwohin», erklärte Isaac in einem Ton, als gäbe er den Fang des Tages oder den Milchpreis bekannt. Er deutete mit dem Kopf auf seinen Beutel. «Das da ist alles, was ich habe. Ich schlafe, wo sich Gelegenheit dazu ergibt.» Er wich weiter vor ihr zurück.

«Sie haben im Freien geschlafen?» Bei der Vorstellung, dass er ohne Schutz vor Regen und Wind war, erschauderte Hannah noch heftiger als zuvor.

«Es ist nicht wichtig», sagte er.

«Nein, es ist nicht in Ordnung.»

Isaac zuckte die Achseln. Der Regen fiel stärker und durchdrang ihre Kleider.

«Das Zimmer in der Pension ist nicht mehr verfügbar», teilte er ihr mit. «Aber man sagt mir nicht, warum.»

Hannah blinzelte die Regentropfen fort und sah ihn an. «Kommen Sie mit.» Sie schwang die Tasche nach vorne und drückte sie an sich, um das Fernrohr zu schützen.

Er schüttelte den Kopf. «Sie haben schon genug Scherereien», sagte er. «Ich möchte nicht noch mehr Ungemach verschulden.»

«Es ist nicht wichtig», wiederholte sie seine Worte. Sie sahen einander an. Es war ihr nicht gelungen, ihm klarzumachen, was sie empfand, weder in Worten noch in ihrem Handeln. Also hatte er sie doch nicht gesehen. Eigentlich hätte sie erleichtert sein sollen. *Geh fort*, dachte sie. *Belasse es hierbei.*

Stattdessen nahm sie Isaacs Hand, eine Berührung, bei der ihr auf einmal alles so klar war wie nie zuvor. Er blickte so überrascht drein, wie sie es war, überließ ihr aber seine Hand. Sie wog sie in ihrer, stellte sich die zarten Strukturen darin vor, Blut, Nerven, Knochen. Fest hielt sie sie umschlossen.

So gingen sie miteinander bis zum Stadtrand. Als er losließ, war es, als verlöre sie ein Körperglied. Die Straßen waren verlassen, die unebenen Pflastersteine waren rutschig. Ohne die Glocke an Riddells Laden klingeln zu hören, ging sie hinein, an den Postsäcken vorbei, entnahm ihrem Briefkasten den Schlüssel zum Atheneum und gab ihn Isaac.

«Er passt auch auf den Nebeneingang», sagte sie. «Seien Sie bei Tagesanbruch draußen und legen ihn am Morgen hierher zurück.»

«Und wenn ich erwischt werde? Man wird mich verhaften.» Er schüttelte den Kopf.

«Ich verbürge mich für Sie.»

Auf der Türschwelle blieben sie stehen. Sie musste nach rechts und er nach links.

«Wir treffen uns morgen nach Mitternacht am Atheneum», sagte sie. «Dort können wir die Lektion zu Ende führen.»

Er nickte stumm. Das Letzte, das sie sah, bevor sie sich auf den Heimweg begab, war der schwarze Schimmer des nassen Schlüssels in seiner Hand.

17

Konflikt

In den beiden folgenden Wochen verfielen Hannah und Isaac in eine Art Routine, und keiner mochte daran denken, dass sich das jemals ändern könnte. Hannahs Tage nahmen ihren üblichen Verlauf, und Isaac schlich sich allabendlich nach Einbruch der Dunkelheit in die Bibliothek, wenn die Nutzer der Bibliothek oder die Besucher von Vorträgen nach Hause gegangen waren. Jede Nacht stellte Hannah sich vor, wie Isaac auf einer Bank ausgestreckt lag und an sein Zuhause dachte, an den Himmel, an die vor ihm liegende Fahrt.

Doch sie sprachen nicht über die Stunden, die zwischen ihren Zusammenkünften lagen. Jeden Abend schlüpfte Hannah durch den Seiteneingang in das behaglich stille Atheneum; dann saßen sie zwischen den Bücherstapeln auf dem Fußboden und vertieften sich in ihre Berechnungen, die sich allen möglichen Themen widmeten, ob es nun um den Breitengrad, die Doppelhöhe oder um Methoden ging, die Zeit auf See zu bestimmen. In diesen Wochen berührte Isaac sie kein einziges Mal, und er kam auch nicht auf das zurück, was sie sich in jener Gewitternacht gesagt hatten. Auch was während seiner Abwesenheit aus ihnen werden würde, kam nicht zur Sprache. Hannah redete nicht von Philadelphia, und Isaac erwähnte die *Pearl* nicht.

Stattdessen machten sie es sich an den Abenden zwischen den Büchern gemütlich. Waren sie vom Unterricht erschöpft, las Hannah ihm aus einer Reihe von Werken vor: Humboldts *Kosmos*, Emersons *Der Charakter;* allerdings zögerte sie, bevor sie Isaac das Bild des Mannes zeigte, an den er sie an jenem ersten Tag, als sie gemeinsam durch die Stadt gegangen waren, erinnert hatte. Doch Isaac überraschte sie; weder lachte er über den Vergleich mit dem englischen Adligen, noch war er gekränkt. Er nahm ihr das Buch aus der Hand und sah sich das Bild prüfend an, als läge es bei einer Gerichtsverhandlung als Beweisstück vor.

«Faszinierend», sagte Isaac nach vollen zwei Minuten gründlicher Betrachtung. «Er ist ein Weißer, nicht?»

«Ja, sicher.» Hannah wusste nicht recht, was er damit sagen wollte. «Er ist Engländer.»

«Mein Urgroßvater war Engländer», sagte Isaac. «Vielleicht sind wir verwandt.»

«Ich glaube kaum, dass Sie mit Lord Chatham verwandt sind», sagte Hannah. «Aber ich meinte nicht, dass Sie ihm direkt ähnlich sehen. Sie haben etwas gemeinsam, das nichts mit dem Aussehen zu tun hat. Ihre Haltung zum Beispiel.»

«Warum sollen wir nicht verwandt sein?»

«Nun, zum einen ist er weiß, und Sie ... sind es nicht.» Hannah kam sich dabei ein wenig töricht vor, aber es war nun einmal Tatsache.

Isaac stützte sich auf die Ellenbogen, neigte den Kopf wie eine Schleiereule und schüttelte ihn dann, als hegte er tiefes Bedauern für sie.

«Was ist?»

«Schwarz oder weiß. Dies oder das. Wieso glauben Sie, dass alle Dinge nach diesem Muster verlaufen?», fragte er. Er verzog das Gesicht, als wollte er gleich in Gelächter ausbrechen, doch zugleich wirkte er ausgesprochen streitlustig.

«Ich stelle nur fest, was wahr ist», sagte Hannah. Stirnrunzelnd blickte sie auf das Buch auf ihrem Schoß, aber die Sätze und Absätze darin verschwammen.

«Ich bin nicht weiß. Er ist nicht schwarz.» Bei den Wörtern «weiß» und «schwarz» streckte Isaac je eine geöffnete Hand aus, als befänden sich Früchte darin, von denen sie sich eine aussuchen konnte. «Auf der ganzen Welt, sogar auf dieser Insel – hier besonders – sind die Menschen nicht das eine oder das andere. Sehen Sie denn nie Menschen mit der Farbe von Holz? Der Farbe von Honig? Der Farbe von ... *amêndoa*.»

Sie schüttelte den Kopf.

Isaac zögerte, suchte nach dem Wort. «Mandeln.» Er drohte ihr spielerisch mit dem Finger. «Nur Menschen von Ihrer Farbe denken, alle anderen sind das eine, und sie sind das andere.»

«Soso. Dann sind Sie also in den wenigen Monaten Ihres Hierseins zu einem Experten für die Ansichten der Weißen geworden?» Es empörte Hannah, mit allen hellhäutigen Bewohnern der Insel – von der Welt insgesamt ganz zu schweigen – in einen Topf geworfen zu werden, ohne deren Bildung in Betracht zu ziehen. Wütend stand sie auf, trug das Buch zurück in die Philosophie-Abteilung und stellte es mit einem satten Knirschen von Leder an Leder ins Regal zurück.

«Ich hatte meine Meinung bereits, bevor ich hierherkam, Miss Price», sagte Isaac und setzte eine ernste Miene auf. «Aber nun, wo ich meine Arbeit und auch mein Zimmer verliere, fange ich an, besser zu verstehen.»

«Sie meinen, das alles geschieht, weil Sie nicht weiß sind.» Hannah verschränkte die Arme. «Aber hier leben und arbeiten seit Jahrzehnten Dutzende von schwarzen Familien. Manche schon so lange wie meine eigene. Die Quäker waren unter den Ersten, die ihre Sklaven aus eigenem Antrieb freiließen ...»

«Das sagten Sie schon einmal.»

«Wir sind entschieden gegen jegliche Knechtschaft.»

«Darüber rede ich doch gar nicht. Warum tun Sie es?»

«Sie sprechen hartherzig über mein Volk.» Hannah saß vor Entrüstung stocksteif da.

«Sie behaupten, Sie sprechen die Wahrheit. Dabei wissen Sie, dass Ihre Leute die schwarzen Kinder auf andere Schulen schicken als die weißen Kinder. Ihre Leute werfen mit Steinen auf diejenigen, die sich hier gegen die Sklaverei aussprechen.» Isaac klang vorwurfsvoll, und Hannah spürte, wie Zorn in ihr aufstieg.

«Das ist nur ein einziges Mal geschehen», erklärte sie. «Und weil Mr. Garrison schlecht von der Religion sprach, nicht weil er die Freilassung befürwortete.»

«Ihre Leute hoffen, ich werde verschwinden, und sie helfen mir verschwinden», fuhr er fort. Die Bitterkeit in seiner Stimme war nicht zu überhören. «Und Sie meinen, das geschieht aus einem anderen Grund als meiner Hautfarbe? Und unserer ... Abmachung?» Er streckte seine Hände aus.

Hannah verkniff sich, was sie eigentlich sagen wollte: dass der Schulausschuss nicht die mehrheitliche Ansicht der Inselbewohner vertrat; dass ein weißer Quäker und Rechtsanwalt der afrikanischen Gemeinde dabei geholfen hatte, ihre Petition an die Regierung in Sachen Schultrennung zu verfassen; und dass sie, Hannah, nicht bemerkt hatte, wie in letzter Zeit über sie geredet wurde.

«Das kann nicht sein», sagte sie stattdessen. «Auf dieser Insel sind Menschen jeder Hautfarbe willkommen.»

«Ja. Wenn es Geld einbringt», entgegnete er und schnalzte abwertend mit der Zunge, als wäre Hannah ein Schulmädchen. «Und man nicht durch das Newton Gate schreitet. Besonders nachts. Mit einer ihrer Töchter.»

Isaacs scharfer Ton überraschte sie. Obwohl er die Stimme nicht gehoben hatte, fühlte Hannah sich angegriffen. Isaac Martin hatte nur wenige Monate auf Nantucket verbracht, sie dagegen ihr ganzes Leben. Wie konnte er es wagen, die Menschen hier und ihre Prinzipien in Frage zu stellen? Hatten ihre Leute ihm nicht Arbeit gegeben, ihn sogar befördert? Hatten sie ihm nicht Türen geöffnet, wenn sie ihn genauso gut hätten übergehen können? Und galt das nicht auch für sie?

«Mr. Martin, ich glaube, Sie verstehen diese Insel nicht. Wir bemühen uns, gemäß der Disziplin zu leben, und diese Disziplin untersagt uns die Vertraulichkeit mit Menschen von außerhalb, damit wir nicht von unseren geistlichen Aufgaben und Pflichten abgelenkt werden. Viele Menschen hier sind aus diesem Grunde nicht einverstanden damit, wenn sich Angehörige unseres Glaubens allzu sehr mit gesellschaftlichen Angelegenheiten befassen. Natürlich gibt es auch einige, die behaupten, die Rassen seien von Natur aus verschieden, und dass die Kinder von Wilden nicht so gut lernen können wie die Kinder zivilisierter Völker. Doch die meisten von uns – wie die meisten vernünftigen Menschen – denken nicht so. Es ist bewiesen, dass sie genauso gut lernen können, wenn man ihnen die Möglichkeit dazu gibt. Und außerdem», fügte sie hinzu, weil sie deutlich das Gefühl hatte, dass ihre Belehrung nicht fruchtete, während ihr Zorn anstieg wie Quecksilber in einem Thermometer, «hat man auf dieser Insel immer all denen die Tür geöffnet, die vor Unterdrückung flohen, obwohl es nicht klug war, da es die hiesigen Familien hätte in Gefahr bringen können. Auch diese Türe hier steht Ihnen offen», sagte Hannah und nickte zum Eingang hinüber. «Bei Tage können Sie sich hier Vorträge anhören und sich wie jeder Bewohner weiterbilden. Sofern Sie es wollen.»

Isaac zuckte die Achseln. Er zog die Augenbrauen ein wenig hoch, doch ansonsten war seinem Gesicht keine Gemütsbewegung anzusehen.

«Die Kinder von Wilden?» Er blickte sich um, als rechne er damit, dass sogleich eine Schar wilder Tierkinder hinter der Abteilung mit den Gartenbüchern hervorhüpfen würde. «Wenn ich Kinder habe, sind das Wilde?»

«Natürlich nicht!» Hatte er sie absichtlich missverstanden? «Das ist absurd. Warum sollte ich so etwas glauben?»

«Ich glaube, Sie wissen gar nicht, was Sie glauben.» Er schüttelte abermals den Kopf. «Was Sie sagen, ist nur das, was man Sie gelernt ... gelehrt hat. Und wer nicht aussieht wie Sie oder klingt wie Sie oder betet wie Sie, bringt Gefahr.» Er wackelte spöttisch mit den Fingern, als wollte er ein unsichtbares Ungeheuer abwehren.

«Ich kann wenigstens behaupten, dass ich an etwas glaube. Dass ich mich von klaren Prinzipien leiten lasse. Wovon lassen Sie sich leiten, Mr. Martin? Sie verdienen Ihren Lebensunterhalt damit, dass Sie über den Erdball ziehen und Wale jagen, aber welchem höheren Zweck dient das? Was können Sie zur Verbesserung der Gesellschaft beitragen? Welches Wissen?» Hannah gefiel es ganz und gar nicht, dass ihre Stimme auf einmal so schrill klang, doch seine scheinbare Ungerührtheit erzürnte sie. Diesem Mann mangelte es entschieden an Respekt.

Isaac seufzte, als fände er ihre Einstellung amüsant, aber ermüdend.

«Ich denke nicht, dass es Wissen ist, was ich zu dieser Welt beitrage. Ich bin um den Globus gereist, habe mir meine

Stellung verdient, ich bin aufgestiegen. Und jetzt ... bin ich hier.»

Er pochte mit dem Fingerknöchel auf den Fußboden. Es klang hohl.

«Kann das alles sein, wonach Sie trachten? Alles, was Sie sich wünschen?»

Er neigte den Kopf und schaute sie nachdenklich an, wie ein Porträtmaler, der einen anderen Blickwinkel sucht. «Sie haben nicht gefragt, was ich mir wünsche.»

«Nein.» Sie verstummte und ließ die Frage im Raum stehen.

«Ich wünsche mir nichts», sagte Isaac schließlich. «Ich bin kein Kind, und ich stelle mir kein Leben vor, das nicht sein kann. Träumen ohne Ziel. Ich habe Hoffnungen: dass es meiner Familie gutgeht, dass die Ernte reichlich ist. Dass die *Pearl* eine gute Besatzung hat und günstige Winde. Dass ich verdiene, was mir zusteht, damit ich heimkehren kann. Dass ich immer einen Boden unter den Füßen spüre, wenn ich gehe. Ich habe Hoffnungen. Ich habe Anliegen. Aber Wünsche – nein.»

Wieder klopfte er auf den Boden, streckte dann Hannah die Hand entgegen wie ein frommer Alter, der in der Andacht ein aufmüpfiges Kind herbeiwinkt, eines, das gestrauchelt ist, ob durch Zufall oder mit Absicht. Diese selbstgefällige Geste verletzte Hannah mehr als seine Worte. Glaubte er, ihre hehren Prinzipien mit einer simplen Handbewegung abtun zu können? Glaubte er, dass auch sie ohne Ziele leben, ihre Werte aufgeben sollte zugunsten von ... wovon?

Sie sah ihn mit glühendem Blick an. Er hatte ihre Gemeinde geschmäht, hatte sie, Hannah, beschuldigt, die Lehren nachzuplappern wie ein Papagei. Er hatte die Quäker scheinheilig genannt. Dieser Isaac, er war wie eine hohle

Schale; er war gottlos und sittenlos; sie begehrte ihn und verachtete ihn. Und er hatte in allem unrecht.

Er hatte recht, und das war arg.

Jedes Mal, wenn sie mit Isaac zusammen war, verlor sie die Beherrschung. Das Gefühl, dass die Grundfesten, auf denen sie lebte, brüchig waren, war entsetzlich. In diesem Moment tat Hannah das Einzige, was ihr angesichts solcher Wirrnis zu Gebote stand. Sie drehte sich um und ging ohne ein weiteres Wort in die dunkle Nacht hinaus. Doch zufrieden war sie keineswegs, während sie sich vom Atheneum entfernte.

18

Wetterwechsel

Als Hannah am nächsten Morgen zum Atheneum ging, hielt sie den Kopf gesenkt. Die Luft war feucht und der Nebel so dicht, dass sie die Menschen auf der anderen Seite der Main Street nur als verschwommene Schemen wahrnahm, wie dunkle Flecken, die sich raschelnd bewegten. Nachdem sie Isaac verlassen hatte, war sie beinahe die ganze Nacht wach gewesen, hatte sich stundenlang im Bett gewälzt, ohne Schlaf zu finden. In diesem Zustand – halb wachend, halb schlafend – nahmen Isaacs Worte jedes Mal, wenn sie in ihr Gedächtnis wiederkehrten, eine andere Bedeutung an. Vorwurf, Ermahnung, Wiegenlied: *Was man Sie gelehrt hat*, sagte er immer wieder, bis der Tag anbrach, grau wie ihr Kleid, schwer wie ihr Herz.

Sie hob erst den Kopf, als sie zu Riddells Laden, jenem Ort der Hoffnung, kam und die Stufen zu der vertrauten Veranda hochstieg. Eine Gruppe von Frauen machte ihr Platz. Margaret Granger, Karen Pope, Aliza Starbuck und zwei, drei weitere verstummten, als sie an ihnen vorüberging.

«Guten Morgen», sagte Hannah leise. Keine erwiderte ihren Gruß, nur Margaret nickte ihr kurz zu und zog dann, geschwind wie ein Kiebitz, den Kopf ein. Hannah betrat den Laden und fragte sich verwundert, warum alle so schlechter Laune waren. Das laute Schrillen der Glocke durchbrach die Stille.

Hannah hatte schon seit Tagen nicht in ihren Briefkasten geschaut; dennoch überraschte es sie, darin gleich zwei gefaltete Pergamentblätter zu finden. Das eine trug George Bonds Krakelschrift; auf dem anderen stand nur ihr Name in exakten Druckbuchstaben, und es gab weder einen Absender noch einen anderen Hinweis auf die Herkunft des Schreibens. Hannah nahm beides an sich, ging wieder hinaus auf die Veranda, setzte sich auf die obere Stufe und faltete Georges Schreiben auseinander, ohne die kleine Schar Frauen zu beachten, die noch immer am Geländer versammelt waren.

Cambridge, den 10. Juni 1845

Liebe Hannah!
Entschuldige die Kürze und die Verspätung dieses Briefes. Wir sind in diesem Monat zweimal in Ohio gewesen, um Mr. Loomis zur Hand zu gehen, außerdem hat man mich nach Washington geschickt. Deswegen war kaum Zeit zum Schreiben. Es gibt aber gute Neuigkeiten, die Dein Vater Dir gewiss schon mitgeteilt hat. Nantucket erhält im kommenden Jahr eine Wachstation, und die Küstenwache wird nicht von Deinem Lieblingshirten der guten Taten, Lieutenant Phillips, beaufsichtigt, sondern von Admiral Davis persönlich, der sich eines wohlverdienten guten Rufes als Mann der Wissenschaft erfreut und zudem ein sehr umgänglicher Mensch ist.

Hannah machte ein finsteres Gesicht. Das war nicht unbedingt eine gute Nachricht; schließlich hatte ihr Vater immer noch nicht entschieden, ob sie den Kontrakt überhaupt annehmen sollten. Nach Edwards Rückkehr hatte sie ihn einmal danach gefragt und zur Antwort bekommen, sie werde es erfahren, sobald er sich in der Sache eine Meinung gebildet habe. Als wäre das eine Entscheidung, die nicht folgenreicher war, als wenn man ihn gefragt hätte, ob ihm zum Abendessen Muschelsuppe oder Fleischbrühe lieber sei. Als sie die Nachschrift las, stockte Hannah der Atem.

> P.S. *Monsieur Rainault in Paris hat Priorität für die Entdeckung eines neuen Kometen angemeldet, den er um den 19. Mai herum aufgespürt hat. Das wurde soeben in den Astronomischen Nachrichten verkündet. R.A. 16h 29 m 24 s. Hattest Du nicht erwähnt, Du hättest um diese Zeit, kurz bevor Du nach Cambridge kamst, nahe dem Antares einen Himmelskörper beobachtet? Könnte es derselbe gewesen sein?*

Hannah schlug die Hand vor den Mund. Das Objekt, das sie im Mai beobachtet hatte, war nahe beim Antares gewesen. Es war ein entsetzlicher Gedanke, dass sie wahrhaftig einen Kometen gesichtet, aber nicht gemeldet hatte. Sie musste in ihren Aufzeichnungen nachsehen. Eigentlich war vor der Arbeit nicht genügend Zeit dazu, doch sie konnte keinen ganzen Tag durchhalten, ohne Gewissheit zu haben. Als sie aufsprang, durchbohrten die Frauen auf der Veranda sie mit ihren Blicken.

Mit fliegenden Röcken rannte sie den ganzen Weg nach Hause, ohne auf die starrenden Leute und ihr wild klopfendes Herz zu achten. Atemlos stieß sie die Haustüre auf und raste zur Dachkammer. Nicht einmal die Haube hatte sie abgesetzt. Sie schob den Kram, mit dem ihr Schreibtisch überhäuft war, zur Seite, ohne sich um die Papiere und Federhalter zu kümmern, die auf den Boden flogen. Wo war das Beobachtungsheft? In fiebriger Hast blätterte sie es durch.

Hier. Sie überflog den Eintrag, entfaltete dann abermals Georges Brief und starrte darauf, bis Buchstaben und Zahlen verschwammen. Ein raues Schluchzen stieg in ihrer Kehle hoch, doch sie würgte es hinunter. Das Objekt, das sie gesehen hatte, war unzweifelhaft dasselbe, das den Namen des französischen Astronomen tragen würde, welcher es zuerst gemeldet hatte. Der Gedanke, dass sie wahrhaftig einen Kometen entdeckt – als Erste entdeckt! – hatte, war nicht im Geringsten tröstlich. Wie hoch standen die Chancen, dass das ein zweites Mal geschah? Wahrscheinlich hatte sie gerade ihre einzige Chance auf Anerkennung vertan.

Hannah sank ermattet auf ihren Stuhl. Plötzlich fiel ihr das andere Schreiben ein, das sie ganz vergessen hatte. Sie faltete es auseinander.

Da stand nur eine einzige Zeile:

WO IST DEIN SCHLÜSSEL? Jemand, der es gut meint

Hannah zuckte zusammen, als würde sie mit tausend Nadeln gepiesackt. Ängstlich blickte sie sich um. Hatte ihr jemand einen Streich gespielt? Doch sie war allein in der Dachkammer.

Es war dickes Papier, kein Blatt aus einem Schulheft, und die Schrift akkurat und sicher. Es war die Schrift eines Erwachsenen, nicht die eines Kindes. Je länger sie das kurze Schreiben betrachtete, desto mehr begannen die Buchstaben vor ihren Augen zu tanzen, und sie faltete das Blatt rasch zusammen, widerstand dem Drang, es zu zerreißen. Auf einmal war der Zorn in ihr größer als ihre Angst. Wer besaß die Unverschämtheit und die Feigheit, ihr etwas Derartiges zu schicken?

Hannah sprang auf, stürmte die Treppe hinunter und vergaß in ihrer Hast, wieder zu Riddells Laden zu kommen, sogar den verlorenen Kometen. Die Frauen auf der Veranda waren noch immer in ihr Geplauder vertieft, und keine blickte auf. Nur Aliza Starbuck sah kurz zu ihr herüber und flüsterte den anderen etwas zu.

Hannah stieß die Türe so fest auf, dass die Glocke beinahe von dem kleinen Haken gefallen wäre. Mrs. Riddell und zwei Kundinnen blickten auf und drehten sich nach dem Störenfried um. Einen Fuß vor den anderen setzend, ging Hannah zum Ladentisch. Die Haut von Mrs. Riddell war staubig gelb, wie bei einer Puppe aus Pappmaché. Ihre Hände waren vom Alter knotig und verkrümmt, doch die Pergamentpacken sortierte sie mit der routinierten Schnelligkeit eines Croupiers. Sie lächelte nicht. Hatte sie es je getan? Hannah konnte sich nicht erinnern. In der Hoffnung, dass Mrs. Riddell das Gespräch für sich behalten würde, trat Hannah näher und räusperte sich.

«Haben Sie gesehen, wie jemand einen Brief in meinen Kasten gesteckt hat?», fragte sie.

«Ich überprüfe nicht, wer hier ein und aus geht», antwortete die Frau, ohne mit dem Sortieren des Poststapels innezuhalten. «Schon gar nicht nach Ladenschluss.»

Sie hob ihre wässrig blauen Augen und schaute Hannah ins Gesicht. In dem Moment, als ihre Blicke sich trafen, sah Hannah den Ausdruck unmissverständlicher Verachtung. Dann drehte Mrs. Riddell sich um und wandte sich resolut der Person hinter Hannah zu.

«Womit kann ich dienen?», fragte sie.

Froh, hinter der Wand mit den Briefkästen verschwinden zu können, trat Hannah zur Seite. Mit dem Rücken zur Türe griff sie noch einmal in ihren Kasten und tastete darin herum. Der Schlüssel war nicht da. Hannahs Mund und Kehle wurden trocken, doch sie war sich nicht sicher, ob ihre Angst mehr ihr selbst galt oder Isaac. Sie hatte ihm gesagt, er möge den Schlüssel zurückbringen. Entweder hatte er ihre Anweisung nicht befolgt, oder jemand anders hatte den Schlüssel aus dem Kasten genommen. Sie zog die Hand heraus, schob sie in die Tasche, schloss sie um das ungehörige Schreiben und trat auf die Straße.

* * *

Nicht ein Mensch, dem sie zwischen Main Street und Fair Street begegnete, hatte einen Gruß oder ein Wort für sie, worüber Hannah unter gewöhnlichen Umständen froh gewesen wäre. In diesem Moment jedoch kam ihr das Schweigen bedrohlich vor, als würden alle Passanten über sie oder Isaac etwas wissen oder zu wissen glauben, das sie beide in Schwierigkeiten bringen könnte. Doch es war ihnen beiden nicht gedient, wenn sie etwas überstürzte, und so konzentrierte sie sich krampfhaft auf die Pflastersteine zu ihren Füßen und auf die Arbeit in der Bibliothek, die auf sie wartete. Der Gedanke, dass ein Mensch auf Nantucket von ihr und Isaac wusste und es für angebracht hielt, ihr dies auf einem anonymen Zettel mitzuteilen, war schlimm genug. Die Vorstellung jedoch, dass es alle wussten, war nicht auszudenken.

Bei Tageslicht kam ihr das Atheneum gleißend hell vor, wie ein frischer Anstrich auf altem Holz. Als sie den Papierstapel auf ihrem Schreibtisch sortierte, verschwammen ihr die Zeilen vor den Augen. Selbst Miss Norris, die für gewöhnlich heiterer Stimmung war, ganz gleich, was der Tag bescherte, schien nicht gut aufgelegt zu sein.

«Du kommst schon wieder nicht pünktlich, Hannah Price», schnarrte sie, als Hannah an ihren Platz schlüpfte.

Hannah sah auf die Uhr. Sie war sieben Minuten zu spät.

«Verzeihung.» Sie setzte ihre Haube ab und strich die Haare glatt.

Die leitende Bibliothekarin schürzte die Lippen und spielte mit ihrem Schlüsselring, von dem die Schlüssel abstanden wie Stacheln.

«Außerdem», sagte Miss Norris, «war in den letzten Wochen eine Reihe Bücher falsch eingeordnet.»

Sie schob Hannah ein zerlesenes Exemplar von Margaret Fullers *Women in the Nineteenth Century* hin und zog ein vorwurfsvolles Gesicht.

«Das habe ich in der Abteilung Naturgeschichte gefunden.»

«Oje. Ich stelle es zurück.»

«Und drei Schnittmusterhefte waren bei den Gartenbüchern.»

Hannah rieb sich die Stirn.

«Fühlst du dich nicht wohl, Hannah? Hast du Sorgen? Es sieht dir gar nicht ähnlich, unaufmerksam bei der Arbeit zu sein.»

«Mir fehlt nichts, Miss Norris. Ich habe schlecht geschlafen, das ist alles.»

Miss Norris blinzelte Hannah über ihren Brillenrand hinweg an. «Du solltest es mit einem Stärkungsmittel versuchen, Liebes. Und einige von deinen anderen Betätigungen einstellen. Man darf bei dieser Arbeit nicht abgelenkt sein. Sorgfalt. Sorgfalt ...» Miss Norris verlieh jeder Silbe mit einem Rucken ihres Halses Nachdruck.

«... ist alles», ergänzte Hannah zerknirscht. «Ich weiß. Ich bitte um Entschuldigung.»

Erst als Miss Norris sich schlüsselklappernd mit ihren Druckschriften entfernt hatte, fragte Hannah sich, welche anderen «Betätigungen» sie meinte. Könnte etwa sie den Zettel geschrieben haben? Das dünkte sie unwahrscheinlich. Miss Norris mochte eine Landpomeranze und vielleicht gar engstirnig sein, aber sie war niemand, der herumschlich und anonyme Drohungen verfasste. Je mehr Hannah darüber nachdachte, desto schleierhafter wurde ihr, wer die Nachricht verfasst haben mochte. Die Menschen von Nantucket – besonders die Quäker – waren als aufrichtig bekannt. Niemand, den sie kannte, würde seine Gedanken auf so hinterhältige Weise kundtun. Es war folglich anzunehmen, dass der Übeltäter nicht von der Insel stammte und einen Groll gegen Isaac oder Hannah hegte, oder es war irgendein junger Rüpel, der ihr einen Streich spielen wollte. Diese Deutung bot allerdings keinen Trost, und sie musste sich zwingen, sich auf die anstehende Arbeit zu konzentrieren.

Den ganzen übrigen Tag lang fühlte Hannah sich wie von einem unsichtbaren, undurchdringlichen Nebel umgeben. Besucher, die sonst gerne um ihren Schreibtisch herumstrichen, um Auskünfte einzuholen, schoben sich wortlos an ihr vorbei oder machten sich eigenständig auf die Suche in den Regalen. Selbst die Witwen, die nur wegen der Gesellschaft kamen und sich lieber hier zu einem Plausch einfanden, als ihre Sorgen und Nöte ihren Katzen und Bettpfosten zu Hause anzuvertrauen, schienen ihr aus dem Weg zu gehen. Nur die Kinder waren wie immer – lebhaft, laut, stets eines Taschentuchs und einer Person bedürftig, die ein wachsames Auge auf ihren Lesestoff hatte.

Als Hannah gegen vier Uhr die Türe hinter sich schloss und nach Hause ging, brachte sie das, was ihr auf dem Heimweg widerfuhr, zu der Überzeugung, dass die Übermüdung ihrem Gehirn Streiche spielte. Ann Folger zum Beispiel, die stets zu plappern pflegte wie ein Wasserfall, bis Hannah sich ihr unter irgendeinem Vorwand entzog, blickte nur kurz hoch, als sie ihr entgegenkam, und wechselte flugs die Straßenseite. John und Lilian Archer, die Arm in

Arm über die Vestal Street bummelten, grüßten Hannah immerhin mit einem Nicken, das sie mit einem erleichterten Lächeln erwiderte – bis sie sah, wie Lilian ihrem Ehemann etwas zuflüsterte und dieser sie kopfschüttelnd fortzog. Lilian musste sich jedoch losgerissen haben, denn gleich darauf war sie zurück.

«Hannah Price», hauchte sie. Ihre Augen strahlten, als wäre Hannah eine Theaterberühmtheit, die gerade aus dem Bühneneingang getreten war, und sie ergriff ihre Hand.

«Lilian.» Hannah nickte und erwiderte den Händedruck in der Hoffnung, die Frau würde sie loslassen. «Wie geht es dir?»

«Gut, sehr gut sogar. Du weißt doch, die Antisklaverei-Gesellschaft plant hier auf der Insel eine große Veranstaltung. Die Regionalversammlung! Eine große Veranstaltung, wie gesagt.»

«Ich dachte, die Gesellschaft hätte es schwer, einen entsprechend großen Versammlungsraum zu finden», erwiderte Hannah, die immer noch versuchte, sich loszumachen. «Seit den Unruhen vor ein paar Jahren, meine ich.»

«Ja, genau deshalb wollte ich mit dir sprechen», sprudelte Lilian hervor und legte die Hand um Hannahs Ellenbogen. Sie war einen Kopf kleiner als Hannah und klammerte sich an ihren Arm wie ein Kind. «Wir dachten, du könntest vielleicht bei der Verwaltung des Atheneums ein gutes Wort einlegen und die Leute davon überzeugen, dass der Kampf für unsere gerechte Sache Vorrang haben sollte vor der Furcht, was einzelne unkultivierte Personen anzetteln könnten.»

Hannah war verwirrt. Sie hatte nie derartige Versammlungen besucht und sogar manchen Redner gemieden, der sie womöglich in einem anderen Zusammenhang durchaus für seine Sache hätte gewinnen können. Viele von ihnen waren so ungestüm, dass Hannah sich in ihrem Gefühl für Anstand angegriffen fühlte, denn sie war überzeugt davon, wenn die Gemüter der Menschen bewegt werden sollten, ließe sich das durch keine noch so flammenden Reden erreichen. Die Menschen mussten sich ändern, weil ihr Gewissen sie dazu trieb. Und das konnte nur durch Hingabe geschehen – welchem Glauben auch immer jemand anhing. Hingabe an die Familie. An die Arbeit. Nur Fleiß brachte Klarheit.

Hannah zog ihren Arm fort. Warum um alles in der Welt hielt Lilian sie fälschlicherweise für eine Aufwieglerin?

«Ich habe leider keinen Einfluss auf die Verwaltung des Atheneums», sagte sie. «Und man wird die Sammlung gewiss nicht dadurch gefährden wollen, dass man eine solche Versammlung bei sich aufnimmt. Was, wenn sich hier das wiederholen würde, was in Philadelphia geschah?» Alle wussten davon, dass der Verfassungssaal in Brand geraten war, als dort eine Kundgebung gegen die Sklaverei stattfand, und dass dabei Lucretia Mott und ihre Familie beinahe bei lebendigem Leibe verbrannt wären.

«Oh.» Lilian ließ ihre Hand sinken und sah John an, der die Arme verschränkt hatte. Er stand mit erhobenem Kopf und hochgezogenen Augenbrauen da, als wollte er sagen: *Was hast du denn erwartet*?

Sie wandte sich wieder Hannah zu und strich ihren zerknitterten Ärmel glatt.

«Nun, dann hoffe ich, wir sehen dich bald bei der Andacht», sagte sie. «Je mehr sich für unsere Sache einsetzen, so wie du es getan hast, desto besser für uns alle!» Lilian stellte sich auf die Zehenspitzen und flüsterte Hannah ins Ohr: «Lass dich durch müßiges Geschwätz nicht abbringen. Bleib bei deiner Arbeit!» Damit eilte sie zu John, der ihr diesmal nicht seinen Arm bot. Hannah sah ihnen nach, wie sie im Dämmerlicht die Straße entlanggingen. Die Angst schlug in ihr aus wie ein Pendel.

* * *

Daheim angekommen, wollte Hannah unbedingt mit Edward sprechen. Doch es war still im Haus. Die Truhe der Neuvermählten thronte in der Diele wie ein unwillkommener Gast und wartete auf die Sachen, die sie beim Ausstatter in New Bedford gekauft hatten. Hannah überlegte kurz, sich jemand anderem anzuvertrauen, um im Gespräch ihre schleichenden Mutmaßungen einer sachlicheren Prüfung zu unterziehen. Doch ihr fiel niemand ein außer Isaac, und ihn wiederzusehen, dazu war sie noch nicht bereit. Sie hatte keine Lust auf neue Debatten mit ihm über ihre Natur und ihren Glauben – heute schon gar nicht –, und weitere Selbstzweifel konnten ihrem Vorhaben im Moment nur abträglich sein. Einzig die Arbeit würde ihre Stimmung erhellen und sie aufmuntern, da war sie sich sicher.

Hannah ging in die Küche, holte sich den Rest Grahambrot vom Frühstück von der Anrichte und stieß in ihrer Hast, nach oben zu kommen, die Tasse mit kaltem Tee um, die sie gestern Nachmittag auf dem Tisch stehen gelassen hatte. Die Tasse krachte auf den Boden, der Inhalt ergoss sich auf Hannahs Rock und ihren linken Fuß. Stöhnend stellte sie ihr Essen auf dem Tisch ab, wischte notdürftig auf, und lief mit dem durchweichten Rocksaum in der Hand und vor sich hin murmelnd nach oben, um ihre Strümpfe zu wechseln.

Mary, deren Arme turmhoch mit gefalteten Leintüchern beladen waren, sah sie an der Biegung des Treppenabsatzes erst, als sie zusammenstießen. Mary schwankte, ruderte mit einem Arm, und Hannah ergriff ihn und hielt Mary fest, bis sie sicher stand. Als Hannahs Pulsschlag sich verlangsamte, ließ sie los, und Mary brach in Lachen aus.

«Du wünschst mir also doch nicht den Tod», sagte sie und seufzte vor gespielter Erleichterung. «Oh, das habe ich bloß im Spaß gesagt!», fügte sie hinzu, als sie Hannahs entsetzten Gesichtsausdruck sah. Sie tätschelte Hannahs Arm wie eine Großmutter und fing dann an, die Tücher einzusammeln, als wäre nichts geschehen.

Hannah wusste nicht recht, was sie sagen sollte. Sie hatte Mary seit dem Festmahl vor zwei Wochen nicht mehr gesehen, dafür aber ihren großzügig geschwungenen Namenszug – *Mary Coffey Price, Mary Coffey Price, Mary Coffey Price* – so oft auf Rezepten, Briefen und Kaufbelegen gelesen, dass sie ihn vermutlich perfekt hätte fälschen können. Jedes Mal, wenn sie den Schriftzug sah, kam er ihr wie ein Vorwurf vor, doch es hatte sich noch kein Moment unter vier Augen ergeben, in dem sie Mary gegenüber ihr Bedauern über ihre Unbeherrschtheit am Abend des Festessens zum Ausdruck hätte bringen können. Hannah hatte nie viel von Entschuldigungen gehalten, weil sie ihr oft unaufrichtig schienen, ein eitles Bemühen, Vergebung zu erheischen, wenn man selbst mangelnde Selbstbeherrschung oder schlechtes Benehmen an den Tag gelegt hatte. Und jetzt, da sie in der seltenen und seltsamen Lage war, sich entschuldigen zu müssen, hatte sie keine Ahnung, wie sie es anstellen sollte. Wie gelähmt sah sie Mary einen Augenblick lang beim Aufsammeln der Servietten und Handtücher zu, dann riss sie sich zusammen, bückte sich und half ihr.

«Entschuldige», sagte sie zu Mary. «Ich habe nicht aufgepasst.»

«Nein, ich muss mich entschuldigen. Ich habe vor lauter Wäsche nichts gesehen. Es war meine Schuld.» Mary stand auf und verlagerte den Stapel vorsichtig von einem Arm auf den anderen.

Die Arme mit süß duftender, leicht feuchter Wäsche beladen, stand Hannah verlegen auf der Treppenstufe.

«Hast du ... habt ihr alles gefunden, was ihr braucht? In New Bedford?», fragte sie, um ein neutrales Thema anzuschneiden.

Mary nickte. Sie sammelte die verbliebenen Wäschestücke vorsichtig mit einer Hand auf und legte sie auf ihren Stapel.

«Ja, danke. Aber natürlich mussten wir uns einschränken, weil Budget und Platz begrenzt sind. Die Truhe unten muss für alles ausreichen, was wir für ein Jahr brauchen.»

Die beiden jungen Frauen blickten auf die alte Überseetruhe, die den Raum zwischen Türe und Treppenabsatz einnahm. Hannah fragte sich, wann Edward sie aus der Dachkammer geholt hatte und wie er mit den Sachen verfahren war, die sich vorher darin befunden hatten. Sie hatte die Truhe nur ein einziges Mal geöffnet, als sie sechzehn war und sich wegen einer – echten oder eingebildeten – Blamage in die vertraute Dachkammer und zu der Truhe ihrer Mutter geflüchtet hatte.

Als sie ihn öffnete, waren dem wuchtigen Kasten süßlicher Modergeruch und scharfer Essigdunst entwichen, und ein Staubschleier schwebte beim Kerzenlicht minutenlang durch den Raum. Es befanden sich auch akkurat gebündelte Briefe in der Truhe, doch Hannah versenkte die Hände sogleich in den weichen Stoffen, die weiter unten lagen. Servietten und Tischläufer, die glatte Seide eines Morgenrocks, die weiche Wolle eines Schals in sattem Erdbraun. Ohne zu wissen, wonach sie tastete, hatte sie sich zum Boden durchgewühlt, bis ihre Finger sich um die harten Kanten eines Buches schlossen. Mit angehaltenem Atem lehnte sie sich an die Truhe und blätterte in dem schmalen Band, als enthielte er die Offenbarung selbst.

Allein, das Tagebuch war bloß die quälend detaillierte Chronik des häuslichen Alltags einer jungen Ehefrau. Da gab es Listen von Gegenständen, die es einzutauschen, zu verkaufen oder zu erwerben galt; Rezepte für Muschelsuppe, Pasteten und Kräuterheilmittel; Klöppelmuster. Doch so gut wie nichts verriet das Buch über die Gemütsverfassung der Schreiberin, nichts über ihre Hoffnungen, Sehnsüchte und Träume, und erst recht gab es keine Weisheiten für eine einsame Tochter. Hannah hatte das Buch zu den vergilbten Papieren und den Bergen aus Leinen und Seide in die Truhe zurückgelegt. So sehr hatte sie sich die Unterweisung durch einen Geist gewünscht, doch geblieben war ihr nur die Enttäuschung.

Was hatte Edward mit den Sachen ihrer Mutter gemacht? Hatte er sie Mary geschenkt? In eine Ecke auf einen Haufen geworfen? Eigentlich hätte es ihr einerlei sein sollen, denn Hannah hatte sowieso keine Verwendung für Brautsachen. Doch der Gedanke schmerzte sie wie ein scharfer, fast unsichtbarer Schnitt.

«Ich wollte mit dir sprechen», sagte Hannah steif. Sie faltete die letzte Serviette zu einem misslungenen Viereck, schüttelte sie aus und fing noch einmal von vorne an. «Aber ich hatte keine Gelegenheit.»

«Du bist wie ein Irrwisch. Wir haben uns schon gefragt, wann wir dich endlich einmal abpassen können», erwiderte Mary und streichelte den Stapel, als wäre es ein Säugling.

«Ich bedaure, was ich am Abend eures Festessens zu dir gesagt habe.» Es klang förmlicher, als Hannah es gemeint hatte. «Ich war nicht ganz bei mir.»

«Ich verstehe.» Mary legte den Stapel auf die obere Treppenstufe und fasste Hannah am Arm. «Ich wollte auch mit dir sprechen. Es war gedankenlos von uns, dich so damit zu überrumpeln. Das hätten wir nicht tun sollen. Wir haben uns hinreißen lassen.»

Hannah fühlte sich auf einmal uralt, wie eine Marionette mit altersssteifen hölzernen Gliedern. Sie brachte ein Nicken zustande, doch gelang es ihr nicht, die gebührende Wärme in ihre Stimme zu legen.

«Edward muss tun, was richtig für ihn ist. Für euch beide.»

Mary stieß einen theatralischen Seufzer aus und schüttelte so heftig den Kopf, dass ihre goldenen Locken hüpften.

«Hannah, du brauchst dich nicht zu bemühen, tapfer zu sein. Ich weiß, es muss dich schrecklich quälen.» Sie ließ sich auf der oberen Stufe nieder und klopfte auf die Stelle neben sich. Hannah raffte ihren Rock und setzte sich, obwohl sie sich viel lieber in die Dachkammer geflüchtet hätte, wo Stille auf sie wartete.

«Ich bedaure auch, was ich zu dir gesagt habe. Dennoch steckt ein Körnchen Wahrheit darin. Du urteilst über jedermann, so sieht es jedenfalls aus. Vor allem über mich. Ich habe deinen Verstand und deine Arbeit immer bewundert. Mein Leben lang habe ich mir eine Tätigkeit wie deine gewünscht, eine, in der ich mich üben und verbessern, der ich mich mit Inbrunst widmen kann. Doch meine Familie hat mir wenig an geistig anspruchsvollen Möglichkeiten geboten. Gewiss war ich gut in der Schule – aber meine Eltern haben mir untersagt, in der Andacht zu sprechen, dabei wollte ich es so gerne. Man hat mich sogar zum Debattieren in anderen Städten, bei anderen Gesellschaften, eingeladen.» Sie sah Hannah von der Seite an, als fürchtete sie, zu sehr zu prahlen. «Aber meine Eltern fanden, meinen Zukunftsaussichten sei mit der Vervollkommnung meiner

Manieren und meiner Klöppelkünste am besten gedient.» Mary machte aus ihrer Ablehnung dieser Ansicht keinen Hehl.

Hannah war bass erstaunt. Sie hatte in Mary weder eine Frau gesehen, die sich durch die Umstände eingeengt fühlte, noch jemanden, der mit seiner Lage haderte.

«Edward ist der erste Mensch in meinem Leben, der mich als kluge Person behandelt, der mich so sieht, wie ich wirklich bin», fuhr Mary fort. Ihre Stimme hatte einen herausfordernden, scharfen Ton angenommen. «Diese Reise – ist nicht nur seinetwegen. Sie ist nicht unüberlegt. Und ich erwarte und brauche kein Personal.»

«Ich verstehe.» Hannah meinte es ehrlich. Sie hatte gesehen, was Marys Hände in den letzten Wochen geschafft hatten. Und die Redegewandtheit, mit der sie ihre Gedanken vorgetragen hatte, war durchaus eine Bestätigung von Edwards kürzlicher Bemerkung über Marys Geschick beim Debattieren, die Hannah nur verächtlich abgetan hatte. Die Einsicht, dass sie unrecht gehabt hatte, war demütigend. Seufzend überließ Hannah sich diesem Gedanken, denn er verschaffte ihr ein eigenartiges Gefühl von Befreiung.

«Immerhin hast du es in solchen Dingen zur Vollkommenheit gebracht», sagte sie. «Ich nicht. Hätte ich die Astronomie nicht gehabt, dann – ich weiß nicht, was ich dann getan hätte. Sie war immer gegenwärtig.»

«Sie ist eine Berufung», sagte Mary mit solchem Ernst, dass Hannah spürte, wie echte Zuneigung in ihr aufwallte, was ihr selbst ein wenig unangenehm war. «Das freut mich für dich», fuhr Mary fort. «Und ich bedaure, dass ich unfreundlich war. Ich wollte dich nicht verletzen. Wir sind nunmehr Schwestern. Ich weiß, du hast keine Erfahrung mit einem solchen Verhältnis, aber ich schon. Ich muss dich unterweisen.»

Die Vertraulichkeit war so unvermittelt zwischen ihnen entstanden, dass Hannah sie fast komisch fand. Sie schnaubte, bemüht, ein Lachen zu ersticken, was den Drang zu kichern nur umso unwiderstehlicher machte.

«Was erwartest du jetzt von mir – einen Gefühlsausbruch oder so etwas wie ein schwesterliches Ritual?», prustete sie. «Leider bin ich in beidem nicht besonders bewandert.»

«Weder noch.» Mary reckte und räkelte sich. «Es verlangt nach nichts, was nicht schon eingetreten ist.»

«Und was ist eingetreten?»

Mary machte sich wieder daran, die Leintücher aufzusammeln. «Hm, wir haben einander gemeine und unschöne Dinge gesagt und waren gezwungen, unter dem gleichen Dach zu leben, ohne dass wir ein Wort miteinander gewechselt haben. Jede von uns hat beim Gedanken an die andere gelitten und daran, dass wir uns Edward auf immer teilen müssen, weil wir ihn beide lieben.»

«Und?» Tränen traten Hannah in die Augen, und sie schluckte heftig, um sie zurückzudrängen. Was war bloß in letzter Zeit mit ihr los? Ihre Gefühle befanden sich in einem Aufruhr, den sie nicht niederzuschlagen vermochte. Sie wünschte, sie könnte ihr Gesicht verbergen, aber sie konnte nirgendwohin ausweichen. Mary rückte ganz dicht an Hannah heran.

«Und», sagte Mary und sah Hannah dabei fest an, «das wird auch so bleiben, doch am Ende werden wir einander liebhaben, weil wir müssen, weil es das einzig Vernünftige ist, und du, Hannah Price, bist der vernünftigste Mensch, dem ich je begegnet bin – trotz deines schrecklich kritischen Wesens und deines beträchtlichen Mangels an persönlichem Stil.»

Mary sprach genau wie Edward. Mit einem Mal verstand

Hannah, warum ihr Zwillingsbruder Mary liebte und er von Mary geliebt wurde.

«Und du, Mary Coffey, hast dich als weitaus tiefsinniger entpuppt, als dein oberflächliches Äußeres erwarten ließ. Ganz besonders in einem hast du recht.»

«Nämlich?»

«Ich habe keine Ahnung, wie man die Schwester einer Frau ist.»

Mary seufzte und neigte ein klein wenig den Kopf, sodass ihre Stirnen sich für einen Sekundenbruchteil berührten. Doch ehe Hannah die zarte Geste ganz begreifen oder gar erwidern konnte, war Mary eine Stufe tiefer gerutscht, und das Band war zerrissen.

«Ein Jammer, dass du nur ein paar Wochen zum Üben hast», neckte sie sie im Hinuntergehen, doch ihr Blick war traurig, und auch Hannah fühlte sich auf einmal betrübt.

Als sie endlich aufs Dach trat, war der tiefblaue Himmel unbewölkt, mondlos und mit fernen Sternen gesprenkelt. Ein klarer Nachthimmel, dem sie ihre ganze Aufmerksamkeit widmen und auf den sie all ihre Hoffnungen setzen konnte – dies war ihr Lohn und ihr Balsam. Sie wandte sich dem Fernrohr zu und richtete ihren Blick gen Himmel.

19

Die Kinder der Welt

«Ach ja, die Andacht», sagte Edward gähnend am Ersttag der folgenden Woche. «Wie habe ich die Gelegenheit vermisst, meine Nachbarn über Stunden zu beobachten und darauf zu warten, dass sie Erkenntnisse offenbaren, auf die sie beim Umrühren von Tee oder beim Heuwenden gekommen sind.» Er nahm eine dramatische Pose ein, die Hand am Ohr, das Kinn zur Decke gereckt. «‹Liebe Nachbarn, heute hatte ich die Einsicht, dass mein Herz zu hart war, was die Begeisterung meines Sohnes Barney für Fiedelmusik anbelangt.›»

«Edward.» Mary schüttelte den Kopf und schlug mit einer Serviette nach ihm. Dann fuhr sie fort, die Krümel vom Tisch zu wischen. «Du solltest dir an Hannah ein Beispiel nehmen. Sie geht gewissenhaft zur Andacht, genau wie ich. Es würde dir nicht schaden, ein paar Stunden stillzusitzen und zur Besinnung zu kommen. Dein Gehirn schwirrt wie ein Kolibri von einem Gedanken zum anderen.»

«Dem kann ich nicht beipflichten», erwiderte ihr frischgebackener Ehemann und hob sie schwungvoll auf seinen Schoß. «Das Stillsitzen wäre außerordentlich schmerzhaft und würde unsägliches Leid auslösen. Übrigens, war schon jemand draußen? Wir sollten den Rat dieses entschlossenen Geschäftsmannes beherzigen.» Er klopfte mit dem Finger auf den *Nantucket Inquirer*, der aufgeschlagen auf dem Tisch lag. «In diesem Inserat erklärt er, das Baden im Meer sei nicht nur ein ‹genussvolles Vergnügen›, sondern auch ‹empfehlenswert› und ‹belebend›.»

«Uff.» Mary wand sich, suchte sich zu befreien. «Die Vorstellung, mich zu den Horden zu gesellen, die während der Saison unaufhörlich auf unsere herrlichen Strände losstürmen, macht mich krank. Ich wünschte, man könnte sie allesamt in eine Ecke unserer Insel verbannen und den Rest von Nantucket uns überlassen.»

Hannah lächelte, betrachtete aber dabei beschämt die Maserung des Tisches, bis Edward seine Frau losließ. Mary strich ihre Schürze glatt und wendete die Maisfladen. Die enge Vertrautheit der beiden tat Hannah weh. Wenn das Schiff in wenigen Tagen auslief, würden sie miteinander den Horizont queren, sie hingegen musste zurückbleiben. Nantucket war immer die einzige Heimat gewesen, die sie kannte und wo sie sein wollte, doch jetzt dünkte es sie bedrohlich wie ein unbewohntes Eiland inmitten stürmischer See.

«Nun gut, meine Damen, ich werde der Andacht beiwohnen», sagte Edward, offenbar verschreckt von Hannahs Miene. «Aber wundert euch nicht, wenn mein Erscheinen im Versammlungshaus einen allgemeinen Aufschrei auslöst. Die Dachbalken könnten unter dem Gewicht der Missbilligung durch die Anwesenden herabstürzen. Der verlorene Sohn und so weiter.»

Hannah meinte etwas Tröstendes sagen zu müssen, aber es gab nicht viel hinzuzufügen. In den drei Wochen seit dem Festmahl hatte ihr Vater nur zwei Abende zu Hause verbracht, und an einem davon war Hannah mit Isaac im Atheneum gewesen und hatte den Vater nicht gesehen. An dem anderen Abend jedoch hatte sie – vergeblich – versucht, den Riss zwischen Vater und Sohn Price zu kitten, bevor es zu spät war.

* * *

Edward und ihr Vater waren nur deshalb am Esstisch zusammengekommen, weil Hannah keinem von beidem gesagt hatte, dass der andere zugegen sein würde. Dazu hatte sie sich in dem Moment entschlossen, als der Vater mit Koffer und Hauptbuch, sichtlich erschöpft von der Reise, zur Türe hereingekommen war.

«Ich gedenke mit dem Abendpostschiff zurückzufahren», sagte er, während sie sich die Hände abtrocknete und ihm dann aus seinem Rock half; trotz seines Vorhabens hängte er mit einem erleichterten Seufzer seinen Hut an den Garderobenständer und schnürte die Stiefel auf.

«In letzter Zeit gab es keine Gelegenheit, mit dir zu sprechen», hatte Hannah bedachtsam gesagt. «Bleib doch zum Abendessen. Ich benötige deinen Rat. Wegen ...» Verzweifelt suchte sie im Geiste nach etwas, womit sie ihn locken konnte. «... eines Chronometers. Er bereitet mir Schwierigkeiten. Ich dachte, du könntest ihn dir einmal ansehen.»

Nathaniel fuhr sich mit der Hand durchs Haar, das dringend eines Schnittes bedurfte.

«In dieser Jahreszeit? Zu welchem Schiff gehört er?»

Hannah suchte nach einer Antwort, verärgert über ihren Mangel an Phantasie und Mut. Schließlich war die Ausrede mit dem Chronometer kein großes Vergehen. Aber ihr fiel kein anderes Schiff ein als die *Regiment* – das letzte Schiff, dessen Namen sie im Beisein ihres Vaters nennen wollte.

«Ich hole ihn herunter, wenn du dir die Hände gewaschen hast», erwiderte sie. «Ich habe etwas auf dem Herd.»

Sie begab sich eilends in die Küche, stellte rasch den großen schwarzen Topf aufs Feuer, blies hektisch Leben in die Glut darunter und schaffte es gerade noch, Wasser und Kartoffeln hineinzugeben, bevor der Vater durch die Türe trat. Er nahm den Rauch oder die Tatsache, dass es nicht nach Essen roch, offenbar nicht wahr, saß jedoch unruhig da, wachsam wie ein Tier, und rutschte jedes Mal auf seinem Platz herum, wenn der Wind am Fensterladen rüttelte. Sein Unbehagen war jämmerlich, denn es lag auf der Hand, dass er Edward nicht begegnen wollte; Hannah jedoch klammerte sich an den Gedanken, wenn sie nur erst vollzählig beisammensäßen, käme alles wieder ins Lot.

Bemüht, ihn am Fortgehen zu hindern, brachte Hannah ihm einen Chronometer mit einer lockeren Feder aus der Dachkammer, den er mühelos instand setzte; anschließend holte sie ihm die neue Ausgabe von *Silliman's Journal* sowie die jüngste Nummer der Zeitschrift *Proceedings of the American Philosophical Society*. Zwischendurch warf sie Zutaten in den Topf – eine Möhre, eine Zwiebel, zwei mehlige Tomaten und den halben Eimer Muscheln, die Edward und Mary am Morgen in Madaket gesammelt hatten. Zu viel Salz, zu wenig Butter – sie wusste kaum, was sie tat. Es schmeckte grauenhaft, befand sie, als sie den Eintopf probierte, und gab in der Hoffnung, dass sie das Salz aufsaugen würden, noch zwei Kartoffeln hinzu. Edward und Mary, Nathaniel und Hannah – sie waren eine Familie, aber es fühlte sich längst nicht mehr so an.

Edward und Mary stürmten bei Sonnenuntergang herein, ihr Lachen schallte durchs Haus. Als die Türe zuschlug, fuhr Hannah zusammen und errötete vor Scham über ihr gelungenes Komplott. Der Vater machte ein Gesicht, als hätte er etwas Unbekömmliches gegessen, und sie war froh, dass er, als das Paar in die Küche trat, immerhin die Höflichkeit besaß, keine streitsüchtige Miene aufzusetzen.

«Nathaniel! Wie schön, dich zu sehen!» Mary durchquerte schnurstracks die Küche und gab Nathaniel die Hand, der den liebevollen Händedruck mit einem unbeholfenen Tätscheln erwiderte.

«Vater.» Edward verweilte auf der Türschwelle, leicht gebückt, um nicht mit dem Kopf an den Rahmen zu stoßen. «Hat die Bank dir wegen guter Führung frei gegeben?»

Nathaniel sah Hannah an, der Mary zu Hilfe kam.

«Wie schön, dass wir als Familie gemeinsam essen können», sagte sie mit glockenheller Stimme. «Ich decke den Tisch. Hannah, kann ich dir helfen? Ist Brot da?»

In dem Gewusel und Geklapper beim Setzen und Servieren war Hannah dankbar für die Fähigkeit ihrer Schwägerin, zwanglos für alle zusammen zu sprechen. Schließlich saßen sie sich am Tisch gegenüber, und es trat Stille ein, als sie zugleich die Löffel in ihren Eintopf tauchten. Hannah blies in ihre Suppe, blickte hoch und sah, dass Edward sie anschaute. Er hob die Augenbrauen, und sie forderte ihn mit Blicken auf, wenigstens ein bisschen Ehrerbietung zu zeigen.

«Der Leiter der Expedition nach Jerusalem ist mit John Franklin in Alaska gewesen», sagte Hannah, an ihren Vater gewandt, nachdem sie es geschafft hatte, zu schlucken.

Er sah kurz auf. «Davon habe ich gehört. Wurde er nicht später zur Suche nach der Nordwestpassage abkommandiert?»

Edward verschränkte die Arme und warf Hannah einen vorwurfsvollen Blick zu, als wäre die spitze Bemerkung ihr geschuldet.

«Ich habe es versäumt, mich bei dem Kapitän nach dem Schandfleck auf seinem Leumund zu erkundigen, als ich mich beworben habe», sagte er.

Nathaniel verzog keine Miene; Hannah sah nur einen Muskel in seiner Wange zucken. Sie bereute bereits, dass sie die Zusammenkunft herbeigeführt hatte – es war zu früh, das sah sie nun ein. Als hätte man einen Verband von einer nässenden Wunde abgezogen.

«Ich bin überzeugt, er hat seiner Frau versprochen, dass nach der Arktis für ihn Schluss ist», sagte Mary. Edward lächelte sie an, und Hannah atmete erleichtert auf.

«Ich bin jedenfalls sehr froh, dass ihr in ein gemäßigtes Klima aufbrecht», sagte Hannah. «Eine schreckliche Vorstellung, ihr in Alaska.»

«Um auf deine Frage von vorhin zu antworten: Meine Arbeit bei der Bank gewährt mir nicht die Muße, mich an meinen Vorlieben zu ergötzen, seien sie nun häuslicher oder allumfassender Natur», sagte Nathaniel und schaute Edward dabei direkt an. Hannah sah ihren Bruder erröten und den Blick in seine Suppe versenken.

«Vielleicht gibt dir ja die Küstenwache die Chance, deinen Neigungen zu frönen wie früher», sagte Edward leise.

Hannah hielt den Atem an. Die Löffel kratzten in den Kupferschalen.

«Leider werden wir keine Gelegenheit haben, es zu erproben», sagte Nathaniel. Er setzte sich stocksteif hin, legte den Löffel neben seine Schale. Die Geste hatte etwas unleugbar Endgültiges, und Hannah sank in sich zusammen. «Da du beschlossen hast, uns zu verlassen, ist niemand da, den ich mit einem solchen Kontrakt betrauen kann.»

Edward gab ein hartes, heiseres Lachen von sich. Er legte seinen Löffel ebenfalls hin.

«Ich weiß nicht, warum du überhaupt in Erwägung gezogen hast, mich damit zu betrauen, wenn doch der einzige dafür geeignete Mensch in diesem Haus deine Tochter ist.»

Nathaniels Faust krachte so laut auf den Tisch, dass alle aufschreckten. Suppe spritzte nach allen Seiten, Mary schlug die Hand vor den Mund. Hannah stockte der Atem.

«Weil du mein Sohn bist», sagte Nathaniel mit zusammengebissenen Zähnen und stand auf.

Die Zeit schien stehenzubleiben. Hannah, Mary und Edward erstarrten in ihrer jeweiligen Haltung wie die Verdammten von Pompeji. Hannah hatte ihren Vater noch nie die Beherrschung verlieren gesehen, hatte nie erlebt, dass er sich zu einer heftigen Gebärde hinreißen ließ oder fluchte. Es war also aus. Ihr war, als würde der Tisch umkippen und in den Bodendielen versinken, während auch der letzte Funken Hoffnung sie verließ.

* * *

Es war einer jener heißen Tage, an denen erwachsene Männer und Frauen ihre Läden und Felder verließen und zum Baden gingen. Hannah war überzeugt davon, wenn nicht Ersttag wäre, stünde ein Großteil der Menschen, die sonst am Gottesdienst teilnahmen, schon bis zu den Knöcheln in den Fluten.

Als sie sich dem Versammlungshaus näherten, ging Mary zügig, während Edward von einem alten Schulfreund aufgehalten wurde. Hannah tauchte in die Menschenmenge ein und spürte sofort, wie Dutzende Augenpaare sie streiften. Es wurde getuschelt. Was hatte Lilian gesagt? *Lass dich durch müßiges Geschwätz nicht abbringen.* Abbringen wovon?

Die nächste Erkenntnis traf sie wie ein Blitzstrahl: *Man hat uns gesehen.* Hannah wich das Blut aus dem Gesicht, als sie sich vorstellte, dass jemand aus dem Dickicht beobachtet hatte, wie sie und Isaac, aneinandergeschmiegt, am Strand lagen. Seit sie aus dem Atheneum gestürmt war, hatte sie nichts mehr von ihm gesehen oder gehört, aber fast täglich an ihn gedacht. Sosehr sie auch versuchte, ihn sich aus dem Kopf zu schlagen: Die Erinnerung an seine Worte – und an sein Gesicht – ließ sich einfach nicht vertreiben.

Als Edward plötzlich neben ihr auftauchte, schrak Hannah zusammen, doch er bemerkte es anscheinend nicht. Sie zogen mit dem Strom der Andächtigen ins Versammlungshaus, und drinnen in dem weitläufigen Raum gelang es Hannah, sich etwas zu entspannen. Mary schlüpfte neben ihr auf die Bank. Warum benahm sie sich immer so, als wäre soeben der schönste Tag ihres Lebens angebrochen?

Als Stille eintrat, hellte sich auch Hannahs düstere Stimmung ein wenig auf. Vielleicht war das alles ja nur ein Hirngespinst; schließlich war es nahezu unmöglich, dass jemand sie und Isaac nachts gesehen hatte. Und was Mary betraf, beschloss sie, keinen Groll mehr zu hegen, schon gar nicht hier. Das Versammlungshaus war ebenso Hannahs Zuhause wie das Haus in der Little India Street oder das Atheneum. Die Gerüche von Holz und Tünche und all den eng zusammensitzenden Menschen waren ihr so vertraut wie jener der Junirosen in Siasconset oder der beißende, erdige Geruch des Torfmoores im September.

Es waren tröstliche Gedanken, denen sich Hannah gerne hingab, und mit jeder vergehenden Minute vertiefte sich die Ruhe in ihr, und sie vergaß die eigenartigen Blicke und das befremdliche Verhalten der Nachbarn während der letzten Wochen. Während die Andacht ihren Lauf nahm, dachte sie weder an Philadelphia noch an Edwards bevorstehende Abreise oder an das Zerwürfnis zwischen ihm und dem Vater. Auch die Chance, die ihr womöglich entgangen war, weil sie es unterlassen hatte, den Kometen zu melden –

falls es ein Komet war, den sie eher als Monsieur Rainault, eher als irgendjemand sonst gesichtet hatte –, trat in den Hintergrund. Sie dachte nicht einmal an Isaac.

* * *

Zehn Minuten später war in Hannahs Nähe ein Rascheln zu hören, und sie blickte auf. Hester Starbuck, Alizas Mutter, hatte sich erhoben. Wer sich bei der Andacht bemüßigt fühlte zu sprechen, der tat es. Dazu gab es kein förmliches Procedere, sondern man brauchte nur aufzustehen und vorzutragen, was einen bewegte. An manchen Tagen sprach niemand, an anderen Tagen gab es sogar mehrere Gemeindemitglieder, die den Wunsch äußerten, den anderen etwas kundzutun.

«In mir herrscht große Unruhe», verkündete Hester, «und mein Gewissen ist aufgewühlt durch so manches, das ich in meiner Nachbarschaft beobachtet habe. Ich habe mich nach innen gekehrt, um meinen inneren Geist um Anleitung zu bitten, und er riet mir, das Wort hier zu ergreifen. Ohne bösen Willen bitte ich alle hier Versammelten inständig, sich ebenso anleiten zu lassen, insbesondere, was den Umgang angeht, den sie pflegen.»

Sie ließ sich schwerfällig wieder auf ihren Platz sinken und verschränkte mit selbstzufriedener Miene die Arme. Etliche Gemeindemitglieder ringsum nickten, einige sahen zu Hannah hinüber, die sich verwirrt umschaute, um festzustellen, auf wen sie ihre Blicke richteten. Kurz darauf wurde die Stille abermals durchbrochen. Ann Folger erhob sich, und auch sie sah beim Sprechen zu Hannah hinüber.

«Ich stieß kürzlich auf das Tagebuch unseres Gründervaters George Fox. Ich wusste, warum, als ich zu dieser Stelle kam: ‹Der Herr lehrte mich, treu zu sein in allen Dingen, sowohl innerlich gegen Gott als äußerlich gegen die Menschen; und dass ich mich in allen Dingen an Ja und Nein halten solle; nicht wie die Kinder der Welt, die ihren Mund voll List und gleisnerischer Worte haben, sondern meine Worte sollen wenig sein, lieblich und mit Salz gewürzet.› Ich sah mich veranlasst, diese Worte heute mit euch zu teilen, damit sie denjenigen unter uns zum Nutzen gereichen, deren Umgang mit jenen Kindern der Welt sie vom rechten Wege abirren lassen könnte.»

Wie eine aufgeplusterte Henne, die sich auf ihre Stange hockt, ließ sie sich auf ihrem Platz nieder. Obwohl Hannah direkt auf die Rückenlehne der Bank vor ihr starrte, wusste sie, dass alle Blicke ihrer Nachbarn auf sie gerichtet waren. Mary rutschte näher an sie heran, als wollte sie ihr beistehen. Immer mehr Leute standen jetzt auf und sagten, was sie auf dem Herzen hatten, bis Hannah die vorgetragenen Worte nicht mehr hörte, sondern nur noch Bruchstücke davon.

Jedes Vorurteil liegt mir fern ... Auch das gewissenhafteste Gemüt kann vom Lichte abgewandt werden ... Menschen, die nicht in den Genuss einer religiösen Erziehung kamen, können für die Gefahr, die sie für jeden Einzelnen darstellen, nicht zur Verantwortung gezogen werden, doch diese Gefahr besteht dennoch.

Dann stand Mary neben Hannah auf. Es war ein fast körperlicher Schmerz, als ihre Körper dabei getrennt wurden, und Hannah kam sich entblößt vor. In panischer Angst schaute sie über den Mittelgang zu Edward. Er zuckte die Achseln, in seiner Miene stand eine Mischung aus Verwirrung und Besorgnis.

Mary war errötet, sie legte die Stirn in Falten, was selten geschah. Als sie sprach, war ihre Stimme nur an der Oberfläche weich, wie über Steine drapierte Seide.

«So viele Darlegungen zu demselben Thema in einer Woche, das ist wahrlich erstaunlich», sagte sie. «Ich selbst habe mich mit einer Stelle aus der Heiligen Schrift befasst. ‹Liebe Brüder, haltet nicht dafür, dass der Glaube an Jesum Christum, unsern Herrn der Herrlichkeit, Ansehung der Person leide.› Jakobus, glaube ich.»

Sie schenkte den Ältesten, die vorne etwas erhöht mit dem Gesicht zu den Versammelten saßen, ein süßes Lächeln und setzte sich wieder. Sie griff nach Hannahs Hand, doch obwohl diese ihr für die offen erwiesene Unterstützung dankbar war, zog sie die Hand fort. Sie wollte nicht getröstet werden; sie wollte weg von hier. Ihr ganzer Körper wartete nur auf eine Gelegenheit zu fliehen.

Dennoch blieb sie sitzen, gab sich stattdessen den Bildern hin, die sich vor ihrem inneren Auge auffächerten wie Spielkarten. Sie sah sich als Kind, wie sie sich mit einem Buch fortstahl, wenn ihre Schulfreundinnen ihre albernen Spiele spielten und über Witze lachten, die sie nicht verstand. Sie sah sich die Treppe zur Dachkammer hinaufpoltern, fort von Gesellschaft, von Vorträgen, von allem, bei dem nur eitles Geschwätz von ihr verlangt wurde. Sie sah sich vom Fest der Schafschur und dann von dem Festmahl fliehen, anstatt Edward und Mary zu zeigen, was sie wirklich empfand. Und sie sah sich wieder und wieder vor Isaac Martin davonlaufen.

Auf einmal nahm sie wieder ihre Umgebung wahr, all das Rauschen und Rascheln von Seide und Wolle, den Geruch nach Zitronenöl und Sägemehl. Für ein paar Sekunden, die wie Stunden, wie Jahre, wie ein langes beengtes Leben verrannen, genoss Hannah das so innig Vertraute. Dann erhob sie sich.

Wieder senkte sich Stille über den fensterlosen Raum, während auch die letzten Gemeindemitglieder wieder zur

Ruhe kamen. Niemand hustete, gähnte oder kratzte sich. Als Hannah das Wort ergriff, wandten sich alle ihr einmütig zu, als wäre sie ein Himmelskörper, der über den Nachthimmel zieht.

«Ich habe etwas zu sagen», hob sie an und konzentrierte sich auf Doktor Hall, der vorne so saß, dass seine Knie sich auf Hannahs Augenhöhe befanden. Sein Stock lag quer zu seinen Füßen auf dem Boden. Ein Strahl der Morgensonne zerschnitt den Stock im schrägen Winkel in zwei Teile.

«Auf den Weg zur Wahrheit habe ich mich stets durch unstrittige Tatsachen führen lassen», sagte sie. Es war so still im Raum, dass das Summen der Fliegen wie ein ohrenbetäubendes Dröhnen klang.

«Ich bin eine erfahrene Beobachterin. Ich sage das nicht, um mich zu brüsten. Ich spreche nur von etwas, das mir bekannt ist. Meine Augen sind darin geübt, Objekte am dunklen Himmel zu sehen, die für die meisten hier Anwesenden unsichtbar wären.»

Ein Meer aus blassen Gesichtern blickte erwartungsvoll auf Hannah.

«Den größten Teil meines Lebens habe ich mit dem Streben nach Wissen verbracht, einem Wissen, das dereinst vielleicht zu einer großen Leistung aus den Reihen unserer kleinen Gemeinde führen würde. Einer Entdeckung, die einen dunklen Winkel des Himmels erhellen würde. Und die ganze Zeit saß ich hier auf dieser Bank und glaubte, dass das Licht, das andere leitete, auch mich leitet. Erst jetzt, erst heute, habe ich verstanden, dass ich mich geirrt habe.»

Die ganze Gemeinde holte tief Luft. Es klang wie das Zischen einer Welle, die ein Riff überspült.

«Ich glaubte, der Weg zu richtigem Verhalten liege darin, sich nach innen zu wenden. Und ich glaubte, jene ‹Kinder

der Welt› würden mich von dem inneren Licht ablenken und entfernen.»

Hannah richtete ihren Blick auf Ann Folger.

«Doch nur durch den Umgang mit einem solchen Menschen bin ich in der Lage gewesen, mich aus der Enge der Betrachtung zu befreien.»

Holz knirschte, als Doktor Hall sich erhob. Er stieß mit dem Zeh an seinen Stock, der sich ein Stück weit drehte und liegen blieb.

Hannah blickte hoch.

«Wir danken euch, liebe Freundinnen, für diese Worte. Zum Thema der Kinder der Welt und unserem Umgang mit ihnen ist nun genug gesprochen», sagte er.

Ann Folger erhob sich abermals.

«Sie will ein Bekenntnis ablegen, Bruder», sagte sie. «Wir müssen es hören.»

«Das werde ich nicht tun», erklärte Hannah. Ihre Stimme hallte in der Luft wider. «Ich habe nichts zu bekennen als das Streben nach Wahrheit, wie es mir mein Gewissen befiehlt.»

«Willst du denn behaupten, dass ein derartiger Umgang sich innerhalb der schicklichen Grenzen der Disziplin bewegt?»

Es war Phoebe Fuller, die dies von ihrem Platz neben Doktor Hall aus fragte. Ihre kräftige Stimme erschallte laut und brachte das Getuschel, das unter den Versammelten ausgebrochen war, zum Schweigen.

Hannah erstarrte wie eine Feldmaus unter den Augen eines Bussards.

«Nein», sagte sie.

«Ist es folglich deine Ansicht, dass Disziplin entbehrlich ist? Oder haben deine Beobachtungen dir einen geistigen Weg gewiesen, den du uns vermitteln möchtest, auf dass wir alle in deine Fußstapfen treten?»

Hannah schüttelte den Kopf.

«Ich glaube nicht, dass sie ...», hub Doktor Hall an, doch Phoebe brachte ihn mit erhobener Hand zum Schweigen.

«Hannah Price möge für sich selbst sprechen», sagte sie.

Hannah schluckte. Sie sagen nur, was man Sie gelehrt hat.

«Es ist meine feste Überzeugung, dass die Unterscheidung von Wahrheit und Täuschung weder von jemandes Herkunft noch von jemandes Beschäftigung noch von jemandes Hautfarbe beeinflusst wird. Es ist meine feste Überzeugung, dass jene Kinder der Welt nicht mehr und nicht weniger Schaden anrichten als irgendjemand in unseren angesehenen Reihen.»

Doktor Hall versank in seinem Sitz, wie von einem Anker heruntergezogen. Ann Folger starrte mit offenem Mund.

«Es ist meine feste Überzeugung, dass die Bestimmung der seelischen Gesundheit am besten jedem Einzelnen überlassen wird. Ich glaube nicht, dass diese Gemeinde oder irgendeine andere Vereinigung die Fähigkeit besitzt, eine derartige Beurteilung vorzunehmen.»

Kaum hatte Hannah diese Worte ausgesprochen, traf sie mit schwindelerregender Klarheit die Erkenntnis, dass sie wahrer waren als alles, was sie in den letzten Monaten, möglicherweise Jahren, geäußert hatte.

Bedrückt neigte sie den Kopf, denn sie wusste, wie schwerwiegend das war, was sie getan hatte. Doch bereits als sie sich dann aus ihrer Bank erhob und zum letzten Mal durch den Mittelgang des Versammlungshauses schritt, lichtete sich jene Schwere ein wenig, und als sie sich der Türe näherte, durchströmte eine solche Erleichterung ihren Körper, dass sie auch bei den letzten Schritten von ihr getragen wurde, bis sie draußen im Tageslicht stand, unsichtbar für alle, die drinnen geblieben waren.

20

Ein Ersuchen

Als die Flügeltüre sich hinter ihr schloss, blinzelte Hannah einen Moment lang zögernd in den strahlenden Tag. Dann ließ sie die Stadt hinter sich und ging in Richtung Westen. Luft und Himmel, Erde und Laub, das war es, was sie jetzt brauchte. Dinge, die ohne Bosheit waren. Unwillkürlich nahm sie den Weg, den sie am Tag des Gewitters mit Isaac gegangen war, und zum ersten Mal seit Monaten tat sie es, ohne eine Tasche mit Instrumenten, Büchern und Landkarten mitzuschleppen. *Meine Rüstung*, dachte sie. Es war ein befreiendes Gefühl.

Mit jedem Schritt wirbelten ihre Stiefel Staubwolken auf, die, sich auflösend, wieder zu Boden sanken. Ein einziger Windstoß würde Hannahs Fußspuren verwehen und jeglichen Beweis für ihren Spaziergang auslöschen, so sicher wie das Kielwasser eines Walfangschiffs verschwindet, ehe der Maat die Takelage erklimmen kann. Der Gedanke, wie leicht ein Beweis verschwinden konnte, dünkte sie ein passendes Gleichnis für diesen Tag; alles, was sie über sich und ihre Nachbarn zu wissen glaubte, hatte sich als verkehrt herausgestellt. Richtig war falsch, Freunde waren Feinde. Offenheit, Scheinheiligkeit, Bescheidenheit, Eitelkeit – Hannah wusste nicht recht, ob sie das eine noch vom anderen zu unterscheiden vermochte.

Sie bog in den Sandweg ein, der zum Strand führte, und

gelangte zu der Düne, wo sie nichts zu sehen erwartete als unter sich die glitzernden Wellen und vor sich einen Streifen feinen, verlassenen Sandes. Sie blieb abrupt stehen. Denn da auf der Klippe saß eine einsame Gestalt, in vertrauter Haltung die Ellenbogen auf die Knie gestützt.

Hannah trat einen Schritt zurück; die Macht der Gewohnheit gebot ihr zu flüchten. Doch nein – das würde es nicht mehr geben. Was sie in Gang gesetzt hatte, war nicht mehr aufzuhalten. Sie stand wie angewurzelt da, und erst jetzt wurde ihr bewusst, dass sie diese Stelle unter allen anderen auf der Insel gewählt hatte, weil sie Isaac hier zu finden hoffte. Er war der Mensch, den sie sehen wollte; sie hatte nichts zu gewinnen, wenn sie weglief. Eigentlich musste sie sich sogar bei ihm entschuldigen. Er hatte ihre Aufmerksamkeit auf die Wahrheit gelenkt, und sie hatte sich geweigert, sie zu sehen. *Sie sagen nur, was man Sie gelehrt hat.*

Mühsam setzte sie einen Schritt vor den anderen. In den hohen Stiefeln fühlten sich ihre Füße glühend heiß an. Als sie sich ihm näherte, wandte Isaac den Kopf und lächelte. Er wirkte nicht verärgert. Hannah löste die Fäuste, die sie vor Anspannung in die Taschen geballt hatte, und ließ sich neben ihn sinken, so selbstverständlich, als hätte sie es an allen Tagen ihres Lebens so getan.

«Ich bin erstaunt, Sie hier zu sehen», sagte er. «Sie sind heute nicht beim Gottesdienst?»

Sie schüttelte den Kopf. Und dann verschwamm alles, weil ihr heiße Tränen in die Augen schossen, ihre Wangen hinabliefen und auf ihr Kleid tropften.

«Was ist geschehen?», fragte Isaac. Seine Stimme war sanft und besorgt.

«Verzeihung», sagte Hannah. Ein heftiger Schluchzer zerriss sie fast. Sie senkte den Kopf.

Isaac fragte nicht noch einmal, sondern neigte sich zu ihr und zog sie an sich. Weinend ließ sie sich stützen von seinem Körper, der ihr auf einmal wie ein kleines verlässliches Wunder inmitten der Welt schien, die für sie zusammengebrochen war. Sie weinte um den Verlust der Gemeinschaft, zu der sie nicht mehr gehörte, weinte aus Enttäuschung darüber, dass ihre Nachbarn, alles lautere, gläubige Menschen, mit den Jahren zu einer harten, starren Einheit verschmolzen waren, die sich nicht erweichen ließ. Und es vielleicht auch nicht wollte.

Sie weinte um den Verlust ihres Bruders, weinte ob des Kummers, den sie Mary bereitet hatte. Sie weinte um Isaac, der in Schwierigkeiten steckte, nur weil sie es sich gestattet hatte, ihm zu nahe zu kommen. Und sie weinte um die Insel, den Ort, den sie mehr liebte als jeden anderen, ihre Heimat, die sich nicht mehr nach Heimat anfühlte. Doch eine andere kannte sie nicht.

Am Ende hob sie erschöpft und von Schmerz erfüllt den Kopf. Isaac sah sie an, und aus seiner Miene sprach Besorgnis, aber auch eine Mischung aus Zuneigung und Verwirrung. Und wie immer ein Hauch von Belustigung. Es war ein so ausdrucksvolles Gesicht. Wie gerne sie es betrachtete.

Ihr Blick fiel auf etwas Helles, das sich im leichten Wind bewegte. Ein gesteppter Schlafsack war auf dem Binsengras ausgerollt. Daneben lag Isaacs Beutel, aus dem sein grüner Pullover herausschaute.

Sie sah ihn verblüfft an.

«Gestern Abend hat es geregnet», sagte er. «Jetzt wird alles trocken.»

Hannah schüttelte den Kopf. «Haben Sie denn nicht im Atheneum geschlafen?»

«Seit unserem letzten Treffen nicht mehr.»

Hannah presste die Lippen zusammen, doch bevor sie etwas erwidern konnte, drückte er ihre Schulter, wie um zu zeigen, dass er ihr nicht böse war.

«Ich beschloss hier zu schlafen, unter den Sternen. Aber keine Sorge: Den Schlüssel habe ich am selben Abend in den Kasten zurückgelegt.»

Hannah biss sich auf die Lippe. Sie hatte in der letzten Woche zehn Mal in ihren Briefkasten geschaut, aber der Schlüssel war nicht wieder aufgetaucht. Die Worte ihres Vaters, als sie ihm vor Monaten mitten in der Nacht vor dem Atheneum begegnet war, kamen ihr wieder in den Sinn: *Was weißt du über diesen Menschen*? Sie durchforstete ihr Gehirn nach Anzeichen von Zweifeln und fand keine. Und obwohl sie ihre Gefühle nicht zu Rate ziehen wollte, machten sie sich bemerkbar wie der eindringliche Gesang von Kirchenliedern aus dem Hause eines frommen Nachbarn. Nein; Isaac hatte sie gern, er würde sie nicht belügen.

Wie zur Antwort setzte er sich ein wenig auf, ließ Hannah los, schlang die Arme um seine Knie und blickte hinaus auf die Brandung. Weit von ihnen entfernt watete ein Paar im Wasser. Die Frau hatte ihre Röcke gerafft und über einen Arm gelegt; mit dem anderen hielt sie sich an dem Mann fest. Seufzend trocknete Hannah sich mit ihrem Ärmel die Wangen. Sie wollte nicht an den Schlüssel denken oder daran, was geschehen würde, wenn sie an diesem Tag nach Hause kam oder am folgenden aufwachte.

Isaac neigte ihr den Kopf zu. Sein Blick war sanft. «Möchten Sie mir sagen, was geschah?»

«Ich bin unschlüssig.» Hannah wollte im Vagen bleiben, wusste aber, wenn sie ihm erzählte, was sich zugetragen hatte, würde er sich schuldig fühlen. «Erinnern Sie sich, wie Sie mir vorgehalten haben, ich sage nur, was man mich gelehrt hat?»

Er nickte. Seine Augen blickten fragend.

«Nun, mir ist klargeworden, dass das, was man mich gelehrt hat, und das, was ich glaube, nicht mehr ein und dasselbe sind. Und was werden würde, wenn Edward zurückkommt – auch darin habe ich mich geirrt. Ich bin ...» Hannah kämpfte mit sich, um nicht wieder zu weinen. «Mir ist, als wäre ich entzweigeschnitten. Haben Sie sich jemals so gefühlt?»

Es war schwer vorstellbar. Isaac wirkte so ausgeglichen wie ein Kanu, das durch ruhiges Wasser pflügt. Sie neidete ihm seine Unbeschwertheit, die nicht von einem strengen Disziplinkodex herrührte wie die ihre, sondern von etwas anderem.

Er blickte wieder aufs Wasser. «Das mit Ihrem Bruder dauert mich. Das Gefühl, das Sie beschreiben – es erinnert mich an meinen eigenen Bruder.»

«Ist er auf einem Walfangschiff?»

«Er ist tot.»

«Das tut mir leid. Ich hatte keine Ahnung.»

«Es ist lange her», sagte er und sah sie an, als wollte er sie trösten. Offenbar sah man ihr ihre Erschütterung an. «Ein Unfall. Im Wasser.»

«Was ist geschehen?»

«Wir waren im Boot, mein Vater, mein Großvater, Paulo und ich. Er schwamm wie ein Fisch. Neun Jahre alt. Er gleitet ins Wasser, und mein Großvater sieht es nicht. Er hat ihn mit dem Ruder getroffen.»

Hannah stellte sich den krachenden Hieb vor, die Schreie der Männer auf dem Wasser, die heftig zum Ufer rudern, den schlaffen Körper des Bruders auf den ausgestreckten Armen des Vaters. Das Wehgeschrei der Mutter, das Schweigen des Großvaters danach. Edward hatte in jenem Alter hauptsächlich aus Armen und Beinen bestanden, ein liebenswerter Schelm, unbeholfen und derb zugleich.

«Sie müssen ihn schrecklich vermissen», flüsterte sie.

Ein Lächeln flackerte auf seinem Gesicht wie eine Kerze. Er streckte die Beine aus und lehnte sich auf die Ellenbogen gestützt nach hinten.

«Ich erinnere mich an sein Lachen. Doch die Zeit zu weinen ist vergangen. Wir haben gemeinsam die Qual durchlaufen: Wir weinen um ihn, beten für ihn, erinnern uns an ihn. Wir erzählen uns Geschichten. Jetzt bin ich froh, wenn ich an ihn denke.»

Hannah erinnerte sich an die Stille, die den Tod ihrer Mutter begleitet hatte, und daran, wie jedwede Äußerung von Kummer unterdrückt worden war. «Ich wünschte, wir könnten über solche Dinge sprechen. Als ich meine Mutter verlor, war ich noch sehr klein, und als ich älter wurde, haben wir nie von ihr gesprochen.»

Isaac blickte bestürzt drein. «Wenn Sie nicht darüber sprechen, wo geht es dann hin?»

«Wo geht was hin?»

«Das Leid.»

Hannah schwieg eine Weile still. Sie nahm seine Hand und bog seine Finger zur Faust, bevor sie sie an ihr Herz hob und dort festhielt, die eigene Hand darüber gelegt.

«Es bleibt», sagte sie. Sie senkte den Kopf und ließ ihren Mund auf dem kleinen bloßliegenden Streifen seines Handrückens verweilen. So saßen sie einige Minuten, nichts war zu hören als die wispernden Brecher auf dem Sand.

«Ich muss Ihnen etwas sagen.» Isaac sah sie dabei nicht an. Eine böse Vorahnung quälte Hannah wie mit glühenden Zangen. Sie hob das Kinn und ließ Isaacs Hand los.

«Die *Pearl* ist bereit zum Auslaufen. Ich bekomme gestern Abend Bescheid von Mr. Leary.»

«Wann müssen Sie fort?», fragte Hannah.

«Übermorgen.»

Sie atmete ein. Wärme und Salz. Nur ein winziger Hauch von Isaac, als wäre er bereits mit diesem Ort verschmolzen. Sand, Himmel und Haut. Ihre Insel ohne ihn war nicht mehr vorstellbar. Sofern sie sie überhaupt noch ihre Insel nennen konnte.

Hannah bohrte beide Handflächen bis zu den Handgelenken fest in den Sand.

«Dann ist noch Zeit für eine letzte Unterrichtsstunde», sagte sie.

Er lächelte. «Wenn Sie es wollen.»

«Kommen Sie heute Abend.» Damit erhob sie sich, als hätte sie einen Marschbefehl erhalten.

«Ins Atheneum?»

«Nein. Kommen Sie zu mir nach Hause.»

«Ist das klug?»

«Es ist, was ich möchte.» Sie überlegte, wie viel sie sagen sollte. Bei ihrer Bekanntschaft ging es schon lange nicht mehr um den Unterricht oder Isaacs Fortschritte. In seiner Nähe fühlte Hannah sich belebt und befreit, so, wie sie sich bei der Betrachtung des Nachthimmels fühlte. Die Vorstellung, sich von Isaac zu trennen, war schier unerträglich.

Hannah blieb kurz vor ihm stehen, beschirmte ihn vor der Sonne und stellte sich vor, wie sie wohl im Gegenlicht aussah, mit verschwommenen Konturen. Auf einmal war da wieder die Erinnerung an Isaacs Umarmung, die ihren Körper gewärmt hatte wie Sonnenlicht. Sanft wie eine Libelle ließ sich ihre Hand auf den krausen Locken nieder, die seinen Schädel bedeckten. Sie waren weich wie Moos. Sie hatte erwartet, sie seien elastischer, wie Metallfedern.

«Dann bis heute Abend», flüsterte sie und wandte sich heimwärts. Jetzt würde sie sich dem stellen, was immer sie dort erwartete.

* * *

Hannah traf ihren Vater am Küchentisch an. Als er aufsah, wirkte er eher betrübt als verärgert.

Zehn Sekunden vergingen in eisigem Schweigen. «Du hast mich enttäuscht», sagte er dann.

«Ich wollte nicht ...», sagte Hannah. Sie hörte sich so unbeholfen an wie Isaac; die zufällige Nachahmung kam ihr spaßig vor, obwohl ihre gegenwärtige Lage alles andere als komisch war. Sie hüstelte, um ihr Lächeln zu verbergen. «Es hat nichts mit dir zu tun», fügte sie in der Hoffnung hinzu, ihn zu besänftigen.

Ihre Worte bewirkten das Gegenteil. Nathaniel setzte sich noch aufrechter hin und streckte einen Finger aus, doch er zeigte nicht tadelnd auf sie, sondern klopfte damit, gleichmäßig wie ein Metronom, auf den Tisch; jede Silbe, die er dazu sagte, war wie ein unheilvoller Trommelschlag.

«Ich habe dich in Schutz genommen», sagte er. «Denen, die deine Frömmigkeit anzweifelten, hielt ich entgegen: *‹Ein Astronom, der seiner Aufgabe nicht völlig ergeben ist, ist wahnsinnig.›* Denen, die sagten, du missachtest die Disziplin, erklärte ich, deine Disziplin in puncto Selbstbeherrschung sei beispiellos. Denen, die Schlimmeres dachten – nun, sie haben ihre Behauptungen nicht laut ausgesprochen. Nicht mir gegenüber jedenfalls. Deinem Leumund war bereits geschadet. Aber jetzt ...» Er schüttelte den Kopf. «Jetzt, meine Tochter, fürchte ich, bleibt dir keine Wahl, als mit mir von hier fortzuziehen. Hier sehe ich keine Möglichkeiten mehr für dich. Und du solltest erwägen, es sogleich zu tun. Gewiss wärst du ausreichend damit beschäftigt, unseren neuen Haushalt einzurichten.»

Hannah ließ sich auf die Bank sinken und zupfte an einem Niednagel.

«Im Atheneum gibt es Arbeit genug», murmelte sie.

«Hannah.»

Von seinem scharfen Ton aufgeschreckt, blickte sie hoch.

«Du verkennst offensichtlich den Ernst der Lage. Ich versichere dir, deine Anstellung im Atheneum wird neu vergeben, noch während wir uns hier unterhalten.»

Seine Behauptung stand zwischen ihnen wie ein Eisberg, an dem Hannah nicht vorbeikam. Sie schüttelte den Kopf.

«Was hat das eine mit dem anderen zu tun? Ich verstehe das nicht.»

«Kennst du einen einzigen Kurator, der nicht an der Disziplin haftet wie eine Seepocke an einem Felsbrocken?», fragte er. «Bist du so naiv zu glauben, man verurteilt dein Gebaren in der Gemeinde – und andernorts – und betraut dich dennoch weiterhin mit der Beratung der empfindsamsten Gemüter der Insel?»

«Ich sehe nicht ein, inwiefern meine Beratung in der Bibliothek in Frage gestellt werden soll, wenn so viele beflissene Menschen Ansichten vertreten, die weit weniger christlich sind als jene, die ich heute geäußert habe. Diese Leute behaupten fromm zu sein, doch ihr Handeln spricht eine andere Sprache. Sie sagen, sie hegen keine Vorurteile gegen Schwarze, weichen aber zurück, wenn ihnen einer zu nahe kommt. Sie verabscheuen Gewalt, aber schleudern Pflastersteine auf diejenigen, die unerwünschte Ansichten äußern. Ganz zu schweigen von den Zuständen auf ihren Walfangschiffen. Sie ...»

«Genug.» Nathaniel hielt mit Klopfen inne und sah Hannah an. Sein Ton war hart und gebieterisch. «Dieses ‹Sie› gibt es nicht. Unsere Gemeinde ist keine Ansammlung von Verschwörern. Du erweist deinem Leumund einen schlechten Dienst, wenn du so sprichst. Es peinigt mich. Weilte deine Mutter noch unter uns ...» Er brach ab, und Hannah fragte sich, welche Erinnerung an Ann Gardner Price ihm gerade in den Sinn gekommen war. Ein Spaziergang im Garten? Ihr Hochzeitstag? Ihr Leib, schwer von werdendem Leben? Eifersucht durchzuckte Hannah wie ein Blitz. Sie hatte dem nichts entgegenzusetzen als ihr eigenes Ich, das im Fleisch ebenjener Frau seinen Anfang genommen hatte.

«Ich glaube, dass du es gut gemeint hast», fuhr er fort, als könnte er ihre Gedanken lesen. «Doch du hast Schaden angerichtet, Hannah. An deinem Namen. Und bedauerlicherweise auch an meinem.» Er schüttelte kurz den Kopf, hob dann das Kinn. «Du wirst diesen Unterricht unverzüglich beenden.»

Hannah reckte ihrerseits das Kinn, wobei ihr bewusst wurde, wie sehr sich ihre Profile in diesem Moment ähneln mussten. Doch sie fühlte sich wie eine Fremde. Sollte Nathaniels Heraufbeschwörung ihrer Mutter dazu gedient haben, sie zu beschämen, so bewirkte sie das Gegenteil. Hannah spürte, wie neue Kraft in ihr aufwallte.

«Ich glaube, meine Mutter wäre geneigt, sich ebenso auf die Seite der Wahrheit zu stellen, wie ich es von dir kenne», sagte sie. «Und ich glaube, sie wäre stolz. Ich sehe mitnichten, warum sie sich schämen sollte. War sie nicht eine absolute Verfechterin der Wahrheit, wie sie sie sah? Hat sie eine Bemerkung nicht in Frage gestellt, wenn sie diese widersinnig fand?» Zum ersten Mal, seit sie zurückdenken konnte, spürte Hannah in sich den Geist von Ann Gardner zu neuem Leben erwachen wie einen Funken. Vielleicht war sie am Ende doch nicht ausschließlich die Tochter ihres Vaters.

Doch kaum sah sie die schmerzliche Miene ihres Vaters – als hätten ihre Worte ihm einen körperlichen Schlag versetzt –, war ihr neuer Kampfgeist schon wieder erloschen. Sie schluckte und senkte die Stimme.

«Jedenfalls verlässt die *Pearl* am dritten Tag den Hafen», fuhr sie fort. «Mein Schüler wird als zweiter Maat an Bord sein und dabei auf seine neu errungene Fähigkeit vertrauen, dem Kapitän und der Besatzung bei ihren Navigationsaufgaben zur Hand zu gehen. Es besteht keine Notwendigkeit, auf die wenigen Unterrichtsstunden, für die uns noch Zeit bleibt, zu verzichten.»

Nichts von der früheren Verletztheit oder Traurigkeit war ihrem Vater anzumerken, als er sich jetzt vor ihr aufbaute, als bräuchte er den höheren Standort, um seine Autorität zu festigen.

«Ich will nicht mehr darüber diskutieren», erklärte er. «Jedweder Kontakt zu diesem Menschen wird unverzüglich abgebrochen. Ich will kein Gerede mehr über die Bekanntschaften meiner Tochter hören. Und von dir wünsche ich keinerlei Einschätzungen über das Verhalten unserer Ältesten mehr. Du hast dir hier die Aussicht auf eine Heirat unwiderruflich verscherzt und Georges Antrag, wie ich von William Bond höre, nicht einmal ernsthaft in Betracht gezogen; ich habe keine Ahnung, warum. Ich frage mich, ob du überhaupt jemals einen Gedanken darauf verwendest, welchen Eindruck dein Handeln hinterlässt. Ich bin ratlos.»

Er öffnete den Mund, als wollte er noch etwas hinzufügen, blieb jedoch stumm. Dann erhob er sich steif und ging hinaus.

Hannah blieb sitzen. Ihr Herz klopfte nach der heftigen Auseinandersetzung.

Nie zuvor hatte sie sich auf ihre Mutter berufen, um sich zu verteidigen. Es war, als hätte ihr Gespräch mit Isaac einen Damm durchbrochen, von dessen Existenz sie nichts gewusst hatte, und nun stürmten all die Gedanken an diese Frau, all die Gefühle, die sie verdrängt hatte, auf sie ein. Es war eine Erfahrung, die gleichermaßen verstörend und aufregend war. Zum ersten Mal erlebte Hannah eine unverstellte, neue Sicht auf sich selbst.

Dann fiel ihr ein, was ihr Vater über ihre Arbeit gesagt hatte. Wenn es zutraf, dass sie ihre Stellung im Atheneum verlieren würde, gab es in der Tat keine Möglichkeit für sie, auf Nantucket zu bleiben. Da Nathaniel offenbar nicht gewillt war, ihr zur Seite zu stehen, musste sie wohl oder übel zu Doktor Hall gehen und ihn um seine Unterstützung bitten, damit sie ihre Arbeit behalten konnte. Wenn sich irgendjemand auf der Insel für sie verwenden würde, dann war er es.

* * *

Er saß wie immer auf der Veranda seines schmucken Hauses, als gehörte er ebenso unabdingbar an diesen Ort wie die Wetterfahne auf dem Dach. Hannah kannte jeden sauber gefegten Winkel seines Heims, von der chronologisch angeordneten Bibliothek bis zu der Parade von Teetassen in allen Zimmern, eine jede halbvoll mit lauwarmem Tee. Als sie sich im grauen Zwielicht näherte, ergriff eine tröstliche Ruhe von ihr Besitz, als wäre dies einfach nur ein beliebiger Sommerabend, an dem sie zu ihrem alten Lehrer unterwegs war und bei ihm kein Erbarmen suchte, sondern einzig und allein geistige Erbauung. An die zwanzig Jahre war sie den Weg von ihrem Zuhause in der Little India Street zu seinem Haus an der Pineapple Street gegangen; fast hörte sie noch die Hammerschläge in jenem Sommer, als man die neue Werft gebaut hatte, das Klirren und Klappern auf der alten Schiffswerft, und über allem Doktor Halls strenge Stimme, wenn er ihr dabei half, Gleichungen über das Problem der Zeit oder der Entfernung zu lösen und ein immer dichteres Gewebe von Kenntnissen zu entspinnen, so wie andere Frauen Garnknäuel in Decken, Pullover oder Strümpfe verwandelten.

So leidenschaftlich wie kaum ein anderer, den sie je gekannt hatte, verfocht Doktor Hall den Wert des Wissens, die Wichtigkeit von Fortschritt. Gewiss würde er sich für die Richtigkeit ihres Handelns einsetzen, auch wenn er dies in der Andacht nicht gesagt hatte. Zwar hatte er viel zu verlieren, wenn er öffentlich für sie eintrat, doch sicher könnte er die Kuratoren des Atheneums mit ein paar gesetzten Worten beeinflussen.

Doktor Hall erhob sich, als sie sich näherte.

«Das war doch nicht nötig», sagte sie. «Bitte nimm wieder Platz.»

Er ließ sich wieder auf seinem Sitz nieder, ohne den Rücken zu krümmen, was ihm ein fast majestätisches Aussehen verlieh, und wies auf den Stuhl neben sich. Hannah nahm mit einem Gefühl der Zufriedenheit und Geborgenheit Platz, denn hier in diesem vertrauten Winkel fühlte sie sich sicher. Auf Doktor Halls Veranda ließ es sich leicht vergessen, wie viel sich verändert hatte. Hinter den langgestreckten, niedrigen Lagerhäusern der Kerzenmanufakturen zogen sich blasse Lichtstreifen über den Horizont, die letzten Überbleibsel des Sonnenuntergangs. In der Bucht glitzerten ein paar Lichter, wie Funken. Hannah hörte das Wasser gegen die Pfähle klatschen und das ferne Kreischen der Möwen, die den Innenhafen umkreisten. An die hundert Boote schaukelten gleichmäßig auf dem Wasser, so klein wie Papierschiffchen. Hannah atmete tief durch und stieß einen so wohligen Seufzer aus, dass ihr ein Schauder über den Rücken rieselte.

Doktor Hall sprach als Erster. Er hatte es offenbar nicht eilig, sich zu äußern, und sprach so leise, dass Hannah sich vorbeugen musste, um ihn zu verstehen.

«Was bei der Andacht geschah, war verhängnisvoll», sagte er. «Ich vermute, du empfindest Bedauern darüber.»

Hannah schaukelte leicht auf ihrem Stuhl und war dankbar für den Lufthauch, der durch die Bewegung entstand.

«Ich bedaure, dass Verleumdung und Gerede einen Weg in die Stätte gefunden haben, die ich immer als das Reich der Wahrheit angesehen habe», sagte sie vorsichtig. «Mir war jedoch bewusst, dass man mein Handeln im Hinblick auf meinen Schüler in der Gemeinde nicht guthieß.»

«Ja.» Doktor Hall war offenbar nicht bereit, ihr auch nur den geringsten Zuspruch zu bieten. Unbehagen senkte sich über Hannah herab, und um Halt bemüht, stellte sie beide Füße fest auf den Boden.

«Man ist mit der Bitte an mich herangetreten, das Wissen eines anderen Menschen zu mehren, und ich habe ihr entsprochen und jemandem, der diese Chance verdiente, die Möglichkeit verschafft, sich zu verbessern. Nicht mehr und nicht weniger», sagte sie und wünschte dabei, sie würde nicht so stolz und abwehrend klingen.

«Um den Preis deiner eigenen Möglichkeiten, wie es scheint.» Hannah konnte Doktor Halls Tonfall nicht deuten. War er vorwurfsvoll oder mitfühlend? Doktor Hall blickte gleichmütig übers Wasser, den Stock quer über den Schoß gelegt.

«Deswegen bin ich eigentlich hier.» Sie räusperte sich. «Mein Vater glaubt, ich werde wahrscheinlich meine Stellung im Atheneum verlieren. Wenn dem so ist, muss ich die Insel augenblicklich verlassen. Ich hatte gehofft, du könntest als Vermittler tätig werden. Falls es dazu kommt.» Hannah senkte den Kopf. Es war keine Geste der Demut, und doch fühlte sie sich auf ungeahnte Art erniedrigt. Sie war voll rechtschaffener Zuversicht gekommen, Doktor Hall werde ihr den Weg zum Verbleib in ihrer Stellung ebnen. Jetzt jedoch kam sie sich nur noch vor wie eine Bittstellerin.

Sekunden vergingen. Die Stille war qualvoll.

«Das ist eine heikle Situation, meine Liebe», sagte er, ohne sie dabei anzusehen. «Viele Nachbarn sind der Meinung, du hast in dieser Angelegenheit die Disziplin nicht nur umgangen, sondern ihr Schaden zugefügt.»

«Und du pflichtest ihnen bei?» Einen Moment lang überkam Hannah eine Milde, die an Mitleid grenzte. Ihr alter Lehrer lebte allein, seit sie ihn kannte; sein unbeholfener Heiratsantrag, selbst seine jetzige Strenge und sein barsches Auftreten waren gewiss seiner Einsamkeit geschuldet. Wenn er langatmig war, wenn er dazu neigte, vorschnelle Urteile zu fällen und Selbstgespräche zu führen, dann deswegen, weil er niemanden hatte, um sich in anders gearteten Gesprächen zu üben. Es fiel nicht schwer, ihn wegen seiner mangelhaften Umgangsformen zu bemitleiden. Zweifelsohne dachten einige Leute dasselbe von ihr. Hannah fragte sich, ob er, von ihr selbst abgesehen, jemals einer Frau den Hof gemacht hatte – falls man es denn so nennen konnte. Was für ein Mensch wäre er, wenn er jemanden gehabt hätte, der ihm dabei half, sich selbst zu erkennen?

«Mein persönliches Empfinden in dieser Angelegenheit tut nichts zur Sache», erklärte er. «Als dein Lehrer und als Freund deines Vaters bedaure ich den gegenwärtigen Stand der Dinge. Als dein zukünftiger Ehemann könnte ich imstande sein, die Meinung der Kuratoren bezüglich deiner Stellung zu beeinflussen, doch so, wie die Dinge stehen, kann ich kaum etwas tun, um den Makel, der durch dein Handeln auf dem Atheneum liegt, zu bereinigen.»

Hannahs Nachsicht mit ihm war wie weggeblasen. Vielleicht hatte sie sich verhört.

«Du willst mir nicht helfen, weil ich nicht eingewilligt habe, die Ehe mit dir einzugehen?»

Doktor Hall seufzte, als fände er es beschwerlich, sich zu rechtfertigen. Als er sprach, war seine Stimme unbewegt. Er hätte ebenso gut einen Vortrag über Naturphilosophie halten können.

«Ich bin der Meinung, du hättest mir deine Entscheidung schon längst mitteilen müssen. Als dein Lehrer habe ich jeden Schritt deiner Bildung begleitet. Ich habe dir alles ermöglicht, was du brauchtest, um deine Ziele zu erreichen, sogar das Aufspüren eines Kometen. Ich habe dir beigebracht, dich nicht mit den Gleichungen zufriedenzugeben, sondern nach den zugrunde liegenden Regeln, nach den Gesetzmäßigkeiten des Himmels zu suchen. Ich habe dir ein Einkommen im Atheneum gesichert. Was muss ich noch für dich tun, Hannah Price, als Gegenleistung für deine simple Gesellschaft als meine Ehefrau?»

Die Worte trafen Hannah wie ein körperlicher Hieb, und sie schlug zurück, zu entsetzt, um das vulkanische Aufbrodeln ihres Zornes zu bezwingen oder auch nur den Schein der Höflichkeit zu wahren. Auch mit ihrer Anrede ging sie jetzt bewusst auf Distanz.

«Ja, Doktor Hall, Sie haben gute Arbeit darin geleistet, meinen Geist zu nähren und meine Bestrebungen zu unterstützen, so wie es auch mein Vater und Edward getan haben. Vor allem aber haben Sie mich gelehrt, nach der Wahrheit zu trachten. Wahrheit! *Die höchste Berufung*. Haben Sie mir das nicht eingetrichtert? Und Sie legen mir nun nahe, ich soll einwilligen, Ihre Frau zu werden, nur damit meine Stellung im Atheneum gesichert ist? Halten Sie mich wirklich für eine Person, die einen so schandbaren Vertrag eingehen würde?»

Noch nie hatte sie eine derartige Wut gefühlt, geschweige denn in Worte gefasst. Sie war aufgestanden, während sie sprach, und hatte die Fäuste so fest geballt, dass sich ihre Fingernägel in die Handflächen gruben. Es fühlte sich gut an, weshalb sie noch fester drückte.

«Es ist bedauerlich, dass du bei der ersten Gefühlsaufwallung deine Manieren und maßvolle Sprache außer Acht lässt», sagte er betont gütig. «Wenngleich es ermutigend ist, ein Feuer in einer Frau brennen zu sehen, die es ansonsten vortrefflich versteht, ihre Passionen zu zügeln.»

Hannah trat zurück und blieb dicht bei der Verandatreppe stehen.

«Sie sehen mich mitnichten als gleichrangig. Trotz Ihres ganzen Geredes von gleicher Bildung für beide Geschlechter sehen Sie meine Gestalt, nicht meinen Verstand. Letzten Endes bin ich nur eine Frau.» Die Worte schmeckten bitter, denn Hannah empfand ihren Körper oft genug als Gefängnis. Wie ungerecht, dass sie bis ans Ende ihrer Tage darin eingesperrt sein würde.

«Sieht ein Zebra kariert, wenn es auf sein Weibchen schaut, meine Liebe? Du solltest dankbar sein für das, was dir beschieden ist, für die Rolle, die der Schöpfer für dein Geschlecht vorgesehen hat.»

Hannah starrte ihn an, vernahm die Worte kaum. Ihr Geschlecht, fürwahr. Es war die Ursache ihrer Qualen.

«Ich lege dir dringend nahe, noch einmal über meinen Antrag nachzudenken», fuhr er fort. «Wenn nicht um deinetwillen, dann um derentwillen, die von deiner Entscheidung betroffen sein könnten. Dein Vater zum Beispiel. Er wartet noch immer auf seine Austrittsbescheinigung, und es wird schwierig für ihn sein, in seiner Stellung zu verbleiben, wenn er bei der Philadelphia-Gemeinde schlecht angesehen ist. Oder dein ... Schüler. Der mit einer Einrichtung unserer Gemeinde, die seiner Rasse gar nicht offen steht, erstaunlich vertraut zu sein scheint. Und der offenbar im Dunkeln ausgezeichnet sieht.»

«Dann haben Sie den Zettel in meinen Briefkasten gelegt», flüsterte Hannah; die Wahrheit sickerte in sie hinein wie Gift. «Wo ist mein Schlüssel?», zischte sie.

«Ich wollte dir helfen, Hannah. So wie jetzt auch. Du brauchst diesen Schlüssel zur angesehensten Einrichtung unserer Insel nicht mehr.» Doktor Hall blinzelte einmal, zweimal, langsam wie eine Eule. Verhöhnte er sie mit seiner heuchlerischen Besorgnis? Im Zwielicht, dort auf seinem Schaukelstuhl, bildete seine Gebrechlichkeit einen bizarren Kontrast zu der Macht, die er ausübte.

«Es ist nicht zu spät für ein Eingeständnis», sprach er weiter. «In Verbindung mit der Bekanntgabe unserer Verlobung würde es den Riss zwischen dir und deinen Nachbarn gewiss kitten. Denk darüber nach.» Er verschränkte die Arme und fing an zu schaukeln, als wäre Hannah eine Schülerin, die er soeben entlassen hatte.

Wäre sie ein Seemann gewesen, sie hätte ihm vor die Füße gespuckt.

Stattdessen schüttelte sie den Kopf und holte zu einer letzten Erwiderung aus. «Im Gegenteil», sagte sie, und jedes Wort, das fiel, war schwer wie eine Kanonenkugel. «Ich werde mich nach Kräften bemühen, nie mehr darüber nachzudenken.»

Mit diesen Worten kehrte sie ihm den Rücken zu und ging den Weg zurück, den sie gekommen war, dankbar für den Schutz der hereinbrechenden Dunkelheit.

21

Doppelsterne

Ein Zettel auf dem Dielentisch ließ Hannah wissen, dass Edward und Mary draußen auf der Suche nach ihr waren.

Wenn du dies liest, bevor wir zurück sind, hatte Edward als Postskriptum unter die letzte Zeile gesetzt, *bleib bitte hier.*

Seufzend warf Hannah den Zettel in den Kasten mit Anmachholz; sie war neugierig darauf, wie Edward sich zu den Geschehnissen des Tages äußern würde. Dass er daran viel zum Lachen fand, konnte sie sich allerdings nicht vorstellen.

Als sie sich die Stiefel aufschnürte und nach oben ging, sah sie im Geiste Doktor Hall vor der Schulklasse stehen. Sein Wissensdrang, sein glühender Wunsch, die Geheimnisse des Himmels zu ergründen, seine Hingabe an die Wahrheit – soweit sie es beurteilen konnte, war das alles aufrichtig gewesen, und es hatte mit ihrer eigenen Auffassung übereingestimmt. Wie war es möglich, dass er sich zu einem solch schäbigen Benehmen herablassen konnte?

Die Antwort war naheliegend, aber unerquicklich: Er begehrte Hannah und meinte das Recht zu haben, sie zu erwerben und zur Schau zu stellen wie einen ausgestopften Fasan.

Sie spritzte sich zur Erfrischung kaltes Wasser ins Gesicht, drückte sich einen sauberen Waschlappen auf die Nase und atmete den verbliebenen Sommerduft ein.

Weil ihr schwindelig vor Hunger war, ging sie hinunter in die Küche und fand einen Teller mit Wurst und Kartoffeln vor, die Mary ihr übrig gelassen hatte. Dankbar ließ sie sich auf einen Stuhl am Kopfende des Tisches sinken, auf einmal erschöpfter, als sie es je im Leben gewesen war. Unfassbar, denn es war noch so früh, dass gerade erst die Sterne flimmernd am Himmel sichtbar wurden.

Während sie in den kalten Resten ihres Abendessens stocherte, hörte sie die Haustüre auf- und zugehen und Edward nach ihr rufen, doch sie hatte nicht die Kraft, um zu antworten.

Er kam in die Küche gestürmt und blieb abrupt stehen.

«Da bist du ja! Warum hast du nicht geantwortet?»

Hannah zuckte die Achseln. Er rutschte auf die Bank, stützte einen Ellenbogen auf den Tisch und den Kopf in die Hand und sah seine Schwester eindringlich an.

«Starr mich nicht so an», fauchte sie. «Ich habe für heute genug von derlei Blicken.»

Es waren bissige Worte, aber Edward war anscheinend nicht gekränkt; er seufzte nur.

«Ich fühle mich mitverantwortlich für das, was heute vorgefallen ist. Ich hätte ... ich meine, wäre ich hier gewesen, hätte ich vielleicht ... Ich weiß nicht.» Seine Miene war traurig. «Ich bin kein Wachhund, aber vielleicht hätte ich dich vor der Demütigung bewahren können, von einer Bande selbstgefälliger Tugendbolde dermaßen angegeifert zu werden.»

«Was hättest du denn tun können? Mir verbieten, Isaac weiterhin zu unterrichten? Es spielt ohnehin keine Rolle mehr. Du warst nicht hier und wirst beim nächsten Mal nicht hier sein. Nicht, dass es ein nächstes Mal geben wird. Denn ich gehe fort.»

Sie ließ ihre Gabel auf den Teller fallen, dass es gehörig

klapperte, und trug das benutzte Geschirr dann zum Ausguss, um Edward den Rücken kehren zu können. In diesem Moment drohte ihr siedender Zorn überzukochen, doch sie wusste, eine weitere Auseinandersetzung würde ihr nur noch mehr Leid verursachen.

Edward erhob sich ebenfalls und trat zu ihr an den Ausguss. In seiner Stimme lag nichts von der gewohnten Großspurigkeit. Vielmehr schien er den Tränen nahe zu sein. Er legte Hannah die Hand auf die Schulter.

«Ich habe den ganzen Abend darüber nachgedacht», stammelte er. «Und ich habe beschlossen – also, Mary und ich –, wenn du willst, dass wir hierbleiben, dann bleiben wir.» Er schluckte. «Ich möchte nicht näher darauf eingehen, aber ich frage dich – als meine Schwester, meinen Zwilling, meine weitaus bessere Hälfte –, ob es wirklich dein Wunsch ist, hierzubleiben. Bedenke, bevor du antwortest. Frage dich, was die Insel dir zu bieten hat – uns allen –, und ob du nach dem, was geschehen ist, hier glücklich sein kannst.» Er stieß einen tiefen Seufzer aus, doch Hannah vermochte nicht genau zu sagen, woher sein Schmerz eigentlich kam

Weil sie es nicht schaffte, ihn anzusehen, steckte sie die Hände tief in die Schüssel mit Seifenwasser, als könnte sie sich dadurch vor der Verwirrung schützen, die durch diese unerwartete Wendung immer größer in ihr wurde.

«Antworte jetzt nicht», sagte Edward und trat einen Schritt zurück. «Denk darüber nach. Wenn wir bleiben, muss ich Kapitän Johnson baldmöglichst Bescheid geben. Doch das soll nicht deine Sorge sein», fügte er an. «Entscheide du, wie es dein Herz gebietet.»

Hannah wusch und trocknete Teller und Gabel ab, danach schleppte sie sich zur Dachkammer und hinauf auf den Steg. Doch sie hatte nicht vor, den Himmel zu beobachten. Heute Abend nicht. Sie wollte nur unter dem vertrauten Himmelsbaldachin sitzen und sich von dem beständigen, unveränderlichen Licht der Sterne trösten lassen.

Auf Edwards Anerbieten hatte sie die ganze Zeit gehofft; sie hatte es sich gewünscht, denn es bot ihr die Möglichkeit, auf Nantucket zu bleiben, ohne dass ihr dafür etwas abverlangt wurde. Sie könnte ihre Beobachtungen fortsetzen, könnte womöglich wieder unterrichten. Die afrikanische Schule würde sie bestimmt einstellen. Warum war sie dann nicht erleichtert?

Edwards Frage schwebte in der warmen Abendluft wie das Summen eines Insekts. Konnte sie hier denn noch glücklich sein? Mit dem Wissen, dass ihre Nachbarn sie hintergangen, geächtet hatten, und dass ihre Verurteilung so ewig anhalten würde wie die Sterne? Das Leben, das sie hier hatte fortführen wollen, gab es nicht mehr, und wie ein neues Leben aussehen könnte, war ihr wie ein Buch mit sieben Siegeln, wie eine Gleichung, die nicht zu lösen war. *Niemand kann die Zukunft erahnen*, hatte ihr Vater vor Monaten gesagt, als sie bei dem Gedanken weinte, fortgehen zu müssen. Wie recht er gehabt hatte.

Das galt vor allem jetzt, da die Insel selbst und ihr Leben darauf untrennbar mit Isaac verknüpft waren. Ganz gleich, wozu sie sich entschloss, er würde nicht hier sein. Es würde keine Unterrichtsstunden mehr geben, keine Ausflüge, keine Gespräche. Sie würde seinen Körper nie wieder neben sich spüren, nie mehr seine tiefe Brummstimme hören. Auch wenn sie bliebe, wäre es unwahrscheinlich, dass er wiederkäme; denn was hatte diese Insel ihm zu bieten? Hannah lehnte sich schwer an das Holzgeländer. Vielleicht würde Isaac ab und zu an sie denken, wenn er eine Entfernung maß oder die Position seines Schiffes berechnete. Bei diesen trüben Gedanken zuckte ihr das Herz in der Brust.

Allein die Vorstellung, von ihm getrennt zu sein, war schmerzlich genug; doch die Möglichkeit, dass er den Verlust nicht ebenso empfinden würde wie sie, machte sie unerträglich.

Zum Himmel spähend, betrachtete sie die Wolkendecke, gespannt, ob sie dichter oder dünner werden würde. Sie könnte nach Albireo im Schwan Ausschau halten, wenn es aufklarte. Vielleicht sollte sie ja wenigstens das Fernrohr aufstellen. Doch die Ungewissheit lastete so schwer auf ihr, dass sie sich nicht vom Fleck rühren konnte, und nach wenigen Minuten streckte sie sich an ihrem gewohnten Platz aus und schloss die Augen.

* * *

Isaac erklomm den Baum lautlos wie eine Katze. Als er Hannahs Namen flüsterte, fuhr sie auf und unterdrückte einen Schrei.

«Pssst.»

Er legte einen Finger an den Mund, mit der anderen Hand klammerte er sich an den dicken Ast direkt unterhalb des Steges.

«Was machen Sie hier?» Ihr Herz klopfte heftig. Sie schlug sich mit der Hand an die Brust, um es zu beruhigen.

«Ihren Schlaf bewachen.»

«Es gibt eine Türe.» Ihre Beine fühlten sich an wie in Fesseln. Das Aufstehen war unendlich mühsam.

Isaac antwortete nicht, sondern schwang sich zum Steg, sprang behände über das Geländer und landete leise auf den Füßen.

«Ich wollte nicht gesehen werden.»

Er sah sich auf dem Steg um. «Sie beobachten nicht?»

Hannah schüttelte den Kopf.

«Mir war nicht danach.»

Beide setzten sich an die Kante des Stegs und betrachteten die schwarzen Wolken, die am dunklen Himmelszelt dahinjagten. Hier und da blinkte ein Stern auf und verschwand sogleich wieder. Es lohnte nicht den Versuch, die Sterne zu bestimmen. Sie kamen und gingen, wie sie wollten, und Hannah wurde bewusst, dass es genauso war wie mit den Männern in ihrem Leben. Doktor Hall und ihr Vater, Edward und Isaac: Ob sie sie liebte oder verachtete, ob sie Hannah hintergingen oder sie unterstützten: Sie alle konnten sich frei bewegen, und Hannah konnte es nicht. Sie durften in ihren Begehrlichkeiten schwelgen, während Hannah sich der ihren schämen musste.

«Ich weiß nicht, was ich sagen soll.» Isaac sah Hannah an, die den Blick auf den Himmel gerichtet hielt und gegen den Unmut in sich ankämpfte.

«Es gibt nichts zu sagen. Sie werden fortgehen und ein guter Navigator sein.»

«Sagen Sie mir, was Sie in jüngster Zeit beobachtet haben», bat Isaac. «Ich möchte mich an den Klang Ihrer Stimme erinnern.»

«Ich wollte versuchen, Doppelsterne zu sichten.» Hannahs Stimme zitterte. Isaacs Nähe machte das Sprechen schwer.

«Doppelsterne?»

«Sterne mit einer gemeinsamen Schwerkraft. Sie ziehen zusammen durch das Universum.»

Ein warmer Windstoß löste Hannahs Haare. Sie schlug danach, als sie ihr Gesicht streiften, und der brennende Hieb tat ihr wohl. Isaac strich ihr sanft eine Strähne zur Seite. Ihre Stirn glühte, wo er sie berührt hatte, und sie widerstand dem Drang, seine Hand zu nehmen und an ihre Wange zu drücken, an ihren Hals. Ihr Atem ging flach und rasch.

«Aber warum sind sie beisammen?» Er wirkte aufrichtig verwundert.

«Sie sind durch die Schwerkraft gebunden.» *Wie ich,* dachte sie. Wenngleich sie nicht durch eine kosmische Kraft, sondern durch ihr Geschlecht eingeschränkt war. Hannah schluckte, versuchte verzweifelt, das Gespräch wieder auf eine sachliche Ebene zu bringen.

«Das wissen wir nicht», flüsterte sie. «Der eine Stern ist fast immer heller als der andere. Aber sie wechseln die Position in Relation zum jeweils anderen, und manchmal verdunkeln sie einander, wenn sie ihre Bahnen ziehen. Bisweilen können wir nur den einen oder den anderen sehen.»

Isaac beugte sich dicht an ihr Ohr. «Aber sie sind immer beisammen und ziehen über den Himmel.»

«Ja», sagte sie oder glaubte es gesagt zu haben. Sie hatte Gänsehaut, und die feinen Härchen auf ihren Armen standen zu Berge.

Isaac senkte den Kopf, und sein Mund war ganz nah an Hannahs Ohr.

«Ich wünschte, ich könnte in meiner Sprache mit Ihnen sprechen», sagte er und streifte mit seiner Stirn die weiche Kuhle an ihrer Schläfe.

«Sprechen Sie», flüsterte sie.

Seine Stimme war wie Musik. Was sagte er? Sie verstand es nicht, doch es war ihr einerlei. Sein Mund an ihrem Ohr jagte ihr einen Schauder nach dem anderen durch den Körper, der sich in dem Wollkleid glühend heiß anfühlte.

Als er sie küsste, war ihr, als würde sie vergehen, wie ein Stern am Himmel. Es gab nur noch ein Fühlen: seinen Atem, warm und scharf, seine Lippen, süß und feucht. Ein Gefühl, als wäre man im Traum und würde fallen. Sie fiel, doch ihr Sturz hatte kein Ende.

Vielmehr blieb sie in der Schwebe, gehalten von der Wärme seiner Hände auf ihren Wangen. Sie ließ die Sekunden verstreichen, doch dabei zählte sie herunter, wie sie es als Kind genau hier auf diesem Dach getan hatte. Zehn, neun, acht ... Die Hitze in ihr war wie ein Lauffeuer. Sie legte ihre Hände auf seine Arme, staunte ob der Weichheit seiner Haut und der Härte seiner Muskeln. Sechs, fünf, vier ... Sein Mund glitt zu ihrer Wange, ihrem Kiefer, ihrem Hals. Sie stöhnte, ein Schauder jagte den anderen.

Drei, zwei, eins. Isaacs Finger glitten zu den Knöpfen ihres Kragens, das pochende Verlangen in ihr verhärtete sich einen Moment lang zu dumpfer Angst, doch dann fand sein Mund die Mulde an ihrer Kehle, und Hannah stöhnte vor Lust. Er öffnete einen Knopf, dann den nächsten, und wieder stieg Panik in ihr auf. Doch sie konnte nichts tun; ihre Knie waren weich, ihre Hände flatterten wie Flügel, die zu schwach waren, um ihn fortzuschlagen. Dabei wollte sie ihn gar nicht zum Aufhören bewegen, so köstlich war die Wonne, die ihr sein Mund auf ihrer Haut bescherte. Er öffnete noch einen Knopf und noch einen, entblößte sie bis zum oberen Rand ihres Unterrocks, und erst da fand sie ihre Sprache wieder, und auch ihre Kraft kehrte zurück.

«Nein. Nicht.»

Sie riss sich los, schnappte nach Luft, als wäre sie am Ertrinken gewesen. Begierig sog sie die Luft ein. Luft war rein; Luft war die Materie des Universums.

Das Verlangen, das sie gerade zum ersten Mal gekostet hatte, war wie eine gewaltige Welle, die drohte, sie mit sich fortzureißen, doch was sie erwartete, wenn sie sich ihm hingab, konnte kaum mehr sein als eine dumpfe Ahnung. Nur kurz stand das Bild einer tierischen Vereinigung vor ihrem inneren Auge, doch sosehr ihr Körper wieder zu Isaac wollte, wusste sie, dass dies unmöglich war.

Sie schüttelte den Kopf und klammerte sich ans Geländer. Das Blut in ihren Adern toste wie ein Ozean.

«Ich kann nicht», sagte sie. Die Worte verliehen ihr Kraft, und sie trat noch einen Schritt zurück, bis genügend Abstand zwischen ihnen war. Hannah hatte wieder die Kontrolle über ihre Gliedmaßen, doch ihre Scham war so groß, dass es ihr die Kehle zuschnürte.

Isaac sah sie an, Verwirrung stand ihm ins Gesicht geschrieben. Auch er griff nach dem Geländer, richtete sich langsam auf, schlang wie zum Schutz die Arme um sich. Als er sprach, tat er es mit leiser, harter, brüchiger Stimme.

«Ich bin ein Wilder? So sehen Sie mich?»

Wilder. Selbst ein so unschönes Wort klang aus seinem Mund wie ein Lied. Hannah schüttelte den Kopf. Isaacs Blick huschte über den Steg, als suchte er nach einem Fluchtweg, richtete sich dann wieder auf ihr Gesicht. Ihre Wangen brannten, ihre Kehle fühlte sich staubtrocken an. Sie wusste nicht recht, ob sie sich mehr ihrer Begierde schämte oder ihrer Angst davor.

In ihrem aufgewühlten Zustand tat Hannah das Einzige, was ihr zu Gebote stand: Sie verbarg all ihre Gefühle, all ihr Begehren hinter einer Fassade. Es war, als würde man die Läden eines brennenden Hauses schließen, aber es wirkte. Isaac wich zurück, als wäre er geschlagen worden.

Er zog ein kleines, in zerknittertes Packpapier gehülltes und mit einer Schnur umwickeltes Päckchen aus seiner Hemdtasche und hielt es Hannah wie vorwurfsvoll hin.

«Was ist das?», flüsterte sie. Sie wollte ihn ansehen, wollte zu ihm, doch sie konnte sich nicht rühren. Ihre Hände waren feucht, als wäre sie soeben aus einem schrecklichen Traum erwacht.

«Ihr Geld.» Die beiden Worte waren nur ein hässliches

Zischen. Als hätte Hannah ihn hintergangen. Das hatte sie nicht gewollt. Sah er denn nicht, wie verletzt sie war?

«Das ist nicht nötig.»

Er ließ das Päckchen auf den Boden fallen wie ein glühendes Kohlestück. Als es dumpf auf das Holz traf, zuckte Hannah zusammen. *Hilf ihm, es zu verstehen*, flehte sie innerlich. *Hör auf, dich zu verstecken.* Doch als sie den Mund öffnete und die Worte hervorzubringen versuchte, war Isaac bereits verschwunden.

22

Feuersbrunst

Hannah erwachte in der Dachkammer, auf ihrem Stuhl, im Kleid. Etwas hatte sie aus ihrem Traum gerüttelt, in dem sie barfuß auf einem unbekannten Weg gegangen war, an einem grünen, tropischen Ort; im Traum hatte sie sich verlaufen und irrte umher. Da war es wieder: eine schrillende Glocke. Dann Stimmen.

«Es brennt! Es brennt! Alle Mann anpacken!»

Sie fuhr hoch und hätte sich auf der Treppe fast den Kopf am Türpfosten gestoßen. Im Flur traf sie auf Mary, die sich gerade ihren Morgenrock zuband.

«Wo ist Edward?»

«Er ist beim ersten Glockenschlag nach draußen gelaufen. Wir sollten auch gehen.»

«Ja! Zieh dich an. Warte! Nein!» Hannah schüttelte den Kopf, um die letzten Schlafreste aus ihrem Gehirn zu verscheuchen. «Bleib hier und spritze die Außenwände mit Wasser ab. Und dann pack, was du kannst, in die Schubkarre – für alle Fälle.»

Mary nickte. «Ist gut. Sei vorsichtig.»

«Du auch.» Hannah rannte nach unten und riss den Löscheimer vom Haken an der Tür.

«Hier, nimm!» Mary drückte Hannah einen Packen Leintücher in die Hand und deutete mit dem Kopf zur Küche. Ihre Stimme zitterte. «Mach sie nass, damit du sie dir vor das Gesicht halten kannst, wenn der Rauch schlimm wird.»

Hannah gehorchte dankbar, stopfte die feuchten Tücher in ihre Schürze und trat auf die Straße.

Im Mondlicht konnte sie leicht erkennen, dass alle dem Aufruf gefolgt waren. Die Türen in ihrer Straße standen offen, Nachbarn liefen in Richtung Main Street. Scharfer Rauchgeruch hing in der Luft, und am unteren Rand der silbrigen Wolkendecke flackerte ein gelbroter Schein, doch Hannah konnte nicht erkennen, woher genau er kam. Während sie sich dem Menschenstrom anschloss, der in die Stadt eilte, fasste sie einen Mann am Arm. «Wo brennt es?»

Der Unbekannte blieb nicht stehen und drehte sich nicht um. «Bei den Werften, glaube ich.»

Hannah ließ den Arm des Fremden los und bog in die Main Street ein. Es herrschte großes Getöse, und auf der Straße wimmelte es von Menschen, wie bei einem Umzug. Die Glocken der Methodistenkirche läuteten, das Rattern von Karren und das Schrillen der Alarmglocken vermischten sich mit den Rufen der Feuerwehrmänner in entfernteren Straßen. Die Luft war raucherfüllt, und inmitten der drängenden Leiber und des Klapperns von Eimern und Stiefeln konnte Hannah nichts wahrnehmen bis auf die hellen Funken, die von nahen Dächern in die Luft zischten.

Die Menge drängte zum Wasser; als sie zur Gardner Street, zur Winter Street, zur Pine Street kamen, wurde der Rauch immer dichter. Jetzt konnte Hannah die Hitze spüren, und als sie bei einer Gruppe Frauen aufschloss, schien sich die Menge zu trennen. Hannah trat zur Seite und blickte in eine Nebenstraße. Männer und Frauen aller Hautfarben und Glaubensrichtungen, von allen Teilen der Insel waren zusammengeströmt und riefen einander zu, liefen mit Schubkarren und Wagen, Eimern und Teppichen umher. Jetzt erspähte Hannah über den Köpfen der Menge gelbrote Flammen, die aus den Dächern von Gearys Hutmacherei und der Washington Hall daneben schossen.

«Es springt über», rief jemand. «Alles zurück! Zurück!»

Wie eine Welle wich die Menge zurück. Die Menschen teilten sich wie das Rote Meer, um die Feuerwehrleute durchzulassen. Die grimmig und entschlossen blickenden Männer in ihren dicken Mänteln schoben den Löschkarren mit den aufgerollten Schläuchen so schnell, wie es die Räder auf dem unebenen Gehsteig zuließen.

Mit ihrem Eimer in der Hand sah Hannah sich in dem Durcheinander nach etwas um, das sie tun könnte, und erspähte Miss Norris, die, den eigenen Eimer in Händen, eilends der Ecke Centre Street zustrebte.

«Miss Norris!»

«Oh, Hannah!» Die ältere Dame sah entgeistert drein; in ihren geweiteten Augen sah Hannah die gelbroten Flammen gespiegelt, die beiderseits der Halle züngelten. «Gut, dass du hier bist. Komm mit.»

Hannah machte Anstalten, ihr zu folgen, doch in diesem Moment erhob sich ein lauter Schrei, und beide erstarrten. Die Menge kehrte um wie ein Vogelschwarm, als ein Funken auf ein Haus an der Main Street niederging. In Sekundenschnelle schossen Flammen empor und verschlangen das trockene Holz.

«Miss Norris!», schrie Hannah, der ein schrecklicher Gedanke gekommen war. «Kann es – könnte es auf das Atheneum übergreifen?»

«Es greift auf alles über, wenn es nicht eingedämmt wird!»

Miss Norris nahm ihren Arm, und Hannah ließ sich von ihr zur Petticoat Lane ziehen. Vor Mrs. Johnsons Textiliengeschäft hatte sich eine Menge versammelt, und als Hannah alle die Frauen sah, die sich feuchte Tücher um Mund und Nase banden, holte sie ihres hervor und tat desgleichen.

Anscheinend hatte es alle Frauen zur Petticoat Lane gezogen, weil sie ihre Bekleidungsgeschäfte zu schützen suchten. Hannah erkannte Ruth Edwards, Mrs. Roth und Margaret Granger, und auch die Gasthauswirtin Constance Early, die Putzmacherinnen Eunice und Sarah sowie Peg Ramsey und Phoebe Fuller erspähte sie in der Menge.

«Holt alle Teppiche, die ihr finden könnt! Wir arbeiten in Gruppen!», rief Mrs. Johnson auf der Veranda über die Köpfe der Frauen hinweg. «Diese Hälfte ...» Mit ihrem dicken Arm auf die Menge weisend, teilte sie diese auf.

«Sammelt Teppiche ein. Nehmt alle Karren, die ihr finden könnt. Fünf, sechs sammeln ein und laden auf, die anderen bringen die leeren zurück.»

Als hätte Mrs. Johnson ihr Leben lang nichts anderes getan, erteilte sie den Frauen Befehle.

«Ihr Übrigen bleibt hier und bildet eine Eimerkette ab der nächsten Pumpe. Wir müssen alle Außenwände zwischen hier und dem Feuer nass machen. Bindet euch die Haare hoch und achtet auf eure Röcke!» Mrs. Johnson blinzelte und hustete.

«Los, los!»

Die Frauen rannten in zwei Richtungen davon. Hannah schob sich die Haare in den Kragen und schloss sich denen an, die eine Kette zwischen der nächsten Pumpe und den umliegenden Häusern bildeten. Die Frauen rückten von Haus zu Haus, nahmen die Wassereimer hurtig entgegen und leerten sie. Die Flammen kamen schneller, als Hannah sich hätte vorstellen können.

Sie reichten Eimer von Hand zu Hand, der Rauch wurde dichter. Von der Ecke Federal Street wichen sie zurück zur Cambridge Street, zur Little India Street, zur Oak Street.

Hannah konnte nichts sehen als die Hände vor und hinter sich. Ihre Schultern und Knöchel schmerzten, aber sie hielt stand. Wie gedämpft vernahm sie die Rufe der Feuerwehrmänner, die dröhnenden Schritte der Menschen, die hin und her liefen, das Rattern der Karren, von denen die Frauen stapelweise Teppiche vor das Geschäft von Mrs. Johnson warfen, dann, als dieses in Flammen aufging, vor das Haus von Mrs. Chase und vor den Schusterladen. Auf einmal war da anstelle einer Straße mit vertrauten Häusern nur noch ein Flammenmeer von ungeheuren Ausmaßen; es brauste und zischte wie in einem Gruselkabinett auf dem Jahrmarkt. Hannah sah benommen zu, wie die Flammen ihre Form veränderten, wie Dächer und Wände einstürzten, ganze Gebäude in sich zusammensackten. Eine brennende Wand stürzte direkt vor ihrer Löschkette um, Funken flogen nach allen Seiten. Die Frauen verzogen sich in die Broad Street, als die Feuerwehrmänner endlich mit dem Löschkarren anrückten.

Hannah stand wie angewurzelt da, gebannt von dem grotesken Anblick, der sich ihr bot, während das nächste Gebäude in sich zusammenfiel wie ein Kartenhaus; als jemand sie am Arm fasste und aus der Löschkette zog, stolperte sie mit, ohne zu sehen, wer sie führte, denn die Frau war mit Ruß bedeckt, ihr Kopf mit einem nassen Tuch umwickelt.

«Zum Atheneum.»

Ohne zu überlegen, ergriff sie die ausgestreckte Hand der Frau. Sie rannten, die Köpfe gesenkt, zur Eingangstreppe des weißen Prachtbaus, der im Feuerschein glühte wie ein Sonnenaufgang, der alles taghell erleuchtete. Hannah presste sich ihr Tuch vors Gesicht und kramte nach dem Schlüssel, bis ihr einfiel, dass sie ja gar keinen mehr hatte. Stumm vor Verzweiflung schüttelte sie den Kopf.

«Obacht.» Die Frau schob Hannah zur Seite, hob einen

Fuß und trat mit dem Stiefel gegen das Glasfenster neben der Türe. Es ging mit einem leisen Klirren zu Bruch, das inmitten des brausenden Feuers klang wie Regentropfen.

Hannah entfernte die restliche Scheibe mit einem gezielten Tritt und führte ihre Begleiterin ins halbdunkle Innere. Ihre nassen Stiefel rutschten auf dem glatten Fußboden. Die Seitentüre stand bereits offen: Ein paar gute Seelen schleppten planlos Bücher und Sammelstücke heraus, verzweifelt darauf bedacht, sie vor den Flammen zu retten.

«Wartet! Wartet!», schrie Hannah, heftig gestikulierend. «Fangt mit diesen an. Hier! Hier!» Sie packte einen Feuerwehrmann an den Schultern, drehte ihn herum und deutete auf die Regale mit kostbaren Büchern und Fachliteratur hinter Miss Norris' schönem Schreibtisch. Der Mann nickte und befolgte ihre Anweisung.

Hannah zog ihren Stuhl zu den Bücherregalen und begann, so viele der wertvollen Bände von den Borden zu reißen, wie sie konnte, obwohl sie kaum sah, ob jemand da war, der sie einsammelte. Minuten vergingen – oder Sekunden, sie wusste es nicht. Plötzlich fiel ihr Blick auf den Lesesaal, in dem es befremdlich hell war. Dämmerte es etwa schon? In diesem Moment spürte sie die Hitze. Sie stieg vom Stuhl, stieg über die Bücher zu ihren Füßen und schlitterte zur Türe.

Draußen war noch immer die Löschkette am Werk, wie ein Tier mit hundert Händen, sie sah die Umrisse von Männern auf benachbarten Dächern, Frauen, die Außenwände nass machten. Das Flammenmeer war nicht mehr weit entfernt.

«Hannah!»

Sie spähte in den Rauch.

«Edward!» Die Zwillinge umklammerten sich wie Ertrinkende.

«Du musst weg von hier! Der ganze Häuserblock kann jeden Moment in Flammen aufgehen.» Edwards Augen in dem rußbedeckten Gesicht waren vor Schreck geweitet.

Hannah schüttelte den Kopf. «Wir müssen das Gebäude retten!», schrie sie über das Getöse hinweg. «Zumindest das, was drinnen ist. Kannst du Hilfe holen?»

«Die Hälfte der Feuerwehr ist bei den Docks, um das Öl fortzuschaffen!», schrie er zurück. «Die andere Hälfte ist zwischen dem Bankgebäude und der Löschkette aufgeteilt.»

Er beugte sich hustend vornüber, Hannah hielt ihn an den Schultern. Als er sich aufrichtete, liefen ihm Tränen über die Wangen.

«Ich hole, wen ich kann», sagte er. «Aber du darfst nicht hier bleiben.»

Hannah drehte sich um, lief wieder hinein und stieß um ein Haar mit einer vermummten Frau zusammen, die einen Armvoll Bücher trug.

Sie erschraken beide, als eine Reihe von Explosionen die Häuser in der Nähe erschütterte.

«Sie müssen fort!», schrie Hannah. «Es ist gefährlich.»

Die Frau schob sich an ihr vorbei und warf die Bücher in einen Schubkarren, dann zog sie das um den Kopf gewundene Tuch herunter und fuhr sich mit den Händen über die Stirn und durch die goldblonden Haare, wo sie zwei schwarze Rußspuren hinterließen. Es war Mary.

«Bring dich in Sicherheit, Hannah», sagte sie. Sie umwickelte die Hände mit ihrer Schürze, bevor sie nach der Schubkarre griff und sie vom Feuer fort Richtung Broad Street schob.

«Du dich auch», flüsterte Hannah und lief wieder ins Gebäude, wo sie inmitten des Durcheinanders von Menschen, von Büchern und Gegenständen, die sie einst erworben und katalogisiert, gesäubert und eingeordnet, ein- und ausgepackt hatte, als hinge die Zukunft der Zivilisation davon ab, alles vergaß, außer zu bergen, was sie konnte. Als sie schließlich wieder nach draußen trat, landete ein Funken auf ihrer Schürze und ein weiterer auf ihrem Arm. Die Luft war so heiß, dass sie ihr Nase und Hals versengte, und in diesem Moment wusste sie, dass die Flammen, die das Gebäude jetzt von beiden Seiten einschlossen, auch sie verschlingen würden, wenn sie noch einen Augenblick verweilte.

Eine weitere Explosion und dann noch eine warfen sie beinahe um. Es war, als wäre die Insel von sämtlichen Flotten Europas unter Beschuss genommen worden. Hannah zögerte, unsicher, welcher Weg gefahrlos war.

Edward tauchte neben ihr auf und schob sie in die richtige Richtung. «Das sind die Lagerhäuser. Das Öl, die Kerzenmanufakturen. Geh! Los!»

Sie rannte eine schmale Gasse zwischen den brennenden Häusern entlang, musste immer wieder Feuerwehrleuten und Helfern ausweichen. Jedes Haus an der Broad Street stand entweder in Flammen oder war bereits zusammengestürzt. Wohin sollte sie laufen? Gay Street, Westminster Street, North Beach Street, Broad Street, Chestnut Street, Oak Street – überall war Feuer, rannten Menschen, manche mit Eimern, manche mit Kindern an der Hand.

In der Centre Street trat ihr ein Feuerwehrmann in den Weg. Sein Gesicht und seine Hände waren mit Ruß überzogen, die Augen zum Schutz vor dem Rauch zusammengekniffen.

«Ihr müsst umkehren. Kehrt um!», brüllte er dem Menschenstrom entgegen.

Hannah rannte. Gay Street, Westminster Street, Huffey Street, Liberty Street – hier waren die Häuser nicht betroffen, doch die Bewohner schafften Habseligkeiten auf Karren aus ihren Häusern oder hinein, je nachdem, wie sie die Richtung des Windes und die damit verbundene Gefahr einschätzten. Hannah bahnte sich ihren Weg durch die Straßen, bis sie atemlos zum Bankgebäude kam, das wie ein wuchtiger Wächter aus Backstein an der Ecke stand. Eine Gestalt, die herausgelaufen kam, rannte sie beinahe um.

Es war Josiah Smyth, der Bankdirektor.

«Mr. Smyth!»

Froh, jemanden zu sehen, den sie gut kannte, umklammerte Hannah mit ihrer rußgeschwärzten Hand seine Schulter, und er legte beschwichtigend seine Hand auf die ihre. Offenbar hatte er sie missverstanden und aus ihrer Geste die Sorge um das Geld in den Tresoren herausgelesen.

«Die Tresore sind leer geräumt, Miss Price. Allesamt leer.»

Jetzt sah sie, wie verzweifelt der Mann war; ständig blickte er sich furchtsam um, als käme ein Bienenschwarm direkt auf ihn zu.

Er tätschelte Hannahs Arm und lief davon. Erschöpft setzte sich Hannah auf die Erde und lehnte sich an den Backsteinbau.

Hier war es gespenstisch still. Nur aus der Ferne waren die Rufe der Feuerwehrmänner und der Menschenmenge zu hören, gelegentlich brachte eine Explosion den Boden zum Erzittern. Wie im Traum sah Hannah etwas vorüberflattern, wie von einem unsichtbaren Wind getragen. Es waren Pergamentblätter.

Hannah rieb sich die Augen und stand mühsam auf. In diesem Moment sah sie, dass die ganze Straße von solchen Blättern übersät war, die, von Windstößen getrieben, wie loses Herbstlaub zu Haufen gewirbelt wurden. Sie fing eins aus der Luft.

Liebste Martha, las sie und überflog die Seite.

Die Leute sagen, Salzwasser und lange Abwesenheit spülen die Liebe fort – aber das Wasser müsste salziger sein als Lake und die Abwesenheit länger als das Leben, um meine Liebe zu Dir fortzuspülen …

Sie ließ das Blatt fallen, als stünde es in Flammen, und griff nach weiteren vergilbten Papierfetzen.

Die Leute staunen über viele Dinge im Meer, ich aber staune über das Meer selbst – diesen mächtigen Leviathan, der sich um die Erde wälzt, im Schlafe lächelnd, im Wachen zornerfüllt, grenzenlos, eine gewaltige Welt aus Wasser … Mein liebster Horatio. Ich wünschte, Du wärst bei uns und wir wären alle wieder vereint, so wie früher …

Bestürzt sammelte Hannah die Briefe ein. Es waren intime Schreiben, deren Worte nun entblößt waren wie nackte Haut. Woher waren sie gekommen? Aus den Postsäcken in Riddells Laden? Es waren alte Blätter und neue darunter, manche zerknittert, manche aus Schulheften, andere auf die Rückseite von Rechnungen gekritzelt.

Doch es waren nicht nur Briefe. Hier war eine Einkaufsliste, in einer schönen Frauenhandschrift verfasst, dort eine Rechnung über den Verkauf eines Pferdes mit einem braunen und einem schwarzen Auge, da ein Liebesbrief, Worte, die niemandem gehörten als den zwei Seelen, die sie geschrieben und empfangen hatten.

Hannah stopfte ihre Taschen zum Bersten voll mit Blättern. Als sie sich umdrehte, um noch eins aus der Luft zu fangen, sah sie, dass die Türe der Bank weit offen stand. *Ich muss nach oben*, dachte sie – und ihre Füße trieben sie vorwärts, denn das Verlangen, von oben zu sehen, welche Verwüstungen das Feuer angerichtet hatte, war stärker als ihre Erschöpfung und ihre Angst. Geschwind betrat sie die weitläufige Halle mit ihren klaffenden Tresoren, die aussahen wie die Mäuler zahnloser Bestien, und rannte zur Treppe, dann hinauf aufs Dach. Hier blieb sie blinzelnd stehen. Was sie dort unten sah, konnte einfach nicht möglich sein. Wie eine Schlafwandlerin überquerte sie das Dach bis zur Brüstung.

Der Hafen von Nantucket stand in Flammen. Die Werften und die Seilerbahnen, die Hafenmeisterei und die Segelspeicher, Versorgungsboote und die übrigen vertäuten Kähne, alles brannte lichterloh.

Nicht nur das: Die Bucht selbst loderte. Das Wasser im Hafen war entflammt, glitschig von dem Öl, das aus den Lagerhäusern gekippt worden war – Öl, mit dem man die Häuser, Geschäfte und Bibliotheken der gesamten Vereinigten Staaten hätte erhellen können. Alles stand in Flammen auf der Oberfläche eben jenes Wassers, auf dem es hierher transportiert worden war. Die ganze Insel war in einen gespenstischen gelbroten Schimmer getaucht.

Isaac. Wie von Sinnen floh Hannah vom Dach, rannte durch die verlassene Halle der Bank zurück ins Freie.

Mit letzter Kraft stolperte sie zu den Werften und suchte dabei Isaac in jedem Gesicht, während das, was sie vom Dach der Bank gesehen hatte, sie verfolgte: das Bild der brennenden Schiffe, der schweren Explosionen bei den Werften. Sie rechnete mit dem Schlimmsten; unter den benommen umherwandernden Bewohnern von Nantucket war niemand, der Isaac ähnelte. Als sie schließlich am Ende ihrer Kräfte war und den Heimweg antreten wollte, traf sie auf den Hafenmeister, der mit den Tränen kämpfte, als er ihr ins Gesicht sah.

«Miss Price», sagte er. Sein weißer Haarkranz stand ab wie ein Heiligenschein. Der Mann war von Kopf bis Fuß mit Asche bedeckt. Er hatte seine Jacke verloren und sah in Hemdsärmeln und Hosenträgern aus wie ein Zirkusclown, den es versehentlich an die Front verschlagen hatte. «Eine furchtbare Katastrophe.»

«Die *Pearl*, Mr. Starbuck. Ist sie – ist sie verbrannt?» Hannah betrachtete das rußbedeckte Gesicht des Mannes. Zwei helle Tränenspuren zogen sich seine Wangen hinab.

Er schüttelte den Kopf.

«Die *Pearl* hat heute am früheren Abend Segel gesetzt.» Er kratzte sich am Kopf und blickte zum Horizont. «Sie war das letzte Schiff, das ausgelaufen ist. War eigentlich erst für morgen vorgesehen. Aber man hat die Anweisung geändert. Zum Glück für die Männer.»

Eine neue Träne kullerte hinab. «Das Schlimmste ist vorbei», sagte er. «Alles ist bloß noch Asche.» Er beschrieb mit der Hand einen weiten Bogen über die noch brennenden Skelette der Schiffe, über den Hafen, die Stadt Nantucket. «Gehen Sie nach Hause.»

«Danke», flüsterte Hannah.

Sie ging langsam mitten durch die zerstörte Stadt. Am Horizont graute der Morgen. Die Hitze und der Geruch waren entsetzlich, Rauch kräuselte sich über den Ruinen. Auf halbem Wege blieb sie stehen und stocherte an einem Loch im Ärmel ihres Kleides herum, bis der Stoff nachgab. Sie riss den Ärmel herunter, drückte den Stoff ans Gesicht, doch der Geruch war kaum besser als die Luft.

Meilenweit war alles voller Asche. Benommen suchten Laden- und Hausbesitzer im spärlichen Licht nach Überbleibseln ihrer Habe. Hannah kam an Leuten vorüber, die sie nicht erkannte; sie wusste nicht, waren es Fremde oder Freunde, die der Ruß unkenntlich machte, oder ob ihr eigener Verstand so sehr von Kummer und Erschöpfung gebeutelt war, dass er ihr nicht mehr recht gehorchte. In einer Ruine, die wohl ein Haus gewesen war, ging eine Frau auf und ab. Ihre Faust umschloss ein rosa Garnknäuel. Ein Mann umklammerte im Gehen die Rückenlehne eines Sessels. Ein anderer schwenkte einen Schuh mit einer polierten Silberschnalle, den er von sich gestreckt hielt wie eine Wünschelrute.

Als Hannah sich den letzten Abschnitt der Main Street entlangschleppte, bevor ihre Straße abzweigte, hatten sich Menschentrauben aus Siasconset und Madaket bei den Ruinen eingefunden wie Trauergäste. Durch einen glücklichen Zufall waren die Vestal Street, die Little India Street und die umliegenden Straßen vom Feuer verschont geblieben, und Hannah empfand eine Mischung aus Dankbarkeit und Gewissensbissen, weil sie ein solches Glück gehabt hatten.

Als sie nach Hause kam, stand die Türe weit offen. Hannah ging festen Schrittes am Wohnzimmer vorbei in die Dachkammer hinauf und auf den Steg, wo sie Mary antraf, die sich ans Geländer klammerte und wie betäubt auf die schwelenden Überreste ihrer Stadt starrte. Dann lagen die beiden Frauen einander weinend in den Armen. Mary beruhigte Hannah, strich ihr über die Stirn, und Hannah weinte rußige bittere Tränen: um die Stadt und um die Flotte, um Isaac, der fort war, wahrscheinlich für immer. Isaac, den sie verletzt hatte, weil sie sich nicht über das hinwegsetzen konnte, was man sie gelehrt hatte, weil sie schwach und töricht und furchtsam gewesen war. Isaac, den Hannah liebte, so gewiss, wie sie die Dünen und Gezeiten der Insel liebte, so gewiss, wie Mary Edward liebte.

Mary wiegte Hannah, so wie sie eines Tages ihre und Edwards Kinder wiegen würde, und versuchte Hannah mit leisen, beschwichtigenden Lauten zu trösten. Hannah wusste nicht, ob sie selber flüsterte oder laut sprach, doch ihre Worte wiederholten sich wie eine Trauerklage, wie ein Gebet:

Alles verloren. Alles verloren. Alles verloren.

Dritter Teil

MÄRZ 1846

Nantucket

23

Erneuerung

Hannahs letzter Tag auf Nantucket war eisig. Sie machte sich auf den Weg zur Main Street, die Wangen taub vor Kälte. Ihre Wollstrümpfe kratzten. Das Kopfsteinpflaster war mit einer dünnen Eisschicht überzogen. Wenigstens machte die Kälte den Abschied leichter, redete Hannah sich ein; die Insel im Frühling zu verlassen hätte sie gewiss vollends entmutigt.

Musik und Wortfetzen wehten von der Bühne auf der Main Street herüber, wo die neuen Laternen eingeweiht wurden. Den Geräuschen nach war fast die ganze Stadt auf den Beinen. Hannah hatte eigentlich nicht hingehen wollen, doch es hatte keinen Sinn, ihre letzten Stunden schmollend in der Dachkammer zu verbringen, in der es beißend nach frischem Fichtenholz roch. Im wässrigen spätnachmittäglichen Winterlicht war diese Kammer, jüngst ihrer Mysterien beraubt, nichts weiter als eine Mansarde in einem ziemlich kleinen alten Haus, vollgestellt mit Holzkisten und Rupfensäcken. Den einzigen Beweis, dass dies viele Jahre lang die Stätte von Hannahs Träumen und Arbeit gewesen war, lieferte das Dollond-Fernrohr, das noch auf seinem Dreifuß hockte wie eine Möwe auf einer Wetterfahne.

Schon einen Häuserblock entfernt konnte Hannah Mr. Geary ausmachen, der vor seinem neuen Hutgeschäft stand. Er sah gesund aus, zumindest von weitem. In den

Monaten nach dem Großbrand war er mit schweren Gewissensbissen in der Stadt herumgegeistert, während überall gehämmert und gezimmert wurde. Hannah war sich sicher, dass er nie wieder nachts eine Kerze in seinem Geschäft brennen lassen würde.

Sie kam an vielen Menschen vorbei und hielt Ausschau nach bekannten Gesichtern. Mr. Cobb, Mr. Worth, Rebecca Swain und ein Dutzend weitere hatten sich vor ihren Geschäften aufgestellt wie stolze Veteranen, die einen Orden verliehen bekommen sollen. Der Fischladen, die Werkstatt des Kartographen, die Citizen's Bank: Alle hatten neue blanke Fensterscheiben und neue Laternen obendrein.

Die Menge an sich jedoch wirkte eher spärlich. Die langsame, aber stetige Abwanderung, die vor Jahren eingesetzt hatte, war durch das Feuer beschleunigt worden. Hannahs Mitschülerinnen hatten fast alle mit ihren Familien die Insel verlassen, angelockt von den Fabriken in Worcester, den Häfen anderer amerikanischer Städte und spottbilligem Grund in Missouri, Wyoming und Oregon.

In dem Herbst nach der Feuersbrunst war wenigstens ein halbes Dutzend Schiffe mit mehreren hundert Familien an Bord in Richtung Westen in See gestochen, und im Laufe des Winters waren weitere Inselbewohner geflüchtet, weil sie immer noch kein Dach über dem Kopf hatten und es leid waren, beengt bei ihren Nachbarn zu leben, während die Stadt die Kerzenmanufakturen, die Werften und die Bibliothek wieder aufbaute. Angesichts so weniger verbliebener Bewohner, die meisten davon ihres Heimes und ihres Lebensunterhaltes beraubt, hatten Hannah und ihr Vater es nur für richtig gehalten, den langen Winter über zu bleiben und den Nachbarn beim Wiederaufbau zu helfen, um Spenden zu werben und die Verteilung von Kleidung und Lebensmitteln zu organisieren, die täglich vom Festland eintrafen, gemeinsam mit einer Handvoll entschlossener Unternehmer und Hoteliers, die aus der plötzlichen Verfügbarkeit von Grundstücken am Meer Kapital zu schlagen gedachten. Im Sommer würde es anders sein, wenn die Sonnenhungrigen aus nah und fern mit ihrem Geplauder und ihrer Ferienstimmung die Straßen bevölkerten, unbeeindruckt von der Katastrophe des vergangenen Sommers und unempfänglich für alles außer ihrem eigenen Vergnügen. Doch es war eine bittersüße Erkenntnis, dass sie, Hannah, nicht mehr hier sein würde, um sich über die Urlauber zu ärgern.

Der Ratsherr Lacy betrat die Bühne, und die Musiker auf dem Podium stimmten eine neue Weise an. Er lobte alle Anwesenden für ihre unermüdliche Einsatzbereitschaft beim Wiederaufbau der Stadt. Schaudernd schob Hannah die Hände tiefer in die Taschen. Sogar bei dieser Kälte konnte sie den Geruch von frischem Holz und Teer wahrnehmen. Die Laternen sahen aus wie kahle junge Bäume. Auf ein Zeichen des Ratsherrn wurde die erste Laterne – die vor Mr. Gearys Geschäft – angezündet.

Als ihr Licht sich über die Menge ergoss, jubelten die Menschen, und Hannah mit ihnen. Sie würde nicht mehr hier sein, um den Rest der Stadt wieder erstehen zu sehen, so wie es vor zweihundert Jahren und dann noch einmal nach dem Unabhängigkeitskrieg gewesen war. Doch das Wissen, dass die Stadt überdauern würde – ein Fels in der Brandung des Unheils – erfüllte sie mit Stolz.

Der Jubel der Menge verstummte. Beim Anblick jenes einzelnen Lichts, das gegen das matte Blau der frühen Dämmerung ankämpfte, musste Hannah daran zurückdenken, wie Isaac das erste Mal durch ihr Fernrohr den Himmel betrachtet hatte. Es war eine schmerzliche Erinnerung. Warum hatte sie es überhaupt zugelassen, dass das

Schicksal sie trennte? Und wieso hatte sie in ihrem privaten Leben eben jene Prinzipien walten lassen, die sie öffentlich verwarf?

Die Antwort kreiste wie ein Habicht am Himmel und stieß dann auf sie herab, grimmig und grausam: Weil sie nicht anders konnte.

Disziplin, Vorurteile, Demut, Scham – ihre Gefühle angesichts dessen, was damals auf dem Dach geschehen konnte, waren heute kaum mehr voneinander zu unterscheiden. Nur eines wusste sie gewiss: Die einzige Gelegenheit, Isaac zu zeigen, was sie für ihn empfand, hatte sie vertan. Wenn sie noch einmal alles rückgängig machen könnte – wenn es möglich wäre, die Zeit zu jenem Augenblick zurückzudrehen wie eine Uhr –, würde sie anders handeln. Sie würde sich von Isaac berühren lassen, würde es sich gestatten, zu fühlen statt zu denken. Zu begehren ohne Verweigerung. Bei dieser Vorstellung musste sie nach Luft schnappen. Sie seufzte, und ihre Atemluft stand wie Dampf in der kalten Luft. Nein. Eine solche Möglichkeit würde es nicht geben.

Die Laternen an der Main Street wurden der Reihe nach angezündet, dann stellten die Ladenbesitzer behutsam kleine Lichter in ihre funkelnagelneuen Fenster, bis die ganze Menschenmenge in einen warmen gelben Schein getaucht war. Als alle sich den mit Teigkringeln und heißem Apfelmost beladenen Tischen zuwandten, spürte Hannah, wie sich eine weiche Hand auf ihre Schulter legte.

«Hannah!» Es war Lilian Archer. Wie schaffte sie es nur, Hannah selbst in der dichtesten Menschenmenge aufzuspüren, selbst wenn sie ihr Bestes tat, sich unsichtbar zu machen? Ihre Wangen waren rosig, ihre Hände ruhten auf ihrem gewaltigen Bauch. «Stimmt es, dass du fortgehst?»

Hannah nickte, froh über ein wenig Gesellschaft. «Es ist wahr. Schon morgen.»

«Und Edward? Wie ergeht es ihm im Heiligen Land?»

«Mary ist eine weitaus emsigere Briefschreiberin, aber wenn ich es recht verstehe, schwanken sie zwischen großer Ehrfurcht und äußerster Erschöpfung. Es ist eine ganze Menge Arbeit, zu der sie sich verpflichtet haben. Aber sie sind glücklich.» Schier unmöglich, dass schon acht Monate vergangen waren, seit Edward sich erboten hatte, auf der Insel zu bleiben, damit auch Hannah bleiben konnte. Sein Anerbieten war ihr seit jenem Tag Dutzende Male durch den Kopf gegangen, aber sie hatte ihre Ablehnung nie bereut. Anzunehmen hätte bedeutet, seine Zukunft für ihre eigene zu opfern, und ein solch zutiefst selbstsüchtiges Handeln wäre schwer vorstellbar und noch schwerer in die Tat umzusetzen gewesen.

Und obwohl sie durchaus geneigt gewesen war, ihn zum Bleiben zu bewegen, war keineswegs klar, dass sie es wirklich gewollt hätte, denn inmitten der Ruinen der Stadt Nantucket und des Atheneums, angesichts des Verlusts ihres guten Rufes und besonders ihrer Freundschaft zu Isaac, bestand wohl kaum die Hoffnung darauf, dass sie auf der Insel jemals wieder Fuß fassen konnte. Wohin sie auch ging, von ihrem Dach zu den Klippen über Madaket bis zu dem Küstenstrich bei Siasconset, wurde sie heimgesucht von der Erinnerung an Isaacs Gesellschaft und dem damit verbundenen stechenden Schmerz. Auch Edward vermisste sie, seit er fort war, aber sie wusste immer, er würde wiederkommen, vorausgesetzt, er überlebte die Reise. Es half, dass er geschrieben hatte, mochten seine Briefe auch noch so spärlich sein. Was hingegen Isaacs Abwesenheit betraf, wurden ihr solche Tröstungen nicht zuteil.

Sie hatte Edward und Mary verabschiedet, und als das Postschiff sie davontrug – möglicherweise für immer –, hatte Hannah sich bewusst gemacht, dass nicht das Erbarmen eines anderen Menschen ihr Erlösung bringen würde, sondern einzig und allein ihr eigenes eifriges Bemühen.

Jetzt schüttelte Lilian den Kopf und verschränkte die Arme.

«Ich kann mir Nantucket nicht ohne dich vorstellen. Du gehörst einfach dazu, wie der Leuchtturm oder die portugiesische Glocke.»

«Du meinst, wie ein Relikt aus uralten Zeiten?»

Lilian machte große Augen, und Hannah lachte.

«Oh, nein! Ich meinte ... du bist die Beste von uns, Hannah. Jedenfalls von dem, was von uns übrig ist.»

Lilian schaute sich um, und Hannah folgte ihrem Blick. Nur die Hälfte der Gesichter ringsum war ihr bekannt, und auch von diesen Menschen trugen nur wenige die Hauben oder breitkrempigen Hüte der Quäker. Die meisten waren modisch gekleidet.

«Ich weiß nicht, was von uns übrig ist, Lilian.» Hannah beugte sich hinunter, damit Lilian sie hörte. «Oder was wir sind. Aber du wirst mir fehlen.»

Hannah wunderte sich über sich selbst, dass ihr ein so vertrauliches Bekenntnis hatte entschlüpfen können. Seit ihrem Ausschluss aus der Gemeinde hatte sie sehr zurückgezogen gelebt, denn sie fand es scheinheilig, mit denen, die als Sittenwächter über sie geurteilt hatten, mehr zu reden als nötig. Die Disziplin der Quäker hatte sich als über die Maßen fehlerhaft erwiesen, und Hannahs Verstand, oder vielleicht ihr Ich, sträubte sich dagegen, den Vertretern dieser Disziplin auch nur einen Funken Ehrfurcht entgegenzubringen. Zwar hatte es sie überrascht, dass sie die gemeinsame Andacht nicht stärker vermisste, doch mittlerweile richtete sich ihr ganzes Sehnen auf einen inneren Frieden, den sie nicht mehr mit ihren Nachbarn oder den Mitgliedern der Gemeinde verknüpfte.

Äußerlich war sie dieselbe wie zuvor; die Vorstellung, plötzlich buntbedruckte Kleider zu tragen, war lächerlich. Aber sie ging nicht mehr mit gesenktem Kopf, stets konzentriert auf die Arbeit, die es zu verrichten galt. Vielmehr war sie oft zu Streifzügen auf der Insel unterwegs, wie sie es als Kind gewesen war, erforschte Flora und Fauna und sammelte Muscheln allein wegen ihrer Form oder wegen der Art, wie ihre schillernden Unterseiten das Licht einfingen. Und sie hatte die alte Gewohnheit ihrer Mutter übernommen und wand sich ein buntes Band ins Haar, ehe sie es unter der Haube verbarg – sofern sie diese überhaupt aufsetzte.

Lilian blickte aufrichtig betrübt drein.

«Habt ihr denn Mieter gefunden?»

Hannah nickte. Erst vor einer Woche hatte Nathaniel den Mietvertrag mit einem jungen Ehepaar aus New Bedford zum Abschluss gebracht, das ein am Meer gelegenes Grundstück für ein Gasthaus erwerben wollte, aber den «idealen Ankerplatz» noch nicht gefunden hatte. Mrs. Hatter, eine zierliche Frau mit gewählter Ausdrucksweise und einer endlosen Reihe von Kleidern mit passenden Schühchen, sagte, es sei kaum zu glauben, dass jemand das Haus bewohnt hatte, so makellos sei sein Zustand.

Hannah hätte das Haus lieber von Leuten bewohnt gesehen, die nicht von auswärts kamen, aber die Hatters waren die einzigen Interessenten gewesen. Inselbewohner, die sich zum Bleiben entschieden hatten, ließen ihre Ersparnisse in den Wiederaufbau ihrer eigenen Häuser fließen, während sie bei Verwandten oder Freunden Unterschlupf fanden, und in der zerstörten Stadt zu überwintern war für Leute vom Festland wenig verlockend. Daher hatte Nathaniel den Vertrag rasch unterzeichnet, und Hannah hatte die wenigen Sachen, die nicht schon nach Philadelphia geschickt worden waren, in Kisten gepackt: zwei Kupferschalen, Bücher, Bettzeug. Nunmehr blieb ihr nichts mehr zu tun, als Lebewohl zu sagen.

«Und was wird aus deinen Beobachtungen?», fragte Lilian. Hannah stieß einen Seufzer aus. Ihre Atemwolke kräuselte sich im matten Licht.

Sie hatte die Monate seit Edwards Fortgang mit der methodischen Suche nach einem Wanderer verbracht, doch es war nichts dabei herausgekommen als überanstrengte Augen und Erschöpfung. Sie las die Zeitschriften nicht mehr, die George schickte, und verschwendete auch keine Zeit darauf, sich an seiner ehrfürchtigen Würdigung ihres verpassten Preises zu ergötzen:

> *Rainaults Komet hätte wahrlich der Price'sche Komet sein sollen*, hatte er geschrieben. *Wenn Du Deine Beobachtung nur gemeldet hättest, würde es alle Welt wissen. Aber für mich wird er immer so heißen.*

Sie hatte seinen Brief an einem frostigen Januarmorgen, nach einer Nacht ergebnislosen Suchens, gelesen und ihre Wut an der Dachkammer ausgelassen, als wäre diese die Ursache ihres Kummers. Als sie die alten Modelle des Universums, mit denen der Schreibtisch überhäuft war, herunterfegte, war das laute Krachen auf Holz so befriedigend gewesen, dass sie auch den Inhalt des Regals mit den Musterexemplaren in eine Kiste geworfen hatte, ohne sich darum zu kümmern, dass empfindliche Schätze dabei zu Bruch gingen.

Mit zitternden Fingern hatte sie ihres Vaters Lieblingszitat von der Stelle über ihrem Schreibtisch gerissen, wo es sie mehr als ein Jahrzehnt lang ermahnt hatte: *Ein Astronom, der seiner Aufgabe nicht völlig ergeben ist, ist wahnsinnig*. Sie hatte es mit spitzen Fingern genommen wie einen stinkenden Spüllappen und war damit nach unten in die Küche gestürmt, hatte die Glut zu Flammen geblasen, als hinge ihr Leben davon ab, und es ins Feuer geworfen.

Doch nicht einmal diese ketzerische Tat hatte ihr die gewünschte Erlösung oder Befreiung gebracht. Während sie den Flammen zusah, die prüfend an den Ecken des alten Pergamentblattes leckten und es dann vollends verzehrten, musste Hannah wieder an die Feuersbrunst denken, an die umherschwebenden Fetzen von Liebesbriefen, die sie damals in ihre Taschen gestopft hatte, und auf einmal war ihr wieder Isaac in den Sinn gekommen. Voller Wehmut hatte sie sich die Treppe wieder hinaufgeschleppt und so lange in der Kiste mit den Musterexemplaren gewühlt, bis sie den Malachit fand, den er ihr geschenkt hatte; sie nahm ihn heraus, rieb ihn an ihrem Rock blank und setzte sich an ihren Schreibtisch. Lange saß sie einfach nur so da, den Stein in der Hand, und ließ sich von seinem Gewicht trösten.

Isaac hatte an sie geglaubt, so viel war ihr bewusst. Was auch immer er von ihrem Charakter halten mochte, nachdem sie ihn so schäbig behandelt hatte, hegte sie doch keinen Zweifel daran, dass er an ihre Befähigung geglaubt hatte, eines Tages einen Kometen aufzuspüren. Sie legte den Stein auf den Schreibtisch und betrachtete ihn, riss dann hinten aus ihrem Beobachtungstagebuch, dem einzigen Buch, das noch nicht in eine Kiste gepackt war, ein Blatt heraus. *Lieber Isaac*, schrieb sie, hielt dann inne. Was konnte sie ihm mitteilen, um den Schaden, den sie angerichtet hatte, ungeschehen zu machen? Und was würde es nützen? Er war fort, und auch sie war im Aufbruch; selbst wenn sie bliebe und er wundersamerweise wiederkäme, was dann? Eine gemeinsame Zukunft für sie war undenkbar, es sei denn auf einer fernen, einsamen Insel, wo es niemanden kümmerte, welche Hautfarbe jemand hatte. Gab es überhaupt einen solchen Ort?

Das Bild einer grünen Insel stieg in ihr auf, einem Juwel, in den blauen Atlantischen Ozean gebettet: Flores. Hannah malte sich aus, wie sie dort eine kleine Sternwarte einrichtete und Schulkinder unterwies. Wie Isaac das Land seiner Familie bestellte und Fische fing, die sie zum Abendessen verzehrten. Wie er ihr die Wörter in seiner Sprache beibrachte, die sie kennen musste: *Stern*, *Landkarte*, *Liebe*. Sie würde gärtnern lernen; vielleicht würden sie Kinder haben.

Es war eine so abstruse Vorstellung, dass Hannah trotz der Tränen, die ihr in die Augen schossen, lächeln musste, während sich das Bild langsam auflöste. Sie wusste nichts über Flores oder die Bewohner der Insel, aber man würde die fremde weiße Braut eines ihrer Söhne wohl kaum bei sich willkommen heißen. Und welche Art Glück würde sie an fernen Gestaden finden, ohne Freunde oder Verwandte, ohne geistigen Austausch und mit spärlichem Briefwechsel? Schon von Cambridge nach Nantucket brauchte die Post lange genug; Hannah konnte sich ausrechnen, dass Berichte über astronomische Neuerungen und Entdeckungen sowie Reaktionen auf ihre eigenen Sichtungen und Funde erst Monate statt Wochen später bei ihr eintreffen würden. Am allerwichtigsten jedoch war: Sie hatte keinerlei Anlass anzunehmen, dass Isaac noch etwas mit ihr zu tun haben wollte.

Es war ein Traum, den sie kein weiteres Mal zuließ. Stattdessen behielt sie den Malachit auf ihrem Schreibtisch als Erinnerung an Isaacs Worte an jenem Abend, der schier ein Menschenleben zurück lag: *Tu acharás. Du wirst finden.* Jeden Abend war sie unmittelbar nach dem Essen mit ihrem Fernrohr auf dem Steg gewesen und hatte sich mit all ihrer

Willenskraft einen Kometen herbeigewünscht, als könnte allein ein solcher Himmelskörper mit seinem strahlenden Schweif, dem hellen Kern und dem fernen Licht ihr Gemüt heilen. Aber er hatte ihr den Gefallen nicht erwiesen.

«Leider muss sich ein Komet erst noch zeigen», sagte Hannah jetzt zu Lilian. «Mir jedenfalls.»

«Du wirst uns fehlen, Hannah. Gib gut auf dich acht.»

Lilian drückte ihre Schulter, und Hannah griff nach Lilians Hand und erwiderte schweigend den Druck, weil sie vor Rührung ihrer Stimme nicht traute.

Als die Hochrufe der Menschen verstummten, schob Hannah den bedrückenden Gedanken beiseite, dass das Ried und die Riffs von Nantucket sie nicht stärker vermissen würden, als sie eine Seeschwalbe vermissten, die auf und davon flog. Als sie direkt vor sich ihren Vater erspähte, bahnte sie sich, froh über die Ablenkung, einen Weg durch die Menge zu ihm.

«Hast du dir das Anzünden der Laternen angeschaut?», fragte sie.

«Gewiss doch.» Er hielt inne, offenbar unsicher, was er sagen sollte, und bedachte sie dann mit einem zerknirschten Blick, als hätte er ein schlechtes Gewissen für etwas, bei dem sie ihn gar nicht ertappt hatte. «Wir haben morgen einen langen Tag vor uns. Ist alles bereit?»

Hannah nickte stumm. Sie fragte sich, wie ihm wohl dabei zumute war, die Insel und damit seine Heimat zu verlassen, den Ort, an dem er geboren und aufgewachsen war, wo er geheiratet und Kinder gezeugt hatte. Seine Miene verriet nichts, und es war eigentlich auch nicht von Belang, denn zum Thema ihres Weggangs war alles gesagt. Für Hannah gab es hier keine Arbeit, Edward und Mary waren fort, das Haus war ausgeräumt, der Hof verkauft. Am nächsten Morgen würden die Prices Nantucket verlassen.

«Ich gehe nach Hause, um ein letztes Mal unseren Himmel zu erkunden», sagte sie.

Auf einmal trat ihr Vater dicht an sie heran und legte seinen Arm um sie. Sein rauer Mantel kratzte an ihrer Wange, und sie wandte sich überrascht dem Vater zu, atmete seinen ureigenen wolligen Geruch ein. Ihre Augen füllten sich jäh mit Tränen.

«Meine schönsten Erinnerungen werden hier auf der Insel bleiben, meine Tochter», sagte er mit belegter Stimme an ihrem Ohr. «Insbesondere jene an dich. Ich hege keinen Zweifel, dass dein Geist in Philadelphia Beschäftigung finden wird. Und ich denke – nein, ich bin davon überzeugt –, deine Mutter würde es gutheißen.»

Mehr würde er von seinen innersten Gefühlen nicht preisgeben, doch er hatte ihr zu verstehen gegeben, dass er ihr ihre Verstöße verziehen hatte. Bei seinem Versuch, zärtlich zu sein, wurde ihr weh zumute, doch gerade seine letzten Worte konnten ihre Trauer nicht lindern, ja, verstärkten sie sogar noch. Was ihre Mutter empfunden oder gedacht haben mochte, war für Hannah ein Geheimnis, das sie niemals ergründen würde, und die Kraft, die sie früher aus ihrer Vorstellung von dieser Frau als unsichtbare Ratgeberin gezogen hatte, war längst versiegt. Ihr Vater war der alleinige Wächter über seine Erinnerungen an Ann; dass Hannah keine eigenen hatte, konnte ihm nicht zur Last gelegt werden. Immerhin schöpfte wenigstens er Trost aus der Überzeugung, im Gedenken an seine verstorbene Frau das Richtige zu tun.

Nathaniel Price räusperte sich und drückte Hannah noch einmal fest an sich, als schickte er einen Soldaten in die Schlacht. Dann straffte er die Schultern und wandte sich dem Musikpodium zu.

* * *

Hannah trat aus dem Lichtschein, der die Feiernden umgab, doch sie war noch nicht bereit, nach Hause zu gehen. Stattdessen schlenderte sie im Zwielicht die Main Street entlang, bis sie zu den Werften kam. Hier war nichts mehr zu sehen von den ausgebrannten Schiffen, die nach dem Brand wochenlang auf dem Wasser geschaukelt hatten wie geisterhafte Skelette und sich dann in ihre Bestandteile auflösten, welche bis nach Amagansett und in die Penobscot-Bucht gespült wurden. Einige der zerstörten Walfangschiffe waren wiederaufgebaut worden: die *Peregrine*, die *Centennial* und die *Wauwinet* lagen jenseits der Sandbank vor Anker und harrten mit ihrer glänzenden Kupferummantelung und den frisch geschlagenen Masten neuer Befehle. Hannah fragte sich, ob sie ihre Besatzung in New Bedford finden würden, wo es nicht nur mehr Schiffswerften und tiefere Hafenbecken, sondern auch eine große Anzahl von arbeitsfähigen Männern gab.

Hannah schlängelte sich durch die engen Straßen zurück in die Stadt; eine große Unruhe hatte sie erfasst, und sie kam sich vor wie ein hungriges Tier auf der Jagd nach Beute. Alle vertrauten Viertel waren umgestaltet worden: In verwinkelten Gassen, die früher ständig im Schatten gelegen hatten, war es taghell, und die neuen Holzhäuser säumten leuchtend bunt die Straße aus grauen Pflastersteinen. Ohne dass sie merkte, wohin sie ging, trugen ihre Füße sie zur Ecke Pearl und Federal Street.

Wie ein schimmernder weißer Monolith erhob sich das neue Atheneum genau dort, wo das alte gestanden hatte. Es war zwei Stockwerke hoch, ein neoklassizistischer Bau mit zwei gigantischen ionischen Säulen, die zu dem spitzen Portikus emporstrebten. Wie es wohl innen aussah? Fiel am Ende des Tages das Licht immer noch schräg über die Fußbodenbretter wie bei einer antiken Sonnenuhr?

Hannah war ganz und gar vom Wiederaufbau ausgeschlossen gewesen. Man hatte sie nicht aufgefordert, sich an der Planung des Neubaus oder an der Anschaffung neuer Bücher zu beteiligen, und auf ihr schriftliches Anerbieten, behilflich zu sein, hatten die Kuratoren ihr mit einem Schreiben geantwortet, das ebenso gut an eine ungebildete Fremde hätte gerichtet sein können:

Wir danken für das Angebot, aber Ihre Hilfe wird derzeit nicht benötigt.

Mit einem Male vermisste Hannah das Leben schmerzlich, das sie davor geführt hatte. Vor dem Brand, vor ihrem Ausschluss aus der Gemeinde – bevor Isaac kam, bevor Edward fortging. Einst waren ihre Tage so wohltuend gleichmäßig verlaufen wie die Gezeiten, wenn sie hinter ihrem robusten Schreibtisch vor Anker lag und auf die Fragen der Bibliotheksbesucher Antwort gab, während ihr das kleine geschnitzte Mädchen inmitten der Vitrine voll wundersamer Dinge Gesellschaft leistete. Doch all das war in Flammen aufgegangen.

Auf einmal kam ihr wieder das Gespräch in den Sinn, das sie vor Jahren mit Edward auf dem Hügel geführt hatte, von dem sie auf ihre Stadt hinunterblickten.

Knochen und Gold. Wird man uns so in Erinnerung behalten?

Hannah kehrte um und ging mit gebeugten Schultern weiter zur Little India Street, während sich ein Gefühl des Verlusts auf sie herabsenkte wie Blei. Noch ein letzter Schwenk zu den vertrauten Sternen, dann würde sie Lebewohl sagen.

24

Ein neues Objekt

Bis Hannah von der festlichen Einweihung der Laternen nach Hause und aufs Dach kam, war es Nacht geworden. Die Luft war schneidend kalt, doch über Hannah breitete sich der Himmel aus wie eine gewaltige, mit Sternen gesprenkelte Schwinge. Hannah zog ihre Fäustlinge an und beugte sich über ihr Beobachtungsheft. Beim Durchblättern fiel ihr Blick auf Einträge aus den letzten Monaten:

4. Tag, 9. Monat – Plejadenverfinsterung ... abnehmender Mond schon während des Aufgangs in der Konstellation befindlich ... An seinem dunklen Rand Alcyone und Taygeta erspäht. Kurz vor Morgengrauen von westlichster Seite der Konstellation quer hinübergeschwenkt. Keine Wanderer gesichtet.

22. Tag, 11. Monat – Rund um Aquarius geschwenkt, der noch trüb zwischen Pisces und Fomalhaut unmittelbar über dem Horizont im Süden steht. Keine Wanderer gesichtet.

16. Tag, 1. Monat – Cygnus enthüllt nichts Neues, aber wenige Grad südöstlich von Deneb fiel mir eine leichte Trübung auf, die sich zu Albireo hinzog. Keine Wanderer gesichtet.

27. Tag, 2. Monat ... Nebelhülle hat sich aufgelöst, nichts Ungewöhnliches. Keine Wanderer gesichtet.

Sie hatte sich bis zum Polaris vorgearbeitet, dem Polarstern.

Zurück zum Anfang, dachte sie. Ihre erste Unterrichtsstunde mit Isaac auf dem Dach kam ihr in den Sinn:

Stellen Sie sich vor, Sie halten einen riesengroßen Schirm in der Hand, dessen Spitze am Polaris endet.

Sie brachte das Fernrohr in Position und hielt den Chronometer bereit. Bevor sie durchs Objektiv schaute, füllte sie ihre Lungen mit kalter Luft, um einen klaren Kopf zu bekommen. Dann legte sie das Auge ans Okular.

Der Sternenbaldachin über ihr war so beruhigend wie ein Wiegenlied. Anstatt den Sternequadranten vor dem Objektiv zu betrachten, gönnte sie sich einen Moment, um die Gesamtanordnung am Firmament zu würdigen. Was für ein genialer Baumeister der Schöpfer doch war, dachte sie, von Dankbarkeit für die Schönheit des Himmels überwältigt. Auch wenn sie in Philadelphia nicht viel würde beobachten können, so blieb ihr doch wenigstens das Geschenk dieser Jahre, in denen sie das Reich der Fixsterne und Wandelsterne, so unfassbar sie sein mochten, und das Reich der Nebel in ihrer geheimnisvollen Verschleierung hatte erforschen dürfen. Mit einem zufriedenen Seufzer beschloss sie, jetzt mit der Suche zu beginnen, und konzentrierte sich auf Polaris.

Es war das Erste, was sie sah: Unmittelbar vor dem Objektiv, wenige Grad nordöstlich des Polarsternes, nahm ein kleiner, nebelhafter Körper einen Raum ein, der in der Nacht zuvor und in allen Nächten, so weit sie zurückdenken konnte, leer gewesen war. Kein Stern stand an dieser Stelle, die sie so genau kannte wie die Zahl ihrer Finger an einer Hand.

Hannah studierte den Körper volle drei Minuten lang, wandte den Blick nur ab, um einen Eintrag in das aufgeschlagene Beobachtungsheft auf ihrem Schoß vorzunehmen:

Runder Körper, 5 Grad oberhalb Polaris. Leichte Trübung, schwach. Nebelfleck?? Aber welcher??

Eine Wolke zog vor dem Himmelskörper vorbei. Hannah überquerte den Steg und stürmte die Stiege hinunter, blieb dann abrupt stehen, vor sich eine Unzahl von Kisten. In welche hatte sie bloß ihr Handbuch *Celestial Objects* gepackt?

Sie stemmte einen Kistendeckel auf, dann noch einen, wühlte sich durch Stroh und zerknülltes Zeitungspapier, tastete nach dem gewichtigen Band, nach dem bezeichnenden Riss im Buchrücken. Erst in der dritten Kiste wurde sie fündig; sie zog den Band hervor und blätterte darin, während sie in Gedanken alle Möglichkeiten durchspielte.

Ein neuer Nebel? Teil eines alten Nebels? Ein anderes Objekt, das der astronomischen Gesellschaft wohlbekannt war, nur ihr nicht? Hannah schaute in Karten und Tabellen nach, und ihr erster Gedanke bestätigte sich: An der betreffenden Position war kein Stern verzeichnet. Wie sie da so aufrecht in der Dachkammer stand, das Buch in den Armen, lief ihr ein Prickeln über den ganzen Körper. Sie war so wach wie noch nie in ihrem Leben.

Sie raste die Stiege hinauf zum Steg, hielt abermals Ausschau nach dem Objekt und fand es mühelos: ein schwacher Fleck an der dunklen Himmelspalette. Doch je länger sie darauf starrte, desto mehr Zweifel kamen ihr. Wie konnte das ein Komet sein, an einer so augenfälligen Stelle? Jemand hätte ihn leicht schon vorher gesichtet haben können. Es musste ein Nebel sein, einer, von dem sie noch nie gehört hatte. Und doch ... Erneut betrachtete sie den kleinen verschwommenen Fleck ganz genau. Fast schien es ihr, als hätte er ein helles Zentrum, wie es ein Komet oder ein Objekt mit den Merkmalen eines Kometen haben würde.

Hannah betrachtete das Objekt, bis ihre Augen sich trübten, dann raffte sie den Rock, sprang die Dachstiege hinunter, wobei sie zwei Stufen auf einmal nahm, und blieb schließlich vor der Zimmertüre ihres Vaters stehen. Um sich zu beruhigen, zählte sie bis drei, dann klopfte sie an, so sachte sie konnte.

«Hannah?» Der Vater öffnete in Schlafrock und Nachtmütze. Hannah sah Papiere auf dem Bett ausgebreitet.

«Verzeih, dass ich störe. Ich habe etwas gesehen, bin mir aber nicht sicher, was es ist. Ich dachte, vielleicht könntest du einen Blick darauf werfen.»

«Was denkst du denn, was es ist?» Nathaniels Miene war nachsichtig, liebevoll.

«Ich bin mir nicht sicher. Es ist wahrscheinlich ein Nebel, aber keiner, den ich zuvor gesehen habe.»

«Hast du die Kataloge zu Rate gezogen?»

Hannah hob die Augenbrauen.

«Natürlich hast du das. Gut, lass mir einen Augenblick Zeit. Wenn du meinst, dass es wichtig ist, komme ich es mir ansehen.»

Hannah drehte sich um und stürmte wieder nach oben zum Steg. Fünf quälende Minuten vergingen, bis Nathaniel bei ihr war und durch das Dollond schaute. Derweil suchte Hannah fieberhaft nach Erklärungen für das, was sie gesehen hatte, kam aber jedes Mal zu demselben Schluss. Ihre Aufregung war so groß, dass ihr das Herz bis zum Halse schlug, aber sie wollte ihr nicht nachgeben, bevor sie Gewissheit hatte.

«Du sagst, für diesen Bereich ist nichts verzeichnet?» Der Vater spähte durch das Objektiv.

«Bei Admiral Smyth steht nichts davon. Aber unser Exemplar von *Celestial Objects* ist zwei Jahre alt.»

Hannah trat von einem Fuß auf den anderen, während ihr Vater das Objekt beobachtete.

«Es könnte tatsächlich kometenhafte Merkmale haben», sagte er schließlich.

«Genau das dachte ich auch!», jubelte Hannah. Sie stand so dicht hinter ihm, dass er sie beinahe umstieß, als er aufstand. «Ich habe deutlich einen hellen Kern gesehen.»

«Hannah», sagte ihr Vater gütig, aber bestimmt. «Dir ist gewiss klar, wie absolut unwahrscheinlich es ist, dass ein Komet, sollte es sich denn um einen solchen handeln, an einer solchen Stelle bislang unentdeckt blieb.»

«Ich weiß. Das weiß ich ja.» Ein wenig außer Atem legte sie das Auge ans Okular und betrachtete den kleinen verschwommenen Fleck. «Es ist höchstwahrscheinlich ein Nebel.»

«Du kannst morgen früh an William schreiben, wenn du willst. Vielleicht möchtest du aber lieber warten und das Objekt noch einmal beobachten, um zu sehen, ob es seine Position wechselt.»

«Aber wann sollte ich das tun? Wenn wir morgen abreisen?»

Vater und Tochter sahen einander an. Als Hannah sprach, fielen ihre Worte wie nasser Schnee, der schwer genug war, um nicht mehr zu tauen: «Ich muss hierbleiben.»

«Hannah.»

«Ich weiß, was du sagen willst. Aber ich muss Gewissheit haben. Als ich das letzte Mal einen Kometen entdeckt habe ...»

«Das letzte Mal?» Ihr Vater machte ein Gesicht, als hätte sie gesagt, ihr seien einmal Flügel gewachsen und sie sei damit nach Trinidad geflogen.

«Ja. Der Komet, für den Monsieur Rainault Priorität erlangt hat? Erinnerst du dich?»

«Ich habe von der Entdeckung gelesen.»

«Ich habe ihn früher gesehen. Habe ihn gesehen und es nicht gemeldet, weil ich dachte, ich könnte mich geirrt haben. Ich habe mir selbst misstraut.» Sie schritt auf dem Steg auf und ab.

«Aber warum, Hannah? Wenn du dachtest, einen Kometen gesehen zu haben, warum hast du es nicht verkündet?»

Sie schüttelte den Kopf und schlang die Arme um sich.

«Niemand hat mir zugetraut, dass ich etwas sichte. Darum hatte ich selbst aufgehört, es mir zuzutrauen. Und als es dann geschah, war mein Selbstvertrauen zu gering, und ich habe den Kometen nicht gemeldet.» Hannah hob das Kinn, doch ihre Hände zitterten. «Das werde ich nicht noch einmal tun. Ich schreibe George auf der Stelle und schicke den Brief morgen früh ab. Wenn das, was ich gesehen habe, nichts ist, komme ich in einer Woche zu dir nach Philadelphia. Aber ich gehe nicht fort, bevor ich genau weiß, ob es etwas ist oder nicht. Ich kann nicht.»

Hannah sah ihrem Vater fest in die vertrauten Augen. Ihr Puls war wie ein Trommelwirbel in ihren Ohren, ihr lief die Nase. Obwohl ihr bange war, fühlte sie sich stark, als schwämme sie um ihr Leben.

Ihr Vater seufzte und gab seinem Herzen einen Stoß. «Wie du willst», sagte er. «Ich hoffe nur, dass du nicht enttäuscht wirst. Wieder einmal.»

Nantucket, 20. Tag, 3. Monat, 1846

Lieber George!
Verzeih die Kürze dieses Briefes und meine schlechte Schrift, aber ich schreibe dies sehr spät und beim letzten Rest meiner Kerze. Ich habe heute Abend etwas beobachtet, das etliche kometenhafte Merkmale hat. Beiliegend s. genaue RA, Standort etc. sowie eine Skizze. Ich würde lügen, wenn ich behauptete, ich wäre nicht schwer enttäuscht, wenn es sich als Nebel herausstellt, aber natürlich werde ich die Bewegungen des Objekts morgen noch einmal aufzeichnen, wenn das Wetter es gestattet.
Bitte benachrichtige mich baldmöglichst, ob Du Kenntnis von irgendeinem Objekt an diesem Standort am Nachthimmel hast und wie es durch Eure Instrumente betrachtet aussieht.
Vater reist heute nach Philadelphia ab, ich aber weigere mich mitzukommen, solange ich keine Gewissheit habe. Daher erwarte ich gespannt Deine Antwort und hoffe, Du wirst mich nicht allzu lange zwischen meinen Kisten harren lassen.
Deine Freundin
HGP

Nachdem Hannah den Umschlag versiegelt hatte, blieb sie am Schreibtisch sitzen, so voller Tatendrang, als wäre sie soeben aus dem erholsamsten Schlaf ihres Lebens erwacht. Doch weder ihr Brief an George noch die zögernde Zustimmung ihres Vater zu ihrem Vorhaben, auf Nantucket die Anerkennung oder Ablehnung ihrer Priorität abzuwarten, konnten sie wirklich zufrieden stimmen.

Ich habe es vollbracht, hätte sie sagen müssen. Ich glaube von ganzem Herzen daran, auch wenn ich es noch nicht beweisen kann.

Es gab nur einen einzigen Menschen, dem gegenüber sie einen solchen Gedanken äußern würde, und das war Isaac Martin. Entschlossen zog Hannah ihr Beobachtungsheft auf dem Schreibtisch zu sich heran nahm das hintere Blatt heraus, auf dem die zwei Wörter standen, die sie ihm vor zwei Monaten anvertraut hatte, und strich es auf der Tischplatte glatt. Dann nahm sie ihren Federhalter zur Hand.

20. Tag, 3. Monat, 1846
Nantucket via Explorer

Lieber Isaac!
Hoffentlich trifft dieser Brief Sie wohlauf und bei günstigen Winden an, sofern er Sie überhaupt erreicht. Und wenn das geschieht, so hoffe ich, dass Sie ihn zu Ende lesen und nicht zerreißen und ins Meer werfen.
Vielleicht haben Sie von dem Feuer hier auf Nantucket gehört, das unsere Stadt zerstört hat. Es war furchtbar. Das Atheneum ist niedergebrannt, ein Drittel von allen anderen Gebäuden auch. Vieles ist wiederaufgebaut worden, doch die Werften sind den Flammen zum Opfer gefallen, zusammen mit dem Teil der Flotte, die am Unglückstag auf Dock lag, und auch wenn der Handel weitergeht, weiß doch jeder, es wird nie wieder so werden, wie es einmal war.
Vielleicht wird die Pearl *demnächst von New Bedford oder Boston den Anker lichten und nie wieder in unsere Bucht einlaufen, was Sie nicht kümmern mag. Doch der Gedanke, dass unsere Stadt nur mehr ein malerischer Hafen für Freizeitsegler ist, stimmt mich traurig.*
Stellen Sie sich vor: Ich glaube, ich habe einen Kometen entdeckt. Ich habe ihn erst diese Nacht gesehen; er könnte also durchaus schon von jemand anderem in den Vereinigten Staaten oder in Europa gesichtet worden sein. Meines Wis-

sens könnten auch Sie ihn gesehen haben, sollten Sie dort, wo Sie sind, auf den Nachthimmel schauen. Wenn sich herausstellt, dass kein einziger Beobachter zu Hause oder im Ausland «meinen» Kometen vor mir gesehen hat, könnte ich tatsächlich Anspruch auf die Auszeichnung des Königs von Dänemark erheben, die mit genügend Geld verbunden ist, um mir in diesem und womöglich einem weiteren Jahr ein bescheidenes Auskommen zu ermöglichen. (Ein anderes kenne ich freilich nicht.)

Solange ich auf Nachricht warte, habe ich beschlossen, die Insel nicht zu verlassen, und falls es länger dauert, als mein Vater mir Unterstützung gewährt, so werde ich eben den Gürtel enger schnallen. Ich könnte an der Schule oder privat unterrichten, habe auch durchaus schon mit dem Gedanken gespielt, eine eigene Schule zu gründen, obwohl ich mir nicht sicher bin, ob mir viele Familien auf Nantucket ihre Kinder anvertrauen würden.

Schließlich, und dies hat nichts mit Neuigkeiten zu tun, möchte ich ausdrücken, was ich bis jetzt weder in einem Brief noch mir selbst eingestehen konnte, nämlich meine tief empfundene Bitte an Sie, mir mein Benehmen, als wir uns zum letzten Mal trafen, zu verzeihen. Ich weiß, ich habe Sie verletzt. Ich habe nicht früher geschrieben, weil meine Gefühle mich verwirrt haben, und ich bin gänzlich unerfahren in derlei Dingen. Doch das soll keine Entschuldigung sein. Ich habe im entscheidendsten Augenblick versagt.

Nun muss ich offen sein: Ich habe nicht aufgehört, an Sie zu denken, doch vermag ich mir nicht vorzustellen, dass solches Denken irgendwohin führen kann. Es ist bestenfalls unergiebig und schlimmstenfalls quälend. Gleichwohl kann ich anscheinend nicht aufhören, sosehr ich mich auch darum bemühe. Ich fürchte, dass Sie mich verachten, oder, schlimmer noch, mich bemitleiden. Ich würde beides verstehen.

Ich schreibe, um Sie um Vergebung zu bitten und in der Hoffnung, verbleiben zu dürfen als
Ihre Freundin
Hannah Gardner Price

* * *

Cambridge, MA, den 24. März 1846

Liebe Hannah!
Du hast es vollbracht! («So weit wir zum gegenwärtigen Zeitpunkt gewiss sein können», sagt mein Vater, wie ich anfügen muss.)
Bitte warte unser nächstes Schreiben ab. Wir haben die Professoren Hanover und Munch von der Königlichen Sternwarte von Deiner Entdeckung verständigt, und sie werden uns mitteilen, ob Du in der Tat die Erste bist, die gesehen hat, was wir eindeutig als Kometen bestätigen können – einen, der niemandem von uns trotz all unserer Instrumente und Erfahrung aufgefallen ist, bis Du uns zeigtest, wo wir schauen müssen! Wenn Du die Erste bist, hast Du tatsächlich Anspruch auf die Auszeichnung des Königs von Dänemark.
Bis dahin verfasse Du zunächst einen Bericht über die Entdeckung, und wir werden ihn in Deinem Namen an die ausländischen Zeitschriften vermitteln. Gut gemacht! (Ich habe natürlich nicht einen Augenblick daran gezweifelt.)
Dein Freund und großer Bewunderer
GB

25

Die Insel

Binnen nicht einmal zwei Wochen hatte sich die Nachricht von Hannahs Entdeckung nicht nur an der Sternwarte von Cambridge und bei deren Studenten und Förderern herumgesprochen, sondern auch bei der gesamten Bevölkerung Nantuckets. Am ersten Tag im Mai ging Hannah in die Küche, die nicht mehr ihre war, um sich zu Elizabeth und William Hatter, den neuen Bewohnern des Hauses zu gesellen, die sie am Tisch erwarteten. Die beiden hatten sich bereit erklärt, ihr die Kammer zu überlassen, während sie auf ein Schreiben der Bonds wartete, das ihr hoffentlich die Nachricht aus Europa überbringen würde, ob sie tatsächlich den Kometen als Erste gesichtet hatte.

Elizabeth hatte einen Teller mit Pfannkuchen in der Hand. Als Hannah den beiden ins Gesicht blickte, sah sie am kaum unterdrückten Eifer in ihren Mienen, dass sie es kaum erwarten konnten, eine aufregende, unerwartete Neuigkeit loszuwerden.

«Miss Price!», sprudelte Elizabeth in dem Moment los, als Hannah in die Küche trat. «Wir haben etwas Außerordentliches vernommen! Nicht wahr, William?»

Sie sah ihren Mann an, der ungewöhnlich lebhaft wirkte, und schob Hannah den Teller und eine Gabel hin. Hannah hatte schon beizeiten herausgefunden, dass das Leben bei den Hatters wie der Sprung von einer Jahreszeit zu einer anderen war: Sie war der ewige, übersprudelnde Frühling und er der tiefste Winter.

Er nickte. «Höchst beeindruckend.»

Hannah rutschte auf die Bank und nahm einen Bissen kalten Pfannkuchen.

«Haben Sie ein Grundstück für Ihr Gasthaus gefunden?» Hannah sackte auf ihrem Platz zusammen. Wollten sie umziehen? Dann müsste sie eilends neue Mieter finden. Ungeachtet Georges Gewissheit, dass der Komet tatsächlich ihrer war, war Nathaniel nicht der Meinung, dass Hannah bis zum Eintreffen der offiziellen Bestätigung auf der Insel bleiben konnte – oder sollte. Sie hatte ihn überredet, ihr einen Monat lang Unterhalt zu zahlen; danach müsste sie sich ein Einkommen verschaffen, wenn sie bleiben wollte, oder aber ihrer Habe nach Philadelphia folgen.

«Nein, meine Liebe», piepste Elizabeth. «Dabei suchen wir bei Tag und bei Nacht die Küste ab. Noch Sirup? Nein?»

Hannah schüttelte den Kopf.

«Wir meinen die Neuigkeit über Sie. Ihre großartige Entdeckung!»

«Oh! Der Komet?»

«Aber natürlich!» Elizabeth bot ihr abermals die Schale mit Sirup an, und Hannah lehnte erneut ab.

«Aber wie haben Sie davon erfahren? Es ist überhaupt noch nicht bestätigt, dass ich ihn als Erste gesehen habe.»

«Nun, dem *Inquirer* zufolge besteht nicht der geringste Zweifel an Ihrer Priorität. Schauen Sie, hier.»

William faltete die Zeitung so, dass die entsprechende Seite oben lag, schob sie Hannah hin, beugte sich dann hinüber und tippte mit dem Mittelfinger auf eine Ecknotiz. Hannah musste die Augen zusammenkneifen, um das sehr klein Gedruckte zu lesen:

Miss Hannah Price entdeckt teleskopischen Kometen!
Erster weiblicher Anwärter auf die Auszeichnung des Königs von Dänemark in Kontroverse über Melde-Regelwidrigkeit verwickelt.
Miss Hannah Price aus Nantucket, Little India Street, den Bewohnern ihrer Heimatinsel wohlbekannt als ehemalige Hilfsbibliothekarin unseres Atheneums, hat die astronomische Gesellschaft der Vereinigten Staaten dadurch verblüfft, dass sie die Erste war, welche am Abend des 20. März um 10 Uhr den leuchtenden Himmelspfeil erspähte. Das mysteriöse Objekt verbarg sich nur wenige Grad nördlich unseres Polarsternes, und im Zuge ihrer eifrigen Beobachtungen zeichnete Miss Price seine Position auf und schickte den Herren William und George Bond an der großen Sternwarte in Cambridge eilends ein Schreiben, in welchem sie die werten Herren bat, ihren Fund zu bestätigen.
Sie bestätigten die Entdeckung der Dame umgehend, doch die Bestimmungen zur Verleihung der königlichen Medaille, welche Miss Price zweifelsohne verdient, verlangen ausdrücklich, dass der Königlichen Sternwarte in London direkt und ohne Mittelsmänner Meldung erstattet wird.
Alle hegen die Hoffnung, die Gerechtigkeit möge sich in dieser Angelegenheit behaupten und die königliche Medaille unserer Himmelssucherin zuerkannt werden, die, wie verlautet, gegenwärtig die Umlaufbahn ihres flammenden himmlischen Juwels berechnet.

Hannah verzog beim Lesen des Artikels ungläubig das Gesicht, und am Schluss warf sie die Zeitung angewidert auf den Tisch. Die Hatters blinzelten sie an.

«Ist das nicht ein wunderbarer Bericht, Miss Price?», fragte Elizabeth und strich die Zeitung glatt. «Sie sind berühmt!»

«Sie verstehen nicht.» Hannah hatte plötzlich das Bedürfnis nach Bewegung. Sie stand auf und ging in der Küche umher. «Meine Priorität ist noch nicht bestätigt – jedenfalls nicht offiziell, und erst recht nicht global. Und was die Medaille des Königs angeht – ich hatte keine Ahnung, dass ich den Bestimmungen nicht entsprochen habe.»

Sie ließ sich wieder auf die Bank fallen, denn auf einmal war ihre ganze Kraft wie weggeblasen. Ihre missliche Lage stand ihr so klar vor Augen wie die frische Druckerschwärze auf der weißen Zeitungsseite. Wenn sie, Hannah, keinen Anspruch auf den Preis hatte, gab es keine Hoffnung, auf der Insel zu bleiben. Statt als Trägerin der Auszeichnung des Königs von Dänemark bekannt zu werden, würde sie der Astronom sein, dem es misslungen war, ihn sich zu verdienen. Der *weibliche* Astronom, der nicht einmal die Bestimmungen einhalten konnte. Wer würde sie danach noch mit Beobachtungen betrauen? Im Vergleich zu ihrer Fehlleistung würde ihre Leistung rasch verblassen, und man würde ihr nie einen Kontrakt anbieten, der ihr ein Einkommen sicherte.

Die Hatters versanken mit ihr in Schweigen, und über die Küche legte sich eine Stille, die Hannah an ihre arbeitsamen Stunden im Atheneum erinnerte. Dann ergriff William das Wort.

«Sind die Bestimmungen denn veröffentlicht? Wenn ja, können wir die Kleinigkeit bestimmt sogleich aufklären. Ich bin Rechtsanwalt von Beruf. Die Sache mit dem Gasthaus ist Elizabeths Steckenpferd; ich beschaffe nur das Geld.»

«William versteht sich brillant auf die Auslegung von Verträgen, Miss Price. Wenn die Bestimmungen irgendeinen Pferdefuß haben, dann findet er ihn mit Sicherheit», fügte seine Frau gutgelaunt hinzu.

«Ich habe oben eine Abschrift», sagte Hannah langsam.

Sie wollte sich nicht allzu viele Hoffnungen machen, denn die Möglichkeit, enttäuscht zu werden, war groß. «Ich gehe sie holen.»

Eine halbe Stunde und drei Pfannkuchen später stand fest, dass Hannah in der Tat die Bestimmungen missachtet hatte, indem sie die Meldung von ihrer Entdeckung nach Cambridge anstatt nach London schickte.

«Nun ja», sagte William. Er klopfte auf das Blatt Papier, auf dem die Wettbewerbsbestimmungen aufgeführt waren, und strich es dann glatt. «Hier steht, dass Bewerber die Königliche Sternwarte ‹bei erster Gelegenheit› verständigen müssen. Aber wir könnten ins Feld führen, dass Ihr abgelegener Wohnort und Ihr Mangel an Erfahrung in professionellen Prozeduren Sie davon abhielt, unmittelbar nach London zu schreiben, ohne zuvor Ihren Fund vor Ort bestätigen zu lassen. Wenn wir überhaupt klagen wollen», fügte er hinzu, als er Hannahs Gesichtsausdruck sah.

«Das mag wohl sein», murmelte sie. «Ich werde die Nachricht der Bonds abwarten. Ich bin überzeugt, sie können besser als jeder von uns beurteilen, wie diese Dinge zu handhaben sind.»

«Schön, in der Zwischenzeit richten Sie Ihr Denken auf die Gegenwart. Sie haben sich doch gewiss allen möglichen aufregenden Tätigkeiten zu widmen», sagte Elizabeth aufmunternd und tätschelte Hannahs Arm. Dann faltete sie die Zeitung sorgfältig zusammen und legte sie auf ein hohes Küchenbord, wozu sie sich auf die Zehenspitzen stellte. Hannah erinnerte sich, wie sie es als kleines Mädchen ebenso gemacht hatte, um ihr Bord mit Musterexemplaren um ein schönes Stück zu ergänzen. Mrs. Hatter konnte nicht älter als zwanzig Jahre sein, wurde Hannah klar, als sie ihr Profil betrachtete. Kein Wunder, dass für sie alles so aufregend war: ihr Gasthaus, der Komet, das Leben, das noch vor ihr lag. Vermutlich würde Mrs. Hatter guter Hoffnung sein, ehe das Jahr um war.

«Ich danke Ihnen beiden», sagte Hannah, von einer plötzlichen Gefühlsaufwallung erfasst. Wo war *ihre* Familie in dieser entscheidenden Stunde? Warum war sie auf die Hilfe von Fremden angewiesen? Auf einmal fühlte sie sich schutzlos, obwohl sie hier in ihrer Küche saß und von demselben zerbeulten Kupferteller aß, den sie tausendmal gespült und abgetrocknet hatte. Doch ihre Dankbarkeit war aufrichtig. Die Hatters hätten ihr nicht helfen müssen; sie gehörten nicht zur Quäkergemeinde, was bei Hannahs gegenwärtigem Leumund allerdings kaum eine Rolle spielte. Einmal hatten sie erwähnt, sie seien Unitarier, waren aber am Ersttag zu Hause gewesen und hatten folglich keinen Gottesdienst besucht.

Es heißt Sonntag, ermahnte sie sich. Je mehr sich ihr Abstand zur Gemeinde und zum täglichen Austausch mit den Mitgliedern vergrößerte, desto leichter fiel es ihr, sich von den Dutzenden kleiner Einschränkungen ihres früheren Lebens bei den Quäkern zu lösen, mit denen sie immer weniger gemein hatte. Dabei hatte doch auch ihr neues Leben so viel Schönes zu bieten; dankbar sogen ihre Augen die leuchtenden Rosatöne und das Löwenzahngelb in den Vorhängen in sich auf, die Elizabeth im Wohnzimmer aufgehängt hatte, und es gefiel ihr auch, wie die gewebten Teppiche auf den Fußböden die Kanten der Räume weicher erscheinen ließen. Dennoch stolperte ihre Zunge immer noch über die Tage der Woche und die Monate des Jahres, die danach zu verlangen schienen, numerisch geordnet statt mit Namen benannt zu werden.

«Es war sehr liebenswürdig von Ihnen, mich bleiben zu lassen. Ich hoffe, dass ich Ihnen nicht mehr allzu lange zur Last fallen werde.»

«Sie sind mitnichten eine Last», sagte William. «Wir fühlen uns geehrt, vorübergehend im Heim einer so berühmten Wissenschaftlerin untergebracht zu sein.»

Elizabeth nickte beifällig, stellte sich hinter ihren Ehemann und legte ihm die Hände auf die Schultern.

«Ich bin Ihnen aufrichtig dankbar.» Hannah schluckte einen Kloß im Hals herunter und erhob sich vom Tisch. «Wir sehen uns beim Abendessen.»

Droben in der Dachkammer verbrachte sie die meiste Zeit des Tages über ihr Notizbuch gebeugt und versuchte, die Umlaufbahn des Kometen zu berechnen. Zumindest diesbezüglich traf die Meldung des *Nantucket Inquirer* uneingeschränkt zu.

Als sie schließlich hinausging und ins Licht des Spätnachmittags blinzelte, schienen alle Menschen auf Nantucket den Artikel in der Zeitung gelesen zu haben. Bis sie zur Main Street kam, hatte ein halbes Dutzend Gratulanten sie angesprochen, die einen zögerlich, die anderen herzlich. Jedes Mal, wenn wieder jemand auf sie zukam, den sie kannte, erschrak Hannah von neuem: Mit vielen dieser Leute hatte sie seit Monaten nicht gesprochen, besser gesagt, sie hatten nicht mit ihr gesprochen, denn infolge ihres Ausschlusses aus der Quäkergemeinde war sie von fast allen älteren Mitgliedern (was freilich nur wenige waren) gemieden worden.

Doch alle, denen sie an diesem Nachmittag begegnete, ungeachtet ihrer Religionszugehörigkeit, schienen mehr über den Kometen, Hannahs Prioritätsanspruch und die königliche Auszeichnung zu wissen als Hannah selbst. Eine Frau erzählte ihr, sie habe erfahren, der Preis werde vom Abgesandten des Königs persönlich per Dampfschiff überbracht; eine andere beglückwünschte sie zur Entdeckung eines neuen Planeten.

Als sie Brot kaufen ging, beugte sich Millicent Rotch –

die Enkeltochter eines Ältesten und einer der wenigen jungen Menschen, die der Quäkerdisziplin treu geblieben waren und sämtliche Nachbarn ungeachtet ihres Alters und Ranges mit «du» anredeten – beim Einwickeln des Brotlaibes in Papier über den Ladentisch.

«Meine Mutter kann Frauen, die auf die Barrikaden gehen und große Reden schwingen, nicht leiden», flüsterte sie, als sie Hannah das Brot reichte. «Aber ich finde, du bist klug und mutig.»

«Auf die Barrikaden gehen?» Hannah sprach mit leiser Stimme, bemüht, nicht zu lachen. «Woher hat sie denn diese Vorstellung von mir?»

«Na ja, zuerst bist du mit diesem Neger gegangen», sagte Millicent. Ihre Wangen wurden noch rosiger, ihr Blick aber war klar und fest. «Dann hast du der Antisklaverei-Gesellschaft geholfen, die Kuratoren des Atheneums dazu zu überreden, dass sie ihre Versammlung dort abhalten dürfen, sagt Lilian Archer. Und jetzt der Komet.»

«Das habe ich nie zu Lilian gesagt», erwiderte Hannah barsch; dabei gab Millicent nur wieder, was viele Inselbewohner von ihr dachten, zumindest bis vor kurzem. Sie schüttelte den Kopf und dachte entrüstet an all die Menschen, die ihr an diesem Morgen ob ihres Erfolges um den Bart gegangen waren. Ihre Nachbarn waren so infam wie die Menschen überall auf der Welt, die sich über jede Neuigkeit das Maul zerrissen, ob es nun eine gute oder eine schlechte Nachricht war. «Und ich habe in meinem ganzen Leben noch nie eine Rede gehalten.»

«Vielleicht solltest du es tun», flüsterte Millicent. «Es ist so aufregend. Ich wünschte, ich hätte noch eine Beschäftigung neben dieser hier. Zum Beispiel würde ich liebend gerne den Himmel beobachten. Aber ich habe keine Begabung dafür.»

Hannah beugte sich über den Ladentisch. «Immer wenn ich etwas backe, verbrennt es oder wird steinhart. Du verdienst wenigstens Geld mit deiner Arbeit.»

Millicent seufzte und sah sich um, ob jemand in der Nähe war, bevor sie antwortete. «Es ist das Geld meiner Mutter, nicht meins.»

«Bist du gut im Rechnen?»

«Ich denke schon. Ich führe unsere Bücher.»

«Nun, wenn du die Grundlagen der Astronomie erlernen möchtest, komm zu mir», sagte Hannah.

Millicents Augen wurden so rund wie der Vollmond. «Wirklich? Und wann?»

«Jederzeit, wenn es dunkel ist, Millicent.»

Millicents Lächeln machte Hannah glücklicher, als sie es gewesen war, seit sie Georges Brief aufgerissen hatte. Sollte man in der Stadt doch murren, weil Hannah die Frauen von ihrer schönen einträglichen Arbeit abhielt! Doch ihre gute Stimmung sollte nicht anhalten.

Als sie am Atheneum vorüberging, kam Miss Norris mit dem *Nantucket Inquirer* in der Hand herausgestürmt.

«Hannah Price, Hannah!», jauchzte sie.

«Miss Norris.» Hannah unterdrückte ein Lächeln. Die Frau sah aus wie eine gestopfte Gans. Die dunklen Augen glänzten wie Perlen, und sie wedelte mit ihrem dicken Arm, als wäre es ein Flügel.

«Ich bin begeistert. Einfach begeistert!»

«Es ist nicht sicher, dass ich ...»

«Unsinn! Du hast ... du hast es vollbracht!»

«Ich meine nur, die Sache ist nicht erwiesen.»

«Der alte König gehört abgesetzt, wenn er den Preis verweigert! Das denke ich, und so denken alle!» Miss Norris senkte die Stimme. «Die Kuratoren sprechen davon, dich wieder einzustellen!»

Hannah zog die Augenbrauen hoch.

«Ist das wahr? Davon hat mir niemand etwas gesagt.»

«Na ja, ich glaube, es steht noch nicht ganz fest. Aber Doktor Hall ist sehr dafür.»

«Ah, ich verstehe.»

«Du würdest gewiss gut daran tun, persönlich mit ihm zu sprechen.»

Hannah nickte, ohne etwas zu entgegnen. Der Gedanke, über irgendetwas mit Doktor Hall zu sprechen, bereitete ihr Übelkeit.

«Ich werde es mir durch den Kopf gehen lassen.» Hannah gab sich Mühe, höflich zu bleiben.

«Tu das. Es würde mich sehr freuen, dich wieder bei uns zu haben.» Miss Norris senkte die Stimme und sah sich um. «Ich war nie einverstanden mit der Entscheidung, dich vom Wiederaufbau der Bibliothek auszuschließen. Auch nach dem, was bei der Andacht vorgefallen ist. Und was den jungen Mann betrifft, den du unterrichtet hast, finde ich, die ganze Entrüstung war vollkommen unbegründet. Wenn einem von seiner Rasse das große Glück beschieden war, dich zur Lehrerin zu haben, dann konnte ich nichts Verwerfliches darin sehen. Rein moralisch hast du dir doch nichts zuschulden kommen lassen. Ich fand jedenfalls das Verhalten der Leute überzogen. Hannah Price wird mit dem ebenso wenig eine unziemliche Verbindung eingehen wie mit einem Hund oder einem Pferd, habe ich ihnen entgegengehalten!»

Hannah wich einen Schritt zurück. Ihr war, als hätte man sie geschlagen. Das weiße Holzgebäude hinter der Bibliothekarin war so hell, dass es sie fast blendete. Hannah schüttelte den Kopf, um wieder einen klaren Gedanken fassen zu können, und nahm Miss Norris die Zeitung aus der Hand.

«Sie sollten sich vorher überlegen, was Sie von sich geben», sagte sie und kehrte Miss Norris und dem Gebäude den Rücken zu.

«Was? Hannah Price! Hannah!»

Das Bild der hellen Säulen hatte sich in Hannahs Netzhaut eingebrannt, während sie davonging. Sie hielt den Kopf gesenkt und versuchte, die Wut herunterzuschlucken, die in ihr aufstieg. Ein Hund oder ein Pferd; das war es also, womit Miss Norris Isaac gleichsetzte. Hannah war zutiefst angewidert. Isaac war ein Mensch – und zwar ein guter Mensch, ein kluger Mensch. Einer mit dem gleichen Ehrgeiz wie sie. In diesem Moment sehnte sie sich mehr denn je danach, ihm ihre Gedanken mitzuteilen, ihren Kopf an seine Schulter zu lehnen.

Es würde nie geschehen. Als sie sechzehn war, hatte Hannah einmal eine Rede von William Lloyd Garrison mitbekommen, die er im Park von Boston hielt. Hannah, ihr Vater und William Bond saßen in einer Kutsche. Sie hatten die Vorhänge zugezogen und aus Furcht vor dem Pöbel den Kutscher angewiesen, einen anderen Weg zu nehmen, doch im Vorbeirattern hatte Hannah dennoch die donnernden Worte des Redners vernommen: *Ich kann Unterdrückung in jeder Form – und über allem jene, welche einen Menschen zu einer Sache macht – nur mit Entrüstung und Abscheu betrachten*!

Sie waren alle verstummt, erinnerte sich Hannah, und William hatte ernst genickt.

Jene, welche einen Menschen zu einer Sache macht ... Oder ihn mit einem Tier gleichsetzt, dachte Hannah. Miss Norris würde bestreiten, dass sie sich auch nur im Geringsten von Vorurteilen leiten ließ. Immerhin hatte sie sich gegen die Rassentrennung bei Schulkindern ausgesprochen, und Hannah wusste, dass auch sie gegen die Sklaverei war. Doch dass Hannah in Isaac Martin etwas anderes sehen konnte als einen Schüler, welcher der Unterweisung bedurfte – dass sie mit ihm befreundet sein, ihn achten, ihn lieben konnte –, das war für Miss Norris unvorstellbar.

Während sie weiterging, sann Hannah über diesen Widerspruch nach, suchte nach einem Weg, die zwei Wahrheiten miteinander zu vereinbaren, doch sie fand keinen. Bis sie in die Dachkammer kam, war sie erschöpft, aber merkwürdig ruhig. Was noch vor zwei Jahren eine Offenbarung gewesen wäre – dass zwei widersprüchliche Wahrheiten tatsächlich in ein- und demselben Menschen nebeneinander Bestand haben konnten –, erschien ihr nunmehr als verblüffende, jedoch einleuchtende Schlussfolgerung. Sie hörte Isaacs Stimme so deutlich, als stünde er neben ihr: *Schwarz oder weiß. Dies oder das. Wieso glauben Sie, dass alle Dinge nach diesem Muster verlaufen*?

«Das glaube ich nicht», sagte sie laut. «Das tun sie nicht.» Ihre Stimme hallte von den Wänden ihrer Dachkammer wider. Staubteilchen wirbelten in den Lichtstrahlen, die durch das Fenster strömten. Hannah setzte sich an den Schreibtisch und schlug ihr Notizbuch auf.

Nantucket, 15. April 1846
via Neptune

Lieber Isaac!
Drei Wochen sind vergangen, seit ich Ihnen schrieb, folglich ist es nicht möglich, dass Sie meinen Brief inzwischen erhalten und beantwortet haben. Doch mit jedem Tag wird es für mich unerträglicher, dass ich mit dem Schreiben so lange gezögert habe, und ich male mir alle möglichen Gedanken aus, die Sie in der Zwischenzeit über mich gehegt haben mögen. Ebenso unerträglich sind die vielen Male, die ich an

jedem Tag an Sie denke, ohne Ihnen meine Gedanken sogleich mitteilen zu können. Das Schreiben ist nur ein kläglicher Ersatz für Ihre Gesellschaft, zumal ich nicht weiß, ob meine Briefe Sie überhaupt erreichen.
Doch ich schweife ab. Momentan warte ich noch immer auf die offizielle Bestätigung meiner Priorität auf den Kometen, und jeder Tag, an dem sie nicht aus Europa eintrifft, ist ein Tag des Selbstzweifels in mir, den ich nur bekämpfen kann, wenn ich wieder an mich glaube. In solchen Momenten denke ich am meisten an Sie. Sie haben sich in Ihrem Leben auf so mannigfache Art bewähren müssen, dass mir im Vergleich dazu die Klage über die Beschränkungen, die den Frauen auferlegt sind, unerheblich scheint. Dennoch finde ich es zunehmend verdrießlich, dass sich der Blick von Mädchen nur auf Messlöffel und Rührschüssel richten soll, wenn sie doch mit der gleichen Sorgfalt und Genauigkeit auch die Bewegung der Sterne durch den Ersten Vertikal beobachten könnten; und dass diejenigen Vertreterinnen meines Geschlechts, welche einen ausgezeichneten Blick fürs Detail besitzen, ihre Fähigkeiten auf geringfügige häusliche Verrichtungen und ihre Kraft auf müßiges Geplapper verschwenden sollen.
Einst habe ich Frauen verabscheut, die auf die Barrikaden gehen, weil ich dachte, es würde nichts ändern, auf die Männer zu schimpfen, doch langsam frage ich mich, ob die beständige Anwendung der Vernunft im Verein mit Leidenschaft nicht doch zu etwas Gutem führt. In diesem Zusammenhang hat Margaret Fuller mit ihrer Abhandlung über moderne Frauen einen starken Eindruck bei mir hinterlassen. Ich schreibe hier eine Passage für Sie ab:
«Wir wollen, dass den Frauen alle Wege ebenso offen stehen wie den Männern. Wenn man mich fragt, welche Posten sie bekleiden können, dann antworte ich – alle. Sagen Sie,

was Sie wollen – wenn es nach mir geht, können sie sogar Kapitäne zur See sein.»
Das erinnert mich an die Spiele, die ich einst mit meinem Bruder spielte, wenn wir in Madaket an Bord unseres imaginären «Schiffes» gingen, um die ganze Welt zu erkunden. Jedenfalls ist meine neuerdings positive Einstellung gegenüber dem Hierbleiben zum Teil dem Umstand geschuldet, dass ich mich hier frei von jeglichen Hindernissen und Verpflichtungen fühle, so wie es wohl auch bei Ihnen der Fall ist; obwohl ich mir nicht sicher bin, ob ich mich jemals mit der Ihnen eigenen Unbeschwertheit durch die Welt bewegen könnte. Doch alles, was ich früher noch für gewohnt und notwendig hielt wie eine Boje, gemahnt mich in letzter Zeit immer mehr an einen festen Anker; vielleicht gewähre ich mir ja nur einen Aufschub, indem ich bleibe, wie Edward vermutete, wobei ich sowieso nicht wüsste, wohin ich gehen sollte, selbst wenn ich die Mittel hätte, mir einen Ort, eine neue Heimat frei zu wählen. Und so frage ich Sie, der doch viel mehr von der Welt gesehen hat als ich: Wo könnte ich Wurzeln schlagen?
Ihre aufrichtige Freundin
HGP

26

Rückkehr nach Cambridge

Im Juni wimmelte es in Cambridge nur so von Studenten und Besuchern. Das Semester war vor wenigen Tagen zu Ende gegangen, stolze Absolventen schlenderten allseits umher, eskortiert von Eltern und jungen Damen in Erwartung eines Heiratsantrags. Hannah beobachtete sie, während sie sich mit einer Broschüre Luft zufächelte, und versuchte, sich vorzustellen, wie es wohl sein mochte, zu den Ersteren oder zu den Letzteren zu gehören. Aber sie konnte sich in keiner dieser Rollen wiedererkennen. Bei den jungen Männern mit ihren Büchern waren ihre Gefühle verschwommen; jedenfalls vermochte sie die rechtschaffene Empörung, die sie bei früheren Besuchen überkommen hatte, nicht mehr heraufzubeschwören. Was die Frauen anging, so war sie redlich bemüht, diese nicht zu verurteilen, auch wenn ihre tausend Rüschen und die geschminkten Wangen sie abstießen. Wer weiß, vielleicht betrachteten sie ja nachts die Sterne ebenso eifrig wie sie selbst. Oder sie schrieben Sonette. Oder debattierten.

Doch der Anblick dieser jungen Frauen brachte sie immerhin zu der Erkenntnis, dass ihre eigene Lage nicht gefestigter war als die ihrer gleichaltrigen Geschlechtsgenossinnen. Hannah lebte in einem eigenartigen Schwebezustand; ihre Zukunft war weder gesichert noch verloren. Falls man sich in Europa zu ihren Gunsten entschied, könnte sie mit dem Preisgeld des Königs ihren Lebensunterhalt bestenfalls für ein Jahr bestreiten; sollte man jedoch ihre Priorität nicht anerkennen, müsste sie unverzüglich eine einträgliche Arbeit finden. Andernfalls stünde sie wieder da, wo sie angefangen hatte: vor der Wahl zwischen einer Vernunftehe und dem Umzug nach Philadelphia.

Sie hatte sich schon einmal zu Letzterem durchgerungen, doch das war gewesen, bevor der Komet sich vor ihrem Objektiv zeigte. Nun jedoch, vor dem Hintergrund ihrer Priorität – sofern sie ihr tatsächlich zuerkannt wurde –, erschien ihr der Gedanke, nach Philadelphia zu ziehen und ihre Beobachtungen hinter sich zu lassen, als ausgesprochen abwegig. Und so war die Möglichkeit einer Vernunftehe doch wieder ins Spiel gekommen, seit sie Georges jüngste Einladung angenommen hatte.

Hannah hatte nie eindeutig auf seinen Heiratsantrag geantwortet, und während ihre Ersparnisse dahinschwanden, sie kein Wort über die Auszeichnung hörte und keine Post von Isaac bekam, war der Gedanke, ihr Schicksal mit dem von George zu vereinen, nicht mehr so leicht von der Hand zu weisen. Noch hatte sie keine Entscheidung getroffen, aber sie wollte es in einem geeigneten Moment zur Sprache bringen. Vielleicht besaß George neue Einsichten, die ihnen bei der Entscheidungsfindung helfen konnten. Schließlich konnte sie ihn nicht ehelichen, solange er nicht wusste, dass sie keine romantischen Gefühle für ihn hegte, und er die Übereinkunft folglich als reine Vernunftentscheidung zu ihrem beiderseitigen Vorteil akzeptierte; doch sie wollte weder seine Gefühle verletzen, noch ihn der Möglichkeit berauben, selber eine passende Verbindung einzugehen. Andererseits – gab es nicht Ehen, die als Freundschaft begannen und mit der Zeit zu Liebe erblühten? Sollte sie, Hannah, in diesem Fall nicht offen sein für eine solche Aussicht?

Doch bei dieser Vorstellung wurde ihr mulmig, und das lag nicht etwa daran, dass George unerträglich war – er war nicht Isaac Martin, und sie konnte einfach für jemand anderen unmöglich das empfinden, was sie für Isaac empfand. Dennoch hatte sie einen guten Teil ihrer Reise nach Cambridge mit dem Bemühen verbracht, Argumente für oder gegen besagte Entscheidung zu finden.

Die Kutsche kam vor der Sternwarte zum Stehen, bevor Hannah zu einem Entschluss gelangen konnte. Im gleichen Augenblick, als die Kutsche hielt, riss George auch schon den Wagenschlag auf.

«Meine berühmte Freundin», sagte er mit einer leichten Verbeugung. Lachend nahm Hannah seinen Arm, stieg aus und streckte sich. Der vertraute Anblick seiner zerzausten Haare und seines blassen Gesichtes hatte etwas Tröstliches. Sie drückte seinen Arm, hoffte, dass er ihr Erröten nicht bemerkte und, wenn doch, keine falschen Schlüsse daraus zog.

«Mein getreuer Unterstützer», erwiderte sie. «Ohne deine Hilfe würde ich bestimmt immer noch in meiner Dachkammer hocken, Durchgänge zählen und Schulkinder unterrichten. Halt – ich *zähle* ja noch Durchgänge! Und früher oder später werde ich wohl auch wieder unterrichten, weil sich keine andere Arbeit ergeben hat.»

«Ach was», machte er und nahm den Koffer entgegen, den der Kutscher ihm herunterreichte. «Es wird sich im Nu etwas für dich finden, davon bin ich überzeugt. Aber nun bist du erst einmal hier, und es gibt viel zu besprechen.»

«Bei euch scheint immerzu die Sonne», sagte Hannah, raffte ihren Rock und folgte George hinein. «Es ist erstaunlich, dass ihr bei der Helligkeit überhaupt imstande seid, etwas zu beobachten. Aber da steht es ja, euer Geheimnis.» Sie blieb am Fuße des gigantischen Fernrohres stehen. Gerne hätte sie ihre Wange an das kühle, polierte Rohr gelegt.

«Vielleicht habe ich ja noch mehr Trümpfe in der Hand», sagte George geheimnisvoll.

«Ich wusste gar nicht, dass du Karten spielst», rief Hannah, und weil sie ihn, wie immer, ein wenig necken wollte, fügte sie hinzu: «Und – Glück im Spiel, Pech in der Liebe?» Erst in diesem Moment wurde ihr bewusst, wie uncharmant ihre Worte angesichts seines Heiratsantrags waren. Sie holte tief Luft, um sich dem Thema zu stellen, und versuchte, ihre Gedanken und Gefühle zu ordnen, aber sie waren nur schwer zu entwirren.

«Wohl wahr.» Er trat zu ihr und grinste dabei über beide Ohren wie ein Schuljunge. «Weil wir gerade von der Liebe sprechen ... Du warst bei unserem damaligen Gespräch so aufrichtig, mir eine – wie hast du dich ausgedrückt? – ‹passende Verbindung› als Möglichkeit aufzuzeigen. Tja, und nun ist das nahezu Undenkbare eingetreten.»

«Hast dich etwa ganz der Astronomie verschrieben und gar eine Entdeckung gemacht?», fragte Hannah, gespannt, worauf er hinauswollte.

«Nun ja, astronomisch nicht gerade. Nein, ich habe ... also ... nun ja ...» Er stellte ihren Koffer ab, machte sich am Tragegriff zu schaffen, und seine ganze Forschheit schien sich zu verflüchtigen. Hannah fragte sich, ob ihm nicht wohl war oder ob er im Begriff stand, seinen Heiratsantrag zu wiederholen oder gar zu verkünden, er werde nach Nantucket ziehen, um ihr seine Zuneigung zu beweisen. Sie trat einen Schritt zurück, versuchte, sich eine Antwort zurechtzulegen.

«Es gibt da eine Dame», platzte er heraus.

Hannah blinzelte, zu verblüfft, um etwas zu erwidern, und George fand die Sprache wieder.

«Sie war zu Besuch bei ihrem Bruder, der in den vergangenen Jahren hier studiert hat – ein sehr guter Student, nicht so ein Dampfplauderer wie seine Kommilitonen, aber ich hatte ihn kaum beachtet, bis er sie hierher mitbrachte, um eine Verfinsterung zu beobachten ... Also, die Familie wohnt südlich von hier, und wir haben uns geschrieben. Sie ist wirklich sehr interessant. Phantastisch am Klavier, aber das ist nebensächlich, denn sie ist eine vorzügliche Botanikerin, versteht mehr von Flora und Fauna als irgendjemand, den ich kenne, und hat sich bereits ein unglaubliches Gewächshaus angelegt.»

Er ist verliebt, dachte Hannah. Sie sah, wie seine Augen blitzten und seine Hände in der Luft tanzten, während er die Fähigkeit der Dame beschrieb, ein grünes Ding vom anderen zu unterscheiden. Sie lächelte, obwohl sich auch eine bittere Traurigkeit in ihr breitmachte und ihr die Kehle zuschnürte. Im Handumdrehen war die Türe zu einem Leben mit George zugefallen, und obwohl sie selber diese Schwelle gar nicht hatte überschreiten wollen, war sie einen Moment lang wie vor den Kopf geschlagen.

Sie legte dem Freund ihre Hand auf den Arm.

«Sie hat wahrlich Glück, George.»

Er legte den Kopf zurück und betrachtete ihr Gesicht. Hannah hielt seinem Blick stand.

«Habe ich ... ich meine, warst du denn ... du hast mir nie geantwortet, deswegen nahm ich an ...»

Sie schüttelte den Kopf. «Du hast dich mehr als korrekt verhalten. Ich war es, die mit der Antwort zögerte, weil ich wusste, dass es im Interesse der Vernunft und unseres persönlichen Glückes das Beste war, wenn wir gute Freunde bleiben.»

George sank vor Erleichterung in sich zusammen, ohne die Hand von ihrem Arm zu nehmen. In seiner Stimme lag eine ruhige Ernsthaftigkeit, wie Hannah sie selten an ihm erlebt hatte.

«Ich habe immer nur dein Glück gewollt.»

«So wie ich es dir wünsche.» Sie legte ihre freie Hand auf seine. Hannah genoss die Süße dieses Augenblicks, obwohl zugleich noch ein letzter Funke von Zweifel in ihr aufflammte. War es etwa falsch von ihr gewesen, Georges Antrag nicht anzunehmen? Doch sie kannte die Antwort.

«Schön.» George richtete sich auf, und beide zogen gleichzeitig ihre Hände zurück wie Kinder, die beim Stibitzen von Plätzchen erwischt wurden. «Wir hatten übrigens vor kurzem einen Gast, der für dich interessant sein dürfte. Er musste dringend fort, war aber einverstanden, dass wir dir eine gewisse Neuigkeit mitteilen.»

George griff wieder nach ihrem Koffer und wandte sich dem Gang zu, der zum Arbeitszimmer seines Vaters führte. Früher hätte sie ihm den Koffer aus der Hand gerissen und erklärt, er dürfe sich nicht über Gebühr anstrengen, doch in diesem Moment begriff sie, dass er ihn unbedingt tragen wollte. Und es musste ja nicht immer alles nur nach der Vernunft gehen.

«Hannah Price, willkommen, willkommen. Wir könnten nicht stolzer sein, wenn du unsere Tochter wärst», sprudelte der ältere Bond hervor, als George Hannah die Türe aufhielt. Verlegen duckte sie sich in den kleinen Raum. Das Durcheinander aus Werkzeug und Linsen, Chronometern und Sichtrohren erinnerte sie an seine alte Werkstatt.

«Danke, William. Hoffentlich kann ich einem solchen Lob gerecht werden.»

Gerührt von seiner Herzenswärme, ließ Hannah sich vorsichtig in einen Sessel sinken, bei dem, wie sie wusste, einige Sprungfedern aus dem Polster ragten. William scheute keine Kosten für Instrumente, aber alles andere in seinem Arbeitszimmer war arg ramponiert.

«Wie ergeht es deinem Vater denn in Philadelphia?»,

fragte William. Er ließ sich auf dem Sessel neben ihr nieder, George hockte sich auf den Schreibtisch.

«Gut, glaube ich», antwortete sie und hielt dann inne, um zu überlegen. «Ich weiß nichts Näheres. Wir haben uns geschrieben, über meine Entdeckung und was sie bedeutet, falls sie überhaupt etwas bedeutet. Er erwähnte, dass du den Rektor des hiesigen Colleges gebeten hast, sich in einem Brief an den königlichen Hofastronomen in London für mich zu verwenden.» Sie neigte den Kopf zu William hin. «Kann das wahr sein?»

«Natürlich ist es wahr!» William machte Anstalten, ihr auf die Schulter zu klopfen, und tätschelte ihr stattdessen unbeholfen den Arm. «Du bist viel zu bescheiden, Hannah.»

«Das ist mitnichten Bescheidenheit! Es ist Zweckmäßigkeit. Die Wahrscheinlichkeit, dass ich den Kometen an diesem bestimmten Ort vor allen anderen auf der ganzen Welt gesichtet habe, war – mathematisch gesehen – außerordentlich gering. Da stimmst du mir gewiss zu.»

William und George wechselten einen Blick, dann sagte George: «Darf ich?»

Sein Vater nickte, und der jüngere Bond rutschte herum, um Hannah anzusehen. «Was würdest du meinen, wie hoch die Wahrscheinlichkeit ist? Für deine Priorität, meine ich.»

«Ich habe sie nicht berechnet, George.»

«Rate mal.»

«Nein.»

«Erweise mir den Gefallen.»

Hannah verkniff es sich, die Augen zu verdrehen, seufzte aber laut.

«Eins zu einer Million?»

«Hm, dann hast du ja großes Glück. Uns ist natürlich klar, dass deine Entdeckung das Ergebnis deines unermüdlichen Eifers und deiner einzigartigen Sehkraft ist.»

«Nun sag es schon, George», bat William.

«Schön. Hannah, London hat deine Priorität bestätigt. Der Price'sche Komet ist offiziell deiner. In Rom dachten einige Astronomen, der Preis stehe ihnen zu, weil einer von ihnen den Kometen zwei Tage nach dir gesehen hat – aber nachdem wir deinen Anspruch unterbreitet und die Umstände dargelegt hatten, hat man zu deinen Gunsten entschieden.»

In diesem Moment nahm Hannah alles um sich herum so deutlich wahr wie nie zuvor: die Wärme im Raum, den fadenscheinigen Stoff der Armlehnen ihres Sessels, den Geruch nach Tabak und Tinte, unter den sich auch noch ein anderes Aroma mischte, als wäre gerade etwas entzündet und dann wieder gelöscht worden. Was George da gerade gesagt hatte, war so ungeheuerlich, dass sie es noch gar nicht richtig begreifen konnte.

«Ist das sicher?», fragte sie.

Vater und Sohn lachten einmütig, und Hannah spürte, wie sich alles um sie zu drehen begann, als wäre sie ein Blatt in einem Strudel.

«Alles ist sicher, Hannah», sagte George. «Außer dir offenbar.»

«Ich weiß nicht, was ich sagen soll.» Sie sah ihren alten Freund an, als könnte er ihr erklären, was sie tun musste, da nun alles, wofür sie gearbeitet, was sie sich erhofft hatte, in Erfüllung gegangen war. Aber er nahm nur ihre Hand. Tränen stiegen ihr in die Augen. Sie hatte die Bürde ihres Bestrebens so lange getragen, dass sie nun, als sie ihr von den Schultern genommen wurde, das Gefühl hatte, auf einmal leicht wie eine Feder zu sein.

Sie ließ Georges Hand los, stand auf, setzte sich wieder.

«Was mache ich jetzt?» Sie sah von William zu seinem Sohn und wieder zurück.

«Was immer du willst, meine Liebe.»

«Hm ... Meinen Unterhalt muss ich gleichwohl verdienen.» Ehe sie Betrachtungen darüber anstellen konnte, wie sie ihre Priorität in ein wie auch immer geartetes Einkommen umsetzen könnte, brach George in Lachen aus.

«Wohl wahr!»

Er wirkte dermaßen vergnügt, dass sie sich fragte, ob er sie missverstanden hatte.

«Das bringt uns auf unseren Gast», sagte er und sprang so leichtfüßig auf wie ein Sperling. «Unsere nächste Neuigkeit.»

«Hast du denn Hannah von Doktor Baches Angebot erzählt?», fragte William.

«Vater! *Ich* wollte es ihr sagen.»

William schüttelte seufzend den Kopf.

«Das hier ist kein Salonspiel, George.» Der ältere Bond wandte sich Hannah zu. «Doktor Bache hat die Aufsicht über das Depot für Karten und Instrumente übernommen. Den *Nautical Almanac* eingeschlossen.»

«Und?» Hannah ahnte etwas, bemühte sich aber nach Kräften, sich keine Hoffnungen zu machen, denn die Chance war so gering. Und dennoch ... Mit einem bangen Gefühl im Herzen wartete sie auf Williams Erwiderung.

«Wir sprachen von deinem überragenden mathematischen Können, und er äußerte den Wunsch, dich als Berechnerin einzustellen. Er sagte, er brauche jemanden, um die Tabellen für Venus aufzustellen. Ist das richtig, George?»

«Vollkommen richtig.» George schürzte die Lippen.

«Washington will mich als Berechnerin einstellen?», wiederholte sie, wohl wissend, dass sie sich dämlich anhörte, doch außerstande, ihre Zweifel zu überwinden und etwas Kluges zu sagen.

«Mit sofortigem Beginn. Er sagte, wenn du geneigt bist,

mögest du ihm sogleich schreiben, dann schickt er den Vertrag und so weiter. Es gibt leider nicht viel Geld, aber ich brauche dir nicht zu sagen, dass es eine renommierte Stellung ist. Gelinde ausgedrückt.»

Hannah starrte George an. Ihre Priorität war bestätigt worden; sie würde ein Einkommen haben, mit dem sie sich einstweilen, wenn nicht gar auf Dauer, über Wasser halten und auch ohne Unterstützung durch ihren Vater auf Nantucket bleiben konnte; und der Price'sche Komet würde für alle Zeiten verzeichnet und gemeldet sein, er würde leuchtend durch den Himmel ziehen und ihren Namen tragen. Dies waren die Tatsachen. Und doch fühlte sie sich wie betäubt.

«Bist du nicht glücklich?» Georges Augen blickten besorgt.

«Doch», sagte sie. «Sehr glücklich.»

«Du siehst aber nicht so aus.»

«Ich bin mir sicher, dass ein gebührender Gefühlsausbruch noch folgt», murmelte sie. Ihr alter Freund hatte recht: Eigentlich hätte sie vor Freude einen Luftsprung machen müssen. Doch der Triumph fühlte sich schal an. Die Bonds waren ihr *wie* eine Familie, aber sie waren es nicht. Hannah sehnte sich nach ihrem Vater, nach Edward; sie hätten hier bei ihr sein sollen. Auf einmal fielen ihr Isaacs wunderschöne Augen ein, sein warmer Körper, sein tröstliches Vertrauen, und sie wünschte sich mehr als alles andere, diesen Moment mit ihm zusammen auskosten zu können.

Sie schüttelte den Kopf, um die Sehnsucht zu vertreiben. Hatte sie nicht im Laufe der vergangenen Jahre versucht, sich von den Einschränkungen zu lösen, die ihr durch Männer auferlegt waren? Und doch hatte sie das Gefühl, ihr Moment des Triumphs verblasse ohne deren Anerkennung. Beschämt von ihrem Wankelmut beschloss sie, ein wenig mehr Begeisterung zu zeigen.

Entschlossen sprang sie neben George auf.

«Also, gut. Was nun?»

«So ist es schon besser», sagte George. «Wir haben ein paar Leute zur feierlichen Kometensichtung eingeladen. Du wirst zwei Mal an einem Tag zu einem Teil der Geschichte.»

«Wir werden den Himmel aufreißen, Liebes», flüsterte William ihr zu. «Heute werden wir endlich sehen, ob unser großartiges Fernrohr den Aufwand und die Kosten wert war!»

Fünf Stunden später stand Hannah mitten in einem Halbkreis bedeutender Herren, die vor Ehrfurcht verstummt waren. Edward Everett, der Rektor vom Harvard College, stand zu ihrer Rechten, links von ihr Doktor Asa Grey, der Vorsitzende der Amerikanischen Gesellschaft für Kunst und Wissenschaft, und Professor Joseph Henry vom Nationalinstitut. Sogar Mr. Whittle, der etwas anmaßende Assistent der Sternwarte, den George ihr zuvor an diesem Abend vorgestellt hatte, machte ein angemessen ernstes Gesicht. Hannah unterdrückte den Drang zu kichern, als sie daran dachte, wie absurd ihre Anwesenheit bei einem solch zukunftsweisenden Ereignis eigentlich war, und verschränkte mit ernster Miene die Hände auf dem Rücken. Lampenlicht flackerte auf den Gesichtern der Herren, die zur offenen Kuppel und zum Himmel darüber blickten.

Es war eine kristallklare Nacht, und der Mond stand hell am Himmel, wie ein silbriger Fisch im dunklen Meer. William hatte den thronartigen Beobachtungsstuhl bestiegen und rief George Anweisungen zu, der auf einem Podest am Fuße der Konstruktion stand.

Hannah hörte, wie William vor Aufregung der Atem stockte, als er sich zu dem gigantischen Instrument vorbeugte. Nach zwei Minuten stieg er wie benommen hinab, dann hob er die Arme zum Himmel empor.

«Meine Herren! Und meine Dame! Das großartige Fernrohr steht hiermit zu Ihren Diensten.» Dann drehte er sich zu Hannah hin. «Darf ich vorschlagen, dass die Astronomin als Erste den Thron des Fortschritts besteigt?», fragte er leise.

Alle Anwesenden nickten beifällig.

Errötet und nervös nahm Hannah Williams Hand und ließ sich von ihm zur ersten Stufe führen. Dort blieb sie stehen, zog ihren Arm fort und nahm die übrigen Stufen allein. Das Blut rauschte in ihren Ohren, und ihre Handflächen waren so feucht, dass sie die Hände aus Sorge, das Instrument zu beschädigen, an ihrem Rock abwischen musste. Unter ihr blickten die blassen Gesichter der Versammelten himmelwärts.

Sie legte das Auge ans Objektiv.

Cambridge, Mass., den 24. Juni 1846

Heute Nacht bot sich mir ein Ausschnitt des Universums dar, und ich konnte gar nicht genug davon bekommen, den Abschnitt des Himmels, der mir zugewiesen wurde, zu betrachten. Doch auch der Mond wurde mir geschenkt; ich habe ihn so klar und nah gesehen, wie ich es nie für möglich gehalten hätte. Es war herrlich, ihn in seiner ganzen Schönheit, mit all seinen Bergen und Kratern, durch das große Fernrohr in Cambridge zu betrachten. Ich bildete mir ein, seine Kraft zu spüren, die mich anzog wie Ebbe und Flut, mächtig und furchteinflößend. Ich musste an Isaac denken, daran, wie gerührt er von des Mondes Schönheit sein würde, und um wie viel besser er sie beschreiben könnte, ob nun in seiner Sprache oder in meiner.

Man hat mich als Berechnerin angestellt, und meine Aufgabe wird sein, für unseren nautischen Almanach die Tabellen der Venus zu berechnen, doch ich befürchte, der Vertrag spricht mehr für den Einfluss der Bonds als für mein mathematisches Können, ist doch die Tinte der Veröffentlichung der Umlaufbahn «meines» Kometen, über den ich noch immer nicht ohne die bescheidenen Anführungszeichen schreiben kann, kaum getrocknet. Er wird als Price'scher Komet in die Annalen eingehen.
Doktor Henry vom Smithsonian Institute, das demnächst eröffnet wird, kam an meinem letzten Tag in Cambridge zum Essen zu uns und sagte, er sei überzeugt davon, dass mir die Auszeichnung des Königs von Dänemark zuerkannt wird. Das alles legt nahe, dass ich schließlich doch bis ans Ende meiner Tage auf Nantucket bleiben kann. Dennoch dünkt es mich, als gäbe es zwei Inseln: die eine davor – vor dem Kometen, vor Isaac –, die andere danach. Und sie sind nicht ein und dieselbe.
Ich stelle ihn mir auf dem Deck der Pearl *vor, beschienen von demselben Mond, mit dem ich nun so eng vertraut bin. Dieser Gedanke tröstet und begleitet mich wie ein Wiegenlied, während ich mich zum Schlafengehen bereit mache.*

27

Erkennbare Objekte

Beim flackernden Licht einer Kerze betrachtete Hannah ihr Spiegelbild: Mit den offenen dunklen Haaren, die ihr Gesicht umflossen, wirkten die Wangenknochen weicher, ließen sie weniger streng aussehen. Weiblicher, fand sie. Blinzelnd spähte sie auf die kleinen Fältchen, die sich in ihre Stirn gegraben hatten. Es schienen mehr geworden zu sein. Vielleicht ließ ja das Kerzenlicht sie älter wirken? Oder *war* man mit fünfundzwanzig vielleicht alt? Ungeachtet der wenigen grauen Haare und der Falten im Gesicht war sie jedoch heiterer gestimmt als seit Jahren, ihre Augen strahlten wie noch nie, als würden sie durch die intensive Arbeit von innen erleuchtet.

Sie blickte auf ihre Medaille, die an einem Haken neben dem Spiegel hing. Sie war erst jüngst eingetroffen, volle drei Monate, nachdem Hannah erfahren hatte, dass sie ihr tatsächlich zuerkannt worden war. Das Gold schimmerte im warmen Kerzenlicht. Es war eine Scheibe vom Umfang eines Holzapfels; Hannah blickte auf ihren auf der Vorderseite eingravierten Namen, drehte dann die Medaille um.

Nicht vergebens beobachten wir Untergang und Aufgang der Gestirne. Jedes Mal, wenn sie die Inschrift las, verweilten ihre Gedanken bei demselben Wort: *wir.* Einst war es ihr so unmöglich erschienen wie ein Hagelschauer aus Diamanten, doch hier stand es geschrieben, eingeprägt in Gold.

Und sie besaß es auch schwarz auf weiß: Die Meldung von ihrer Priorität hatte den Weg zu den Zeitungen entlang der Ostküste gefunden und zu großem Interesse an ihrer Person und ihrer Gesellschaft geführt.

Du wirst es kaum glauben, aber Deine notorisch ungesellige Zwillingsschwester ist eine Art «Berühmtheit» geworden, hatte sie Edward berichtet.

> *Ich bekomme vier Einladungen in der Woche, um hier oder da zu dinieren, in dieser oder jener Eigenschaft eine Rede zu halten, den einen oder anderen Vortrag zu besuchen. Das wird Mary gewiss freuen, doch ich finde es schon anstrengend genug zu entscheiden, was ich tun soll, geschweige denn, es zu tun. Ich musste Millicent Rotch als Gehilfin einstellen, und das war vielleicht das Klügste, das ich seit Jahren getan habe. Obwohl ihre Mutter nicht mit mir spricht und ich das Brot nunmehr woanders kaufen muss. Das ist allerdings ein geringer Preis für Millicents Hilfe und Gesellschaft. Stell dir vor, die bedauernswerte Mrs. Riddell musste mir einen ganzen Schrank für die Post zuweisen! Wie Du Dir denken kannst, war sie darüber alles andere als erbaut. Ein Mädchen hat mir aus Kalifornien geschrieben, ein weiteres aus England; die meisten Briefe kommen jedoch von Damen aus Neuengland, die mir ihre eigenen Beobachtungen schildern. Ich gestehe, dass ich sie ausgesprochen gerne lese, auch wenn mir die Zeit fehlt, allen zu antworten. Wie es scheint, habe ich unwillentlich Hunderte meiner Geschlechtsgenossinnen – von Schulmädchen über Ehefrauen bis zu Witwen – dazu angeregt, mit dem gebührenden Eifer nach ihren Fernrohren zu greifen und dabei zu hoffen, selbst einen Wanderer zu erspähen. Das ist alles in allem ganz unglaublich – und wundervoll –, wenngleich zeitraubend.*

Bis sie in die Küche kam, war es fast sechs Uhr. Millicent saß am Tisch, einen Haufen Post vor sich, eine Tasse Tee in der Hand. Ihre Wangen waren so rosig, wie sie es gewesen waren, als sie noch in der Bäckerei arbeitete, aber nicht mehr ganz so rundlich. Oder sie wirkte lediglich größer, nun, da sie eine selbstgewählte Beschäftigung angenommen hatte und sich aufrecht hielt, dachte Hannah, die sie vom Fuß der Treppe aus betrachtete. Es hatte sich gezeigt, dass Millicent alles andere war als ein schwanzwedelndes Hündchen. Sie hatte Umsicht und Durchsetzungsvermögen bewiesen, und ihre Verbundenheit mit Hannah hatte die beiden jungen Frauen durch den langen Winter gerettet. Hannah war jeden Tag dankbar für Millicents Anwesenheit.

«Guten Morgen!», zwitscherte Millicent, als sie Hannah sah. «Ich habe die Hälfte der gestrigen Post schon gelesen und nur drei Fragen an dich!»

«Nur drei?», fragte Hannah lächelnd. «Wie lauten sie?»

«Erstens: Möchtest du vor einer Versammlung von Frauenrechtlerinnen eine Rede halten?»

Hannah überlegte.

«Ob ich das möchte? Wo findet das statt? Und worüber wollen sie, dass ich rede?»

«Die Zusammenkunft findet in Seneca Falls, New York, statt, und die Einladung nennt kein bestimmtes Thema, über das du reden sollst. Da steht nur, du bist eine aus der Reihe von einflussreichen Frauen, deren Anwesenheit erwünscht wäre und deren Stimme gehört werden sollte. Und, äh, noch etwas ...» Sie raschelte mit den Blättern in ihrer Hand. «Man will dort eine Resolution in Sachen Frauenwahlrecht ausarbeiten.»

Vielleicht, dachte Hannah, sollte sie wirklich teilnehmen, denn sie war durchaus der Ansicht, dass Frauen das Stimmrecht erhalten sollten. Aber bei der Vorstellung, vor

Publikum zu sprechen, bekam Hannah noch immer weiche Knie.

«Ich weiß nicht recht. Was meinst du?»

«Ich finde, die Unterstützung durch das erste weibliche Mitglied der Astronomischen Gesellschaft der Vereinigten Staaten würde ihnen sehr zugute kommen.»

«Ich bin es nur ehrenhalber. Eine volle Mitgliedschaft wurde mir verwehrt, wie du weißt.»

«Vielleicht befürchtete man, du würdest auf die entsetzliche Idee kommen, bei der nächsten Jahresversammlung tatsächlich abzustimmen.» Millicent hob die Augenbrauen und verschränkte die Arme.

«Schon möglich. Wie wäre es, wenn ich den Frauen eine Unterstützungserklärung schicke? Ich möchte die Sache fördern, aber ich fühle mich nicht in der Lage, eine Rede zu dem Thema zu halten.»

«Das wäre ein guter erster Schritt, denke ich. Ich werde hinzufügen, dass du teilnehmen wirst, wenn dein Terminplan es erlaubt. Es ist ja erst in gut einem Jahr.»

Ehe Hannah etwas einwenden konnte, fuhr Millicent munter fort: «Zweitens: Würdest du eine Spende an die Gesellschaft zur Verbesserung der Situation von Witwen und Waisen in Betracht ziehen?»

«Das werde ich in dem Augenblick, da ich dazu in der Lage bin. Bedaure.»

«Das hatte ich mir schon gedacht. Drittens: Zwei weitere junge Damen möchten an deinem Unterricht teilnehmen.»

«Das ist wirklich großartig», sagte Hannah und berechnete rasch die Höhe des zusätzlichen Einkommens. Mrs. Hatter hatte sich Millicents Astronomie-Sitzungen bereits angeschlossen. Wie sich zeigte, machte es Hannah Freude, Frauen zu unterrichten. Sie waren eifrig und gewissenhaft und brachten für die Materie die gleiche Hingabe auf wie

Hannah selbst; freilich erinnerte jede Unterrichtsstunde sie an Isaac. Dank ihm hatte sich ihre Methodik verändert: Statt sich ausschließlich auf die Mathematik zu konzentrieren, ließ sie den Schülerinnen nun in jeder Stunde Zeit, den Himmel zu betrachten, ohne ihnen dabei eine besondere Aufgabe zuzuweisen, sodass sie lernten, einfach mit eigenen Augen die Majestät des Himmels zu würdigen. Das Wunder zu erleben. Sich vorzustellen, was sie eines Tages erblicken könnten.

«Wie haben sie denn davon erfahren? Ich habe es nicht bekannt gemacht.»

Millicent räusperte sich und schob die Papiere hin und her, als vermisste sie ein Blatt.

«Je mehr, desto besser!» Mrs. Hatter war von den beiden unbemerkt in die Küche gekommen und ließ sich Millicent gegenüber auf die Bank fallen. «Ist heißes Wasser da?» Ihr Ehemann hatte sich vor Wochen nach Boston abgesetzt, aber sie war entschlossen, zu bleiben und «ein Gespür für den Ort außerhalb der Saison zu bekommen», wie sie sich ausdrückte.

Insgeheim dachte Hannah sich, Mrs. Hatter sei darüber froh, der mürrischen Miene und Laune ihres Gatten ledig zu sein. Aber darauf kam es nicht an. Sie hielt das Haus in Ordnung, und Hannah musste zugeben, dass sie gerade an Millicents freien Tagen die Stimmung im Hause deutlich hob. Wenn Hannah in der Little India Street allein war, einerlei, wie lange sie abends arbeitete oder wie geschwind sie die Mahlzeiten einnahm, war es ihr unmöglich, ihren Erinnerungen zu entkommen. Deshalb war sie froh über die Gesellschaft, die sie von der Bürde des Alleinseins befreite. Oft aßen die drei Frauen gemeinsam. Hannah genoss die köstliche Wärme der von einer Lampe erhellten Küche und den Geruch des frischen Brotes, das Millicent gebacken hatte, fragte sich, wie es wohl gewesen wäre, Schwestern zu haben, und in ihrer Brust regte sich eine ungekannte Sehnsucht nach den Geheimnissen des Mädchentums. Hätte sie vielleicht gelernt, ihren Gefühlen Ausdruck zu verleihen, wenn sie mit der Herzlichkeit einer Mutter oder von Schwestern aufgewachsen wäre? Von Isaac hatte sie immer noch nichts gehört und fragte sich wieder und wieder, was der Grund für sein Schweigen war. Hatte er ihre Briefe nicht erhalten? Oder hielt er einen Briefwechsel mit ihr für Zeitverschwendung – was bedeutete, dass es ihr wieder einmal nicht gelungen war, ihre Gefühle zu offenbaren?

Es war jedoch sinnlos zu bedauern, was nicht sein konnte. Jetzt und hier waren diese Frauen bei ihr und leisteten ihr Gesellschaft; sie konnte nur annehmen, was sie ihr boten, und sich auf ihre Arbeit konzentrieren.

«Hier ist ein Brief, den du bestimmt gerne lesen möchtest», sagte Millicent und reichte Hannah ein zusammengefaltetes Blatt.

Washington, den 1. September 1846

Sehr geehrte Miss Price!
Im Namen der gesamten Küstenwache möchte ich meinen Stolz auf unsere Zusammenarbeit mit der Astronomin bekunden (und auf mich, weil ich ihr Talent erkannt habe). Hiermit übersende ich der unermüdlichen Kometensucherin meine aufrichtigen Glückwünsche und sehe unserer zukünftigen Zusammenarbeit mit Freuden entgegen. Wir hegen die Hoffnung, dass sie weitere Himmelsobjekte entdecken und hierin wiederum die Erste ihres Geschlechtes sein möge.
Mit herzlichen Grüßen,
Alexander Dallas Bache
Oberaufseher der Küstenwache der Vereinigten Staaten

«Wie liebenswürdig von ihm», stammelte Hannah. Ihre Hände zitterten, als hätte er seinen Stolz in Anwesenheit von Kollegen bekundet, anstatt in einem nur für Hannah bestimmten schlichten Brief. Doktor Bache hatte ein enormes nationales Projekt von großer Bedeutung auf den Weg gebracht; dass er sich die Zeit genommen hatte, ihr persönlich zu schreiben, erstaunte sie. Mit kaum gezügeltem Stolz faltete sie den Brief zusammen und steckte ihn in die Tasche. Heute Abend wollte sie ihn neben ihrer Medaille an die Wand heften, als Erinnerung daran, wie weit sie es gebracht hatte.

«Noch etwas.» Millicent wand ein Stück Schnur zwischen den Fingern. «Hier ist ein Brief von Doktor Hall.» Sie reichte Hannah ein braunes gefaltetes Schreiben mit einem Wachssiegel.

«Ich habe ihn nicht gelesen ... aber ich kenne seine Handschrift von der Schule.» Millicent erschauderte sichtlich, und Hannah nickte mitfühlend. Sie erinnerte sich noch gut an die demütigenden Briefe, die er Schülerinnen zu schicken pflegte, die er als unvorbereitet oder faul abstempelte, wenngleich sie selbst einen solchen nie bekommen hatte.

Hannah starrte auf ihren Namen in Doktor Halls typischer, enger Handschrift. Wie sehr ihr früherer Lehrer sie verletzt hatte, hatte sie nie näher in Betracht gezogen, und auch heute versuchte sie nicht daran zu denken. Seit dem Tag, als sie zu ihm gegangen war, um seinen Beistand zu erbitten, und seinen Verrat entdeckte, hatte sie nicht mehr mit ihm gesprochen. Ihr offizieller Ausschluss aus der Gemeinde war mit seiner Unterschrift besiegelt worden, die sich auf dem Dokument ausnahm wie eine böse schwarze Narbe. Was konnte er ihr noch zu sagen haben?

Als sie aufblickte, war Millicent wieder mit der Post beschäftigt, als wüsste sie, dass Hannah einen Moment brauchte, um sich ihre Überraschung nicht anmerken zu lassen und ihre Gedanken zu sammeln. Neben ihrer mathematischen Begabung besaß Millicent ein vortreffliches Gespür. Hannah steckte den Brief in die Tasche.

«Wollen wir uns die Überarbeitung des Artikels vornehmen?»

Millicent nickte, und sie beugten die Köpfe über das Schriftstück.

Mehrere Stunden vergingen, bis Hannah sich imstande fühlte, Doktor Halls Brief zu lesen. In einer Arbeitspause schlüpfte sie zur Küchentüre hinaus in den Garten und setzte sich auf die Steinbank unter dem Maulbeerbaum. Die Kälte des Steins gemahnte sie an Doktor Halls Härte und seine Doppelzüngigkeit, und genau das wollte sie, denn sie wollte sich nicht verwirren lassen durch ihre Erinnerungen an den Doktor Hall, der sie instruiert, unterrichtet und gefordert hatte. Den Doktor Hall, der sie mit den Gedanken von Le Verrier und Mary Somerville vertraut gemacht, der ihr gezeigt hatte, dass die Mathematik die Mysterien des Himmels auf eine Weise erschloss, wie es die Beobachtung nicht vermochte. Ohne jenen Doktor Hall wäre Hannah nur ihres Vaters Gehilfin geblieben; mit seiner Unterstützung jedoch war sie das geworden, was ... ja, was war sie eigentlich?

Unschlüssig saß sie mit dem gefalteten Blatt da, als trüge sie das Gewicht des gesamten Universums in ihren Händen. *Ich bin Astronomin*, dachte sie. *Ich bin Berechnerin für den nautischen Almanach. Ich bin Lehrerin.*

Und doch empfand sie sich nach wie vor auch als Schülerin, als Strebende. Doktor Hall hatte sich gewiss als eigensüchtig und schwach erwiesen, doch als sie an diesem kühlen Nachmittag Ende September da draußen saß, beschlich sie ein Hauch von Zweifel, ob ihr Urteil nicht allzu einseitig war. Hannah blies auf ihre Hände, erbrach das Siegel und entfaltete das Schreiben; die drückende Ungewissheit machte sie unbeholfen.

Liebe Hannah!
Hoffentlich trifft dieser Brief Dich wohlauf an, und Du bist von Deinem Erfolg nicht so sehr beansprucht, dass Du Deine Studien vernachlässigst. Selbst die größten Denker nahmen sich Zeit für die Erweiterung ihrer Kenntnisse, um mit ihnen ihren Bestand an Weisheit zu mehren!
Heute schreibe ich Dir in meiner Eigenschaft als Kurator des Direktoriums unseres geliebten Atheneums. In Anerkennung Deiner vielen Jahre beflissener Dienste freut es mich sehr, Dir mitzuteilen, dass wir jüngst einstimmig beschlossen haben, Dir die Stellung als Kuratoriumsvorsitzende anzubieten. Das unglückliche Versäumnis, Dich nicht in den Wiederaufbau mit einzubeziehen, war ein Versehen, welches nun sehr bedauert wird; ich bin überzeugt, Du bist genügend vertraut mit der Wirkungsweise von Organismen, um zu verstehen, wie eine derartige Unterlassung zustande kommen konnte. Auf alle Fälle bleibe ich Dein enthusiastischer Bewunderer und hoffe, dass Dir die Stellung zusagt. Das Gehalt wird selbstverständlich Deiner beträchtlichen Erfahrung angemessen sein.
Wenn Du abkömmlich bist, würde ich gerne bei nächster Gelegenheit zu Dir kommen und Dir die Stellung genauer erläutern.
Ergebenst,
Doktor Hall

Hannah las den Brief zwei Mal, faltete ihn dann sorgfältig zusammen und steckte ihn wieder in die Tasche. Sie schlang die Arme um sich; die Kälte war unangenehm geworden. Doch sie blieb, wo sie war, dort unter dem Baum, der in ihrem Garten stand, solange sie zurückdenken konnte. Es war der Baum, den Isaac erklommen hatte, als er an seinem letzten Abend auf Nantucket zu ihr gekommen war; es war der Baum, unter dem sie geweint hatte, als sie am nächsten Morgen aufwachte, als Isaac fort war und die Stadt ringsum in Trümmern lag. Die kleinen Äste zitterten in einem Windstoß, doch es fielen keine Blätter. Nichts in dem kleinen Garten zeigte oder sagte ihr, was sie tun sollte.

Mit dem Gehalt vom Atheneum zusätzlich zu dem, was sie beim *Almanach* verdienen würde, könnte sie sich ein neues Fernrohr leisten, vielleicht sogar eine Anleihe für eine richtige Sternwarte auf Nantucket aufnehmen. Doch das Angebot hatte einen üblen Beigeschmack. Der Gedanke, dass sie als Mitglied des Institutes, dessen man sie erst vor einem Jahr verwiesen hatte, mit einem Mal tragbar, ja erwünscht war, hatte etwas Abstoßendes. Und hier hatte sich die schlimmste Seite von Doktor Hall offenbart: Er war allein aufgrund von Hannahs jungem Ruhm umgeschwenkt.

Zorn durchflutete sie, sie marschierte ins Haus und warf im Gehen den Brief ins Küchenfeuer. Doch sie konnte ihn den ganzen restlichen Tag nicht aus ihren Gedanken verbannen, selbst nicht, als sie einen neuen naturwissenschaftlichen Lehrplan für eine Mädchenschule in Ohio erstellte und drei Zeitschriftenaufsätze las, die George ihr geschickt hatte.

Ich bin überzeugt, Du bist genügend vertraut mit der Wirkungsweise von Organismen, um zu verstehen, wie eine derartige Unterlassung zustande kommen konnte.

Sie wollte nicht verstehen, was Doktor Hall meinte, wollte ihm keinen Hauch von Mitgefühl oder Verständnis entgegenbringen, aber natürlich kannte sie als Naturwissenschaftlerin die Wirkungsweise von Organismen genau und wusste, dass Doktor Hall ihr eine Botschaft zukommen ließ. Die Art und Weise, wie die minutiösen, komplexen Kräfte von Planeten und Nebeln, fernen Sternen und sterbenden Sonnen in unendlichen, unsichtbaren Fernen aufeinander einwirkten und ein ineinandergreifendes System bildeten, von dem ein Stern, ein Planet oder eine Sonne ein untrennbarer Bestandteil war: Das war das Thema ihrer fruchtbarsten Gespräche gewesen.

«Das Sonnensystem ist genau wie ein Organismus, Hannah», hatte Doktor Hall erklärt. «Eine Einheit kann nicht ohne das Ganze funktionieren, denn die Kräfte, die auf sie einwirken, sind zu stark. Sie kann sich ebenso wenig ihrem Einfluss entziehen, wie sie die eigene Natur zu ändern vermag.»

Hannah hatte sich fieberhaft Notizen gemacht, während er sprach; sie erinnerte sich, dass sie einen Stern an den Rand des Blattes gezeichnet und den Raum um diesen herum mit Planeten, Nebeln und anderen Objekten ihrer Phantasie angefüllt hatte, die allesamt strahlenförmig dem einzelnen Stern in der Mitte zustrebten.

Meinte Doktor Hall etwa, dass er dieser einzelne Stern war? Dass er versucht hatte, ihren Ausschluss rückgängig zu machen und sie wieder ins Atheneum aufzunehmen, jedoch außerstande gewesen war, die anderen Kuratoren umzustimmen? Dass er die ganze Zeit auf Hannahs Seite gewesen war? Aber wie war das mit seiner verhüllten Drohung gegenüber ihrem Vater zu vereinbaren? Mit seinem erfolglosen Heiratsantrag? Seinem unheilvollen Zettel in ihrem Briefkasten?

Seufzend wälzte Hannah sich herum und versuchte, Schlaf zu finden, als er jedoch kam, war er unruhig und von Albträumen durchdrungen.

Sie erwachte kurz vor dem Morgengrauen und beschloss sich anzuhören, was Doktor Hall zu sagen hatte. Danach würde sie, wenn ihr Selbstvertrauen es zuließ, ein Urteil fällen.

Werter Doktor Hall, schrieb sie im trüben Licht und wählte bewusst eine formelle Anrede. *Ich werde Sie am zweiten Tag aufsuchen. Bitte treffen Sie mich eine halbe Stunde nach Mittag am Atheneum. – HGP.*

Sie faltete das Blatt und steckte es in die Tasche ihres Kleides, um das Schreiben nachher in Doktor Halls Kasten zu werfen. Da sie wusste, dass sie nicht mehr schlafen würde, ging sie hinunter in die Küche, um auf den Tagesanbruch zu warten.

28

Ein Angebot

Mit zitternden Händen band sich Hannah die Haube um, die Millicent ihr zum Ausgehen geliehen hatte. Sie war in fünfzehn Minuten mit Doktor Hall am Atheneum verabredet, aber neuerdings war es für sie unmöglich, auf der Insel in weniger als einer Stunde irgendwohin zu gelangen, wenn sie sich nicht unkenntlich machte. Es war ein bedrückendes Gefühl, nach so langer Zeit wieder eine Haube aufzusetzen, denn es dünkte Hannah wie ein Verrat an allem, was sie in den vergangenen anderthalb Jahren gelernt hatte: mit hoch erhobenem Kopf zu gehen, zum ersten Mal in ihrem Leben unverhüllt, geleitet von ihren eigenen Überzeugungen, ihren eigenen Prinzipien.

Allerdings erfüllte die Haube nicht immer ihren Zweck. Manche Leute grüßten nur, andere aber blieben abrupt stehen, faselten von Brüdern, deren Fernrohre schadhaft waren, oder von Artikeln über Hannahs deutsche Kollegin Caroline Herschel, die sie gelesen hatten; sie fragten, ob sie wirklich glaube, dass es Mondmenschen gab, und wenn ja, ob diese feindselig seien; ob sie tatsächlich zur Sternwarte in Rom eingeladen worden sei, und wenn ja, ob dann von ihr erwartet würde, mit den Katholiken zu beten.

Hannah hatte ihren Bewunderern wenig zu bieten, zumal sie ihre Bekanntheit längst nicht so erheiternd fand wie George Bond. Er hatte behauptet, dies sei der Preis des

Ruhmes, und keineswegs mitfühlend gewirkt, als sie ihm erklärte, sie wolle einen Beitrag *leisten*, nicht der Beitrag *sein*. Gewiss, über Astronomie sprach sie gern, doch die Leute wollten etwas über Hannah hören, nicht über den Kometen. Was sie aß, was sie las, mit wem sie eine Korrespondenz führte. Im *Nantucket Inquirer* war sogar ein kurzer Artikel über ihre Arbeit mit Millicent und den anderen Frauen erschienen, die die unsägliche Überschrift trug: «Unterricht für Sternguckerinnen: Einheimische Astronomin Price lenkt die Blicke ihrer hübschen Schülerinnen gen Himmel.»

Sie war gebeten worden, für mindestens ein halbes Dutzend Frauenzirkel etwas beizusteuern; die Themen reichten von «Was ist durch die Himmelsbeobachtung auf Amateurniveau zu gewinnen?» – wozu sie prompt einen Beitrag verfasste – bis zum richtigen Verhalten von Damen auf dem College. Hierüber zu schreiben, hatte sie abgelehnt, die Absage jedoch eigenhändig zu Papier gebracht:

Sehr geehrte Dame!, schrieb sie,
leider kann ich dem Thema, das Sie mir vorschlugen, nicht gerecht werden, denn ich habe nicht nur nie ein College für Frauen (oder irgendein anderes) besucht, sondern sehe auch keinen Grund, weshalb es im Verhalten zwischen männlichen und weiblichen Studenten einen Unterschied geben soll.
Mit vorzüglicher Hochachtung,
Hannah Gardner Price

«Wohin des Weges?», fragte Millicent, die neben Hannah an der Türe erschien und sie mit den Bändern der Haube hantieren sah.

«Ich benötige ein Buch», murmelte Hannah und versuchte den Knoten, den sie gemacht hatte, wieder zu lösen. Es war ihr unangenehm, Millicent zu belügen, aber sie wollte ihr Vorhaben niemandem offenbaren, bevor sie wusste, wozu es führte.

«Lass mich das machen», sagte Millicent und war mit flinken Fingern bei der Hand, bevor Hannah sie abwehren konnte. «Was für ein Buch?»

Hannah versuchte das Thema zu wechseln. «Haben wir Antwort aus Washington? Wegen des Meridiankreises?»

«Nicht, seit du mich vor zwanzig Minuten danach gefragt hast.»

«Verzeihung. Fertig?»

«Gleich. So.» Millicent hatte unter Hannahs Kinn eine adrette Schleife gebunden und sah sie fragend an. Hannah wich ihrem Blick aus. «Dann will ich nicht wissen, wohin du tatsächlich gehst. Ich sehe es dir an, wenn du etwas geheim halten willst. Ich hoffe nur, es ist ein schönes Geheimnis.»

Millicent trat zur Seite, und Hannah ging hinaus. Die Straße war verlassen, aus den grauen Schindelhäusern auf beiden Seiten drang kein Laut. Die Witwe Miller gegenüber war vor einem Monat gestorben, ihr Haus stand noch leer; etliche andere Häuser waren an Leute vermietet, die Hannah nicht kannte. Die kleinen Gärten waren braun und welk. Hannah erinnerte sich an die rötlichen und gelben Winterkürbisse, die einst sogar an den trübsten Herbsttagen den Weg zur Main Street erhellt hatten wie kleine Sonnen. Cambridge musste zu dieser Jahreszeit herrlich sein, dachte Hannah. Lauter neue Studenten und Unmengen bunten Herbstlaubs.

Der kommende Winter versprach aufregend, wenn auch anstrengend zu werden. Es galt Artikel zu schreiben und zwei von George verfasste Aufsätze durchzusehen, bevor er sie einreichte; seit er offiziell verlobt war, schien er einen neuen Ehrgeiz entwickelt zu haben, um es in seiner Laufbahn weiterzubringen.

Darüber hinaus war Hannah täglich mit Berechnungen für die Venustabellen beschäftigt, und sie hatte ihre Schülerinnen. Mit Freuden konzentrierte sie sich auf die Lektionen, die sie für die Frauen vorbereitete. Ihre eigene übersprudelnde Begeisterung über deren Anstrengungen erstaunte sie immer wieder. Nicht nur, weil der Lerneifer ihrer Schülerinnen wenigstens für die paar Stunden, in denen sie anwesend waren, Hannahs anhaltende Betrübnis über Isaacs Schweigen milderte. Dabei war keine von ihnen besonders hurtig oder herausragend im Beobachten, abgesehen von Millicent, die eine natürliche Begabung dafür besaß. Aber der Unterricht hatte etwas Leichtes, und Hannah genoss die Freiheit, die Stunden nach eigenem Gutdünken zu gestalten und mit ihrem Unterrichtsstil zu experimentieren. Niemand runzelte die Stirn, wenn sie ihre Schülerinnen zu überschwänglich lobte; niemand rügte sie, weil sie eine Schülerin angenommen hatte, die katholisch war, und eine, die jüngst mitsamt ihrem Ehemann, einem begüterten Grundbesitzer, der in Madaket ein großes Hotel errichtete, aus England gekommen war.

Das Wichtigste aber war die Überzeugung der Frauen, dass sie mit der Kenntnis des Himmels, die Hannah ihnen vermittelte, etwas leisten konnten – und wollten –, so wie Hannah selbst. Allein diese Überzeugung war ein Beweis dafür, dass die Zeiten sich änderten. Mehr und mehr Colleges für Frauen entstanden; allerdings hieß es vom Oberlin-College in Ohio, es stehe kurz vor dem Bankrott und habe bislang nur eine Handvoll Absolventinnen hervorgebracht, und die anderen akademischen Einrichtungen für Frauen lagen in derart abgeschiedenen Gegenden, dass mancher glauben mochte, er habe sie sich nur eingebildet. Immerhin boten sie mehr an als eine Ausbildung zu Lehrerinnen – wenngleich es in keinem College, wie Hannah Millicent gegenüber bemerkt hatte, einen richtigen Kursus in Astronomie gab.

Als Hannah um die Ecke der Federal Street bog, zog sie rasch den Kopf ein, um Blickkontakt mit einer Gruppe Passanten zu vermeiden, näherte sich dem Atheneum und ging mit schleppenden Schritten zur Treppe. Kurz zögerte sie, überlegte, ob sie umkehren und nach Hause gehen sollte, und setzte sich zum Nachdenken auf eine Stufe, mit dem Rücken zu einer schimmernden weißen Säule. Sie schaute nach oben. Die Säule erhob sich bis zur Höhe des Vorbaus. ATHENEUM stand dort in goldenen Lettern, die im Morgenlicht glitzerten.

Bei diesem Anblick war Hannah plötzlich zum Weinen zumute, und der Kummer um alles, was mit dem alten Gebäude verlorengegangen war, wallte in ihr auf. Jede der imposanten Lettern erinnerte sie an ihr früheres Leben: an ihre Arbeit inmitten all ihrer Schätze, ihrer Lieblingsbücher und Broschüren, an ihr Tintenfass und den Drehstuhl.

Bilder flackerten in ihr auf wie Illustrationen zu jenem Leben: Hier schlurfte die Witwe Ramsay durch die Regale wie ein Gespenst und wirbelte mit ihrem Rocksaum Staub von den Bodendielen auf. Dort zankten sich die Adams-Zwillinge um die aktuelle Ausgabe des *Youth's Companion*. Mittlerweile zählten die beiden Jungen neunzehn Lenze; sie waren vor kurzem nach Kalifornien gegangen und hatten ständig neue Bräute im Schlepptau. Vor ihrem inneren Auge sah Hannah all die aufrechten Quäker, die schwülstige Romane unter unverdächtigen Büchern versteckten, all die blumigen Briefchen, die liebestolle Mädchen in Schnittmusterheften und Gedichtbänden hinterließen, und schließlich – gleichsam als Bild für alles, was man aus Büchern lernen konnte – auf einer Bank ausgestreckt Isaac, dessen schöne Augen zu der hohen Decke aufschauten. *Seine Luft hat Größe,* hatte er über den Raum gesagt.

Die Bibliothek des Atheneums: ein Sinnbild des Lebens auf und jenseits der Insel, Geschichte und Philosophie in Form von Pergament und Tinte. Hannahs Arbeit war etwas gewesen, das ihren Tagen Form und Inhalt verlieh, und das war ihr erst klargeworden, als man es ihr genommen hatte.

Sie blinzelte wieder zu den goldenen Lettern empor, und auf einmal stellte sich ihr eine Frage, der sie nicht mehr ausweichen konnte.

Werde ich hier sterben?

Es war ein bizarrer Gedanke, denn Hannah dachte selten, wenn überhaupt, über ihr Ende nach. Der Tod holte jeden, ohne Erklärung oder Vorwarnung. Die Erinnerung an ihre Mutter, wie sie sich über sie beugte und ihr etwas zeigte, übermannte sie, und sie senkte den Kopf, kämpfte mit den Tränen. Seltsam, dass sich eine Erinnerung so plötzlich aus den Tiefen der Vergangenheit erheben konnte wie der mythische Phönix aus der Asche. Auch Edward war dabei gewesen, das wusste sie, doch das Bild blieb verschwommen. Sie stellte sich ihn und Mary vor, umgeben von unbarmherziger, heller, weiter Wüste. Hitze stieg in Wellen von den blendend weißen Steinen Jerusalems auf, der Stadt, die so viele uralte Mysterien in sich barg. Würde Edward immerzu auf Reisen sein? Vielleicht würde sich seine Unrast ja irgendwann legen. Ja, die Zeit verlief immer vorwärts, doch war sie kein Fluss, der sich endlos ins Meer ergoss. Hannahs Tage würden ein Ende haben – so wie das Leben aller Menschen.

Die Türe des Atheneums öffnete sich, und Hannah sprang auf, als Doktor Hall heraustrat und jemandem zuwinkte, der sich entfernte. Als er Hannah sah, erstarrte er, straffte dann den Rücken und hob eine Hand zum Gruß.

«Hannah Price», sagte er nickend und winkte sie mit einer ausladenden Gebärde die Treppe hinauf. «Es freut mich, dass du da bist.»

Als sie vor ihm stand, streckte er die Hand aus, und Hannah, die ihn weit überragte, ergriff sie. Sie fühlte sich an wie eine Klaue. Die Falten in Doktor Halls Gesicht waren tiefer geworden. Er sah alt aus.

Als hätte es nie einen Bruch zwischen ihnen gegeben, geleitete Doktor Hall sie ohne Umschweife in den großen Saal des hellen Gebäudes. Er trug den Kopf hoch wie ein stolzer Bräutigam, der seine Braut heimführt.

Doch wenn dies ihr Heim sein sollte, so erkannte sie es kaum wieder. Der neue Saal war so hell, wie der alte dunkel gewesen war, denn durch die Fenster, die vom Boden bis zur Decke reichten, fiel reichlich Tageslicht herein. Hannahs Blick wanderte über die halbleeren Regale, welche die Wände bedeckten, und suchte nach etwas, das ihr vertraut war, doch nichts erinnerte an das alte Atheneum außer einigen auf den Lesepulten verstreuten Zeitschriften und einem breiten Schreibtisch, der dem alten von Miss Norris ähnelte.

Auch die leitende Bibliothekarin selbst in ihrem langen dunklen Kleid wirkte zwischen den hellen neuen Säulen und Balken fehl am Platze. Wie eine Schauspielerin auf der falschen Bühne, dachte Hannah, während sie Doktor Hall in die Mitte des Saales folgte.

Aus allen Ecken strömten bekannte Gestalten herbei; außer Miss Norris kamen Mr. Coffey, Mr. Starbuck und weitere Kuratoren des Atheneums, die anscheinend allesamt an diesem Nachmittag einen Vorwand gefunden hatten, um vor Ort zu sein. Alle sprachen durcheinander; Mr. Hillbright sagte, er habe Hannahs Bericht über den Durchgang des Kometen gelesen und sei erstaunt gewesen, dass niemand in Europa ihn zuerst entdeckt hatte; Mr. Starbuck erkundigte sich, ob die Medaille des Königs von Dänemark schon eingetroffen sei; Mr. Coffey bemerkte, er habe in London einmal mit dem Geschäftsträger des Königs Tee getrunken. Miss Norris fächelte sich mit einer Broschüre Luft zu.

«Miss Price und ich haben etwas Geschäftliches zu erörtern, was allen bekannt sein dürfte», erklärte Doktor Hall salbungsvoll, und die Kuratoren nickten gleichzeitig und traten gemeinsam den Rückzug an, wobei sie tatsächlich rückwärts gingen, wie bei Hofe. Hannah folgte Doktor Hall über den glatten Dielenboden zu einem Alkoven in der nördlichen Ecke der Bibliothek. Als sie an der Abteilung für Kinderbücher vorbeikamen, fiel Hannah das Grimm'sche Märchen von Hänsel und Gretel ein, die sich im Wald verliefen und von einer Hexe im Pfefferkuchenhaus gefangen gehalten wurden. Hannah hatte Kindern immer abgeraten, Märchen zu lesen, denn ihrer Ansicht nach brachten sie keinen Nutzen und ängstigten die Kleinen nur. Nun jedoch fiel ihr ein, dass es das kleine Mädchen gewesen war, das die beiden Kinder am Ende befreit hatte. Vielleicht hätte sie den Kindern doch zureden sollen, es zu lesen.

Doktor Hall öffnete die Türe zu einer düsteren Stube, die kaum größer war als eine Kammer. Durch ein kleines Fenster weit oben fiel ein wenig Licht. Ein erlesener Teakholzschreibtisch und zwei passende Stühle nahmen fast den ganzen Raum ein. Hannah fragte sich, wo er sie gekauft hatte. Bücher standen kaum in den Regalen. Waren diese Luxusmöbel mit öffentlichen Mitteln bezahlt worden?

«Nimm Platz.» Doktor Hall trat beiseite, um Hannah eintreten zu lassen, und schob sich dann an der Schreibtischkante vorbei, um auf dem verzierten Stuhl dahinter Platz zu nehmen. Hannah fragte sich, ob seine Füße beim Sitzen überhaupt den Boden berührten. Die Wände waren so kahl wie in einem Verhörraum.

«Ist dies Ihr Arbeitszimmer?», fragte sie, die Hände im Schoß gefaltet.

«Nicht direkt. Ich benutze diesen Raum, wenn ich etwas Geschäftliches zu erledigen habe. Das heißt, in meiner amtlichen Funktion.» Er nahm einen Brieföffner vom Schreibtisch und prüfte die Schneide, legte ihn dann wieder hin. Der geschnitzte Griff hatte die Gestalt eines Adlers.

«Die Geschäfte des Atheneums nehmen Sie gewiss stark in Anspruch.» Hannah wusste nicht recht, wo sie hinsehen sollte. Unwillkürlich hob sie eine Hand ans Gesicht und setzte sich dann darauf, um nicht an den Nägeln zu kauen.

«Das will ich meinen.»

Es folgte eine verlegene Pause. Dann fingen beide zugleich zu sprechen an.

«Ich hoffe, dass ...», sagte Doktor Hall.

«Ich bedaure, ich ...», sagte Hannah.

Er hob die Hände, als wollte er einer unbotmäßigen Schulklasse Schweigen gebieten.

«Wie du weißt, Hannah, habe ich dich in einer geschäftlichen Angelegenheit des Atheneums hierher gebeten.»

Hannah ballte ihre freie Hand kurz zur Faust. *Du bist nicht seine Schülerin*, ermahnte sie sich. Um wieder Boden unter den Füßen zu bekommen, drückte sie die Nase an ihre Schulter, atmete den eigenen Geruch ein. Wolle und Holzrauch, Äpfel, aus denen sie letzte Woche Most gepresst hatte.

«Wir sind sehr zufrieden mit dem Neubau», sagte Doktor Hall. «Er ist in nur gut vier Monaten fertig geworden. Aber bei den Sammlungen herrscht arger Mangel.» Er zog missbilligend die Augenbrauen zusammen.

Hannah bemühte sich, etwas Positives zu äußern: «Ich habe gesehen, es wurden einige neue Zeitschriften erworben.»

«Schon. Aber nur durch persönliche Beziehungen.» Er neigte den Kopf zu Hannah hin und hob einen Finger, als suchte er sich an etwas zu erinnern. «Hast du zufällig von der jüngsten Entdeckung der Bonds gelesen?»

«Meinen Sie den achten Satelliten des Saturn? Ich habe noch nichts darüber gelesen. Aber ich konnte selbst durch das große Fernrohr blicken, als ich das letzte Mal zu Besuch war.» Die Erinnerung ließ sie erschaudern.

«Wahrhaftig? Das ist ja phantastisch. Ganz phantastisch, Hannah.» Doktor Halls Augen glänzten vor aufrichtiger Ehrfurcht, und Hannah wurde verlegen, weil sie sich zu einer Prahlerei hatte hinreißen lassen. Welche Fehler er auch haben mochte, Doktor Hall war älter als sie; er hatte sein ganzes Leben mit der höheren Mathematik gearbeitet, dennoch war das Höchste, das er vorzuweisen hatte, ein Schulbuch, das zur Unterrichtung einer Handvoll Grundschüler im Norden von Massachusetts diente, und ein Posten als Kurator beim Atheneum. Er saß hinter diesem Schreibtisch, doch sie hatte ihn überrundet, und das wusste er. Es konnte nicht leicht für ihn sein. Vielleicht war es ja eher sein vereitelter Ehrgeiz gewesen als Begehren, was sein schäbiges Verhalten ausgelöst hatte. Für sie wäre es leichter gewesen, dies anzunehmen, denn es ermöglichte ihr wenigstens einen Hauch von Mitgefühl.

«Vielleicht können Sie ja eines Tages Cambridge besuchen», meinte Hannah tröstend. «Den Bonds wäre es bestimmt eine Ehre, Sie bei sich begrüßen zu dürfen.»

Er versteifte sich. «Meine Arbeit hier hält mich sehr in Beschlag.»

«Gewiss.» Hannah wünschte, sie könnte ihre Worte zurücknehmen, ja die ganze Begegnung rückgängig machen. Was hatte sie sich erhofft? Eine Anerkennung, eine Entschuldigung, etwas, das seinen Verrat wiedergutmachte? Es war klar, dass nichts dergleichen geschehen würde.

«Das bringt uns zum Eigentlichen», sagte Doktor Hall. Seine Miene war wieder klar und streng, jegliche Spur von Verletzlichkeit oder Unsicherheit war verschwunden wie durch eine Falltüre.

So ist es für Isaac gewesen, dachte Hannah. Er hat nur versucht, meine wahren Gefühle hinter der Fassade zu erkennen.

«Wir – die Kuratoren – hegen die Hoffnung, dass du einwilligen wirst, als Kuratoriumsvorsitzende wieder hier zu arbeiten und unsere Kampagne zum Wiederaufbau unserer Sammlungen zu leiten. Wir sind überzeugt, dein Fleiß und deine genaue Kenntnis unserer früheren Bestände machen dich für die Stellung zur idealen Besetzung. Wirst du annehmen?»

Es war, als käme die Zeit langsam zum Stillstand, während er seine Worte im Raum stehenließ. Staubpartikel tanzten in dem Licht, das durch das kleine Fenster fiel, schwebten in alle Richtungen, ohne erkennbare Ordnung. Dennoch musste es auch für sie eine Ordnung geben, so wie es für alle Dinge im Universum eine Ordnung gab. Den Newton'schen Gesetzen zufolge wirkten identische Kräfte auf jeden Staubpartikel ein, auf jeden Menschen – auf Hannah und auf Doktor Hall und auch auf Isaac. Ihre Gedanken rasten. Unterschieden sich die Menschen auf ihrer kreisenden Bahn im Dunkel der Unendlichkeit folglich nicht stärker voneinander als von einem Baumstamm oder einem Felsen? Hatte ihr Schöpfer sie so geschaffen?

«Jede Aktion erzeugt gleichzeitig eine ebenso große Reaktion», sagte Hannah.

«Newton? Ich sehe den Zusammenhang nicht.» Doktor Hall blinzelte sie über den Schreibtisch hinweg an.

Sie schüttelte den Kopf.

«Ich denke über Kräfte nach», sagte sie und verschränkte die Arme. Alles war nun klar, scharf konturiert.

«Inwiefern?»

«Als ich meines Vaters Gehilfin und Ihre Schülerin war, war meine Kraft, die auf unsere Gemeinde einwirkte – ganz zu schweigen vom Rest der Welt –, winzig klein. Ich löste keine Geschehnisse aus. Ich bewegte mich einfach auf meiner Umlaufbahn.»

«Die Vergangenheit ist für unser Gespräch nicht von Belang, Hannah.» Doktor Hall strich mit dem Daumen über den Adler an seinem Brieföffner. Sein Tonfall sollte offenbar erkennen lassen, dass die Sache für ihn abgeschlossen war. Doch auf seine Fingerzeige gab sie nichts mehr.

«Aber das ist sie durchaus. Ich will es Ihnen erklären.» Der Gedanke, der in ihr Funken geschlagen hatte, verlangte nach Brennstoff, und so ließ Hannah ihren Geist sich entfalten, um das Feuer erst richtig zu entfachen. Das Zimmer war zu klein, um auf und ab zu gehen, deswegen spreizte sie die Knie, sodass sie sich nach vorne beugen konnte.

«Sobald ein anderes Objekt – oder in diesem Fall ein anderer Mensch – in die Umlaufbahn kam, wirkte es – er – auf mich ein. Meine Bahn hat sich verschoben; ich habe den Kurs gewechselt.»

Hannah hörte, wie ihre Stimme lauter wurde, wie die Wörter schneller und schneller fielen, aber sie wollte weder langsamer werden noch ganz verstummen.

«Ich war gezwungen, den Kurs zu wechseln. Ich musste es tun. Und ich habe es getan! Jetzt sehe ich es. Ich habe das zweite Newton'sche Gesetz befolgt. Und dann das dritte: Die

Gemeinde hat mich geächtet, und ich habe meinerseits die Gemeinde geächtet.»

Doktor Hall starrte sie einen Moment lang an, als wäre sie soeben in einem feuerroten Kleid, das ihre Fußknöchel nicht bedeckte, ins Atheneum geschritten. Dann veränderte sich sein Gesichtsausdruck; er lehnte sich zurück, verschränkte die Arme und sah Hannah mit fast väterlichem Lächeln an.

«Nun, meine Liebe», fragte er, «wird das Atheneum an dieser großartigen Newton'schen Analogie teilhaben? Reizt Miss Price unser Angebot, sie wieder bei uns aufzunehmen?»

Jetzt war es an Hannah, ihr Gegenüber anzustarren; sein amüsiertes Feixen machte sie sprachlos. Fand er ihr Dilemma etwa zum Lachen?

«Hannah.» Er beugte sich zu ihr hinüber. «Du musst die Lage der Kuratoren verstehen: Ein Aufschrei wäre durch die Gemeinde gegangen, wenn sie dich deinen Posten hätten behalten lassen. Es gab Gerede – man hat deinen Schüler hier gesehen. Abends. Gegenstände wurden vermisst. Waren am falschen Platz.»

«Man hielt Isaac Martin für einen Dieb? Er hätte nie etwas aus dem Atheneum gestohlen, so wenig wie Sie oder ich.» Sie schüttelte den Kopf. «Haben Sie mir deshalb jenen Zettel zukommen lassen? Und glauben Sie wirklich, ich hätte einem Dieb den Schlüssel zu unserer geliebten Einrichtung anvertraut?»

«Das war nicht meine Überzeugung. Ich habe dich in Schutz genommen.» Doktor Halls Miene verhärtete sich.

«In Schutz genommen? Wovor?»

«Vor denen, die Behauptungen aufstellten. Die dich schmähten. Dich eines Betragens beschuldigten, das sich für eine Angehörige dieser Einrichtung nicht schickte. Für eine Angehörige unserer Gemeinde. Und Schlimmeres.»

Zur Unterstreichung seiner Worte klopfte er mit dem Zeigefinger auf den Schreibtisch.

Hannah schüttelte den Kopf. Jetzt war ihr alles klar. Sie richtete sich auf, packte energisch die Stuhlkanten und ließ ihren Gedanken und Worten endlich freien Lauf.

«Die Wahrheit ist, dass die Kraft, die auf mich einwirkte, sich verflüchtigt hat und durch andere, vorteilhaftere Kräfte ersetzt wurde. Jetzt scheint meine Umlaufbahn wieder stabil zu sein. Die finstere Bedrohung ist Vergangenheit, alle Spuren von Abweichung sind getilgt. Mithin bin ich wieder willkommen. Als wäre nichts geschehen. Alles wird, wie es einmal war. Dachten Sie das, als Sie mich hierher baten?»

Doktor Halls Mund war ein schmaler Strich, weiß um die Ränder. Als er sprach, war seine Stimme glatt wie kalter Marmor.

«Ich dachte, du würdest die Gelegenheit begrüßen, durch deine Hilfe bei der Wiederherstellung unserer Sammlung den Makel zu löschen, der deinen und deines Vaters Namen befleckt hat. Ich nahm an, du würdest dankbar sein für den Großmut und die Nachsicht jener, die du mit deinem Benehmen gekränkt hast. Doch keine noch so großen Auszeichnungen oder weltlichen Bestrebungen werden dir den Verlust deiner Gemeinde ersetzen. Ohne sie wirst du von Reue erfüllt durch deine Tage treiben. Ich hatte dich für klüger gehalten.» Ein Bild von Isaac nahm in ihr Gestalt an. Er befehligte ein Schiff irgendwo im Pazifischen Ozean, Wellen hoben und senkten sich, während Isaac einen Kurs bestimmte, der seine Leute sicher über das offene Meer steuerte, sie in entfernte Kontinente trug, ihnen Reichtum bescherte, sie nach Hause brachte. Und Isaac sichtete alle Sterne und Planeten, die sie ihm gezeigt hatte: Aldebaran, Regulus, Pollux, Venus.

«Ganz recht», sagte sie, löste die Hände vom Stuhl, löste sich für immer von allem, was sie mit diesem Ort verbunden hatte. «Ich *bin* klüger.»

Darauf stand sie auf, kehrte ihm den Rücken zu, öffnete die kleine Türe und glitt zurück durch das helle Gebäude, vorbei an Miss Norris und sämtlichen Kuratoren, vorbei an dem Ständer mit breitkrempigen schwarzen Hüten, die schon aussahen, als gehörten sie ins Museum, und trat dann ins Freie. Es war ein Gefühl, als träte sie hinaus in den Beginn eines neuen Tages an einem fremden Ort – etwas, vor dem ihr früher gegraut hatte.

Jetzt aber begrüßte sie es mit Leib und Seele, und ein Gedanke keimte in ihr wie ein Samenkorn, das fast unsichtbar durch die Luft gewirbelt wird, auf fruchtbaren Boden trifft und Wurzeln schlägt.

Nantucket, am 15. September 1846
via Franklin

Lieber Isaac!
Seit meinem letzten Brief kann ich berichten, dass meine Medaille aus Europa eingetroffen ist. Dies geschah nach einem Briefwechsel mit einer schwindelerregenden Anzahl von Herren, die hinsichtlich der wahren Ausmaße meiner Nichtbefolgung der Bestimmungen zur Erlangung des Preises eine erschöpfende Detektivarbeit leisteten. Es ist ihnen gelungen, die Verwirrung untereinander zu klären. Mich hat gewundert, dass niemand mich direkt gefragt hat, aber da ich nur eine Frau bin, glaubten sie wohl nicht, dass ich etwas zu dem Disput beisteuern könnte.
Die Kuratoren des Atheneums haben mir meine alte Stelle wieder angeboten, doch ich habe abgelehnt. Das neue Gebäude gleicht in keiner Weise dem, in welchem wir so viele

Stunden verbrachten, wiewohl ein unvoreingenommener Betrachter vermutlich sagen würde, dass es ein schöner Bau ist. Ich habe nicht mehr das Gefühl, dass ich dort zu Hause bin. Aber mein Herz schmerzt jedes Mal, wenn ich an die Zeit denke, in der wir in dem alten Gebäude zusammensaßen. Das bringt mich zu der nächsten Neuigkeit.

Ich habe eine Einladung zu einer neunmonatigen Europareise erhalten, als Begleiterin der Tochter eines Schriftstellers (und Schirmherrn der Harvard-Sternwarte) namens Hapwell und seiner Ehefrau Lucia. Ich bin ihnen erst ein Mal bei einem Essen begegnet, doch George und William Bond sagen, die Herrschaften möchten unbedingt, dass ich sie durch Europa begleite; ich komme mir dabei vor wie ein teures Gepäckstück. Sie zahlen einen großzügigen Betrag, außerdem geben die Bonds mir Empfehlungsschreiben für alle diejenigen mit, die ich in Astronomenkreisen kennenlernen möchte. Sie behaupten, meine Entdeckung sei Gesprächsthema in allen Sterngucker-Salons auf dem europäischen Kontinent, ich verstehe allerdings nicht, wieso und warum.

Der Reiseplan sieht vor, London, Paris, Rom und Florenz zu besuchen, und das heißt, ich könnte die Sternwarten in Greenwich und im Vatikan besichtigen, sofern ich die Erlaubnis dafür erhalte; und vielleicht kommt es sogar zu einer Begegnung mit Mary Somerville. Diese Vorstellung ist zugleich beängstigend und wundervoll; falls Sie es vergessen haben: Sie gehört zu den meistverehrten Mathematikern und Astronomen der Welt und lebt zur Zeit in Florenz.

Florenz! Einst wäre ich erschaudert bei dem Gedanken, den Ozean zu überqueren und mich in eine Stadt zu begeben, wo ich niemanden kenne. Doch es hat sich so viel in mir verändert; als ich heute das Atheneum verließ, befiel mich ein starkes Verlangen, dass genau dies geschehen möge. Es war ein Sehnen, das ich seit meiner Kindheit nicht mehr gespürt hatte. Ich glaube, die Vorstellung von Ihnen auf Ihren Fahrten, die in Dauer und Entfernung meine bescheidene Reise bei weitem in den Schatten stellen, hat mir Mut gemacht. Und ich weiß, sie wird meinem Charakter und meiner Kraft förderlich sein, so wie es Ihre Fahrten für Sie sind. Edward war in unserer Familie immer derjenige, der sich für neue Orte, neue Sichtweisen, neue Menschen begeisterte. Ich habe meinen Blick auf den Himmel gerichtet, das hat mir genügt. Auch weiterhin verbringe ich den größten Teil eines jeden Tages mit großer Verwunderung und Ehrfurcht gegenüber der unendlichen Weite über uns.

Allein, wo der Himmel einst mein Dach war, meine Zuflucht und mein Trost, scheint er mir nunmehr auch eine Türe zu öffnen. Wohin sie führt, weiß ich nicht. Mitunter steigt in mir so etwas wie ein Schrecken auf, wenn ich daran denke, was vor mir liegt, doch ich hoffe, der Gedanke an Sie wird mir in solchen Momenten weiterhin Standhaftigkeit und Zuversicht schenken.

In zwei Wochen werde ich aufbrechen, und ich hege die Hoffnung, bis dahin von Ihnen zu hören. Ich sehne mich nach Ihrer Stimme, und sei es durch das dürftige Medium Pergament und Tinte. Ohne es bin ich weniger standhaft.

Wie stets, verbleibe ich
Ihre getreue Freundin
Hannah Gardner Price

Vierter Teil

MAI 1847

Florenz

29

Koexistenz

In der gewölbten Fensterscheibe eines Cafés warf Hannah einen Blick auf ihr Spiegelbild. Sie hob eine Hand an ihren neuen Hut – ein eng sitzendes Seidengebilde, rehbraun und mit einem schmalen dunkelblauen Band eingefasst. Der Hut bildete in Form und Material einen krassen Gegensatz zu ihrer alten Haube, und sie konnte ihr Gesicht nicht dahinter verstecken. Dies sei jedoch, meinte Lucia Hapwell, das Beste an dem Hut. Als Hannah in London das Schiff verließ, hatte die Ehefrau des Schriftstellers aus Cambridge einen einzigen Blick auf ihre Kleidung geworfen, eine Miene aufgesetzt, die irgendwo zwischen Erschrecken und Mitleid lag, und sie sogleich zu einer Putzmacherin in der Regent Street bugsiert.

Dieser Hut war nichts anderes gewesen als Verschwendung, doch Mrs. Hapwell befand, er sei dezent und angemessen – nicht zu überladen, aber «tauglich für einen Empfang». Hannah fand sich ungeachtet ihrer Kopfbedeckung keineswegs tauglich für irgendeinen Empfang, doch Mrs. Hapwell schleppte sie kurzerhand von einem Geschäft zum anderen und bestand darauf, dass sie sich aus einer absurden Vielfalt von Schnitten, Farben und Stoffen etwas aussuchte, dazu noch Schuhwerk und Strümpfe. Strümpfe! Hannah hatte nie zuvor etwas am Leib getragen, was sie nicht selbst gemacht hatte, und die Seide auf ihrer bloßen Haut fühlte sich nahezu gefährlich luxuriös an.

Sie konnte sich vorstellen, was Lydia Hussey denken würde, und verbannte sie deshalb rasch aus ihren Gedanken: Der Abschnitt ihres Lebens, in dem Gemeindeälteste bestimmt hatten, was sie tragen durfte oder nicht, gehörte endgültig der Vergangenheit an.

Das machte es Hannah nicht leichter, sich etwas auszusuchen. Sie brauchte Stunden, um zwischen mehreren Kleidungsstilen zu wählen. In einem Geriesel aus Bändern und Rüschen würde sie sich niemals wohl fühlen, doch als sie in Geschäftskatalogen und den Ausgaben von *Godey's Lady's Book* blätterte, die ihr Mrs. Hapwell besorgt hatte, stellte sich langsam in ihr ein Gespür für das ein, was ihr an der zeitgemäßen Mode gefallen könnte: zum Beispiel ein Kragen, der sie nicht erstickte, eine Auswahl an Farben, die sich nicht auf die tristesten Ränder des Spektrums beschränkte. Die Anproben waren eine schiere Qual gewesen – die schwieligen Hände der Schneiderin, die sich an ihrer Taille, ihren Oberschenkeln zu schaffen machten –, doch das erste fertige Stück – ein dunkelgrünes Tageskleid, das sie an Moos erinnerte, aus weicher, schön fallender Seide – fühlte sich herrlich an und, das musste sogar Hannah eingestehen, schmeichelte ihrem Teint.

Dies war die erste aus einer Reihe von Lektionen in Sachen Stadtleben gewesen, zu denen es unter anderem gehörte, einen Kutscher herbeizuwinken oder sich in einer Schnelligkeit zu unterhalten, die Hannah als quälend empfand. Mrs. Hapwell hatte darauf bestanden, dass Hannah sie zu einem halben Dutzend Empfängen und Abendeinladungen, Theaterbesuchen und Teegesellschaften begleitete, bevor sie sie für bereit erachtete, ihre Empfehlungsschreiben zu überreichen.

Als sie dann aber am Ziel ihrer Träume angelangt war und vor Mary Somervilles gewaltiger Holztüre stand, den

Umschlag in Händen, den George ihr mitgegeben hatte, fühlte Hannah sich alles andere als bereit für die Begegnung. Doch ehe sie entscheiden konnte, was schlimmer sei, zu bleiben oder zu flüchten, wurde die Türe aufgerissen wie von einem wütenden Kobold, und da stand Mary Somerville höchstpersönlich vor ihr, eine zierliche Gestalt, deren weiße Haare ihren Kopf umstrahlten wie ein Heiligenschein, und die mit ihren sechsundsechzig Jahren vor Tatkraft strotzte.

«Treten Sie ein, bitte. Treten Sie ein!», forderte sie Hannah auf. «Albertina hat heute ihren freien Nachmittag, doch sie hat uns dankenswerterweise etwas hingestellt, so werden wir nicht darben. Kommen Sie! Schließen Sie die Türe fest, sie klemmt.»

Hannah kam der Aufforderung nach, dann zockelte sie hinter ihrer Gastgeberin den langen Flur entlang, wobei sie sich fast bemüßigt fühlte, auf Zehenspitzen zu gehen, um die Bodendielen nicht abzunutzen. Diese sahen aus, als wären sie fünfhundert Jahre alt – so wie die Türe, so wie der Dom, so wie alles, was Hannah bislang in Italien gesehen hatte. Auf einmal wurde ihr die eigene Jugend schmerzlich bewusst, und sie fragte sich wieder einmal, warum eine so kultivierte Dame sich Zeit für sie nahm.

Mrs. Somerville führte Hannah in einen Raum, der nur ihr Studierzimmer sein konnte. Die Wände waren in tiefem Scharlachrot tapeziert, die abgetretenen Teppiche sahen aus, als wäre ein ganzes Heer von Stiefeln und Pantoffeln über sie hinwegmarschiert. Bücher stapelten sich in gefährlicher Schieflage auf dem kleinen Mahagoni-Schreibtisch. Auf dem Tischchen zwischen zwei dick gepolsterten, unbequemen Sesseln stand ein Teetablett. Eine Reihe Federhalter, Tintenfässer und Federn war in akkuratem Winkel zu den Büchern und dem Löscher aufgereiht, bescheidenes

Zeugnis einer Ordnungsliebe, die Hannah wohlvertraut war und sie mit Erleichterung erfüllte.

Mrs. Somerville winkte Hannah stumm in einen Sessel und schenkte ihr eine Tasse Tee ein, ohne ein weiteres Wort zu sprechen. In den Bücherregalen war eine Parade ihrer Werke zur Schau gestellt: *The Mechanism of the Heavens ... On the Connexion of the Physical Sciences ...* sowie ein halbes Dutzend herausragende Zeitschriftenaufsätze. Selbst die Vermutung eines Planeten jenseits des Uranus war im Geist dieser Frau entstanden. Es war einschüchternd, ehrfurchtgebietend, als befände man sich im Thronsaal des wissenschaftlichen Fortschritts.

«Nun erzählen Sie mir von Ihrem Kometen, Miss Price», forderte Mrs. Somerville Hannah auf, sobald sie in dem anderen Sessel Platz genommen hatte. «Wissen Sie, das war letzten Sommer *das* Gesprächsthema in Europa.»

Hannah blinzelte und stellte mit zitternder Hand ihre Tasse auf die Untertasse zurück.

«Oh, das wusste ich nicht», sagte sie. «Ich kann Ihnen versichern, niemand war mehr überrascht als ich, dass meine Priorität nicht in Frage gestellt wurde.»

«Aber warum hat Sie das überrascht?» Mrs. Somerville sah Hannah eindringlich an. Ihr Blick war wie der Strahl eines Leuchtturms, klar und scharf. «Nach dem, was ich höre, sind Ihre Emsigkeit – und Ihr talentiertes Auge – wohlbekannt.»

Sie hielt inne und stellte ihre Teetasse klirrend auf das Tablett. «Hier müssen Sie keine Bescheidenheit an den Tag legen, meine Liebe.»

«Ich will gar nicht bescheiden sein!», sagte Hannah und wünschte, sie könnte noch einmal von vorne anfangen. «Nur haben meine Utensilien – unsere Instrumente – nicht annähernd das Format von denen, die andere Himmelsbeobachter benutzen, welche zweifelsohne ebenso emsig sind wie ich. Wir haben nur ein Dollond – und das ist nicht eben neu.»

Weil Mrs. Somerville nichts erwiderte, beugte Hannah sich näher zu ihr hin und hob die Stimme.

«Ich wollte sagen, das Dollond hat jedermann überrascht, mich vor allem.»

Ihre Gastgeberin nickte heftig.

«Bisweilen kann ein altes Arbeitspferd ein Gespann Füllen überholen», sagte sie und brach in Lachen aus wie ein übermütiges Schulmädchen. «Aber wie geht es nun weiter?»

«Wie es weitergeht?» Hannah fragte sich, ob sie auf die Probe gestellt wurde. Doch sie schluckte ihren Zweifel herunter; schließlich war sie eingeladen worden.

Mary Somerville wedelte mit ihrer schmalen Hand über ihren Köpfen, als wollte sie auf die gesamte Galaxie verweisen. «Wohin wendet Miss Price dieser Tage ihren Blick? Auf die Nebelflecke, hoffe ich. Entschlossenheit sollte für alle Astronomen auf der Welt oberste Priorität haben, meine ich.»

«Gewiss, wenn es mir möglich ist – das heißt, wenn ich die Bonds besuche.»

«Ah, William! Und seinen Sohn.»

«George.»

«Ja. Ich habe sie vor knapp einem Jahr auf der internationalen Konferenz gesehen. Der junge Bond war sehr am Aufnehmen von Sternbildern interessiert. In Europa sind wir noch nicht so weit.»

«Ja, das interessiert ihn wirklich sehr. Er hat mir auch etwas übergeben, damit ich es Ihnen zeige.»

Hannah entnahm der Ledermappe, die sie in den Monaten ihrer Reise im Koffer von einem Ort zum anderen getragen hatte, einen quadratischen Umschlag, öffnete ihn vorsichtig und hielt Mrs. Somerville ihren Schatz mit beiden Händen hin. Sie zitterten.

«Was ist das?» Mrs. Somerville spähte, stützte sich dann mit ihren Händen ab, um sich aus dem Sessel zu erheben. «Ich kann nicht gut sehen. Hören auch nicht. Aber um alles andere ist es gut bestellt. Kommen Sie ans Fenster, meine Liebe, und zeigen Sie es mir.»

Hannah trug die Photographie hinüber wie eine mit Edelsteinen besetzte Krone auf einem Samtkissen und legte sie vorsichtig auf den Fenstersitz, sodass Mrs. Somerville sie im Licht betrachten konnte.

«Es ist das allererste von den Bildern, die Sie erwähnten», sagte Hannah so langsam und deutlich, wie sie konnte. «Es ist eine Photographie der Sterne Mizar und Alkor.»

«Ja», flüsterte Mrs. Somerville und beugte sich näher über das Bild. «Tatsächlich.»

«George hat das Bild vor einem Monat aufgenommen. Ihm sind danach sogar noch deutlichere Bilder geglückt, und die sind ganz wunderbar. Er widmet fast seine ganze Zeit der Spektroskopie – den Objektiven natürlich, und dem Bestreben, sowohl die Farben der Sterne als auch ihre Helligkeit einfangen zu können.» Hannah nahm in ihrer Stimme den Stolz wahr, den sie empfand. George hatte nach vielen Jahren seine Berufung gefunden, und Williams Erleichterung darüber, dass sein Sohn endlich etwas leistete, das der Wissenschaft würdig war, war dementsprechend groß.

«Brillant!» Mrs. Somerville tippte vorsichtig mit dem Finger auf die Photographie. «Hier liegt die Zukunft der Wissenschaft, das prophezeie ich. Hier in Europa haben wir die Geschichte, die Erfahrung, die Instrumente ... doch Sie Amerikaner, Sie haben den modernen Antrieb. Wir sind auf Ihre Genialität angewiesen!»

Sie drückte Hannahs Arm. Ihr Griff war so fest, dass Hannah leicht zusammenzuckte.

«Lassen Sie uns in den Rosengarten gehen. Ich muss jeden Nachmittag einen Spaziergang machen, sonst vergessen meine Knochen, dass sie noch Arbeit vor sich haben.»

Hannah folgte Mrs. Somerville durch den Garten, während diese die Sorten aufzählte, die sie gepflanzt hatte, und deren Eigenschaften nannte. Im letzten Licht des Tages leuchteten die Blumen, als trotzten sie ihrer Vergänglichkeit.

«Ich bekam kürzlich einen Brief von Doktor Whewell», sagte Mrs. Somerville. «Ich kann es nicht gutheißen, dass er so viel Zeit mit absurden Ideen verbringt. Warum soll ein anderer Planet nicht von vernunftbegabten Wesen bewohnt sein, frage ich.» Sie hielt inne, und Hannah merkte, dass sie eine Antwort von ihr erwartete.

«Ich nehme an, es wäre schwierig zu beweisen», sagte sie vorsichtig, weil sie für keine Seite Partei ergreifen wollte.

«Na und? Eine höhere Wesensordnung könnte jeden Winkel der Galaxie bevölkern. Dass wir ihre Existenz noch nicht beweisen können, sollte nicht dazu ermuntern, diese Möglichkeit auszuschließen! Das ist wirklichkeitsfern.»

Hannah schüttelte den Kopf. «Ich bin nicht sicher, ob ich Sie richtig verstehe.»

«Vernunft ist nicht der einzige Weg zur Erleuchtung, meine Liebe. Man muss Weitsicht haben! Und Leidenschaft. Man darf Gefühle nicht den nackten Tatsachen opfern.» Sie blinzelte Hannah an. «Haben Sie denn starke religiöse Gefühle?»

Hannah suchte nach einer ehrlichen Antwort.

«Die hatte ich einst. Aber mein Geist ist unentschlossen. Mein Vater hat immer Edward Young zitiert.»

«‹Ein Astronom, der seiner Aufgabe nicht völlig ergeben ist, ist wahnsinnig.›»

«Ja.» Hannah nickte, und es schnürte ihr die Kehle zu, als sie an das kleine Fenster dachte, durch das sie ihre ersten Sterne beobachtet hatte. Das tickende Metronom dicht an ihrem Ohr hatte sie für ihren Vater die Sekunden gezählt.

Mrs. Somerville knipste mit der Gartenschere tote Zweige ab. «Gleichwohl muss man die Koexistenz anerkennen», sagte sie.

«Die Koexistenz?» Hannah fühlte sich eingespannt zwischen Vergangenheit und Zukunft, ein schüchternes Mädchen neben einer imponierenden älteren Dame. Dennoch hatte auch sie Großes geleistet; sie war *hier*.

«Von Gewissheit und Glauben, meine Liebe. Einerlei, wie innig unsere Leidenschaft für die Werke unseres Schöpfers auch ist, in Köpfen wie unseren wird stets die Befähigung für das vorhanden sein, was wir nicht verstehen können. Denn wir sind eingeschränkt, nicht wahr? Wir sind nur Gefangene in unserer gegenwärtigen Gestalt, umhergetrieben von unseren Gefühlen und dergleichen mehr. Selten kann eine Person ihre eigene Natur überwinden – warum sollte sie auch? Wenn dies unsere Natur ist, dann sage ich, wir müssen sie annehmen bis zum nächsten Leben.» Mrs. Somerville trat einen Schritt zurück, um ihr gestalterisches Werk zu begutachten. «‹Die Himmel erzählen die Ehre Gottes, und die Feste verkündet seiner Hände Werk›», psalmodierte sie.

Schnipp schnapp. Zwei letzte schmale Zweige fielen auf die Erde, einer zu Füßen jeder Frau.

Mrs. Somerville blickte auf und lächelte wie eine nachsichtige Großmutter, was in Hannah noch mehr das Gefühl weckte, ein Kind zu sein. Allem, was man sie gelehrt hatte – und dem sie mit Vernunft beikommen konnte –, hatte sich Hannah mit Freuden hingegeben und dafür alles andere geopfert. Gefühle zu opfern, nur weil die Wirklichkeit gegen sie stand: Genau deswegen hatte sie Isaac verloren. Was, wenn sie sich anders entschieden hätte?

Mrs. Somerville hatte einen Ehemann und Kinder, doch sie hatte die größten Leistungen vollbracht. Sie hatte nichts geopfert. So schien es zumindest. Natürlich war Hannahs Lage eine andere. Eine wie auch immer geartete Beziehung zu Isaac wäre einfach nicht möglich gewesen.

«Ich erwarte Großes von Ihnen zu hören, Miss Price», rief Mrs. Somerville, als Hannah durch die gewaltige Holztüre wieder ins Haus trat. Und fügte dann hinzu, als könnte sie Hannahs Gedanken lesen: «Bleiben Sie aufgeschlossen für Möglichkeiten!»

Als sie sich von Mrs. Somerville verabschiedete, fühlte Hannah sich gleichermaßen eingeschüchtert und beschwingt, als wäre sie soeben aus einem lebhaften Traum erwacht, in dem ihr etwas Bedeutendes offenbart worden war. Es schimmerte, gerade noch außer Reichweite. Aber es war da.

* * *

Im Laufe der weiteren Reisemonate jedoch erlosch der Schimmer der Verheißung nach und nach. Je länger Hannah die Straßen lärmerfüllter Städte durchstreifte, versunken in das Geplapper in fremden Sprachen und in die Schätze der großartigsten Museen der Welt, desto ferner fühlte sie sich von zu Hause.

Einmal sagten Sie zu mir, Sie hätten verstanden, dass Zeit und Entfernung auf See dasselbe sind, schrieb Hannah in einem ihrer Briefe an Isaac, die sie mit immer weniger Hoffnung, dass er sie erhalten oder beantworten würde, abschickte. *Je länger man von zu Hause fort ist, desto ferner fühlt man sich. Das verstehe ich jetzt, wenngleich es auf Sie nicht zutrifft; je länger ich von Ihnen fort bin, desto mehr sehne ich mich nach Ihrer Nähe.* Sie schrieb ihm jedoch weiter, ohne recht zu wissen, ob ihre Briefe ein Akt der Buße oder des Glaubens waren. Sie wusste nur, dass sie Isaac mitteilen musste, was sie erlebte. Sie musste zu ihm sprechen, auch wenn er nicht antwortete.

Mrs. Hapwell führte Hannah auch in die hohe Kunst der Visiten ein. Sie brachte ihr bei, was sie auf ihre Besuchskarten schreiben sollte («Nur Ihren Namen, Liebes: Er spricht für sich») und welche Einladungen es auszuschlagen galt («Die möchte Sie nur dabeihaben, weil sie gehört hat, Sie seien groß in Mode»). Die einzigen Stätten, für die Hannah keiner Anweisungen bedurfte, waren die Sternwarten Europas, wo sie sich zwischen den Instrumenten und Karten so zu Hause fühlte wie stets und man sie als Ebenbürtige begrüßte, was sie zugleich erschreckte und amüsierte.

Sosehr sie auch das Gefühl hatte, dass ihr Verstand sich erweiterte, um sowohl die Neuerungen der Sternwarten als auch die alten Kostbarkeiten und Meisterwerke der Museen in sich aufnehmen zu können – als die Monate dahingingen und der Sommer den Frühling ablöste, vermisste sie ihr Zuhause immer mehr. Die harten Trottoirs und erhabenen Kathedralen Europas zermürbten sie allmählich, die Bögen eines Prachtbaus verschmolzen mit den Säulen eines anderen, bis sie am Ende ihr *Handbuch für Europareisende* einfach in der Galleria dell' Accademia liegen ließ, außerstande, noch ein einziges Wort zu erfassen, und sich wieder zu der Davidstatue begab, wo sie ihre zwölfjährige Schutzbefohlene Desdemona zurückgelassen hatte.

Das Mädchen hätte nicht verschiedener von seiner Mutter sein können: Desdemona war verträumt, lethargisch, neigte dazu, alles zu verlieren, was ihr nicht an den Leib genäht war, und war durch und durch ungesellig. Doch sie liebte Kunst, und als Hannah ihre Hände um Desdemonas schmale Schultern legte, wurde sie selbst von den Konturen von Michelangelos berühmter männlicher Gestalt angezogen, von seinen übergroßen Fingern und Füßen. Die Rundungen seiner Knöchel, seines Kiefers, seines Ohres – all das ließ Hannahs Gedanken auf einmal zu Isaac springen, und die vertraute dumpfe Sehnsucht stieg pochend in ihr auf. Erst als ein Besucher neben sie trat, schüttelte sie die berauschende Erinnerung ab und lotste Desdemona zögernd mit sich fort.

Die verbleibenden Reisemonate schienen dahinzufliegen, und als der Tag der Abreise näherrückte, fühlte sich Hannah wie ein Spielball ihrer widersprüchlichen Empfindungen. Einerseits fieberte sie dem Wiedersehen mit Edward und Mary entgegen, die rechtzeitig für die Geburt ihres Sohnes Moses nach Nantucket zurückgekehrt waren, und konnte es kaum erwarten, ihren Neffen kennenzulernen, sich wieder mit Millicent und Elizabeth zu vereinen, an vertrauten Ufern entlangzulaufen und die heimische Seeluft zu atmen. Doch andererseits bangte ihr auch davor, einer Zukunft entgegenzugehen, die fast ebenso ungewiss war wie in der Zeit, bevor Hannah den Kometen entdeckt hatte.

30

Heimkunft

Die Kutsche rumpelte über das Kopfsteinpflaster dem Hafen von New Bedford entgegen; Hannah wurde blinzelnd wach, reckte den Hals und tupfte sich mit ihrem feuchten Taschentuch die Stirn ab. Sie zog den Vorhang zurück und schaute aus dem Fenster. Ganze Menschenschwärme waren zum Postschiff nach Nantucket unterwegs. Männer in hellen Anzügen und Frauen in Sommerkleidern schleppten Koffer und kleine Kinder zur Fähre, Matrosen aller Schattierungen schoben sich mit geschwellter Brust durch die Menge.

So weit sie sehen konnte, bedeckten Hunderte – vielleicht Tausende – Ölfässer, in ordentlichen Reihen aufgestellt, fast den ganzen Pier. Die Hitzeschlieren in der Juniluft verliehen ihnen einen heilig anmutenden Schimmer, und Hannah musste an die vergoldeten Gloriolen auf den Heiligenbildnissen denken, die sie überall in Italien gesehen hatte.

Sie öffnete das Fenster, und heiße, faulige Luft strömte herein. Dann streckte sie den Arm aus und klopfte aufs Dach.

«Ich gehe zu Fuß weiter», rief sie dem Kutscher zu und sprang herunter, sobald das Gespann stillstand. Der Mann reichte ihr den Koffer und tippte an seine Kappe, eine galante Geste, mit der sie sich immer noch nicht anfreunden konnte, auch nicht nach fast einem Jahr in Europa, wo die Herren jedes Mal, wenn eine Dame sich auf fünfzig Schritte näherte, mit ihren Verbeugungen auf und ab wippten wie Spielzeugschiffe. Hannah nickte, um Höflichkeit bemüht, doch als er sich erbot, ihren Koffer zur Fähre zu tragen, schüttelte sie den Kopf.

«Nicht nötig», sagte sie und winkte ab. «Er ist nicht schwer.»

Ein Paar neue Stiefel, fünf neue Kleider, ihr Tagebuch und der Hut auf ihrem Kopf: Hannah fühlte sich leicht wie eine Pusteblume, als könnte sie heimwärts schweben. Sie hatte noch keine Ahnung, was sie als Nächstes erwartete, doch nun, da sie ihrem Zuhause so nahe war, dass sie das Salz in der Luft riechen konnte, besaß die Ungewissheit ihren eigenen Reiz, und Hannah fühlte sich wohl in ihrer Haut.

Sie ging langsamer, als sie die Schlange an dem Postschiff sah, die sich fast über eine Viertelmeile erstreckte. Es war erst halb elf, doch nur mit viel Glück würde sie es auf das Mittagsschiff schaffen. Seufzend stellte sie den Koffer ab, setzte sich darauf und fächelte sich, erschöpft von der Hitze und dem Geplapper ringsum mit einer Druckschrift Luft zu. Wenn die Schlange vorrückte, erhob auch Hannah sich und schleppte sich weiter. Bei diesem Tempo würde sie nie nach Hause gelangen.

Jetzt kam wieder Bewegung in die Menge, diesmal, um ein bekanntes rotbackiges Gesicht mit Haaren und Bart von der Farbe einer neuen Pennymünze auf einem fassförmigen Körper durchzulassen.

«Kapitän Smith!», rief Hannah.

«Miss Price! Hab Sie gar nicht erkannt. Zurück von der Reise? Großartig. Ausgezeichnet!» Er strahlte sie einen Moment lang an, bevor er sich ihren Koffer schnappte, als wäre der nichts weiter als ein Fingerhut, mit der anderen Hand Hannahs Arm nahm und sie durch die Menge zum Schiff geleitete. Sein Arm war so dick wie eine Hammelkeule; dabei hatte Hannah ihn immer noch als Jungen von vierzehn oder fünfzehn Jahren in Erinnerung, der sich im Atheneum in Darstellungen von Schiffen und Takelagen vertiefte. Er sah fast noch genau so aus wie damals, nur dicker.

«Durchlassen, lassen Sie unsere Astronomin durch, zur Seite, he da! Aus dem Weg!», dröhnte seine Stimme, und obwohl Hannah errötete, musste sie lächeln. Sie hatte das Wort Astronomin in den vergangenen Monaten auf Französisch, Italienisch, Spanisch und Deutsch vernommen – gesprochen, geflüstert und laut verkündet –, doch als sie es nun im näselnden Ton einer Hafenstadt Neuenglands herausposaunt hörte, wurde ihr schwindlig vor Aufregung.

Zu ihrer Verwunderung teilte die Menge sich friedlich, die Leute schoben bereitwillig Taschen, Schirme und Picknickkörbe aus dem Weg. Die meisten starrten Hannah an, als wäre sie gerade vom Mond gefallen. An ihrer Kleidung konnte es nicht liegen, denn niemand von diesen Leuten wusste, wie sich ihr Aussehen gegenüber der Hannah, die letztes Jahr auf demselben Pier von Bord des Postschiffes gegangen war, verändert hatte. Doch als sie sich fragte, was diejenigen, die sie kannten, von ihrer Erscheinung denken würden, überkam sie plötzlich Panik. Vom Hut bis zu den Schuhen glich sie nichts weniger als einer Angehörigen der Gesellschaft der Freunde, und obwohl sie nicht gedachte, der Andacht wieder beizuwohnen oder sich einer Disziplin zu beugen, die sie nicht anerkannte, stimmte der Gedanke, dass sie endgültig zu einer Außenstehenden geworden war, sie traurig, als hätte sie gerade einen Verlust erlitten. Genau so hatte sie sich auch gefühlt, als sie eine betörende

Weise aus einem Pariser Café wehen hörte und zutiefst berührt war – eine Melodie in Moll, wie sie später erfahren hatte.

Als die Fähre die Buzzards Bay durchquerte und an Falmouth vorbei das Festland umrundete, stand Hannah ostwärts gewandt an der Reling. Das Schiff senkte und hob sich, kalte Gischt zischte ihr ins Gesicht. Sie spähte in den feuchten Wind. Als ganz in der Ferne der Umriss von Nantucket sichtbar wurde, schlug ihr Herz schneller.

Eine Minute später sah sie den neuen Leuchtturm von Sankaty Head.

Die Frauen finden sich an der Landzunge und am Hafen ein und starren auf das Licht, als würde es ihnen ihre Männer schneller nach Hause bringen, hatte Mary geschrieben.

Nach meinem Dafürhalten ist diejenige, die auf der Liebe Wiederkehr wartet, durch ihre Sehnsucht so sehr gebunden, dass es keines Strahles bedarf, um sie zu ermessen, hatte Hannah geantwortet.

Das wässrige, ferne Licht ließ sie an Isaacs Schilderung seiner Heimatinsel denken, die sich in den Atlantik schmiegte wie ein grüner Edelstein in eine Samtschachtel. Hannah blickte in das trübe Wasser der Bucht und stellte sich dabei vor, wie er auf den Dschungelpfaden inmitten Tausender Schattierungen von Grün einherschritt.

Isaac konnte genau genommen überall auf Erden sein, doch sie spürte, dass er in der Nähe war, dass er hierher zurückkehren würde, auch wenn diese Annahme jeglicher Vernunft entbehrte. Jedes Mal, wenn sie an ihn dachte, durchlief sie ein Beben, wie leichter Regen, der an ein Fenster klopft. Doch Hannah hatte längst begriffen, dass selbst die Enttäuschung, die jene Säcke mit der ausgehenden Post unweigerlich für manche mit sich brachten, ihre eigene Schwingung besaß. Es war ein Schmerz, der ihr jedes Mal, wenn sie ihn fühlte, durch Mark und Bein ging, doch sie hatte sich daran gewöhnt. Vermutlich würde er auf immer bei ihr bleiben, wie ein zusätzliches Herz, das leise im Hintergrund schlägt.

Da waren die schwachen Umrisse der Dächer und der Turm der katholischen Kirche; da schaukelten die vertrauten Masten im Außenhafen, wenn auch viel weniger, als sie in Erinnerung hatte; da waren die halbmondförmige Stadt und weiter unten der schmale Strand, da waren die Lagerhäuser und die schlanken Nebengebäude der Werften, das verdorrende Grün der Sommerbinsen. Hannah wurde von aufwallender Liebe zu ihrer Insel übermannt, und als sie in den Hafen einliefen, umklammerte sie, mit einem Mal hellwach, die Reling.

Sie war die Erste in der Reihe, als sie anlegten, und in demselben Moment, als sie die Rampe festmachten, schritt sie hinunter, blieb unten stehen. Die Anlegeplätze, einst so einschüchternd wie Schluchten, kamen ihr viel kleiner vor als in ihrer Erinnerung; die Docks, das ölige Wasser und die Lagerhäuser schienen geschrumpft zu sein. Es war, als stünde sie in einem Schaukasten mit einer kleinen grünen Stadt, umrahmt von einem frostigen Himmel.

Heimat. Sie wälzte das Wort im Mund wie eine Murmel. Dies war ihr Zuhause, eindeutig. Doch als sie vom Schiff auf den knarzenden Kai trat und die Schritte der Mitreisenden verklangen, staunte sie darüber, wie neu sich diese Heimat doch anfühlte.

Sie näherte sich der Main Street, ging langsamer, blieb dann stehen, drehte sich an der Ecke Federal Street im Kreis. Wie konnte es sein, dass sie sich in ihrem eigenen Viertel nicht mehr auskannte? Sie war nicht einmal ein Jahr fort gewesen. Wo war John Darlings Kartographenwerkstatt? Wo war der Herrenausstatter Miller? Das Geschäft für Taue und Segel? Warum hingen knallbunte Fahnen und Wimpel auf der Veranda des Hussey-Hauses?

Hannah trat zwei Schritte zurück, um den Straßennamen lesen zu können. Er war in Stein gemeißelt und gut zu erkennen wie eh und je: *Federal Street*. Dann bemerkte sie ein neues Schild in leuchtendem Blau auf Gelb: NANTUCKET INN. Auf der Veranda des Wirtshauses saßen junge Männer und Frauen auf Bänken, anscheinend mit nichts anderem beschäftigt als mit Plaudern. Drinnen spielte Musik, kam herausgeweht wie Rauch.

Ringsum schlenderten Frauen in hauchdünnen hellen Kleidern und Männer in Sommeranzügen Arm in Arm vorüber, Fremde beim Müßiggang. Hannah schritt weiter, schaute staunend auf die neuen Geschäfte, wo es nautischen Krimskrams, Schnitzereien aus Muscheln und dergleichen zu kaufen gab. Ein Geschäft schien ausschließlich Gegenstände feilzubieten, die wie Wale geformt waren. In allen Fenstern warben auffällige Plakate für neue Gasthäuser und Hotels. Hannah kam sich vor, als hätte sie sich eine Eintrittskarte für die Oper gekauft und wäre im Zirkus gelandet.

«Miss. Miss! Kommen Sie herein, schauen Sie sich um. Ein Andenken? Etwas für jemand Besonderen zu Hause?» Hannah brauchte ein paar Sekunden, bis sie merkte, dass die Ladeninhaberin, eine stämmige junge Frau, die ein Baumwollkleid in leuchtendem Hortensienrosa trug, sie meinte.

Sie hält mich für eine Fremde, erkannte Hannah. Sie schüttelte den Kopf, bemühte sich, die Frau nicht finster anzuschauen, der doch nur daran gelegen war, ein Geschäft zu machen. Und Hannah *war* gewissermaßen eine Fremde. Sie sah die Insel mit neuen Augen, ebenso wie die Menschen ringsum, die hier Erholung suchten; verglichen mit den grandiosen Städten Europas, den breiten Prachtstraßen und weitläufigen Parkanlagen, den erhabenen Kathedralen und Marmordenkmälern nahm sich die Stadt Nantucket beschaulich aus wie ein Puppenhaus.

Unmittelbar bevor sie von der Main Street abbog, fiel Hannahs Blick auf eine einsame Gestalt in einem langen dunklen Kleid, die sich langsam durch die Menge schob. Eine Haube von der Art, wie Hannah sie einstmals zu tragen pflegte, schirmte ihr Gesicht ab. Es war, als betrachtete man ein lebendiges Relikt einer Vergangenheit, die sich weiter entfernt anfühlte, als sie es tatsächlich war; nur ein Jahr zuvor war Hannah in ähnlicher Kleidung durch die Stadt gelaufen. Die Leute wichen der Frau aus wie einem Gespenst, wenn sie an ihnen vorüberkam, und drehten sich mit unverhohlener Neugierde nach ihr um, bevor sich ihre Reihen wieder schlossen. Auch Hannah sah der Frau hinterher, bis sie sie in der Menge aus den Augen verlor, dann wandte sie sich heimwärts.

Am Gartentor stutzte sie und musste zuerst nach links und nach rechts schauen, um sich zu vergewissern, dass es das richtige Haus war. Sommerkürbisse, Tomaten und Möhren mit ihrem fedrigen, farnartigen Grün sowie pralle Kohlköpfe und sogar kümmerlicher Mais säumten in ordentlichen Reihen die Ostseite des Hauses. Jemand hatte die erschlaffte Glyzinie auf der anderen Seite wieder zum Leben erweckt; sie rankte sich um eine neue Pergola. Es roch nach Dung und Sägemehl, beides Gerüche, die Hannah nicht mit ihrem alten Zuhause verband. Auf der Veranda waren die zerbrochenen Stäbe ersetzt und der schadhafte Boden ausgebessert worden. Es war reinlich, doch Hannah dachte mit Wehmut an die alte Schludrigkeit. Sogar der Türklopfervogel hatte einen glänzenden, scharfen neuen Schnabel.

Just, als sie danach griff, wurde die Türe aufgerissen, und ihre Familie stand vor ihr. Da war ihr Vater mit seinem schütter werdenden grauen Haarschopf, aus dem die langen Ohrläppchen hervorlugten; ein liebevolles Lächeln milderte seine strengen Züge. Da war Edward mit seinem schmalen kantigen Kinn, das dem von Nathaniel so sehr ähnelte; er trug einen Dreitagebart, neuerdings silbrig gesprenkelt, und hatte um die Augen Dauerfältchen vom Lachen und Blinzeln. Und da war Mary mit ihren glänzenden goldblonden Zöpfen, die Haut von Sonne und Wind gebräunt. Sie war breiter geworden, fraulicher. In ihren Armen lag Hannahs Neffe Moses, drei Monate alt, und lächelte. Er hatte Marys strahlende blaue Augen und einen flaumigen Kranz schimmernder Haare.

Alle sprudelten gleichzeitig los.

«Schaut ihn an», rief Hannah aus. Sie beugte sich über den Säugling und atmete seinen säuerlich-warmen Geruch ein.

«Schau dich an! Dein Hut ... und das Kleid. Schön siehst du aus», sagte Mary.

«Ich hätte dich fast nicht erkannt. Wo ist meine Schwester geblieben?» Edward reichte Hannah das Kind, und als sie es in die Arme nahm, trat ihr Bruder zurück, um sie besser betrachten zu können. Nathaniel legte Hannah seine Hände auf die Schultern und drückte sie sanft.

«Deine Abwesenheit war schmerzlich», sagte er. Seine Stimme war rau vor Rührung.

Auch Hannah hatte einen Kloß im Hals und musste schlucken. Sie griff mit einer Hand nach ihrem Hut und setzte ihn ab, und der kleine Junge packte prompt eine lange Haarflechte, die sich gelöst hatte, und zog daran.

«Ich wollte, du hättest das alles mit mir erleben können, Vater. Die Instrumente – Greenwich – und Liverpool! Habe ich dir davon geschrieben?»

«Keine Astronomie vor dem Essen bitte», sagte Edward. Vorsichtig löste er Moses' strammen Griff von Hannahs Haaren.

Sie lächelte Edward an, nahezu überwältigt vor Rührung. «Ich kann es nicht glauben, dass du Vater bist», flüsterte sie.

«Ich fasse es selbst kaum. Eigentlich bin ich kaum in der Lage, einem anderen Menschen den Weg zum Kaufladen zu zeigen, geschweige denn den Weg durchs Leben.» Moses zappelte und strampelte mit seiner ganzen, noch zarten Kraft. «Ist vermutlich gut, dass er deinen Sturkopf hat, Hannah.»

Hannah barg ihre Nase in der weichen Haut am Hals des Säuglings und spürte, wie sie ihn mit all ihren Sinnen in sich aufsog. Wie berauscht küsste sie sein Näschen, seine Ohren. Edward und Mary traten hinzu, schlossen sie in die Arme, und alles verging in dieser Umarmung, mit dem Kind in der Mitte, das sie mit seiner Wärme belebte und bis ins Innerste berührte. Moses quiekte vergnügt, blickte sich plötzlich weinerlich um. Hannah trat zurück und hielt ihn so, dass er seine Eltern sehen konnte.

Mary schniefte laut.

«Nicht weinen. Sonst fange ich auch noch an», sagte Hannah.

«Die herzlose Hannah steht im Begriff zu weinen?», fragte Edward. «Dann ist Europa wahrlich nicht spurlos an dir vorübergegangen.»

«Lasst uns nicht länger hier herumstehen wie die Schafe», sagte Mary und scheuchte alle in die Diele. «Es gibt Hühnchen und Pastete.»

Als Hannah durch die Türe trat, legte der Vater ihr den Arm um die Schulter und drückte sie. Hannah schaute ihn an. Er sah kräftiger aus als vor ihrer Abreise. Sein Gesicht wirkte voller, weniger verkniffen. Das Eheleben bekam ihm offenbar gut.

«Wo ist Lucinda?», fragte Hannah. «Ich hatte gehofft, sie hier anzutreffen.»

«Sie wurde zur Niederkunft ihrer Schwester gerufen und bedauert es unendlich, dass sie nicht hier sein kann. Sie hatte schon allerlei Pläne für deine Heimkunft geschmiedet.»

Hannah lächelte und wurde mit einem Lächeln seinerseits belohnt. Es geschah so selten, dass Nathaniel Gefühle zeigte – und sie hatte ihn so lange nicht gesehen –, dass ihr zumute war, als könnte sie sich am Schein seiner Zuneigung wärmen wie nach einem langen dunklen Winter im Sonnenlicht.

Als ihr die leckeren Essensdüfte in die Nase stiegen, knurrte ihr der Magen. Sie hatte seit fast zwölf Stunden nichts zu sich genommen, und so folgte sie rasch ihren Lieben hinein, verweilte nur kurz, um ihren Hut an den alten Haken zu hängen und ging sogar am Wohnzimmer vorbei, ohne einen Blick auf die Wasserkugel oder die steifen Sessel zu werfen. Die Küche war noch die alte, und als Hannah an den langen abgenutzten Tisch sank und sich über den Teller hermachte, den Mary ihr hinschob, nahm sie kaum mehr das Gespräch wahr, das um sie herum lebhaft im Gange war.

Als sie den letzten Rest Tunke vom Teller gewischt hatte, blickte sie auf. Drei Gesichter sahen sie an, liebevoll, erwartungsvoll.

Hannah lehnte sich zurück und seufzte wohlig. Sie hatte sich während des langen Winters, den sie bei den Hatters verbracht hatte, und dann, als sie im Ausland war, so oft nach ihren Angehörigen gesehnt, und dass sie nun bei ihnen – und Moses – saß, das war so wohltuend wie ein warmes Bad.

«Deine Briefe waren wunderbar», sagte Mary. Sie bot noch Pastete an, Hannah lehnte ab. «Allerdings trafen sie nicht in der richtigen Reihenfolge ein, sodass du für uns Leser zuerst in Florenz warst und danach in London. Und bestimmt haben einige uns überhaupt nicht erreicht.»

«Habt ihr die nicht bekommen, die ich aus Greenwich geschickt habe?»

Edward und Nathaniel schüttelten gleichzeitig den Kopf. Im Laufe der Zeit war ihre Gestik immer ähnlicher geworden; Hannah fragte sich, ob ihnen das bewusst war oder sie es überhaupt wahrhaben wollten.

«Das Observatorium ist einmalig», sagte sie und überlegte, wie sie am besten anfing, von allem zu berichten, was sie gesehen hatte. «Karl II. hat große Weitsicht bewiesen, als er einen derartigen Bau errichtete. Der ursprüngliche achteckige Raum dient heute als Lager ...»

«Davon habe ich gehört.» Nathaniels Augen leuchteten.

«... aber allein das Instrumentarium ist beeindruckend und der Park natürlich eine herrliche Umgebung für die Arbeit von Professor Airy. Er sieht jedoch mit Unwillen, wie in letzter Zeit neue Sternwarten aus dem Boden schießen. Er meint, sie leisten minderwertige Arbeit. Wusstest du das?»

Nathaniel nickte.

«Von William weiß ich, dass der Professor bei dem Thema kein Blatt vor den Mund nimmt. Dennoch, stell dir vor, du hättest dein Fernrohr nicht zur Verfügung gehabt, meine Tochter! Die Welt wäre um eine wahre Astronomin ärmer.»

Bei dem unerwarteten Lob ihres Vaters stieg Hannah die Röte in die Wangen.

Edward lächelte breit, Mary ebenso. Hannah griff über den Tisch nach der Hand ihres Vaters.

«Es war zunächst einmal *dein* Fernrohr. Ohne deine Anleitung und deinen Zuspruch hätte kein Instrument auf Erden mir meinen Kometen beschert.» Jetzt kamen Hannah wirklich die Tränen.

Der Vater drückte zur Antwort ihre Hand, und Edward räusperte sich.

«Zum Thema Greenwich und Zeit: Dein Freund George ist neuerdings versessen auf den Gebrauch des Telegraphen.»

«Solltest du in meiner Abwesenheit deine Liebe zum wissenschaftlichen Fortschritt entdeckt haben? Das wäre wahrlich erstaunlich. Obwohl es mich bei all den Veränderungen, die mir zwischen der Anlegestelle der Fähre und unserer Haustüre aufgefallen sind, nicht wundern würde, wenn du zum Hofastronomen ernannt worden wärest.»

«Vieles hat sich stark verändert», fiel Mary ein und ersparte es damit Edward, zu antworten. «Nach deiner Abreise haben hier viele ihre Häuser verkauft. Das Haus der Husseys war das erste, und es folgte noch ein gutes halbes Dutzend Häuser, die, seit die ersten Glühlampen aufkamen, allesamt als Hotels betrieben werden.»

Nathaniel nickte.

«Für die Insel ist es ein Geldsegen, wenngleich vielleicht nicht alle Bewohner Gefallen daran finden.»

Edward warf Hannah einen Blick zu, der unschwer zu verstehen war: *Gelinde gesagt.*

Seufzend ließ es Hannah zu, dass die Müdigkeit von ihr Besitz ergriff, und genoss die tröstliche Wärme im Raum und die Gesellschaft ihrer Lieben.

«Ich hoffe, dass wir Europa bald besuchen können», sagte Mary. «Wir schauen uns wieder nach einer Expedition um. Freilich wird es das nächste Mal nicht so einfach.» Sie legte ihre Hand auf Moses' Kopf.

Hannah nickte mechanisch. Die Stimmen ihrer Familie umfingen sie wie sanfte Schwingen, und fast fielen ihr die Augen zu, als Edward ihr aufhalf.

«Ich kann beim Abspülen helfen», murmelte sie noch, ging jedoch bereits, von Mary gestützt, die Treppe hinauf, und da waren ihr altes Zimmer und ihr Bett. Noch bevor Mary ihr die Stiefel aufgeschnürt hatte, war Hannah fest eingeschlafen.

31

Alte Neuigkeiten

Es war dunkel, als sie aufwachte. Sie zündete die Kerze an und sah, dass ihr Koffer, der bereits vor zwei Tagen angekommen war, schon ausgepackt war. Ihr Zimmer war frisch gestrichen, die Matratze neu befüllt, und auf dem Bett lag eine neue weiche Steppdecke – hundert Vierecke in verschiedenen Rosatönen, vom Violett der Abenddämmerung bis zum kräftig leuchtenden Rosa von Sommerblüten. Hannah fragte sich, ob auch Mary an die Grenzen ihrer Duldsamkeit gegenüber der Disziplin gestoßen war, oder ob sie die Steppdecke einzig zu Hannahs Wohlbefinden hingelegt hatte. Der Fußboden war so sauber, dass er glänzte. Zufrieden seufzend zog Hannah ein hellblaues Kleid an; sie genoss das Gefühl des Stoffes an ihren Beinen und des runden Tamburteppichs unter den bloßen Füßen. Dann breitete sie die bedachtsam ausgesuchten Mitbringsel aus: ein deutsches Fernglas für Edward, eine zarte florentinische Teetasse für Mary, eine Schreibfeder mit Iridiumspitze sowie Indientinte für den Vater.

Mit der gewohnten Mühelosigkeit bewegte sie sich im Dunkeln durch den Flur. Am Fuß der Treppe zur Dachkammer blieb sie stehen. Unter der Türe flackerte ein Lichtschein, also brannte dort oben eine Kerze. Jemand arbeitete. Leise wie eine Katze tappte Hannah hinauf. Drinnen murmelten zwei Stimmen, und sie öffnete die Türe einen Spalt.

Ihr Vater und Edward saßen nebeneinander an Hannahs Schreibtisch und waren in ein Beobachtungsbuch vertieft. Hannah konnte nicht verstehen, was sie sprachen. Das Kerzenlicht fiel auf ihre Bücher und Karten, die die alte Ecke im Raum wieder einnahmen, als wären sie nie zum Transport in Kisten verpackt gewesen, und auch das schimmernde Dollond auf seinem Ständer war noch da. Obwohl es ein erquicklicher Anblick war, als begegnete man einem alten Freund, wirkte es doch wie ein Relikt, verglichen mit den Instrumenten, die sie in Europa gesehen und benutzt hatte.

Doch es gab auch Veränderungen: Ein Ledersessel nahm eine ganze Ecke der Kammer ein, und drei neue Regale enthielten eine Reihe ihr unbekannter Gegenstände. Edwards alte Jacke und seine Wollmütze hingen wieder an ihren Haken neben der Treppe; einige von Hannahs Schachteln waren in der Ecke gestapelt, wo früher das Schaukelpferd gestanden hatte. Ihr Blick wanderte zu der Stiege, die zum Dachsteg führte.

Sie stellte sich die Unendlichkeit des Himmels vor, wenn sie ihn mit jenen Fernrohren betrachten könnte, durch die sie auf ihrer Reise geschaut hatte. Die alten Sternformationen des Himmels über Nantucket – so vertraut, dass sie sie aus dem Gedächtnis zeichnen könnte – würden ihr ganz neue Aspekte offenbaren, die über ihr Vorstellungsvermögen hinausgingen. Es wäre, als würde sie einen ganz anderen Himmel betrachten. *Eine andere Welt,* hatte Isaac dazu gesagt. Wieder wünschte sie, sie könnte ihn an ihren Gedanken teilhaben lassen, könnte sich mit ihm über ihre Heimkunft freuen.

Edward blickte auf.

«Da bist du ja», sagte er und schob seinen Stuhl zurück. «Komm, leiste uns Gesellschaft.»

Hannah zögerte.

«Ich möchte nicht stören», flüsterte sie, um den Bann nicht zu brechen, der die zwei zu verbinden schien.

«Stören? Das hier ist *deine* Kammer.» Edward schnippte mit den Fingern, als wollte er sie aus einer Verzauberung erlösen. «Ohne deine Hilfe haben wir es kaum geschafft, uns auf dem Laufenden zu halten.»

Hannah lächelte ob seiner Übertreibung und zog den Schemel zwischen die Männer. Der Vater rückte ein kleines Stück zur Seite, um ihr Platz zu machen. Hannah musterte ihn. Er trug einen Anzug aus sehr feinem Wolltuch, dunkelgrau und konventionell geschnitten, aber mit einem leichten Glanz. Jetzt wurde ihr klar, warum er so verändert wirkte: Sie hatte ihn nie in etwas anderem gesehen als in dem weißen Hemd, der dunklen Hose und dem zugeknöpften Rock, der Kleidung aller Quäker. Hannah nahm einen Ärmel zwischen zwei Finger, bewunderte seine Struktur und Leichtigkeit sowie die zierlichen, vollkommenen Stiche.

«Der Anzug ist sehr schön», sagte sie. Sie sah ihren Vater an, wollte ihn aber nicht mit Fragen in Verlegenheit bringen. Maßgeschneiderte Kleidung dieser Art kostete ein Vermögen. Auch wenn er jetzt im Grunde Großstädter und Philadelphier war, überraschte es sie, dass er dafür Geld ausgegeben hatte.

«Vater steht seit neuestem bei der Münzanstalt der Vereinigten Staaten unter Vertrag», sagte Edward und klappte das Beobachtungsbuch zu. «In seiner Stellung wird von ihm erwartet, dass er auftritt wie ein – was hat Lucinda doch gleich gesagt?» Er sah Nathaniel an.

«Wie ein Mitglied der modernen Gesellschaft›, murmelte Nathaniel.

«Seid ihr denn nicht Mitglieder der Gemeinde in Philadelphia, du und Lucinda?»

«Selbstverständlich.» Er tätschelte Hannahs Hand. «Und Lucinda freut sich darauf, dich endlich kennenzulernen.»

Hannah nickte und versuchte den feinen Stoff und Schnitt seines Anzugs mit seinem geröteten Gesicht und den gekämmten Haaren in Einklang zu bringen. Zusammen verliehen sie ihm das Aussehen von – was? Hannah blinzelte, neigte den Kopf, versuchte zu ergründen, wonach er denn nun aussah, und ihr fiel nur *Bankier* ein – was genau zutraf.

«Wir haben jedenfalls andere Dinge zu besprechen.» Er verschob seinen Stuhl noch ein Stückchen, sodass sie im Halbkreis saßen.

«So? Ich bin gerade erst vom Schiff zurück. Hast du etwa schon Arbeit für mich vorbereitet?»

Er vergalt es ihr mit einem Lächeln, und warmes Behagen durchströmte sie.

«Nachdem ich den von deinem Bruder erwähnten Vertrag geschlossen habe, bin ich in der Lage, etwas zu tun, wovon wir jahrelang geträumt haben. Ich habe Doktor Bache in Washington getroffen und natürlich mit William Bond und mit Doktor Hall gesprochen. Alle befürworten eine neue Sternwarte. Klein, aber bestens ausgestattet und zu sämtlichen lokalen und nationalen astronomischen Leistungen imstande.»

«Von wem geleitet?»

«Von dir. Du wirst mit Sicherheit Arbeit genug haben, um hier auf der Insel dein Auskommen zu finden, auch wenn du es weiterhin vorziehst ...» Er hielt inne, suchte nach einem Wort. «Auch wenn du nicht heiratest. Selbstverständlich stehe ich dir zur Seite, wenn das Vorhaben in die Wege geleitet wird. Und auch dein Bruder wird helfen, zumindest so lange, wie er beschließt, uns mit seiner Anwesenheit zu beehren.»

Hannah war von der Neuigkeit dermaßen bewegt, dass all ihre Gedanken durcheinanderpurzelten.

«Und du wirst der alleinige Geldgeber sein? Das ist doch schrecklich teuer», brachte sie hervor.

«Stets die praktische Hannah», sagte Edward. Er verdrehte die Augen und trat unter dem Schreibtisch gegen ihren Stiefel wie einst als Zehnjähriger. Sie wollte den Tritt erwidern, verfehlte ihn aber.

«Ich denke über verschiedene Finanzierungsmöglichkeiten nach. Doktor Hall zeigt Interesse daran, zu investieren, und die Chancen auf eine erfolgreiche Subskription stehen gut. Es ist eine Menge Arbeit damit verbunden, und Edward war eine große Hilfe. Dennoch bleibt Philadelphia mein Hauptwohnsitz.»

Nathaniel zögerte, als wollte er noch etwas sagen, und Hannah dachte daran zurück, wie sie die Dachkammer früher als leere Schale empfunden hatte, wenn sie ganz allein darin saß, ohne ihren Vater und Bruder. Nathaniel seufzte, nahm die Brille ab und rieb sich die Schläfen. In dieser gebeugten Haltung sah er älter und gebrechlich aus. Eine ganze Reihe von Gefühlen stürmte gleichzeitig auf Hannah ein, und es schnürte ihr die Kehle zu.

Eine eigene Sternwarte zu haben, einen Ort zum Entdecken und zum Träumen, das war ihrer aller Wunschbild gewesen, seit sie zurückdenken konnte. Sie stellte sich ein kleines Mietshaus auf dem Uferdamm vor, in dem sie allein lebte, finanziell so gestellt, dass sie eine Heirat gänzlich außer Acht lassen konnte. Sie würde die Tage mit Berechnungen und die Nächte mit Beobachten verbringen können, so lange es ihr beliebte; vielleicht würde ja das Angebot, sich an der Küstenwache zu beteiligen, noch einmal an sie herangetragen. Es wäre ein überaus geregeltes Leben. Es wäre vollkommen.

Doch da war auch ein Hauch von Zweifel in ihr, leicht wie eine Handvoll Blütenstaub. *Man darf Gefühle nicht nackten Tatsachen opfern*, hatte Mary Somerville gesagt. Und: *Bleiben Sie aufgeschlossen für Möglichkeiten*. Im Nachhinein klangen ihre Worte wie eine Warnung. Nathaniel und Edward sahen sie erwartungsvoll an.

Hannah wählte ihre Worte mit Bedacht. «Das ist ein ungemein großzügiges Angebot», sagte sie. «Ich bin etwas überwältigt. Ich weiß gar nicht, was ich sagen soll.»

Nathaniel blinzelte sie an wie eine überraschte Eule.

«Von dir hatte ich mehr Überschwang erwartet. Deines Bruders begrenzte Begeisterung kann ich verstehen, aber würde denn hiermit nicht unsere größte Hoffnung in Erfüllung gehen?»

Edward blickte so bestürzt drein wie Nathaniel, blieb aber ausnahmsweise stumm, und Hannah war froh über die Gelegenheit, ihre Gedanken zu sammeln.

«Es ist wahr, Edward und ich könnten hinsichtlich unserer Neigungen und Fähigkeiten nicht verschiedener sein», sagte sie in sanftem Ton. «Das ist unsere Natur. Ich weiß, du warst einst enttäuscht von unseren Entscheidungen: dass Edward auf der *Regiment* anheuerte, anstatt einen Beruf zu ergreifen, und dass ich es versäumt habe, einen achtbaren Mann zu ehelichen, sei es nun Doktor Hall oder George Bond.» Sie hoffte, ihr sanfter Ton werde die Wirkung ihrer nächsten Worte abschwächen.

«Doch ich glaube, wir haben klug dran getan, dem Gebot unseres Herzens und Verstandes zu folgen. Hätte Edward die Universität besucht, wäre er unglücklich gewesen. Und hätte ich mich mit einem Mann vermählt, den ich nicht liebe, wäre es dasselbe – und höchstwahrscheinlich hätte ich meinen Kometen nie entdeckt und nicht die Gelegenheit gehabt, meinen Beobachtungen nachzugehen. In diesem Moment aber bin ich … bin ich mir meines Weges nicht sicher.»

Nathaniel erwiderte eine kleine Weile nichts, doch Hannah wurde von Erleichterung durchflutet. Offen die Meinung zu sagen, das war wie die Befreiung von einer ungeheuer schweren Last. In den Salons von Europa, bei ihrer Visite bei Mary Somerville, ihren Besuchen bei den großen Sternwarten – wohin sie auch kam, hatten die Menschen sie nach ihren Gedanken und Vorstellungen gefragt; sie hatte leidenschaftliche, gefühlsbeladene Debatten über alles erlebt, vom allgemeinen Wahlrecht bis zur mathematischen Wahrscheinlichkeit eines begrenzten Universums.

«Die Reise hat dich offensichtlich stark beeindruckt», sagte Nathaniel schließlich. «Wenn du ausgeruht bist und gründlich über das Angebot nachgedacht hast, wirst du vielleicht zu dem Schluss gelangen, dass dieses Vorhaben deinem Wesen und deinen Verhältnissen wirklich angemessen ist.»

Hannah biss sich auf die Lippe. Sie hatte ihn verletzt; das hatte sie nicht gewollt. Doch ehe sie noch etwas sagen konnte, schob Nathaniel seufzend seinen Stuhl zurück.

«Auf alle Fälle werden wir heute Abend nicht über die Zukunft entscheiden. Ebenso wenig über die Vergangenheit.» Er setzte sich aufrecht und fasste nach den Armlehnen des Stuhls, um sich zu erheben. Edward und Hannah streckten die Hände aus, um ihm aufzuhelfen, doch er lehnte ab.

«So wackelig bin ich noch nicht», sagte er. «Aber ich werde mich zurückziehen. Ihr beiden habt euch gewiss noch viel zu erzählen.»

Hannah stand auf, um ihn vorbeizulassen, und als seine Schritte verklangen, sank sie auf den noch warmen Stuhl, den er soeben geräumt hatte, und stützte einen gestiefelten

Fuß auf den Schemel. Edward stieß einen tiefen Seufzer aus.

«Meine Güte, Hannah. Ich sollte dem *Nantucket Inquirer* schreiben. ‹Angesehene Astronomin reist nach Europa und kehrt mit Gepäck und neuem Selbstvertrauen heim.›» Er schüttelte den Kopf, doch seine Stimme war voller Bewunderung. «Ich habe dich nie deine Gefühle in Worte fassen gehört. Schon gar nicht zur Verteidigung deiner Wenigkeit. Ich bin tief bewegt. Ehrlich.»

Hannah zuckte die Achseln, doch ihre Wangen erglühten.

«Keine herzlose Hannah mehr, nehme ich an», murmelte sie. Sie wollte unbedingt das Thema wechseln, ehe sie versehentlich die wahre Quelle ihres Wandels verriet.

Ihr Zwillingsbruder sah sie an, wartete, verschränkte dann die Arme. «Ich bin momentan so perplex wie Vater, aber ich wäre es durchaus zufrieden, wenn du das Angebot ablehnen und fortziehen würdest.»

«Wie großmütig.» Verärgert stieß Hannah mit dem Stiefel den Schemel fort, setzte sich aufrecht und verschränkte ebenfalls die Arme. «Ich bin eben erst angekommen. Warum muss ich heute entscheiden, was ich tun möchte?»

«Das musst du nicht. Aber ich bin überzeugt, dass gerade du ein heißes Eisen erkennst, wenn es vor dir liegt.»

«Ich weiß nicht, wovon du sprichst.»

«Hannah!» Edward beugte sich vor, als wäre ihr ein entscheidendes Argument entgangen. «Du bist berühmt!»

«Na und?», blaffte sie.

«Warum solltest du hierbleiben, wenn du in jede Gegend auf Erden ziehen könntest?»

Sie fühlte sich wie festgenagelt von seinem intensiven Blick, und das gab ihr Halt. Dies war die Dachkammer ihrer Mädchenzeit. Ihr Zuhause. In diesem Moment nahm sie das alles ganz genau wahr: altes und neues Holz, der charakteristische Staub dieses Raumes, brüchiges Pergament, Spinnweben und Tinte. Das Leder der Bücher, ein Hauch von Leinöl. Sie sah zum Schreibtisch. Er lockte mit mattem Glanz, offenbar hatte ihn jemand kürzlich poliert. Sie fuhr liebevoll mit dem Finger darüber.

«Ich weiß wirklich nicht, ob ich bleiben möchte oder nicht.» Hannah betrachtete die schartigen Ränder ihrer Fingernägel. «Jedenfalls zögere ich, mich auf etwas einzulassen, bei dem Doktor Hall die Hände im Spiel hat. Wenn ich bleibe, kann ich mich zumindest auf meine eigene Arbeit stützen, ungeachtet deines Kommens und Gehens. Oder irgendeines anderen Mannes.»

«Wohl wahr. Im Augenblick gibt es kaum einen Mann auf dieser Insel, der nicht gewillt wäre, in kürzester Zeit zu einer Stadt im Osten oder einer Farm im Westen aufzubrechen. Aber wenn du nicht bis ans Ende deiner Tage an ein leeres Bett gefesselt sein willst, überlege dir, ob du mit einem Menschen vorliebnehmen möchtest, der nur halb so klug ist wie du und der von dir erwartet, dass du ihm in eine Textilstadt folgst oder Schlimmeres. Hier könntest du finanziell unabhängig sein und hättest alle Instrumente zur Verfügung, doch du wirst auch für den Rest deines Lebens auf dieser Insel festsitzen, die du besser kennst als irgendjemand sonst. Und auf der sich, wie du bemerkt haben dürftest, im Sommer Tausende von Müßiggängern tummeln, während sie im Winter zur Geisterstadt wird.»

«Sprechen wir wieder über meine Aussichten? Geht es darum?» Ein Traumbild flammte in ihrem Kopf auf wie ein im Dunkeln angezündetes Streichholz: ein warmer Frühlingstag, die Fenster des Hauses stehen weit offen, um den Wind hereinzulassen, grüne Schösslinge lugen aus dem Boden. Sie wäre bei der Arbeit, würde durch ein leises

Klopfen die Treppe hinuntergerufen, wie es vor zwei Jahren gewesen war, sie würde die Türe aufreißen, und da stünde Isaac Martin. Und dieses Mal würde sie keine Zeit mit Förmlichkeiten verschwenden; dieses Mal würde sie auf ihn zugehen, wie von einem Magneten angezogen. Während sie in ihre Phantasien versunken war, redete Edward endlos weiter, doch sie hörte ihn wie durch Watte.

«Ich gebe nur zu bedenken, dass die Insel sich verändert hat – und weiter verändert. Und du hast dich auch verändert, das sehe ich.» Er senkte die Stimme zu einem Flüstern. «Ich möchte nicht, dass du aus einem unangebrachten Verständnis von Treue zu dieser Insel oder zu unserem Vater hierbleibst. Oder weil du auf etwas wartest. Oder auf jemanden.»

Edward schien Hannah ihre plötzliche panische Angst, er könnte ihre Gedanken lesen, angesehen zu haben, denn er hob die Hände und schüttelte den Kopf.

«Ich wollte nicht – ich sage nicht, du musst heiraten. Ich möchte nur nicht, dass du dein ganzes Leben in diesem winzigen Winkel der Welt verbringst.» Er griff nach ihrer Hand, und sie überließ sie ihm, drückte jedoch die Wange an ihre Schulter, um ihr Gesicht zu verbergen.

«Es kümmert mich nicht, was hier vorgefallen ist, während ich an Bord der *Regiment* war, das weißt du. Ich vertraue darauf, dass dein Urteilsvermögen so verlässlich ist wie der Himmel über uns. Aber ich meine, für dich ist eine größere Rolle vorgesehen, als eine Sternwarte auf Nantucket sie dir bieten kann.»

Es klopfte leise, und Mary trat in die Kammer. Sie hielt ein mit einem Band umwickeltes Bündel Papiere in der Hand. Hannah setzte sich aufrecht.

«Sind die für mich?», fragte sie. Ein Kribbeln überlief sie.

«O ja. Das sind deine.» Mary übergab sie ihr und warf ihrem Mann einen Blick zu. Edward ließ Hannahs Hand los und stand auf.

«Wir lassen dich damit allein», sagte er liebevoll. «Wir können später weiterreden.»

Hannah betrachtete das Bündel Briefe in ihrer Hand und nickte, hörte kaum, wie die Türe zur Dachkammer ins Schloss fiel. Am liebsten hätte sie den ganzen Packen auf der Stelle nach einem Brief von Isaac durchsucht. Doch sie zwang sich, mit dem obersten anzufangen und so das Warten in die Länge zu ziehen. Ihre Hoffnungen würden erfüllt oder zerschlagen werden. Entweder hatte er geschrieben oder nicht: Dieser unverkennbaren Wahrheit musste sie sich stellen. Sie hatte so lange gewartet; da konnte sie auch noch ein paar Minuten länger warten.

Das erste Schreiben war von Admiral Bache persönlich. Er lud sie ein, im nächsten Monat an einer astronomischen Expedition in den Norden von Maine teilzunehmen. Hannah fand das Angebot höchst interessant, bis sie am Schluss des Schreibens las, dass auch ihr Vater eingeladen war. Bedurfte sie etwa einer Begleitperson?, fragte sie sich und zuckte dann ob der eigenen Naivität zusammen. Natürlich war es eine rein formelle Entscheidung. Nichts Persönliches. Seufzend suchte sie nach ihrem Kalender und ihrem Tagebuch, dann fiel ihr ein, dass beides unten war.

Der Stapel lag auf ihrem Schoß. Sie griff nach dem nächsten Brief. Er war in Cambridge abgestempelt; George berichtete ihr von seinem neuesten Experiment, die Ringe des Neptuns zu photographieren. *Ich könnte Deinen Blick (ganz zu schweigen von Deinen Rechenkünsten) hier in Cambridge gut gebrauchen*, schrieb er. *Eine bezahlte Stellung kann ich Dir nicht anbieten (Du weißt, ich würde es tun, wenn ich könnte), doch wenn Du geneigt bist, uns zu besuchen, kann ich*

Dir in Aussicht stellen, dass alles, was wir veröffentlichen, Deinen Namen tragen und Deinen Ruhm mehren wird … Hannah überflog den Rest, faltete den Brief zusammen und legte ihn zu Doktor Baches Schreiben, um später darauf zu antworten. Es folgten drei Anfragen für Artikel oder Auftritte und zwei Dutzend Verehrerbriefe von ihr unbekannten Menschen, die Hannahs Leistungen priesen und ihr, dies in der schnörkeligen Handschrift eines jungen Mädchens, «weiterhin außerordentlich viel Glück bei der Entmystifizierung des Himmels» wünschten.

Der Stapel mit den gelesenen Briefen war auf die Hälfte geschrumpft. Hannah nahm den Rest in die Hand und las zu ihrer Verwunderung zuoberst ihren eigenen Namen, in ihrer eigenen Handschrift. Sie drehte den Brief um: *Isaac Martin, via* Pearl, *Pazifischer Ozean.*

Aufenthaltsort unbekannt, hatte jemand mit roter Tinte quer darübergeschrieben. Also war der Brief zurückgekommen; Hannah betrachtete ihn blinzelnd, konnte sich aber nicht erinnern, wann sie ihn geschrieben hatte. Sie würde ihn lesen müssen, um es herauszufinden. Sie legte ihn beiseite und nahm sich den nächsten vor, der dieselbe Bemerkung quer über ihrer Handschrift trug, dann wieder einen und noch einen. Insgesamt sieben Briefe an Isaac, alle in Nantucket aufgegeben, bevor sie nach Europa gereist war. Und alle mit demselben abweisenden roten Gekritzel versehen.

Aufenthaltsort unbekannt.

Wie erstarrt hielt sie das Pergamentbündel fest, in dem sich ihr Verlangen schwarz auf weiß manifestierte. Warum hatten ihre Briefe Isaac nicht erreicht? Auf einmal durchströmte sie Angst, und sie musste sich gebieten, sich zu beruhigen und klar zu denken.

Die *Pearl* konnte unmöglich gesunken sein. Wenn ein

auf Nantucket beheimatetes Schiff unterging, stand es in der Zeitung und war in aller Munde; sie hätte davon gehört. Mindestens ein Viertel der Mannschaft stammte aus Nantucket. Und der Stapel enthielt keinen von den Briefen, die sie Isaac aus Europa geschrieben hatte. Mit zitternder Hand legte sie das Bündel auf den Schreibtisch. Kein Wunder, dass er nicht schrieb: Er hatte ihre Briefe nie erhalten. Hiermit erklärten sich auch Edwards Bemerkungen. Hannahs Wangen brannten; Edward hatte offensichtlich die Post gesehen, die sich in dem Briefkasten stapelte, und wusste, dass sie jemandem schrieb, der schlicht verschwunden war.

Ein Brief war noch übrig. Mit klopfendem Herzen nahm Hannah ihn zur Hand und schloss die Augen, bevor sie ihn umdrehte. *Was wünschen Sie sich*?, hörte sie sich fragen, im Atheneum, vor langer Zeit. Jetzt antwortete sie ohne zu zögern; den Brief in Händen sah sie Isaac so, wie er sie einst überredet hatte, ihren Kometen zu sehen. Als könnte sie ihn herbeibeschwören. *Sprich zu mir*, dachte sie.

Sie drehte das saubere weiße Viereck um. Ihr Herz klopfte, schwer wie ein Anker.

Miss Hannah Gardner Price stand akkurat auf der Vorderseite geschrieben. Es war nicht Isaacs Handschrift. Die Absenderadresse lautete: St. Lawrence Valley, New York. Hannah überlegte, ob sie dort jemanden kannte – oder wo das genau war –, konnte sich aber auf nichts besinnen. Dann erbrach sie das Siegel, nur noch wenig neugierig auf den Inhalt.

Ithaca, New York, den 5. Juni 1847

Verehrte Miss Price!
Diesen Brief schreibe ich auf Empfehlung unserer gemeinsamen Bekannten William und George Bond. Als Dekan des

Groton College, eines in Tompkins County in dem schönen Staat New York gelegenen Institutes für die höhere Bildung von Frauen, ist es mir eine Ehre, Ihnen die Stellung als Dozentin in dem Astronomischen Institut anzubieten, welches einzurichten wir im Begriff sind. Ihre Aufgabe würde darin bestehen, uns bei der Auswahl und Installierung der Instrumente in unserer neuen Sternwarte zu beraten, das Institut in Sachen Lehrplan zu leiten und natürlich unseren Frauen das beizubringen, was sie wissen müssen, um dereinst ihren Platz neben Ihnen als Wissenschaftlerinnen und Astronominnen einzunehmen, wenn es darum geht, unser Land vorwärtszubringen ...

Hannah ließ den Brief auf den Schreibtisch fallen und umklammerte in einem kurzen Anfall von Schwäche mit beiden Händen die Kante. Das war also der Platz, an dem sie ihren Beitrag leisten würde. Ihr Weg hätte nicht klarer sein können, wenn ihn jemand mit Flammenhand an den dunklen Himmel gezeichnet hätte: Die Denkweise einer ganzen Generation von Frauen zu formen und ihren Verstand zu schärfen – das würde ihr Weg sein.

Bei diesem Gedanken war ihr, als würde eine Sonne ganz für sie allein warm auf sie herabscheinen, wohlig und wunderbar: ein fühlbares Leuchten, bei dem sie an die Ekstase während eines Gebets denken musste. Sie fühlte Dankbarkeit, sie fühlte Demut; sie war aufgeregt, ängstlich und fassungslos. War das die Hand Gottes? Sie wusste es nicht. Die Hand jedenfalls, die sie bei der Gestaltung von allem spürte, das zu diesem Augenblick geführt hatte, war einzig und allein ihre eigene.

Langsam stand sie auf. Das Dollond schimmerte matt im flackernden Kerzenlicht. Hannah ging hin, legte eine Hand, dann die Stirn an das kalte Messingrohr, als wäre es ein Pferd, das sicher mit ihr durch einen Fluss gewatet war. *Danke*, dachte sie. So verweilte sie noch eine kleine Weile, bis ihr einfiel, dass der Brief vom Groton College der letzte gewesen war. Kummer durchkreuzte ihre Freude wie ein eisiger Wind. Isaac hatte nicht geschrieben. Es war an der Zeit, die Hoffnung, ihn wiederzusehen, aufzugeben; was ein so langes, ununterbrochenes Schweigen zu bedeuten hatte, daran gab es gewiss nichts misszuverstehen.

32

Unabhängigkeitstag

«Kommst du?»

«Gleich.» Hannah wischte sich im feuchten Zwielicht eines Julitages mit dem Unterarm die Stirn, klammerte die letzten gewaschenen Schürzen an die Wäscheleine und lief nach oben, um das dunkle Arbeitskleid, das sie am Morgen übergeworfen hatte, gegen ein kühleres zu tauschen. Sie hatte zwei zur Auswahl: ein altes braunes Leinenkleid oder ein leichtes seidenes von der Farbe frischgestampfter Butter, das sie in Italien gekauft, aber noch nie getragen hatte. In Groton würde sie wohl kaum Verwendung dafür haben; da konnte sie sich ebenso gut jetzt daran erfreuen.

«Das Feuerwerk beginnt nicht, bevor es dunkel ist», sagte sie zu Mary, als sie hinunterkam. Ihre Schwägerin wartete dort, mit Moses auf der Hüfte, und ließ den Kleinen ein paar Mal auf und ab hüpfen wie einen Apfel in einem Bottich. Sie musterte Hannah von oben bis unten, und ihr Rosenknospenmund bildete ein formvollendetes O.

«Ich habe es noch nie getragen.» Hannah strich den Rock glatt. «Sieht es töricht aus?» Es war dämlich, sich Gedanken darüber zu machen, was andere von ihrer Kleidung hielten, trotzdem stieg ihr die Röte in die Wangen. Man kann sein altes Ich unmöglich vollends ablegen, dachte Hannah, gespannt auf Marys Urteil.

«Es ist schön», sagte Mary und drückte Hannahs Hand.

«Du leuchtest von innen heraus.» Der Kleine nuckelte an Marys Hals, und kichernd liebkoste sie ihr Kind. Wie so oft in letzter Zeit gab es Hannah einen Stich, ein wehes Verlangen, gepaart mit einer leicht frevelhaften Neugierde. Sie wusste nicht recht, ob es ihre wechselhafte, bald lockende, bald peinliche Sehnsucht war oder die Mutterschaft mit ihrer ungebärdigen, duftenden Sinnlichkeit, die sie berührte. Am Abend zuvor hatte Hannah einen Blick auf Mary mit dem Säugling im Badezuber erhascht. Rücklings auf den geschwollenen Brüsten und dem weichen Bauch seiner Mutter liegend, war er auf und ab gehopst, und auf Marys Gesicht stand der selige Ausdruck einer Heiligen auf einem katholischen Bildnis. Hannah war in den Schatten hinter der Türe zurückgewichen, hatte ihnen aber noch ein Weilchen zugeschaut, bevor sie sich zwang, den Blick abzuwenden.

«Ja, ja, du möchtest den Umzug sehen, nicht wahr, Mo?» Mary drückte dem Kind einen Kuss auf den Kopf.

«Schön, dann lass uns gehen.» Im letzten Moment nahm Hannah ihr fadenscheiniges graues Umschlagtuch vom Haken neben der Türe. Sie kam sich vor wie ein Kind mit seiner Schmusedecke, genoss aber den weichen Fall des Stoffes um ihre Schultern.

Auf der Main Street strebte ein dichter Schwarm aus hitzegeplagten Menschen zum Wasser. Es ging kein Wind, die Haare lagen Hannah schwer und feucht im Nacken. Sie hakte sich bei Mary unter, um sie nicht zu verlieren.

An der Ecke Main Street und Federal Street war vor der Bank gegenüber dem neuen Hotel ein Musikpodium aufgebaut. Es roch nach frischer Farbe und jungem Holz. Sägemehl bedeckte die Straße, rieselte in die Ritzen zwischen dem Kopfsteinpflaster. Hannah und Mary schoben sich durch die Menge, Musik spielte. Hannah rechnete fest damit, Bekannte zu treffen, doch es war schon fast dunkel, als Lilian und John erschienen, dann Nell und schließlich Millicent, die sich wie ein begeistertes Kind in Hannahs Arme stürzte.

«Ich habe tagelang nach dir gesucht», sagte Hannah und drückte Millicents Schulter. «Und zwei Briefe bei dir zu Hause hinterlassen. Wo hast du gesteckt?»

Millicent war während Hannahs Reise eine treue Briefpartnerin gewesen, hatte ihr von Inselbewohnern, die Hannah kaum kannte, und ihrem gesellschaftlichen Leben berichtet und sie mit Geschichten von ihren alltäglichen Strapazen als Hilfslehrerin an einer Armenschule im Neuguinea-Viertel unterhalten. Doch von Millicents Briefen waren nur wenige, und die in großen Abständen angekommen, was zu geheimnisvollen Lücken führte, weil vorangehende Schilderungen es nicht über den Atlantik geschafft hatten.

«Mutter sagte, jemand sei vorbeigekommen, aber sie hat mir nicht gesagt, wer!» Millicents Augen weiteten sich. «Ich hatte gehört, dass du auf der Insel bist, konnte aber nicht glauben, dass du herkommst, ohne mich aufzusuchen. Oder mir zu schreiben.» Sie sah Hannah mit zusammengekniffenen Augen an. «Hast du befürchtet, ich würde ein Willkommensfest veranstalten?»

«Ich bin Festivitäten nicht so abgeneigt, dass ich dir meine Pläne verheimlichen würde.» Hannah drückte Millicents Arm. «Ich nehme an, deine Mutter ist mir immer noch gram, weil ich verhindert habe, dass du deiner Bestimmung als Bäckereigehilfin folgst.»

Millicent seufzte und hängte sich bei Hannah ein.

«Hm, wenn ich Glück habe, werde ich ihr Haus schon bald verlassen.» Sie warf Hannah einen Seitenblick zu, und ein breites Lächeln ging über ihr Gesicht.

«Millicent? Ist da was, von dem ich nichts weiß?»

«Nicht *was*. *Wer*! Und ich hoffe, euch heute Abend miteinander bekannt zu machen, sofern ich ihn finde.» Sie suchte die Menge ab. «Ich gehe ihn mal suchen. Dich finde ich dann schon!» Damit hüpfte sie davon, watete mit der Zielstrebigkeit eines Generals durch das Menschenmeer.

Feuerwerkskörper knallten in der Nähe, und Moses fing an zu weinen.

«Der Umzug beginnt», sagte Mary. Sie hievte sich das Kind auf den Rücken und sicherte es mit einem Leinenstreifen, den sie von irgendwo zum Vorschein brachte. Hannah bewunderte ihre gewandten Gesten, ihre sichere Hand. Auf allen Seiten strömten Menschen an ihnen vorüber, und sie schoben sich an den Rand, wo die Menge nicht ganz so dicht war.

Die Feuerwehrlöschzüge marschierten vorbei wie eine bunt zusammengewürfelte Miliz und salutierten vor den Stadträten; dann folgte die Cold Water Army, eine einschüchternde Schar von Frauen mit leuchtend blauen Schärpen, deren Glaube an Enthaltsamkeit auf die Menge wirkte, als wäre sie wahrhaftig in kaltes Wasser getaucht worden. Die Feierstimmung erlahmte und erwachte erst wieder, als die Steinmetze vorbeimarschierten und die Kapelle eine schwungvolle Melodie anstimmte.

Hannah sah Doktor Hall auf dem Podium; er ließ den Blick über die Menge schweifen, und Hannah schaute ihn einen Moment lang an, spürte wieder die Verachtung, die sie seit langem für ihn empfand. Sein Verrat schmerzte immer noch; sie hatte kein Bedürfnis, mit ihm zu sprechen. Als sie sich zu Mary und den anderen umdrehte, waren sie verschwunden, um sie herum nur noch fremde Gesichter.

Es war fast dunkel. Jungen schlenderten mit Körben voll Kerzen für den Umzug durch die Menge. Hannah kaufte eine, schob sich dann in den Strom von Inselbewohnern, die Kerzen anzündeten und hochhielten. Während die Menschenflut sich durch die Straßen ergoss, ein Gewoge aus Flämmchen und zum Gesang erhobene Stimmen, versuchte sie vergeblich, Mary und den Kleinen zu erspähen. Inmitten all der Lichtpunkte, die wippten wie kleine Boote, war Hannah auf einmal schläfrig zumute, und sie trieb dahin wie im Traum, von einer unbestimmten Melancholie erfasst. Sie hatte ihrer Familie noch nichts von dem Angebot des Groton Colleges gesagt. Heute wäre der richtige Tag dafür, entschied sie. Nach dem Umzug wollte sie ihre Pläne offenbaren.

An der Main Street bog die Parade um die Ecke, und Hannah sah sich abermals nach der Schwägerin und dem Neffen um. Die Menschenmenge teilte sich vor ihr und floss vorbei, wie ein Bach um einen Stein, doch Mary und Moses waren nirgends zu sehen. Hannahs Kerze geriet ins Flackern, während sie sich vorsichtig in Richtung Ladenfronten schob und dabei in die Gesichter der Menge spähte. Schließlich beschloss sie umzukehren und versuchte sich auf dem Weg zurückzukämpfen, den sie gekommen war; mit den Ellenbogen stieß sie sich der Flut entgegen, den Kopf gesenkt, die Schultern vorgeschoben. Sie war erst wenige Schritte weit gekommen, als jemand sie am Arm fasste und sie festhielt.

«Ich muss doch sehr bitten», sagte sie und riss sich los. Erst dann hob sie das Kinn und sah sich Isaac Martin gegenüber.

Hannah spürte, wie ihr der Mund offen stehen blieb. Ihr Atem raste, ihr Puls schlug schnell und mächtig wie Donner. Sie war sprachlos. In einer ruckartigen Bewegung, die jeglicher Anmut entbehrte, hob sie die Kerze und schaute ihn an. Er war es. Und auch er sah sie an, ebenso erstaunt wie sie. Bevor die Menschenmenge sie mit ihrem Sog auseinanderreißen konnte, packte er sie am Arm.

So viele Fragen stürmten auf sie ein. Woher war er gekommen? Wie lange war er schon auf der Insel? Die Verwirrung in ihr war groß, doch sie zog ihren Arm nicht fort, und Isaac ließ sie nicht los. So taumelten sie wie ein unbeholfen tanzendes Paar an den Rand der Menge, in den schützenden Schatten eines überspringenden Daches.

Das Licht von tausend Kerzen flackerte über Isaacs Gesicht. Er wirkte erschrocken, als fühlte er sich unbehaglich. *Er weiß nicht, was er sagen soll*, spürte Hannah. Sie dachte an den ersten Moment, als sie – unter einem ähnlichen Dachvorsprung – gespürt hatte, wie sehr sie und Isaac sich ähnelten. Es war eine Erinnerung, die sie schier versengte, und wie um sich zu vergewissern, dass er wirklich da war, fuhr ihre Hand an seine Wange. Sie war rau, unrasiert. Er legte seine Hand auf ihre, schluckte und sprach ihr ins Ohr.

«Ich suche überall nach dir», sagte er.

Beim Klang seiner Stimme – oder vielleicht beim Geruch seiner Haut – war es um sie geschehen. Sie warf sich nach vorne, und sie fielen einander wortlos um den Hals. Sekundenlang – es fühlte sich an wie Stunden – lagen sie sich weltvergessen in den Armen. Hannah kam es vor, als befände sie sich in einem wundersamen Schwebezustand, in einer herrlichen Dunkelheit. Als sich plötzlich ein schriller Schrei aus der Menge erhob, fuhren sie auseinander. Doch die drängenden Leiber schoben weiter, schonungslos.

Aufgerüttelt durch die Nähe der vielen beleuchteten Gesichter, die sich an ihnen vorbeidrängten, schüttelte Hannah warnend den Kopf. «Wir sollten von hier weg.»

Er nickte lebhaft, schaute auf die Menge, nahm dann Hannahs Hand und führte sie direkt in das Meer aus Leibern. Es war ein solches Gewimmel, dass niemand sehen konnte, wie er sie an der Hand hielt. Hannah ließ sich treiben; von der Menge dicht an Isaac gepresst, klammerte sie sich an ihn. Dort wo keine Kerzen mehr brannten, war es jetzt vollkommen dunkel. Sie drückte das Gesicht an seine Schulter, atmete seine Haut und seinen Meeresgeruch ein, alles an ihm, das so vertraut war und doch fremd. Die schiere Erleichterung, ihm wieder nahe zu sein, war ein Gefühl, als würde ein Türschloss aufspringen.

Und überdies ließ sein Geruch sie das empfinden, was sie sich unter Rausch, unter Verzückung vorstellte: wie eine heiße, prickelnde Strömung, die ihren Körper durchlief, unleugbar wie Hunger. Die Erinnerung an Isaacs Berührung war in all den Jahren immer wieder zu ihr zurückgekehrt, wie ein hartnäckiger Traum, all die Bilder, die vorüberhuschten, ehe sie sie verscheuchen konnte, Bilder, deren sie sich schämte und die doch so plastisch gewesen waren, als hätte sie das alles wirklich erlebt.

Sie drängte vorwärts, fortgetragen von der Welle von Menschen, die dem Hafen zustrebten, zu sehr eingezwängt, um sprechen zu können. Wenige Minuten später hörte sie das erste Zischen und Knallen des Feuerwerks. Der Umzug wogte voran. Isaac hielt Hannahs Hand.

Sie gingen weiter, hoch über ihnen knatterten kirschrote und weiße Funken. Hunderte von Menschen legten die Köpfe in den Nacken und spähten verzückt zum Himmel empor. Hannah schaute ebenfalls, das strahlende Schauspiel flimmerte über das Wasser des Hafens, erhellte die Schiffe und Masten, die Dächer und die Küste; alles auf der Oberfläche und darunter spiegelte sich in der Bucht und stellte die Welt auf den Kopf. Isaac trat hinter Hannah, umfing sie mit beiden Armen, beugte sich hinab, indes alle nach oben blickten, barg sein Gesicht an ihrem Hals. Es war schwierig, aufrecht zu stehen. Seine Hand war an ihren

Rippen, ihrem Bauch, ihren Beinen, und strahlte so viel Hitze aus, dass sie sich fühlte wie gebrandmarkt. Ihre Augenlider flatterten, überflutet von Licht.

Als die Kapelle wieder einsetzte und die Menschen zu summen begannen, löste Isaac sich von Hannah, drückte noch einmal zärtlich ihre Hand, ehe er sie losließ. Wie eine Schlafwandlerin folgte sie ihm durch die Menge, sie schlängelten sich um das Kontorhaus und an den Piers entlang, setzten ihren Weg auf der Pineapple Street fort.

Bis sie zur Easton Street gelangten, gingen sie schweigend und ohne sich zu berühren. Geräusche und Lichter der Festlichkeiten verblassten. Isaac wandte sich nach rechts, gefolgt von Hannah, und strebte zum Wasser auf der anderen Seite des Hafens. An der Landzunge am Ende der Straße angekommen, wanderten sie in wortlosem Einverständnis weiter, nunmehr nebeneinander, bis sie am äußersten Rand der Insel standen. In der Ferne regnete es noch immer leuchtende Funken über dem Wasser; die Menge mit ihren Kerzenflämmchen war wie eine wogende Himmelslandschaft.

Sie wandten sich einander zu, kein Abstand war mehr zwischen ihnen.

«Wann?»

Sein Mund dicht an ihrer Ohrwindung.

«Heute.»

Sie schauderte.

«Ich habe dir geschrieben ... ich wollte dir sagen, wie leid es mir tut, wie ... dass ich nicht ... dass ich dir nicht sagen konnte, was in meinem Herzen war.» Hannah fing an zu weinen, bebende Schluchzer zerrissen ihr die Brust, als sie versuchte, die Worte hervorzubringen, die auszusprechen sie sich einst versagt hatte.

Seine Hände waren an ihren Wangen, dann kniete er, und sie sank mit ihm hinab. Kies und Sand bohrten sich scharf in ihre Knie, und es war ein köstlicher Schmerz, während sie versuchte, ihrer ganzen Enttäuschung und ihrem Bedauern Ausdruck zu verleihen, doch sie fand keine Worte dafür.

Doch sie wollte auch keine Worte. Jetzt hatte ihr Körper das Kommando übernommen. Stumm gab sie ihre ganze Schwere an Isaac ab, überwand den Abstand zwischen ihnen, überließ sich ihm. Noch nie war sie sich ihres Körpers so bewusst gewesen; und als er die Knöpfe ihres Kleides einen nach dem anderen öffnete und das Dreieck zwischen Hals und Schlüsselbein erkundete, die geometrische Struktur jeder einzelnen Rippe, die weichsten und härtesten Stellen an ihr, da war es, als hätte sie diese zuvor nie selbst gesehen oder gefühlt.

Und doch war sie ihr ganzes Leben diesem Körper verhaftet gewesen. Dies war der einzige Gedanke, an den sie sich später aus dem, was nun folgte, erinnerte: Wie erstaunlich es sich angefühlt hatte, als jede neue Stelle an ihr offenbart wurde. Haut, Fleisch, Sommersprossen, Knochen. Ein verwirrendes Universum in ihr und an ihr.

Später – sie wusste nicht, wie viel später – ruhten sie, ihr Kopf auf seinem Arm. Sie lagen auf Hannahs Umschlagtuch auf einem sanften Hang gegenüber dem Hafen. Über ihnen, am Firmament, flimmerte eine Decke aus Sternen, und jenseits des Wassers flackerten noch immer Kerzen in den Händen unsichtbarer Feiernder.

«Ein Miniaturhimmel», sagte Hannah. «Tausend Lichter vor dem Dunkel.» Seufzend rutschte sie noch dichter an ihn heran.

Hier und da tauchte im Dunkeln ein kleines Licht auf und erlosch wieder. Das Feuer des Leuchtturms strahlte und schwand.

«Ich möchte dir so vieles sagen», flüsterte Hannah.

«Sag es mir.»

«Ich habe so viel gesehen. Die Sternwarten ... in Europa. Ich habe die Farben der Sterne gesehen. Sie sind so schön.» Die Worte verfingen sich in ihrer Kehle.

Isaac beugte sich hinüber, legte seine Hand in ihre Halsbeuge.

«Betelgeuse ist rot. Leuchtend rot wie eine Herbstrose. Rot wie Blut. Rigel ist blau. Andere sind lila, manche sind gelb.» Seufzend hob sie das Gesicht zum Himmel, als sonnte sie sich in seinem Licht. «Sie sind wie eine Sammlung von Edelsteinen oder ... Blumen. *Flores*.»

Isaac lächelte, doch er hatte die Augen geschlossen. Er legte seine Wange an ihre Brust, auf ihr Herz, und atmete an ihr, als schenkte ihr Bild von den edelsteinfarbenen Sternen ihm Kraft.

«Ich habe meinen Kometen gefunden», flüsterte Hannah. «Zuerst habe ich ihn im Geiste gesehen, wie du es mir gezeigt hast. Und als ich die Augen aufmachte, war er da. Als hätte er auf mich gewartet.» Sie schloss die Augen und sah den Wanderer so vor sich, wie er ihr erschienen war, klar und deutlich wie die Sonne.

Ein warmer Wind wehte von der Landzunge herüber, und Hannah atmete tief durch. Es war die altvertraute Luft: Salz, Seetang und Fisch. Ihre eigene Haut, ihr Schweiß, vermengt mit Isaacs, machte die Luft zu etwas Neuem.

«Ich bedaure, dass ich nicht geschrieben habe», sagte Isaac. Er stützte sich auf einen Ellenbogen, um sie anschauen zu können; seine schönen Augen blickten ernst. «Ich wünschte dich zu schützen. Und ich habe nichts von dir gehört, darum ...»

«Es tut mir leid, dass meine Briefe dich nicht erreicht haben. Ich weiß nicht, warum sie nicht angekommen sind.»

Hannah schüttelte den Kopf. «Es spielt wohl auch keine Rolle mehr.»

«Ich wünschte, ich hätte sie erhalten. Meine Fahrt war nicht ... sie war schwierig.»

«Meinst du das Navigieren?»

«Das auch. Aber mach dir keine Gedanken: Dein Unterricht war ausgezeichnet.» Er lächelte sie an, und sie schmiegte ihre Wange an seinen Arm.

«Was noch? Wurdest du – waren die Männer gemein zu dir? War die Verpflegung nicht ausreichend?» Ihr Herz trommelte wie wild bei dem Gedanken, dass er gelitten hatte.

Seufzend bettete er ihren Kopf so, dass er unter seiner Achsel geborgen war wie unter einem Flügel. Diesmal störte sie sich nicht an seiner Langsamkeit, daran, dass er sich Zeit nahm, um seine Worte zu sammeln wie Feuerholz.

«Die Männer waren wie immer. Ich ... ich habe mich verändert.»

«Wie das?» Die Lichter jenseits des Hafens waren zu einem einzigen Funken zusammengeschrumpft. Während Hannah darauf wartete, dass Isaac antwortete, betrachtete sie den Himmel. Altair, Deneb, Vega. Adler, Schwan, Leier. Drei Sternbilder, die jedes Kind am Nachthimmel ausmachen konnte. Wie wäre es wohl, den Himmel nur auf diese Weise zu sehen? Ein funkelndes Bild, schön wie eine Flickendecke. Jede Nacht neben einem Mann zu liegen, ohne sich um mehr zu sorgen als um das Essen am nächsten Tag, um hübsch geklöppelte Spitze, reife Tomaten, saubere Schürzen?

Hannah dachte an Moses, daran, wie ihr Herz einen Satz gemacht hatte, als sein kleiner Körper sich an ihren schmiegte, und sie stellte sich vor, sie wäre selbst eine Mutter, die Wäsche wusch und mit dem Lohn ihres Ehemannes haushaltete, damit das Geld für Suppe, Seide und Wolle reichte. Es war eine Vorstellung, die ihr vollkommen fremd war. Aber warum dachte sie dann daran? Sie kniff die Augen zu und riss sie wieder auf, froh über den Anblick ihres Himmels und seiner unendlichen Geometrie.

«Als ich von zu Hause fortging, war ich noch ein Junge. Ich wollte nicht zum Militär, ich wollte Geld verdienen, Abenteuer erleben. Auch meiner Familie helfen», sagte Isaac. Seine Stimme zitterte. Hannah sah ihn an. Er schien mit einer schmerzlichen Erinnerung zu kämpfen.

«Ich war überall auf der Welt. Ich ging nach Norden und Westen, Arktis und Pazifik. Nach so viel Zeit wollte ich aufsteigen – das weißt du alles.»

Hannah nickte. Sie spürte aber, da war noch mehr, und so rührte sie sich nicht und lauschte ihm ohne ein Wort. Kleine Brecher platschten leise in die Stille hinein. Im Unterholz zirpten Grillen. Isaac schluckte – Hannah konnte es hören und legte ihre Hand an seinen Hals, um das Pochen seiner Muskeln zu fühlen. Sie spürte, dass er bei ihrer Berührung lächelte.

«Und so», sagte sie, «hast du dir deinen Posten auf der *Pearl* gesichert.»

Er nickte.

«Aber ehe ich fortkonnte, saß ich auf dieser Insel fest. Bis ich dir begegnete. Und das hat mich verändert.»

Hannah sog seine Worte auf wie ein Schwamm, gleichermaßen froh und verwirrt.

«War das ... ist das eine gute Veränderung?», traute sie sich zu fragen.

Isaac legte seine breite Hand auf ihren Kopf und drehte ihr Gesicht zu seinem hin.

«Nicht gut oder schlecht – nur anders.» Er küsste sie auf die Stirn, drehte sich dann wieder auf den Rücken, verschränkte die Arme unter dem Kopf. «Ich habe über zehn Jahre lang nur das Eine gemacht. Ich war auf Wache oder auf dem Vorderdeck, ich bekam Befehle, ich erteilte Befehle. Ich konnte dieselben fünfzehn Sachen in fünf Sprachen sagen, und ich hörte jeden Tag dasselbe, von morgens bis abends. Die Mannschaft und die Boote, die ewige Plackerei mit Takelage, Bramsegel, Beisegel, Labskaus.» Die Melodie seiner Stimme war unverändert.

Er brach jählings ab, als wären ihm seine Gefühle entschlüpft, ohne dass er es wollte, und auch Hannah wunderte sich. Isaac schien seine Rolle auf einem Walfänger immer als selbstverständlich, als zwingend hingenommen zu haben. So hatte sie ihn verstanden. Doch seine Stimme verriet etwas anderes.

Er nahm eine Handvoll Sand und ließ ihn herabrieseln.

«Ich habe mehr Zeit auf dieser Insel verbracht als sonst wo an Land, seit ich von zu Hause fort bin», sagte er. «Wäre ich dir nicht begegnet, meine ganze Zeit würde mit Arbeit und Warten vergehen. Aber du hast mir etwas anderes gezeigt. Nicht nur am Himmel. Hier. Auf der Erde.» Er stand abrupt auf, und Hannah senkte den Blick. Ihre Wangen erglühten angesichts seiner Nacktheit.

Doch er machte keine Anstalten, sich zu bedecken. Vielmehr entfernte er sich ein paar Schritte, ging weiter zum Wasser. Als Hannah aufsah, stand er mit dem Rücken zu ihr, fast unsichtbar vor dem dunklen Wasser; beim Licht des Halbmondes war kaum mehr als seine Silhouette zu erkennen.

«Ich will nicht mehr auf einem Walfänger fahren. Ich wünsche kein Leben mehr auf See.»

«Ich verstehe», flüsterte Hannah. Sie nahm ihr Tuch vom Boden und hüllte sich damit ein. Dann hob sie die Stimme, damit er sie hören konnte. «Was wünschst du dir?»

Sie meinte ihn lächeln zu spüren, als ob auch er sich an ihr lange zurückliegendes Gespräch im Atheneum erinnerte. *Ich bin kein Kind, und ich stelle mir kein Leben vor, das nicht sein kann. Träumen ohne Ziel*, hatte er gesagt. Stellte er sich nunmehr ein Leben vor, in dem das Unmögliche möglich wurde? Und sollte sie, Hannah, ein Teil davon sein?

«Einmal wollte ich heimkehren», sagte er. Er kniete nieder, tauchte die Hände ins Wasser und spritzte es sich über Kopf und Hals. «Aber ich hatte kein Heim mehr.»

«Was meinst du damit?»

«Meine Eltern – ihre Zeit war um. Sie sind gestorben.»

Hannah stand auf und trat zu ihm, kniete sich neben ihn. Sein Gesicht war von Kummer verzerrt, wie ein Spiegelbild in bewegtem Wasser. Sie öffnete ihr Umschlagtuch so, dass es auch ihn einhüllte, und legte ihre Arme um ihn. Jetzt war er es, der seine Schwere abgab, und es bedurfte Hannahs ganzer Kraft, sich aufrecht zu halten, ihre Fußballen gruben sich in den kühlen Sand. Sie hielt Isaac an den Schultern, und er weinte. Langsam stieg der Mond höher.

«Das tut mir so leid», flüsterte Hannah. Sie hätte ihm gerne in die Augen geschaut, doch er hatte sie geschlossen. Er legte seine Stirn an ihre.

Als er sich von Hannah löste, wurde seine Stimme wieder ruhig. «Es ist, wie es sein muss», sagte er. Sie knieten im Sand voreinander wie bei einem religiösen Ritual.

«Und du bist von Flores hierhergekommen? Wie?» Doch noch während sie sprach, beschloss sie aufzuhören, ihm Fragen zu stellen. Er sah müde aus. Aus dieser Nähe konnte sie die Fältchen um seine Augen und seinen Mund erkennen, die vor zwei Jahren noch nicht da gewesen waren.

«Ich habe vor fast einem Jahr von der *Pearl* abgeheuert. Wir dockten an einem Schiff an, das gerade den Atlantik überquert hatte, und von einem Mann auf dem Schiff, der von meiner Insel war, hörte ich, es ginge meinen Eltern nicht gut. Ich heuerte bei einer auslaufenden Mannschaft an, und als das Schiff bei Flores anlegte, ging ich von Bord, um meine Eltern zu sehen. Es war Mai.» Er setzte sich mit gekreuzten Beinen in den Sand. «Sie waren sehr krank. Er lag im Sterben, sie konnte nicht mehr sehen. Trotzdem wusch er ihr die Füße. Sie bereitete Suppe. Sogar am Rande des Todes. Sie mussten das tun.» Seine Stimme zitterte. Hannah setzte sich neben ihn und legte ihre Hand auf seinen Arm.

«Zwei Monate hat es gedauert, bis sie in die nächste Welt gingen. Er zuerst, dann sie. Ich habe sie begraben, dann musste ich entscheiden, was ich tun soll. Die Ernte war schlecht. Sie war nie gut, aber in den letzten Jahren war es – wie sagt man? Wenn alles stirbt.»

«Fäule.»

«Ja. Ich konnte das Land nicht bestellen. Nach so vielen Jahren war es mir fremd. Ich kannte es nicht mehr, ohne meine Familie. Niemand war mehr dort. Es war nicht derselbe Ort, den ich als Kind kannte. Darum verkaufte ich es. Ich ging fort, wusste, ich komme nie mehr zurück. Aber ich habe Gold, in einem Tuch, so groß wie meine Faust.» Er ballte unter Hannahs Hand eine Faust. «Ich nähte es innen an mein Hemd, wie ein zweites Herz. Ich nahm die Schale mit, worin meine Mutter Gewürze zerstieß, und den Stock von meinem Vater, von meinem Großvater geschnitzt. Mehr habe ich nicht. Das ist alles. Ich heuerte auf einem Handelsschiff an, das bis Boston fuhr. Dann nahm ich den Zug nach Mattapoisett und ging zu Fuß nach Falk River.»

«Das sind zwanzig Meilen», warf Hannah erschrocken ein.

«Ein Bauer nahm mich in seinem Karren ein Stück mit. Er drehte sich nach mir um, damit ich ihm ja nichts stehle.

Was? Sein Heu? Da war nichts.» Er stieß ein kurzes Lachen aus. «Dann nahm ein Fischer mich mit nach New Bedford, und ich erwischte das Morgenschiff.»

«Warum?», flüsterte Hannah. «Warum hierher?»

Er berührte ihr Gesicht, seine Handfläche an ihrer Wange war rau wie Rinde.

«Hier habe ich gelernt, was es heißt, das Land zu lieben, einen Ort zu haben zum Wandern, zum Denken, zum Lernen. Du hast mir den Glauben gegeben, dass ich mich ...» Er hielt inne, Hannah wartete, um ihn die nötigen Worte finden zu lassen.

«... erweitern kann. Darum habe ich beschlossen, hierherzukommen. Um Land zu finden. Und dich zu sehen, falls du hier bist.»

«Du hast gar nicht sicher gewusst, ob ich hier bin?»

Er schüttelte den Kopf. Hannah bettete ihren Kopf auf sein Bein.

«Was wirst du machen?», fragte er. «Jetzt, wo du gefunden hast, was du suchst?»

Hannah dachte an den sauberen weißen Umschlag aus Groton, mit ihrem Namen beschriftet. Als sie ihn zu Beginn der Woche sah, hatte er sie zum Himmel emporgetragen wie einen Luftballon, doch nun waren seine harten Kanten wie kleine Messer, die sich in ihr Herz bohrten.

«Ich bin mir nicht sicher, ob der Komet wirklich das war, was ich suchte», sagte sie langsam. «Er war ein Weg hin zu dem, was ich wollte. Wie eine Tür. Aber ich weiß jetzt, dass es mehrere solche Zugänge gibt.»

«Was wolltest du?» Isaak strich ihr übers Haar.

«Etwas beitragen. Zum Wissen. Etwas Bedeutendes im weltlichen Sinne. Aber mehr noch wollte ich mich selbst voranbringen – doch ich hatte nur eine begrenzte Vorstellung von dem, was mich ausmacht. Verstehst du?»

Sie neigte den Kopf zurück, um sein Gesicht zu sehen, doch seine Miene war unbewegt.

«Bevor ich dich kannte, habe ich nur mit meinen Augen gesehen. Nur mit meinem Verstand beurteilt. Mich selbst und alle anderen. Ich hatte keinen Anlass, meine Gefühle zu befragen, und erst recht keinen, ihnen zu vertrauen. Du hast mir gezeigt, wie das geht. Auch wenn ich bislang nicht danach handeln konnte.»

Sie verfiel in Schweigen, sammelte Kraft.

«Es wurde mir angetragen, in den Norden des Staates New York zu gehen, um an einem College Astronomie zu unterrichten. Einem College für Frauen.»

Der Wind hatte sich gelegt. Hannah nahm eine Handvoll Sand und ließ ihn durch ihre Faust rieseln. Sie war zu Hause und nicht zu Hause. Isaac war zurückgekommen. Wie könnte sie sich je wieder von ihm trennen?

«Dann gehst du fort», sagte er.

Seine Worte waren wie eine kalte Welle, die sich über ihr brach. Hannah setzte sich auf und schlang die Arme um die Knie.

«Du klingst überzeugt.» Panik stieg in ihr auf, drückte ihr die Luft ab. Wollte er nicht, dass sie blieb?

Er setzte sich auf, rutschte ganz dicht an sie heran, nahm dieselbe Haltung ein wie sie, und sah sie an.

«Wie kann ich dich hier halten? Deine Welt hat sich auch ... erweitert.» Er streckte seinen Arm aus, wies in großem Bogen auf das Meer vor ihnen und alles, was jenseits davon lag. Dann legte er seine Hand auf Hannahs Knie. Sie legte ihre darüber, staunte im Mondlicht über den Kontrast.

«Und wenn ich beschließe zu bleiben?», fragte sie mit kleiner Stimme.

Isaac senkte den Kopf, sodass er ihren berührte.

«Du sagst, ich habe dich gelehrt, zu finden, was du wirklich fühlst.»

«Ja.»

«Dann befrage deine Gefühle und sag mir, dass wir hier leben können, auf dieser Insel, zusammen. Ohne uns zu verstecken. Ohne uns zu sorgen, was danach kommt.»

Obwohl Hannah sein Gesicht nicht sehen konnte, wusste sie, dass seine Miene bekümmert war.

«Es wäre meine Entscheidung», sagte sie. «Und Dinge können sich ändern. Das Land verändert sich. Standpunkte ändern sich.» Sie versuchte, ihren Worten das Gewicht der Vernunft zu verleihen, doch sie wusste, dass sie nur so leicht waren wie Libellenflügel.

In der Ferne ertönte die Leuchtturmglocke.

«Du musst gehen», flüsterte er. «Du wirst wissen, wo du mich findest.»

Er drehte ihr Gesicht zu sich hin und küsste sie. Das Salz ihrer Tränen brannte auf ihren Lippen.

Später spazierten sie – es war noch eine Weile, bevor der Morgen graute – am Ufer entlang. Schaudernd zog Hannah sich das Tuch eng um die Schultern.

«Ich habe Mary Somerville kennengelernt», sagte sie. «Auf meiner Reise. Sie ist eine berühmte Wissenschaftlerin.»

«Ich erinnere mich», sagte Isaac.

«Sie hat mich gelehrt, dass Glauben und Ungewissheit nebeneinander bestehen müssen.»

«Ja.»

«Sie glaubt an das, was sich nicht beweisen lässt. Und sie sagte, ich darf Leidenschaft nicht für Vernunft opfern.»

«Und was glaubst du?»

Hannah blieb stehen und zog Isaac zu sich herum, sodass sie einander gegenüberstanden. Hannah schauderte. Isaac legte seine Hände auf ihre Schultern, sie hob das Kinn, sah ihm in die Augen, und sie fühlte sich wachsen, bis sie so hoch aufzuragen schien wie ein Laternenpfahl, wie ein Baum, wie ein Leuchtturm.

«Ich glaube, dies ist das erste Mal in meinem Leben, dass ich mich selbst vollkommen verstehe.»

Sie ließ das Tuch zu Boden gleiten. Das Meer war warm und fast ruhig, und sie wateten hinaus, Fußknöchel, Knie, Oberschenkel, Brust. Hannah schwamm mit kräftigen Zügen, fort vom Ufer. Ihre Beine schlugen so exakt aus, dass fast kein Sog entstand, ihr Rhythmus war glatt und gleichmäßig. Mit jedem Zug hatte sie das Gefühl, dass etwas sich von ihr löste. Zuerst Schweiß und Sand, dann Haut und Nägel, dann das Fleisch, bis nur noch das Gerippe übrig blieb. Beim Schwimmen wünschte sie sich nichts, begehrte sie nichts, als könnten Vergangenheit und Zukunft vom Meer einfach ausgelöscht werden, sodass nur die Gegenwart blieb.

Weit draußen, wo das Wasser kühl, schwarz und tief war, drehte sie sich auf den Rücken und ließ sich treiben, über sich den Nachthimmel als dunklen Vorhang, gesprenkelt mit Sternen, die sie kannte, aber in diesem Moment nicht benennen mochte. Sie kniff die Augen ein wenig zu, sodass die Objekte droben miteinander verschwammen, unscharf, nebelhaft, ein schönes Mysterium, das sie nicht zu enträtseln wusste. Ohne Ziel, ohne zu denken, trieb Hannah dahin, brauchte nichts als das Wasser, von dem sie getragen wurde, leicht wie eine Feder.

* * *

Nantucket, den 10. August 1847

Lieber Isaac!
Dies schreibe ich beim allerletzten Stummel meiner Kerze; mein Koffer ist gepackt, und in wenigen Stunden, noch bevor es tagt, werde ich nach New York aufbrechen. Als Du damals an Bord der Pearl *ausgelaufen bist, war mir, als würde ein Licht gelöscht. So dunkel ist mein Leben in Deiner Abwesenheit geworden. Wenn ich aber an die Ereignisse zurückdenke, die darauf folgten, von da an, als Du mich wiederfandest, bis zu dem jetzigen Augenblick, will es mir scheinen, als hätten wir ohne jenes Dunkel nicht in das Licht der vergangenen goldenen Wochen eintauchen können.*
Ich wäre versunken geblieben in dem, was ich zu wissen glaubte. In meinem «Schwarzweiß», wie Du einmal gesagt hast. Ich hätte meinem Herzen jeglichen Höhenflug versagt, den es ohne Billigung meines Verstandes und ohne die Zustimmung meiner Ältesten angestrebt hätte; meine Laufbahn wäre begrenzt, statisch gewesen. Ich hätte nichts gewagt, das mich von meinem vorgezeichneten Weg hätte abbringen können.
Selbst wenn ich alles Leid betrachte, das wir erduldet haben, wollte ich mir das Licht, das Du mir gebracht hast, nicht versagen. Wie könnte ich? Du hast immer verstanden, was Mary Somerville mich über Glauben und Ungewissheit gelehrt hat. Ich hielt beide einst für unvereinbar, dabei sind sie unzertrennlich. Ich werde diese Erkenntnis mit auf die Reise nehmen und bei mir behalten wie den Malachit, den Du mir vor langer Zeit schenktest. Er ist einer von vielen Kostbarkeiten, die Du mir beschert hast.
Ich weiß, es wird Tage geben, an denen ich die geheimnisvollen Schleier, welche den Himmel noch einhüllen, nicht durchdringen kann; an denen ich das Gefühl haben werde,

dass all die Arbeit meines Lebens mir kaum eine Erkenntnis gebracht hat und meine Beiträge zum Wissen der Welt sehr gering sind. Aber ich werde nicht verzweifeln, sondern an Dich denken, wo immer auf der Welt Du sein magst, unter denselben Sternen.
Deine getreue Freundin
HGP

* * *

Nantucket, den 11. August 1847

Liebe Hannah!
Nachdem ich Deinen Brief las, war ich im Morgengrauen auf der Landzunge und habe den Sonnenaufgang gesehen, und ich sah das Schiff, das Dich forttragen sollte, einlaufen und dann auslaufen wie eine Tide. Ich war zu weit entfernt, um Dich zu sehen, aber ich wusste, Du warst dort.
Du sagst, Deine Beiträge zum Wissen der Welt sind gering, aber Du bist Deinem Kometen ähnlicher, als Du denkst. Überall auf dieser Erde weiß man von Dir und bewundert Dich. Du bist es, die durch Dein Wissen das Licht erzeugt, von dem Du sprichst. Ich habe mich entschieden, an diesem Ort zu bleiben, weil ich hier das Sehen lerne. Ich lerne es von Dir.
Jetzt bin ich der Fixstern, und Du bist der Wanderer. Wisse, ich werde an jedem Nachthimmel nach Dir Ausschau halten und Dich in jedem Sonnenaufgang finden. Falls und wenn Du hierher zurückkehrst, werde ich hier sein, wie der Polarstern, fest verankert, endlich verwurzelt.
Dein getreuer Freund
Isaac Martin

Epilog

Juni 1889

Nantucket

«Sag mir noch einmal, warum das sein muss.»

«Das brauche ich dir nicht zu sagen. Vertraue einfach deiner alten Mutter.»

«Ich vertraue dir. Aber ich mag es nicht mit ansehen, wie du dich auf einer unerklärten Mission, die mit Tante Hannah zu tun hat, durch den Schmutz kämpfst.»

«Es gibt vieles, was ich nicht mag, Moses. Trotzdem muss es getan werden.»

Mary seufzt und steigt vorsichtig über einen Stein auf der Straße hinweg. Der Weg zu und von dem alten Newton Gate ist mit Menschen überfüllt, die zum Strand streben, den Tausenden, die zu Beginn jeden Sommers einfallen und bis Ende August die Straßen und die Hotels bevölkern, die das Ufer von der Stadt bis nach Siasconset säumen.

«Es ist voll für den siebenten Tag», bemerkt Mary.

«Am Sonnabend ist es immer so.»

«Sonnabend.» Sie wälzt das Wort im Mund. «Hier entlang.»

Jenseits der Hauptstraße sind die Menschen weniger zahlreich, und fast alle sind dunkelhäutig. Moses und Mary winken den bekannten Gesichtern des Neuguinea-Viertels grüßend zu. Sie gehen noch eine halbe Meile; Mary spürt es in der Hüfte, doch sie bleibt nicht stehen, bis sie zu dem von der Straße zurückgesetzten alten Bauernhaus kommen, das von einem hübschen niedrigen, jüngst weiß gestrichenen und reparierten Zaun umgeben ist.

«Wir gehen zu Mr. Martin?»

«Er war ein Freund deiner Tante. Länger, als du auf der Welt bist. Ich glaube, sie haben sich jede Woche geschrieben, seit sie von der Insel fortgezogen ist.»

«Das habe ich nicht gewusst.»

Isaac sieht die alte Dame und den Mann mittleren Alters den Weg zum Haus entlangkommen und erhebt sich von seinem Platz auf der Veranda. Er beschirmt die Augen mit der Hand. Mary bevorzugt noch den alten Kleidungsstil, hochgeschlossen und in dunklen Tönen. Auch ihre Augen sind unverändert.

«Mrs. Price. Es tut wohl, Sie zu sehen.»

«Ganz meinerseits.»

Moses und Isaac geben sich die Hand.

«Ich bleibe ein Weilchen bei Mr. Martin sitzen», sagt Mary zu ihrem ältesten Sohn.

«Soll ich warten?»

«Geh nur. Er wird mich nach Hause bringen.»

Isaac nickt und hilft Mary auf einen Stuhl. Die Veranda geht auf den kleinen Garten hinaus, in dem es so üppig blüht, dass er inmitten all des Gelbgrüns und Staubbrauns der umliegenden Felder wie eine Oase anmutet. Mary atmet den schweren Duft der Dämmerung ein und kämpft mit den Tränen. An der Wand neben ihr ranken sich Nantucket-Rosen an einem Spalier empor, und die Blumen spenden ihr Trost.

«Isaac», sagt Mary. «Hannah ist von uns gegangen.»

Isaac hat sich zu ihren Füßen auf die Stufe gesetzt, dem Garten zugewendet, sodass Mary sein Gesicht nicht sehen kann, und sie fragt sich, ob er es gehört hat. Gerade will sie die traurige Nachricht wiederholen, da spricht er.

«Ich wusste es, bevor Sie kamen», sagt er langsam. «Ich hatte einen Traum.»

«Einen Traum?»

Er nickt. Im Traum sieht er Hannah, wie sie mit fünfundzwanzig war, die dunklen Haare offen. Es ist Nacht, sie schläft. Etwas weckt sie auf, ein starker, scharfer Geruch, ein schwaches fernes Donnern. Sie steht auf, geisterhaft in weißem Leinen, und tritt ans Fenster. Isaac beobachtet sie ungesehen, wie sie durch das Haus streift – er weiß jetzt, es war das Haus an der Little India Street, das alte Haus – und hinauf zu ihrer Sternwarte unter dem Dach steigt; es ist dieselbe, die er kannte, und doch nicht dieselbe. Dieser Raum enthält alle Dinge, an die er sich erinnert, die Musterexemplare und Beobachtungsbücher, das Fernrohr und das Schaukelpferd, aber all das ist in ein rotgelbes Licht getaucht, das durch eine riesige offene Kuppel oben auf dem Haus hereinströmt. Einen solchen gewaltigen Aufbau über dem kleinen Haus hat er nicht erwartet, aber so ist es.

Hannah steigt mit entschlossenen Schritten die Treppe hinauf, sie will sehen, muss wissen. Nicht den Kometen sucht sie, sondern etwas anderes. Oben an der Treppe dreht sie die Kurbel eines kleinen Rades, und das gesamte Dach beginnt sich zu drehen und langsam zu verschwinden, wird mit jeder Drehung weniger, bis da nur noch Himmel ist, ein flammender Himmel, so hell, dass Hannah im Traum ihre Augen beschirmt. Dann hebt sie ab und steigt auf, oder aber die Treppe selbst löst sich auf, und Isaac schließt geblendet die Augen.

«Ja», sagt er zu Mary. «Alle Sterne flammten auf einmal.»

Sie sitzen ruhig in der Stille.

«Ich würde mir gerne die Beleuchtungszeremonie anschauen», sagt Mary. «Würden Sie mich mitnehmen?»

Isaac nickt und reicht ihr seinen Arm. Dann holt er Pferd

und Wagen und hilft ihr hinauf. Sie fahren zusammen durch das Zwielicht zum Eisenwerk, das seit zwei Jahrzehnten in Isaacs Besitz ist, und als sie anhalten, winken die Arbeiter, die gerade Schichtwechsel haben, ihnen zu.

Mary geht vorsichtig. Schon hat sich eine Menschenmenge an der Main Street eingefunden; Damen in eleganten Kleidern klammern sich prustend und pustend an Herren mit Strohhüten. Sie machen Platz für die alte Frau in dem schlichten Kleid und den würdevollen schwarzen Mann, der sie begleitet. Mary beachtet die Leute nicht. Sie weiß, wenn sie sie anschauen, sehen sie ein Gespenst, ein Relikt der alten Insel, und das kümmert sie so wenig, wie es einen Baum kümmert, was ein Regentropfen von seinen Wurzeln hält.

«Lassen Sie uns die Step Lane bis ganz oben gehen. Das *Veranda House* wird als Erstes erleuchtet, von dort aus können wir alles sehen», sagt sie zu Isaac.

Er nickt, sie biegen in die Centre Street ein, umgehen so die Menge an der Water Street, und begeben sich auf dem steilen, schmalen Weg ganz hinauf. Sie hören die Stimmen vom Musikpodium heraufdröhnen; zweifellos rühmt der Bürgermeister gerade seine Rolle bei der Einführung des elektrischen Stroms, als hätte nicht die Geschichte diesen wie eine Flut auf ihre kleine Insel gespült. Auf ein Zeichen werden alle Laternen zugleich gelöscht, und unheimliche Stille senkt sich mit dem Dunkel über den Weg und bis hinunter in die Stadt. Tausende von Stimmen sind verstummt, wartend, ehrfürchtig.

Als der Strom eingeschaltet wird, kommt plötzlich das gigantische Hotel auf dem Hügel in Sicht, hundert elektrische Lampen flammen auf einmal auf wie ebenso viele Sterne. Nach dem *Veranda House* erstrahlt das *Springfield*, dann das *Nantucket*, und auf die Hotels folgen die Laternen an der Main Street. Die Insel erblüht in Licht. Alles rings um Isaac und Mary schaut auf die Stadt hinab. Isaac schaut zum Himmel.

Mizar und Alkor, Arkturus und Spica, Denebola und Regulus entschwinden, als verneigten sie sich vor dem plötzlichen Glanz. Da senkt auch Isaac den Kopf und schließt die Augen.

Vierzig Meilen entfernt auf dem Festland sehen diejenigen, die den Blick ostwärts zum Horizont wenden, zum ersten Mal einen hellen Dunst, einen Lichtkranz, der den Nachthimmel durchdringt, wo zuvor nur Dunkelheit war.

Nachwort der Autorin

Ich hatte nie von Maria Mitchell gehört, bevor ich 1996 einen Tagesausflug nach Nantucket unternahm. Auf der Fähre las ich ein Informationsblatt, das Touristen auf die Sehenswürdigkeiten von Nantucket hinwies. Mein Blick fiel auf diese Aufforderung: *Besuchen Sie das Heim der berühmten jungen Astronomin von Nantucket*! Der Text erläuterte, dass Maria Mitchell, 1818 als Tochter einer großen Quäkerfamilie geboren, schon in zartem Alter Interesse und Begabung für das Beobachten der Sterne gezeigt hatte. Trotz ihres abgelegenen Wohnortes, und obwohl sie nur Highschool-Bildung hatte, entdeckte sie 1847 einen Kometen und wurde deswegen mit einer Medaille des Königs von Dänemark geehrt. In der Folge wurde sie die erste professionelle Astronomin Amerikas und erste Professorin für Astronomie am Vassar College.

Junge Astronomin. Der Ausdruck ging mir nicht aus dem Kopf. Was bewog wohl ein junges Mädchen, ihre Nächte allein auf dem Dach ihres Hauses zu verbringen, stundenlang auf die Sterne zu schauen, den Himmel abzusuchen in der Hoffnung, etwas zu erspähen, das zu sehen nur wenigen Menschen vergönnt war? Das dafür erforderliche Engagement war mir unbegreiflich. Ich ging auf der immer noch kopfsteingepflasterten Main Street von Nantucket bis zu der Nebenstraße, wo die Mitchells gewohnt und ihre Beobachtungen durchgeführt hatten. Ich war bezaubert von dem kleinen Haus und dem Garten mit Wildblumen, und so wuchsen meiner Vorstellung von der jungen Maria mit ihrem Fernrohr erste Flügel.

Jener Ausflug war der Beginn einer fünfzehn Jahre währenden Reise. Ich erforschte Maria Mitchells Leben und Wirken. Ich gedachte *über* sie zu schreiben, und was nach den vielen Jahren und etwa ebenso vielen Entwürfen herauskam, ist ein Roman, dem ihr Wirken und ihre Leistungen – nicht zu vergessen jene Zeit und die vielen Einzelheiten aus ihrem Leben – als Sprungbrett für den Lebensweg einer von mir geschaffenen Figur diente: Hannah Gardner Price.

Hannah und Maria haben eine Vielzahl von Dingen gemeinsam: ihren Fleiß und ihre geistige Disziplin, ihren Unmut über die Beschränkungen in Freiheit und Bildung, die den Frauen damals auferlegt wurden, ihre Stellung am Atheneum von Nantucket und einen Vater und Lehrer, ohne dessen Unterweisung sie es vielleicht nicht so weit gebracht hätten. Maria Mitchell und ihr Vater William haben für die U.S.-Küstenwache gearbeitet und pflegten eine herzliche Freundschaft mit William Cranch Bond und George Phillips Bond aus Cambridge, den Leitern der Harvard-Sternwarte (meine Charakterisierung der Bonds und Georges romantische Gefühle für Hannah sind allerdings frei erfunden). In einer besonders strengen Periode der Geschichte der Gesellschaft der Freunde waren die Mitchells deren Mitglieder. Obwohl sie den in diesem Roman zitierten Ausspruch Edward Youngs (*Ein Astronom, der seiner Aufgabe nicht völlig ergeben ist, ist wahnsinnig*) beherzigte, wurde Maria Mitchell tatsächlich mit fünfundzwanzig Jahren aus der Gemeinde ausgeschlossen (allerdings auf weit weniger dramatische Weise als Hannah), nachdem sie bekannt hatte, «in religiösen Dingen nicht gefestigt» zu sein.

Viele Einzelheiten hinsichtlich Hannahs Heim und Berufsleben stammen aus meinen Besuchen im Haus der Mitchells und in den Archiven von Nantucket, aus Maria Mitchells Tagebüchern und den Aufzeichnungen ihrer Schwester Phebe über die frühen Jahre der Familie. Zu den von diesen Quellen inspirierten Szenen gehören die Aufstellung des Meridiansteines vor der Pacific National Bank (die Maria Mitchell und ihr Vater vorgenommen haben) und die Begegnung mit Mary Somerville, die 1858 erfolgte, elf Jahre später als Hannahs Besuch bei ihr in diesem Roman. Hannahs astronomische Tagebucheinträge entsprechen denen von Maria Mitchell, ebenso die Begleitumstände der Zuerkennung des Preises des Königs von Dänemark, ihre Arbeiten für den *Nautical Almanac* (der in Wahrheit erstmals 1852 in den Vereinigten Staaten erschien) sowie die Mitgliedschaft in diversen astronomischen und wissenschaftlichen Vereinigungen.

Ich habe Hannah an bestimmten realen Ereignissen teilnehmen lassen, bei denen Maria Mitchell nicht anwesend war, etwa der Einweihung des großen Linsenfernrohres in Harvard (die 1847, nicht 1846 erfolgte). Maria Mitchell lebte 1846 in Nantucket, als ein Großbrand ein Drittel der Stadt zerstörte, aber es gibt keine Aufzeichnungen darüber, was sie während der Feuersbrunst tat, außer dass sie (angeblich) ihre Tagebücher lieber verbrannte, als zu riskieren, ihre geheimen Gedanken preiszugeben, sollte das Feuer bis in ihr Zuhause vordringen und die Blätter auf die Straße wehen. Nach meinem besten Wissen entspricht der Stand der Astronomie im Buch exakt dem Zeitabschnitt, in dem sie geschildert ist, mit Ausnahme des Meteorstroms der Eta-Aquariden, der erst in den 1860er Jahren entdeckt wurde, der Entdeckung des achten Satelliten des Saturn, die 1848 erfolgte, und der Photographie von den Sternen Mizar und Alkor, die Hannah Price 1847 mit nach Europa bringt. Diese Photographie wurde in Wirklichkeit erst 1857 aufgenommen.

In allen anderen Punkten ist die Geschichte von Hannah Gardner Price ein Produkt meiner Phantasie. Ihr Zwillingsbruder, ihr gesamtes Familienleben, ihre Tätigkeiten und persönlichen Beziehungen einschließlich der zu Isaac Martin sind frei erfunden. Bei der Gestaltung von Hannahs Lebensweg habe ich mich bemüht, dem Geist von Maria Mitchell gerecht zu werden: unabhängig, fleißig und vor allem wahrheitsliebend.

Als Romanautorin bin ich dankbar, auf Maria Mitchells Geschichte als Quelle meiner Inspiration gestoßen zu sein; als Frau bin ich dankbar für ihr lebenslanges Eintreten für Frauenbildung und -wahlrecht. Ohne Frauen wie sie, die für ihre Geschlechtsgenossinnen den Weg zu jedem Beruf geebnet haben, wäre das Leben, das ich mir gestaltet habe – geschweige denn dieses Buch –, nicht möglich gewesen.

Danksagung

Bei den Recherchen für dieses Buch und beim Schreiben haben mich Dutzende von Personen, Organisationen und Schriften unterstützt. Ihnen gilt mein tief empfundener Dank.

Zeit, Raum, die Befreiung von Pflichten sowie Inspiration schenkten mir meine Mitbewohner: The Millay Colony, *Fundación Valparaíso*, die Constance Saltonstall Foundation, die Edward Albee Foundation und Jentel. Besonderen Dank schulde ich Drake Patten, Judy Barringer, Neltje und Mary Jane Edwards.

Unterstützung bei den Recherchen und Beratung gewährten mir folgende Institutionen: die Maria Mitchell Association, die American Antiquarian Society, die Nantucket Historical Association, die Kendall Library of the New Bedford Whaling Museum, sowie MTV Lab's Seed Money Grant. Besonderen Dank schulde ich Joanne Chaiken, David D. Hall, Cindy Lobel, James Moran, Elizabeth Oldham, Jim Secord, Manisha Sinha und vor allem Doktor Joann Eisberg vom Chaffey College für ihre unschätzbare Unterweisung in Astronomie und in den historischen Instrumenten, die in diesem Buch vorkommen.

Dass ich ein Haus, einen Raum und/oder einen eigenen Schreibtisch zur Verfügung hatte, verdanke ich Graham Johnson, Ry und Japhet Koteen, der Familie Monchik, Writer's Room, Paragraph und Brooklyn Writers Space.

Dafür, dass sie an mich glaubten, danke ich Julie Barer und Sarah McGrath, meiner außergewöhnlichen Agentin bzw. Verlegerin.

Ich kann mein großes Glück nicht fassen.

Das Zustandekommen dieses Buches verdanke ich zudem Leah Heifferon, Jynne Dilling Martin, Kate Stark, Sarah Stein und Anna Weiner.

Für Lektüre, Anmerkungen, Korrekturlesen, Aufmunterung, einträgliche Beschäftigung, Ermutigung, Unterweisung und Freundschaft danke ich Allison Amend, Tom Bailey, David Bosnick, Tina Chang, Nicki Bush Duffy, Catherine Dunne, Jennifer Cody Epstein, Betsy Forhan, Judy Isikow, Elspeth McCusker, Jennifer Milich, Lauren Monchik, Leigh Newman, Liz Rosenberg und Peter Rubens. Mein ganz besonderer Dank gilt Hannah Tinti.

Für lebenslange moralische Unterstützung geht mein Dank an meine Eltern Ona und Maurice Brill.

Für das allergrößte Geschenk danke ich meinen Töchtern Isabel und Alma.

Und schließlich für sein Vertrauen: Ivan Guerrero, stiller Weiser, friedvoller Krieger, Ehemann meiner Träume. Du hast das Leben, das ich mir vorstellte, möglich gemacht.

FSC
www.fsc.org
MIX
Papier aus verantwortungsvollen Quellen
FSC® C083411

Das für dieses Buch verwendete FSC®-zertifizierte Papier
Creamy liefert Stora Enso, Finnland.